Uwe Westfehling, lange Jahre in Köln als
Museumswissenschaftler und Universitätsdozent tätig,
ist ein fantastischer Erzähler. Bilderreichtum, Spannung und
eine lebendige Atmosphäre zeichneten bereits sein
Debüt TANZ DER DÄMONEN aus.
Die ARD schrieb darüber: *»Ein Vergnügen, sich
durch vergangene Zeiten und Rituale zu lesen.«*

Weiterer Titel des Autors:

»Tanz der Dämonen«

Uwe Westfehling

Der Schwarze Engel

Historischer Roman

Mit Illustrationen des Autors

BASTEI
LÜBBE
TASCHENBUCH

BASTEI LÜBBE TASCHENBUCH
Band 16 559

1. Auflage: April 2011

Bastei Lübbe Taschenbuch in der Bastei Lübbe GmbH & Co. KG

Originalausgabe

Titelillustration:
Innenillustrationen: Uwe Westfehling
Umschlaggestaltung: Manuela Städele
Autorenfoto: Maximiliane
Satz: hanseatenSatz-bremen, Bremen
Gesetzt aus der Stempel Garamond
Druck und Verarbeitung: GGP Media GmbH, Pößneck
Printed in Germany
ISBN 978-3-404-16559-9

Vater unser,
der Du bist in der Hölle,
gepriesen sei Dein Name – und verflucht!
Dein Reich komme mit Feuer und Blut,
Dein Wille geschehe,
wie in der Hölle, so auch auf Erden.
Unser täglich' Brot bedeutet nichts,
und keiner fragt nach Schuld,
wenn Du nur Kraft gibst für die Rache
an jenen, die ich hasse.
Denn keinen andern Zweck hat mein Leben,
so wahr sie mich
des Satans Schwarzen Engel nennen!
Blut fließt dicker als Wasser.
Hass brennt heißer als Feuer.
Schärfer als Stahl schneidet Rache.
Lass diese Hand weder zögern noch zittern
bei dem, was sie in Deinem Namen tun wird!
Denn Dein ist das Reich der Finsternis
und Dein sind die Macht und die Herrlichkeit
des Schreckens
in Ewigkeit …

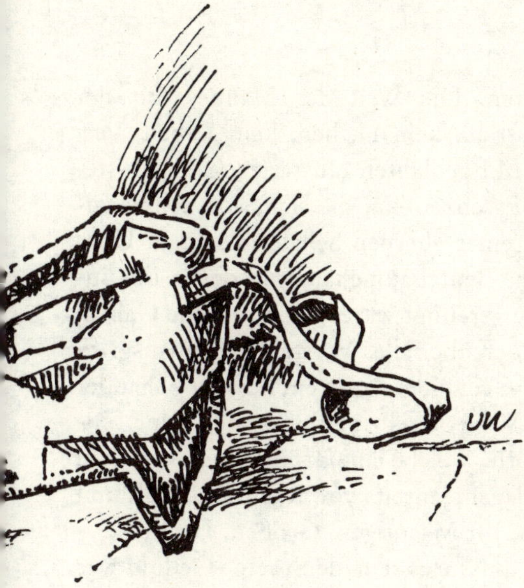
UW

AUFTAKT

Zwielicht und Schatten. Die Welt des Mannes mit der Maske. Kein Sonnenstrahl, kein Lachen, kein Leben. Verharren ohne Regung. Mit geblähten Nüstern sog er den stechenden Geruch der Essenzen ein, die sich, von schwelender Glut verzehrt, in einer ehernen Schale mischten. Über seinem Kopf waren die Beutel aufgehängt, in denen die unaussprechlichen Dinge vereinigt waren, symbolische Gaben, deren Bedeutung so hoch über alles Vorstellbare hinausgriff, dass ihm beim bloßen Gedanken daran ein heiliger Schauder über den Rücken lief. Wie von selbst zitierten nun seine Lippen die magischen Worte, welche eine Brücke zu den Welten schlugen, die jenseits lagen, jenseits von Raum und Zeit und Verstand: »Hört mich, Ihr Mächtigen, Großen, Uralten …« Die Zeit war nahe. So musste es sein, denn seine Geduld war zu Ende.

Seine Finger zuckten und tasteten. Nun glitt seine Hand über blanken, kalten Stahl. Die Kuppe des Zeigefingers fuhr eine biegsame Klinge entlang. Doppelschneidig. Haarfein geschliffen und poliert. Bereit, alles Weiche zu durchdringen, aufzuschlitzen und zu zerfetzen. Er glaubte plötzlich, den Geruch von Blut in der Nase zu haben. Er konzentrierte sich auf die Schärfe des Stahls. So glatt und elastisch dieser auch sein mochte, konnte es keineswegs schaden, ihm ein paar Streiche über das Ziegenleder zu geben, einen zum Abwetzen gespannten Riemen, wie ihn Barbiere benutzten, und dann – ja, dann noch auf jede Schneide einen Tropfen Öl.

Langsam vollführte er das Ritual. Dabei trat er zu der gestaltlosen Form, die sich im Halbdunkel abhob: ein Ledersack, groß wie eines Menschen Bauch. Eine Welle der Erregung schüttelt ihn, und er stürzt sich in die tausendmal geübten Bewegungen. Blitzschnell vor und zurück. Sein Atem keucht. Schweiß. Er spürt schon das Zerreißen von Haut und Fleisch, die dampfende Wärme von spritzendem Blut. Endlich!

ERÖFFNUNG: CAMPO DE' FIORI

Als Berto Vanga erwachte, herrschte noch Finsternis. Sein erster Gedanke war: Dies ist der Tag, den ich gefürchtet habe.

Pazzia! Was für ein Unsinn …

Er hatte keine Angst vor dem Anblick des Todes. Es war etwas anderes. Etwas, das er nicht benennen konnte. Oder nicht wollte.

Vanga trank einen Schluck Wasser aus dem Tonkrug, kleidete sich hastig an und stieg die Treppe hinunter. Durch die Seitentür seiner Herberge trat er ins Freie. Die Morgenröte färbte allmählich den Dunst, der die Stadt einhüllte. Es war kalt in den Gassen. Vom Fluss herauf kam ein leichter Wind, der den Duft von Gras und Erde mit sich trug. Ein Hauch von Frühling, aber auch der Geruch von Fäulnis.

Um diese Zeit war sonst noch Stille in Rom. Nur die wenigen Leute, deren Gewerbe ein frühes Aufstehen erforderte, waren bereits unterwegs. Bauern strömten durch die Tore in die Stadt, zum Beispiel über die ruhmreiche Via Appia. Hier jedoch, zwischen dem alten Ghetto und dem Ponte delle quattro Capi, hörte man kaum etwas vom Ächzen der hölzernen Lastkarren. Auf den Märkten begann gerade erst das Geschäft, und die zahlreichen Pilger, die wegen des *anno santo*, des Heiligen Jahres, schon am Beginn der Fastenzeit die Ewige Stadt bevölkerten, lagen gewiss noch in tiefem Schlaf.

An diesem Morgen jedoch war alles anders. Da zogen

bereits im Halbdunkel Scharen von Menschen die Gassen entlang. Das Geräusch ihrer Schritte. Schattenhafte Umrisse. Sie bewegten sich alle in dieselbe Richtung und sprachen wenig. Aber es war eine befremdliche Unruhe zu spüren.

Vanga verharrte kurz auf den niedrigen Stufen. Niemand beachtete ihn. Ein unauffälliger Mann von mittlerer Größe, von einem abgetragenen Mantel nur unzureichend geschützt. Die seit langem gebrochene Nase schnupperte noch einmal in den Wind. Dann trat er in die Menge, so wie man sich in einen langsam vorüberziehenden Fluss gleiten lässt und mit der Strömung davontreibt.

Immer mehr dieser menschlichen Schemen umgaben ihn. Sie kamen aus Torwegen und Durchgängen. Hier tappte eine Frau mit einem Kind an der Hand, dort schlurfte ein Greis mit gebeugtem Rücken. Vor ihm schritt ein Mönch mit einer Kapuze, der leise den Rosenkranz betete, dort ein Maurer mit Kelle am Gürtel, da eine dralle Dienstmagd. Der dürre Schneider aus dem Nachbarhaus mit seiner ewig keifenden Frau. Heute Morgen war sie still. Ein paar Nonnen rafften ihre Gewänder, um die Säume nicht dem Schlamm der Gosse auszusetzen. Plötzlich schien es jeder eilig zu haben. In allen Gesichtern ein Ausdruck geheimer Erregung, eine unverhohlene Gier, die etwas von Erwartung, ja Lüsternheit an sich hatte. Vanga verlangsamte den Schritt und zog den Mantel fester um die Schultern. Zwei oder drei Leute rempelten ihn an, und einer murmelte einen Fluch. Weil er sich dem Tempo der anderen nicht anpassen mochte, wurde er zu einem Hindernis im Strom.

Was tu ich hier?, dachte er.

Gerade wollte er zur Seite treten, als hinter ihm eine schneidende Stimme erklang.

»Alberto!«

Verdammt! Es gab nur einen Menschen, der seinen Taufnamen vollständig aussprach, und Vanga wurde den Verdacht nicht los, dass es nur geschah, um ihn zu ärgern. Es klang förmlich und spöttisch zugleich. Der Mann stand halb verborgen im Schatten einer Mauerecke, an der Vanga gerade vorbeigegangen war. Eine große Gestalt, die einen breitkrempigen Hut tief in die Stirn gezogen hatte. Das Gesicht lag völlig im Dunkeln.

Vanga reagierte mit einem mürrischen Nicken.

»Cecco«, knurrte er. »Mein liebwerter Vetter.« Dabei schoss ihm durch den Kopf: Ob er hier auf mich gewartet hat? Aber dann verwarf er den Gedanken. Zu viel der Mühe!

Der andere schien den abweisenden Tonfall gar nicht bemerkt zu haben.

»Willst du nicht weitergehen?«, forschte er.

»Was geht es dich an?«

»Es fällt mir einfach auf …«

»Nur so, aus Neugier? Oder von Amts wegen?«

Cecco tat einen Schritt nach vorn, und an seinem Mantel schimmerte das Abzeichen der Stadtwache. Er war mindestens einen Kopf größer als Vanga und blickte ganz beiläufig über seinen Anverwandten hinweg auf die Vorübergehenden.

»Was von beidem wäre dir denn lieber?«

Inzwischen war es fast hell in den Gassen.

Nichts, was du tun könntest, ist mir recht, dachte Vanga. Außer, du hängst dich auf. Aber ehe er sich entschloss, etwas Derartiges zu äußern, redete schon wieder der andere.

»Nun also – ein erhebendes Schauspiel! Du willst doch nicht darauf verzichten?«

Vanga hatte tatsächlich erwogen umzukehren, aber er hatte nicht die Absicht, sich deswegen ausfragen zu lassen.

»Ein Mensch wird sterben«, sagte er. »Das ist nichts Besonderes.«

Cecco holte empört Luft. »Er ist ein Ketzer, und er kriegt die gerechte Strafe.«

Vanga kehrte ihm den Rücken zu und ging langsam weiter.

Es ärgerte ihn ein wenig, dass es so wirken mochte, als geschehe es auf fremden Willen hin. Aber in Wahrheit war ihm auch das nicht besonders wichtig. Eher störte ihn, dass Cecco ihm folgte und wie selbstverständlich neben ihm Schritt fasste. Vanga blickte ärgerlich empor. »*Du* glaubst an Gerechtigkeit? Ist das dein Ernst?«

»Ich *vertrete* die Gerechtigkeit!«

Vanga deutete eine Verbeugung an. »Oh ja. Wie konnte ich das vergessen, *tenente*?«

Er betonte den Dienstrang, der die stellvertretende Funktion kennzeichnete. Wusste doch jeder, dass Cecco sich gern *capitano* titulieren ließ, seit sein Vorgesetzter auf dem Krankenbett lag. Aber es war keine Wirkung zu erkennen.

»Höre ich da etwa Spott?«, kam es herablassend zurück. »Von einem wie dir?«

»*Ich* hab noch nie einen betrogen, der sich mir anvertraut hat.«

Cecco griff nach Vangas Kragen und hielt ihn fest. »Du mieser kleiner Schnüffler«, zischte er. »Steckst deine schiefe Nase in jeden Dreck, und für Geld tust du alles!«

»Genau das stimmt nicht«, konterte Vanga und stieß die Hand des anderen weg. »Nicht für mich!«

Cecco verstand und blieb stehen. »Ich muss dich in Zukunft wohl besser im Auge behalten«, rief er.

Vanga tat, als habe er es nicht gehört.

Doch einem Mann, der eben vorbeitappte, war der Wortwechsel nicht entgangen. Er beugte sich zu Vanga und flüsterte: »Bläst sich auf wie der Frosch in der Fabel. Pass auf, wenn er platzt!«

Eine massige Gestalt in Lumpen, ein strahlendes Gesicht mit einer großen dicken Nase.

»Ach, Ihr seid es, Bugiardone!«

»In Person, mein Freund! Lasst Euch nicht einschüchtern

von der *sbirraglia*!« Es klang wie ein Ausspucken, dieses Schimpfwort für die Polizei.

»Was der sagt, berührt mich nicht.«

»Ach nein? Ist das so? Und mich nennen sie *Bugiardone*, den Lügner!«

»Ich ganz allein entscheide, wohin ich gehe.« Vanga ärgerte sich, weil er die Gereiztheit in seiner Stimme nicht verbergen konnte. »Und wenn ich es mir anders überlege, dann ist das auch meine Sache.«

Ein Grinsen war die Antwort. Der Bugiardone verschwand in der Menge. Auch der Kommandeur der Stadtwache war nicht mehr zu entdecken.

Vanga ging langsam weiter, nun allein mit dem Aufruhr seiner Gedanken.

Wirklich: Weshalb um alles in der Welt hatte er sich an diesem Morgen aufgemacht? Das bevorstehende Schauspiel war ihm nichts Neues. Im Gegenteil. Eigentlich hatte er mehr Hinrichtungen erlebt, als ein Mensch ertragen konnte. Die Erinnerung verursachte ihm Übelkeit und Zorn. Gern hätte er sie von sich geschoben. Verdammt: Dieses bittere, hilflose Wissen, dass kein Mensch an dem, was er getan hat, jemals etwas ändern kann. Das spöttische Grinsen dieses Kettenhundes hatte sich ihm eingebrannt. War es vielleicht so, dass er Cecco deshalb verabscheute, weil der ihn an seine eigene Vergangenheit denken ließ?

Und daran, dass er einmal anders empfunden hatte …

Vanga schritt eine dunkle Gasse entlang, die leicht anstieg und durch die vorspringenden Obergeschosse ihrer düsteren Häuser, die niedrigen Torwege und die geneigten, bröckligen Mauern etwas Höhlenartiges hatte. In Gedanken verstrickt, wich er gewohnheitsmäßig den stinkenden Pfützen aus und dem Unrat, der in der Gosse aufgehäuft war. Am Ende dieser Gasse lag der Platz, zu dem alle strebten.

Warum gehe ich dorthin?

Vielleicht war es einfach der Wunsch zu sehen, was geschah. Das war besser, als es sich vorzustellen. Dann rückte es aus dem Bereich der dumpfen Vorstellung und des Albtraums ins Tageslicht.

Oder wollte er seinen Mut erproben? Ob er den Anblick solcher Dinge auch heute noch ertragen konnte – oder heute wieder ... Was hatte er damals empfunden? Wer war er gewesen?

Und wer war er jetzt?

Es mochte auch mit diesem verhassten Drang, sich selbst zu peinigen, etwas zu tun haben.

Unsinn!, dachte er bitter. Wahrscheinlich genießt du es einfach. So wie jeder andere Scheißkerl. Leben, wenn andere sterben. Willst es bloß nicht zugeben.

Er schreckte auf. Helligkeit umfing ihn. Die Sonne war über die Dächer gestiegen. Die engen Gassen lagen hinter ihm. Er stand auf dem Campo de' Fiori. Rings um den Platz dunkle, unregelmäßige Bauten, viele alt und immer wieder ausgebessert – keineswegs ein prächtiger Anblick. Eher eine dreckige Lumpengegend, geprägt von den Spuren eines harten Lebens. Dies war das Herz seines Stadtviertels, eines Viertels voll unglaublicher Kontraste: Zwischen Märkten, Werkstätten und Spelunken, inmitten labyrinthischer Gassen und schmutziger Höfe standen Paläste – wie Gebäude aus einer anderen Welt. So der Palazzo Farnese, dessen breite Fassade nun zu seiner Linken über den buckligen Dächern emporragte, aufgemauert wie eine schattige Bergfront. Der gebaute Stolz eines der einflussreichsten Geschlechter von Rom.

Lange her, dass ich mit dergleichen etwas zu tun hatte!

Auf diesem Platz war die Richtstätte. Vanga zögerte, bevor er sich in das Menschengewimmel begab. Da schien kaum ein Durchkommen zu sein. Von der düsteren Stimmung, die er in den Gassen gespürt hatte, konnte er nichts mehr wahrnehmen. Hier herrschte Gespanntsein. Die Schaulustigen redeten aufeinander ein. Witze wurden gerissen. Müßiggänger hockten auf einer Mauer und machten sich über jeden Vorübergehenden lustig. Ausrufer warben für Wein, Wasser und Gebäck. Ringsum waren alle Fenster besetzt, wahrscheinlich teuer vermietet. Einige junge Burschen hatten sich sogar auf die Dächer gewagt.

Vanga fühlte einen Stein im Magen.

Es war, als bereite man sich hier auf irgendein beliebiges Spektakel vor, eine drastische Komödie oder einen Auftritt von Gauklern und Schaustellern. In fast allen Gesichtern stand die Gier nach Sensation. Eine fiebrige Erregung, die sich in lauten Worten und übertriebenen Gesten Luft machte. Falls es auch Leute gab, die Bangigkeit oder Widerwillen spürten, dann verbargen sie es gut.

Warum gehe ich nicht fort? Noch ist es Zeit.

Aber Vanga kam nicht dazu. Unversehens stand er im Gedränge vor einer jungen Frau, die in einen bauschigen Umhang mit prachtvoller Stickerei gehüllt war. Auf einen Blick erkannte er sie und versuchte durch eine rasche Wendung auszuweichen, doch die Schöne hatte ihn längst bemerkt. Sie hob herausfordernd das Kinn. Ihre Augen blitzten. Es traf ihn wie Messerstiche.

»Ha!«, stieß sie zwischen den Zähnen hervor. »Du weißt wohl nicht mehr, wer ich bin?«

Diese Zähne leuchteten wie Perlen.

Vanga bekam den Mund nicht auf. Er war viel zu bemüht, seine Verwirrung zu verbergen. Es gelang ihm schlecht.

»Schleichst wohl um mich rum, damit du noch mal was fürs Auge kriegst?«, fragte sie spöttisch. Dabei drehte sie sich nach links und nach rechts, ließ das Umschlagtuch freizügig heruntergleiten, zeigte ihm die schimmernde Haut ihrer Schultern und den Ansatz der Brust.

»Oh – he! Der will das Gedränge benutzen, um mir den Hintern zu tätscheln. Wie? Gib besser Acht! Einen Schritt näher, und es kostet was …«

Ihr Gesicht trug zu viel Schminke, dennoch war es hinreißend. Und dieses funkelnde Lachen hatte ihn immer hilflos gemacht. An all das andere wollte er lieber gar nicht denken.

Sie gab ihm einen spielerischen Streich mit dem Fächer – ein unerwartet heftiger Schmerz. Dann hielt sie das Teufelsding vor ihr Gesicht, wohl berechnend, dass er ihren Busen weiterhin bewundern konnte.

»Lass gut sein!«, gurrte sie. »Ich will nicht mehr, und du willst nicht mehr. Was sollen wir uns quälen?«

Hexe!, dachte er. Erst zustechen und dann Süßholz raspeln. Wiegst einen in Sicherheit und dann – zack! – die nächste Wunde.

Ein Kuss in die Luft von ihrem viel zu roten Mund.

Er trat einen Schritt zurück und fand genug inneres Gleichgewicht, dass er murmeln konnte: »Du hast Recht. Also spreiz dich nicht so!«

Trotzdem. In seinen Gedanken war Aufruhr. Warum nur, zum Teufel? Es stimmte doch. Er wollte sie nicht mehr, wenn auch der Bruch von ihr ausgegangen war. Deshalb konnte es ihm doch gleichgültig sein!

Während er sich das sagte, griff von der anderen Seite her eine knochendürre Hand nach ihm und packte seinen Ärmel.

»Na, na, bell' Olimpia«, raspelte eine trockene Stimme. »So früh schon auf Fang aus? An so einem Tag? Schäm dich, hihi! Du solltest ehrenwerte Männer in Ruhe lassen!«

»Pah! Ehrenwerte Männer!«

Sie streckte hingebungsvoll die Zunge heraus, und selbst das durchbohrte Vanga das Herz wie glühende Nadeln. Er versuchte den festen Griff des hageren Mannes abzustreifen, aber der packte ihn darauf nur noch fester.

Olimpia zog beleidigt ihr Tuch um sich und wandte sich zu einem jungen Mädchen an ihrer Seite, das weitaus einfacher gekleidet war.

»Schau sie dir an, Ginetta! Solchen Kerlen geht man besser aus dem Weg. Der da ist ein nichtswürdiger Drecksack.« Sie zeigte auf Vanga. »Und der Alte da, dieses bocksbeinige Gerippe, der hat den Geruch des Satans an sich!«

»Hüte deine Zunge!«, zischte der Geschmähte zurück. »Magister Pandolfo, Bibliothekar im Dienste der Santa Ecclesia, erkennt eine Hexe, wenn er eine sieht!«

Damit zerrte er Vanga beiseite, und zwar mit einer Kraft, die man seiner dürren Gestalt gar nicht zugetraut hätte.

Verdammt, warum lässt er nicht los? Vanga wünschte den Kerl zur Hölle. Und nicht nur ihn. Waren an diesem Tag denn alle, denen er nicht begegnen wollte, hinter ihm her wie eine Hundemeute? Und jeder legte es darauf an, ihm einen Stich zu versetzen.

Warum, zum Teufel, ließ man ihn nicht in Ruhe?

Ein Trupp Tagediebe aus Trastevere schob sich gewaltsam vorbei, und schon war Olimpia mit ihrer Begleiterin nicht mehr zu sehen. Vanga ging durch den Kopf, was er ihr hätte sagen sollen und wie üblich nicht herausgebracht hatte. Pandolfo hingegen war nicht auf den Mund gefallen.

»Sie hat eine geschickte Zunge«, konstatierte er grinsend. »Auch dann, wenn sie damit redet, hihi. Frech wie eh und je! Aber ihre kleine Schwester! Hast du die gesehen? Verflixt, die ist kein Kind mehr. So werden alle älter. Jeder. Selbst ich!«

»Ach, lasst mich doch los!«, knurrte Vanga und stieß die Krallenhand von sich. »Jedes Mal, wenn ich Euch begegne, seid Ihr närrischer.«

»Schon gut, hihi. Du solltest froh sein, dass ich dich vor den Sirenen gerettet habe.«

Sie waren jetzt fast in der Mitte des Platzes, und Vanga

schluckte seinen Ärger herunter. Heute war kein Markt. Eine sandige Fläche, von der unzählige Füße Staub aufwirbelten. Die Morgensonne überstrahlte alles. Sie leuchtete auf Ziegel und Putz, so dass man beinah vergaß, wie schäbig die Stadt wirklich war. Noch einmal sprang Vangas Blick zum Palazzo Farnese hinüber.

Ein herrschaftlicher Katafalk. Wenn auch mitten auf einer Müllhalde. Was für eine Demonstration!

Kein Zweifel: Gegen die Farnese waren die Aldobrandini nur Emporkömmlinge, stellten aber den Papst! Früher einmal eng verbündet, jetzt erbitterte Feinde. Böses Blut ohne Ende!

Der Platz wimmelte von Menschen. Alle Rangstufen, jedes Alter und mancherlei Geschlecht. An einigen Stellen war das Gedränge so dicht geworden, dass ängstliche Personen fürchteten, zerquetscht zu werden. Man hörte Flüche und Geschrei. Dann ertönten Posaunen, und eisige Stille fiel über die Menge. Ein bleiernes Schweigen, wie es dem Anlass des Zusammenströmens angemessen war. Nur Pandolfo, der sich an Vangas Rockschoß geklammert hatte, konnte den Mund nicht halten.

»Wenn das Lamm das siebente Siegel zerbricht …«, winselte er bedeutungsvoll.

Erst jetzt kam Vanga dazu, sich die Szenerie genauer anzuschauen. Da stand der Schandpfahl, drohend aufgerichtet über dem düsteren Gefüge des Scheiterhaufens. Daneben erhob sich eine hölzerne Tribüne, umstellt von Wachsoldaten im Harnisch, mit bunten Fahnen und wehenden Federbüschen auf dem Helm. Die blanken Hellebarden hatten sie einschüchternd aufgepflanzt.

Man fürchtet Unruhe, dachte Vanga. Mag sein, dass man Grund dazu hat.

»Längst nicht jeder ist einverstanden mit dem, was sie da tun«, raunte Pandolfo, als hätte er Vangas Gedanken erraten.

»Haltet Ruhe!«, presste Vanga hervor.

Obwohl der Bibliothekar seine Stimme zu dämpfen glaubte, verbreitete er immer noch eine Lautstärke wie die eines krähenden Gockels, die man in weitem Umkreis vernehmen konnte. Wenn er doch endlich schweigen wollte! Zur Sicherheit gab Vanga dem Alten einen kräftigen Rippenstoß.

Pandolfo zischte wütend, aber wenigstens schwatzte er nicht weiter.

Da also war die Bühne. Aber das Schauspiel hatte noch nicht begonnen. Vanga reckte den Hals. Die Würdenträger der Kirche und der Stadt hatten schon ihre Plätze eingenommen. Da konnte das Warten nicht mehr lange dauern.

»Die Eminenzen vom Heiligen Offizium«, säuselte der Bibliothekar und wappnete sich gegen einen erneuten Knuff, der jedoch ausblieb. Gemeint war vor allem Kardinal Santerra, dessen Gestalt durch die selbstbewusste Haltung ins Auge fiel. In strengem Ornat und stets unübersehbar. Bei der Inquisition führte er ein großes Wort, wie manche sagten. Und das, obwohl er nicht viel zu reden pflegte und keine offizielle Funktion besaß. Das herrische Wesen dieses Mannes drückte sich in jeder Bewegung aus. Seinem Blick hielt niemand lange stand. Dennoch … Vanga hätte den Kirchenfürsten gern von näher bei betrachtet. Ob es da nicht etwas gab in seinem Gesicht, das geheime Unsicherheit verriet? Vielleicht ein unwillkürliches Zögern oder ein kaum merkliches Zucken um den Mund? Vanga kannte ihn nur allzu gut. Er hatte schon mehr als einem dieser Herren des hohen Klerus von Angesicht zu Angesicht gegenübergestanden, und einige von ihnen hatten seine Dienste in Anspruch genommen. Nicht immer in Angelegenheiten, die das Licht des hellen Tages vertrugen. Er wusste genau, dass hinter solchen herrschaftlichen Masken bisweilen Gefühle ganz anderer Art verborgen waren. Und was Seine Eminenz dort betraf …

Vanga wehrte alle Erinnerungen ab, die sich hervordrängen wollten.

Es ist lange her, dass mir *der* zu befehlen hatte!

Aber ganz konnte er die Bitternis nicht unterdrücken.

Hat es weit gebracht!

Ob es wohl stimmte, dass dieser machtgierige Charakter sich Chancen auf den Thron Petri ausrechnete? Das heißt: für den Fall, dass Seiner regierenden Heiligkeit etwas zustoßen sollte – was durchaus vor der Zeit wäre, denn Clemens VIII. Aldobrandini stand erst vor seinem vierundsechzigsten Geburtstag. War das etwa ein Alter für einen Papst?

Nun, zweifellos hatte mancher Kirchenfürst Appetit auf das Erbe. Aber Santerra? Seine Familie stammte aus Spanien. Doch das war kaum ein Hindernis. Galt es nicht auch für die Aldobrandini? Und man denke an die Borgia! Dennoch gab es andere mit älteren Rechten. Ob wohl Kardinal Madruzzo ein weiteres Mal sein Glück versuchen und endlich eine Chance bekommen würde?

Was zerbrech ich mir den Kopf?, dachte Vanga. Schwierige Zeiten! Aber ich hab andere Sorgen.

Auch Madruzzo war zugegen. Er hatte etwas weiter entfernt Platz genommen. Als Kardinal-Inquisitor wurde ihm besondere Aufmerksamkeit entgegengebracht. Aber wie lange noch? Ein alter Mann, dessen Kräfte verbraucht schienen. Sein Gesicht wirkte grau und eingefallen. Dennoch war er zweimal – oder war es dreimal? – im Konklave als aussichtsreicher Kandidat gehandelt worden. Zuletzt noch 1592. Allerdings: Er war von deutscher Herkunft, und das betrachteten viele als Grund für sein abermaliges Scheitern.

Na und? Gerüchte! Besser, sich mit wichtigeren Dingen zu beschäftigen.

Dort thronte Kardinal Crispiani in seiner Sänfte, Spross einer hochberühmten Familie, ein Mann mit einem Körper, der zunehmend aus den Fugen geriet – und mit einem Gesicht, das von sinnlicher Gier gezeichnet war. Er hatte Vanga vor ein paar Jahren mit einer Aufgabe betraut, die über simple Ermittlungen weit hinausgegangen war. Das war dem hohen Herrn eine beachtliche Summe wert gewesen. Vanga erinnerte sich gut. Das Geld hatte er nie gesehen. Und nach Erfüllung des Auftrags hatte er es für besser gehalten, einige Zeit aus der Stadt zu verschwinden. Manchmal ist es nicht gut, wenn man über die Machenschaften hoher Herren allzu gut Bescheid weiß. Und der da ist einer, der viel zu viele Fäden in der Hand hält!

Da, eben steckte seine Eminenz einem Pagen aus dem Gefolge etwas zu. Aha, ein Brief. Suchend ging der erlauchte Blick über die Menge. Und wohin? Wer stand da und nickte verständnisinnig Antwort? Niemand anders als Olimpia.

Es hätte Vanga gewiss erstaunt, wenn er nicht längst dies und das darüber gewusst hätte. Der fette, alte Sack! Ob er den Prügel wirklich noch hochbekam?

Nun, ja. Es kann ziemlich gefährlich sein, etwas zu wissen, vor allem, wenn es nur wenig ist. Ein ausreichender Einblick hingegen ist beinahe das Unterpfand für ein langes Leben. Vorausgesetzt natürlich, man hat Beweise für seine Kenntnisse und man deponiert sie so, dass niemand Zugang dazu hat, solange man wohlauf ist, aber auch mit der Gewissheit, dass alle Welt ins Bild gesetzt wird, sollte einem etwas zustoßen. Diese Kunstgriffe waren Vanga vertraut, aber ihr Erfolg machte ihn niemals froh.

»Es heißt, Seine Heiligkeit werde selbst erscheinen!«, drängte sich erneut die rasselnde Stimme des Alten auf.

»Der Papst? Seid Ihr sicher?«, entfuhr es Vanga. Der Heilige Vater, der Statthalter Gottes – Vanga hielt es für ausgeschlossen, dass der sich bei diesem Anlass zeigen werde. Papst Clemens, der von seinen Gegnern als frömmelnder Prinzipienreiter geschmäht wurde, liebte die Öffentlichkeit nicht, das war bekannt. Und dann an einem solchen Tag …

Wie war es denn gewesen, als man die schöne, junge Cenci auf das Blutgerüst führte? Lange war das weiß Gott noch nicht her! Es hieß, da habe Seine Heiligkeit im Lateran gekniet und zur Rettung ihres Seelenheils gebetet. Aufs Stichwort – sobald ihm gemeldet wurde, dass ihr Kopf gefallen war. Als wäre nicht gerade er es gewesen, der auf das Todesurteil gedrängt hatte!

Vanga staunte über sich selbst, dass er so leidenschaftslos daran denken konnte.

Aber es schmerzte dennoch, und er schob das alles von sich. Punktum.

»Ich seh ihn nicht …«, murmelte er.

Allerdings hatte man keinen freien Blick. Die Soldaten rückten zusammen, und ihre Federbüsche verdeckten große Teile der Tribüne.

Der Bibliothekar hatte gar nicht hingehört. Er redete schon wieder: »Zuletzt ging alles Schlag auf Schlag. *Santità* hat den Befehl gegeben, den Prozess endlich abzuschließen. Und zwar schnell. Die Sache wurde allmählich peinlich. Und das im Heiligen Jahr! Vor allem: Ein wirkungsvolles Exempel, hihi … *Fiat iustitia!* Gerechtigkeit muss sein! Der schmutzige Rest ist dann – wie immer – eine Sache der weltlichen Behörden.«

Ohne Pause sprang Pandolfo zu einem anderen Thema. »Der da, Söhnchen, kennst du den in dem Tragstuhl, den mit den beiden Mohren? Navarro ist das. Der Sekretär des Kardinals.«

»Welches Kardinals?« Die Frage war spöttisch gemeint, denn die Antwort war ihm nur zu gut bekannt.

Aber Pandolfo war völlig unempfänglich für solche Finessen.

»Santerra selbstverständlich! Weißt du nicht, wer mein Dienstherr ist? Deshalb bin ich doch so gut im Bilde.«

Er war auch einmal meiner, dachte Vanga. Das scheint Ihr nicht zu wissen. Aber er murmelte: »Gewiss, gewiss. Übrigens: Ich bin nicht Euer Sohn.«

»Hihi. Könntest es aber leicht sein! Man sieht ihn selten in der Öffentlichkeit, Navarro, mein ich!«

Ein kluger Kopf. Scharfes Profil. Zwei schwarze Träger und ein hünenhafter Diener neben ihm.

»Weiß die Karten zu zinken! Auch wenn er ein Krüppel ist!«

Dazu hätte Vanga nun doch Fragen gehabt, aber Pandolfo schüttelte abweisend den Kopf.

»Jetzt gib Acht, Söhnchen. Red nicht so viel, verdammt noch mal!«

Plötzlich ging Unruhe durch die Menge. Eine große, dicht gedrängte Gruppe von Männern in Kutten war an der Richtstätte erschienen, die Confraternità von San Giovanni decollato, die Bruderschaft, der traditionsgemäß die Betreuung der zum Tode Verurteilten oblag. Und da, in ihrer Mitte, war der Delinquent. Ein mittelgroßer, magerer Mann, der mit langsamen Schritten vorwärtstappte. Er wirkte blass und erschöpft, hielt sich aber straff und trug den Kopf krampfhaft erhoben. Er war in ein Gewand aus grobem Leinen gekleidet, und seine Hände schienen gefesselt zu sein. In kurzem Abstand war ein Kordon von Wachen aufmarschiert.

»Da ist er ja …«, flüsterte der Bibliothekar. »*Ecco!* Schau ihn dir an!«. Er schielte argwöhnisch über die Schulter und wirkte plötzlich, als hätte er Sorge, man könne ihn belauschen.

Vanga achtete nicht weiter auf ihn. Er beobachtete, was auf dem Podium geschah. Vor allem galt seine Aufmerksamkeit dem Verurteilten.

Der wirkte seltsam unbeteiligt. Sein Blick ging über die

Köpfe der Menschen hinweg, ohne erkennbar innezuhalten. Vanga kannte diesen Gesichtsausdruck.

Schon jetzt getrennt von aller Welt, dachte er.

Der Bibliothekar beugte sich zu ihm, so dass er dessen Knoblauchatem zu spüren bekam. »Ob sie ihm ein Mittelchen gegeben haben? Du weißt schon …«

Ja, Vanga wusste, was gemeint war. Aber er war sich nicht sicher. Da war trotz allem so viel Willen in dieser Gestalt.

»Man hat natürlich keine Lust, einen Helden aus ihm zu machen«, wisperte es neben ihm. »Auch kein erbärmliches Opferlamm, das jeden zu Mitleid bewegt. Bewahre, hihi! Genehm wär ein reuiger Sünder. *Exemplum poenitentiae.* Aber wenn er der Mann ist, für den ich ihn halte …«

Vanga fühlte sich jählings angewidert von dem geschwätzigen Kerl. Das senile Kichern war ekelhaft, und diese vielsagende Art, einen Satz abzubrechen, hatte noch nie so penetrant auf ihn gewirkt.

»Schweigt endlich still!«, raunte er.

Doch der andere gab keine Ruhe. »Jetzt singen sie wieder. Hör nur! Sind eifrige Leute und geben sich Mühe. Sollen nur Acht geben, dass sie nicht, na ja, unversehens einen Märtyrer … Hihi! Wenn du verstehst, was ich meine …«

Vanga hätte gern Pandolfos Gurgel in den Griff genommen.

Pandolfo sog die Luft durch seine lückenhaften Zähne ein. »Ein langer, langer Prozess«, raunte er dann. »Und er hat nicht bereut! Ein halsstarriger Mensch!« Diese Worte klangen beinahe respektvoll. »Sie wollten, dass er widerruft! Natürlich! Seine Ketzereien machen Furore in aller Herren Länder, und seine Schmähverse werden in den Gassen gesungen. Du kennst sie, nicht wahr?«

Vanga nickte abgelenkt. Wenn der Alte nur nicht auch noch darauf verfiel, diese Verse zu zitieren!

Man führte Giordano Bruno zum Schandpfahl. Er setzte

wie mechanisch einen blanken Fuß vor den andern. Die Bretter waren rau, und gewiss stachen Splitter in die Sohlen. Er schien nichts davon zu spüren. Er stolperte. Grobe Fäuste packten zu; halb stützten sie ihn, halb schoben sie ihn vorwärts. Die Henkersknechte waren offenbar unruhiger als der Delinquent. Die kurzen, harten Worte, die zwischen ihnen gewechselt wurden, verrieten ihre Anspannung. Häufig blickte einer rasch in Richtung der Menschenmenge, die fast reglos und wie gebannt den Kordon der Wachtposten umdrängte und den Platz bis in die entferntesten Winkel füllte. Unmissverständlich lag etwas Drohendes in dieser Stille.

Pandolfo reckte den Hals wie ein dürres Huhn. »Sie haben sich redlich Mühe gegeben drüben, im Gefängnis Torre di Nona.«

»Hat man ihm etwa die Zunge …?«

»Nein. Meines Wissens nicht. Aber geknebelt ist er, siehst du? Respekt. Unauffällig gemacht.«

Welche Erinnerungen! Vanga brach der Schweiß aus.

»Wollt Ihr nicht endlich schweigen!«, knurrte er.

»Du hast mich doch gefragt!«

Dem Todgeweihten wurde das Gewand von den Schultern genommen. Aber er war so von den Kuttenträgern umdrängt, dass man nicht viel erkennen konnte. Da hatten sie ihn schon auf dem Scheiterhaufen festgebunden. Die Stricke schnitten ins Fleisch, und sein Gesicht verzerrte sich. Blut floss an der Schulter. Die Beine gaben unter ihm nach. Alles ging nun sehr schnell.

Die Menge war noch unruhiger als zuvor. Aber sie verharrte in unbehaglichem Schweigen. Nur hier und da hörte Vanga ein heimliches Murren oder Schluchzen.

Der Bibliothekar räusperte sich und wollte wieder etwas sagen. Doch Vanga bedachte ihn mit einem Blick, der ihn verstummen ließ. Er tat nun beleidigt. Statt zu reden, rieb er sich den faltigen Hals und bewegte lautlos die Lippen. Vanga glaubte das Wort »unbußfertig« zu vernehmen.

Die Phalanx der Kutten öffnete sich für einen Augenblick. Der Verurteilte schwankte, hielt sich jedoch aufrecht. Oder vielmehr taten es die Stricke. Ein Priester, blass auch er, sprach auf den Todgeweihten ein. Ob der Delinquent ihn überhaupt hörte?

Die Offiziere der Garde und die kirchlichen Würdenträger präsentierten sich selbstgewiss, und dennoch schienen sie sich unbehaglich zu fühlen. Vanga konnte Kardinal Mandruzzi erkennen. Seine Eminenz blickte von Zeit zu Zeit auf die Menge und zwinkerte mit den Augen.

Also doch!, dachte Vanga. Wenigstens eine Regung.

Kardinal Santerra hingegen zeigte die hochfahrende Miene, die seine Umwelt von ihm gewöhnt war. Er zog sich die roten Handschuhe glatt und streichelte einen goldenen Siegelring, den er über der Seide trug.

Den Sekretär, der in seinem Tragestuhl kauerte, konnte Vanga nur zeitweilig sehen, wenn die Federbüsche der Wachsoldaten zur Seite wehten. Sein Gesicht mit der scharf geschnittenen Nase wirkte völlig ungerührt. Nur Kardinal Crispiani war Schwäche anzumerken. Er blickte angewidert zur Seite und hielt sich dezent ein weißes Schnupftuch vor Nase und Mund.

Nicht jeder kann der Wahrheit ins Auge blicken – und den Dingen, für die er Verantwortung trägt. Vanga dachte es mit Bitterkeit.

Da kam das erwartete Zeichen!

Gleich mehrere Henkersknechte traten vor, und jeder stieß eine Pechfackel in die mit Stroh und trockenem Reisig gefüllten Hohlräume des Holzstoßes. Im Nu war dieses Zeug in Brand gesetzt. Gewiss hatte man auch Öl darüber gegossen. Die Flammen fauchten. Schnell loderten sie empor, und trotz des leichten Windes war die Gestalt des Opfers bald in dicken Rauch gehüllt. Von Zeit zu Zeit aber öffnete sich dieser Vorhang und gab den Blick auf den schlaffen Körper frei, der sich noch einmal anspannte und qualvoll aufbäumte. Die wabernde Lohe schlug an den Gliedern empor. Das Ende war nahe.

Was geschieht jetzt?

Ein silbernes Kreuz wurde auf die Spitze einer eisernen Stange gesteckt und dem Sterbenden vors Gesicht gehalten, damit er es küsste. Giordano Bruno jedoch, vom Todeskampf geschüttelt, drehte den Kopf zur Seite – in einer Geste unendlicher Müdigkeit und Verzweiflung. Kurz darauf verzerrten sich die Züge noch einmal, und grässlich wand sich der Körper in der Ekstase des Schmerzes.

»Habt Ihr das gesehen?«, wisperte der Bibliothekar schaudernd. »Das Kreuz zurückgewiesen! Dabei ist er durchaus kein Gottesleugner – äh – nach allem, was ich gehört habe …«

Ringsum brach Unruhe aus. Ein Raunen ging durch die Menge. Die Wachen rückten dichter zusammen.

Pandolfo bekreuzigte sich und murmelte etwas, das so klang wie: »Geh in Frieden, Pippo.«

»Was war das?«, fragte Vanga. »Wie nennt Ihr ihn?«

»Filippo, sein Taufname. Wusstest du das nicht? Wir stammen beide aus Nola …«

»Dann habt Ihr ihn also näher gekannt?«

Keine Antwort.

Der Wind trieb den Rauch in dicken Schwaden über den Platz. Die Menge wich zurück. Viele Gesichter verrieten Ekel und Betroffenheit.

Auch Abwehr? Empörung? Oder stillen Zorn?

Jemand rief etwas. Es klang wie: »Mörder!«

Keiner schien zu wissen, woher der Ruf gekommen war.

Die Wachen spähten ratlos umher. Spannung und Trotz drückten sich in ihrer Haltung aus, vielleicht sogar Angst. Sie taten wohl eher nur ihre Pflicht, als dass sie mit ganzem Herzen bei der Sache gewesen wären. Nur wenige Menschen in Rom waren von der Notwendigkeit dieses Brandopfers wirklich überzeugt. Hatte es nicht sogar bei der Geistlichkeit kritische Stimmen gegeben? Die Würdenträger harrten auf ihren Plätzen aus, bemüht, jedes Zeichen von Gemütsbewegung zu unterdrücken. Aber viele waren bleich geworden, und einige verbargen die Gesichter gänzlich hinter ihren Schnupftüchern.

Gott steh uns bei!

Über die Menge war eine bleierne Lähmung gefallen, und der Qualm verfinsterte den Himmel.

Warum um alles in der Welt bin ich hier? Vanga wandte sich ab. Hätte er nicht wissen müssen, dass es seine Kraft übersteigen würde?

Oder war es womöglich gerade das, was er hatte prüfen wollen?

Die Vergangenheit ist nicht tot, dachte er. Dafür hatte er jetzt den Beweis.

Er ließ Pandolfo stehen. Es war eine Flucht. Er stieß sich den Weg frei. Die meisten, die er anrempelte, schienen es kaum zu bemerken.

Dann hatte er eine Gasse erreicht, die zum Tiber führte. Und da war das Mädchen. Die Kleine, die bei Olimpia gestanden hatte. Die Schwester.

Auch sie hatte dem Schauspiel den Rücken gekehrt. Sie kauerte auf dem Boden und lehnte den Kopf an die Mauer. Grau wie Feuerstein. Als Vanga näher kam, zog sie ihr Schultertuch um sich. Sie zitterte.

»Was ist mit dir?«, fragte er. Seine Stimme war rau. »Kann ich dir helfen?«

Sie blickte auf und schüttelte den Kopf, die Augen voller Tränen.

Vanga zögerte. Dann wandte er sich ab. Schroffer, als er beabsichtigt hatte.

Sie ist der Schwester sehr ähnlich, dachte er. Sie ist hübsch. Selbst in diesem Augenblick.

Aber was kümmert es mich?

Langsam ging er davon, ohne ein Ziel zu haben. Der Tumult in seinem Kopf wich nach und nach einer dumpfen Betäubung. Konträre Dinge kamen ihm in den Sinn. Eine sinnlose Folge unverbundener Gedanken. Was hatte dieses Mädchen bloß darin zu suchen?

Der Schmerz in ihren Augen, der hatte ihn verwirrt.

Aber auch der ging ihn nichts an.

Mach dir nichts vor!, dachte er. Die ist nichts für dich. Sie hat dich so gesehen, wie du bist: ein Kerl, der nach nichts aussieht, alt genug, dass über der Stirn die Haare schütter werden, und mit einer Nase, die so geknickt ist, dass fragende Blicke daran hängen bleiben.

Wütend spuckte er aus und trat nach einem Stein, der in seinem Weg lag.

Heute Abend würde er sich betrinken. Nach allen Regeln der Kunst.

Gina fröstelte im beißenden Wind. Krampfhaft schlug sie das Schultertuch um sich und zog einen Zipfel vors Gesicht, um den Staub nicht einatmen zu müssen, der vom Pflaster aufwirbelte. Der Schrecken saß ihr immer noch im Leib. Wie ein fester Knoten fühlte sich ihr Magen an. Wie ein Stein. Oder ein Klumpen Eis, der sich nicht auflösen wollte. Das Erbrechen hatte ihr keine Linderung verschafft. Die Übelkeit dauerte an. Nur der Schwindel im Kopf wurde mit der Bewegung des Gehens langsam erträglicher.

Die Szene auf dem Richtplatz wollte ihr nicht aus dem Sinn. Diese einsame Gestalt, zerstört und doch nicht völlig gebrochen.

Warum hatte er nicht gestanden? Einfach zugeben. Abschwören! Sie hätte alles gesagt und alles getan, nur um diesen Weg nicht gehen zu müssen. Und jeder, den sie kannte, dachte genauso.

Was für ein Dämon hatte den armseligen Kerl beherrscht? Welcher Teufel der Verstocktheit? Ein Geist mutwilliger Zerstörung. Oder war es nur um ganz persönlichen Eigensinn gegangen? Widerspruchsgeist? Trotz? Madonna!

Der Druck in ihrer Brust war so stark, dass sie kaum noch atmen konnte. Sie wollte alles vergessen. Und warum musste jeder um sie herum davon reden und von nichts anderem? Die Leute, die vom Richtplatz zurückkamen, auch wenn sie nur einen Blick aus der Ferne gewagt hatten, und selbst solche, die gar nicht da gewesen waren. Sie alle drängten sich an den Kirchenstufen oder in den Arkadengängen, in Nebengassen und Höfen. Ihre Stimmen erzeugten ein stetiges Murmeln und ein aufgeregtes Schwirren wie von einem Vogelschwarm, der blindlings umherflattert.

»Sie sagen, man spürt es gar nicht. Das Feuer betäubt alle Sinne, so dass sie nichts mehr wahrnehmen.«

»Habt ihr gesehen, wie sie ihn gepeinigt hatten? Die Arme waren so gebrochen, dass die Knochensplitter sich durch die Haut gespießt haben!«

»Habt Ihr das wirklich gesehen?«

»Selbstverständlich!«

»Ich nicht.«

»Das *Sacrum Officium*, die Inquisition. Die foltert. Weiß doch jeder. Für die ist das eine Kunst wie andere Künste!«

»Ach was, der Ketzer hat nur bekommen, was er verdiente.«

»Überhebliches Schwein! Hol ihn der und jener!«

»Und warum hat er nicht widerrufen?«

»Immerhin: Mut hat er gehabt!«

»Zu Christus hat er gebetet, als sie ihn vorbeiführten. Ich hab's mit eigenen Ohren gehört.«

»Unsinn! Den Kopf hat er weggedreht vorm Kruzifix – weggedreht! –, als sie's ihm hingehalten haben.«

»Wie schrecklich! Das bedeutet ewige Verdammnis.«

»Ein Teufelsbraten, hehe!«

An der Brücke nach Trastevere hinüber wurde der Menschenandrang so dicht, dass Gina nur langsam vorwärtskam. Nach und nach fiel ihr auf, dass in den Stimmen der Menschen nicht nur Sensationsgier und Unruhe zu spüren waren, sondern auch Empörung – und Angst.

»Wie konnten sie das wagen im Heiligen Jahr! Was hat er denn getan? Es heißt, mit keinem Wort hat er Gott geleugnet!«

»Aber die frevelhaften Ideen …«

»Ach was! Du weißt es doch so gut wie ich: Er hat die Kirche kritisiert. Nicht zu knapp – da liegt es! Und er hat – hör zu! –, er hat sogar über den …«

»Sssst! Sag es nicht. Du weißt doch selbst …«

»Unsinn! Wer soll's denn hören?«

»Was redet sie da, die alte Hexe? Nehmt euch in Acht vor dem Verderber!«

»Nichts sag ich, gar nichts! Was wollt Ihr von mir?«

Gina stand vor einem glatzköpfigen Mann, der etwas erklärte, ohne zu merken, dass sein Gegenüber sich von ihm abgewandt hatte und in der Menge verschwunden war, so dass er ins Leere redete.

»Wenn das Feuer brennt«, dröhnte er, »wenn es richtig brennt und der Kopf im Feuer liegt, dann – weißt du was? –, dann platzt der Schädel wie eine Eierschale und das Hirn kommt wie Brei …«

Entsetzt versuchte Gina diesen Worten zu entrinnen, aber es war schon zu spät. Ein Sturzbach schoss ihr aus dem Magen herauf, bittere Galle. Sie kauerte sich in den Rinnstein, bis die Krämpfe nachließen. Der Kopf dröhnte wie eine Trommel. Dass dies Gerede um sie her nicht aufhörte! Sie raffte sich auf, rannte blindlings davon und hielt sich die Ohren zu. Erst ein paar Gassen weiter verharrte sie, weil ihr Herz zum Zerspringen klopfte.

Ich bin in Trastevere, gewahrte sie und atmete auf. Hier war sie zu Hause und fühlte sich geborgen. Aber auch hier konnte sie dem Redeschwall der aufgebrachten Menschen nicht entgehen.

»Der Satan persönlich!«, schallte die Stimme einer alten Vettel, die selbst aussah wie eine Hexe. »Was für Zeiten!«

Ging es schon wieder um die Hinrichtung?

»Den Kopf ab!«, zeterte die Alte. »Das ist gar nicht so leicht, sag ich dir. Und mit einem Schlag!«

Gina stutzte. Da war nicht von Giordano Bruno die Rede, sondern von etwas anderem. Oh! Sie ahnte, was es sein musste, und *davon* wollte sie erst recht nichts hören. Aber gleichzeitig konnte sie nicht widerstehen. Gab es etwas Neues über jene grässlichen Untaten, die seit Wochen die Gemüter bewegten? Über den Hurenmörder, das Ungeheuer, das sie Satans Schwarzen Engel nannten …

»Die Behörden schweigen alles tot«, konstatierte die schrumpelige Frau mit ihrem durchdringenden Organ. Das mochte stimmen, aber umso mehr zerriss sich alle Welt das Maul.

»Der Satan ist versessen auf Blut!«, gellte es von einem Fenster herab.

Und die dröhnende Stimme eines Lastträgers setzte dagegen: »Am Corso gehen die Mädchen nicht mehr alleine auf die Straße. Wenn du eins willst, musst du mindestens zwei nehmen.«

Sein Nachbar stieß ihn mit dem Ellenbogen und erklärte: »Wenn's für den Preis von einer ist, soll's doch recht sein!«

Die beiden Männer prusteten vor Lachen, und die Frauen, die sie beiseitegedrängt hatten, erhoben ein empörtes Protestgeschrei.

Gina fürchtete, auf der Stelle zusammenzubrechen; alles drehte sich vor ihren Augen. Was für ein schrecklicher Tag! Mit wankenden Knien taumelte sie davon, eine Hand an die Mauer gestützt.

Kalter Regen stäubte jetzt nieder. Die Straßen leerten sich rasch. Gina näherte sich mit unsicheren Schritten der heimatlichen Gasse bei Santa Cecilia. Da waren schon die wohlbekannten Werkstätten der Schuster und Schneider. Viele zugesperrt, vermutlich weil der Inhaber zum Richtplatz gepilgert war und anschließend die Gelegenheit nutzte, sich haltlos zu betrinken.

»Er ist in den Reben des Herrn«, pflegte man im Viertel zu sagen. Gina war froh, dass hier kaum noch Leute um sie waren, und die Stille erleichterte es ihr, die furchtbaren Bilder und die scheußlichen Gedanken loszuwerden.

Da waren die Bäckerläden, wo es aus Mangel an Mehl kaum noch etwas zu kaufen gab, und wenn überhaupt, dann zu maßlos überhöhten Preisen. Gewiss, Korn war alle Jahre knapp in Rom, besonders gegen Ende des Winters, aber diesmal zeichnete sich eine echte Katastrophe ab. Wer konnte sich das wenige, was es an Brot gab, noch leisten? Es war abzusehen, dass die Stadt bald Hunger leiden würde. Und was dann? Auch dies war eine düstere Perspektive, aber Gina dachte lieber an die Getreidenot als an jene anderen Schrecken … Es war besser, Wut zu empfinden als Furcht und Grauen. Und zur Wut bestand Anlass! In den Straßen munkelte man, der Papst in seinem Palast wisse nichts von dieser Bedrängnis. Die Günstlinge und Nepoten seien raffiniert genug, seiner Heiligkeit die

Missstände zu verheimlichen. Wenn nicht sogar sie diejenigen waren, die Vorräte aufgekauft hatten und zurückhielten, damit die Preise stiegen. Oder in deren Taschen die Hilfsgelder verschwanden, die das Elend der Ärmsten lindern sollten.

»Es müsste mal jemand dem Heiligen Vater die Wahrheit sagen«, hörte man hier und da. Vor wenigen Tagen hatte Gina geträumt, sie sei es, die sich ein Herz fasste, eben dies zu tun. Aber sie wusste nur zu gut, dass sie dergleichen niemals wagen würde; und selbst wenn sie den Mut aufbrächte – wie die Bauernmagd im Märchen –, würde man jemals eine wie sie zur Pforte hereinlassen, so dass sie bis an den Thron des Heiligen Petrus gelangte?

Sie blieb stehen und lehnte sich an eine Hausecke, weil ihr die Knie immer noch zitterten. In einer Nische brannte eine Kerze vor einer kleinen Marienfigur, deren Farbe abblätterte. Eine Spinne hatte ihr Netz am Mantelzipfel der Gottesmutter befestigt. Wenn abends das Licht die Fliegen anlockte, machte sie zweifellos reiche Beute.

Madonna!, dachte das Mädchen.

Gerade gegenüber stand das Portal von Santa Maria offen. Gina seufzte erleichtert und schlüpfte hinein.

Der Duft von Weihrauch und Kerzenwachs!

Dämmerung lag zwischen den schartigen uralten Säulen, und vom Chor her glänzten kostbare Mosaike. Aber Gina hatte ein anderes Ziel. Es gab da ein Madonnenköpfchen in einer Seitennische, halb verborgen hinter einer Säule, ein Bildwerk, das ihr besonders lieb war. Diese Andeutung eines sanften Lächelns, die zarte Geste der Mutter, die das Kind umfing – es mochte berühmtere und prächtigere Madonnen geben, aber vor dieser Nische fühlte das Mädchen sich zu Hause. Ruhe senkte sich jedes Mal über Ginas aufgeregtes Gemüt, sobald sie die vertrauten Züge vor sich hatte. Sie kniete nieder und wurde ganz still. Langsam schwand der Aufruhr der Gefühle, und die qualvolle Spannung des Körpers besänftigte sich. Gina wollte beten, aber ihr fielen keine passenden Worte ein, um das Verheerende ihrer Bedrängnis auszudrücken. So murmelte sie das gewohnte *»Ave Maria gratia plena … Dominus tecum …«*, und mit jeder Wiederholung der tausendfach eingeübten Litanei lichtete sich die Finsternis ihrer Seele.

»Et benedictus fructus ventris tui Jesus.«

Gina hob die Augen, die sich nun an das gedämpfte Licht der Kerzen gewöhnt hatten, und suchte den Blick der Gottesmutter.

War da nicht ein Hauch lebendiger Anteilnahme, ein besonderer Schimmer, ein Glitzern wie von einer Träne?

Gina holte tief Luft und schwieg. Es war nicht das erste Mal, dass es ihr vorkam, als empfange sie eine Antwort. War es vielleicht nur die Feuchtigkeit unter ihren eigenen Lidern, die ihr diesen Glanz vorgaukelte?

Nein, entschied sie. Die Madonna weint. Wer weiß, um wen. Vielleicht um mich …

Sie würde zu niemandem darüber sprechen. So wie sie keinem sagte, weshalb gerade diese Maria ihrem Herzen so nahe war. Denn sie glaubte den Grund genau zu kennen. Sie war überzeugt, das Bildnis gleiche ihrer Mutter. Obwohl – die war bei ihrer Geburt gestorben. Sie konnte gar keine Erinnerung an sie haben. Und Jungfrau war sie natürlich auch nicht gewesen.

Mamma!

Wieso eigentlich nicht? Gina hatte sich alles passend zurechtgelegt. Vielleicht hatte der Künstler ihre Mutter als junge Frau auf der Gasse gesehen und hatte sie gefragt, ob sie ihm als Modell dienen wolle. Und dann …

Zweifellos war ihre Mutter schön gewesen. Aber es schien doch recht unwahrscheinlich und widersprach allem, was man ihr erzählt hatte, dass sie blond war … Gleichviel! Nahmen sich die Maler in ihrer Kunst nicht oftmals die größten Freiheiten heraus? Und übrigens auch sonst! Wie nun, wenn dieser Maler und Mutter …

Hör auf herumzuphantasieren!, dachte Gina. Wenn dich jemand hören könnte! Jemand von zu Hause. Wenn deine Schwester es auch nur ahnen würde …

Ganz egal! Wichtig ist nur, dass du die Mutter im Herzen trägst …

Ginas Herz war leicht, als sie die Kirche verließ.

Die Wolken hatten sich aufgelöst. Es lag Sonne über den Dächern von Trastevere.

Seltsam, dass ihr gerade jetzt der Mann mit der gebrochenen Nase in den Sinn kommen musste, der Mann von vorhin, der mit ihrer Schwester so rätselhafte Worte und Blicke getauscht hatte. Vertraut und feindselig zugleich. Was für ein Bursche war das? Immerhin war er hilfsbereit. Immerhin.

Aber diese Nase! Zweifellos die geeignete Mitte für ein rechtes Schafsgesicht. Dennoch: Aus irgendeinem Grund konnte Gina sich trotzdem nicht dazu durchringen, den Mann abstoßend zu finden. Dabei war er zweifellos ruppig und grob. Wie er ihre Schwester behandelt hatte! Obwohl – eigentlich war es ja Olimpia gewesen, die mit den Unfreundlichkeiten angefangen hatte. Er hatte ihr nur mit derselben Münze herausgegeben, oder? Genau genommen hatte er überhaupt nicht viel gesagt.

Firlefanz, wie ihre Großmutter, die Nonna, gesagt hätte, bei der sie aufgewachsen war. Was zerbreche ich mir den Kopf! Schließlich ist das bereits alles gewesen. Und vorbei. Ein abgehalfterter Verehrer meiner Schwester. Ich werde ihn nicht wiedersehen.

Im Leben nicht!

Dabei – er hat mehr von einem Mann an sich als die meisten Burschen um mich herum.

He, vielleicht denkt Olimpia dasselbe.

War sie deshalb so grob zu ihm?

Gleichgültig ist er dir keineswegs. So weit kenne ich dich, meine Liebe. Gina ging auf das schäbige Haus zu, in dem sie mit der Nonna wohnte. Das Grübeln hatte noch immer kein Ende …

Vermutlich waren es seine Augen gewesen. Mit diesem schwer zu beschreibenden traurigen Ausdruck. Nichts von dem Hass, der Selbstüberhebung, der Grausamkeit auf all den anderen Gesichtern am Richtplatz. Auch nicht Gleichgültigkeit oder zudringliche Neugier. Er hatte angeboten, ihr zu helfen, und das war zweifellos ehrlich gemeint – ohne Hintergedanken, soweit sie das beurteilen konnte.

Fast schämte sie sich wegen ihrer schroffen Zurückweisung.

Madonna, welch ein Unfug! Worüber zerbreche ich mir eigentlich den Kopf?

Außerdem: Der Kerl ist viel zu alt.

Der Mann, den sie »Satans Schwarzen Engel« nannten, zwängte sich durch die enge Tür und verharrte reglos. Er lauschte auf das Echo seiner Schritte, das unter den hohen Gewölben eines kühlen Raumes nach und nach verstummte. Dann schloss er hinter sich die Verriegelung und blies die Kerze aus, die ihm bis hierher geleuchtet hatte. Jetzt war es fast völlig dunkel. Langsam entspannte er sich. Er genoss die Dunkelheit, genoss die Stille. Aber es war immer noch genügend Licht im Raum, um sich zurechtzufinden. Ein bleicher Schimmer sickerte durch eine schmale Scharte herein, die in die gegenüberliegende Stirnwand, dicht unter dem Gewölbeansatz, eingeschnitten war. Die einzige Verbindung zur Außenwelt – beinahe wie eine Wunde.

Als ob er dieses Licht gebraucht hätte! Selbst mit geschlossenen Augen konnte er sich orientieren, so vertraut war ihm jeder Fußbreit des Bodens, die gesamte komplizierte Ausstattung und jeder einzelne Gegenstand. Die frische Luft, die spärlich eindrang, bereitete ihm eher Unbehagen, fast sogar Pein. Sie störte die dumpfe Atmosphäre dieses Kellers, die von vertrauten Gerüchen und Ahnungen erfüllt war.

Wie ein Grab?

Nun ja, das mochte wohl sein …

Langsam schritt er ein paar ausgetretene Stufen hinab und näherte sich, ein Schatten unter Schatten, der düsteren, fast drohend aufragenden Front schwarzer Regale. Seine Finger glitten über das raue Holz, berührten ledernes Riemenwerk mit eisernen Beschlägen und scharfkantigen Schnallen, dann eine Reihe gerundeter und glatter Formen, die weder aus Holz noch aus Stein, noch aus Metall bestanden und ein unauslotbares Gefühl intensiven Erschauerns vermittelten. Der Atem des Mannes ging flach und stoßweise.

Da sind die Klingen, dachte er. Bereit! Da sind die Schlaufen und Futterale.

Ein schaler Geruch. Blut, dachte er. Blut zu Blut …

Der Blick des Mannes ging zur Lichtscharte empor.

Noch so viel Zeit musste vergehen, bis es draußen Nacht wurde!

Es dauerte lange an diesem Abend, bis Vanga die Wirkung des Weins spürte. Und selbst dann gelang es ihm nicht, den rechten Genuss zu finden. Er saß unter dem Gewölbe des *Gatto Nero*, in seiner bevorzugten Osteria. Die Gespräche im Dämmerlicht, die um ihn her im Gange waren, glitten zunehmend in ein besoffenes Lallen hinüber, und immer wieder drehte es sich um die Hinrichtung am Morgen.

»Natürlich war er ein Lutheraner«, behauptete einer der Kumpane. »Alle diese Ketzer sind Lutheraner, verdammt noch mal.«

»Das is' nich' wahr«, konterte sein Nachbar. »Die Höllenhunde gibt's in allen Farben.«

»Aber dieser Tizio, dieser hergelaufene Kerl aus Deutschland ist doch … doch die dickste Sau im Koben!«

»Hä! Genau d-das sacht d-der über seine Heiligkeit!«

»Psst! Red nicht so! Außerdem kommt er nicht aus Deutschland. Aus Nola ist er …«

»Na un'? Is' der T-Teufelssohn eben aus N-Nola. Sowieso alles Halsabschn-neider da –«

»Nicht so laut!«

»Is' doch wahr! Alles gar nichts geg'n das, was der von –«

Ein Dritter, der schon die Reise auf den Fußboden angetreten hatte und sich dort unten in den Sägespänen herumwälzte, johlte dazwischen: »O Santa Eresia, Mutter des Unglaubens, bitte für uns!«

»– was der über das Pfaffenpack …«, fuhr der eine der beiden Disputanten fort, genau an der Stelle, wo er unterbrochen worden war, und ohne sich irritieren zu lassen, »also, was er geschrieb'n hat.«

»Pippo malo«, krähte sein Gegenüber, indem er sich gewitzt auf den Spitznamen jenes anderen Filippo bezog, des Filippo Neri, der als *Pippo buono* in ganz Rom bekannt war und von vielen wie ein Heiliger verehrt wurde.

Seltsam, dachte Vanga – gänzlich klar, obwohl sein Kopf sich langsam immer mehr vernebelte. Der Böse, der Gute. Ist es so einfach?

Seltsam war auch, wie alle vermieden, den Namen Giordano Bruno auszusprechen, und vor allem, dass der Taufname des Hingerichteten nun schon in den Kaschemmen die Runde machte. Dabei hatte er selbst erst heute zum ersten Mal gehört, dass ihn jemand Filippo nannte. Pandolfos Abschiedsgruß an seinen Landsmann aus dem Süden.

Vanga kam nicht zu weiterem Grübeln.

Der Saufkopf, der endlich sein Zitat aus den Schriften des Nolanus loswerden wollte, plärrte gefühlvoll und im Ton eines Spottlieds:

»Eselsohren in der Tiara, und gold'nes Geschmeide an den Hufen …«

Ein brüllendes Gelächter gab ihm Antwort.

»Und um den Dickbauch der rote Talar!«

Plötzlich verstummten alle, und nur der Sänger mimte einen lärmenden Hustenanfall, ganz so, als wäre er dem Ersticken nahe.

Vanga blickte auf und fluchte im Stillen über sich selbst, weil er eine seiner eigenen Grundregeln missachtet und die Eingangstür aus den Augen gelassen hatte. Gib niemandem Gelegenheit, dich zu übertölpeln! Zu keiner Zeit. Das war ein eisernes Gesetz, und es gab keine Entschuldigung, wenn man sich gehen ließ.

Im Raum stand niemand anders als sein Vetter Cecco. Er hatte zwei seiner unvermeidlichen Schergen hinter sich und zweifellos weitere in Bereitschaft draußen vor der Tür. Für den Fall, dass es dem Drecksack glückte, hier drinnen einen Grund zum Losschlagen zu finden.

Er drehte sich auf seine gespreizte Art zur einen und zur andern Seite, ein verächtliches Lächeln kräuselte seine Lippen, zog einen seiner Handschuhe aus und rümpfte ausdrucksvoll die Nase über den Gestank, der ihm entgegenschwallte.

»Das Volk ist vergnügt«, murmelte er spöttisch, und man hätte eine Nadel fallen gehört. Selbst der unvorsichtige Sänger hatte nun das Husten unterdrückt, wodurch ihm die Augen tränten und das Gesicht rot anlief. Der Wachoffizier tat einen staksigen Schritt weiter in den Raum hinein und fächelte sich in einer lässigen Geste mit dem Handschuh Luft zu.

Reines Theater, dachte Vanga. Als gäbe es hier irgendwo einen Rest frischer Luft!

Rasch zeigte sich jedoch, welchen Sinn diese Geste erfüllte. Demonstrativ streifte Cecco den Handschuh wieder über die Finger, um erst dann, also nicht etwa mit der ungeschützten Hand, das Ohr des Sängers zu fassen – ganz als greife er widerwillig in einen Spucknapf, um etwas Ekliges herauszufischen. Langsam zwang er mit diesem Griff den Kopf des Unglücklichen zum Licht einer Kerze. Mit Interesse musterte er das schmerzverzerrte Gesicht seines Opfers, das immer mehr dem eines Erstickenden glich. Der Mann hielt still. Keiner, dem dergleichen geschah, riskierte es, sich zu wehren.

»Für alle Fälle werde ich mir deine Fratze merken«, säuselte der Ordnungshüter. »Das heißt: obwohl ich es eigentlich dieser Mühe nicht für wert erachte …«

Dabei war er mit seinen Gedanken offenbar schon bei etwas anderem.

Vanga wusste genau, dass Cecco ihn gesehen hatte, auch wenn er sich davon nichts anmerken ließ. Der Bastard spielte gern Komödie, und eine solche Szene war so recht nach seinem Herzen. Im Stechzirkelschritt wanderte er im Raum umher, den Sänger am Ohr hinter sich her zerrend wie einen Bären am Nasenring. Dann, ganz beiläufig, ließ er ihn los. Der bedauernswerte Kerl stöhnte erleichtert und verstummte. Cecco war bei Vanga angelangt und blickte auf ihn herunter.

»Und du bist natürlich mitten dazwischen, wenn schmutzige Lieder gesungen werden und solch ein Schwachkopf sich erdreistet, die Obrigkeit zu verspotten.«

Vanga schaute auf, und ihre Blicke begegneten sich.

»Es wäre Grund genug, um dich mitzunehmen«, sagte Cecco nachdenklich. »Aber du bist zu unwichtig«, fügte er dann hinzu, plötzlich gut gelaunt, denn der Wirt war beflissen hinter seinen Weinfässern hervorgekrochen und zu seinem ungeliebten Gast geeilt, um ihm eine Münze oder auch mehrere in die Hand zu spielen.

Cecco verbarg diesen Vorgang nicht im Geringsten. Er schob den Obolus in seinen Handschuh, ohne das Geld oder den Wirt eines Blickes zu würdigen.

Man nimmt auch Kleinigkeiten, drückte seine Haltung aus, während er sich dem Ausgang zuwandte, begleitet von einem heimlichen Aufatmen der Gäste. Die beiden Wachleute ließen ihren Kommandeur respektvoll passieren und folgten ihm dann, nicht ohne vorher noch einen drohenden Blick in die Runde zu werfen.

Die Tür klappte zu, und einen Augenblick lang herrschte Stille unter dem Ziegelgewölbe. Dann, ehe ein anderer dazu kam, sich zu rühren, löste sich eine wuchtige Gestalt aus dem tiefen Schatten einer Nische, wo sie sich während der ganzen Szene praktisch unsichtbar gemacht hatte. Der Mann trat zu dem Sänger, der noch immer in gebückter Haltung verharrte, und versetzte ihm einen herzhaften Tritt in den Hintern.

»Dieser Versuchung konnte ich nicht widerstehen«, sagte er, und sein Gesicht war ein einziges Grinsen. Der Bugiardone. Wer sonst?

Damit schien der Bann gebrochen, und das lärmende Zechgetümmel nahm seinen Fortgang. Vielleicht sogar besonders übermütig, um den missliebigen Gästen, die draußen wohl noch in Hörweite waren, zu demonstrieren, wie wenig man sich von ihnen einschüchtern ließ.

Vanga hingegen war jetzt noch schweigsamer als zuvor.

Der Bugiardone setzte sich neben ihn und sagte: »Dich lässt es noch nicht los, nicht wahr?«

Vanga neigte den Kopf.

»Wo immer man hinschaut, sieht man dich«, murmelte er.

»Das ist kein Wunder. Ich bin der gute Geist der Stadt.« Das kam mit einem breiten Grinsen. Vanga füllte den leeren Becher des anderen. Er hatte dessen ersten Satz nicht überhört. »Manchmal wird ihnen die Zunge herausgeschnitten«, sagte er.

»Du musst es ja wissen.«

Vanga ging auf diese Anspielung nicht ein. Er sagte: »Aber bei ihm haben sie sich mit einem Knebel begnügt. Weißt du, warum?«

»Weißt du es?«

Vanga zuckte die Schultern. Vielleicht hatte man erst ganz zuletzt die Hoffnung aufgegeben, doch noch einen Widerruf zu erzwingen.

»Einige sagen, sie hätten ihn geblendet«, brummte der Bugiardone. »Willst du mehr hören?«

»Ich weiß genug.«

»Weißt du auch, was er einmal im Verhör gesagt haben soll?«

»Was meinst du? Hat er denn nicht verstockt geschwiegen?«

»Bisweilen hat er doch gesprochen.«

»Nun – und?«

»Er sah seine Richter an und sagte: Vielleicht habt Ihr, die Ihr dies Urteil fällt, mehr Grund zur Angst als ich, der ich es hinnehmen muss.«

Damit beendeten sie das Thema. Vanga goss noch einmal ein.

»Du bist Linkshänder?«, brummte der Bugiardone.

»Hast du das nicht gewusst?«

»Das sagt man auch vom Teufel.«

Vanga zuckte die Achseln. »Kann beim Fechten ein Vorteil sein.«

Als Vanga geraume Zeit später aufstand, nahm keiner in der Gaststube Notiz davon. Schon gar nicht der Bugiardone, denn er war längst gegangen, unauffällig, ohne Gruß, wie es seine Art war. Nicht einmal der Wirt blickte auf, als Vanga den Becher so heftig auf der Tischplatte absetzte, dass er dabei zerbrach. Der Weinpanscher war diesem Gast verpflichtet – durch eine jener kleinen schmutzigen Geschichten, die das Leben sich einfallen lässt, und deshalb ließ er zu, das Vanga auf Treu und Glauben bei ihm trank. Wovon auch hätte ein abgebrannter Kerl wie er die Zeche zahlen sollen?

Die Geschäfte gehen schlecht, pflegte Vanga zu sagen, wenn es wieder einmal so weit war. Aber längst nicht jeder nahm auf Notlagen Rücksicht.

Es fiel Vanga gar nicht leicht, auf die Beine zu kommen. Erst beim zweiten Versuch gelang es ihm. In seinem Kopf brauste ein Wasserfall, und der höhlenartige Raum begann sich um ihn zu drehen. Doch dadurch ließ er sich nicht entmutigen. Auch nicht durch den bohrenden Schmerz im Schädel. Er wusste, dass er jetzt im Stande war, tief und fest zu schlafen. Keine lästigen Gedanken. Keine quälenden Erinnerungen. Keine Bedrängnisse der Gegenwart, keine Schatten der Vergangenheit. Wie er die Gaststube verlassen hatte, darüber würde er später nichts mehr wissen. Aber schließlich tappte er die enge Stiege zu seiner Kammertür empor, denn er wohnte unter demselben Dach, ebenfalls auf Pump. Und da, plötzlich, nach halbem Wege, war sein Kopf wieder völlig klar. Ein warnendes Gefühl bedrängte ihn: Irgendetwas stimmte nicht.

Vanga verharrte, leicht schwankend, auf halbem Weg die Stiege hinauf. Ganz entschieden stimmte etwas nicht. Das spürte er trotz seines Rausches. Etwas warnte ihn. Er konnte nicht sagen, was es war. Ein Laut? Oder eher die Spur eines Geruchs? Langsam tappte er weiter, bemüht, von nun an jedes Geräusch zu vermeiden. Es gelang ihm sogar, das knarrende Dielenbrett auf dem letzten Treppenabsatz zu umgehen.

Der Duft, dachte er. Ja, es ist der Duft!

Er war nicht überrascht, als er im Dunklen fühlte, dass die Tür seines Zimmers nur angelehnt war. Er brauchte den Strohhalm gar nicht zu suchen, den er immer in eine Scharte am Rahmen klemmte, um zu kontrollieren, ob während seiner Abwesenheit jemand eingedrungen war, denn die Tür war nur angelehnt.

Langsam schob er sie weiter auf und trat über die Schwelle.

Jemand war in seinem Zimmer! Mit der ganzen Sinnesschärfe, die ihm in solchen Augenblicken gegeben war, betrunken oder nicht, spürte er in der Finsternis eine schwache Regung. Das kam vom Bett her. Und war da nicht auch ein verhaltener Atem? Auf jeden Fall schwebte in der Dumpfheit der Luft die unverkennbare Beimengung eines Aromas, das er sehr gut kannte. Ja, sein Kopf reagierte rasch und präzise, ganz im Gegensatz zu seinem Körper. Deshalb wusste er schon längst, mit wem er es zu tun hatte, auch wenn er es noch nicht glauben mochte, wer sich da mit einer schnellen Bewegung erhob und geschmeidig auf ihn zukam, barfuß und daher fast ohne einen Laut.

Schon legten sich zwei Arme um seinen Hals, und der Anprall eines Körpers warf ihn mit einer halben Drehung gegen die Wand. Er war nicht im Stande, sich zu wehren. Er wollte es auch gar nicht.

»He!«, stieß er unwillkürlich hervor.

Dann wurde ihm der Mund verschlossen. Weiche Lippen trafen sich mit seinen. Der Kehllaut einer Frauenstimme. Es klang ein wenig wie das Gurren einer Taube und auch wie das Fauchen einer Katze. Da kam eine Zunge, die, ohne Umstände zu machen, zwischen seine Zähne drang. Und die Berührung heißer Hände versengte die Haut seiner Schultern. Sie streiften ihm das Hemd herunter und glitten tiefer. Er bäumte sich auf, um freizukommen, aber dieser wundervolle nackte Körper hielt ihn gefangen – mit Armen, Brüsten und Schenkeln. Immerhin gelang es ihm, Luft zu holen.

»Olimpia!«, keuchte er.

»Schön, dass du mich auch im Dunkeln erkennst!«

»Aber was …«

»Spar dir den Atem! Du wirst ihn noch brauchen.«

»Ich …«

»Puh, du hast gesoffen! Aber man hat schon Schlimmeres erlebt – und trotzdem Spaß dabei gehabt.«

»Was willst du?«

Eine dämliche Frage.

»Halt endlich den Mund!«, flüsterte sie. »Nenn es ein Abschiedsgeschenk.«

Ihre kundigen Hände griffen noch tiefer.

»Na also. Sag bloß, du hätt'st was dagegen!«

Es war tatsächlich nur Trotz, der ihn hemmte, aber nicht lange. Nur allzu gern kam er ihrem Drängen nach. Im Nu hatte sie ihm alle Kleider abgestreift und ihn mit sich auf die Bodenbretter gezogen.

»Komm«, keuchte sie. »Gleich hier …« Und nichts hätte ihre beiden Körper jetzt noch aufhalten können.

Später, als sie auf seinem Bett lagen und ihr keuchender Atem ruhiger wurde, hörte er ein spöttisches Lachen.

»Was soll das?«, murmelte er. »Hast es dir anders überlegt?«

»Das könnte dir so passen. Außerdem warst du es, der nicht mehr wollte! Schon vergessen?«

»Das ist nicht wahr. Nur, dass …«

»Das kommt aufs selbe raus.«

»Ich meine …«

»Du willst mich für dich alleine haben. Am liebsten festbinden. Pah! Das wird keiner von euch Kerlen schaffen.«

»Aber …«

»Also lassen wir's dabei. Nimm's als hübsche Erinnerung.«

Diese verdammte Schwierigkeit, die richtigen Worte zu formen!

»Was ich will«, setzte er von neuem an. »Ich will nicht …«

»Du willst *nicht*?«, äffte sie ihn nach. »Wirklich nicht? Pass auf, ich zeig dir, was du willst!«

Sie beugte sich über ihn, so dass die Spitzen ihrer Brüste erst seinen Bauch, dann seinen Schoß streiften. Ihre Fingernägel gingen über seine Haut wie Krallen, und er war von neuem rettungslos verloren.

Gegen Morgen, als er aufwachte, fand er sich allein. Mühsam stand er auf und öffnete das kleine Fenster. Wolken. Weder Mond noch Sterne. Kühle Nachtluft drang herein und strömte über seinen schweißnassen Körper. Ein Zittern überlief ihn. Und jetzt schmerzte nicht nur der Kopf.

Ist es denn wahr?, dachte er. Ist sie wirklich hier gewesen? Oder hab ich es nur geträumt? Aber da war etwas in seiner Hand zurückgeblieben, als sie ging. Ein Stück Stoff. Er hob es an sein Gesicht. Es war ihr Brusttuch, erfüllt von ihrem Duft. Dieser göttliche Körper. Wie sollte er ohne sie leben?

Aber da war noch etwas. Der Wind trug einen anderen Geruch heran. Brandgeruch.

Vom Campo de' Fiori herüber. Und kalte Asche …

Stöhnend ließ Vanga sich auf das zerwühlte Lager fallen.

ERSTER TEIL: VIA GIULIA

»Nein!«, schrie Gina.

Diesem trotzigen Wort folgte eine lange, quälende Stille. Es war allerdings die Stille eines Nachmittags in Trastevere, also eine Stille, die erfüllt war von mancherlei Lauten und Geräuschen: Irgendwo stritten zwei Frauen, ohne dass im Einzelnen zu verstehen war, um was es ging; ein Hund bellte, Tonkrüge schepperten im Hof des Weinhändlers; aus der Kirche Santa Cecilia tönte Gesang herüber. Tauben gurrten, Kinder kreischten beim Spielen. Das alles zusammen bot das Äußerste an Stille, das man in diesem dicht bevölkerten Stadtviertel erwarten durfte. Wer hier lebte, nahm die Geräuschkulisse kaum noch wahr. Nur in Momenten wie diesem wurde sie plötzlich mit ihrem ganzen Gewicht bemerkbar.

Gina stand wie angewurzelt im niedrigen Küchengang, die halbvolle Wasserkanne in den Händen, und starrte der Nonna ins Gesicht. Die alte Frau kam langsam näher und hielt sie mit dem bohrenden Blick ihrer schwarzen Augen gnadenlos in Bann. Gewiss, die Alte war sogar noch einen Kopf kleiner als Gina, aber in ihrem Zorn strahlte sie eine Energie aus, der kaum jemand etwas entgegenzusetzen vermochte. Großmutter hin oder her – sie war immer noch mühelos im Stande, den Teufel mit einem Schürhaken in die Flucht zu treiben. Oder auch einen Engel, falls ihr danach zu Mute sein sollte.

Als die Nonna zu sprechen begann, war ihre Stimme beunruhigend leise, fast nur ein Zischen: »Du wirst jetzt hören, was ich dir sage, und ich verbiete dir jegliches Widerwort.«

Ginas Hände zitterten plötzlich so, dass sie kaum noch den Krug halten konnte. Die Alte trat dicht an das Mädchen heran und zog herausfordernd die Brauen hoch.

»Du wirst tun, was ich von dir verlange, und zwar *heute* noch! *Dio mio!* Was hab ich mir für Mühe gegeben mit diesem Balg!« Sie knurrte und spuckte aus. »Alles hab ich dir beigebracht, was du können musst, hab mich in Geduld geübt wie eine Heilige. Den Mund hab ich mir müde geredet. Glaubst du vielleicht, ich hätte Spaß an so viel Unverstand?«

Gina erinnerte sich genau, welche hervorragende Rolle in den Erziehungsmethoden ihrer Großmutter nicht etwa Geduld, sondern immer wieder eine scharfe Gerte gespielt hatte, deren schmerzhafte »Küsse« sie noch auf ihren nackten Armen und Beinen zu fühlen glaubte. Eine Schinderei! Aber das wagte sie nicht zu sagen.

Der Finger der Alten schoss vor wie ein Stilett. »Hab ich nicht alles für dich getan? Ein Opfergang! Fast zerrissen haben mich die Sorgen; alles liegt auf meinen Schultern, seit deine pflichtvergessene Mutter sich erdreistet hat, uns mir nichts dir nichts im Stich zu lassen.«

Ginas Mutter war tot, gestorben bei ihrer Geburt – nach allem, was das Mädchen wusste; aber das machte im Augenblick wohl kaum einen Unterschied, jedenfalls nicht für die Nonna, die manchmal die Dinge auf ihre Art sah. Wenn sie in der richtigen Stimmung war, nahm sie keine Rücksicht. Nicht auf die Lebenden und nicht auf die Toten.

»Hast du überhaupt mal drüber nachgedacht, wo du wärst ohne mich? In der Gosse verkommen! Das ist es. Du wärst aus deinen Dreckwindeln niemals rausgewachsen!«

Das Schlimmste war jetzt vorbei, dessen war Gina sich fast sicher. Wenn die Nonna bereits wieder das Kind in ihr sah, bestand zumindest nicht mehr die größte Gefahr, dass sie sich zu Schlägen hinreißen ließe. Allerdings war heute einiges anders als sonst …

»Sobald ihr glaubt, auf eigenen Beinen zu stehen, packt euch der Größenwahn. Da meint ihr Wunder, wer ihr seid! Nimm dir ein Beispiel an deiner Schwester! Die weiß, was sie wert ist, wenn sie auch eigensüchtig ist.«

Auf Olimpia war die Alte in letzter Zeit besonders schlecht zu sprechen. Genau genommen seit jenem schrecklichen Tag der Hinrichtung. Es fuchste sie, dass Gina noch immer mit ihrer Schwester zusammentraf. Sie fühlte sich dadurch verraten.

Lieber gar nicht daran denken, was die Großmutter dazu in ihrem Zorn schon alles von sich gegeben hatte! War die Vielgeschmähte nun plötzlich ein leuchtendes Beispiel?

Da ging es schon weiter: »Aber selbst dazu bist du eingebildetes Küken dir ja noch zu fein. Glaubst wohl, du musst deinen Blütenkörper aufsparen für 'nen leibhaftigen Prinzen.«

»Nonna!«

»Halt's Maul! Genauso ist es doch! Hast eine Fratze, dass die Kavaliere sich die Finger danach lecken. Brauchtest nur mit dem Arsch zu wackeln und hättest nicht nur einen roten Gimpel an der Angel wie deine Schwester, sondern drei!«

Das war der Ausdruck, den die Nonna für die würdigen Herren Kardinäle bereithielt, die zwar nicht gerade ihren höchsten Respekt genossen, aber als fette Beute galten. Das konnte man im Leben erreichen: einen von ihnen zum Liebhaber gewinnen und sich von ihm aushalten lassen. Gina kannte diesen Teil der Suada längst auswendig. Es war die Lieblingspredigt der Alten.

»Aber alles, was recht ist unter der Sonne: Hab ich dich etwa gezwungen? So was klappt nur, wenn eine nicht nur den Hintern, sondern auch das Talent dazu hat und Lust und Laune und das richtige Gespür im kleinen Finger. Nicht auf den Spaß kommt es an, sondern auf den Willen. Wenn man die Sache versteht, kann man die Kerle am Schwanz rumführen. Glaub es nur! Mir haben sie schmachtend zu Füßen gelegen zu meiner Zeit! Und niemals hätte mich der Hochmut gepackt, so dass ich übermütig geworden wär und alles für mich allein hätt behalten wollen – und nichts den Meinen abgeben, denen ich alles verdanke!«

Dieser Hieb galt Olimpia. War es doch das Straßengespräch im Viertel, sie habe sich den fetten Kardinal Crispiani geangelt. Und ohne zu zögern, hatte sie alle Brücken hinter sich abgebrochen. Prompt steigerte sich die Wut der Alten von neuem, und die Bedrängnis des Mädchens wurde beklemmend.

»Kommt eine raus aus Gossendreck und Kohlgestank, dann ist von Dankbarkeit keine Rede mehr. *Porca miseria!* Aber mit dir soll mir's nicht so gehen. *Dir* hab ich andre Künste beigebracht, und dich werd ich stets im Auge behalten!« Zu Ginas Schrecken ließ sie einmal mehr ihren Lieblingsfluch folgen: »Das walte Satan!«

Eine krallenartige Geste der Hand vollendete den Satz. Die Alte trat noch näher an Gina heran, die ein krampfhaftes Schluchzen in sich aufsteigen fühlte. Sie begann zu ahnen, dass ihr diesmal kein Ausweg bleiben würde.

»Heute wird es geschehen«, fauchte die Nonna. »Sonst kannst du dein Bündel schnüren und deiner Wege geh'n. Überleg dir's gut! Ich scherze nicht.«

Das war es also. Gina spürte, dass jedes Wort ernst gemeint war, und wieder einmal bildete sich ein eisiger Klumpen in ihrem Leib.

»Wie soll ich …«, stotterte sie.

Die Alte beäugte sie wie ein Habicht.

»Du wirst! Und wenn du glaubst, nicht ausreichend geübt zu haben, dann …«

»Nein!«

Mit jähem Schrecken dachte Gina an das scheußliche Ding in jenem finsteren Schrank unter der Stiege. Diese schwarze Erfindung des Teufels. Eine Puppe, groß wie ein Mensch, uralt und muffig, über und über bedeckt mit Knöpfen, Taschen und Beuteln, übersät mit aufgenähten Glöckchen und Schellen. Das Grauen endloser Übungsstunden unter den erbarmungslosen Augen der Großmutter! Und wenn dieses Ding wieder hervorkam, war zweifellos auch die Gerte dabei, die in Salz gelegte Rute, mit der die Nonna so schmerzhafte Bisse auszuteilen pflegte. Stets hatte sie die empfindlichsten Stellen getroffen. Dieses doppelte und dreifache Grauen hatte einen großen Teil von Ginas Kindheit überschattet.

Nein! *Das* niemals wieder!

»Ich werd es tun«, flüsterte sie.

»Das hab ich gewusst«, schnurrte die Nonna, zog Ginas Kopf zu sich herab und kniff sie zärtlich ins Ohr. »Mein gutes Mädchen!«

»Vanga! Verdammt, wo steckt der Kerl?«

»Ruf noch einmal.«

»Vanga! Schläfst du? Besuch für dich!«

»Er muss doch da oben sein.«

Die Stimmen, die von der Straße heraufschallten, kamen durch die Schlagläden am Fenster und drangen bis in seinen Schlaf. Der Mann mit dem Glasscherbenorgan, der da so herumbrüllte, war der Wirt des *Gatto Nero*. Jedes Wort schrillte in den Ohren. Die andere Stimme, die ständig dazwischenkeifte, gehörte dessen Frau. Sie hatte Vanga nie leiden können, und das galt auch umgekehrt.

Langsam wälzte er sich auf die Seite und blinzelte zum Fenster. Es war schon heller Tag. Gleißendes Sonnenlicht schoss durch die Ritzen und Löcher im Lattenwerk herein. Schmerzhaft wie Nadelstiche.

Vangas Kopf dröhnte, seine Schläfen pochten, und seine Zunge trug einen Pelz wie ein Biber. Es gelang ihm nicht, verständliche Worte zu formen, aber er brachte ein unwilliges Krächzen heraus.

»Hast du gehört?«, gellte die Wirtsfrau. »Das ist er!«

»Hat wohl ein wenig getrunken, heute Nacht …«, vermutete der Wirt.

»Heute Nacht? Jede Nacht!«, zeterte die Wirtin. Dann waren da unten weitere Stimmen zu hören. Es wurde halblaut verhandelt. Auch der Hausknecht gab seinen Brummbass dazu. Vanga verstand kein Wort.

Nun erhob von neuem der Wirt seine Stimme: »Vanga, du hast Besuch. Verdammt noch mal, komm zu dir! Es ist eine vornehme Dame.«

»Ich kenne keine vornehmen Damen«, wollte der Leidende antworten, aber es klang eher wie ein ersticktes Grunzen.

»Es ist eine Klientin!«, rief der Wirt. Er verlieh diesen Worten Nachdruck, als hätte er am liebsten hinzugesetzt: Offensichtlich hat sie Geld. Vielleicht denkst du gefälligst irgendwann mal an die Miete! Aber er unterließ diesen Hinweis, wahrscheinlich weil es einen Schatten auf Vanga geworfen hätte und ihm rechtzeitig klar geworden war, wie sehr es in seinem eigenen Interesse lag, dass sein Schuldner gut dastand, um vorteilhaft ein Geschäft anzubahnen. Sogar seine Frau schien das begriffen zu haben.

Der Angesprochene schaffte es mühsam, sich auf die Bettkante zu stemmen. Schwer atmend verharrte er da und lauschte.

»Seid unbesorgt, ich werde Euch hinaufgeleiten!«, versprach der Wirt voll seifiger Anbiederung. »Ihr dürft Euch nicht verwundern, gnädige Herrin, wenn er Euch zunächst etwas sonderbar erscheint. Er ist durchaus ein guter Mann, wie viele sagen …«

Für diese Einschränkung hatte der Kerl eine Ohrfeige verdient, aber zunächst hatte Vanga andere Sorgen.

Mit aller Kraft, die ihm zu Gebote stand, stemmte er sich empor, stützte sich an der Wand ab und spähte auf die Gasse hinunter. Da standen vier Lakaien in goldbesetzter Livree, die eine Sänfte trugen. Mit Wappen. Ein nobles Ding, jedoch nicht übermäßig prunkvoll. Wer immer darin gesessen hatte, war bereits ausgestiegen und befand sich vermutlich unter den gemauerten Bögen der Osteria.

Vornehme Dame! Was sucht so eine in unserem Viertel?

Vanga stellte sich vor, wie der Schleimscheißer von Wirt da unten katzbuckelte und die angekündigte Dame, so es denn wirklich eine war, zu der engen und dreckigen Stiege am Seiteneingang geleitete.

Verdammt! Schon ächzte das Holz der ersten Stufen. Sie kamen tatsächlich! Offenbar ging der Wirt voraus … oder sollte die Dame eine Person von solchem Gewicht sein?

Mein Gott, ein Nilpferd!, dachte Vanga und musste grinsen.

Er war jetzt gut genug beieinander, um festzustellen, dass er weder Hemd noch Hose anhatte, und gut genug auf den Beinen, um sich beides aus einem Wust verschiedenartiger Dinge am Boden hervorzuklauben und einigermaßen richtig anzuziehen. Inzwischen dröhnten die Schritte weiter oben auf der Stiege, und das gekünstelte und diensteifrige Hüsteln des Wirts ertönte.

»Wir kommen«, näselte der Kerl. »Denk daran, dass eine *Dame* bei mir ist … Verstehst du mich?«

»Brich dir doch den Hals!«, murmelte Vanga grimmig. »Mitsamt deiner Dame.« Wahrscheinlich eine Hure in Goldbrokat … Was gar nicht mal das Übelste wäre. Schließlich hatte er keine Frau mehr gehabt seit jenem Tag, dem Tag der Hinrichtung. Wie lange war das jetzt her? Drei oder vier Wochen? Jedenfalls seit jener Nacht, in der Olimpia bei ihm …

Nein, dachte er, besser nicht!

Im Krug war genügend schales Wasser, um sich das Gesicht nass zu machen und notdürftig den Mund zu spülen. Vanga versuchte, sein Bild in der Spiegelscherbe zu erkennen, die er am Wandregal festgeklemmt hatte. Es war zu dunkel. Er beugte sich zum Fenster, schaffte es, ohne dabei lang hinzuschlagen, und stieß die Läden auf. Das Sonnenlicht, das hereinflutete, brachte ihn fast um. Er blinzelte qualvoll und kehrte zum Spiegel zurück.

Mein Gott, was für ein Gesicht! Verquollen und blass. Als hättest du gesoffen, spöttelte er sarkastisch. Außerdem gedunsen wie das einer Wasserleiche und verbeult wie nach einer Prügelei. Was war gestern eigentlich geschehen? Vermutlich dasselbe wie jeden Abend, seit Olimpia …

Vom Stoppelbart ganz zu schweigen!

Das macht es einfach, dachte Vanga. Ich werde mich dieser Dame so zeigen, wie ich bin, und sie wird kreischend die Flucht ergreifen. Danach hab ich wenigstens wieder meine Ruhe. Hell genug ist es ja hier drin, so dass ihr keine der vorhandenen Feinheiten entgehen wird.

Es klopfte an der Tür.

Nun gut. Er hatte Verstand genug, die Läden wieder halb zu schließen.

»Wir kommen nunmehr hinein.« *Nunmehr!* Der Wirt versuchte vornehm zu tun, und das kam – wie zu erwarten war – ganz fürchterlich heraus.

»Noch nicht!«, rief Vanga und erschrak vor der eigenen Stimme. Rasch kämmte er sich das Haar mit den Fingern und stellte vorsichtshalber noch einmal sicher, dass alle Knöpfe, auf die es ankam, geschlossen waren. Dann stellte er sich, so gut es ging, in Positur.

»Herein!«

Dabei dachte er: Hol euch alle der Teufel! Am besten gleich.

Knarrend öffnete sich die Tür erst nur einen Spalt. Der Wirt, offensichtlich aufs Schlimmste gefasst, inspizierte Vanga von oben bis unten. Nach der Andeutung eines halbwegs erleichterten Seufzers schwang die Tür so weit auf, bis sie gegen die Schräge der Kaminmauer stieß.

Vanga vergaß die peinliche Unordnung im Raum ebenso wie den Wirt, und er schenkte den Bediensteten im Hintergrund keinerlei Beachtung. Er sah nichts und niemanden als die Dame auf dem Treppenabsatz, die nun den Bauch des Wirts beiseiteschob und entschlossen einen Schritt vortrat, so dass sie im Türrahmen stand – schwarz verschleiert und anzuschauen wie eine Erscheinung aus einer anderen Welt.

Sie war mittelgroß und keineswegs dick oder plump. Ihr schwarzes Reisekleid schimmerte kostbar und wisperte gleichsam bei jeder Bewegung: Es ist Göttin Diana, die ich umhülle. Denn genau so wirkte die Gestalt in ihrer spannungsvollen Grazie.

»Ich bitte Euch …«, begann Vanga und musste sich sofort mit einem Räuspern unterbrechen.

»Verzeiht mein plötzliches Eindringen«, sagte die Dame. »Ich hätte mich ankündigen sollen, aber es gibt gewisse Gründe …« Ihre Stimme war von demselben seidigen Glanz wie ihr Gewand. Aber kalt. Doch was Vanga vollends verwirrte, war die Tatsache, dass seine Besucherin ihr Gesicht hinter einem dichten schwarzen Schleier verbarg, der selbst dem bohrendsten Blick den Zugang verwehrte. Er fiel von einem koketten schwarzen Hütchen herab und reichte bis auf die Schultern.

»Bitte, kommt herein«, murmelte Vanga, und es gelang ihm eine leichte Verbeugung, nach der ihm gleich ein Schmerz wie eine Nadel ins Hirn fuhr.

Die Dame neigte den Kopf und trat ins Zimmer, wobei sie mit zierlichem Fuß beiläufig einige Kleidungsstücke und andere Utensilien aus dem Weg schob.

Es gab nur einen Stuhl; der würde ihr leichtes Gewicht wohl aushalten. Vanga räumte ihn hastig frei und stellte ihn vor sie hin. Mit einer geschmeidigen Bewegung nahm sie Platz. Da bemerkte Vanga, dass der Wirt sich zwar wie eine Hofschranze beiseitedrückte, die beiden Bediensteten der Dame jedoch Anstalten machten, ebenfalls einzutreten. Der erste war ein hünenhafter Mohr. Schon ächzte unter seinem Schritt der Fußboden – so kläglich, dass man Angst bekam, er werde durchbrechen.

Die Dame hatte wohl Vangas missvergnügten Blick bemerkt, denn sie hob eine Hand, deren schlanke Finger ebenfalls in schwarzer Seide steckten, einer davon mit einem kostbaren Ring geschmückt. Ein leichter Wink gab ihren Willen kund: Die Begleiter sollten draußen bleiben und der Wirt erst recht.

»Schließt die Tür!«, forderte sie. »Ich will mit diesem Herrn allein sprechen.«

»Aber Signora!«, raunte der Wirt.

»Ihr habt gehört, was mein Wille ist.«

Der Bedienstete, der wohl zugleich ihr Leibwächter war, legte die Hand auf seinen Dolch, neigte den Kopf und blickte den Wirt an. Vanga war klar, was das zu bedeuten hatte: Es würde keinen Lauscher geben. Außer vielleicht in Person dieses Wächters. Dann schloss sich die Tür.

»Setzt Euch!«, sagte die Dame. Da es keine andere Gelegenheit gab, meinte sie offenbar das Bett. Aber Vanga blieb stehen. Er hatte sich inzwischen so weit gefasst, dass er entschlossen war, nicht in ein Gespräch einzutreten, ehe er einen weiteren Sieg erfochten hatte.

»Euer Signora«, sagte er, »der Schleier …«

»Was ist damit?«

»Ich bitte Euch, ihn abzulegen. Wenn Ihr – wie ich vermute – meine Dienste in Anspruch nehmen wollt, müsst Ihr mir Vertrauen entgegenbringen.«

Ihre Antwort kam nach kurzem Zögern. »Ihr seid recht

ungalant. Vielleicht verbirgt der Schleier eine Entstellung, die den Blick anderer Menschen nicht erträgt?«

»Selbst wenn es so wäre: Ich kann nicht mit Euch reden, als wäre ich ein Blinder.«

Schweigen. Ein tiefer Atemzug, und die beringte Hand schlug den Schleier schwungvoll zurück.

Vanga erstarrte. Dieses Gesicht war durchaus nicht hässlich oder entstellt. Es war von strahlender Schönheit, wenn auch nicht im landläufigen Sinn. Eisgrüne Augen blickten ihn an. Kühn geschwungene Brauen. Goldblondes Haar. Eine große Dame, ohne jeden Zweifel. Allerdings war sie bei genauerem Hinsehen wohl nicht ganz so jung, wie sie im ersten Moment gewirkt hatte. Oder waren das Spuren von Sorge und Leid? Das Gesicht war schmal mit hohen Wangenknochen, das Kinn scharf geprägt wie bei einer Medaille, und der Mund, obwohl von hinreißendem Schwung, hatte auch einen Zug von Härte, der zu denken gab.

Vanga murmelte: »Ich danke für Euer Vertrauen.«

Sein Gegenüber hob die fein geschnittene Nase, was einen Anflug von Hochmut zum Ausdruck brachte, und wies auf das Bett.

Vanga setzte sich, ein schmerzliches Stöhnen unterdrückend, und wartete.

Die Dame sagte förmlich: »Signor Vanga, Ihr seid mir von einem guten Freund empfohlen worden. Dennoch müsst Ihr mir zunächst ein paar Fragen beantworten.«

»Ihr wollt vermutlich sichergehen, dass Ihr Euch keinem Unwürdigen anvertraut.«

Sie fuhr fort, ohne seinen Einwurf zu beachten. »Ihr habt einen gewissen Ruf. Ihr seid bekannt dafür, Aufträge zu übernehmen, die man keinem anderen erteilen kann. Ihr pflegt sie gut zu erfüllen und mit niemand Außenstehendem darüber zu reden.«

»Das ist wahr. So sind meine Grundsätze.« Ein großes Wort, aber die Dame nahm es hin.

»Niemand, der sich Euch anvertraut hat, scheint Klage zu führen, dass Ihr ihn betrogen habt.«

»Ich danke für Eure gute Meinung. Allerdings: Ich bin nicht billig.«

Eine Handbewegung wischte die Bemerkung beiseite.

»Ihr schreckt nicht zurück, so höre ich, wenn es einmal gefährlich wird.«

»Ich bin zu einem Risiko bereit, aber ... Nun, ich gebe mich zu nichts her, was unehrenhaft wäre.«

Ihre Augen verrieten nichts von ihren Gedanken. »Ich will keinen gedungenen Totschläger, sondern einen Mann, der eine, sagen wir, etwas heikle Ermittlung durchführt, an der mir viel gelegen ist.«

Vanga nickte stumm. Es wäre nicht der erste Mordauftrag gewesen, mit dem jemand zu ihm gekommen war, aber er hatte sich auf dergleichen nie eingelassen und würde es auch niemals tun. Er kannte keine großen Skrupel, ein Dokument zu entwenden oder in gewissen Grenzen Gewalt anzuwenden; selbst eine kleine Erpressung lehnte er nicht unbedingt ab, vorausgesetzt, dass er für sich entschieden hatte, das Recht – zumindest das Recht im höheren Sinn – liege auf der Seite seines Klienten. Weiter zu gehen verstieße jedoch gegen seine Prinzipien. Ein Ehrenkodex von durchaus persönlicher Art. Das musste er zugeben. Aber er hatte nicht die Absicht, ihn zur Diskussion zu stellen. Der Kunde akzeptierte ihn, oder es kam nicht zu einem Kontrakt.

»Wart Ihr immer so streng in Eurer Auffassung?«

Was sollte diese Frage? Wusste sie etwas anderes? Etwas aus früheren Zeiten? Oder wollte sie ihn nur auf die Probe stellen?

»Ohne Ausnahme«, sagte er. »Seit ich mich auf diesem Gebiet betätige.«

Das klang etwas doppeldeutig, wie ihm sehr wohl bewusst war, und die Dame zog denn auch ein wenig die Braue empor. Aber sie unterließ es, über diesen Punkt ein weiteres Wort zu verlieren.

»Gleichviel«, sagte sie. »Mein Auftrag ist nicht von solcher Art, dass er Euch *moralische* Bedenken machen müsste.«

Nun war es an ihm, über eine Zweideutigkeit die Stirn zu runzeln. Das Spiel fing an, ihm Vergnügen zu bereiten. Wäre da nur nicht dieses verfluchte Dröhnen in seinem Kopf!

»Also gut«, fuhr sie fort. »Ich werde Euch zur Kenntnis geben, was mich zu Euch geführt hat und worin mein Auftrag besteht.«

Er blickte ihr fest in die Augen.

Sie hielt mühelos stand. »Es geht darum, eine Person zu finden.«

»Einen Mann.« Das war keine Frage, sondern eine Feststellung.

»So ist es. Ihr sollt herausfinden, ob er noch lebt und ob er sich hier in der Stadt aufhält, wie ich vermute.«

»Euer Gemahl?«

»Nein. Wo denkt Ihr hin! Mein Gemahl ist … nicht mehr am Leben. Es geht um meinen Bruder.« Als sie den verblichenen Ehemann erwähnte, lag kalte Verachtung in ihrer Stimme, aber als sie von ihrem Bruder sprach, spürte Vanga einen Unterton von Gefühl, den er nicht zu deuten vermochte. Was war da zwischen Bruder und Schwester? Wieso war er verlorengegangen, und warum forschte sie nach ihm?

»Wann ist …«

»Seit einer Reihe von Jahren!«

»Und da nehmt Ihr erst jetzt die Suche auf?«

»Ich habe einen Hinweis erhalten.«

»Von wem?«

»Das möchte ich nicht sagen.«

»Ich muss alles wissen, was Ihr wisst, wenn ich für Euch tätig werden soll.«

»Von ihm selbst. Ein Brief. Er rät mir, die Stadt zu verlassen. In meinem eigenen Interesse.«

»Wieso fragt Ihr Euch dann, ob er am Leben ist?«

»Nun … Ihr habt Recht. Aber – ich hatte seit vielen Jahren geglaubt, er sei tot.«

»Wo ist dieser Brief?«

»Ich habe ihn verbrannt. War das ein Fehler?«

»Es wäre ein Hinweis gewesen. Und es ist sonderbar, dass Ihr so gehandelt –«

»Wir Frauen tun nicht immer das, was ihr Männer für vernünftig haltet.«

Sie senkte den Blick und spielte mit dem Ring am Finger.

Sogar ein Erröten bringt sie fertig, dachte Vanga. Alles auf Wunsch. Sie hat keine hohe Meinung von meinem Verstand. Es war klar, dass dieses schöne und hochmütige Gesicht etwas verbarg, das er auf keinen Fall erfahren sollte.

»Was stand sonst noch darin?«

»Etwas über eine Gefahr, die nicht näher bezeichnet wurde. Sonst nichts.«

Was verschweigt Ihr?, dachte Vanga.

»Mir liegt viel daran, dass Ihr erfolgreich seid. Mein Bruder ist mir … sehr wichtig.«

»Wieso ist er verschwunden, und warum verbirgt er sich vor Euch?«

»Ich weiß es nicht. Vor mehr als zwölf Jahren habe ich ihn zum letzten Mal gesehen. Damals verließ er in höchster Eile das Gut unserer Eltern. Es liegt in Umbrien, nicht weit von Montefalco, also noch auf päpstlichem Territorium. Etwas muss mit ihm geschehen sein. Ich glaube, er hat eine Dummheit begangen. Er war stets ein … ein Heißsporn, versteht Ihr?«

»Glücksspiel? Ehrenhändel?«

Ein Schulterzucken.

»Vielleicht schämt er sich vor seiner Familie?«

Sie neigte vage beipflichtend den Kopf. Er kannte diese Gestik. Viel mehr würde sie ihm nicht verraten.

Vanga holte tief Luft. Diese Geschichte stimmte nicht. Das war ihm so klar wie nur irgendetwas. Schon das Wenige, was sie gesagt hatte, passte nicht zusammen. Einiges hatte sie erlogen, und nahezu alles, was wichtig war, hielt sie hinter dem Berg. Es tat ihm leid: Er würde ihr erklären müssen, dass er unter diesen Bedingungen keinen Auftrag übernehmen konnte. Am besten sofort. Auch wenn das Katz-und-Maus-Spiel mit dieser Frau ihm allmählich Spaß machte – wer auch immer die Katze war und wer die Maus! – und obwohl er ihre Art, mit ihm zu sprechen, als reizvolle, kühne Herausforderung empfand. Dennoch: Es musste sein.

Gerade wollte er ansetzen, ihr Angebot abzulehnen, da zog sie aus ihrem Ärmel einen Lederbeutel, in dem es verheißungsvoll klirrte.

»Was soll das?«

Sie lächelte. »So nehmt es schon! Ihr könnt es Euch kaum leisten, es zurückzuweisen. Ich bin über Euch im Bilde.«

Die Schärfe, die jetzt in ihrem Ton war, ärgerte ihn, aber – hol's der Teufel! – sie hatte Recht.

Nicht lange nachdem der Streit zwischen Gina und ihrer Nonna sein Ende gefunden hatte, waren die beiden in den Gassen unterwegs. Mit ihnen ging Letizia, das Unschuldslamm, angeblich eine Kusine – und vor allem die Meisterschülerin des alten Drachens; sie knöpfte ihre Augen auf, als könne sie kein Wässerchen trüben, und hatte ihr gesticktes Kopftuch wieder einmal so gebunden, dass es wie Katzenöhrchen aussah. Eine kapriziöse Grille.

Neben der seh ich immer aus wie die tölpelhafte Verwandte, dachte Gina erbittert.

Ein dichter Strom von Menschen drängte zur Tiberbrücke. Händler und Mönche, Pilger und Tagediebe. Vor den Stufen von San Bartolomeo trieben ein paar Gaukler ihr Spiel. Sie hatten bis zum Ende der Fastenzeit hier unter freiem Himmel ihre anzüglichen kleinen Komödien aufgeführt, die vor allem aus deftigen Pantomimen bestanden: Ein glatzköpfiger Schwerenöter stellte den jungen Frauen nach. Und Ähnliches. Jetzt, da solcherlei Vorstellungen verboten waren, packten sie ihren Kram zusammen und schickten sich an, die Stadt zu verlassen, um sich irgendwo außerhalb auf die neue Saison vorzubereiten. Ziemlich viel Zeit ließen sie sich mit diesem Auszug. Dabei probierten sie noch einmal ihre Kostüme aus, wahrscheinlich um zu prüfen, was davon noch zu gebrauchen war. Der Kerl da drüben war anscheinend einer der Hauptdarsteller. Er war zweifellos bereits ohne Kostüm nicht gerade gertenschlank, aber nun hatte er sich für seine Rolle den Bauch mit irgendwelchem Füllstoff derart ausgestopft, dass sich ein wahrhaft grotesker Umriss bot. Er kam Gina bekannt vor. Hatte sie ihn nicht schon öfter im Viertel gesehen?

Die Nonna schimpfte: »Schaut Euch den an, den alten Bock! He! Bugiardone! Willst wohl noch von der Totenbahre aus den jungen Mädchen unter ’n Rock fassen?«

Der Angesprochene hielt inne und rüttelte sich den künstlichen Wanst zurecht.

»Wüsstest du etwa eine bessere Beschäftigung?«, schrie er zurück. »Als deine Schenkel noch Feuer hatten, warst du davon angetan wie nur irgendeine!«

»An meinem Feuer könntest du dich heute noch verbrennen«, gab die Alte zurück.

Der Dicke grinste und mimte das dazu passende Satyrspiel, wobei er wie ein Hengst wieherte.

Kopfschüttelnd strebte die Nonna weiter, nicht beachtend, dass Gina dem Maskenspiel gern länger zugeschaut hätte. Letizia dagegen hielt den Blick brav gesenkt, aber in ihren Mundwinkeln nistete Ironie.

Vom jüdischen Viertel zog ein Duft von gebratenem Fisch herüber. Gina spürte sofort Appetit, aber auch darauf nahm die Alte keine Rücksicht. Sie mied das alte Ghetto, wo abends die Straßen abgesperrt wurden, und hielt sich mehr in Richtung Piazza Navona.

»Da rechts ist für unsereins nicht viel zu holen«, pflegte sie zu sagen. »Die Henochssöhne haben ihre eigenen Vorstellungen vom Dasein, und ihre Geldbeutel halten sie so fest, dass man etwas davon lernen kann.«

Sie schlug den Weg zur Via Giulia ein und spähte ständig wie ein Geier ins Menschengewühl, um Kundschaft auszumachen – oder besser: Opfer. Sie ging nicht etwa auf beliebige Männer zu, auch nicht, wenn sie sorglos wirkten und nach Geld aussahen. Um das Interesse der Nonna zu wecken, musste einer jene ganz bestimmte Mischung von Kennzeichen aufweisen, welche allein sie als aussichtsreich für ihren Fischzug erachtete. Dieser war zu jung und sah nach einem starken Griff und schnellen Füßen aus. So einer konnte, wenn alles andere gelungen war, immer noch den Spieß umdrehen und als Verfolger auftreten. Also verkörperte er eine Gefahr. Jener wirkte zu alt, um sich bei dem Interesse für seine Zukunft packen zu lassen, obwohl solche Fälle eigentlich selten waren. Die Nonna pflegte spöttisch zu sagen: »Mancher sollte lieber nicht mehr genau nachfragen, was ihm bevorsteht.«

Ein anderer mochte zu argwöhnisch aussehen. Und mancher Kunde machte schlicht den Eindruck, als hätte er seine Barschaft mit doppeltem Bindfaden festgeknüpft. Da hatte man keine Chance, einen Schnitt zu machen. Die Nonna ging kein Risiko ein. Dennoch bot sie diesem oder jenem ihre

Dienste an. Aber das war bloß Tarnung. Schließlich musste sie darauf achten, gerade in dem hier vorgeschützten Metier – eine ihrer vielen Masken! – glaubwürdig zu erscheinen. So ging sie auf diesen zu und lächelte jenen vielsagend an mit ihrem fast zahnlosen Mund, rief manchmal aufmunternd: »Zeig mir deine Hand, hübscher Junge!«, oder flötete: »Wollt Ihr denn nichts über Euer Glück erfahren, guter Mann?« Wenn einer darauf einging, machte sie sich keine große Mühe. Sie lieferte ein wenig vom üblichen Hokuspokus, plapperte dies oder jenes und bedankte sich höflich für die paar Kupfermünzen, die sie dafür einstrich. Das alles war nur Theater. Selbst wenn sie sich in solchen Fällen ausnahmsweise etwas mehr Zeit nahm, gab sie ihrer Begleitung unauffällig ein Zeichen, beispielsweise ein kaum merkliches Kopfschütteln oder ein unauffälliges Blinzeln. Dann wussten die beiden Mädchen, dass sie nichts Ernsthaftes im Schilde führte, und hielten sich abseits. Es war wichtig, dass ihre Zusammengehörigkeit nicht jedem auffiel. Niemals durften sie während dieses Teils der Arbeit die Nähe der Alten suchen oder gar mit ihr sprechen, außer – ja, außer natürlich *dann*, wenn es drauf ankam.

Ob und wann dieser Fall eintrat, entschied wieder ganz allein die Nonna. Sie griff dann mit einer schnellen, nachdrücklichen Bewegung an ihr Ohrläppchen, und jedes der beiden Mädchen wusste Bescheid, jedes kannte seine Aufgabe. Bisher war es ausschließlich Letizia gewesen, die zur eigentlichen Aktion aufgefordert wurde. Gina hatte stets nur zu ihrer Unterstützung handeln dürfen. Sie war darüber froh gewesen, aber zugleich hatte sie der anderen deswegen gegrollt. Letizia war es, die das volle Vertrauen der Alten genoss und in allem bevorzugt wurde. Und natürlich versäumte sie – selbstbewusstes Biest, das sie war! – niemals, sich damit in den Vordergrund zu spielen. Sie ließ Gina fühlen, dass sie nur als Helferin taugte: ablenken, drängeln, begriffsstutzig im

Wege stehen, falls sie verfolgt wurden. Das Äußerste, was ihr erlaubt wurde, war dies: die Beute im geeigneten Moment zu übernehmen, schnell und unauffällig, damit sie nicht bei Letizia gefunden wurde, sollte man sie fassen und untersuchen. In diesem Fall hatte Gina mit dem Diebesgut zu verschwinden, so rasch sie konnte.

»Das ist auch das Beste, was du jemals fertigbringen wirst«, pflegte Letizia zu sticheln. »Dich aus dem Staub machen!«

Von Herzen hasste Gina sie dafür.

Die Nonna war äußerst ungerecht, fand sie. Sie steckte Letizia bei den Mahlzeiten die besten Stücke zu und stattete sie überdies mit hübschen Kleidern aus.

»Sie muss so aussehen, dass niemand ihre Kunst vermutet«, erklärte sie stets. »Keine Lumpen und kein Schmutz. Sie muss aussehen wie ein anständiges, wohlhabendes Mädchen.«

Die Alte behauptete auch, Letizia sei die Enkeltochter ihrer Schwester und dadurch fühle sie sich ebenso mit ihr verbunden wie mit Gina. Aber es gab handfeste Gründe, an dieser Verwandtschaft zu zweifeln. Im Viertel wurde gemunkelt, in Wahrheit sei Letizia ein Findelkind oder gar ein geraubtes Kind, das die Nonna von Zigeunern gekauft habe. Einiges sprach dafür, fand Gina. Schließlich gab es keinerlei Familienähnlichkeit. Diese frechen Kulleraugen; die dünne Stimme; ihr strähniges aschblondes Haar …

Und wie sich der Wechselbalg ständig in den Vordergrund spielte!

Nichts war ihr geschmacklos genug. Man sehe nur diesen lächerlichen Kopfschmuck mit seinen beiden Zipfeln!

Es war nicht recht von der Nonna, dass sie ihr eigenes Fleisch und Blut so zurücksetzte. Doch andererseits war Gina immer froh gewesen, dass sie nicht die entscheidende Rolle hatte und eher unauffällig bleiben konnte, ja dass es geradezu ihre Pflicht war, so zu tun, als ob sie nicht dazugehörte.

Ich wäre längst vor Angst gestorben, hatte sie sich mehr als einmal eingestanden und den Heiligen für jeden Tag gedankt, an dem die Alte es bei der gewohnten Aufgabenverteilung gelassen hatte.

Doch heute war alles anders! Nun ging sie ihrem ersten *Griff* entgegen – wie ein Lamm zur Schlachtbank. Ihr Blick hing an der Nonna, um das entscheidende Zeichen nicht zu verpassen. Die alte Sünderin glitt in der Menschenmenge dahin wie eine Katze. Nichts war nun von der Last ihrer Jahre zu merken. Von Gestalt fast eine Zwergin, aber selbstbewusst, lebhaft und freundlich, ein Lächeln auf dem braunen, runzligen Gesicht. Ihr turbanartiger Kopfputz leuchtete wie eine Krone. Sie gab diesem einen launigen Gruß und jenem ein leutseliges Wort. Nur den Männern. Die Frauen beachtete sie gar nicht.

»Was für ein stattlicher Bursche«, hörte Gina sie schmeicheln. »Bestimmt habt Ihr Sinn für die Weiber. Möchtet Ihr nicht wissen, was in dieser Hinsicht Eure Zukunft bereithält?«

Der Angesprochene, ein eher unscheinbarer Mann in mittleren Jahren eilte vorüber und murmelte eine Entschuldigung. Es konnte auch als Fluch betrachtet werden.

»Wie«, tadelte die Alte, »Ihr wollt das Schicksal nicht befragen? Schade.«

Schon war sie auf der Suche nach dem nächsten Opfer. Meist waren es nicht solche, die auffällig elegant oder besonders reich aussahen. Vielmehr bevorzugte sie Männer, die zwar wohlhabend wirkten, aber eigentlich durch nichts besonders hervorstachen. Ja, sie hatte eine wohlüberlegte Vorliebe für das Mittelmaß …

Da! Ein Rippenstoß von Letizia. Gina schreckte aus ihren Spinnereien auf.

Die Nonna hatte sich ans Ohr gegriffen!

Einen unendlich lang erscheinenden Augenblick zögerte Vanga und blickte auf den Beutel, den die Dame in Schwarz ihm darbot, bewegungslos, als wäre er vom Zweifel gelähmt. Wenn er jetzt zugriff, hatte er eines seiner wichtigsten Gesetze durchbrochen: Nimm keinen Auftrag an, von dem du nicht überzeugt bist! In dieser Frage war er immer unbeugsam gewesen. Nicht, dass er dabei einen Maßstab angelegt hätte, der von hohen moralischen Grundsätzen im üblichen Sinn bestimmt war. Das wollte er keineswegs für sich beanspruchen. Viel zu genau wusste er: Es hatte schon immer zu seinem Geschäft gehört, dass er bereit war, sich in gewissen Grenzen die Hände schmutzig zu machen. Aber war das nicht gerade der entscheidende Punkt? Auf die Grenzziehung kam es an! Die hatte er stets weniger nach Verstand als nach den Regungen seines Gefühls vorgenommen. Eine schwer beschreibbare Sache. Es saß irgendwo tief in den Eingeweiden, dieses Gefühl, und es war unbestechlich. Wenn er gegen dieses Urteil verstieß, musste er sich einem Richter unterwerfen, bei dem es kein Entrinnen und keine Ausflüchte gab, denn dieser Richter war er selbst.

Es wäre einfacher, hatte er oftmals gedacht, wenn ich mich auf etwas berufen könnte, das eindeutig feststeht und mir den Weg weist. Die Zehn Gebote zum Beispiel.

Nicht, dass er diese Gebote nicht anerkannt hätte! Aber er wusste aus Erfahrung, dass sie nicht alle Probleme abdeckten und dass es für ihn ganz persönlich eine weitere Instanz gab.

»Diese Instanz ist Gott in deiner Seele«, hatte Pater Garofalo mehr als einmal versichert, sein Beichtvater und väterlicher Freund, vielleicht der einzige Mensch, dem er ganz vertraute. Jedenfalls der einzige, mit dem er über solche Dinge sprach.

»Es fühlt sich eher an, als wäre es die Milz in meinem Bauch«, hatte er geantwortet und dabei gegrinst.

»Das ist, wenn man es richtig sieht, dasselbe«, kam es zurück. »Gott kann sich ohne weiteres deiner Milz bedienen, wenn er will. Freilich: So wie du es meinst, ist es eine schlimme Lästerung. Du bist nämlich ein verflixter Ketzer, aber das ist mir ja nichts Neues. Ich bin zu duldsam mit dir. Der Herr mag wissen, warum.« Auch das von einem Lächeln begleitet – und von einem Rippenstoß, der es in sich hatte.

So war es also.

Er könne das Geld nicht nehmen, würde er sagen müssen. Obwohl diese Dame mit Augen und offenbar auch mit einem Körper ausgestattet war, die es ihm verteufelt schwer machten, ihr irgendetwas abzuschlagen.

Doch was sein muss, muss sein!

Während er nun Luft holte, um die Ablehnung auszusprechen, tat seine Hand etwas, das einfach unverzeihlich war. Sie hob sich mit einer empörenden Selbstverständlichkeit – Verräterin! –, die Finger streckten sich aus und umschlossen den Beutel, der ihnen hingehalten wurde.

Die Dame lächelte, eine Andeutung von Spott um die Lippen. Ihre Rechnung war aufgegangen.

»Ich weiß nicht, welche Honorare für Euch üblich sind«, sagte sie. »Aber dies wird genügen für die erste Woche, nicht wahr? Ihr seht, ich setze großes Vertrauen in Eure Fähigkeiten. Ich lege auch gar keinen Wert auf einen geschriebenen Kontrakt.«

»Ich mache nie Kontrakte«, sagte Vanga, dessen Denken sich langsam wieder klärte. »Dafür habt Ihr mein Wort.«

Seine eigene Stimme erschien ihm heiser und fremd. Er räusperte sich umständlich, bevor er hinzusetzte: »Aber Ihr vertraut mir nicht. Ihr habt mir nicht einmal den Namen genannt.«

»Carducci … Gennaro Carducci. So heißt er, mein Bruder.«

»Ich meine *Euren* Namen!«

»Mein Name ... der tut nicht viel zur Sache. Wenn ich es wünsche, werde ich mit Euch Kontakt aufnehmen. Das muss Euch genügen. Schließlich zahle ich gut.«

Trotz Eurer Gerissenheit naiv, dachte Vanga. Er wartete, ob sie sich herbeilassen würde, von sich aus fortzufahren. Als das nicht geschah, schüttelte er missbilligend den Kopf.

»Wie denkt Ihr Euch meine Arbeit? Wenn Ihr Erfolge sehen wollt, müsst Ihr mir mehr an die Hand geben, mehr als einen Namen, denn dieser Mann – Euer Bruder, meine ich – lebt vielleicht schon lange nicht mehr ...« Er unterbrach sich unter ihrem forschenden Blick. »Wenn ich Euch recht verstehe«, fuhr er fort, »dann wird er jetzt wohl kaum noch den Namen führen, mit dem er geboren wurde.«

Die Dame blieb sehr gelassen.

»Darüber weiß ich nichts. Was wollt Ihr sonst noch wissen?«

»Seit wann ist er verschwunden?«

»Seit dem siebten September 1587.« Es schien ihr nicht bewusst zu sein, wie sonderbar die Promptheit und Präzision dieser Antwort war. Er nahm sich vor, bei anderer Gelegenheit nachzufragen.

»Habt Ihr ein Bild von ihm?«

»Nein. Es gibt keins, soweit ich weiß. Er hat sehr gut ausgesehen damals.«

»Wie alt wird er jetzt sein?«

Diesmal musste sie rechnen. »Vor einer Woche sechsunddreißig. Dreimal zwölf.«

»Weshalb sagt Ihr das?«

»Eine persönliche Eigenart. Ich glaube an die Macht der Zahlen.«

»Und diese Nachricht, die Ihr vernichtet habt – wann genau ist sie bei Euch angekommen? Und wie wurde sie übermittelt?«

»Am letzten Freitag. Ein Bote gab sie ab. Meine Bediensteten haben sie entgegengenommen. Sie sagen, es sei ein Bursche in zerlumpten Kleidern gewesen, aber an weitere Einzelheiten konnten sie sich nicht erinnern. Höchstens noch …«

»Ja?«

»Nun ja, er hat geschielt, hieß es. Und: Er sei wohl kein Italiener gewesen … dem Tonfall nach.«

»Woher dann?«

»Das konnten sie nicht sagen.«

»Und das soll alles sein?«

»Mehr weiß ich nicht. Aber – da ist noch das hier.«

Aus ihrem Ärmel zog sie ein längliches Blatt Papier – oder eher wohl Pergament –, das sie ihm reichte.

Also doch noch etwas, dachte Vanga und nahm das Blatt entgegen.

»Darin war der Brief«, sagte sie. »Es steht etwas darauf geschrieben. Vielleicht könnt Ihr herausfinden, was es bedeutet …«

Vanga legte das Pergament auf die Knie. Es war gefaltet gewesen und nun wieder geglättet, jedoch von Knicken und Runzeln überzogen und stark gewellt.

»Das habt Ihr aufbewahrt, und den Brief habt Ihr vernichtet?«, fragte er.

»Ja. Ich sagte doch schon: Ich habe nicht gerade klug gehandelt.«

Spiel nur die unbedarfte Frau, dachte Vanga. Das kannst du recht gut. Er schwieg weiter.

»Jedenfalls glaube ich, dass er in einer Lage ist, in der ihm Gefahr droht.«

»Mag sein. Gibt es Feinde? Vielleicht von früher?«

»Feinde von ihm?«

»Ja, natürlich.«

»Ich weiß es nicht.«

»Und Feinde von Euch?«

»Niemand, der wirklich zu fürchten wäre. Mein Gatte mag Feinde gehabt haben, aber darüber weiß ich nicht viel. Unsere Ehe hat nicht lange gewährt …«

»Was war …«

»Er ist am Fieber gestorben. Er war sehr viel älter als ich.«

Na, na, meine Liebe. Manchmal antwortest du gar nicht und manchmal wie aus der Pistole geschossen!

»Gab es Streit um das Erbe?«

»Er hatte keine Verwandten, von denen ich wüsste.«

Die heiße Luft draußen in der Gasse trug die Stimmen der Ausrufer vom Markt herüber. Hin und wieder knackte es im alten Gebälk des Hauses. Irgendwo summte eine Fliege.

Vanga betrachtete die andere Seite des Pergaments. Da war die Inschrift.

»Das ist so gekommen, wie es jetzt ist, mit dieser Schrift?«

Sie nickte.

»Könnt Ihr mit diesen Zeichen etwas anfangen?«

Da stand deutlich das Wort *Satanas*, aber der Rest bestand aus krausen fremdartigen Zeichen. Das alles erschien Vanga auf eine schwer fassbare Weise bedrohlich. Und was er erfahren hatte, war zweifellos weniger als die Hälfte der Wahrheit.

»Die Schrift ist wohl griechisch«, sagte die Dame. »Ich beherrsche das Griechische nicht.«

»Ich auch nicht.« Griechisch war das auf keinen Fall.

»Oder hebräisch.«

Ebenso wenig. »Auch das ist mir nicht geläufig.«

»So«, sagte sie, und das in einem Tonfall, als wäre sie sich nicht einmal sicher gewesen, ob sie ihm überhaupt Schreiben und Lesen zutrauen dürfe.

Vanga ärgerte sich wider Willen über ihre Arroganz. Er dachte: Weshalb kommst du zu mir, wenn du mich verachtest?

»Dies kann ich behalten? Das Pergament?«

»Nun … Für ein paar Tage.«

»So lange ich es brauche.«

»Gut. Aber ich will es zurück.«

»Ich denke, Ihr vertraut mir etwas Größeres an als das. Es könnte um ein Menschenleben gehen.«

Wahrscheinlich um deins, meine Liebe; es ist mir nicht entgangen, dass du die Frage nach deinen Feinden ziemlich ausweichend beantwortet hast …

»Es ist gut, *Signor* Vanga, verzeiht mir.«

Die letzten Worte waren eine echte Überraschung. Vanga registrierte sie mit einer gewissen Genugtuung, hielt es aber für möglich, dass sie ebenso kalkuliert waren wie alles andere, was seine Besucherin von sich gegeben hatte.

»Ich möchte jetzt gehen«, sagte sie und erhob sich. »Ich verlasse mich auf Euch – und besonders auf Eure Verschwiegenheit!«

»Das braucht Ihr nicht zu betonen … *Contessa.*«

Nur zu gerne nahm er die Gelegenheit wahr, sich nun seinerseits überlegen zu zeigen.

Sie setzte sich wieder.

»Ihr wisst, wer ich bin?«

»Ihr seid die Contessa Colombani. Ich kenne Euer Wappen. Inzwischen habe ich Euer Medaillon da lange genug vor Augen gehabt.«

Wenn sie verärgert oder überrascht war, konnte sie es gut verbergen. Allerdings ließ sie das Medaillon, das an einer goldenen Kette hing, rasch in ihrem Ausschnitt verschwinden.

»Nun, dann wisst Ihr ja auch, wohin Ihr Euch wenden mögt, wenn Ihr in meiner Sache vorwärtsgekommen seid.«

Sie schickte sich an, wieder aufzustehen.

Vanga holte tief Luft. Mit dem, was er dann tat, folgte er ganz der Eingebung seines Gefühls und nicht einem Rat des Verstandes. Er setzte alles auf eine Karte.

»Das wird nicht geschehen«, sagte er. »Denn es gibt keinen Kontrakt. Ihr nehmt Euer Geld zurück und ich mein Wort. Ich kann nicht für Euch tätig werden. Weil Ihr nicht ehrlich mit mir seid.«

Das war der Augenblick, den Gina mit Schrecken vorausgesehen und den sie dennoch eifrig herbeigesehnt hatte, weil nichts auf der Welt schlimmer sein konnte als ein banges Abwarten.

Da ging das Opfer, das die Nonna im Auge hatte. Was für eine ungewöhnliche Wahl: So jung und so auffällig gekleidet … Ein richtiger Geck! Sieh nur die rote Stickerei an seinem Kragen!

Die Alte umgarnte ihn bereits wie eine Spinne. Er stierte sie verblüfft an und schien nichts zu verstehen. Dabei schwankte er ein wenig. Das war des Rätsels Lösung: ein Betrunkener! Und die Geldbörse hing ihm sichtbar aus dem Wams!

»Sie will es mir leicht machen«, dachte Gina. Aber sie konnte sich nicht darüber freuen. Das Herz schlug ihr zum Zerspringen.

»Nun mach schon!«, zischte Letizia, wandte sich ab und glitt zur anderen Seite der Gasse hinüber, um jene Position einzunehmen, die sonst immer Gina innegehabt hatte. Warten im Hintergrund.

»Ich muss es tun«, dachte Gina. »*Jetzt!* Ich muss …«

Wie jemand, der über dünnes Eis geht, näherte sie sich dem jungen Mann.

Eigentlich sah er recht sympathisch aus. Etwas hilflos. Er lachte die Nonna an und breitete gefühlsselig die Arme aus.

»*Va bene!* Sagt mir … Zukunft, hold-liche Sybilla …«

Nicht nur war seine Zunge schwer vom Wein, er hatte auch Mühe, die passenden Worte zu finden, und kämpfte mit einem starken Akzent, der unmissverständlich verriet, dass er nicht aus Italien stammte. In Deutschland mochte seine Wiege gestanden haben, vielleicht auch in Flandern, woher in letzter Zeit viele Gäste nach Rom kamen. Zum Beispiel brotlose Künstler. Dazu würde es passen, dass an seinen Händen Farbspuren leuchteten. Oh ja, sie hatte mancherlei von ihrer Großmutter gelernt! Zum Beispiel, dass man immer alles im Blick hielt …

»Ihr seid sch-schön, mein F-Freundin«, lallte der junge Mann zutraulich, und die Nonna musste sich seiner Umarmung erwehren. Sie tat es mit süßsaurer Miene und zweifellos voll heimlichem Zorn – nämlich wegen des Aufsehens, das er verursachte.

»He. Ich w-werd euch malen …«

Also richtig geraten. Ein Pinselquäler! Er wühlte in seiner Tasche herum, als hätte er dort Leinwand und Pinsel verborgen, und kämpfte dabei um sein Gleichgewicht. Ein Skizzenblock trat zum Vorschein, und die Geldbörse rutschte immer weiter heraus.

Vielleicht fällt sie ihm noch auf den Boden, dachte Gina mit einem Anflug von Sarkasmus. Das wäre wirklich sehr entgegenkommend. Dann brauche ich sie nur aufzuheben und kann mich davonmachen.

Noch ein Schritt trennte sie von der Szene. Da hustete die Nonna mit heftigem Nachdruck. Ein scharfes, schnelles, bellendes Husten, das Gina nur allzu gut kannte – das vereinbarte Alarmzeichen für den Fall einer unmittelbar drohenden Gefahr.

Ohne sich weiter um irgendetwas zu kümmern, schwenkte Gina ab und tauchte in eine dichte Menschengruppe, die um einen Marktschreier mit allerlei billigem Tand und bunten Bändern versammelt war. Von dort aus blickte sie gespannt um sich.

Die Alte hatte ihr Opfer von sich gestoßen, und Letizia war in einem Torweg verschwunden.

Was war geschehen? Da sah sie es: ein Offizier der Stadtwache mit zwei Soldaten. Sie schienen nichts Bestimmtes zu suchen, hatten jedoch die Augen überall.

Gut Acht gegeben! Das musste man der Alten lassen.

Der Offizier, ein stattlicher Mann mit kräftigem Kinn blieb in herausfordernder Haltung stehen.

»Nun, alte Hexe, immer noch munter die Finger im Spiel?«

Die Angesprochene ließ sich nicht lumpen: »Sieh an, Umberto Cecco! Als du ein Gassenbengel warst, hab ich dir die Nase geputzt. Soll ich es heute wieder tun?«

Ihr Gegenüber lachte von oben herab. Jenes Lachen, das die Zähne entblößt, aber niemals die Augen erreicht.

»Pass nur auf, sonst endest du noch in einem dunklen Kerkerloch!«

Damit setzte die kleine Truppe ihren Weg fort.

Die Alte starrte dem großen Offizier mit stechenden Augen nach.

»Pass selber auf!«, knurrte sie. »Sonst tanz ich bald auf deinem Grab!«

Dann suchte ihr Blick die beiden Mädchen, die sich unauffällig heranschlängelten.

»Da vorne geht er«, flüsterte sie. »Lasst ihn nicht entkommen!«

Oh ja, was sie sich einmal vornahm, das verlor sie selten aus den Augen. Der beschwipste Geck ging mit unsicherem Schritt quer über die Via Giulia. Sie folgten ihm. Nun war es der Weg zur Piazza Navona.

»Der ist es«, bekräftigte die Alte. Den hat uns der Teufel geschickt, und – bei Gott – wir werden den schwarzen Gevatter nicht enttäuschen!«

Sie folgten dem Eigentümer der locker sitzenden Börse durch das Gewirr enger Gassen, unregelmäßig verzweigter Plätze und kleiner Innenhöfe, das sich in der Gegend von

Sant' Andrea della Valle bis zum Kapitolshügel hinüberzog. Hin und wieder, wenn die Abendsonne einen Weg in diese Höhlen und Schluchten fand, leuchtete der rot verzierte Kragen vor ihnen wie ein Wimpel.

Die Nonna hatte beschlossen, noch zu warten. Die Umgebung gefiel ihr nicht. Gina glaubte zu wissen, weshalb: Hier waren keine günstigen Möglichkeiten zur Flucht gegeben. Einerseits war das Mädchen froh über jeden Aufschub. Andererseits ersehnte es nichts brennender, als dass dieser schreckliche Tag endlich vorüber sein möge.

Und dann kam Gina der Gedanke, das Zögern der Alten habe vielleicht noch einen anderen Grund. Sie wurde zunehmend unwirsch und schaute immer häufiger über die Schulter. War da nicht eine Gestalt, die ihnen seit einiger Zeit unauffällig nachschlich und sich in den Schatten der Mauern und Durchgänge duckte, sobald sie sich umwandten?

Plötzlich, als der junge Mann an einem Brunnen innehielt und kein Fremder in der Nähe war, blieb die Nonna stehen und rief: »Komm heraus und zeig dich! Ich weiß, dass du da bist!«

Zuerst geschah nichts. Dann löste sich die Gestalt aus dem Dämmerlicht, und ein Mädchen, etwa so alt wie Gina und Letizia stand vor ihnen.

»Zela!«, stieß Letizia hervor. »Was suchst du hier? Mit dir sind wir fertig!«

»Sss!«, machte die Nonna. »Hier rede *ich*. Was willst du?«

»Sie will …«, setzte Letizia an.

»Tizia schweig!«

»Ich will mit Euch gehen«, sagte die andere. »Ich bereue, was ich getan habe …«

Das Mädchen war eine Schülerin der Alten gewesen, ehe diese Gina anzulernen begann. Vage war davon geredet worden, die unwürdige Adeptin habe sich gegen den Willen der Nonna vergangen und Geld in die eigene Tasche gesteckt. So wie Olimpia. Beide hatte die Großmutter gnadenlos davongejagt.

»Du weißt, dass ich dich nicht mehr sehen will!«, erklärte die Alte gefährlich ruhig.

»Ich weiß, aber ich bin in Not.«

»Ich hab jetzt eine andere Stütze.« Ein Kopfnicken auf Gina hin.

»Die wird Euch nicht viel helfen.«

Gina spürte eine Welle von Zorn, obwohl sie wusste, dass an diesem Einwand etwas dran war – selbst wenn sie eigentlich glaubte, sich ihres Widerstrebens gar nicht schämen zu müssen.

Die Alte zog die Brauen zusammen. »Du weißt, dass ein Blick von mir genügt, um dich zu töten.«

Die Wirkung dieser Worte auf das Mädchen war schrecklich. Es begann zu zittern und kalkweiß zurückzuweichen. Aber auch Gina war zutiefst erschrocken.

Jettatura! Der böse Blick! Ob die Nonna den wirklich hatte?

Oh, ja. Die Alte stand in dem Ruf, das Zweite Gesicht zu haben, und verfügte angeblich auch über die vernichtende Kraft der Augen. Aber das hatte Gina stets als Geschwätz abgetan. Sollte am Ende doch etwas dran sein?

»Verschont mich, ich bitte Euch!«, flüsterte das Mädchen.

Ein Knurren und dann eine wegwerfende Handbewegung als Antwort. Dann folgte die mürrische Frage: »Wann wird es geboren?«

»In … in vier Monaten.«

Jetzt erkannte auch Gina, dass der Bauch des Mädchens merkbar gerundet war.

»Komm mit, aber halt dich zurück«, entschied die Alte. »Vorwärts! Wir müssen uns beeilen. Ich weiß schon, wo er hingeht. Wetten, er will zum *Gatto Nero*! Der Treffpunkt aller Nichtsnutzigen. Aber vorher werden wir ihn abfangen!«

Die Gräfin starrte Vanga schweigend an. Kein Geräusch, außer gedämpften Lauten, die von der Straße heraufkamen. Und immer noch das Summen der Fliege.

»Also gut«, sagte sie. »Ich habe den Brief *nicht* verbrannt.«

Vanga nickte abwartend. Das hatte er sich gedacht.

»Ich habe ihn bei mir.«

Zögerlich griff sie zum Ausschnitt ihres Kleides, öffnete einen Knopf – ohne sich abzuwenden, so dass er einen Schimmer ihres Busens wahrnahm –, zog das Medaillon wieder hervor und entnahm ihm ein winzig zusammengefaltetes Schriftstück.

Also wenigstens etwas!

Sie breitete das Papier auf einem Knie aus und strich die Falten glatt.

»Soll ich vorlesen?«, fragte sie.

Ärgerlich streckte er die Hand aus, und sie reichte ihm das Blatt. Es war dünnes, weiches Papier, das ihn an die Haut ihres Körpers denken ließ.

Ein merkwürdiger Brief.

Leibliche Schwester,
es kommt zu meinen Ohren, dass Ihr Fragen stellt und des unklugen Willens seid, meinem Aufenthalt nachzuspüren. Seht ab davon! Unsere Sphären haben sich getrennt, und es wird gut sein, wenn es dabei bleibt.
Nur Torheit missachtet eine Gefahr, und Gefahren gibt es mancherlei! Rom ist kein guter Aufenthalt für Euch. Nehmt ernst, was ich Euch rate: Lasst diese Stadt hinter Euch!
Wahrt Klugheit und haltet Euch an den Kreis Eures Schicksals! Dann wird es Euch lange erhalten.
Mir hingegen mag anderes bestimmt sein.

»Da ist keine Unterschrift«, sagte Vanga.

»Gleichviel. Es ist seine Hand.«

»Und warum heißt es da: *Leibliche* Schwester?«

Schweigen. Dann: »Vielleicht weil wir – *nicht vom selben Geist* sind …«

Vanga knurrte unzufrieden. Er drehte das Blatt um. Nichts.

»Und von welcher Art Gefahr da die Rede ist, wisst Ihr nicht? Was ist das für eine seltsame Warnung. Gefahr für ihn? Oder für Euch?« Oder eher eine Drohung?, setzte er in Gedanken hinzu.

Ein Schulterzucken, das sich sehr reizvoll ausnahm. Sie hatte die Öffnung ihres Kragens noch nicht wieder geschlossen. Vanga gab sich Mühe, diesen Reiz nicht zu beachten. Etwas stimmte nicht. Vieles stimmte nicht.

Und immer mehr missfiel ihm dieser Brief.

»Hat Euer Bruder Feinde? Hat er früher welche gehabt? Das ist äußerst wichtig! Ihr müsst mir die Wahrheit sagen. Sonst ist alles vergebens.«

»Seit all den Jahren leben wir in getrennten Welten. Ich hatte nie mehr etwas von ihm gehört, bis dieser Brief eintraf.«

»Ja. Ich weiß. Ihr hieltet ihn für tot. Dennoch habt Ihr nach ihm geforscht.«

»Nun ja …«

»Obwohl Ihr ihn für tot hieltet?«

»Ich war mir nicht sicher …«

»Dann habt Ihr gewiss auch keine Kenntnis seiner finanziellen Situation. Spielt er? Macht er Schulden?«

»Das habt Ihr schon gefragt. Wie soll ich das wissen?«

»Die Antwort wäre wichtig. Was ist mit früher?«

»Nein!«

Vanga schüttelte unwillig den Kopf. Sein Unbehagen war erdrückend. Aber da war auch das Gewicht dieses Beutels …

»Ich werde das Mögliche tun. Aber Ihr müsst wissen, dass

mein Honorar zu zahlen ist, selbst wenn ich nicht den Erfolg habe, den Ihr Euch vorstellt.«

»Lasst das nur meine Sorge sein! Aber es gibt da noch etwas, das Ihr zusagen müsst.«

»Und was?«

»Wenn Ihr ihn findet, nun … Er darf es nicht erfahren. Ihr macht mir Mitteilung, und ich entscheide, was weiter zu tun ist.«

Vanga nickte zweifelnd. »Das soll geschehen, wie Ihr wünscht. Aber Ihr müsst etwas bedenken: Es kann nicht ganz verborgen bleiben, wenn ich nach diesem Mann forsche. Unter denen, die ich frage, ist vielleicht jemand, der vertraut mit ihm steht und der mir gegenüber schweigt – es ihm jedoch hinterbringt. Das ist umso wahrscheinlicher, je näher ich an ihn herankomme. Das kann auch Folgen für Euch haben.«

»Ihr müsst eben behutsam sein.«

»Das werde ich. Aber ich muss Euch warnen, was geschehen kann. Natürlich wird uns meine Erfahrung weiterhelfen. Dennoch. Ohne alles? Nicht ein einziger Anhalt oder ein Kennzeichen!«

»Vielleicht … Ich weiß nicht, ob es hilft …«

»Was?«

»Er hatte rotes Haar. Wie glänzendes Kupfer.«

Wie man es dem Satan zuschreibt, dachte Vanga. Aber er sagte:

»Warum: Er *hatte*?«

War da nicht ein winziges Zögern, ehe sie antwortete? »Weil ich ihn so lange nicht gesehen habe. Die Haarfarbe kann sich ändern, nicht wahr?«

»Ja, gewiss. Oder geändert werden. Auch das hilft nicht viel.«

Sie sah aus, als ob sie noch etwas sagen wollte, und er wartete ab.

Aber es kam nichts.

»Dann werde ich also suchen«, sagte er schließlich. »Und schweigen.«

»So soll es sein«, flüsterte sie. »Und so ist es das Beste – auch für Euch! Er … Mein Bruder war stets ein … sehr impulsiver Mann.«

Damit erhob sie sich erneut und trat einen Schritt näher an ihn heran, so dass sie fast zwischen seinen Knien stand und er durch den weichen Stoff ihrer Röcke die leichte Berührung ihres Körpers spürte. Er glaubte sogar, das Strumpfband an ihrem Schenkel zu fühlen. Oder bildete er sich das nur ein?

Er hörte die schnellen, leisen Worte: »Aber um Euch brauche ich mir kaum Sorgen zu machen, nicht wahr? Es heißt, Ihr seid … nun … rasch im Handeln.«

Mit dieser Art von Vertraulichkeit hatte er denn doch nicht gerechnet, und die Andeutung, die darin liegen mochte, verschlug ihm den Atem.

Da hatte sie sich bereits von ihm gelöst und abgewandt, ihr Kleid rauschte, und sie zog den Schleier wieder vors Gesicht.

»Ich erwarte dann also, von Euch zu hören«, sagte sie laut und jetzt wieder mit eisiger Stimme. Die Tür sprang auf. Offenbar hatte ihr athletischer Leibwächter nicht nur auf dem Treppenabsatz gewartet, sondern ganz dicht am Eingang und mit scharfem Gehör jedes Wort verfolgt, das hier drinnen gesprochen wurde.

Jedes Wort? Wohl doch nicht das, was die Gräfin *sotto voce* gesagt hatte.

Vanga erhob sich, immer noch mit einem leichten Schwanken, und deutete eine Verneigung an, aber davon nahm niemand Kenntnis. Der Bedienstete trat zur Seite und ließ seine Herrin vorüberschreiten. Dann verstellte er Vanga den Weg, als wolle er verhindern, dass der ihr womöglich folgte. Rasch verschwanden beide die Stiege hinab, und kurz darauf ertönten Stimmen vor dem Haus.

Das winselnde Organ des Wirts spulte noch ein paar Höflichkeiten ab. Aber da war die Sänfte mitsamt Begleitung schon auf und davon.

Vanga wischte sich den Schweiß ab und betastete den Geldbeutel in seiner Hand.

Er war unzufrieden. Ihm passte nicht, dass er sich wider alle Vernunft auf ein so zwielichtiges Angebot eingelassen hatte.

Contessa, dachte er, Ihr wollt viel mehr von mir, als Ihr zugebt. Wenn ich nur genauer erkennen könnte, welches Ziel Ihr verfolgt.

Sei's drum! Was ich jetzt tun werde, ist klar. Zuerst werde ich dem Wirt seine lächerliche Geldforderung hinschmeißen. Dann werde ich ihm einen Tritt in den Hintern verabreichen, den er redlich verdient hat. Danach werde ich einen Schluck trinken.

Aber nein ... Was für ein Unsinn!

Das Trinken kommt natürlich zuerst.

Warum hat die Alte zurückgesteckt?, fragte sich Gina, als sie nun zu viert dem roten Kragen nacheilten. Ist es nur aus Eile geschehen oder um kein Aufsehen zu riskieren – oder gibt es einen anderen Grund? Hat es etwas mit mir zu tun?

Während sie noch darüber grübelte, erreichten sie den Platz vor einem Wirtshaus. Der wuchtige Bau mit seiner geräumigen Vorhalle leuchtete blutrot im Schein der untergehenden Sonne.

Kein Mensch zu sehen, außer ein paar spielenden Kindern im Straßendreck. Das war der richtige Augenblick, der nicht versäumt werden durfte. Die Alte wusste es offenbar genau. Sie hastete vorwärts und krallte den jungen Mann am Ärmel.

Er staunte sie an. »Wa… Ihr schon wieder. Ich kenn Euch doch.«

»Nichts für ungut, Gevatter. Ihr wolltet mich was fragen …«

»Ich – Euch?« Gar so betrunken schien er gar nicht zu sein.

Gina und die anderen Mädchen umringten das Paar und rückten harmlos tuend weiter vor.

»Eure Hand«, forderte die Alte. »Um Euer Schicksal zu sehen, muss ich …«

»Schicksal?«

Arglos, aber aufmerksam wandte er sich ihr zu und blickte in das dunkle Gesicht, das ganz aus Liebedienerei und Beflissenheit gemacht schien.

»Ach, seid so gut!«, drängte sie mit vorgetäuschter Sanftmut.

Er taumelte ein wenig und verstand gar nichts. Anscheinend gewann eben jetzt der gelinde Rausch von neuem die Oberhand.

»Nehmt dies hier!«, schnarrte die Alte, fast im Befehlston. Sie hielt ihm eine blanke Münze hin, ein Stück, das Gina gut bekannt war. Silberhell und ziemlich groß, wenn auch von recht geringem Wert. Es war mit einem scharf eingeritzten Kreuz markiert, welches das Auge auf sich zog.

»Die müsst Ihr festhalten, sonst kann ich Euch die Zukunft nicht lesen.«

Der junge Mann taumelte sacht. Entgeistert starrte er die Alte an. Er versuchte vergeblich zu sprechen, brachte aber nichts heraus. Unwillkürlich streckte er die Hand aus. Zugleich, so erschien es Gina, flackerte ein Funke von Misstrauen in seinem Blick auf.

»Nehmt!«, säuselt die Alte und drückt ihm die Münze in die Hand.

Auf diesen Moment der Ablenkung haben die Mädchen

gewartet. Gina erhält einen Stoß von Letizia und tut einen Schritt nach vorn. Aber da ist ihr Zeta im Weg. Wut schäumt in Gina auf, Wut, die vor allem aus Angst geboren ist.

»Verschwinde!«, faucht sie.

Ein scharfer Blick von der Alten. Das ist umso alarmierender, als sie es sonst in dieser Phase strikt vermeidet, irgendeinen Kontakt mit den Mädchen erkennen zu lassen.

Entschlossen stößt Gina die Konkurrentin beiseite und steht nun unmittelbar neben dem Opfer. Aber es ist, als sei damit ihre Energie verflogen. Ihre Augen hängen an seinem Gesicht, der Kopf schwindelt ihr, und immerfort verdrängt ein Gedanke, närrisch und lähmend, jeden anderen: Eigentlich sieht er wirklich nett aus!

Noch ein Blick von der Nonna und eine taumelnde Bewegung des Mannes, so als höre er eine warnende Stimme aus seinem Innern, könne aber nicht recht verstehen, was sie ihm sagen will. Zugleich geschieht etwas anderes, das Gina klar erfasst, obwohl ihr alles Übrige unbegreiflich fremd erscheint. Es ist, als sei sie überhaupt nicht Handelnde, sondern nur Zuschauerin.

Mehrere Männer verlassen das Gasthaus. Sie treten unter den Arkaden hervor und beobachten die Szene, die sich vor ihnen abspielt. Einer ruft etwas. Ein Pfiff.

Gina taumelt. Da ist die Geldbörse des jungen Gecken! Noch immer hängt sie am Bändel halb hervor.

Wenn sie jetzt herausfällt, denkt Gina, dann hebe ich sie einfach auf und …

Jemand schiebt sie zur Seite. Zeta! Schon ist Gina verdrängt. Mit flinken Fingern fasst die Konkurrentin nach der Schnur und hat sie auch schon in der Hand. Der junge Mann fühlt die Berührung, begreift aber nicht, was geschieht. Er macht eine Bewegung – wie ein Tanzschritt. Zugleich ist Letizia da. Sie gleitet herbei wie eine Schlange zu ihrem Opfer.

Blitzschnell entreißt sie Zeta die Beute. Scharf wie im Traum sieht Gina das alles, obwohl ihre Gedanken davonirren. Zugleich bemerkt sie die Zuschauer. Da ist dieser Mann vor der Osteria. Sie kennt ihn. Dieser unverwandte Blick. Die gebrochene Nase. Jetzt weiß sie Bescheid: Der Mann am Richtplatz. Olimpias abgelegter Liebhaber …

Er sieht ihr zu!

»Nimm's endlich!« Diese Worte stechen Gina ins Ohr. Etwas Glattes, Weiches presst sich in ihre Hand. Unwillkürlich schließen sich ihre Finger darum. Die Geldbörse! Letizia hat sie ihr weitergegeben. Nicht anders hat sie mit ihr geübt, wieder und wieder, aber so war es heute nicht geplant. Was tun?

Der junge Mann – erstaunter Kinderblick – vollendet seine Drehung und streckt den Arm aus wie ein Schlafwandler, immer noch um Gleichgewicht bemüht. Unversehens hält er Gina in den Armen, und sein Gesicht sinkt auf ihre Schulter.

Panischer Schrecken: Nur rasch frei kommen! Stoß ihn weg!

Aber sie tut etwas ganz anderes. Ohne Überlegen. Ohne zu wissen, was geschieht …

Sie spürt den Weinatem des Mannes, und sein Gürtel streift ihre Hand. Da ist es auch schon geschehen, ganz mechanisch, gegen ihren Willen: Sie hat die Geldbörse dorthin zurückgesteckt, wo sie hergekommen ist. Er hat es wieder, das verfluchte Ding!

Gina kann nur staunen über sich; sie ist wie vom Donner gerührt, aber sie fühlt sich grenzenlos erleichtert. Sie weicht zurück, und der Fremde, dem die Beine den Dienst aufkündigen, sackt zu Boden. In seinem Gesicht glänzt das selige Lächeln des Vergessens …

Da steht Gina. Da ist der Mann aus der Osteria. Und die übrigen Gaffer.

Die beiden anderen Mädchen verschwinden gerade im

Schatten eines Torwegs, und auch die Alte bringt sich in Sicherheit. Doch sie dreht sich noch einmal um.

Kein Wort.

Aber ihr Blick sagt alles: Geh mir aus den Augen! Mit dir bin ich fertig!

Gina empfindet gar nichts.

Vom *Gatto Nero* her dringen Rufe an ihr Ohr.

»Da, das ist sie!« – »Verdammte Pest!« – »Lasst sie nicht entkommen!«

Aber auch eine andere Stimme: »Habt ihr denn nicht gesehen, was sie getan hat?« Das ist der Mann mit der gebrochenen Nase. Es folgen die rauen Geräusche einer wilden Rauferei.

Keiner behelligt Gina. Geistesabwesend geht sie davon. Doch ehe sie den Platz verlässt, bückt sie sich wie im Traum und hebt etwas auf, das blank im Staub liegt.

Die Zaubermünze der Alten, die Münze mit dem eingeritzten Kreuz.

Als Vanga sich dem vierschrötigen Kerl in den Weg stellt, der das Mädchen packen will, weiß er genau, was folgen muss. Trotzdem: Der erste Hieb trifft ihn ungedeckt und wirft ihn fast zu Boden. Doch findet er rasch sein Gleichgewicht wieder und zahlt zurück. Im Nu sind alle Trinkkumpane und ein paar weitere Gäste in die Prügelei verwickelt, ja, sogar der Wirt. Er stürzt sich ins Gewühl, um Frieden zu stiften. Selbstverständlich bewirkt er nur das Gegenteil. Beiläufig bekommt er einen Hieb vor den Kopf und sackt zu Boden. Es geht heiß her, aber es dauert nicht lange. Alles hat einmal ein Ende, auch die beste Schlägerei.

An Gina dachte bald keiner der Raufbolde mehr. Als sie sich an die Ursache des ganzen Getümmels zu erinnern versuchten, war das Mädchen längst auf und davon.

Vanga hockte mit den anderen unter dem Ziegelgewölbe

und hielt sich ein feuchtes Tuch an die aufgeplatzte Lippe. Sein Schädel brummte, und im Mund hatte er einen faden, ekelhaft säuerlichen Geschmack.

»Bist keinem was schuldig geblieben, wie?«, sagte ein ungefüger Kerl, der sich seufzend neben ihm niederließ.

»Ach, du«, murmelte Vanga. »Bugiardone! Bist auch dabei gewesen?«

»Ich hab den Lärm gehört. War aber zu spät hier und hab wohl das Beste verpasst.«

»Gräm dich nicht!«

»Kannst du mir sagen, wie's dazu kam?«

»Lass gut sein!«

»Ich will's trotzdem hören.«

»Ich aber nicht!«

Der Bugiardone wiegte gewichtig den Kopf.

»Ich weiß es sowieso.«

»Dann freu dich, und halt's Maul!«

»Ich hab gesehen, wie du für die Kleine eingetreten bist. Mein lieber Freund, auch wenn du es nicht hören willst: Du bist ein guter Mensch. Ja, ja. Das heißt aber auch: Du bist ein Dummkopf.«

»Und du bist ein Arschgesicht!«

»Wie bitte?«

»Ein Arschgesicht.«

»Ach so. Ich hatte Arschgesicht verstanden. Das kommt, weil du so nuschelst!«

Der Dicke grinste, und Vanga grinste ebenfalls.

»Übrigens«, sagte der Bugiardone, »da ist was, das wollte ich dich schon immer fragen und trau mich nicht.«

»Nur raus damit! Du willst wissen, wo ich die krumme Nase herhab.«

»Ja. Stimmt. Aber wenn du keine Lust hast, davon … Ich meine, gerade jetzt …«

»Warum denn nicht? Hör zu. Das war so: Ist genau hier im *Gatto Nero* passiert. Damals hatte ich noch die üble Angewohnheit, alle Leute Sachen zu fragen, die mich nichts angingen, und eines Tages …«

»Schon gut. Hast ja Recht. Ich hätt nicht fragen sollen.«

Gina ließ den Tränen freien Lauf. Sie hatte sich im Winkel eines Hofes hinter einem Haufen Gerümpel verkrochen und war froh, dass niemand sie sah. Dieser Tag war ein einziges Schrecknis gewesen. Am liebsten wollte sie tot sein. Alles ging in ihrem Kopf durcheinander. Das Keifen und Drohen der Nonna. Die Unverschämtheit der beiden anderen Mädchen. Ihre eigene Angst. Und das Gesicht dieses betrunkenen Burschen, den sie hatte bestehlen sollen.

Dieses Gesicht war die einzige Erinnerung, die ihr nicht zuwider war. Es war ein freundliches Gesicht gewesen. Deshalb war sie im Grunde froh über das, was sie getan hatte.

Doch was nun?

Zurückgehen und zu Kreuze kriechen? Die Nonna um Verzeihung bitten?

Nein, niemals! Das ließ ihr Trotz nicht zu. Außerdem fühlte sie, dass es sinnlos war. Über diesem Gedanken wurde sie ruhiger. Ihre Tränen versiegten.

Dio mio, sie hatte Hunger! Hatte seit dem Morgen nichts gegessen, und jetzt rebellierte ihr Magen. Vorsichtig spähte sie in den Hof hinaus. Es war dunkel geworden. Ein paar Kinder spielten unter einem Torbogen. So spät noch! Jetzt wurden sie von einer Frauenstimme gerufen und rannten davon.

Gina kroch langsam aus ihrem Versteck hervor. Niemand beobachtete sie. Sie klopfte ihr Kleid ab und reckte sich. Vom Hocken taten ihr die Knochen und Gelenke weh.

Da knarrte ein Schlagladen. Der Lichtschein einer Kerze fiel aus einem Fenster auf die Wand neben ihr. Hastig wich sie ins Dunkle zurück. Jemand, ein Mann der sich herauslehnte, sagte etwas Unverständliches zu einer Frau, die aus dem dunklen Zimmer antwortete.

Dann rief er: »Achtung, Wasser!«, und fast gleichzeitig platschte etwas dicht vor dem Mädchen auf das Pflaster, eine Flüssigkeit, die entschieden zu viel Gestank verströmte, als dass es wirklich nur Wasser sein konnte. Die Kerze verschwand, und Gina atmete auf.

Sie wollte sich davonschleichen, doch mehrere Männer gingen vorüber. Sie waren bewaffnet. Gina hielt den Atem an. Die Wache! Der wollte sie auf keinen Fall begegnen. Vielleicht suchte man ja bereits nach ihr.

»Vorwärts!«, herrschte der Anführer seine Leute an: »Bewegt euch gefälligst, ihr lahmen Hunde!«

Zwei der Soldaten murrten leise, als sie vorbeischlurften. Kurz darauf waren alle in der Dunkelheit verschwunden.

Dennoch blieb Gina noch eine Weile in ihrem Versteck. Schließlich fasste sie sich ein Herz und schlüpfte hinaus in die Gasse. Ängstlich vermied sie es, den Platz vor dem *Gatto Nero* zu betreten. Sie wandte sich nach der anderen Seite und lief ziellos umher. Erneut musste sie zurückdenken, und wieder fiel ihr der Mann mit der gebrochenen Nase ein. Hatte er wirklich versucht, sie in Schutz zu nehmen? Er war freundlich gewesen – genau wie damals, als sie vom Richtplatz geflohen war. Aber andererseits hatte er sich die bittere Feindschaft ihrer Schwester zugezogen. Nun gut. Konnte so einer nicht trotzdem ein anständiger Kerl sein? Schließlich wusste sie genau, wie schwierig der Umgang mit Olimpia war.

Ach was, vergiss ihn!, dachte sie. Ein Tagedieb unter tausenden. Aber sie dachte nicht ungern an ihn …

Wo war sie eigentlich? Vor ihr, so nahm sie an, lag der Hügel des Kapitols. Hier war sie noch nie gewesen. Seltsam, dachte sie. Manche Bereiche der Stadt sind mir innig vertraut, andere völlig fremd. In dieser Gegend kenne ich keine Seele.

Sterne funkelten am Himmel. Es war bereits Nacht. Niemand würde sie jetzt noch erkennen. Sie konnte gehen, wohin sie wollte. Aber wohin wollte sie eigentlich? Außerdem war da dieses Rumoren im Magen!

An einer Gassenkreuzung wurde Gebäck feilgeboten. Selten genug bekam man so etwas zu sehen dieses Frühjahr! Schon vom Duft lief ihr das Wasser im Munde zusammen. Nur eben: Dergleichen war neuerdings teuer, und sie hatte kein Geld. Bloß die Kreuzmünze der Alten, und die würde sie um keinen Preis hergeben …

Ratlos drückte Gina sich in der Nähe des Verkaufsstandes herum. Leute gingen vorüber. Kunden kamen und verschwanden wieder aus ihrem Gesichtskreis. Es war eine ständige Unruhe. Aber es gab da noch ein anderes, ein besonderes Geräusch, das sie aufhorchen ließ. Hatte sie es nicht schon länger im Ohr? Ein bedächtiger Schritt, leicht schlurfend, so als zöge jemand ein Bein beim Gehen nach. Es rückte näher, offenbar aus der Gasse, die sie eben erst hinter sich gebracht hatte, und es verstummte, ohne dass jemand aufgetaucht wäre.

Nur ein Zufall?

Du bildest dir Narrheiten ein!, schalt sie sich. Viel wichtiger ist es doch, etwas Essbares zwischen die Zähne zu kriegen. Aber wie?

Der Verkäufer der Backwaren hatte sie längst bemerkt und blickte von Zeit zu Zeit halb herausfordernd und halb misstrauisch zu ihr herüber. Im Schein der Laterne warf seine spitze Nase groteske Schatten auf das Gesicht.

»He du!«, rief er plötzlich. »Willst du etwas?«

Gina brachte keinen Ton heraus.

»Nein? Dann steh da nicht rum! Mach, dass du wegkommst!«

Fortgejagt wie ein lästiger Köter! Gina hatte allen Mut verloren. Sie duckte sich wie ein ertappter Dieb und rannte davon, Hals über Kopf in eine Gasse hinein – fremd wie alle andern. Wütendes Geschrei verhallte hinter ihr. Ha! Ohne nachzudenken, war sie vorgestürzt und hatte im Vorbeirennen eine Brezel gepackt. Noch im Laufen stopfte sie sich einen Bissen von dem knusprigen Teig in den Mund.

Immer neue Mauern, Türen, Treppen.

Ihr Fuß platschte durch Wasser. Ein Brunnen, der in einem Mauerbogen sprudelte, ist übergelaufen, vermutlich ist der Abfluss verstopft.

Wasser!

Ein glitzernder Schwall rauschte aus dem Maul eines steinernen Löwen hervor. Gina blickte nach rechts und links. Keine Gefahr? Dann wagte sie sich an das Auffangbecken und erhaschte etwas von dem kühlen Strahl. Drei, vier große Schlucke nahm sie, und ihre Kehle brannte vom kalten Nass. Für den Augenblick sind Hunger und Durst gestillt. Sie öffnete den Brustlatz und warf sich einen frischen Tropfenschauer über Hals und Busen. Dabei sicherte sie hastig nach allen Seiten.

Verhältst dich wie ein gejagtes Reh!, dachte sie – und musste lachen. Aber es verging ihr schnell. Denn da – da war er wieder, dieser unregelmäßige Schritt! Und wieder verhielt er, ehe jemand sichtbar wurde.

Gina fühlte sich plötzlich schutzlos und ausgeliefert. Sie lauschte. Stille. Nirgends ein Mensch und nicht der kleinste Laut aus all diesen finsteren Gebäuden. Ganz anders als eben noch in dem belebten Viertel, beim Brezelverkäufer.

Jäh schlug das Herz ihr bis zum Hals, und der Atem ging mühsam. Sie raffte die Röcke um die Beine und hastete weiter, taumelte durch schwarze Gassen, die wie Höllenrachen wirkten, und geriet unversehens wieder ins Freie, ins Helle, auf einen mit Fackeln erleuchteten Platz hinaus. Nach Luft ringend, hielt sie inne.

Wohin bin ich jetzt geraten?

Frauen standen unter Mauerbögen, mit entblößten Armen und Schultern, manche zeigten sogar den Busen. Sie präsentieren sich im Lichtschein, ihre Gesichter leuchten hell geschminkt, die Lippen prangen rot wie Kirschen.

Kein Zweifel: Hier lauerten die Huren auf Kundschaft. Und die war auch schon da: Zahlreiche Männer, einige in vornehmer Kleidung, andere in Lumpen, spazierten auf und ab, schauten von einer zur anderen und führten hier und da ein halblautes Gespräch.

Gina stand unschlüssig da, ratlos, wohin sie sich wenden solle. Da gellte eine harsche Stimme in ihr Ohr: »He du! Was drückst du dich hier rum?«

Ein zorniges Gesicht, maskenhaft unter der Schminke, drängte auf sie ein. Und, hol's der Teufel, schon wieder ein Zeigefinger, der sie aufspießen will! Kopflos wandte sie sich zur Flucht, während es hinter ihr kreischte: »Das ist mein Platz, du dreckige Schlampe! Merk es dir!«

Wieder stolperte das Mädchen über buckliges Pflaster und durch schwärzeste Finsternis. Kein Verstand, keine Richtung. Nur weg von diesem Ort! Das hier war etwas völlig anderes als der familiäre Gelegenheitsstrich, den sie aus Trastevere kannte. Hier war es wie in einer Arena, in der Kämpfe ausgetragen wurden.

Gina rannte, bis ihr der Atem ausblieb und die Knie nachgaben. Sie taumelte.

Au! Himmel! Ein Hieb an die Schläfe! Wirbelnd stürzte sie ins Bodenlose …

Nein. Sie ist bei Besinnung, liegt am Boden, kalte Pflastersteine drücken schmerzhaft gegen ihre Stirn. Etwas Warmes rinnt übers Gesicht. Ob das …

Ihre Gedanken verwirrten sich. Sie versuchte sich zusammenzureißen.

Es fröstelte sie. Mühsam rappelte sie sich auf und wischte unwillkürlich mit der Hand über die Augen. Lehnte sich an eine feuchtkalte Mauer.

Jawohl, es ist Blut! Wer hat mich geschlagen? Wo bin ich überhaupt?

Über ihr wölbte sich ein Torbogen und verdunkelte die Sterne. Wild gezackte Dachgiebel mit einem Schimmer von zuckendem Licht. Ein Fackelschein? Dahinter ein mächtiges Gebäude. Sieht aus wie eine große Kirche …

Gina drehte sich zur Seite. Etwas Hartes, Glattes streifte ihre Wange. Sie tastete danach. Schartiges Eisen. Ein Lampenhaken. So niedrig angebracht?

Hat der mich verletzt? Ich bin einfach dagegengerannt!

Ein Gelächter, befremdend in seiner Heftigkeit, drängte ihre Kehle empor.

Madonna. Sei still! So lustig ist das nicht.

Ein krampfhaftes Schluchzen. Wie das eines Kindes, das eben noch haltlos geweint hat und das auf einmal nicht mehr weiß, warum.

Aber es geht schon wieder besser. Nur dieser Druck im Magen!

Wo immer du bist, du solltest hier nicht rumstehen. Keine gute Gegend.

Denk an den Schwarzen Engel!

Zögernd machte sie einen Schritt, dann einen zweiten, und langsam wankte sie eine holprige Gasse entlang. Vage kam ihr in den Sinn, sie müsse zur Nonna gehen und sie um Verzeihung bitten.

Aber nein! Das auf gar keinen Fall!

Oh, diese klebrige Nässe im Gesicht!

Sie blieb stehen. Hielt die Luft an und horchte. Erneut ist

dieser Laut an ihr Ohr gedrungen, der das Blut schneller pulsen lässt. Und da: noch einmal!

Sie duckte sich an den Fuß der Mauer, kauerte sich auf die Knie und presste die Hände an die Seite, wo jetzt ein stechender Schmerz in ihren Eingeweiden wühlt. Dann gab ihr Magen von sich, was sie zuvor mit so viel Gier verschlungen hatte.

Schade um das Essen!

Was für eine Nacht!

Gina wartete, bis sich ihr Körper beruhigt hatte. Dann wischte sie sich die Tränen ab und spannte die letzten Kräfte. Mühevoll kam sie auf die Beine, ans Mauerwerk gestützt. In aller Heiligen Namen: Was nun?

Sie tappte langsam dahin, erschöpft vom Zweifeln, erschöpft vom Umherirren, erschöpft vom Davonlaufen. Verängstigt durch dieses unheimliche Geräusch, das sie sich womöglich nur einbildete ...

Madonna! Eine Hand legt sich schwer auf ihre Schulter.

Welche Bestie hat sich da angeschlichen?

Trotz aller Müdigkeit fährt sie herum – ohne an den Schmerz zu denken – und drischt auf die Gestalt ein, die hinter ihr steht. Ein Keuchen, stoßweise, kommt aus ihrer Kehle.

Wie ein Hagel brechen Ginas Schläge über Kopf und Schultern eines Fremden herein, dass er sie kaum abzuwehren vermag.

Dann hält sie inne und schnappt nach Luft. Die Stimme des Angreifers ist an ihr Ohr gedrungen, und diese Stimme ist ihr bekannt.

»Na, na! Was soll denn das, Kindchen! Ist das vielleicht ’ne Art?«

»Ich kenn Euch doch! Wer seid Ihr?« Gina ist so verwirrt, dass ihr das Widersinnige dieser Äußerung entgeht.

»Ein Freund! Verdammt noch mal!«

»Ihr seid der …«

»Ja. Der Bugiardone. So nennen sie mich. Nicht gerade respektvoll gemeint, aber so geht es zu auf dieser Welt – ungerecht. Dabei lüge ich nur dann und wann. Höchstens, wenn's sein muss. Kaum mehr als jeder andere.«

Erleichtert atmete das Mädchen auf.

»Allerdings erzähl ich für mein Leben gern Geschichten …« Der gutmütige Redefluss des Dicken brach ab. »Was nun. Hast du dich beruhigt?«

»Äh. Verzeiht …« Mehr ein Schluchzen als eine Antwort:

»Schon gut. Ich bin es gewöhnt, dass man mich behandelt wie einen Scheißeimer.«

Zu ihrer eigenen Überraschung musste Gina lachen.

Der Mond war aufgegangen und beleuchtete das breite Gesicht des Alten.

»Na also. Dann reicht mir Euren Arm, Signorina. Und bitte erlaubt, dass ich Euer Gewand ein wenig ordne. Denn – wie ihr jetzt ausseht –, also das könnt Eurem Ruf schaden in der guten Gesellschaft.«

Die fleischigen Finger zupften Ginas Rock zurecht und schlossen mit onkelhafter Umständlichkeit die Knöpfe an ihrem Mieder. Seine Schweinsäuglein funkelten. Gewiss entging ihm nicht, was da zu sehen war.

»Warum tut Ihr das?«, fragte sie, peinlich berührt.

»Was?«

»Euch um mich kümmern. Ihr kennt mich doch gar nicht.«

»Du bist das Küken von der alten Kralle …«

»Ist das ein Grund?«

»Ich *habe* meine Gründe«, brummte er. »Doch das ist wahrlich was für einen andren Tag.«

Er tappte mit seiner Pranke an ihre Stirn.

»Du hast dich verletzt«, brummte er. »Das muss verbunden

werden.« Nachdenklich betrachtete er im Mondlicht seine verschmierten Fingerspitzen, und einen Augenblick lang erschien es dem Mädchen, als sei er im Begriff, das Blut abzuschlecken. Falls es tatsächlich so war, besann er sich jedoch eines Besseren und wischte die Hand an der Hose ab.

Gina schauderte unwillkürlich. Sie wusste nicht, warum; ebenso wie sie nicht hätte sagen können, weshalb sie seine Fürsorge duldete.

Was für ein Mann war das eigentlich? Durfte sie ihm trauen?

»Seh ich es recht, mein Fräulein«, fragte er geziert, »dass Ihr nicht über eine Bleibe für die Nacht verfügt?«

»Ich ... Äh ...«

»Nun also?«

»Das ist ... leider wahr.«

»Und: Hast du was gegessen?«

»Nein. Äh ... Ja. Äh ... Nein.«

Er schüttelte milde den Kopf.

»Scheint eine schwierige Frage zu sein. Denk besser noch mal drüber nach! Inzwischen, Euer Gnaden, gestattet mir freundlich, dass ich Euch in mein Haus führe. Für mich ist's Zeit, von der Straße zu kommen. Ich bin ein alter Mann und muss auf mich Acht geben. Auch bin ich rechtschaffen müde, äh, vom Herumlaufen.«

Das klang so freundschaftlich und bieder, und sein Gesicht strahlte eine solche Gutmütigkeit aus, dass Gina alle Bedenken fahren ließ. Für den Notfall hatte sie ja immer noch das kleine Messer, das in ihrem Rocksaum verborgen war.

»Nichts im Vergleich zu mir«, sagte sie deshalb.

Zusammen schritten sie die Gasse entlang. Der Bugiardone trug sich unbestreitbar mit einer gewissen Würde, obwohl er ein Bein ein wenig nachzog.

»Euer Bein!« Gina blieb stehen. Ihr Misstrauen flammte von neuem auf, nachdem es durch die ruhige Art und die rücksichtsvollen Worte des Mannes so wirkungsvoll zerstreut worden war.

»Mein Bein? Was ist damit? Ich habe zwei davon. Mehr wäre unbequem, könnte mich freilich berühmt machen.«

»Ihr seid es, nicht wahr, der mir die ganze Zeit gefolgt ist.«

»Gewiss. Ich muss es eingestehen.«

»Und was …«

»Warum ich das getan hab? Ach, Signorina! Was denkt Ihr Euch? Warum trottet ein alter Mann hinter den jungen Dingern her? Um genau dies zu tun selbstverständlich: Euch aus der Patsche helfen.«

»Und wieso?«

Er zuckte die Schultern.

»Hatten wir uns nicht geeinigt, dass wir uns das für morgen aufsparen wollen?«

Er merkte wohl schon: Sie gab ihre Steifheit noch nicht auf. Also ließ er ein trauriges Seufzen von sich und erklärte begütigend: »Meine Beweggründe sind von lauterer Art. Lauter wie – na, wie Brunnenwasser. Verstehst du? So wahr ich der …«

»So wahr Ihr der Bugiardone seid.«

Sei's drum! Gina gab sich einen Ruck und versuchte nicht weiter, ihre Gedanken zu ordnen. Nicht mehr heute Nacht.

»Ich geh ja schon mit Euch«, sagte sie. »Es mag närrisch sein, aber ich tu's.«

Er nickte. »Darauf brauchst du dir nichts einzubilden. Närrisch sind wir alle.«

Der fremde Kunde erschien kurz nach Mitternacht. Es war nicht besonders viel los in der Gasse hinter dem Pantheon. Deshalb erweckte sein Auftritt spontanes Interesse, und das umso mehr, als etwas Geheimnisvolles um ihn war. Etwas, das man auf den ersten Blick bemerkte, mochte es auch schwer sein, es in Worte zu fassen. Vielleicht war es die selbstverständliche Gelassenheit, mit der dieser Mann vorüberschlenderte. Oder seine Art, sich zu bewegen, einerseits voller Spannkraft, andererseits beinahe graziös und mit federndem, leichtem Schritt. Es mochte aber auch ganz einfach daran liegen, dass sein Gesicht unter der weiten Kapuze so tief im Schatten lag, dass man von den Zügen auch dann nichts ausmachen konnte, wenn er nahe an den Laternen vorbeikam. Recht so! Niemand würde den Engel des Satans erkennen!

Das Interesse der Dirnen war offenkundig. Eine solche Erscheinung war eben geeignet, Neugier auf sich zu ziehen und die Phantasie zu beflügeln. Vielleicht ein besonders vornehmer Fremder, der gute Gründe hatte, unerkannt bleiben zu wollen? Möglicherweise ein Diplomat, der Botschafter einer auswärtigen Macht? Ein Fürst, der seine Anonymität wahren musste? Oder ein hoher Kirchenmann? Das gab es recht häufig. Jedenfalls versprach diese Sorte Kunden eine stattliche Bezahlung, vor allem dann, wenn sie ausgefallenere Wünsche hatten und die Gespielin ihrer Wahl im Stande und willens war, sie zu befriedigen.

Also galt die Parole: Mädchen, gebt Acht! Eine Frau nach der anderen stellte sich in Positur, möglichst nahe unter den Laternen, die ja gerade so hoch aufgehängt waren, dass ihr Schein Busen und Schultern gut zur Geltung brachte. Nicht umsonst hatte man sich die Brüste weiß gepudert und die Schultertücher so locker gelegt, dass man sie auffordernd herabgleiten lassen konnte. In einer kühlen Nacht wie dieser traten dann die zarten Spitzen ganz von selbst hervor. Manche tief ausgeschnittene Blusen verbargen ohnehin nichts – auch nicht, dass einige Mädchen da, wo es entscheidend wirkte, mit etwas purpurner Schminke einen Akzent gesetzt hatten.

Den Rest mussten Blicke und Gesten tun, ein Wiegen in den Hüften, ein Schürzen der roten Lippen und ein

Augenaufschlag mit kohlschwarzen Wimpern. Welcher Mann sollte da wohl seinen Verstand beisammenhalten – sofern überhaupt vorhanden?

Die *Mohrin*, die in Wahrheit durchaus nicht aus dem märchenhaften Abessinien, sondern nur aus Kalabrien stammte, zeigte zuerst ihre Kunst. Dann kam die *Fischerin* an die Reihe, die fette *Henne* aus Bologna und danach alle anderen. Der Fremde ging an jeder Einzelnen vorbei, zögerte hier und da ein wenig und ließ es bei keiner an Aufmerksamkeit fehlen. Aber er hielt sich nirgends länger auf, bis er fast das Ende der Gasse erreicht hatte. Und dann geschah etwas, womit solche Musterungen immer wieder endeten, so dass die Konkurrentinnen es schon kommen sahen und kaum in der Lage waren, Neid und Zorn zu verbergen. Einige ließen sogar ein bösartiges Zischen hören, das aber so leise gehalten war, dass ein Freier es gewöhnlich nicht bemerkte. Es war schließlich nur für die Ohren derjenigen bestimmt, die es zu deuten verstand, und die hörte es sehr gut und genoss es ausgiebig, ließ aber boshafterweise nichts davon erkennen. Das war *Capretta*, die Zicke, wie der wenig liebenswürdige Spitzname lautete, den ihr die Kolleginnen angehängt hatten. Sie hatte auf Drängen der anderen ihren Platz weit hinten, was ihrem Erfolg aber keineswegs entgegenstand. Sie zeigte keine werbende Pose, sondern gab sich eher gelangweilt, und ihr Blick war geradezu abweisend. Sie behandelte die Kunden, als wären sie Luft, und eben das wirkte auf manche von ihnen besonders aufreizend.

Jedenfalls kam es immer wieder vor, dass ein Freier an allen Übrigen vorbeiging und zum Schluss bei Capretta stehen blieb. Gestern erst ein hoher Herr und heute schon wieder! Es folgte ein kurzes Gespräch, bei dem es sich um Geld und Leistung drehte. Der Kavalier war nicht knauserig, und schon gab ihm die Auserwählte einen Wink, er möge folgen. Sie würdigte ihre Konkurrentinnen keines Blickes, spürte aber genau deren kochende Wut. Sie führte den Fremden ins Haus und stieg die Treppe hinauf. Dabei entschied sie sich, ihm als Anfeuerung für seine Großzügigkeit einen gebührenden Vorgeschmack zu gönnen. Sie ging voraus und ließ ihn ausführlich sehen, wie schamlos sie ihren Hintern zu bewegen verstand. Mochte er sich ruhig in dem Bewusstsein sonnen, Göttin Circe persönlich für sich gewonnen zu haben, die dafür bekannt ist, dass sie Männer in Schweine verwandelt. Das spärliche Kerzenlicht im Obergeschoss würde dafür sorgen, dass er nicht merkte, wie viele Falten ihre Schminke verbarg. Was sie an Jugend nicht mehr zu bieten hatte, konnte sie schließlich durch Temperament und Erfahrung ausgleichen. Oh, ja! Wenn er wirklich so vermögend war, wie seine Freigiebigkeit vermuten ließ, würde sie alles tun, ihn an sich zu binden. Dann sollte er sich bereits beim Abschied fragen, wie lange er es überhaupt aushalten könne bis zum nächsten Besuch in diesem Heiligtum.

Allerdings spürte sie auch genau die Eigenart, die der Besucher ausstrahlte. Einen Augenblick lang dachte sie an die bösen Gerüchte von den grauenvollen Untaten am Kapitol und an der Ripetta, die in letzter Zeit die Runde machten. Aber Capretta war nicht die Frau, die sich von Gerüchten beeindrucken ließ. Aufgebauschtes Geschwätz! Warum gab sie sich überhaupt mit dergleichen ab?

Es ist bestimmt nur deshalb, weil er sein Gesicht noch nicht gezeigt hat, dachte sie. Das wirkt geheimnisvoll. Er wird seine Gründe haben. Entweder ist er sehr bekannt oder sehr hässlich. Ganz gleich, wenn einer nur tief genug in die Tasche greift!

Nur – dass er so leise sprach! Ob es womöglich an ihr lag? Am Ende hörte sie nicht mehr so gut wie früher. Das brauchte nun wirklich niemand zu erfahren.

Sie wollte ihn in das übliche Zimmer führen, aber er

brummte unwillig, trat dicht hinter sie und drängte sie mit der Schulter weiter.

»Nach oben«, kam sein heiseres Flüstern.

»Aufs Dach?«

»Wo wir ungestört sind.«

Komischer Patron! Das hatte noch keiner verlangt. Aber wenn er es so wollte …

Sie gelangten auf eine Terrasse, die im Licht des Mondes schimmerte.

Der Mann blickte nach links und nach rechts. Was suchte er? Und weshalb hüstelte er so seltsam? War er womöglich herzkrank?

»Ist …«

Sie wollte fragen: Ist es hier recht?, doch da wurde sie gegen den rauen Putz eines Kamins gedrängt und von stählernen Klauen gepackt.

Ein pfeifender Atem, ein schrilles Keuchen.

Am Anfang fühlte sie keinen Schmerz.

Gina lag wach. Dies war nun schon die zweite Nacht ohne Schlaf. Würde sie jemals wieder so herrlich schlummern, wie sie es gewöhnt war? Der Bugiardone hatte ihr sein eigenes Bett im Obergeschoss des Hauses überlassen. Es lebten Flöhe darin, aber das war auch nicht der Grund, weshalb sie keine Ruhe fand. Der Alte lag ein Stockwerk tiefer auf einer Strohschütte. Sein mächtiges Schnarchen drang aus der Tiefe herauf. Es klang wie ein ganzes Orchester. Oder ein Trupp Zimmerleute beim Sägen. Aber auch das war nicht verantwortlich für ihre Unruhe. Die Nonna pflegte ebenso geräuschvoll zu schlafen.

Etwas anderes bedrängte sie viel mehr: Sie fand keine Antwort auf jene Frage, die ihr nicht aus ihrem Kopf gehen wollte: Was in aller Welt soll ich tun, wenn es Morgen wird?

Keine der Möglichkeiten, die ihr in den Sinn kamen, hatte wirklich Hand und Fuß. Sie überlegte, ob sie aufs Dach steigen und den Mond über der Stadt betrachten solle.

»Er fährt dahin wie das Prunkschiff der Kleopatra!«, hatte der Bugiardone gesagt, bevor er die Fensterluke verschloss. Ob der Anblick des Himmels sie beruhigen könnte? Oder sollte sie sich lieber gleich aus dieser Hütte davonstehlen? Das würde ihr wenigstens den merkwürdigen Alten vom Hals schaffen. Er würde sich wundern und enttäuscht sein, aber schließlich war sie ihm zu nichts verpflichtet. Oder doch? Dann sagte sie sich, dass er als Einziger Bereitschaft zeigte, freundlich mit ihr umzugehen. Das ist eine ganze Menge!

Und mit diesem Gedanken fiel sie doch noch in einen tiefen, traumlosen Schlaf.

Vanga war der letzte Gast im *Gatto Nero*. Und es war das erste Mal seit vielen Wochen, dass er seine Zeche bezahlen konnte.

Trotzdem, so dachte er, wäre es nicht klug, den Wirt zu verwöhnen. Der krumme Hund brauchte nicht zu wissen, wie viel Geld er zur Verfügung hatte.

Er tastete nach dem Beutel in seiner Tasche. Es war, als müsse er sich stets aufs Neue vergewissern, dass er den Besuch der Contessa nicht nur geträumt hatte. Der Gedanke an diese Frau erregte ihn heftiger, als er sich zunächst hatte eingestehen wollen. Einerseits unnahbar wie eine Eisprinzessin und andererseits von einer aufreizenden sinnlichen Dreistigkeit, wie er es sonst nur bei Straßendirnen erlebt hatte. Hatte er die vielsagenden Andeutungen und die kaum verhohlenen Aufforderungen richtig verstanden? Oder ging in Wahrheit seine Phantasie mit ihm durch?

Gleichviel. Diese Fragen würde die Zukunft entscheiden.

Für den Augenblick war es das Wichtigste, dass er sich nicht zu Leichtsinn verlocken ließ.

»Wirt, noch einen Becher!«, klang es zu seiner Rechten. Ein fremder Gast, einer, den er noch niemals hier gesehen hatte, saß über einen Stoß Papier gebeugt und kritzelte von Zeit zu Zeit etwas vor sich hin. Dann fiel sein Blick auf Vanga, und er sagte: »Oh, eine Feuermuse, die hinauf zum höchsten Himmel der Erfindung stiege ...«

Vanga blinzelte verständnislos.

Der andere grinste und beugte seinen zerzausten Schopf wieder über das Blatt.

Vanga schüttelte nachsichtig den Kopf. Morgen, dachte er. Morgen nehme ich den Faden auf. Dann werde ich sehen ...

Was die ersten Schritte betraf, so brauchte er nicht lange nachzudenken. Er würde ein paar Leute aufsuchen, die ihm schon früher als Informanten gute Dienste geleistet hatten. Ein paar Fragen hier, ein wenig Druck dort – vielleicht würde schon dabei wider Erwarten etwas herauskommen. Schließlich war er in seinem Gewerbe ein alter Fuchs. Und er war gewillt, sich sein Honorar ehrlich zu verdienen.

Langsam sank sein Kopf auf die Tischplatte. Seltsam. Als er einnickte, hatte er nicht das Bild der Contessa vor Augen, sondern das dieses Mädchens mit dem zerzausten Haar, das einem betrunkenen Burschen die gestohlene Geldbörse zurückgesteckt hatte.

Im Morgengrauen hörte Gina, noch im Halbschlaf, dass der alte Mann im Haus herumkramte. Die Leiter knarrte. Er kam ins obere Geschoss herauf! Halb öffnete sie die Augen, um zu beobachten, was er tun würde. Sie zog die Decke fest um sich, als erwarte sie, sich vor ihm schützen zu müssen. Damit tat sie ihm vermutlich Unrecht. Der Bugiardone hatte offenbar keine zudringlichen Absichten. Er holte nur einen Gegenstand aus einem Winkel des Raumes und trug ihn vorsichtig die Leiter hinab. Dabei gab er sich offenbar große Mühe, leise zu sein, um das Mädchen nicht zu wecken.

Gina schämte sich ihres Misstrauens. Dennoch fragte sie sich immer noch: Was für ein merkwürdiger Patron ist dieser Mann? Er läuft in der Stadt herum, man trifft ihn überall, er kennt Gott und alle Welt, scheint aber nirgends hinzugehören. Er geht in Lumpen, obwohl er offenbar als Straßenschauspieler Erfolg hat. Er weiß anscheinend nichts Besseres zu tun, als einer verschreckten Taschendiebin ohne Talent die halbe Nacht durch nachzuspüren, um sie an sein Herz zu drücken und in sein Haus zu schleppen – so, wie andere Leute eine heimatlose Katze aus der Gosse holen. Er präsentiert sich als harmloser Greis und spielt doch auf der Bühne den geilsten Bock zwischen Trastevere und der Piazza del Popolo. Einmal, wie am vergangenen Abend, als er sich sein Lager zurechtmachte, scheint er sich vor Gicht und Rheumatismus kaum noch von der Stelle bewegen zu können, und dann wieder balanciert er auf den Zehenspitzen oder klettert eine Leiter rauf und runter, sogar mit einer sperrigen Last. Erst kommt es einem vor, als könne er nicht bis drei zählen, und dann redet er wie ein Dichter, wenn er den Mond über die Dächer wandern sieht.

Wie soll man daraus schlau werden!

Gina war jetzt hellwach. Sie streckte sich ein wenig und ließ die Augen umherwandern. Das Obergeschoss dieses Hauses war eigentlich nur der Dachboden, ein enger, niedriger Raum unter schief und krumm verzogenen Sparren mit einer Schicht brüchiger Ziegel darüber, zwischen denen hier und da der Himmel zu sehen war. Die Morgensonne sandte Lichtfinger herein, in denen Staubteilchen schwebten.

Wie spät mochte es sein? Jedenfalls schon strahlender Tag.

Gina setzte sich auf und begann ihr Kleid in einen ordentlichen Zustand zu bringen – ein hoffnungsloses Unterfangen. Dabei fiel ihr alles wieder ein: in welche Lage sie gestolpert war, die schreckliche Szene vor dem *Gatto Nero*, das Zerwürfnis mit der Nonna …

Und dann wieder die quälende Frage: Was soll ich tun?

Sie erhob sich, zögerte kurz und stieg dann die Leiter hinab, wobei sie den Rock um die Knie zog, weil der alte Mann nicht zu viel von ihren nackten Beinen sehen sollte. Er schien sich aber gar nicht um sie zu kümmern, sondern kauerte in dem muffigen Raum im rückwärtigen Teil des Hauses, den er in der vergangenen Nacht hochtrabend als Küche bezeichnet hatte, und kramte zwischen allerlei Scherben und Müll herum.

Dieses Haus war nicht viel größer als ein Hühnerstall. Mehrere zerzauste Hühner liefen auch tatsächlich darin herum. Es war zwischen zwei größere Gebäude, anscheinend Lagerhäuser, gezwängt und wirkte ausgesprochen baufällig. Seine Ausstattung war Gerümpel, ausgenommen vielleicht den gemauerten Herd. Und es roch übel. Aber der Bugiardone schien sehr stolz auf diesen Besitz zu sein.

Als er bemerkte, dass das Mädchen hinter ihm stand, rappelte er sich auf, nicht ohne allerlei Stöhnen und Grimassen, hob Aufmerksamkeit heischend den Zeigefinger und breitete dann ein seltsames Etwas vor Gina aus: ein Kleidungsstück, das er aus einer alten Kiste gezogen hatte. Die hatte er wohl vorhin die Leiter heruntergeschleppt.

Eine Art Umhang. Der Stoff war dick und schwer, sah aber schäbig aus und verströmte einen muffigen Geruch. Er war mit goldenen Sternen bestickt, die ihren Glanz jedoch fast ganz verloren hatten.

»Na«, rief der Alte, »was sagst du?«

Ginas Augen wurden groß. Sie musste ein Hüsteln unterdrücken.

»Es ist ein Sternenmantel, wie ihn die alten Tempelpriester

gehabt haben. Und vor ihnen schon die Zauberer von Babylon. Nicht jeder darf so etwas tragen! Aber für dich ist er gerade richtig.«

Ob das sein Ernst war? So ein altes Gelumpe!

Er sah natürlich, dass sie das Gesicht verzog. Aber er reagierte keineswegs beleidigt. Er ging einfach darüber hinweg.

»Ich habe da nämlich so eine Idee!«, verkündete er. »Was sagst du?«

Was er gehört hatte, war das Magenknurren des Mädchens.

»Ich habe Hunger«, entfuhr es Gina. Im gleichen Augenblick schämte sie sich für diese vorwurfsvolle Antwort, aber ehe ihr etwas einfiel, um den Schaden wiedergutzumachen, wies der Alte mit strahlender Miene auf das wacklige Gestell, das ihm als Tisch diente.

»Da ist Brot.« Er wies auf zwei Kantenstücke, die sich vor Trockenheit bogen. Sie schienen ebenfalls aus der Zeit der Tempelpriester zu stammen.

Aber Gina hätte sich lieber auf den Mund geschlagen, als noch einmal ein voreiliges Wort herauszulassen.

Der Alte nickte bekräftigend und fügte hinzu: »Wenn wir mehr wollen, müssen wir es uns verdienen.«

Als Vanga am Morgen die Gasse betrat, hatte er sich für diesen Tag gegen das Weitertrinken entschieden. Fürs Erste jedenfalls. Das Geld der Dame in Schwarz ruhte in seinem Brustbeutel. Man konnte auf keinen Fall riskieren, dieses Vermögen in der Herberge zurückzulassen. Er hatte beschlossen, nur eine kleine Abschlagszahlung an den Wirt zu leisten. Der Kerl würde ohnehin ahnen, dass sein Mieter von der aufsehenerregenden Klientin einen größeren Vorschuss erhalten hatte, und gewiss nicht zögern, in das schäbige Zimmer hinaufzuschleichen und dort herumzustöbern wie ein Frettchen, sobald Vanga das Haus verlassen hatte. Der Verband um seinen Kopf, den er seit der gestrigen Schlägerei trug, würde die Besitzgier dieses Schurken kaum behindern. Und wenn der Wirt nicht zu schnüffeln wagte, würde dessen Frau es tun. Das war so sicher wie das Amen in der Kirche.

Jedenfalls wollte Vanga es nicht darauf ankommen lassen.

»Homo homini lupus«, murmelte er vor sich hin. Ein Überbleibsel aus seiner kurzen Zeit in der Lateinschule: Der Mensch ist dem Menschen ein Wolf. Freilich: Ob Wölfe untereinander denn wirklich so rücksichtslos waren, wie man es bei den Menschen erlebte?

Werde jetzt nur nicht philosophisch, Vanga! Es gibt Wichtigeres zu bedenken! Zum Beispiel Spuren zu verfolgen, die eigentlich gar keine wirklichen Spuren sind, sondern nichts als vage Andeutungen oder zweifelhafte Hinweise – Anhaltspunkte, die eher in die Irre führen als an ein konkretes Ziel.

Die Ungereimtheiten in den Mitteilungen der Contessa verursachten ihm nach wie vor Kopfzerbrechen. Etwas ist seltsam an diesem Auftrag, überlegte er. Als hätte man mir ein paar spärliche Hinweise an die Hand gegeben, die eher dazu dienen könnten, mich von der Wahrheit abzuhalten, als an ein Ziel zu bringen. Was will sie wirklich von mir? Geht es ihr tatsächlich darum, dass ihr verschollener Bruder gefunden wird? Oder hat sie ganz andere Dinge im Sinn?

Vangas Gefühl warnte ihn, irgendetwas von dem für bare Münze zu nehmen, was diese Dame mit ihrer bestrickenden Stimme ihm hatte einflüstern wollen.

Während er über seinen schwer fassbaren Verdacht grübelte, ging er langsam die Via Giulia entlang, die sich in gerader Flucht vor ihm erstreckte. Vanga hatte eine Vorliebe für diese Straße, die das Altstadtviertel so kühn durchschnitt. Kirchen und Paläste waren dort entstanden, von denen viele noch keineswegs vollendet waren. Der Palazzo Farnese lag schon hinter ihm. Weit voraus hob sich die Kirche der Florentiner gegen den strahlenden Himmel ab, einer jener Bauten, an denen noch gearbeitet wurde. Vanga blieb stehen und blickte in die Runde. Um ihn herum pulsierte das Leben seines Viertels. Er beschloss, den Weg durch das Gewirr der kleinen Gassen rechter Hand zu nehmen und zuerst seine Bekannten an der Chiesa Nuova aufzusuchen. Den Campo de' Fiori, so wurde ihm bewusst, hatte er zielstrebig gemieden.

An einer Straßenecke, wo man ein Gebäude abgerissen hatte, sah er eine Menschentraube, die sich um eine Darbietung von Gauklern drängte. Er hörte muntere Zurufe und eine Salve von Gelächter. Als er näher kam, erkannte er Einzelheiten: Dienstboten und Tagediebe, aber auch etliche besser gekleidete Leute und sogar ein paar Pilger. Nun gut. Warum sollte der Weg zu den heiligen Gebetsstationen nicht mit etwas Frohsinn verbunden sein? Da hockte ein ziemlich korpulenter Greis mit wirrem Haar auf dem Prellstein und spielte großspurig den Leidenden. Trotz der Schminke im Gesicht kannte Vanga ihn nur allzu gut: der Bugiardone. Neben ihm stand ein junges Mädchen in einem weiten Umhang, viel zu weit für die schlanke Gestalt, und gab Erklärungen ans Publikum. Auch keine Unbekannte: die erfolglose Taschendiebin vom vergangenen Tag! Olimpias Schwester. Wie hatten wohl ausgerechnet diese beiden sich zusammengefunden?

Mit angestrengt klingender Stimme deklamierte sie: »Ihr werdet sagen: Das ist ein Fettsack. Der soll ein Hungerleider sein?« Sie hob den Finger und bewegte ihn tadelnd hin und her.

Das macht sie gar nicht schlecht, dachte Vanga.

»Ihr täuscht Euch. Niemand kennt die Qual des leeren Magens besser als ein Dicker, der fünf Mahlzeiten am Tag gewöhnt ist und plötzlich auf eine davon verzichten muss. Seht ihn euch nur richtig an!«

Der Erfolg dieser Ansprache war natürlich nicht, dass

Mitleid aufkam; stattdessen wurde die Leichenbittermiene des Bugiardone mit purer Schadenfreude genossen.

Wirklich nicht übel, dachte Vanga. Und – verdammt! – sie ist hübsch!

Das Mädchen hatte ihn entdeckt, zeigte aber weder Erkennen noch Verlegenheit, sondern warf die schwarze Mähne zurück wie ein ungebärdiges Füllen, ließ die Augen funkeln und präsentierte mit übertriebener Gebärde »den großen Meister mit seiner berühmten Szene«.

»Seht ihn selbst!«, rief es. »Unsern *Maestro*. Alles, was ihn trösten könnte, alles, was der arme Mann zu essen findet, ist nichts als – gebt Acht! – oh, puh! – eine dicke, eklige Fliege!«

Der Bugiardone unterstrich diese Einleitung mit einem kläglichen Stöhnen, das als dumpfes Geheul endete. Dazu hatte er die Augen zugekniffen, hielt sich den ausgestopften Bauch und wiegte diesen Wanst ausdrucksvoll hin und her. Dann folgte eine tiefe Stille, die freilich nach kurzer Zeit von einem Summen unterbrochen wurde. Zweifellos war es der Komödiant selber, der es hervorbrachte, aber es war nicht zu erkennen, wie er das machte; man hatte nicht den Eindruck, dass er die Lippen bewegte.

Das Geräusch, welches bald ganz täuschend dem Gebrumm einer dicken Schmeißfliege glich, schwoll an und ebbte ab. Die Haltung des Dicken wurde steif. Neugierig öffnete er erst das eine, dann auch das andere Auge. Sein Blick suchte den Plagegeist und folgte ihm hierhin und dorthin. Das wirkte so echt, dass die Zuschauer das Tier beinahe zu sehen glaubten. Und alle verfolgten atemlos, wie der Gaukler nun dem Trugbild nachjagte. Dabei stellte er sich natürlich so täppisch an, dass es niemanden wunderte, wie mühelos das Phantom ihm immer wieder entwischte. Er versuchte es in der Luft zu greifen, belauerte es an einer Wand und verfolgte es zwischen den Gaffenden. Vor Eifer streckte er die Zunge aus dem Mund. Da: Er hatte es erhascht und barg es in der Hand! Das Publikum hielt den Atem an. Vorsichtig schielte der Bugiardone in der Faust nach seiner Beute. Oh, jetzt war sie ihm aufs Neue entwischt! Aber gleich würde er sie wieder haben …

In boshaftem Triumph packte er das imaginäre Insekt mit Daumen und Zeigefinger und hielt es demonstrativ in die Höhe.

»Ha!«, rief er aus.

Nun folgte die sorgfältige Zerlegung des Bratens. Das musste weiß Gott ein kapitales Stück Wild sein, denn er führte vor, wie er es auf ein nicht existierendes Brett warf und kunstgerecht mit einem ebenfalls nur eingebildeten Messer tranchierte, um schließlich ein Stück nach dem anderen zu verzehren: »Flügel, Schenkel, Bauch!« Strahlend vor Genuss, bis hin zu dem Augenblick, da er vortäuschte, wie er sich das Fett vom Kinn wischte. Alle Zuschauer, Vanga eingeschlossen, glaubten den Geschmack einer opulenten Mahlzeit auf der Zunge zu spüren, und der eine oder andere, der vermutlich wusste, wie sich ein hohler Bauch anfühlt, schluckte mit einem Ruck seines Kehlkopfs den Speichel hinunter, der ihm im Maul zusammenlief.

Dann verbeugte sich der Alte. Die Magie seiner Vorführung zerstob, und das Mädchen griff den zerbeulten Hut, um Münzen einzusammeln, ehe die Zuschauer ganz aus ihrer Verzauberung erwachten.

Vanga wusste, was kommen würde: Wie immer in solchen Fällen war die Bereitschaft zu spenden deutlich weniger ausgeprägt als kurz zuvor die Neugier. So verdrückten sich die meisten Gaffer in Windeseile, und die Ausbeute blieb mäßig. Der Bugiardone zuckte nur die Schultern. Als das Mädchen zu Vanga trat, spendierte der eine Münze, die bei weitem größer war als alle anderen. Ein funkelnder, etwas zweifelnder Blick ihrer schwarzen Augen belohnte ihn, und er musste sich eingestehen, dass dieser Blick ihm durch und durch ging.

Auch der Komödiant nickte ihm zu.

»Die Kunst geht nach Brot«, konstatierte er.

»Mag sein.« Vanga grinste. »Aber die wahre Kunst ist doch Lohn in sich selbst, nicht wahr?«

Der Bugiardone antwortete mit einem theatralischen Seufzen.

Gina verfolgte den kurzen Wortwechsel zwischen dem Bugiardone und dem Mann mit der gebrochenen Nase ohne allzu großes Interesse.

Immerhin: Dieser Kerl kreuzte nun schon zum dritten Mal ihren Weg. Wer war das, und was tat er eigentlich? Doch wohl nicht bloß herumlaufen und Mädchen anstarren? Sie empfand einen gewissen Widerwillen, wenngleich … Im Übrigen: Hätte er nicht diese schiefe Nase, sähe er ganz akzeptabel aus, dachte sie.

Aber nein! Schön war er nicht. Weder groß noch wirklich gut gebaut! Eher sehnig und mager. Jedenfalls lag kein Sinn darin, weitere Gedanken an so einen zu verschwenden, oder?

Ein alter Knochen! Genau die Sorte Kerl, vor dem die Nonna immer warnte. Was er sich wohl dabei gedacht hatte: eine derart große Münze in den Hut zu werfen! Ob er etwa glaubte, er könne damit ihr Interesse wecken?

Bild dir besser nichts ein, Freundchen!

Sie warf ihm einen Blick zu, der Überlegenheit ausdrücken sollte, und dieser Kerl war dreist genug, mit einem anzüglichen Grinsen zu antworten.

Was wäre der scharfzüngigen Olimpia wohl dazu eingefallen? Vermutlich: Steck deinen Schwanz lieber in ein Astloch! Oder so ähnlich.

Aber solche Sprüche brachte Gina nicht heraus. Sie kehrte ihm nur die Schulter zu, und damit mochte er wissen, woran sie mit ihm war. Jetzt redete er wieder mit dem Bugiardone. Was hatte er mit dem zu schaffen? Am Ende glaubte er, der Alte sei ihr Zuhälter, und machte sich Hoffnung, einen günstigen Preis auszuhandeln …

»Ich dachte eigentlich, du wärst bei der Truppe von der Tiberinsel im Wort?«, hörte sie den Mann sagen.

Was ging ihn das an? Allerdings war sie selber auch an der Antwort interessiert. Wieso war der Alte nicht mit den übrigen Komödianten davongezogen? Vielleicht konnte er nicht leben ohne diese Stadt …

»Ach, das ist so«, erklärte der Dicke, »die Weiber in der Truppe bilden sich ein, ich wär ein alter Mann. Einer der ihnen nichts mehr abverlangt, verstehst du? Da haben sie sich natürlich gewundert, wie üppig der Lebenssaft bei mir noch immer schäumt. Gab natürlich Ärger. Aber was soll's? Die haben kein Format. Und können sich ein überragendes Talent wie mich gar nicht leisten!«

»Macht auch nichts, solange deine hübsche Enkeltochter zu dir hält …«

Also das war doch die Höhe!

Gina wirbelte herum und holte tief Luft, um diesem unverschämten Kerl eine passende Entgegnung an den Kopf zu werfen, aber – Teufel auch! – er war bereits in der Menge verschwunden.

»Idiot!«, murmelte sie und machte sich wutentbrannt daran, die Requisiten des wenig erfolgreichen Auftritts zusammenzupacken.

Wahr ist nur eins, dachte sie. Ich bin als Gauklerin genauso fehl am Platze wie als Taschendiebin. Und zur Hure habe ich auch kein Talent. Was soll bloß aus mir werden?

Nach der Mittagsruhe belebte sich die Stadt neu. Die Gassen liefen über von Menschen. Ladengewölbe und Verkaufsstände lockten Kundschaft und Schaulustige. Pilgerscharen drängten zu den großen Kirchen, in denen das Gebet vorgeschrieben war. Auf der Piazza Navona stimmten die Ausrufer ihren üblichen Wechselgesang an. Vanga ging mit ruhigem Schritt durch dieses Getriebe. Seine Gedanken wanderten auf anderen Wegen.

Nach seiner Begegnung mit dem Fliegenfresser und seiner dunkeläugigen Begleiterin hatte er den Vormittag damit verbracht, sich zwischen Tiber und Pantheon die Schuhsohlen abzulaufen. Da und dort hatte er die Leute aufgesucht, von denen er gewöhnlich Neuigkeiten erhielt. Ein lahmer Eckensteher auf der Insel, ein Fladenbäcker in Trastevere, der ständig Spielschulden hatte und sich deshalb notgedrungen als Spitzel verdingte, mehrere Lastträger bei den Anlegestellen der Flussbarken, eine ziemlich unbeliebte Händlerin am Fischmarkt, ein Fährmann, der keine besonders einträgliche Stelle des Flusses betreute, ein versoffener Barbier, ein Bettler, der an einer bestimmten Straßenecke hockte und vorgab, blind zu sein. Allesamt Existenzen am Rande, die für ihn und möglicherweise auch für andere, vielleicht sogar für die Stadtwachen seines Vetters Cecco die Ohren aufhielten und so vom Klatsch in ihrer Umgebung profitierten. Wenn man ihnen etwas gab, gaben sie manchmal etwas zurück: Auskünfte. Gerüchte. Hinweise. Manche unterhielten zweifellos Verbindungen zur Verbrecherwelt. Zu den echten Gaunern, Banditen und Halsabschneidern, die das Stadtgebiet in Banden unter sich aufgeteilt hatten. Von manchen hörte Vanga dies und das, aber für den Fall, um den es ihm ging, kam rein gar nichts heraus. Weder die unbefriedigende Beschreibung, die er zu bieten hatte, noch ein Abriss der wenig hilfreichen Fakten, die er nennen konnte, entlockten auch nur einem der Befragten eine brauchbare Antwort. Keiner wusste zum Beispiel etwas über jenen Botengang zum Wohnsitz der Contessa. Ihren illustren Namen und den, der ihm für den Gesuchten an die Hand gegeben war, nannte er selbstverständlich nicht. Aber hätte das etwas geändert?

Seine Quellen schienen trocken zu sein. Die Vertrauten wussten nichts oder sagten nichts. Den Brief und das Pergament, in dem er gesteckt hatte, ließ Vanga vorerst aus dem Spiel, zumal kaum einer seiner Gewährsleute schreiben und lesen konnte.

»Haltet weiter die Augen offen!«, pflegte Vanga jedem beim Abschied zu sagen – und meistens drückte er den Zuträgern eine Münze in die Hand. Nicht zu viel und nicht zu wenig. Man muss seine Gewährsleute bei Laune halten.

Zwei Probleme machten ihm die Arbeit schwer. Das eine war, dass er nicht zu deutlich verraten durfte, um was es eigentlich ging. Das andere: Im Grunde wusste er selbst nichts darüber.

Einstweilen hatte er sich jedenfalls die Füße umsonst abgewetzt. Er wusste jetzt, wer letzte Nacht auf dem Gianicolo versucht hatte, in eine Villa einzubrechen, und auch der Raubüberfall an der Piazza Navona war kein Rätsel mehr. Aber diese Geschichten interessierten ihn nicht. Trotzdem: Vanga war lange genug in seinem Metier tätig, um sich nicht so rasch entmutigen zu lassen. Wenn alles dies nichts fruchtete, würde er eben etwas anderes versuchen.

Und immer wachsam bleiben!

An der Rotonda, seiner Lieblingskirche, machte er Halt und ging hinein, um zum großen runden Dachausschnitt der Kuppel emporzublicken. Er blieb zwischen den Säulen der Vorhalle stehen und ließ den Blick über die Menge der Vorübergehenden gleiten. Dann kehrte er bei einem billigen Ausschank ein, der von jenen Tagedieben bevorzugt wurde, die bereit waren, sich für diese oder jene Erledigung anwerben zu lassen. Wer solche Leistungen benötigte, kam hierher oder schickte einen Diener, um den passenden Burschen anzuheuern. Es drückten sich genügend Kerle unterschiedlichster Herkunft und Erscheinung in dieser Spelunke herum. Vanga brauchte dem Wirt nur ein Kopfnicken zu senden, damit ihm ein voller Becher Wein über den Schanktisch geschoben wurde. Sauer, aber trinkbar. Vanga war nicht besonders wählerisch. Er ließ einige Zeit verstreichen und beobachtete unauffällig das Kommen und Gehen. Einmal tauchte am Eingang ein Gesicht auf, das durch eine lange Narbe gezeichnet war, von der Schläfe über die Wange bis ans Kinn. Der Mann ließ den Blick gelangweilt durch den Raum schweifen, bevor er wieder verschwand wie einer, der nicht gefunden hat, was er sucht.

Der eine oder andere Gast schlenderte an Vanga vorüber und wechselte ein paar belanglose Worte mit ihm. Etwas wie: »Heißer Tag, heut, oder?« – »Fast wie im Sommer.« So konnten Kontakte angebahnt werden. Oder auch nicht.

Einem dieser Gesellen spendierte Vanga einen Becher Wein. Das war der Einstieg, um sich ein wenig umzuhören. Hatte jemand kürzlich Botengänge für eine vornehme Dame übernommen? Er ließ durchblicken, dass er interessiert sei, mit dieser Dame anzubandeln. Ob das geglaubt wurde, blieb dahingestellt.

Auf alle Fälle kam nicht viel dabei heraus. Aber manchmal zog so etwas Kreise.

Etwas später schlenderte ein grober schielender Kerl bei ihm vorbei. Ob Vanga vielleicht Fragen an ihn habe …

»Einen Brief? Nein. Aber ein kleines Bündel vielleicht.«

Vanga gab ihm eine Münze.

Ein länglicher Gegenstand sei darin gewesen. Ziemlich schwer. Als ob er aus Metall gewesen wäre …

Vielleicht ein Umschlag aus Pergament?

Ja, wär möglich. Wer weiß das schon so genau?

»Sonst noch was?«

»Es stand was Sonderbares drauf.«

»Du kannst lesen?«

Ein kurzes Zögern. Dann ein Kopfschütteln.

Er lügt, dachte Vanga. Ganz sicher.

»Es sah einfach nur komisch aus …«

Gespielt lustlos fragte er weiter.

Nein. Den Auftraggeber habe er nicht gesehen. Ein Diener habe ihn angeworben.

Wo?

In der Gegend vom Kolosseum.

»Ja, da findet man immer einen für ’nen Auftrag. Ein vornehmer Diener?«

Der Mann zögerte. »Tja. Könnte schon sein …«

Eine dritte Münze.

»Das ist die letzte«, sagte Vanga. »Wenn du was weißt, spuck's aus!«

»Könnte sein. Er war sehr groß.«

Vanga tat nur mäßig interessiert, musterte den Schielenden jedoch unauffällig. Offenbar verschwieg er etwas. Gewiss hatte er seine Gründe dafür. Außerdem: Genau betrachtet sprach der Bursche, als sei er nicht aus Rom. Auch nicht aus dem Umland. Er war von viel weiter her.

»Du bist Spanier?«

Der Kerl musterte Vanga und schien sich zu fragen, ob am Ende doch noch mehr Geld herauszuholen sei. Offenbar entschied er sich dagegen.

»Wen geht denn das was an?«

»Dann behalt's für dich!«

Vanga war verstimmt und machte kein Hehl daraus. Der Bursche gefiel ihm nicht. Er hielt mit etwas hinterm Berg.

Vielleicht, weil er hoffte, noch mehr Geld zu zapfen. Und gleichzeitig fürchtete er wahrscheinlich, sich Ärger einzuhandeln. Vermutlich wusste er genau, für wen er den Laufburschen gespielt hatte.

Mistkerl! Ob der sich ausrechnet, dass er von seinem Auftraggeber viel üppiger kassieren kann, damit er mir *nicht* alles sagt?

Vanga hatte keine Lust, dieses Spiel weiter mitzumachen. Er zuckte die Schultern und wandte sich ab. Er redete ein wenig belangloses Zeug mit dem Wirt.

Dann fragte er: »Der Kerl, der gerade rausgeht, wie heißt der doch gleich?«

»Das Schielauge, mit dem du geredet hast?«

»Ja, der.«

»Rodrigo.«

Das mochte stimmen oder auch nicht.

Wenig später trat auch Vanga wieder auf die Gasse. Er blickte nach rechts und nach links wie einer, der sich nicht schlüssig ist, welche Richtung er einschlagen soll.

In Wahrheit suchte er nach einem ganz bestimmten Gesicht. Und er hatte sich nicht verrechnet: Da war der Kerl. Er lungerte in einer Mauernische herum. Der Mann mit der Narbe. Als Vanga an ihm vorbeiging, nahm der Bursche keinerlei Notiz davon. Aber so leicht ließ sich ein alter Fuchs nicht täuschen. Das war der Mann, der in die Spelunke geäugt hatte. Und Vanga hatte keinen Zweifel: Vorher, auf dem Weg durch die Stadt, hatte er ihn schon ein paar Mal in seiner Nähe bemerkt.

Wenn er zu Ermittlungen unterwegs war – nein, eigentlich immer! –, hatte Vanga es sich zur Gewohnheit gemacht, von Zeit zu Zeit stehen zu bleiben und beiläufig die Gesichter um sich her zu mustern. Gab es eines, das wiederholt auftauchte? Sah das nach Zufall aus?

Er wusste, dass es gar nicht einfach war, einen Menschen zu verfolgen und dabei unbemerkt zu bleiben. Jedenfalls, wenn dieser Mensch auf der Hut war. Zum Beispiel, weil er ein schlechtes Gewissen hatte. Oder einfach misstrauisch war. Oder durch lange Erfahrung gewitzt so wie er selbst. Wer sich hingegen sorglos und sicher fühlt, der blickt so gut wie niemals hinter sich.

Vanga bog an der nächsten Gasse links ab, verweilte vor einem Laden, ging dann zurück und zweimal rechts um die Ecke. Bei einem Bäcker verlangte er einen Laib Brot. Es gab keins, wie er erwartet hatte. In der ganzen Stadt war kaum noch welches zu kaufen. Aber es war ja auch nur ein Vorwand gewesen.

Vanga trat wieder ins Freie und schaute unauffällig zurück. Jetzt war er sich seiner Sache sicher: Der Mann war wieder da, hielt sich auf Abstand und trat müßig nach einem Steinchen.

Vanga dachte nach, während er langsam weiterging und der Mann mit der Narbe gelangweilt hinter ihm her schlenderte. Wer hatte ihm diese Klette auf den Hals geschickt? Der Bruder der Dame? Der konnte eigentlich noch keine Kenntnis davon haben, dass Vanga auf ihn angesetzt war. Auf welchem Weg hätte diese Nachricht ihn erreichen können? Vielleicht durch einen der Spitzel, die Vanga am Vormittag angesprochen hatte? Wohl kaum nach so kurzer Zeit …

War es etwa die Dame selbst, die ihn beobachten ließ? Womöglich wollte sie feststellen, ob er in ihrer Sache wirklich tätig war. Zuzutrauen wäre es ihr.

Oder ganz jemand anders?

Vanga prüfte in Gedanken die Galerie der Leute, die sonst noch Interesse haben könnten, ihn zu überwachen. Da schien niemand in Frage zu kommen. Seit Wochen hatte er keine anderen Aufträge gehabt. Das war ja gerade sein Problem.

Die Frage war, was er als Nächstes unternehmen sollte. Sein

Impuls: den Verfolger packen – oder es jedenfalls versuchen! Aber nach kurzem Überlegen entschied er sich dagegen. Es war besser, sich ahnungslos zu geben und abzuwarten. Dann lag der Vorteil weiter bei ihm. Dennoch würde er diesen Kerl nicht an seinem Absatz kleben lassen. Und er wusste auch, was zu tun war. Rasch trat er in einen Tordurchgang, den er genau kannte, weil er ausgezeichnete Möglichkeiten bot und ihm schon früher nützlich gewesen war. Ein beruhigendes Gefühl, über eine Auswahl von erprobten Finten zu verfügen! Hinter dem Torweg lag ein Hof, von dem mehrere Gassen und andere Passagen abzweigten. Außerdem führten auf zwei Seiten dunkle Treppen in die unübersichtlichen Obergeschosse der umliegenden Gebäude hinauf oder in versteckte Kellerräume hinunter. Wer sich hier nicht auskannte, verlor rasch die Orientierung. Aber Vanga wusste Bescheid. Er duckte sich in eine Nische hinter ein paar leere Ölfässer, von wo aus er den Durchgang überblicken konnte.

Richtig gerechnet: Da kommt er schon!

Der Mann blieb im Halbdunkel stehen und blickte suchend umher. Ein ziemlich großer Bursche mit einem Dolch, der griffbereit am Schultergehänge baumelte. Er wirkte wie ein Raubtier, das Beute sucht und dabei nicht nur die Augen anstrengt, sondern auch die Ohren spitzt, um jedes Geräusch zu erfassen, und die Nüstern bläht, um Witterung einzusaugen. Vanga sah ihn ganz nahe vor sich. Die Narbe zog sich bis in den Haaransatz, wo sie sich als weiße Strähne fortsetzte. Der Kerl schnitt ratlos eine Grimasse, die seine Zähne entblößte. Schweißperlen glänzten auf seiner Stirn.

Plötzlich hallten laute Rufe durch die Passage. Damit kündigte ein Trupp Fuhrleute an, dass große Fässer in den Hof gerollt werden sollten. Auf so etwas hatte Vanga gehofft, denn es waren bereits hölzerne Bohlen über das Pflaster gelegt worden.

Die Burschen kamen wie gerufen! Schon hörte man das Rumpeln der schweren Last.

Der Verfolger stieß einen knurrenden Laut des Unwillens aus und setzte sich in Bewegung. Er schwankte immer noch unschlüssig, dann verzog er sich in eine der dunklen Gassen, die für jeden, dem sie nicht vertraut waren, ein tückisches Labyrinth bildeten. Sein Pech, wenn er sich nicht auskannte!

Im nächsten Augenblick schon versperrten ihm die Fässer den Rückweg. Ob Narbengesicht wohl begriff, dass er geleimt worden war? Was wiederum bedeutete: Man hatte ihn bemerkt … Vanga grinste vor sich hin und schlenderte auf die Gasse zurück. Genug für heute. Er machte sich auf den Heimweg.

»Ich muss gehen«, sagte Gina. »Es kann nicht anders sein.«

Der Bugiardone nickte. »Ich weiß. Dieses Leben ist nicht das, was du brauchst.«

Sie saßen im Schatten einer Mauer. Es war still geworden auf den Gassen. Bald würde es Abend sein. Man roch die Nähe des Flusses.

»Ich weiß selber nicht, was ich will. Ich gehöre wohl nirgendwohin.«

»Und deine Nonna?«

»Nein. Zu der niemals wieder. Auf keinen Fall! Eher bleibe ich …«

»Da bleibst du eher noch bei mir, willst du sagen?«

»… auf der Straße – Madonna.«

Offenbar war sie nahe an einem deftigen Fluch gewesen. »Ist schon wahr«, sagte er. »Du hast kein Talent zum Stromerleben.«

»Ich hab kein Talent zu gar nichts.«

Der Alte grinste. »Mit der Zunge bist du ganz schön flink!«

Er biss vom Käse ab und schob ein Stück Brot hinterher.

Es waren die kümmerlichen Reste seines Vorrats. Gina hatte ihren Anteil schon vertilgt.

»Alles Ansichtssache«, brummte er, und erst, als er fortfuhr, wurde klar, was er meinte: »Deine Nonna, die war mal 'ne verdammt ansehnliche Frau. Früher, mein ich. Du gleichst ihr übrigens sehr.«

»Pah!«

»Werd nicht frech! Ich könnte dein Großvater sein.« Er blinzelte sie verschwörerisch von der Seite an. »Wär sogar gut möglich, dass ich's bin.«

»Das ist doch nicht Euer Ernst?«

»O doch. Und dein Vater könnte ich ebenfalls sein. Deine Mutter ...«

»Ich weiß, was meine Mutter war. Lasst sie aus dem Spiel!«

Er gab ein glucksendes Gelächter von sich. »Und was, glaubst du, war deine Nonna von Beruf?«

Sarkastisch warf sie zurück: »Oh, nein! Gott helf mir, ist das wahr? Das hätt ich nie vermutet!« Sie versank in wütendes Schweigen.

»Wer gegen das Laster predigt, weiß vermutlich, wovon er redet«, räsonierte der Alte.

»Na und? Ihr seid nur bissig, weil Ihr nicht mehr mithalten könnt!«

»Ts, ts. So ein Küken! Wie kommst du darauf? Du würdest dich wundern. Aber lassen wir das. Du gehst also zu deiner Schwester?«

Gina fuhr auf: »Woher wollt Ihr das wissen?«

»Wohin wohl sonst? Außerdem: Was einer am weitesten von sich wirft ...«

»Ihr passt es nicht, dass ich nicht dasselbe tue, was sie tut.«

»Sag ich ja. Ist gar nicht so dumm, deine Schwester. Könntest reich werden!« Er grinste anzüglich, und sie zog wütend den Rocksaum über die Knie.

»Natürlich könntest du bei ihr die Böden schrubben. Ein großes Haus hat sie ja neuerdings. Von einem großen Herrn.«

»Kardinal Crispiani?«

»Ach was! Diesen Eindruck will sie erwecken. Sollte mich wundern, wenn das die Wahrheit wär.«

Woher er das wohl schon wieder alles wusste?

»Willst du's dir nicht wenigstens mal ansehen?«, fragte er harmlos.

Sie sprang auf. »Genau das werd ich tun!«

»Na, bitte«, murmelte er und wiegte vielsagend den großen Kopf.

»Ihr könnt mich mal!«, fauchte sie und stürzte davon. Doch nach ein paar Schritten blieb sie stehen und wandte sich halb zurück. Diese aufbrausenden Zornausbrüche! Ein Erbteil der Nonna vermutlich …

»Verzeiht mir!«, sagte sie. »Danke für alles.« Ihre Stimme klang schon wieder besänftigt.

»Nicht der Rede wert«, gab er zurück. »Du kannst jederzeit zu mir kommen.«

Ein verstehendes Nicken ging hin und her. Dann ließ sie ihn hinter sich und ging mit zügigen Schritten die Gasse hinab.

Er hatte Recht. Außer ihrer Schwester – und ihm – gab es niemanden mehr, bei dem sie Zuflucht suchen konnte. Aber es würde nicht einfach sein, denn Olimpia war mindestens so selbstherrlich wie die Nonna, und auch sie duldete keinerlei Widerspruch. Es würde Spitzfindigkeiten und große Auftritte geben. Olimpia verübelte ihrer kleinen Schwester, dass diese nicht den gleichen Weg einschlagen wollte wie sie. Ich bin keine billige Hure, pflegte sie zu sagen. Ich bin eine *Kurtisane*! Das mochte man so sehen. Neuerdings.

Olimpia hatte ihren Stammplatz aufgegeben und ihrem Zuhälter einen Tritt versetzt. Der hatte blutige Rache geschworen, aber er war ein Kerl ohne Mumm. Und sie residierte jetzt in einem großen Haus. Einem Palazzo, oder *Casino*, wie sie selber sagte. Nun, das konnte ebenso gut Wohnhaus wie Freudenhaus heißen.

Olimpia hatte prächtige Kleider und gehorsames Dienstpersonal. Das alles zahlte ein Gönner, der es sich leisten konnte. Dafür verlangte er, unbekannt zu bleiben. Offiziell wusste tatsächlich niemand über ihn Bescheid. Es wurde freilich gemunkelt, es sei ein Kirchenfürst aus dem Kardinalskollegium. Deshalb die spitzen Bemerkungen der Nonna. Ein *roter Gimpel* also! Wie man hörte, erschien er zu seinen Besuchen in einer verhängten Sänfte, und die Bediensteten wurden ausgesperrt, wenn er bei ihr war. Es war genau, wie der Bugiardone gesagt hatte: Der Name Crispiani wurde gemunkelt, und Olimpia tat einiges, um dieses Gerücht zu unterstützen. Aber wer genauer hinschaute, glaubte nicht daran.

Dieser Fettsack … in einer Sänfte?

Das ganze Viertel hatte sich schon den Mund darüber zerrissen. Aber Olimpia gab sich rätselhaft wie eine Sphinx. Das war wohl die Bedingung ihres Verehrers. Wen ging es etwas an?

Allerdings musste dieser Gönner ein strenger Herr sein. Immer seltener sah man die Schöne in der Stadt. Am Tag der Hinrichtung waren sich die beiden Schwestern dort das letzte Mal begegnet.

Wahrscheinlich duldete der Kunde nicht, dass sie andere beglückte.

Das ist ein Leben im goldenen Käfig, dachte Gina. Wär nichts für mich! Überhaupt – und schon gar nicht so!

Trotzdem ging sie nun dorthin. Sie wusste genau, um welches Haus es sich handelte, und die Schwester hatte sie schon mehrfach durch Zwischenträger eingeladen. Doch Gina hatte stets eine Ausrede gehabt.

So wie gegenüber der Nonna und ihren Vorwürfen, deren

Ursache sie durchaus verstand – nach dem, was sie soeben vom Bugiardone bestätigt bekommen hatte. Beide, Olimpia und die Nonna, empfanden Ginas Haltung als Beleidigung. Und sie hatten erst recht kein Verständnis für die Entschiedenheit, die sie an den Tag legte. Einmal, als die Alte das Mädchen in die Enge treiben wollte, hatte es geschrien: Nein! Wenn mich einer anfasst, – den bring ich um! Nicht umsonst trug sie immer ein Messer bei sich.

Die Alte hatte damals geschwiegen, und Gina war in den Sinn gekommen, sie wisse etwas über die Gründe ihrer Enkelin. Aber was? Es war das einzige Mal gewesen, dass die Nonna Schuldgefühle erkennen ließ. Eine Anwandlung, die jedoch schnell wieder vergangen war. Aber danach hatte sie dieses Thema längere Zeit nicht mehr erwähnt.

Was Olimpia betraf, so hatte sie noch bei ihrem letzten Beisammensein ein paar böse Bemerkungen über die Haltung ihrer kleinen Schwester gemacht. Es könne wohl nur blanker Neid sein, was diese vom Casino fernhalte. Wenn sie erführe, dass Gina beim Bugiardone Unterschlupf gesucht hatte, würde sie vermutlich fragen, ob sie denn wirklich glaube, es sei besser, mit dem alten Bock zusammenzustecken …

Einerlei!

Gina hatte ganz und gar keine Lust, weiter darüber zu grübeln. Jedenfalls hatte es sich ergeben, dass sie den vermaledeiten Käfig, in dem ihre Schwester steckte, noch niemals von innen gesehen hatte.

Sie überquerte den Fischmarkt. Die Stände waren abgeräumt, aber der Gestank war noch da, und überall auf dem Pflaster standen Drecklachen mit silbrigen Schuppen darin und anderen Überresten.

Noch eine Gasse – gemauerte Bögen, ein niedriger Durchgang –, und da lag das Haus. Von außen kannte sie das Gebäude recht gut. Nachdem sie von Olimpias Einzug erfahren hatte, war sie ein paarmal hier herumgestrichen wie eine verstohlene Katze, um Ausschau nach der Sänfte des großzügigen Gönners zu halten. Trotz aller Abneigung reizte er ihre Neugier.

Wie viele Träger wohl nötig wären, um den dicken Crispiani hochzustemmen?

Es war eine stille Gasse, unauffällig und abgelegen, bestens geeignet für ein geheimes Liebesnest. Gina war hier nie einem Menschen begegnet. Das Haus lag nicht weit vom Tiber. Einige Stufen neben der Gartenmauer führten an eine unscheinbare Gitterpforte, aber gleich dahinter machte dieser Zugang einen Knick, so dass man nicht weit hineinschauen konnte, sondern nur auf Ziegel blickte. Außerdem gab es noch ein stattliches Tor an einem kleinen Platz, den eigentlichen Zugang des Anwesens. Dorthin hatte Gina sich niemals vorgewagt, weil es dort einen Torwächter gab und sie nicht bemerkt werden wollte.

Aber heute schritt sie geradewegs darauf zu. Und wie es der Zufall wollte: Die Pförtnerklause war verschlossen. Ein blank geputzter Türklopfer mit einem Drachenkopf prangte ihr am Portal entgegen. Nach einem kurzen Zögern ergriff sie den Bronzering und schmetterte ihn gegen den Anschlag. Was für ein lautes Geräusch! Fast wäre sie doch noch zurückgewichen, aber da rasselte bereits innen ein Riegel, und das Tor ging auf. Vor ihr stand eine Frau mit rundem rotem Gesicht. Sie musterte das Mädchen von oben herab.

»Aha«, trompetete sie. »Die kleine Schwester.«

Die Sonne sank. Vanga hatte in einer Bratküche etwas knuspriges Fleisch und trockene Fladen zu sich genommen. Mehr als das, was er sich an den meisten anderen Tagen leisten konnte. Schließlich war er derzeit ein vermögender Mann. Der

Geldbeutel an seinem Hals war deutlich zu spüren. Ob er sich diesen Lohn je verdienen würde? Bisher waren seine Ergebnisse mehr als dürftig. Auskünfte ohne jeden Wert. Immerhin: Ein paar vage Andeutungen von diesem Rodrigo. Und dann die Verfolgung durch das Narbengesicht – der Anhaltspunkt, der ihn am meisten ermutigte. Es gab jemanden, den Vangas Aktivität beunruhigte, noch bevor er richtig angefangen hatte! Mit einem plötzlichen Entschluss bog er von seiner Richtung ab und stieg kurz darauf die Treppe zum Kapitol empor. Die Dächer der Altstadt blieben unter ihm zurück. Mehr und mehr weitete sich der Blick, bis er in die Weite schweifen konnte. Die Türme der zahlreichen Kirchen von Rom ragten ins rauchige Abendlicht. An einer Stelle klang das Abendläuten auf, und eine nach der anderen fielen alle Glocken ein. Vanga hielt ganz oben an der Brüstung inne. Fern im Westen leuchtete die Glut der Sonne über dem Horizont. Und in diesem schimmernden Licht erhob sich die gewaltige Kuppel von San Pietro, das neue Wahrzeichen der Ewigen Stadt.

Dieser Blick über die Dächer hatte Vanga schon immer besänftigt, wenn seine Gedanken in Aufruhr waren. Er blieb lange stehen. Erst als er von fern den Vespergesang der Barfüßermönche vernahm, stieg er langsam wieder in das Gewirr der inzwischen dunklen Gassen hinab und begab sich in Richtung *Gatto Nero*. Doch heute waren seine Gedanken nicht zur Ruhe gekommen. Und er glaubte auch zu wissen, woran es lag.

Wieso hatte er das Mädchen mit den schwarzen Augen früher nie bei dem alten Schwerenöter gesehen? Ob die beiden tatsächlich zusammengehörten?

Und dann: Konnte es an diesen Augen liegen, dass er trotz der Erfolglosigkeit dieses Tages durchaus keine gedrückte Stimmung empfand?

Unsinn! Sie hätte dich am liebsten rechts und links geohrfeigt. Die hat mit dir weniger als nichts im Sinn. Kümmer dich lieber um den Fall, für den du bezahlt wirst!

Die Frau mit dem runden Gesicht, die Gina am Haustor in Empfang genommen hatte, gab ihr den Wink einzutreten. Sie hatte das Mädchen höchst kritisch inspiziert, als wolle sie überprüfen, ob es wirklich ratsam sei, einen solchen Gast einzulassen. Aber Olimpia hatte wohl eine eindeutige Weisung erteilt.

Zuerst ging es durch eine Halle mit protziger Marmorverkleidung und danach eine breite Treppe hinauf, die von Kandelabern aus schimmerndem Metall flankiert war. Dieses Gebäude durfte mit Recht ein Palazzo genannt werden. Jedes andere Wort wäre eine Untertreibung! Im Obergeschoss wurde der Eindruck von Reichtum und Eleganz geradezu überwältigend.

Bin ich hier wirklich richtig?, fragte Gina sich. Hier wohnt meine Schwester?

Sie konnte sich des unguten Gefühls nicht erwehren, dass sie sich im falschen Domizil befand und man in Wahrheit jemand anderen erwartete. Kein Zweifel: Gleich würde sich der Irrtum herausstellen, und das Dienstpersonal würde sie hinausjagen wie eine räudige Katze.

Aber sie konnte der Verlockung weiterzugehen nicht widerstehen. Irgendwie erschien ihr das Ambiente sogar vertraut. Vielleicht war es das Aroma kostbarer Essenzen, das die Luft erfüllte. Dergleichen liebte Olimpia, und es war ein Duft dabei, der Gina sehr bekannt vorkam, auch wenn sie ihn nicht identifizieren konnte.

Als sie einen Vorhang, den ihre Begleiterin zurückschlug, hinter sich hatte, blieb sie wie angewurzelt stehen. So einen Raum hatte sie noch nie gesehen! Schwellende Polster überall. An den Wänden glitzerten Spiegel und warfen jede Bewegung vielfach zurück. Räuchergefäße verströmten jene Wohlgerüche, die sie schon auf der Treppe geschnuppert hatte. Und dieses Licht! Es flutete durch eine Galerie schlanker Säulen herein, die sich zum Fluss hinaus öffnete und mit einer prächtigen Balustrade abschloss. Die Dächer des Gianicolo funkelten im Glanz der untergehenden Sonne.

»Mach den Mund zu!« Das war unverkennbar die Stimme Olimpias, die ihren Spott gar nicht zu verbergen suchte. Der Ruf klang von einem Ruhelager her, das mit Schalen voller Früchte und Gebäck umgeben war.

Woher bekommt sie Kirschen zu dieser Jahreszeit?, dachte Gina und ärgerte sich im selben Augenblick über die alberne Frage. Ihre Schwester hatte einen Gönner gefunden, der über so viel Geld und Macht verfügte, dass für ihn nichts unmöglich war. Fast nichts. Hatte sie das nicht längst gewusst? Aber es war etwas anderes, diese Märchenwelt mit eigenen Augen zu sehen.

Eine elegante Gestalt erhob sich. Wieder musste Gina sich einen Ruck geben, um sich zu überzeugen, dass es wirklich ihre Schwester war, die ihr da entgegenkam. Erst sah sie nur das strahlende Gewand. Seide vermutlich, in einem Rot, das fast noch leuchtender war als das der geschminkten Lippen. Olimpia breitete die Arme aus. Der goldgesäumte Ausschnitt gab ihren Busen fast völlig frei. Und der Rock umspielte weich die Rundung ihrer Hüften. Die erwartungsvollen Augen verrieten einen kaum verhohlenen Übermut, zugleich aber auch einen Hauch von Bangigkeit.

»Hast du endlich hergefunden? Nun, was sagst du?«

»Ich … Ich weiß es nicht.«

»Du glotzt wie eine Ziege in der Kirche.«

»Ist das alles …«

»Ja. Alles für mich, falls du das wissen möchtest.«

Gina kam sich entsetzlich töricht vor.

»Das heißt: für ihn!«, fügte die Schwester spitzfindig hinzu. »Dein … er muss sehr reich sein.«

Olimpia lachte schallend.

»Ach, was du hier siehst, ist für ihn nichts weiter als …« Ein Fingerschnippen vollendete den Satz. »Komm, ich zeig dir den Ausblick!«

Gina zögerte, wurde jedoch an der Hand gefasst und auf die Galerie hinausgezogen. Jenseits eines Zypressengartens erstreckte sich das Flussufer. Fischer und Lastträger beendeten ihr Tagewerk. Boote zogen vorüber. Rufe flogen hin und her. Im Hintergrund lag Trastevere, überstrahlt vom späten Licht und in schimmernden Dunst gehüllt.

»Es ist …«

»Großartig, nicht wahr?«

Ein Laut ganz in ihrer Nähe lenkte Ginas Aufmerksamkeit auf sich. Tauben gurrten am Traufgesims und flatterten über die Terrasse.

Das alles ist nicht wahr!, dachte sie. Sie war verwirrt. Sie brachte es nicht fertig, auszudrücken, was sie empfand.

»Es macht dir Eindruck, gib's schon zu!«

»Es … macht mir Angst.«

Ein Schatten fiel über das bemalte Gesicht Olimpias. »Die Sonne ist fort«, hörte Gina sie sagen. »Komm rein. Es wird kalt.«

Die beiden Schwestern standen einander ganz nah gegenüber. Um die Augen der älteren und an ihren Mundwinkeln zeichneten sich Linien ab, die Gina zuvor nie bemerkt hatte. Ob das von der Schminke kam? Oder waren es erste Zeichen einer verblühenden Jugend?

»Du bist nur neidisch«, zischte Olimpia.

»O nein!«

»O doch!«

Schweigend kehrten sie in den prunkvollen Raum zurück.

Das Räucherwerk erschien Gina plötzlich scharf und stechend. Nach dem frischen Wind auf der Galerie gab es der Luft hier drinnen eine Schwere, die etwas Beklemmendes hatte.

»Wer ist es?«, platzte Gina heraus.

Olimpia blickte sie strafend an.

»Das ist die einzige Frage, die du nicht stellen darfst. Ich dachte, das hättest du begriffen.«

»Verzeih ...«

»Er wünscht nicht, dass unser Verhältnis bekannt wird. Er hat Rücksichten zu nehmen, verstehst du? Nicht jeder lebt in den Tag hinein – wie die Leute, die du so kennst. Versuch die Trauben! Sie sind köstlich. Er bekommt sie aus ... Ach, ich weiß nicht, woher. Das ist ja auch gleich, nicht wahr?« Olimpias Verstimmtheit war wie weggewischt. »Schäfchen«, sagte sie. »Ich freue mich, dass du hier bist.«

Sie zog ihre Schwester auf die üppigen Kissen, die unter ihnen nachgaben wie Federwolken. Mit flinken Fingern griff sie der Jüngeren unter das Mieder und kitzelte sie genauso, wie sie es früher, in Kindertagen, oft getan hatte. Es war wie damals – Gina war völlig wehrlos gegen diese ungestüme Attacke und erstickte beinahe vor Lachen.

Aber *nichts* war wie damals ... Olimpia ließ von ihrer Schwester ab. Beide schwitzten und rangen nach Luft.

»Ich habe gezögert«, keuchte Gina. »Ich wusste nicht ...«

»Hat die Nonna dich endlich davongejagt?«

»Woher weißt du das?«

»Ach! Ich weiß mehr, als du denkst. Und ich hab mir Sorgen gemacht. Doch ich habe immer gehofft, dass du den Weg zu mir finden würdest. Nur, was machen wir jetzt mit dir? Ach was! Darüber reden wir später. Nimm eine Birne! Nein? Fürs Erste kannst du hierbleiben.«

»Aber wenn ...?«

»Wenn der *Herr* kommt? Der kommt nicht heute und nicht morgen. Ich habe dir doch gesagt, dass er Verpflichtungen hat. Das ist alles ganz anders, als du es dir vorstellst. Aber wenn er kommt ... Nun ja, dann wirst du natürlich verschwinden müssen. Ich habe keine Lust, dich bei ihm als Dienerin auszugeben. Außerdem ist er heikel, was die Bediensteten angeht. Das muss man verstehen.«

»Ich kann ...«

»Fein. Ich weiß, was du alles kannst. Du wirst auf jeden Fall etwas zu tun bekommen. Sollst im Haus Hand anlegen. Und dann, also gut, dann sehen wir weiter.«

Sie musterte Gina vom Kopf bis Fuß.

»Wie du aussiehst!«, tadelte sie. »Als hätten die Zigeuner dich nicht haben wollen. Was willst du aus dir machen – eine Räuberbraut?«

»Was *du* aus mir machen willst, weiß ich genau.«

»Na und? Trag nur die Nase nicht so hoch! Es geht mir glänzend, wie du siehst.«

»Das ist nichts für mich.«

Olimpia klatschte in die Hände, und Dienerinnen huschten herein, um Kerzen anzuzünden.

Die beiden Schwestern sprachen nicht miteinander, solange sich andere im Raum aufhielten. Erst als die Schwestern wieder allein waren, nahm die ältere ihre Sticheleien wieder auf.

»Hegst wohl immer noch bessere Pläne? Wenn du eine Prinzessin werden willst, hast du falsch angefangen. Hättest anderswo auf die Welt kommen müssen ... Schau doch in den Spiegel: ein Zauselkopf! Manchmal bezweifle ich, dass du wirklich meine Schwester bist.«

»Halbschwester – oder haben wir etwa denselben ...«

»Ja eben! Was hat sich unsere Mutter nur gedacht. Bei dir war, wie du weißt ein Neger dran schuld, so dunkel wie du bist!«

Das traf einen empfindlichen Punkt. Seit jeher konnte Olimpia ihre kleine Schwester mit dieser Behauptung zur Weißglut bringen. Entsprechend wild fiel die Antwort aus: »Besser ein Neger als ein Affe!«

Als Kind war die Ältere von allen damit aufgezogen worden, dass ihre Arme damals auffallend lang gewirkt hatten.

»Werd nur nicht frech! Sonst kannst du gleich zur Nonna zurück!«

»Das will ich nicht«, lenkte Gina ein. Sie wusste aus Erfahrung, wie sehr Olimpia sich in Wut reden konnte. Das konnte solche Formen annehmen, dass eine Versöhnung nicht möglich erschien. Auch das war wohl ein Erbteil der Nonna. So weit durfte es nicht kommen. Außerdem war sie insgeheim froh, dass ihr Unterkriechen beim Bugiardone offenbar noch nicht die Runde gemacht hatte. Und wenn sie sich weiter derart zankten, bestand die Gefahr, dass sie sich im Nu verplapperte. Gauklerkind! Das wäre etwas für ihre Schwester!

Olimpia schnaubte verächtlich. Aber auch sie schien den Streit nicht auf die Spitze treiben zu wollen. »Das kann ich verstehen«, sagte sie ruhiger. »Sie ist 'ne alte Hexe.«

»Nein, keine Hexe, aber ...«

»Oh, doch! Wenn du wüsstest, was ich weiß!«

»Ich weiß genug. Aber *das* solltest du nicht sagen. Du weißt, was daraus werden kann.«

»Dann halt jetzt den Mund! Wir werden etwas Richtiges essen. Du musst doch Hunger haben!«

Endlich eine gute Idee!, dachte Gina.

»Nicht doch, du tust mir weh!«, stieß Mira hervor. Von diesem Kunden hatte sie so etwas nicht erwartet. Er hatte sanft und scheu, fast plump auf sie gewirkt. Und nicht gerade jung.

Dio mio!, hatte sie gedacht. Dem werde ich wohl auf die

Sprünge helfen müssen, damit er überhaupt zur Sache kommt. Aber in nichts konnte man sich bekanntlich mehr täuschen als in den Männern. Genau genommen gefiel er ihr sogar ein wenig mit seiner zögerlichen Art. Das kommt selten vor, wenn eine erst einmal so lange im Geschäft ist wie sie … aber immer noch das Geld wert, bitte schön!

Und wenn man es genau nahm, waren solche Gefühle keineswegs im Sinn der Arbeit. Aber was soll man tun?

Da war etwas in seiner Aufmerksamkeit, dieser keineswegs selbstverständlichen Aufmerksamkeit … Und das, obwohl er diese Ledermaske trug, die sie zunächst befremdlich gefunden hatte. Aber ein feiner Herr wie dieser mochte schließlich seine Gründe haben. Vielleicht war er Venezianer. Gehörten nicht in Venedig die Masken fast das ganze Jahr zum Alltagsleben?

Also gut. Lass ihn kommen!

»Was ist mit deiner Hand?«, fragte er barsch.

»Nichts, das Euch kümmern müsste.« Sie war wütend auf sich selbst, dass sie die Verkrüppelung nicht besser verborgen hatte. Aber er ging darüber hinweg: »Gibt es hier eine abgelegene Stelle, wo man nicht gestört wird?«

Nun, gut, eine solche Stelle gibt es in der Tat. Die Terrasse … um diese Zeit.

Erstaunlich schnell sind sie sich einig über den Preis. Und gleich darauf, ohne weitere Umstände, wirft er sich auf sie und drängt sie mit ihrem Rücken gegen die raue Wand.

Er will es im Stehen!, denkt sie. Gleich hier! Na gut, dann geht es jedenfalls schnell.

Es war ein langer Tag, und der Andrang im Viertel hat lange vor dem Dunkelwerden begonnen. Nun eine lange Nacht. Es hat wieder eine öffentliche Hinrichtung gegeben, nicht so etwas Beachtetes wie die Sache mit diesem Ketzer vor ein paar Wochen, aber immerhin ein blutiges Spektakel. Seltsam, dass sich manche Männer nach einem solchen Schauspiel wie toll gebärden! Vögeln, um zu vergessen … Hol sie doch alle der Teufel!

Sie tastete hinter sich nach dem Gesims, das bei solchen Gelegenheiten schon manchmal hilfreich war, stützte sich ab und schlang die Beine um den Mann.

Da spürt sie seinen Griff.

Was ist mit seinen Händen?, denkt sie. Schmerzhaft wie Klauen greifen sie ihr an Schenkel und Bauch!

Zum ersten Mal wallt Furcht in ihr auf. Das gehört nicht zum üblichen Geschäft!

Die gräulichen Geschichten, die seit Wochen die Runde machen, schießen ihr in den Sinn. Wie hat sie das nur vergessen können? Der Schwarze Engel! Er hat mich reingelegt – wie eines von den jungen Gänschen!

Da packt er ihren Busen. Sie will protestieren, aber er knurrt: »Halt still, verdammt noch mal!« Und presst etwas scheußlich Riechendes auf ihren Mund. Angstvoll bäumt sie sich auf. Da dringt er auch schon in sie ein.

Aus Angst wird Panik! Sie fühlt nur noch diese entsetzlichen Hände an ihrem Hals …

Es war kurz vor Morgengrauen, als Vanga das Geräusch hörte. Ein ruckartiges Knacken unten, an der Haustür. Jemand brach den Riegel auf! Das geschah so leise wie möglich, aber Vanga hatte einen leichten Schlaf – außer, wenn er heftig getrunken hatte – und vor allem ein scharfes Gehör. An diesem Abend jedoch hatte er dem Wein entsagt. Irgendetwas hatte ihm die Kraft dazu verliehen. Er wusste nicht, wie lange diese Standhaftigkeit anhalten würde, aber sie gab ihm ein gutes Gefühl …

Jedenfalls war alle Aufmerksamkeit mit einem Schlag auf das verdächtige Geräusch konzentriert. Alle Nerven und

Sehnen seines Körpers aufs Äußerste gespannt. Er zögerte nicht lange. Ohne verräterischen Lärm glitt er aus dem Bett, griff unter das Kissen nach seiner Pistole und war in zwei raschen Schritten zur Tür hinaus. Kein Zögern. Er stieg die Leiter hoch, die aufs Dach führte, aber nur ein kleines Stück. Dann kauerte er sich in einen finsteren Winkel unter den Sparren. Hier oben würde er warten. Dies alles war seit langem kalkuliert und eingeübt.

Für kurze Zeit blieb es still. Nichts. Er hörte nur das Pochen des eigenen Blutes.

Hatte er sich etwa getäuscht?

Nein. Da kommen sie. Es sind drei. Sie ziehen die Stiefel aus, um lautlos über die Stiege zu schleichen. Sie hätten ihn durchaus überraschen können, wenn sie gleich zu Anfang geschickter vorgegangen wären. Immerhin geben sie sich Mühe und schirmen ihre Laterne ab, so dass nur ein schmaler Lichtschein einhergeistert. Wenn ich heute gebechert hätte, denkt Vanga, so wie alle Tage der letzten Wochen, wäre ich diesen Kerlen jetzt ausgeliefert! Das Gefühl der Überlegenheit erfüllt ihn mit einem boshaften Triumph.

Wie vorsichtig sie auftreten! Und sorgsam sie vermeiden, mit ihren Waffen irgendwo anzustoßen. Da ist die Zimmertür, nur angelehnt. Schnell hinein! Aber – der Teufel soll's holen! – was ist das? Das Bett – leer!

Der Anführer, ein Kerl mit einer mächtigen Hakennase, tritt gegen das Gestell und flucht ausgiebig.

Dann herrscht wieder Stille. Die Galgenvögel sind ratlos. Ihr Auftrag enthält wohl keine Anweisung für diese Möglichkeit. Schnappt euch den Säufer, und macht kein langes Federlesen! So mag ihr Befehl lauten.

Und was nun?

Sie brauchen sich nicht lange den Kopf zu zerbrechen. Denn nun erklingt hinter ihnen ein Geräusch, das ebenso leise wie unmissverständlich ist: das Klicken einer Pistole, deren Hahn für den Schuss gespannt wird.

Vanga grinst hämisch, als die drei herumfahren und der Lichtschein auf ihn fällt.

Dann stößt seine Hand blitzschnell nach vorn, und der Pistolenlauf knallt Hakennase an die Schläfe, die kantige Unterseite zuerst. Der Bursche taumelt gegen den Türpfosten, gleitet am schartigen Holz hinab und bleibt stöhnend am Boden hocken. Blut rinnt ihm übers Gesicht, und er spürt die kalte Mündung der Waffe auf der Stirn.

Vanga hält den Hahn gespannt.

»Jetzt wär der Augenblick, dass du mir sagst, warum ich nicht schießen soll.« Er kostet jedes Wort aus. Dabei blickt er nicht Hakennase an, sondern hält die beiden andern im Auge.

Der Anführer, halb benommen, grunzt unwillig. »Wir sind drei«, stößt er dann hervor. »Und du hast nur *einen* Schuss.«

»Aber der trifft *dich* und zerknallt deinen hohlen Schädel.«

Vanga drückt mit der Pistole noch etwas stärker. Das scheint dem Burschen überhaupt nicht zu gefallen.

»Gebt Acht mit dem Ding!«, keucht er.

Welche Höflichkeit!, denkt Vanga. Plötzlich nicht mehr *du*?

Er grinst anzüglich. »Was ist, wenn ich nicht schieße?«

Der Mann schluckt gepresst. »Dann … Unser *Capo* … Er will Euch sehen.« Und mit aufkeimendem Trotz: »Der wartet nicht gerne.«

Vanga weiß längst, wem er diesen Anschlag verdankt. Er kennt Hakennase. Rosaspina heißt der Kerl. Ein bevorzugter Handlanger seines noblen Vetters. Dessen Mann fürs Grobe. Den schickt er, wenn es drauf ankommt. Vielleicht hat der Bursche den ihm erteilten Auftrag auch eigenwillig ausgelegt, aber sicher ist das keineswegs. Es sieht Ceccos Art von Humor durchaus ähnlich, sein Lieblingsopfer gewaltsam vorführen zu lassen, selbst wenn es nur um eine beiläufige Sache gehen sollte. Gerade dann! Geht jetzt!, wird er gesagt haben. Reißt ihn mitten in der Nacht aus dem Schlaf! Geschieht ihm recht. Vielleicht hat er gar hinzugefügt: Den könnt ihr hart anpacken.

Ich bin bei den Wachen nicht gerade beliebt, denkt Vanga. Umso mehr macht es mir Vergnügen, ihren Plan zu durchkreuzen. Er freut sich schon auf Ceccos belämmertes Gesicht.

»Dann wollen wir eurem mächtigen Mann den Gefallen tun«, sagt er. »Werde ich das hier noch mal brauchen?«

Der Anführer der kleinen Truppe stiert immer noch in den Lauf der Pistole.

»Nein«, sagt er kleinlaut. »Aber wenn …«

Vanga kennt den Umgang des Tenente mit Untergebenen und weiß genau, auf was der Mann hinauswill.

»Dein Capo braucht nicht mehr zu erfahren, als nötig ist«, sagt er. »Vorausgesetzt, ihr steckt eure Waffen weg.«

Er geht davon aus, dass er von diesen Burschen nun keine Überraschung mehr zu befürchten hat. Zumal er ihnen nicht auf die Nase binden wird, dass die Pistole gar nicht geladen ist.

Vanga zieht sich seine Jacke über, und dann machen sie sich auf den Weg. Die drei Totschläger immer hübsch ein paar Schritt voraus. Unterwegs wird nicht viel gesprochen.

Tenente Umberto Cecco erwartete seine Truppe in einer drittklassigen Spelunke, aus der er kurzerhand alle Gäste vertrieben hatte, indem er den Raum als Standquartier beanspruchte. Als Vanga eintrat, steckte der Wirt im Hintergrund die breite Nase neugierig hinter einem Vorhang hervor und zog sie hastig wieder zurück. Kleine Leute einzuschüchtern war etwas, das Cecco beherrschte.

»Tenente …« Hakennase räusperte sich unbehaglich.

Cecco gab vor, intensiv mit einem Blatt Papier beschäftigt

zu sein, das vor ihm auf dem Tisch lag. Für die Ankömmlinge schien er sich gar nicht zu interessieren. In Wahrheit hatte er vermutlich mit Ungeduld auf Vangas Eintreffen gewartet, aber das wollte er sich keinesfalls anmerken lassen.

»Bringt ihn rein!«, murmelte er. Er tat souverän. Allerdings verrieten eine rasche Wendung und ein heftiger Atemzug mehr Gespanntheit, als Vanga erwartet hatte. Schon der erste Blick muss dem Tenente verraten haben, dass die Dinge sich durchaus nicht wie geplant entwickelten. Er hatte erwartet, dass man seinen Verwandten wie einen Missetäter hereinführen werde, am besten gefesselt und mit einem Tritt in den Hintern. Zweifellos hatte er sich auf diesen Augenblick gefreut. Er besaß jedoch Geistesgegenwart genug, die Enttäuschung zu verbergen. Nur kurz runzelte er die Stirn.

»Komm her!«, knurrte er. »Ich will mit dir reden.«

Dabei streifte ein unwirscher Blick seine Leute. Klare Sache. Denen stand ein unerfreuliches Gespräch bevor.

Vanga spürte die Explosionsgefahr und zeigte sich möglichst unbefangen. Seine Antwort kam zögernd: »Umberto! Ist mir – wie immer – ein Vergnügen.«

Er begriff Ceccos Stimmung nur allzu genau: Wenn der sich die Nacht um die Ohren schlug, gab es Gründe. Diese Vermutung bestärkte sich, als Vanga dem Hauptmann ins Gesicht blickte. Tiefe Falten auf der Stirn, um Mund und Nase. Niemals zuvor hatte sein Vetter so alt gewirkt. Die Haut um die Augen – ledrig und schlaff. Jede Bewegung voll abgrundtiefer Müdigkeit. Das kam nicht von der schwachen Beleuchtung des Raumes durch eine blakende Ölfunzel, und es war auch kaum durch ein paar Stunden fehlender Nachtruhe zu erklären.

Was, zum Teufel, ist los?

Ceccos Blick wich beharrlich aus. Unangenehme Gefühle

stiegen in Vanga auf. Druck in der Magengrube und ein kaltes Prickeln auf der Haut. Wenn der Kerl doch endlich reden wollte!

Cecco steckte das Blatt Papier, das er betrachtet hatte, in eine Ledermappe, ehe Vanga es richtig sehen konnte. Es schien eine Zeichnung zu sein. Der Hauptmann wies ohne weitere Förmlichkeiten auf einen Stuhl, und er selbst ließ sich auf einem anderen nieder. Wohl aus alter Gewohnheit wählte Vanga seinen Platz so, dass sein Gegenüber das Licht auf dem Gesicht hatte und sein eigenes im Schatten lag.

Vanga bemerkte einen Gegenstand auf der Tischplatte zwischen ihnen. Ein Messer. An der Klinge waren Blutspuren zu erkennen.

Mord, dachte er. Aber das ist es nicht …

Das allein kann es nicht sein.

»Worum geht es?«, fragte er.

Cecco räusperte sich unwillig. »Du wirst die Stunde verfluchen, in der du hergekommen bist«, sagte er.

Vanga spürte den Widerwillen des anderen gegen das, was er vorzubringen hatte. Dieses Gefühl war offenbar so stark, dass darüber die Abneigung zwischen den ungleichen Vettern in den Hintergrund trat.

War vielleicht das boshafte Spielchen, das der Tenente gegen Vanga inszeniert hatte, nichts anderes als der Versuch, sich in einer schwierigen Lage ein wenig Überlegenheit zu bewahren?

Vanga durchschaute nun die Verfassung des anderen – eine verzweifelte Unruhe. Deshalb verkniff er sich die Antwort, die ihm auf der Zunge lag: Die Stunde verfluche er schon jetzt.

Er schwieg.

Schließlich nahm Cecco wieder das Wort: »Das ist eine Sache … Nun, es wär möglich, dass du von Nutzen sein kannst.«

Er sagte nicht: »Ich brauche Hilfe« oder: »Du musst mir

helfen.« Das wäre ganz untypisch gewesen. Vielmehr blieb seine Ausdrucksweise so unpersönlich wie möglich.

Vanga dachte: Es war nicht seine Idee, mich zu rufen. Das liegt auf der Hand. Jemand anders hat ihn dazu gezwungen. Jemand, der über ihm steht. Wer kann das sein? Der Magistrat? Die Inquisition? Der Papst höchstpersönlich?

Was um alles in der Welt treibt ihn so in die Enge?

Cecco gab sich einen Ruck und schlug einen nüchternen Ton an. »Es ist eine Leiche gefunden worden«, sagte er heiser.

»Jemand von … Bedeutung?«, fragte Vanga. Nur raus damit! Eine Bluttat in einem vornehmen römischen Haus vielleicht – wie damals die ekelhafte Tragödie bei den Cenci? Oder ein hoher Geistlicher hat sich erhängt, weil sein Geliebter ihn betrügt? Ein ausländischer Diplomat, im Bordell erstochen? Oh, ja! Rom war eine Stadt, in der mancherlei geschehen konnte.

»Von Bedeutung? Nein, das kann man nicht sagen …«

Also nicht so etwas. Kein hoher Würdenträger, kein gekröntes Haupt. Hätte wenigstens einen Sinn ergeben, obwohl es auch unendlich viel Ärger bedeutet hätte. Andererseits: Was hätte in einem solchen Fall wohl seine, Vangas, Rolle sein können? Da würde man einen wie ihn am wenigsten brauchen. Einen gewerbsmäßigen Schnüffler. Er wurde immer ratloser.

»Sag endlich, um was es geht!«

Abrupt stand Cecco auf und knurrte abweisend: »Am besten, du siehst es dir an. Gleich draußen, neben dem Haus.«

Er ging vorweg, wortlos und ohne sich nach Vanga umzuschauen.

Es war kühler geworden. Ein scharfer Wind pfiff durch einen gewölbten Torweg zwischen Gasse und Hof und brachte Düfte vom Fischmarkt mit, sogar jetzt, mitten in der

Nacht. Aber sie überdeckten jenen anderen Geruch nicht, der Vanga nun in die Nase stach, abgestanden, schal und widerwärtig …

Am Mauerpfeiler stand ein Wachsoldat, gekrümmt, halb abgewandt. Wie einer, der etwas nicht anzusehen wagt, es aber auch nicht fertigbringt, den Blick davon zu lassen. Die Hand umklammerte eine gesenkte Fackel, deren Flamme im Wind tanzte. Von Zeit zu Zeit loderte sie hell empor und versprühte Funken. Dann lief ein rubinrotes Funkeln über die ölige schwarze Lache auf den Pflastersteinen.

Blutpfütze. Blutgeruch.

Langsam, wie jemand, der in einem Fluss gegen die Strömung watet, nähert sich Vanga der Gestalt, die da im Halbdunkel ausgestreckt liegt. Seltsam, wie klein sie wirkt – als wäre sie ein Kind!

»Es ist … so dunkel«, sagt er.

Der Posten mit der Fackel rührt sich nicht, als habe er die Worte nicht gehört.

Es ist Cecco, der sich in Bewegung setzt. Mit einem unwilligen Knurren tritt er heran und nimmt die Fackel in die Hand. Dann geht er auf die liegende Gestalt zu, sorgfältig bedacht, nicht in die dunkle Flüssigkeit zu treten. Er stößt den flammenden Kienspan vorwärts, so dass Helligkeit über das erbärmliche Bündel Mensch flutet. Mehr Licht, als einem lieb sein kann. Jede Einzelheit tritt grell hervor.

Vanga muss schlucken, obwohl die Kehle trocken ist wie Zunder.

»Sieht aus wie dieses Marmorbild, nicht wahr?«, sagt Cecco.

Vanga gibt keine Antwort, wundert sich jedoch. Er weiß genau, welches Marmorbild der andere meint: das in Santa Cecilia, drüben in Trastevere. Die heilige Märtyrerin, hingestreckt wie im Schlaf – und doch nicht wie im Schlaf. Das

Werk ist kürzlich erst enthüllt worden und hat einigen Skandal gemacht. Nur: dass ausgerechnet Cecco so etwas zur Kenntnis nimmt!

Aber ist das jetzt von Belang? Vanga gibt sich einen Ruck. Lass dich nicht ablenken!, ermahnt er sich. Schließlich sind wir nicht hier, um Meinungen über Kunst auszutauschen! Man will seinen Rat, den eines Fachmanns für schreckliche Tatsachen. Sonderbar, wenn man bedenkt, was für ein unliebsamer Außenseiter er für die Behörden ist. Oder was will man sonst? Gleichviel …

Vanga richtet seine ganze Konzentration auf das, was er vor sich sieht.

Die Füße der Frau liegen am nächsten am Lichtschein. Klein und mager, aber mit Schwielen unter Zehen und Fersen, als wäre sie oft barfuß gegangen. Ein Mädchen vom Lande? Schuhe sind nirgends zu finden. Am linken Knöchel glitzert ein silbriges Kettchen mit einer Schelle. Manche Dirnen tragen das, wenn sie die Fesseln entblößen, um die Freier zu reizen. Vanga spürt einen drückenden Kloß im Hals. Sein Blick gleitet weiter und erfasst die ausgestreckte Hand, die schlaff auf einem schartigen Pflasterstein ruht. Vorsichtig lässt er sich auf ein Knie nieder.

»Ein Finger fehlt«, sagt er. Seine Stimme ist seltsam tonlos. Gleichzeitig durchströmt ihn Erleichterung. Er kennt diese Frau, aber zum Glück nicht näher.

»Das habe ich auch schon gesehen«, knurrt Cecco.

»Dann wirst du ja auch wissen, wer …«

»Weißt du es?«

Sie hat ihm niemals nahegestanden. Nur einmal hat sie ihn um Rat gefragt. Jedenfalls ist es nicht Olimpia, wie er einen Atemzug lang gefürchtet hat, obwohl es ja gar nicht möglich ist. Olimpia ist größer als diese Frau hier. Aber auch sie trägt bisweilen so ein Kettchen.

»Das ist Mira. Mira die Fischerin …«

»Die Fischerin?«

»Keine Ahnung, warum sie so genannt wird.«

Vanga sieht die Frau vor sich, wie sie an ihrem Stammplatz posiert, in einem Winkel, den sie über viele Jahre eisern behauptet hat. Obwohl sie nicht mehr die Jüngste war, hat sie ihre Verehrer gehabt. Er selbst hat nicht dazugehört.

»Sie stand hinter der Rotonda«, erläutert er. Die Gegend kennt er.

Cecco brummt etwas Unverständliches.

Vanga wird den Verdacht nicht los, dass er dem Kerl nichts Neues sagt. Die Geschichte vom Finger der Fischer-Mira und von der Art, wie sie ihn verloren hat, ist im Viertel so bekannt, dass Ceccos Ahnungslosigkeit kaum zu glauben ist.

»Es ist lange her. Sie war sinnlos betrunken. Ein Mann hat ihr den Ring vom Finger reißen wollen und hat das Ding nicht abgekriegt, ohne das Messer zu benutzen. Aber sie hat hinterher genau gewusst, wer ihr das angetan hatte. Und sie wusste, was sie sich schuldig war. Der Kerl ist zwar mit dem Leben davongekommen, lief aber von da an ohne Nase herum. Ein einziges großes Loch.«

»So, so«, sagt Cecco, als wolle er sich die Auskunft einprägen. Und gleichzeitig Vanga zu weiteren Erklärungen drängen.

Er spielt mir was vor, denkt Vanga. Ganz klar: Ich werde nur ausgehorcht. In Wirklichkeit will er auf etwas anderes hinaus. Drecksack!

Er stützt sich an der Wand ab und erhebt sich. Sein Blick gleitet über das besudelte Gewand und über das teilweise zurückgeschlagene Schultertuch.

Der Tenente hebt die Fackel. Da sieht er, was diesen seltsam unproportionierten Eindruck verursacht – und was die vor ihm liegende Gestalt so sehr von der Heiligenfigur in

Trastevere unterscheidet. Wieso um Christi willen merkt er das erst jetzt?

»Wo ist denn der Kopf?«

Cecco stößt seinen Atem aus.

»Nicht da«, presst er durch die Zähne.

Vanga blickt fragend über die Schulter.

»Das versteh ich nicht.«

»Glaubst du, ich? Eines von drei Dingen, die mir verdammt zu schaffen machen.«

»Drei Dinge?«

»Das zweite ... Hast du gesehen, was er ihrem Schoß angetan hat?«

Cecco beugt sich vor. Er zögert, bevor er den zerfetzten Rock beiseitezieht, mit Vorsicht, als könne er der Toten noch Schmerz bereiten.

Vanga ist froh, dass die andere Hand noch an der Mauer ruht, denn für einen Augenblick dreht sich ihm alles.

»Das ... Das ...«

»Metzgerarbeit«, stellt Cecco nüchtern fest.

Aber Vanga nimmt ihm diese Kaltschnäuzigkeit genauso wenig ab wie vorher die Ahnungslosigkeit. Schweißperlen glänzen auf Ceccos Stirn.

»Willst du wissen, was das dritte ist?«

Vanga nickt.

»Dann komm wieder mit rein. Das hier kannst du dir später noch ansehen. Falls du Lust hast.«

Der Wind nahm zu. Mit schweren Schritten traten sie wieder in die Gaststube. Cecco griff, fast ohne hinzusehen, nach einem Branntweinkrug im Regal. Den hatte er zweifellos schon vorher benutzt und wusste deshalb so genau, wo er stand.

Der Wirt, der verschüchtert im Schatten kauerte, erhob keinen Einwand.

Alle schwiegen, als der Offizier mehrere Schlucke nahm.

»Trink auch was!«, sagte Cecco und wischte sich den Mund ab.

Vanga schüttelte den Kopf. Er staunte selbst.

»Wie du willst«, knurrte Cecco verwundert und rülpste ausdrucksvoll. Er ließ sich auf eine Bank sacken.

Vanga blieb stehen.

»Und? Was ist die dritte Merkwürdigkeit?«, fragte er.

Cecco wirkte sehr müde. Er stöberte auf dem Tisch zwischen schmutzigen Bechern und zwei Taschen mit irgendwelchen Utensilien herum, schob seinen Degen beiseite und fand schließlich eine Mappe mit einem knisternden Papier. Das Blatt, das er vor der Nase gehabt hatte, als Vanga hereinkam. Er betrachtete es von neuem, drehte und wendete es – alles Theater! – und hielt es Vanga schließlich hin.

Es war zerknickt und an einer Seite deutlich dunkel verfärbt. Die Flecken sahen nach Blut aus. Aber das war es nicht, was Vanga den Atem nahm. Es war die Darstellung: das Bildnis der Toten.

Ja. Das war ihr Gesicht. Vanga strich die Zeichnung auf dem Tisch glatt und zog eine Kerze heran. Annähernd Lebensgröße.

»Hat es …«

»Ja«, presste Cecco hervor. »Das Blatt lag da, wo der Kopf sein müsste. Mit einem Stein beschwert, damit es nicht wegweht und wir es auch finden.«

Vanga beugte sich vor, um das Porträt genauer zu betrachten. Mit knappen Strichen alles Wichtige eingefangen: die dunklen Brauen, die Biegung der Nase, die leicht erschlafften Wangen. Auch die Runzeln und Falten, die sich mit Schminke nicht mehr überdecken ließen.

»Du kennst sie also?«, fragte Cecco.

»Ja doch, ist gut getroffen.«

Schwarze Kreide auf graublauem Papier. Die Schatten

kräftig betont. Etwas weiße Kreide ließ die Augen blitzen. Auch die Zähne …

»Der das gemacht hat, *kann* zeichnen, oder?«

Vanga nickte.

»Ein Künstler von Beruf?«

»Weiß nicht. Gut möglich.«

»Davon verstehst du schließlich was, nicht wahr?«

»Was soll's! Das ist lange her. Ich habe danach vieles andre gemacht.«

»Trotzdem!«

»Ja, verdammt, der hat Talent.«

Was will er?, dachte Vanga. Hat er mich holen lassen, um *das* zu fragen? Er hat doch nicht etwa mich in Verdacht …

»Ich habe dir gesagt, was ich weiß.« Er gab seinen Worten einen abschließenden Ton. Du wirst mich nicht weiter da reinziehen, dachte er.

Cecco grunzte unzufrieden.

»Und – das da?«, fragte er und zeigte vage auf das Gemeinte.

Vanga schwieg. Ja. Das war das Merkwürdigste an diesem beunruhigenden Bild, etwas, das er am liebsten gar nicht zur Kenntnis genommen hätte, obwohl es gerade das war, was eigentlich jedem zuerst ins Auge fallen musste.

»Ich weiß nicht«, sagte er.

»*Was* weißt du nicht?«

Über das skizzierte Gesicht zogen sich seltsame Markierungen, die mit blutfarbenem Stift eingetragen waren. *Sanguina*. Rötel. Das nahm sich aus wie die Spur eines scharfen Messers, durch die das Antlitz entstellt wurde. Ein rätselhaftes, düsteres Symbol: ein auf der Spitze stehendes Pentagramm, das sich auf die Stirn heftete wie ein Spinnennetz, gespannt zwischen Haaransatz, Augenbrauen und Nasenwurzel. Mitten darin ein Auge, lapidar stilisiert als Kreis im Spitzoval, in derselben

Größe wie die Augen der Frau. Ein drittes Auge im Gesicht. Die Illusion einer Verletzung war fast vollkommen: Es sah aus, als sammele sich das Blut in der untersten Spitze des fünfzackigen Sterns, um von dort an der Seite der Nase herabzusickern. Auf der Wange schien das Rinnsal zu einem dicken Tropfen zu gefrieren. Eine Zeichenschrift des Wahnsinns.

»Und. Was sagst du?«

Vanga war froh, dass er einen Grund bekam, seinen Blick von diesem Motiv loszureißen. Sein Mund war trocken.

»Ein Verrückter«, murmelte er. »Gib mir was zu trinken!«

Cecco zuckte die Schultern und schob den Krug herüber.

»Ein *begabter* Verrückter, oder?«

»Und der Kopf … Ich meine: Was ist mit dem?«

Cecco fasste sein Gegenüber scharf ins Auge, während er brummte: »Das hab ich doch schon gesagt: Wir haben ihn nicht gefunden. Den nicht und auch nicht die beiden anderen.«

Vanga, der gerade einen tiefen Schluck Branntwein genommen hatte, verschluckte sich und setzte den Krug ab. War Cecco närrisch? Oder war er selbst es, der sich Dinge einbildete?

»Ihr habt *weitere* Fälle wie diesen? Insgesamt drei?«

»Mindestens drei. Außerdem gibt es noch einen weiteren. Von dem glaube ich, dass er denselben Täter hat. Auch eine Hure. Im Gesicht genauso zugerichtet. Nur hat es da wohl eine Störung gegeben, und darum ist der Rest … Du verstehst … nicht ausgeführt.«

»Der Kopf …«

»Noch dran. Und da gibt's kein Bild.«

Vanga versuchte das Gehörte zu begreifen.

»Welche, die man kennt?«

»Was weiß denn ich, wen du kennst? Eine wurde Capretta genannt …«

»Wann hat es angefangen?«

»Vor mehreren Wochen. Ich hab die Daten und Einzelheiten in den Berichten. Vielleicht gibt es sogar noch andere, von denen ich nichts weiß. Wie das so ist: Wo man uns raushalten kann, tut man es …«

Vanga hätte sein Gegenüber am liebsten gepackt und geschüttelt. War es möglich, dass jemand derart gefühllos redete? Gewiss. Einer wie Cecco bekam viel zu sehen. Das stumpfte ab. Er selber könnte auch ein Lied davon singen. Aber hier ging es um Morde mit so grausigen Einzelheiten, dass er die Kälte seines Vetters nicht begriff.

Vier Frauen! Mehrere Wochen! Wie war es möglich, dass er nichts davon erfahren hatte? Die Erklärung konnte nur sein: Er hatte in letzter Zeit, genauer gesagt von da an, als sich Olimpia endgültig von ihm getrennt hatte, also seit dem Tag der Hinrichtung Giordano Brunos auf dem Campo de' Fiori, nur wenige nüchterne Augenblicke erlebt. Bis jetzt, bis zum Besuch der Dame in Schwarz …

Doch viel mehr als diese Wissenslücke irritierte ihn etwas anderes. Da war noch immer die Frage: Warum hat Cecco mich holen lassen? Er spürte die Augen des anderen auf sich wie den Blick einer Schlange. Aber sein Atem ging schon wieder ruhig. Der Anfall von Verwirrung war vorbei.

»Also gut: Warum zeigst du mir das?«, fragte er.

Cecco vollführte eine gezierte Drehung zur Seite, die an die Ausweichbewegung eines Fechters denken ließ; dafür fiel sie allerdings ziemlich ungeschickt aus.

Der Kerl hat mehr getrunken, als ich dachte!

»War nicht meine Idee«, erklärte der Tenente. »Wie du dir denken kannst.« Dabei stand er im Dunkeln, so dass Vanga sein Gesicht nicht erkennen konnte.

»Ja. Das dachte ich mir.«

»Sei nur nicht gar zu schlau!«

»Wem hab ich es dann zu verdanken«

Cecco ließ sich einen Augenblick Zeit, ehe er betont beiläufig sagte: »Dem Heiligen Vater.«

Verdammt!

»Aber …«, murmelte Vanga. »Ach was! Das ist doch Unsinn.«

Es ist eine Lüge. Er will mich an der Nase herumführen. Oder es gibt Gründe, von denen ich nichts ahne.

»Nun ja. Nicht direkt … Er hat deinen Namen nicht genannt und wird ihn auch gar nicht kennen.« Es klang wie: Schließlich gibt Seine Heiligkeit sich nicht mit Ungeziefer ab.

Jedenfalls hast du schon besser gelogen, mein Freund.

»Wer also dann?«

»Jemand, dem ich – äh – verpflichtet bin. Der Papst setzt ihn unter Druck. Dabei braucht es, verdammt noch mal, Zeit, um eine solche Angelegenheit …« Ceccos Stimme verlor sich in Gemurmel.

»Es gibt da oben Unruhe, wie?«

»Es wird bald Unruhe in der ganzen Stadt geben. Glaubst du, das lässt sich unter der Decke halten? Wundert mich, dass du noch nichts gewusst hast.«

Ja. Seltsam trotz allem. Alle Spitzel, die er befragt hatte – keiner hatte diese Vorkommnisse erwähnt. Allerdings hatte er ja auch keinen danach gefragt. Wahrscheinlich hatten die vorausgesetzt, dass er Bescheid wusste. Und es war, weiß Gott, ein unerfreuliches Thema – selbst für hartgesottene Galgenvögel.

»Du warst lange genug im Suff«, sagte Cecco. »Ein Wunder, dass du heute nüchtern bist …«

Sei's drum! Was geht's den Dreckskerl an? Es war eben so … Diese ganze Scheiße – bis die Contessa in sein Leben getreten war oder vielmehr: der Geldbeutel der Contessa.

Der Bastard soll sich den Kopf über die eigenen Probleme zerbrechen, dachte Vanga. Er sagte: »Sie machen dir Feuer unterm Hintern, stimmt's?«

»Erlaub dir keine Frechheiten!«, kam es zurück. »Sonst landest du schneller hinter Schloss und Riegel, als du dir träumen lässt.«

»Dann müsstest du auf meine Hilfe verzichten!«

»Pah, Hilfe von dir ...«

Lüge, dachte Vanga. Ich kenne deinen Vorgesetzten, und er weiß genau, wer ich bin. Davon wirst du allerdings nie etwas erfahren haben. Jedenfalls ist eines sicher: Der würde niemals anordnen, dass ausgerechnet *ich* bei euren Ermittlungen mitmache. Außerdem ist er krank. Die Gicht oder sonst was. Du willst mich für dumm verkaufen. Aber glaub ruhig, dass ich dir auf den Leim gehe. Die Wahrheit finde ich schon noch heraus. Verlass dich drauf!

Lächelnd erklärte er: »Immerhin, Umberto! Man hat also bemerkt, dass du unfähig ...« Er kam nicht weiter.

»Du dreckiger Hund!«, fauchte Cecco – und ärgerte sich offensichtlich sofort über den Gefühlsausbruch, denn er brach ab und knurrte nur noch wie ein bissiger Köter.

Vanga hingegen freute sich, weil er den andern in Wut versetzt hatte. Gut so, lass dich nur hinreißen! So kriege ich am ehesten heraus, wer dich in Schach hält. Du steckst ganz schön in der Klemme, mein Lieber. Das kommt davon, wenn man sich auf deine Weise einen Posten angelt.

Aber vielleicht war er doch einen Schritt zu weit gegangen. Es war eine Sache, Cecco zum Reden aufzustacheln, und eine andere, den Tenente so sehr zu reizen, dass er jeden Verstand sausen ließ.

Falls er so etwas wie Verstand besitzt!

Vanga beschloss, weit genug einzulenken, um das Gespräch in Gang zu halten. »Lassen wir das!«, sagte er. »Darum geht es jetzt nicht. Nehmen wir an, es ist der Magistrat, der den Befehl gegeben hat.«

Cecco grunzte widerwillig, besann sich jedoch und ging auf das Angebot ein. »Verdammt! Du weißt doch, wie das ist. Da rühren viele Köche im Topf. Offiziell ist die Kurie nicht beteiligt, aber in der Praxis … Die geistliche Behörde und die weltliche, und der Papst steht über beiden. Unsereins bleibt immer der Dumme.«

Vanga nickte, Verständnis heuchelnd.

Cecco senkte die Stimme: »Es wird schon gemunkelt, Satan selber wär am Werk. Stell dir vor, es kommt zu Unruhen in der Stadt! Deshalb wollen sie eben, dass du mit uns zusammen … Sie erwarten, nun ja … Man will schnelle Ergebnisse.«

Kein Zweifel: Der Kerl hatte Angst! Vanga griff erneut nach dem Krug.

»Und wenn das alles nicht klappt«, fuhr Cecco fort, »dann werden Köpfe rollen.«

»Dein Kopf. Stimmt's? Sie kriegen dich am Arsch, wenn ich nicht bereit bin einzusteigen.«

»Ich werd dafür sorgen, dass deiner auch nicht oben bleibt, wenn du mich im Stich lässt. Wär besser, ich müsste dich nicht erst an dies und jenes erinnern.«

Vanga schwieg. Leider gab es einige Dinge, mit denen Cecco ihn in der Hand hatte. Genau wie umgekehrt. Dennoch konnte er sich nicht verkneifen, noch ein wenig zu sticheln: »Was habt ihr Idioten euch bloß eingebrockt, dass man euch so unter Druck setzt?«

Aber sein Vetter hatte sich jetzt wieder fest in der Hand. »Also, was ist?«

»Du hast 'ne seltsame Art, bitte zu sagen.«

»Willst du es unbedingt hören? Ja, verdammt, ich bitte dich!«

»Schon besser.«

»Also bist du dabei?«

Vanga setzte den Krug ab, holte tief Luft und schob ihn mit Nachdruck von sich. Seine Antwort stand in Wahrheit längst fest.

»Ich werd keinen Tropfen mehr trinken, bis das aufgeklärt ist.«

UW

ZWEITER TEIL: PORTICO D' OTTAVIA

»Fische! Fische! Grad aus dem Fluss!« Der Ausrufer pries seine Ware an, so laut er konnte. Zahlreiche andere Händler rissen den Mund nicht weniger auf. Da verstand man kaum noch sein eigenes Wort. Der Marktplatz am alten Mauerbogen, dem Portico d'Ottavia, wimmelte von Menschen. Jeder redete auf jeden ein, und immer wieder flammten Streitereien auf. Dabei wurde wiederum an Stimmaufwand nicht gespart, wenn auch das leidenschaftliche Gebaren zum größten Teil gespielt war. Es ging einfach darum, dass man auf dieser Bühne seinen Auftritt bekam – und dann das Beste daraus machte. Gina hielt Augen und Ohren offen, um jede Einzelheit in sich aufzunehmen. Ihr waren vor allem die Märkte in Trastevere vertraut, wo fast alle sich kannten und das Ganze gewissermaßen Familiensache war. Hier dagegen kauften Fremde ebenso ein wie die Bediensteten der großen Herrschaften. Das Mädchen hielt sich am Schürzenband der Köchin fest und nutzte deren breiten Rücken, um sich vor dem Gedränge zu schützen. Eine brodelnde Menge. Händler und Käufer, Gaffer und Tagediebe. Immer wieder forderten Lastträger oder Lieferanten Durchlass, nicht nur für sich selbst, sondern auch für ihre Waren, die auf hoch beladenen Eseln oder auf Fuhrwerken herangeschafft wurden.

»Sieh zu, dass du nicht von mir getrennt wirst!«, befahl die Köchin mit lauter Stimme. Es war die Frau mit dem runden Gesicht, die Gina bei ihrer Ankunft im Palazzo die Tür geöffnet hatte. »Und pass gut auf, es sollen mal wieder Taschendiebe unterwegs sein!«

Was Ihr nicht sagt, dachte Gina, verzog jedoch keine Miene.

Obwohl Fastenzeit war, wurde keineswegs nur Fisch angeboten, und trotz der Knappheit mancher Lebensmittel und der Armut des einfachen Volkes florierte das Geschäft.

Bis Ostern war es nicht mehr weit. Ein seidiger Frühlingshimmel spannte sich über den Dächern von Rom. Aber es fiel schwer, diese Stimmung zu genießen. Schließlich gab es auch weniger erfreuliche Dinge. So schnappte Gina etwas auf, das zwei Fuhrknechte sich erzählten: »Muss wieder zugeschlagen haben, die Bestie. Die Huren am Pantheon sind blau vor Schrecken. Sie halten jeden Freier für ein Ungeheuer.«

»Tja. Mit denen ist kaum noch was anzufangen. Manche beten den ganzen Tag.«

»Die Einzigen, die bei ihnen noch Vertrauen finden, sollen die geistlichen Herren sein!«

»Was du nicht sagst. Wer kann, der kann. Und Vertrauen, wem's gebührt.«

Das dreckige Gelächter in der Umgebung zeigte, dass auch andere zugehört hatten.

Gina konnte dem Thema nichts Spaßiges abgewinnen. Waren es nicht gerade diese Schauergeschichten, die ihr den Schlaf raubten und sie bis in die Träume verfolgten? Seit Wochen hörte man davon. Als gäbe es kein anderes Thema mehr. Nächtliche Schrecknisse, grausige Mordtaten und blutige Einzelheiten über Leichen ohne Kopf und andere schauerliche Verstümmelungen. Was war das für eine Welt!

Erst sprach man von dem Mordgesellen nur als *Macellaio*, Metzger, doch schließlich hatte sich ein Name durchgesetzt, der anfangs nur hinter vorgehaltener Hand geflüstert wurde: *der Schwarze Engel*.

Wenn so eine mörderische Bestie die dunklen Straßen

heimsuchte – konnte man sich da etwas anderes vorstellen, als dass der Teufel selbst die Hand im Spiel hatte? Ein Engel Satans ging um. Kein Bote des Himmels, sondern einer der Hölle … Ein Würgeengel. *Angelo sterminatore!* Und mancher fragte: »Wenn die versagen, die uns schützen müssten, auf wen verlassen wir uns dann?«

Gerüchte besagten, dass viele schon zum Satan beteten …

Gina schob die Gedanken beiseite. Das Thema fesselte sie zwar, aber es verursachte auch tief in ihrem Innern ein Beben nackter Angst.

Da war es fast schon willkommen, wenn die Leute über den Mangel an Getreide und Brot redeten: Auch diese Not war bedrängend, aber man konnte wenigstens hoffen, dass sie mit dem Sommer enden würde – natürlich nur, wenn man bis dahin nicht verhungert war. Denn darüber durfte man sich durch das lebhafte Treiben auf den Märkten nicht täuschen lassen: Die sich hier tummelten, waren vor allem Leute, die Geld hatten, und jene, die in ihrem Dienst standen. In den Armenvierteln sah es anders aus. Dort hatten die Menschen kaum das Nötigste zum Leben. Angeblich waren bereits Kinder und Alte gestorben. Vor Hunger und an Auszehrung. Immerhin brachten einige Menschen noch einen gewissen Sarkasmus auf. So erzählte man sich mit todernstem Gesicht, dass einige Geistliche bei der Armenspeisung ihren Hunger gestillt hätten. Die Nonnen kämen nicht nach, ihre Kutten enger zu nähen. Und der Papst habe die Hälfte seiner Köche entlassen. Harmlose Witzchen, und doch als versteckte Kritik nicht ohne Zündstoff.

An wem liegt es denn, dass wir darben müssen?

Die Not erzeugte blinde Wut. Revolte lag in der Luft. Korntransporte für den Vatikan würden nur noch nachts hereingeholt, hieß es, und stets durch ein starkes Truppenaufgebot gesichert.

»Träum nicht!«, schnauzte die Köchin. »Wir sind da.«

Zwischen den antiken Mauern und Säulen hatten die namhaftesten – und teuersten – Händler ihre Plätze. Sie verfügten über Verkaufstische aus großen Steinplatten, die auf gemauertem Sockel ruhten. Die anderen mussten sich mit der Randzone des Marktes zufriedengeben und boten ihre Ware feil, wie es sich gerade ergab. Da war auch der Tisch, wo die Fische gemessen wurden. Gina hatte sich erklären lassen: Von jedem Tier, das eine bestimmte Größe überschritt, werde der Kopf abgetrennt. Diese Abgabe sei eine Art Marktsteuer und die Köpfe der Anteil der Kirche. Spöttische Zungen behaupteten, sie schwämmen in der Fischsuppe des Papstes – aber man verwendete sie wohl eher für sein Gesinde.

Hier war das Gedränge besonders dicht. Gina hatte Mühe, nicht gegen die Auslagen gedrückt zu werden. Oh, Madonna! Da war mancherlei ausgebreitet, was ganz in der Nähe aus dem Tiber oder etwas weiter entfernt bei Ostia aus dem Meer geholt worden war: Barben in Salzlake, Pulpo, den man auf flache Steine geschmettert hatte, damit er weich und geschmeidig wurde, rote stachlige Tiere, wie sie das Mädchen auf den Märkten von Trastevere noch nie gesehen hatte, und Mengen jener winzigen silbrigen Fische, die so hell glänzten, als seien sie frisch aus Zinn gegossen. Der Geruch, der über dem gesamten Markt lag, war so stark, dass man sich am liebsten die Nase zugehalten hätte. Wenn es nicht alles so aufregend gewesen wäre!

Halt! Wo war die Köchin? Gina hatte die Frau nicht länger als einen winzigen Moment aus den Augen gelassen, und schon war ihr breiter Rücken im Gewühl verschwunden.

Ach! Da drüben! Sie zankte sich mit einem Bauern herum, der schlechtes Obst und Gemüse verhökerte, ein Angebot, das später im Jahr bestimmt reichhaltiger und wohlfeiler wäre. Was die korpulente Frau erhandelt hatte, drückte sie Gina in den Arm: »Halt fest, sag ich dir! Glaubst du, ich will das unter den Füßen wiederfinden?«

Sie zählte die Münzen einzeln vor und hütete dabei ihren Geldbeutel mit festem Griff. Dann kündigte sie an, nun sei es an der Zeit, den *Pescivendolo* aufzusuchen, den einzigen Fischhändler, den sie für akzeptabel erachtete. Gina wusste zwar längst, dass diese Frau von Olimpia keine gute Meinung hatte, aber umso mehr schien sie darauf bedacht, den Ruf des Hauses zu schützen, dessen Würde sie vermutlich vor allem in ihrer eigenen Person verkörpert sah. Die Köchin deutete mit dem doppelten Kinn die Richtung an. Hier war das Gedränge weniger groß, denn man zahlte wahrhaft gesalzene Preise. Aber die Frau gab schließlich nicht ihr eigenes Geld aus. Dennoch glaubte sie, es sich schuldig zu sein, nicht übers Ohr gehauen zu werden.

»Den muss man sich kirre machen!«, murmelte sie drohend. »Er darf nicht meinen, er hätte leichtes Spiel mit uns.«

Gina hatte den Eindruck, dass der Händler beim Anblick der Köchin einen Stoßseufzer unterdrückte. Wie eine kanonenbestückte Galeone stieß sie bis in die Mitte des Verkaufsgeheges vor. Ihr Blick ging kritisch über die dicht an dicht gestapelten glotzäugigen Monster. Die waren hier so vielgestaltig und verschiedenfarbig, dass Gina ihren Ekel vor dem Gestank vergaß und nur noch neugierig schaute. So entging ihr der erste Teil des Handels, das Vorgeplänkel zur Schlacht, aber sie schreckte auf, als die Köchin ihre Stimme erhob und barsch verkündete: »Ist das Euer Ernst? Der ist ja schon schwarz!«

Der Händler, der sie als zahlungskräftige Kundin zu schätzen wusste, duckte sich unter dieser Salve und äugte in die Runde. Hoffentlich hatte niemand dieses vernichtende Urteil gehört! Er gab seinem Gehilfen einen Stoß.

»Dummkopf! Was hast du da angeschleppt? Hol einen aus dem anderen Korb, du weißt schon!«

Der Junge beeilte sich, denn die Köchin blickte mit einer Strenge auf ihn, die bei der geringsten Verzögerung eine neue Kanonade befürchten ließ.

»Dies ist das Beste, was Ihr auf dem Markt finden werdet!«, versicherte der Händler und bot ein echtes Prachtstück an.

Der Gehilfe krümmte den Buckel und zwinkerte Gina verstohlen zu.

Die Köchin prüfte die Ware und gab sich gnädig zufrieden. Allerdings hatte Gina auch an dem anderen Fisch keinen Makel bemerkt. Das mochte jedoch an ihrer Unkenntnis liegen. Nun ging es ans Bezahlen, und es wurde noch kräftig gefeilscht. Als man sich schließlich einig war, wischte der Händler sich den Schweiß von der Stirn.

»Lass ihnen nie etwas durchgehen!«, zischte die Köchin, laut genug, dass der Mann es hören konnte. »Wenn einmal du die Einkäufe machen solltest ...« Ihr Tonfall verriet, dass sie nicht beabsichtigte, das jemals zu gestatten. Nur über ihre Leiche.

Der Gehilfe grinste das Mädchen an, und Gina verkniff sich das Lachen. Aber kaum einen Atemzug später, als sie sich zufällig umwandte, verging ihr die heitere Stimmung im Nu. Hinter ihr, nur wenige Schritte entfernt, stand ein Mann, der sie mit bohrender Schärfe anstarrte. Ein Mann mit hartem Gesicht. Sie wich seinem Blick aus. Kurz darauf, als sie widerwillig noch einmal hinüberblinzelte, hatte er die Augen keineswegs abgewandt. Beinahe wäre ihr das Gemüse aus der Hand geglitten.

»Was ist?«, fragte barsch die Köchin. »N-nichts«, stammelte Gina.

»Ach ja?«

Sie machten sich auf den Heimweg. Als sich das Mädchen ein weiteres Mal umwandte, war der Mann noch immer da und glotzte. Und Gina spürte: Sie kannte ihn. Aber woher nur?

»Bei dem musst du dich in Acht nehmen, mein Täubchen,

der will dir nicht nur an die Röcke, was diese Kerle alle wollen, sondern der hat noch was anderes vor …«

»Wie – was?«

»Ich weiß es nicht genau. Aber er hat auch mich schon anzusprechen versucht. Dem zeigst du die kalte Schulter, verstanden?«

»Ja. Ja doch.«

Gina war plötzlich etwas eingefallen. Sie wusste wieder, wo sie diesen Mann schon gesehen hatte. Der Bursche war ein hohes Tier bei den Stadtwachen! An dem Tag, an dem sie sich von der Nonna getrennt hatte, waren sie ihm begegnet. Er hatte sich mächtig aufgespielt, und die Alte hatte ihm Kontra gegeben. Aber es war dem Mädchen nicht entgangen, dass dabei Furcht im Spiel gewesen war. Ungewöhnlich bei der Nonna, wenn man es recht bedachte. Und warum in aller Welt trieb sich der Kerl hier herum – und in der Lumpenkleidung eines Eckenstehers? Weiß der Teufel, was er im Schilde führte.

Wie hatte die Nonna ihn genannt? Lecco? Becco? Gecco?

Wirre Gedanken wirbelten durch Ginas Kopf, und sie hörte nur halb zu, was die Köchin zum Besten gab: Erkenntnisse über die Schlechtigkeit der Männer im Allgemeinen und speziell einiger ruchloser Schufte, die sich an ihr persönlich versündigt hatten. Kaum wurde ihr bewusst, dass sie bereits den Rückweg zum Palazzo eingeschlagen hatten.

Als sie vor dem Portal anlangten, stand Olimpia oben auf der Terrasse und schaute über die Brüstung, als warte sie auf etwas. Sie nickte der Köchin flüchtig zu, doch über Gina blickte sie hinweg, als sei die ihr völlig fremd. Gina verstand. Das war nichts anderes, als was die Schwester ihr angekündigt hatte. Eine Maske gegen den Rest der Welt. Keine schwesterliche Vertrautheit vor dem Personal. Es musste wohl so sein.

Aber einen Stich gab es ihr trotzdem.

Vanga hatte erst am frühen Morgen Schlaf gefunden. Etwas von jener Unruhe, die ihn in einem früheren Teil seines Lebens bedrängt hatte, war wieder aufgebrochen. Wie eine schwärende Wunde. Allzu oft hatte er nach dem Alkohol gegriffen, um sich zu betäuben. Aber diese Lösung hatte er nun von sich gewiesen – seit jener schrecklichen Nacht vor etwa zwei Wochen, als er am verstümmelten Leichnam des Freudenmädchens gestanden hatte. Eine spontane Entscheidung, doch es war ihm Ernst damit. Und er hielt sich daran, obwohl es ihn hart ankam. Das grauenvolle Bild wollte nicht aus seinen Gedanken weichen: der Körper des Opfers, in grobes Tuch gewickelt und auf einen Karren gehoben. Sand über das Blut gestreut. In seinen Träumen sah er all das immer wieder.

Einer, der so viel erlebt hat wie ich, sollte weniger dünnhäutig sein, dachte er. Aber auch das half kein bisschen.

Und dann Ceccos trockene Stimme: »Es ist nicht hier geschehen. Dazu gibt es zu wenig Blut. Er hat es woanders getan und sie anschließend hergeschleppt.«

»Dann müsste am Tatort Blut zu sehen sein.«

Wieder zuckte Cecco die Schultern. »Willst du losziehen und nach einer Blutlache suchen? In *dieser* Stadt?«

Seit damals arbeiteten sie zusammen, der Tenente und sein ungeliebter Vetter. So hieß es wenigstens. Welch ein Hohn! In Wirklichkeit wurde Vanga von allen Auskünften abgeschnitten. Cecco schützte ständig dringende Aufgaben vor. Immer wieder hörte Vanga den Satz: »Wir reden morgen.«

Auch an diesem Tag hatte er sich wieder vergeblich zu den Wachräumen im wuchtigen Gemäuer der Engelsburg aufgemacht. Er wollte Cecco endgültig zur Rede stellen, aber der sei unterwegs, hieß es – *in vertraulicher Mission*.

Vanga durfte warten. So hockte er wieder einmal in dem düsteren, muffigen Gewölbe, das als Bereitschaftsstube und Waffenkammer der Truppe diente. Die Soldaten gingen ihm aus dem Weg – und lästerten über ihren Capo! Das war ihm schon längst aufgefallen: Die Unteroffiziere und erst recht die einfachen Männer der Wachtruppe behandelten Cecco mit Respekt, ja geradezu mit Unterwürfigkeit, aber nur ins Gesicht. Sobald er ihnen den Rücken kehrte, ließen sie über ihn vom Leder, anfangs noch mit einem schiefen Seitenblick auf den Fremden, von dem man nicht genau wusste, in welcher Beziehung er zum Kommandanten stand. Dann aber, als von ihm kein Einspruch kam, ging man ziemlich rasch zu einer brutalen Offenheit über, die wahrhaft ihresgleichen suchte.

»Wisst ihr, wer ein wirklich armer Hund ist?«, fragte ausgerechnet Hakennase, eigentlich Consalvi mit Namen, und antwortete gleich selbst: »Einer der sich auf *Cagnazzo* verlässt!«

Dieses Wort, das etwa so viel wie Hundeschnauze oder Hundevieh bedeutete, war der geläufige Spitzname für Cecco. Anscheinend gab es ein Mitglied der Truppe, das in den Genuss klassischer Bildung gekommen war und dem Hauptmann diesen Namen verpasst hatte, der einen der Oberteufel in Dantes *Inferno* bezeichnete.

Die Soldaten fluchten über die grobe und herablassende Art ihres Kommandanten, seine Geldgier und Bestechlichkeit. Aber selbstverständlich wussten sie, dass es nicht ungefährlich war, so zu reden.

»Seid vorsichtig«, gab ein älterer Wachmann zu bedenken. »Wenn er euch hört …«

»Ach was! Willst dich wohl einschmeicheln, wie? Geh doch hin und kriech Cagnazzo in den Arsch!«

Seltsam, dachte Vanga. Offenbar befürchtet keiner mehr, dass ich dem Tenente diese Reden hinterbringe.

Non m'importa! Was geht's mich an? Vanga dachte nicht weiter darüber nach. Es gab Wichtigeres.

Er hatte mehr als einen Grund, mit sich selbst unzufrieden zu sein. Keinen Schritt kam er vorwärts, weder mit Ceccos

Truppe noch ohne sie. Und das galt nicht nur für den Fall der ermordeten Frauen. Wie stand es denn mit dem Auftrag der Contessa? Auch da gab es keine Erfolge. Allerdings hatte er vor einigen Tagen von einem der Wachhabenden einen interessanten Hinweis bekommen. Beiläufig hatte er den Soldaten gefragt: »Kennst du einen Tagedieb, der Rodrigo heißt? Treibt sich manchmal beim Kolosseum herum.«

»Meinst du den Schieler?«

»Ja, stimmt, er schielt.«

Ein kurzer misstrauischer Blick. Vanga spürte sofort, dass es da etwas zu wissen gab. Er wartete ab, ohne allzu viel Interesse zu zeigen. Da schlug der andere seine Bedenken in den Wind. »Den haben wir neulich aus dem Tiber gefischt. Muss einem starken Mann in die Quere gekommen sein.« Eine Geste mit den Fingern an die Kehle vollendete die Auskunft.

Vanga nickte, als sei es nichts Wichtiges. Aber er dachte an das Gespräch mit diesem Mann in der Kneipe. Seine spontane Vermutung! Wahrscheinlich hatte der Kerl, als er begriff, dass da etwas zu verbergen war, tatsächlich ein doppeltes Spiel eingefädelt. Hatte er gewagt, seinen Auftraggeber zu erpressen? Dann war es ihm schlecht bekommen. Einmal zu oft versucht, schlau zu sein! Und einmal zu wenig seine Geldgier gezügelt. Aber daraus ergab sich ein weiterführender Gedanke: Wenn es wirklich so war, dass der Tod des Schielenden mit dem Botenauftrag zur Contessa in Verbindung stand, dann hatte Vanga einen Anhaltspunkt. Nur, wie konnte er diese Spur verfolgen?

Der Vormittag ging dahin. Vanga wurde es leid, auf den Tenente zu warten. Er kehrte dem Castello den Rücken und trollte sich in die Stadt. Selbstverständlich ging er schon längst seinen eigenen Ermittlungen nach. Aber dabei kam erbärmlich wenig heraus. Er hatte den Eindruck, dass Cecco verbreitet habe, jeder solle diesen unliebsamen Schnüffler kaltstellen. Selbst den alten Bekannten und Informanten Vangas war das

Maul versiegelt. Welche Repressalien mochte man ihnen angedroht haben – für den Fall, dass sie das Verbot überträten?

Als Vanga gegen Mittag zu der Gefängniswache von Torre di Nona ging, kam der Tenente gerade herein. Die schäbige Kleidung ließ vermuten, dass er sich unters Volk gemischt und persönlich als Spitzel betätigt hatte. Vanga hatte schon mehr als einmal gehört, dass Cecco diese Rolle mit Vergnügen spielte. Es hieß sogar, er sei einmal versehentlich von den eigenen Leuten verhaftet worden, aber vielleicht war das in Wirklichkeit mit Absicht geschehen. Oder es handelte sich um eine boshafte Lüge.

»Wartest du schon lange auf mich?«, fragte Cecco ohne echtes Interesse.

»Nein, erst ein paar Wochen.« Diese Antwort kam abweisend, und der Blick wich dem Vangas aus.

»Ich habe viel zu tun, verstehst du?«

Vanga wusste bereits: Es hatte mehrere Tote gegeben in dieser Nacht. Außerdem Raubüberfälle und Einbrüche, eine Vergewaltigung wurde angezeigt, obwohl es sicherlich mehr als diese eine gegeben hatte, und vier Personen waren als verschwunden gemeldet, ganz zu schweigen von den einfachen Diebstählen, den Schlägereien und den randalierenden Betrunkenen – und jenen Vorfällen, die niemals zur Kenntnis der Wachen gelangten. Alles in allem eine Nacht wie andere auch.

»Ich verstehe recht gut«, sagte Vanga. »Und was gibt's für mich zu tun?«

Cecco starrte durch ihn hindurch: »Am besten ist es, du lässt uns in Ruhe unsere Arbeit tun.«

»Du willst gar nicht, dass ich mitarbeite.«

Keine Antwort.

»Dann zwingst du mich, auf eigene Faust vorzugehen. Heute war ich bei den Huren am Velabrum.«

»Da holst du dir leicht 'nen Tripper.«

»Verdammt, ich habe sie befragen wollen …«

»Meine Leute haben mit den Huren geredet. Die geben nichts preis. Falls sie überhaupt was wissen. Glaubst du, dass du mehr als wir aus ihnen rauskriegst?«

»Das haben sie mir auch gesagt. Um genau zu sein: Die Sbirren waren schon da. Wie komme ich nur darauf, dass du dort Weisung erlassen hast …«

»Weisung?«

»Keiner von euch redet ein Wort mit diesem Vanga.«

»Du bist nicht so wichtig, wie du glaubst.«

»Und du nicht so mächtig.«

Cecco holte tief Luft, hielt dann jedoch an sich. »Geh mir besser aus dem Weg!«

Was machte dem Burschen zu schaffen? Dass auch er nicht vorankam? Dass ihm jemand im Nacken saß? Dass er sich überwacht und belauert fühlte?

Vanga glaubte eine Unsicherheit seines Gegenübers zu spüren. Das musste er ausnutzen. »Ich bitte nicht, mein Lieber, ich fordere. Bald ist wieder Vollmond. Hast du nicht bemerkt, dass unser Schwarzer Engel immer in solchen Nächten zuschlägt?«

»Natürlich ist mir das aufgefallen. Und was soll ich deiner Meinung nach tun?«

»Wachen aufstellen, die Freudenhäuser abriegeln, die Dirnen zur Mitarbeit auffordern!«

»Du redest, wie du es verstehst. Unsere erste Pflicht ist es, eine Panik zu vermeiden. Denk an all die Fremden in der Stadt!«

»Das heißt, es geht ums Geld …«

»Es geht um viel mehr. Und von höchster Stelle wird jeder meiner Schritte überwacht. Ich kann nicht tun, was ich will. Verdammt, ich stecke in der Klemme. Wie sehr, das kannst du Holzkopf dir gar nicht vorstellen!«

»Dann lass mich was tun.«

»Nein!«

»Du gräbst dir dein eigenes Grab. Ist dir das klar?«

Das saß.

»Es ist wie die Nadel im Heuhaufen«, murmelte Cecco. Plötzlich sah er alt und maßlos erschöpft aus.

»Dann deck mir wenigstens die Karten auf, die du hast!«, stieß Vanga nach.

»Was willst du –«

»Du hast von Porträts mehrerer Opfer gesprochen.«

»Verdammt noch mal, ja!«

»Wie viele sind es?«

»Insgesamt drei.«

»Zum Teufel, Umberto! Dann zeig mir die anderen beiden.«

Der Tenente zögerte immer noch, öffnete aber schließlich die Schnalle seiner Ledertasche und zog eine Rolle zerknittertes Papier heraus. Trug er diese Blätter womöglich immer mit sich herum?

Unwillig breitete Cecco sie auf dem Tisch aus. Dabei knurrte er: »Da! Ich vergesse immer wieder, dass du nicht nur ein mieser Kerl, sondern auch ein verkrachter Künstler bist.«

Vanga überhörte diese Bemerkung und beugte sich über die Skizzen. Sie waren grob und hastig gemacht, jedoch nicht ohne Talent. Darin glichen sie dem Stück, das Vanga schon gesehen hatte. Da war das Bildnis von Capretta.

»Offenbar dieselbe Hand«, murmelte er.

Da waren vor allem wieder diese schrecklichen sternförmigen Wunden an Stirn und Augen. Messerspuren, mit solch einer Deutlichkeit wiedergegeben, dass es selbst einem hartgesottenen Betrachter den Magen umdrehen konnte.

Cecco räusperte sich. »Was ich wissen muss: Macht er das … nach der Tat?«

»Du meinst – die Schnitte?«

»Und das Zeichnen. Danach?«

»Ich denke, ja. Und dann erst –«

»– nimmt er den Kopf. Das ist mir klar. Hier sieht man den Hals unverletzt bis zur Schulter.«

Vanga wiegte unschlüssig den Kopf. »Natürlich kann er auch aus der Phantasie ...«

»Meinst du? Glaub ich nicht.«

Vanga glaubte es auch nicht, obwohl es denkbar war.

»Wann habt ihr diese Blätter bekommen?«

»Er legt sie für uns aus. Wie in dem Fall neulich, dem letzten, wo du dabei gewesen bist. Immer kurz nach der Tat. Einmal auch hier auf die Schwelle, dazu eine Notiz, wo wir suchen sollten. In der Cloaca Maxima. Es ist eine Herausforderung. Er spielt mit uns.«

»Kann ich auch diese Notiz sehen?«

Cecco biss sich auf die Lippen. »Es reicht«, knurrte er. »Ich sag dir ja, ich hab zu tun.« Er zog die Zeichnungen weg und verbarg sie wieder in seiner Tasche. »Ich krieg das in den Griff«, fügte er barsch hinzu. »Bloß: Komm du mir nicht in die Quere! Verkrachtes Genie.«

Vanga verstand, dass er gehen sollte, und er wusste, dass er von diesem Mann nicht mehr zu erwarten hatte. Er ging ohne Gruß.

Cecco schien es gar nicht zu bemerken. Er beugte sich über einige Schriftstücke, die man ihm auf dem Tisch bereitgelegt hatte.

Vanga trat in die Sonne hinaus. Das Leben in den Gassen lief ab wie jeden Tag. Als er übel gelaunt in seine Klause zurückkehrte, fand er ein Stück Papier unter der Tür. Ein sorgfältig gefalteter Brief. In knappen, aber höflichen Worten wurde er aufgefordert, umgehend beim Sekretär des Kardinals Santerra vorstellig zu werden. Vanga wiegte verwundert den

Kopf. Santerra. Vielleicht war dieser Name die Antwort auf einige seiner Fragen.

In den Topf mit dir! Gina begutachtete die Karotte, die sie geputzt hatte, und ließ sie ins Wasser plumpsen. Sie machte das sehr geschickt. Bei der Nonna hatte sie stets gern in der Küche geholfen. Aber die Köchin, die wahre Herrscherin in Olimpias Casino, war nicht mit ihr zufrieden.

»Du träumst zu viel«, schalt sie auch diesmal. »Immer woanders mit den Gedanken!«

Leider hatte sie Recht. Gina war nicht bei der Sache. Nachts hingegen entzog sich ihr der Schlaf. Olimpia hatte ihr ein eigenes Zimmer zuweisen lassen, und Gina hatte nicht zu fragen gewagt, ob sie nicht vielleicht bei ihrer Schwester schlafen dürfe.

Es war eine schmucklose, kaum möblierte Kammer für ein Dienstmädchen. Fast wie eine Gefängniszelle! In diesem Haus gab es viele solcher Räume. Die meisten standen leer. Es quälte sie, wach im Dunkel zu liegen, wenn längst die Kerze gelöscht war, der Kerzenstummel, den man ihr bewilligte. Der Docht glomm dann noch eine Weile, und der Geruch von heißem Talg hing in der Luft. Es knackte im Gebälk des Hauses. Ging da jemand an ihrer Tür vorbei?

Das Knistern des Strohs schien lange nachzuhallen, oder war das nur ein Echo in ihrem Kopf?

Da raschelte etwas hinter der Wand. Oder im Gemäuer? Womöglich im Raum selbst? Vielleicht gab es hier Ratten! Kaum ein Haus in der Altstadt war ohne dieses Gesindel. Das kroch unter den Türen herein oder nagte sich durchs Balkenwerk. Es rannte in den Kellerräumen umher und kroch durch Löcher, Röhren und Kanäle, die teils so alt waren, dass sie auf die Zeit der heiligen Märtyrer zurückgingen. Die Katakomben. Der Untergrund von Rom war von Gängen und

Hohlräumen durchsetzt und barg fürchterliche Geheimnisse – so sagte man.

Gina bekreuzigte sich im Dunkel, aber ohne rechte Überzeugung. Ob das Kreuzeszeichen gegen Ratten helfen würde?

Aber – waren das wirklich Ratten?

Was sonst?

Ein Stoß an die Schulter. »Schläfst du?« Es war die Köchin, die das Mädchen grob in die Wirklichkeit zurückholte.

Gina stammelte eine Entschuldigung. Tatsächlich, sie musste sich die Hirngespinste aus dem Kopf schlagen! Geräusche bei Nacht: jemand von der Dienerschaft. Der Stallknecht schleicht zum Küchenmädchen. Oder umgekehrt. Was war daran Besonderes? Höchstens, dass es diesen Knecht überhaupt gab, obwohl kein einziges Pferd im Stall stand. Gina musste lachen. Von denen konnte der Lärm also auch nicht kommen. Aber was zerbrach sie sich den Kopf? Vielleicht rüttelte der Wind am Dach. Die Katzen quälten sich im Hof. Oder die Magd hatte schlechte Träume.

Es gab sechs oder sieben Leute im Haus. Allein das Küchenpersonal umfasste vier. Der Herr lege Wert auf erlesene Speisen, hatte man ihr gleich am ersten Abend zu verstehen gegeben, als sie mit den anderen in der Küche das Nachtmahl einnahm.

Zuerst war sie von dieser Regelung etwas enttäuscht gewesen, weil sie bei Olimpias Einladung geglaubt hatte, sie werde auf herrschaftliche Weise mit ihrer Schwester speisen. Aber eigentlich war es ihr so lieber.

Es gab wirklich gutes Essen. Und reichlich. Wie im *paese della Cuccagna*, im Schlaraffenland! Gina, die stets Appetit verspürte, obwohl sie schlank war wie eine Gerte, wusste das sehr zu schätzen.

Bereits am zweiten Tag hatte sie eine Überraschung erlebt: Olimpia erschien in der Küche und aß dort mit allen gemeinsam. Gina hatte sich das alles anders vorgestellt – einen luxuriösen Speisesaal, wo auf goldenen Tellern serviert wurde, Diener rechts und Diener links, gedämpfte Musik im Hintergrund. Aber darauf schien Olimpia gar keinen Wert zu legen.

Ob sie es meinetwegen tut?

Aus den Bemerkungen einer Magd konnte sie jedoch schließen, dass Olimpia es immer so hielt, wenn der Herr nicht im Hause war.

Außerdem war Gina streng verboten, irgendjemandem im Haus zu sagen, dass sie Schwestern waren.

»Warum nicht?«, hatte sie gefragt, aber nur die lapidare Antwort »Darum!« erhalten. Nur die Köchin wusste Bescheid, und ihr war ebenfalls Stillschweigen auferlegt.

Gina wunderte sich, aber es störte sie nicht besonders. Übrigens schlug die Ältere mit ihrer Dienerschaft einen überraschend vertraulichen Ton an. Quasi von gleich zu gleich. Sie trieben miteinander harmlose Scherze und lachten herzlich. Dennoch war bei den Untergebenen Vorsicht zu bemerken. Und bald kannte Gina auch den Grund. Von Zeit zu Zeit besann sich Olimpia darauf, dass sie Abstand zu wahren hatte, und kehrte unvermittelt die Herrin heraus. Selbst Kleinigkeiten genügten in dieser Laune, um einen Wutanfall zu provozieren. Einmal ließ sie sich dazu hinreißen, ein Zimmermädchen zu schlagen. Danach lenkte sie zwar rasch wieder ein und schien den Auftritt im Nu vergessen zu haben, aber es gab kein Wort der Begütigung; sie sprach nur einfach nicht mehr darüber. Wie gut Gina dieses Temperament aus der gemeinsamen Kindheit kannte! Das Gesinde tat ebenfalls, als sei nichts gewesen, aber Gina bemerkte manchen unwilligen Blick. Und als Olimpia sich in ihre Gemächer zurückzog, murmelte die Köchin: »Gut, dass sie weg ist, die Nutte!«

Dieses Wort versetzte Gina einen Stich. Aber sie tat, als habe sie nichts gehört.

»Schon wieder!«, wetterte die Köchin. »Träumst wohl vom Märchenprinzen! Wie?« Und es setzte eine Kopfnuss.

Gina biss die Zähne zusammen. Ob Olimpia wusste, wie man mit ihrer Schwester umging? Eine Karotte nach der anderen flog nun in den Topf.

Aber jener Auftritt vor ein paar Tagen ließ sie noch nicht los. Etwas später war sie zu Olimpia gerufen worden, um ihre prächtigen Kleider zu bewundern. Sie plauderten über dies und jenes, und alles war in bester Ordnung – bis Gina eine Frage herausrutschte, die sie besser nicht gestellt hätte:

»Dieser Mann … dein Gönner – er ist ein geistlicher Herr, nicht wahr?«

Die Augen der Schwester funkelten sie an. »Du sollst nicht über ihn sprechen«, fauchte sie. »Nicht mal über ihn nachdenken, verstanden!« Und dann etwas sanfter: »Zerbrich dir einfach nicht den Kopf!«

»Schon gut. Ich meine nur, die Nonna wäre stolz …«

»Pffft!« Olimpia spreizte die Finger, als wolle sie ihrer Schwester die Augen auskratzen.

»Ich bin ja schon still.«

Etwas an dieser Geheimnistuerei ängstigte Gina. Sie bemühte sich, ihr Befremden nicht zu zeigen, hatte aber Zweifel, ob ihr das gelang. Und das heimliche Gefühl der Angst wurde stärker als zuvor.

Abschließend hatte Olimpia drohend den Finger auf Gina gerichtet und hatte befohlen: »Und dass es dir klar ist, hier im Hause heißt es: *der Herr*!«

Drachen, Basilisken und andere Monster!

Vangas Blick kletterte an den pittoresken Verzierungen der steinernen Türeinrahmung empor. Fein gemeißelte Figuren in lockerem Wechselspiel, Greife, Sirenen und andere Mischwesen, ein Affe an einer Kette, im Scheitel ein Vogel, offenbar der sagenhafte Phönix. Das Portal führte von der großen Eingangshalle ins Innere des Palastes Seiner Eminenz Kardinal Santerra. Die Skulptur schien viel älter zu sein als die Architektur, von der sie umgeben war. Aber Vangas Vertrautheit mit Formen der Kunst war auf andere Gebiete begrenzt und lag weit zurück.

Weggeschoben, wie so vieles, was sein früheres Leben betraf. Eines jener früheren Leben, fern und unwirklich, das hinter ihm lag. Es gab Augenblicke, da er sich plötzlich unsagbar alt fühlte, und dies war einer davon.

Wie klein sich ein Besucher vorkam, wenn er diesen Palast betrat! Das Anwesen lag weit vom Zentrum der Stadt entfernt. Jenseits von Santa Maria Maggiore. Es war ein langer Weg gewesen, zwischen Trümmern und knospenden Weinreben hindurch.

Vanga hatte am Portal bei den Wächtern seinen Brief vorgewiesen, und ein Diener mit dem arroganten Gehabe eines großen Herrn hatte ihn eingelassen. Dieser Pinsel! Er hatte den Gast mit einem Gesichtsausdruck gemustert, der unverhohlen Geringschätzung, beinahe Ekel, verriet. Nun gut: Vangas Kleidung entsprach nicht gerade der neuesten Mode. Ob es daran lag?

Seltsam, die herablassende Behandlung berührte ihn kaum. Vor ein paar Jahren noch hätte er kaum dem Drang widerstehen können, diesen anmaßenden Domestiken mit ein paar Ohrfeigen zurechtzuweisen. Nun aber beschäftigte ihn viel mehr die Frage, was man im Palazzo eines so berühmten Kirchenfürsten von ihm wollen könne. Seine Eminenz war schließlich nicht irgendwer. Obwohl die Familie des Kardinals aus Spanien stammte und er in Venedig aufgewachsen war und einen großen Teil seines Lebens in fernen Ländern zugebracht hatte, hielt Santerra auf der Marionettenbühne Rom einige der wichtigsten Fäden in seiner Hand. Diesem

Herren stand seit einigen Monaten die gesamte Macht der Heiligen Inquisition zu Gebote, wenn auch nicht offiziell, so doch de facto. Sein Aufstieg hatte sich angebahnt, seit Kardinal Madruzzo, der Deutsche, wie er in Rom noch immer genannt wurde, zu kränkeln begonnen hatte, worauf sein Einfluss rapide abnahm. Der Heilige Vater, sagte man, verfüge nicht über die persönliche Stärke, die man bei seinem hohen Amt eigentlich erwarten sollte, und deshalb brauche er wohl, ob es Madruzzo gefallen mochte oder nicht, einen neuen Mann, der geeignet war, für ihn zu handeln. Auf seine Günstlinge und Nepoten konnte er sich wohl nur begrenzt verlassen, obwohl er ihnen mit Wohltaten aller Art und vor allem mit Geld, – immer wieder mit sehr viel Geld! – das Leben erleichterte. »Aber keiner von ihnen ist ein großes Licht«, munkelte man in Rom hinter vorgehaltener Hand. Und manchmal fügte einer leise hinzu: »Genau wie Seine Heiligkeit selber.«

Zum ersten Mal saß ein Aldobrandini auf dem päpstlichen Thron. Da gab es viel Missgunst. Vor allem die viel berühmtere und viel reichere Sippe der Farnese, zu deren Gefolgsleuten die Aldobrandini früher einmal gehört hatten, rümpfte bei jeder Gelegenheit die Nase über dieses Regiment. Da brauchte Seine Heiligkeit dringend Unterstützung. Und Santerra drängte an die Macht.

Alles Gerüchte, natürlich. Aber ist nicht meistens etwas dahinter?

Santerra ist der Richtige, sinnierte Vanga nicht ohne Bitterkeit. Denn er wusste sehr gut, zu welcher Entschlossenheit dieser Mann fähig war. Es war schließlich nicht das erste Mal, dass er es mit ihm zu tun hatte.

Die meisten dieser Gelegenheiten würde ich am liebsten vergessen, dachte er bitter. Ob Seine Eminenz sich wohl auch erinnert? Ob er sich wirklich an *mich* erinnert? Falls es so war, blieb dennoch offen, ob darin eine gute oder eine schlechte Voraussetzung für die Zukunft lag.

Immerhin: Man hat mich gerufen! Vangas Blick schweifte durch die hohen Fenster in den wechselhaften Tag hinaus. Links hob sich das Dach der Bibliothek von den vorübereilenden Wolken ab. Dort war der alte Pandolfo tätig. Ob er gerade mit seinen Kollegen über den Folianten des Kardinals brütete und tiefschürfende Exzerpte anlegte? Vermutlich war es so, denn daraus bestand sein Leben.

Und was ist mein Leben?, fragte sich Vanga.

Dieser Gedanke hätte ihn sicher auf karstigen Boden geführt, aber er wurde einer solchen Mühsal enthoben. Die innere Tür öffnete sich, und ein Lakai von hünenhafter Statur wies den Gast hinein. Es war ein Mann, den Vanga schon öfter gesehen hatte, stets als Diener und Begleiter des Kardinal-Sekretärs Navarro, Unterzeichner des Briefes, der ihn hierhergeführt hatte.

Eins war damit selbstverständlich klar: Nicht der Kardinal selbst erwartete ihn, sondern nur dessen rechte Hand. Sollte er über diese Tatsache enttäuscht sein? Unsinn! Eigentlich sollte er sich ganz im Gegenteil erleichtert fühlen.

Der Lakai geleitete ihn durch einen Gang mit allerlei skurrilen Malereien. Am Ende prangte ein besonders verblüffendes Bild. Die Säulenreihe, welche die Architekturformen gliederte, brach jählings ab oder vielmehr: Sie wurde durch ein täuschend echt wirkendes Wandgemälde fortgesetzt. Man hatte den Eindruck, als fielen die Wände in sich zusammen; die mächtigen steinernen Bruchstücke schienen mit zermalmender Wucht herabzustürzen und sich als Trümmer vor dem Betrachter aufzutürmen. Alles nichts als perspektivische Täuschung! Welche Launen die hohen Herren doch pflegten! In Wahrheit bog der Gang zur Seite, und es öffnete sich eine Tür zu einem Arbeitszimmer, das durch hohe Fenster erleuchtet war. Der hünenhafte

Diener verbeugte sich leicht und wies Vanga mit einer Bewegung seiner mächtigen Hand hinein.

Muss stumm sein, dieser Zyklop, vermutete Vanga.

Dann konzentrierte er sich ganz auf den Mann, der in der Mitte des Raumes an einem Tisch saß. Er war schlank und elegant gekleidet, aber seine Haltung wirkte auf eine schwer beschreibbare Weise gespannt. Vanga bemerkte zuerst das scharf geschnittene Profil. Der Mann beugte sich über ein Schriftstück, offenbar ganz darin vertieft. Von Vangas Eintreten nahm er gar keine Notiz. Es war so still, dass man eine Fliege am Fenster summen hörte. Vanga blickte sich um. Bücherregale und viele Schriftstücke. Kerzenständer. Hier wurde wohl auch nachts gearbeitet. Am Ausblick stand ein gewaltiger Lehnsessel, nach draußen gekehrt, so dass Vanga nur die hohe und breite Rückseite sah.

Nirgends ein Stuhl für den Besucher. Ob man das absichtlich so arrangiert hatte?

Vanga räusperte sich dezent. Dann breitete er kurz entschlossen seinen Mantel auf dem Boden aus und ließ sich darauf nieder. Der Mann am Tisch schaute auf, zeigte jedoch keinerlei Reaktion auf die ungewöhnliche Art, Platz zu nehmen. Wenn dies ein Versuch war, Vanga auf die Probe zu stellen, würde er das Ergebnis nie erfahren. Navarro richtete den Blick prüfend auf das Gesicht seines Besuchers. Es war nicht die geringste Empfindung in diesen farblosen Augen zu lesen. Die Musterung schien kein Ende zu nehmen, und das Schweigen wurde allmählich quälend. Vanga bemühte sich, sein Unbehagen zu verbergen.

»Ihr habt mich rufen lassen«, sagte er schließlich.

»Das ist richtig.« Die Stimme des Sekretärs war ruhig und kühl, jedoch nicht unangenehm, sie wirkte vor allem sachlich. Aber Vanga kam sich vor wie ein Insekt, das unter einer Lupe betrachtet wird. Ganz so hatte er es einmal bei einem

Klienten erlebt, der als Liebhaber der Naturwissenschaften galt, wie es neuerdings in gebildeten Kreisen der Ewigen Stadt große Mode war. Man untersuchte mit Hilfe von Vergrößerungsgläsern Blumenblätter, Insekten oder Mineralien. Das hier schien dieselbe Art von Interesse zu sein: aufmerksam und geduldig, vor allem aber ganz und gar ohne Beteiligung von Gefühlen.

Vanga dachte: Ein berechnender Kopf, wie ihn die Kirche für ihre Politik erzieht.

»Also Ihr seid dieser Mann«, kam es nachdenklich über den Schreibtisch.

»Mein Name ist Alberto Vanga. Ich stehe Euch zu Diensten.«

»Hm. Vanga. Ihr habt einen gewissen – Ruf.«

Vanga entschied sich, an dieser Äußerung keinen Anstoß zu nehmen, und er widerstand auch der Versuchung, nach der Quelle dieser Meinung zu fragen, obwohl das durchaus nahegelegen hätte. Stattdessen zielte er geradewegs auf das Thema, das für ihn wichtig war: »Darf ich davon ausgehen, dass ein Wunsch besteht, sich meiner bescheidenen Fähigkeiten zu bedienen – im Rahmen meines Metiers …«

Sein Gegenüber ließ sich Zeit mit der Antwort.

»In gewissem Sinne seid Ihr bereits tätig.«

»Wie soll ich das verstehen?«

»Arbeitet Ihr nicht mit Tenente Cecco zusammen?«

Vanga glaubte zu begreifen. »Geht es also von Euch aus, dass ich an diesen Nachforschungen mitwirken soll?«

»Diese … Nachforschungen sind von eminenter Wichtigkeit. Man hat Euch empfohlen. Euer Einsatz –«

»*Wer* hat mich empfohlen?«

Ein leichtes Heben der Augenbraue deutete den Unwillen des Sekretärs wegen dieser Unterbrechung an. Er schwieg einen Augenblick.

Nein, dachte Vanga, nicht Unwillen, sondern nur Verwunderung. Dieser Mann ist einfach gewöhnt, dass man ihn ausreden lässt.

»Seine Eminenz, Kardinal Santerra, hat die Entscheidung selbst gefällt«, fuhr sein Gegenüber fort, ohne mit der Wimper zu zucken.

Wenn Vangas Reaktion auf diesen Namen beobachtet wurde, dann geschah das ohne jedes äußere Anzeichen. Vanga seinerseits war überzeugt, weder Überraschung noch Unbehagen verraten zu haben. Beides wäre wohl verständlich gewesen, denn schließlich war dieser Kardinal im Begriff, einer der mächtigsten Männer von Rom zu werden, und wenn man sich mit ihm einließ, hatte man es indirekt mit der Heiligen Inquisition zu tun. Das konnte einem gewöhnlichen Sterblichen kaum gleichgültig sein. Mancher wäre erschrocken zurückgewichen.

Aber Vanga war ja nicht unvorbereitet. Schließlich hatte er nur zu genau gewusst, in wessen Reich er sich begab, und er hatte sich vorgenommen, kein Zögern, vor allem aber keine Furcht zu zeigen. Obwohl er durchaus wusste, dass Santerra zu fürchten war. Dennoch empfand er etwas anderes. Wenn er sich Zeit genommen hätte, seine Empfindungen genau zu prüfen, wäre vermutlich vor allem Neugier zum Vorschein gekommen.

Vanga wollte kein neues Schweigen. Er sagte zusammenfassend: »Also ist es der Wunsch des Kardinals.«

»Seine Eminenz hat es veranlasst.«

»Und Ihr seid sein Sekretär, nicht wahr?«

»Ich bin der Mann, dem Ihr Bericht erstatten werdet.«

»Nicht Tenente Cecco?«

»Macht Euch keine Gedanken um Cecco! Er besetzt seinen Platz, und etwas anderes kann man von ihm nicht verlangen. Von Euch versprechen wir uns mehr.«

Vanga entschied sich, kein Blatt vor den Mund zu nehmen. »Cecco lässt mich auflaufen«, sagte er. »Er hat mich um Hilfe gebeten, bezieht mich aber nicht ein.«

»Das war nicht anders zu erwarten.« Die Stimme des Sekretärs verriet auch jetzt keinerlei Emotion. Klar war, dass er von Cecco und seinen Methoden nichts hielt. Diese Offenheit war verblüffend. Vanga war nun wirklich gespannt darauf, womit man ihn zu beauftragen gedachte. Was genau wurde von ihm erwartet? Offen war auch eine andere Frage, ob nämlich der Mann, der hier vor ihm saß, wusste, dass dieser Gast seinem Herrn von früher bekannt war. Unwillkürlich glitt Vangas Blick zu dem großen Sessel am Fenster. War dieser Sessel leer? Falls jemand darin saß, der nicht allzu groß war, konnte der Betreffende von dort, wo Vanga sich befand, nicht gesehen werden. Ob er sich erlauben durfte, einfach aufzustehen und hinüberzugehen? Allzu gern hätte er einen Blick auf die andere Seite der sperrigen Lehne geworfen. Aber er entschied sich gegen eine solche Kühnheit, vor allem deshalb, weil der nächste Satz des Sekretärs ihn regelrecht überrumpelte.

»Das Heilige Offizium erwartet von Euch, dass Ihr den Täter findet.«

»Von mir? Ohne die zuständigen –«

»Ihr werdet von Cecco jede Unterstützung erhalten, die Ihr verlangt. Allerdings sieht es so aus, als dürftet Ihr Euch bezüglich seiner Fähigkeiten keine zu großen Hoffnungen machen. Dieser Fall übersteigt die Kompetenzen dieses Mannes. Er geht über seinen Horizont.«

»Und der Präfekt? Ich meine, Cecco hat schließlich Vorgesetzte!«

»Der Präfekt ist ein kranker Mann. Wisst Ihr das nicht? Man hätte ihn schon längst ersetzen müssen, aber da ist einiges versäumt worden. Der Magistrat … Die Stadt ist selbständig in manchen Dingen, und die Kurie kann – oder will –

nicht immer in direkter Weise Einfluss nehmen. Dafür gibt es Gründe. Aber all das braucht Euch nicht zu kümmern. Jedenfalls: Dieser Fall liegt jetzt in neuen Händen.«

Kardinal Santerra, dachte Vanga. Der neue Mann. Aber Kardinal Mandruzzi ist offiziell noch nicht ersetzt, und deshalb sind die neuen Hände einstweilen gefesselt. Offiziell jedenfalls. Eine verzwickte Situation.

Der Sekretär nickte ihm zu, als habe er durchschaut, was sein Gegenüber soeben gedacht hatte. »Es ist an der Zeit, diese Missstände anzupacken. So will es der Heilige Vater.«

Also der Papst persönlich gibt Berto Vanga die Ehre? Das war beinahe lächerlich.

»Ist das Euer Ernst? Ich soll auf eigene Faust –«

»– den Mann finden, der diese Huren aus der Welt geschafft hat, und ihn dem Arm der zuständigen Behörde ausliefern. Darum geht es. Seid Ihr der Tragweite dieses Auftrags gewärtig?«

»Ich weiß nicht, ob ich das kann.«

»Ihr habt doch bereits Eure Einwilligung gegeben oder nicht?«

»Aber alleine …«

Ein Laut kam aus der Richtung des Sessels. Es klang wie ein gekünsteltes Husten. Der Sekretär hielt für einen winzigen Moment inne und sagte dann, wobei er zum ersten Mal die Andeutung eines Lächelns zeigte: »Ihr seid zu bescheiden. Aus den Akten geht hervor, dass Ihr seinerzeit bei der Bekämpfung der Ketzerei in Flandern ausgezeichnete Arbeit geleistet habt. Das Heilige Offizium erinnert sich an Euch.«

Dieses Lächeln bildete wohl nur eine geläufige Maske. Es war gleich darauf spurlos verschwunden, als habe es nie existiert. Vielleicht hatte sich Vanga überhaupt geirrt, als er es zu sehen glaubte.

»Das ist lange her«, sagte er. Seine Stimme war tonlos, wie

er selbst erkannte. Dass er an *all das* erinnert wurde! Plötzlich lag ein Stein auf seiner Brust.

»Was habt Ihr gesagt?«

Vanga wiederholte den Satz etwas lauter und fügte hinzu: »Das war eine ganz andere Sache.«

»Es geht um die *Machinationen* des Satans, nicht wahr? Damals wie heute.«

»So viel hat sich … verändert. Ich habe diese Zeit fast vergessen.«

»*Wir* vergessen nicht!«

Dieser Satz klang beinahe wie eine Drohung. Das Blut rauschte Vanga in den Ohren, und er fühlte plötzlich eine Schwäche, eine Art Schwindel. Kaum hörte er, was der Sekretär nun über die Vollmachten sagte, die man ihm erteilen würde, und über die Maßgaben, welche die Kirchenbehörde der Inquisition ihm auferlegte. Wie sollte er mit diesem Auftrag fertig werden?

Es holt mich ein, dachte er. Es holt einen immer ein. Alles.

»Hört Ihr mir eigentlich zu?« Das war die Stimme des Sekretärs mit schneidender Schärfe.

Vanga murmelte: »Ich bin mir bewusst …« Mit einem Ruck unterdrückte er eine Anwandlung wilder Panik, straffte sich und blickte dem Sekretär gerade in die Augen. Dieser Mann sollte ihn nicht schwach sehen! Und er brachte den Satz schlecht und recht zu Ende: »… dass mir das Heilige Offizium eine große Ehre erweist!«

Es lag Skepsis in dem Blick, mit dem der Sekretär ihn bedachte. Dieses Gesicht, fest gerahmt von einem steifen Kragen und dem Rand einer seidenen Kappe, die den Kopf eng umschloss. Es wirkte empfindungslos wie eine Maske. Dieser Mann hatte keine Gefühle und ließ keine Schwäche zu. Nicht bei sich und nicht bei anderen. Vanga hätte sich eigentlich über die Zurückweisung, die in dieser Miene lag, ärgern müssen, aber seine Verwirrung saß viel zu tief und er hatte entschieden Mühe, sie zu verbergen.

»Inoffiziell«, sagte der Sekretär.

Vanga hörte ihn kaum. Es gab da auf einmal etwas, das ihn weitaus mehr beschäftigte als die Arroganz dieses kaltschnäuzigen Bürokraten. Er hatte eine Bewegung an der Seitenlehne des ominösen Sessels bemerkt. Eine Hand war dort erschienen, die über das Lederpolster glitt, den goldenen Abschlussknauf spielerisch berührte und dann mit lässiger Eleganz herabhing, ruhig, aber nicht ohne eine gewisse nervöse Spannung. Am Zeigefinger glänzte ein prächtiger Siegelring. Vanga konnte das Wappen aus der Entfernung nicht erkennen, aber er hatte keinen Zweifel, dass es sich um ein Motiv handelte, welches ihm gut bekannt war: über zwei quer gelagerten Rauten ein Drache, der auf den Hinterbeinen stand und eine züngelnde Flamme spie.

Also doch!, dachte er.

Oh, er wusste genau, wer dort saß und schweigend zuhörte. Ein Lächeln stahl sich auf seine Lippen. Er hatte es von Anfang an gewusst!

Navarro betrachtete seinen Besucher ausdruckslos.

Vanga erhob sich zögernd. War er entlassen? Es schien alles gesagt. Dennoch: Da war dieser Sessel mit der hohen Lehne. Die Hand war jetzt nicht mehr zu sehen. Navarro blickte auf seine Papiere, als sei ihm die Anwesenheit des Besuchers mit einem Mal gänzlich entfallen. So entstand ein quälendes Schweigen. Nur die Fliege am Fenster war wieder zu hören. Vanga hatte plötzlich die Vorstellung, so wie sie jetzt im Raum verteilt waren, gebannt an ihren Plätzen, müssten sie alle drei in Ewigkeit ausharren, er selbst, der Sekretär und – der Unsichtbare. Nichts würde Änderung bringen, es sei denn er, Vanga, fasste einen Entschluss. Aber da gab es etwas, das seine Willenskraft lähmte, vielleicht die Stille, die nur durch das Gesumme des Insekts unterbrochen wurde. Dann wurde ihm die Entscheidung abgenommen. In das Schweigen hinein sprach eine klare Stimme:

»Yokoso oide kudasareta, Vanga-san.«

Er stand wie versteinert. Der Unsichtbare, der ihm kein Unbekannter war, hatte ihn angesprochen. Einen Augenblick lang hingen die fremden Worte nachhallend im Raum. Dann gab Vanga sich einen Ruck und antwortete:

»Gomen nasai, nihon go ga hanase-masen.«

Wieder ein Augenblick Stille. Dann brach ein trockenes Lachen endgültig den Bann, und aus dem Sessel erhob sich eine hagere Gestalt und trat auf den Besucher zu. Es war ein Mann in mittleren Jahren, der auf den ersten Blick Entschlossenheit und Energie ausstrahlte. Er war nicht besonders groß, sogar etwas kleiner als Vanga. Um seinem Gegenüber ins Gesicht zu blicken, musste er den Kopf ein wenig in den Nacken legen. Doch münzte er diese Bewegung um und machte sie durch das arrogante Vorstrecken seiner scharf geschnittenen Nase und durch den Spott, der in seinen Augen glitzerte, zu einer Pose selbstverständlicher Überlegenheit. Ein säuberlich gestutztes Bärtchen zierte Oberlippe und Kinnspitze. Er trug ein langes Gewand, das ganz einfach geschnitten war, jedoch durch seine rote Farbe alle Blicke auf ihn ziehen musste. Der Kardinal kleidete sich, wie er es wollte, obwohl es Fastenzeit war.

»Eminenz!«, murmelte Vanga. Selbstverständlich wusste er, wen er vor sich hatte. Die Bestätigung hatte er schon gehabt, als er den Ring gesehen hatte: Kardinal Santerra in Person.

»Ihr saht weniger blass aus, als Ihr das letzte Mal vor mir gestanden habt«, sagte der Kirchenfürst.

»Die gegenwärtigen Zeiten sind nicht für jeden gut, Eminenz.«

»Die Zeiten? Die sind immer das, was man aus ihnen macht!«

Der Kardinal bot Vanga beiläufig den Ring zum Kuss.

Dann schnippte er mit den Fingern, wie man es eher von einem Hausmeister erwartet hätte, der das ihm untergebene Dienstpersonal herumkommandiert. Dieser Mann hatte nie viel von gängigen Formen gehalten. Er schnarrte: »Begleitet mich! Wir wollen nachsehen, ob der Sturm heute Nacht keine Schäden in meinen Gärten angerichtet hat.«

Damit wandte er sich der Tür zu, durch die Vanga hereingeführt worden war. Der Sekretär zog genau im richtigen Moment die Klingelschnur, die beiden Diener draußen reagierten prompt, und die Türflügel schwangen vor dem Herrn des Hauses auf, ohne dass er seinen Schritt zu verlangsamen brauchte.

Vanga schickte sich an, dem Kardinal zu folgen.

»Was war das?«, fragte Navarro, der seine Verwirrung nicht ganz verbergen konnte.

»Was meint Ihr?«, gab Vanga zurück, obwohl er es genau wusste.

»Was da … nun, was da gesprochen wurde!«

»Seine Eminenz hat mich in diesem Haus willkommen geheißen.«

»Und was habt –«

»Dass ich die japanische Sprache nicht beherrsche.« Damit ließ er Navarro nicht wesentlich eingeweihter zurück, und es freute ihn, dass nun einmal der andere verblüfft dreinschaute.

Vanga beeilte sich, dem Kardinal zu folgen. Er ließ seinen Mantel auf dem Boden zurück. Nicht um alles in der Welt mochte er dem Sekretär die Genugtuung bereiten, ihm zuzusehen, wie er dieses Kleidungsstück, das er achtlos als Sinnbild seines bescheidenen Stolzes eingesetzt hatte, emsig vom Boden aufklaubte. Wenn er darauf angesprochen würde, hatte er vor zu sagen: Ich bin es nicht gewöhnt, wenn ich irgendwo eingeladen bin, meinen Stuhl mitzunehmen … Aber er bekam keine Gelegenheit dazu.

Seine Eminenz war schon weit voraus und durchmaß mit schnellem Schritt den Wandelgang zum Garten. Zwei Diener hasteten an seine Seite und legten ihm eine weite samtene Robe mit Pelzbesatz um die Schultern, ebenfalls leuchtend rot, ohne dass ihr Herr langsamer ging. Vanga verschnürte nun doch hastig sein Wams, um sich gegen die Kühle zu wappnen. Dabei blickte er noch einmal zurück. Die Tür stand offen. Navarro war nicht mehr allein. Der riesige Diener war zu ihm getreten und beugte sich über den Sekretär. Dieser nickte sein Einverständnis. Der Diener hob ihn vom Sitz und trug ihn davon, fast wie ein Kind in den Armen seiner Amme. Die Beine hingen kraftlos herab – wie die einer Stoffpuppe.

Um ein Haar wäre Vanga, der mit rückwärts gewandtem Blick weitereilte, am Ende des Ganges über Stufen gestolpert.

Sonne, Wind und Wasser. Gina überquerte den Tiber auf dem Ponte Sisto. Zahlreiche Pilger zogen ihr entgegen, die vom Vatikan kamen und nun zum Lateran wollten. Einige beteten laut. Manche gingen barfuß. Einer hatte wohl ein besonderes Gelöbnis getan; offenbar war es sein Wille, alle Wege in Rom auf den Knien zurückzulegen.

Es war ein strahlender Tag – nach Regen und Sturm der vergangenen Nacht. Das Mädchen beugte sich über die Brüstung, um zu beobachten, wie das trübe Wasser in der Tiefe dahinschoss. Da gerade niemand in der Nähe war, spuckte Gina herzhaft hinunter und folgte dem Fleck mit den Augen, bis er nicht mehr zu sehen war. Am gegenüberliegenden Ufer stieg Qualm mit Teergestank zum Himmel. Da wurden Boote kalfatert, die den Winter lang auf dem Trockenen gelegen hatten und nun wieder schwimmen sollten. In Trastevere angelangt, ging sie zögerlich weiter. Es war so: Ihre Arbeit im Palazzo war erledigt, und nun hatte Olimpia ihr Aufträge erteilt – wie sie es immer öfter tat in letzter Zeit. Gina sollte in einem

Laden nicht weit von Santa Trinità einen Brief abgeben und von einer anderen Stelle einen mit zurückbringen. Das waren Gegenden, die sie einigermaßen kannte. Nicht weit von dem ersten Ziel hatte lange Jahre ein alter Freund ihrer Großmutter seinen Kramladen betrieben, bis er kürzlich am Schlaganfall gestorben war. Das waren Erinnerungen, denen sie nicht weiter nachgehen wollte. Schnee von gestern. Aber etwas anderes beschäftigte sie umso mehr, obwohl sie zögerte, es sich einzugestehen. Dabei war sie bereits fest entschlossen: Sie würde einen Umweg machen, einen ziemlich großen Umweg, wie sie zugeben musste, und dabei würde sie am Haus der Nonna vorbeikommen. Sie wollte sehen … Ja, was eigentlich wollte sie? Hoffte sie am Ende doch, der Nonna zu begegnen?

Sie hatte keine Lust, näher darüber nachzudenken. Sie wollte das Haus sehen. *Basta!*

Um in dem vertrauten Viertel nicht erkannt zu werden, schlang sie das Tuch um den Kopf und ließ nur die Augen frei. Außerdem huschte sie dicht an den Mauern entlang. Immerhin konnte es geschehen, dass jemand von den Bekannten sie bei der Nonna verriet, und die brauchte nichts von dieser sentimentalen Anwandlung zu wissen. Oder – wenn's der Teufel wollte! – plauderte irgendein Dummkopf bei Olimpia. Die Schwester war auf die Alte so schlecht zu sprechen, dass sie den Abstecher ihrer Schwester gewiss als Verrat betrachtet hätte. Also lieber vermummen! Wenn einer mich sieht, wird er wunders denken, wer ich bin und was ich Geheimnisvolles im Schilde führe.

Alles egal! Da war es schon …

Betroffen blieb Gina stehen. Das Haus erschien ihr viel kleiner als früher. Außerdem sah es unglaublich alt und schäbig aus. Aber vor allem war es offensichtlich unbewohnt. Die Tür, die offen zu stehen pflegte, war verrammelt, die Fensterläden geschlossen. Schmutz und Spinnweben an jedem Riegel, als wären sie schon seit Tagen nicht bewegt worden. Kein Rauch über dem Kamin. Das Herz wurde dem Mädchen schwer.

Was konnte nur geschehen sein?

Der erste Impuls war, bei den Nachbarn zu klopfen und nachzufragen. Aber etwas hielt sie zurück. Wenn sie sich täuschte, wenn es eine ganz alltägliche Erklärung gab, sollte die Alte dann erfahren, dass sie da gewesen war – und sich Sorgen gemacht hatte?

Nein. Sie würde auf anderen Wegen herausfinden, was los war. Sie drehte sich um und eilte den Weg zurück, nahm aber nun nicht die Gasse zum Ponte Sisto, sondern die über die Tiberinsel, die sie damals gegangen waren, damals, als sie zum letzten Mal mit der Nonna …

Bei der Erinnerung kamen ihr die Tränen. *Maledizione!* Verdammt noch mal! Sie schlug sich den Gedanken aus dem Kopf. Und dann fiel ihr heiß ein: Madonna, ich habe den Brief vergessen! Wohl oder übel musste sie erneut einen ganz anderen Weg einschlagen, jetzt in Richtung zum Kapitol. Sie kam durch finstere, feuchte Gassen, wo die Mauern eng aneinanderrückten.

Unwillkürlich erschauderte sie.

Diese ganze Stadt schien plötzlich eine Falle zu sein und nur darauf zu warten, dass jemand Unbedachtes einen falschen Schritt tat.

Kardinal Santerra würdigte seine Diener, die ihm beflissen in die Robe geholfen hatten, nicht mal eines Blickes. Er schritt zügig aus. Vanga musste sich sputen, um nicht zurückzubleiben. Eine prächtig ausgemalte Galerie tat sich vor ihnen auf. Ein herrschaftlicher Korridor! An einer Seite waren die Bögen allerdings noch mit Holz verschalt. Es roch nach Mörtel. Anscheinend waren hier neue Pfeiler gesetzt worden, um den Palazzo in großem Stil zu erweitern. Was sich hinter der Trennung befand, war nicht zu erkennen. Der Kardinal durchmaß die Kolonnaden, ging durch Flügeltüren, die ihm von weiteren Dienern aufgehalten wurden, und trat mit federndem Schritt auf die Terrasse hinaus.

»Siehst du diesen Ausblick?«, fragte er, offenbar ohne eine Antwort zu erwarten. »Es gibt Könige, die mich darum beneiden würden.« Eine ausholende Geste, bei welcher sich der rote Mantel im kühlen Wind bauschte, beschrieb die gesamte Szenerie. Sie waren hier draußen allein. Mit einem kleinen Wink hatte der Kardinal alle Diener fortgeschickt. Es entging Vanga nicht, dass seine Eminenz vom selben Zeitpunkt an zu einer viel vertraulicheren Form der Anrede übergewechselt war.

Die Balustrade war mit Statuen besetzt, die marmorweiß in der Sonne schimmerten. Anders als man hätte erwarten können, waren keine Heiligen darunter. Vielmehr präsentierten sich nackte Göttinnen in klassischen Posen. Diana mit der Mondsichel am Diadem brach zur Jagd auf, Juno liebkoste ihren Pfauenhahn, Leda lockte den göttlichen Schwan, und Venus bewunderte in kapriziöser Wendung die glatten Rundungen des eigenen Hinterns. Der Kardinal lächelte und würdigte diese gefallsüchtige Parade keines Blickes. Er schritt die breiten Stufen in den Park hinab.

Auf den Kieswegen blinkten noch Pfützen. Doch der Kirchenfürst beachtete sie nicht. Ohne Rücksicht auf seine roten Stiefel aus Saffianleder und die Säume seines langen Umhangs, die er achtlos durch das Wasser schleifen ließ, folgte er schnurgerade der eingeschlagenen Richtung.

Licht und Schatten eilten in raschem Wechsel über den Park. Der Wind spielte im Gewirr der Baumkronen, und von Zeit zu Zeit griffen heftige Böen zu. Dann wuchs das Rascheln des Laubwerks zu einem brausenden Getöse. Vanga fröstelte. Er war wütend über sich selbst, weil er aus närrischem Stolz seinen Mantel zurückgelassen hatte, den er jetzt bitter nötig gehabt hätte. Aber das war eben nicht zu ändern.

Der Kardinal schien die Unruhe der Elemente nicht zu spüren. Er schritt zielstrebig ins Innere eines Kreises mächtiger Bäume und blieb vor einer imposanten Felsengruppe stehen. Eine steil aufragende Klippe, die zweifellos künstlich angelegt war. Palmen umgaben dieses Bauwerk, das aus der Nähe wie eine antike Ruine aussah. Vanga musste an bombastische Bühnenkulissen denken, die er von groß inszenierten Theateraufführungen kannte. Aber etwas war seltsam: Dicke Stangen, aus Eisen geschmiedet, versperrten den Zugang zu einer düsteren Höhle.

Was will er mir zeigen?, dachte Vanga. Warum führt er mich hierher?

Der Kardinal blieb vor dem Gitter stehen und blickte nachdenklich ins Finstere. Vanga trat neben ihn. Hinter dem Gitter waren gebleichte Knochen auf dem nassen Sand verstreut, vielleicht von einem Pferd, und über der ganzen Szene lag ein unangenehm stechender Geruch.

Was lauerte in diesem Verlies? Glänzten da nicht zwei Augen wie grüne Funken?

Vanga sammelte Mut, um eine Frage zu stellen, aber er kam nicht dazu.

Eine plötzliche Bewegung! Aus dem hintersten Winkel der Höhle schoss eine lodernde Gestalt ins Licht und prallte gegen das Gitter. Das Eisen bog sich, und für einen Augenblick schienen die Stäbe nachzugeben. Unwillkürlich wich Vanga einen Schritt zurück und duckte sich. Aber dann fasste er sich wieder und richtete sich auf. Er hatte erkannt, was da auf ihn eindrang – und sammelte Zuversicht, dass die Konstruktion standhalten würde.

Dio mio!, murmelte er. Ein großer Tiger bäumte sich vor ihm empor, schmetterte die Pranken erneut gegen das Gitter und rüttelte am Metall mit seinen dolchlangen Zähnen. Die Augen sprühten Feuer. Geifer troff aus dem Maul.

»Ho! Ho!«, rief der Kardinal, der nicht einen Zoll zurückgezuckt war.

Die Bestie ließ sich auf die Tatzen fallen und strich nun mit gedämpftem Knurren an den Stäben hin und her. Das schwarz und golden gestreifte Fell schimmerte wie züngelnde Flammen.

Jetzt erst konnte Vanga wieder ruhig atmen.

»Mein Freund, du bist nicht mehr ganz der Alte«, spöttelte der Kardinal, ohne sich zu seinem Begleiter umzuwenden. »Früher konnte dich nichts in Furcht versetzen. Ach, ja. Wir Menschen sind von Schwäche gezeichnet. Nur *der* da lebt, ohne je an sich zu zweifeln.«

Vanga fragte sich, wie die Bemerkung des Kirchenfürsten über seine früheren Eigenschaften zu bewerten sei, aber er schwieg. Der hohe Herr wollte gar keine Äußerung von ihm hören. Er trat näher an den Käfig und sprach mit leiser Stimme auf den Tiger ein. Die imponierende Bestie schmiegte sich gegen die Stäbe. Sie schien ihren gerade erst beendeten Gefühlsausbruch längst vergessen zu haben, und von Vanga nahm sie gar keine Notiz mehr. Der Kardinal entfernte den Deckel von einer eisenbeschlagenen Kiste, die außerhalb des Käfigs stand, und hob einen großen Knochen heraus, an dem ein Stück Fleisch von einigen Pfunden hing. Er zog eine Klappe am Gitter zurück und stieß das Fressen hinein. Die Raubkatze hatte sein Tun mit neu erwachter Unruhe verfolgt. Sie knurrte gierig. Als die Gabe in ihre Reichweite kam, packte sie zu und stürzte sich mit rollendem Gebrüll darauf, als wäre es eine Beute, die erst noch überwältigt werden musste. Der Schwanz peitschte hin und her. Kurze Zeit später hörte man ein dumpfes Knacken, als der Knochen unter den gewaltigen Zähnen zerbrach. Die Stimme des Tigers fand ein Echo hinter den bröckelnden

Mauern und den Palmenwipfeln, die den Blick begrenzten. Ein Tumult, der aufbrandete und langsam wieder verklang. Vanga unterschied das unverkennbare Geschnatter zahlreicher Affen und ein Konzert gellender Schreie, die wohl von fremdländischen Vögeln stammten. Eine erstaunliche Welt, mit der sich Seine Eminenz da umgab. Der Kardinal drehte sich zu seinem Gast. Das Schauspiel im Käfig schien ihn bereits zu langweilen. Er blickte Vanga durchdringend an und sagte: »Es hat eine Zeit gegeben, als man *dich* den Tiger nannte.«

»Das ist lange her, Eminenz. Ich habe diese Erinnerung begraben.«

»Du *willst* es nicht mehr hören. Vielleicht hast du Recht. Aber du musst wissen: Man kann die Vergangenheit nicht löschen.«

So war es immer gewesen. Vanga hatte stets den Titel gebraucht, der dem Herrn von Santerra gerade zustand, er selber jedoch war vertraulich und herablassend angesprochen worden, so wie ein Fürst mit einem Lakaien redete. Manchmal mochte das immerhin klingen wie Worte zu einem Freund, aber immer dann hatte Vanga das Gefühl, besonders auf der Hut sein zu müssen.

»Eminenz, warum habt Ihr mich rufen lassen?«

Der Kardinal schien auf einmal wieder ganz von den Bewegungen des Tigers fasziniert zu sein, der mit seinen mächtigen Kiefern den Knochen weiter zermalmte und hastig die Reste vom Fleisch hinunterschlang.

»Ein prächtiges Geschöpf«, schwärmte er. »Findest du nicht auch? Es ist ein Geschenk. Der Große Mogul, Akbar, den sie den Unfehlbaren nennen, hat es mir zukommen lassen. Ich habe seinerzeit an einer Gesandtschaft des Jesuitenordens in jenes Reich teilgenommen, musst du wissen. Da war die Bestie *so* klein ...« Er zeigte eine Größe, die Vanga einem Schoßtier zugeordnet hätte.

»Man musste den hübschen Kerl mühsam großziehen, und solange es ging, hat er auf meinem Bett geschlafen ...«

Ein schneller Blick traf Vanga. Plötzlich wechselte der Kardinal das Thema: »Wusstest du wirklich nicht, weshalb ich dich sprechen will?«

»Es hat mit diesen ... Mordtaten zu tun.«

»Selbstverständlich. Sollte Cecco tatsächlich im Stande gewesen sein, den Mund zu halten? Nun ja. Ich verstehe. Es ist ihm peinlich. Der Kerl hat seine Meriten, mag sein, obwohl ich sie nicht recht erblicken kann, aber dieser Sache ist er nicht gewachsen. Und das gesteht er nicht ein! Was ihn auf einem solchen Posten hält, ist nur der Eigensinn eines stupiden alten Narren. Aber gut, hör du mir jetzt zu, denn ich will dir sagen, was du tun wirst ...«

Gina schritt durch den Engpass, der *bocca di leone* genannt wurde, weil dort an einer Mauer der Kopf eines steinernen Löwen mit aufgesperrtem Maul eingelassen war. Jedem, der dort vorbeikam, bleckten die stumpf gewordenen Zähne der altertümlichen Skulptur ins Gesicht. Das Mädchen sprach rasch ein Ave Maria. Hieß es nicht vom Leibhaftigen, er gehe umher wie ein brüllender Löwe, suchend, wen er verschlinge?

Gina schlug das Schultertuch zurück. Es wurde unvermutet warm, und über der Stadt breitete sich Dunst aus. Sie hatte nun den größten Teil ihres Weges zurückgelegt. Der Brief ihrer Schwester war bei dem Kaufmann in der Nähe der Trinità abgegeben und das andere Schreiben bei einem Goldschmied an der Piazza del Popolo abgeholt worden. Sie kannte sich jetzt sehr viel besser in der Stadt aus als früher. Vom ersten ihrer Ziele konnte man fast in gerader Linie zum zweiten gehen, wenn man nur in der Nähe des Quirinals eine versteckte Querstraße benutzte.

Nun aber, nachdem sie den Goldschmied, einen geilen alten

Bock, der ihr schöne Augen machte, mit Unschuldsmiene hinter sich gelassen hatte, hielt sie sich gar nicht mehr an die großen Straßen, sondern tauchte auf dem Rückweg in das Gewirr der winzigen Gassen und Passagen im Distrikt der Rotonda ein. Die düstere Stimmung, die sie am Vormittag befallen hatte, war wieder verflogen, wenn auch der Gedanke an die Nonna von Zeit zu Zeit einen Schatten auf ihre Laune warf. Unwahrscheinlich, dass die Alte gestorben war; das hätte man Olimpia berichtet. Vielleicht hielt sie sich aus irgendeinem Grunde versteckt. Dergleichen hatte es schon früher gegeben, wenn die Sbirren ihr lästig geworden waren. Gina würde sich eben etwas überlegen müssen, wie sie herausfinden konnte, was geschehen war. Später! Und keinesfalls durfte die große Schwester etwas von den Abwegen der kleinen erfahren. Es wäre doch schade, wenn sie all die verlockenden Dinge nicht mehr erleben könnte.

Sie spürte gern das pulsierende Leben. Jede Straßenecke bot etwas Neues! Man sah Menschen bei den verschiedensten Tätigkeiten. Zum Beispiel die Handwerker, die nun, da man bereits den Sommer ahnte, ihre Werkstätten zur Straße hin geöffnet hatten. Oder die Händler, die nach der Mittagsruhe ihre Läden für das Abendgeschäft herrichteten. Frauen standen bei offenen Türen am Kochtopf oder hielten an der Ecke ein Schwätzchen mit der Nachbarschaft. Und all das Volk auf den Straßen! Inmitten solcher Menschenscharen brauchte sie sich nicht zu fürchten, wie es in einsamen Gegenden der Fall war. Dort wurde ein Mädchen nur allzu rasch zum Freiwild und zur hilflosen Beute rücksichtsloser Kerle, die nur auf diese Gelegenheit warteten! Davor musste eine Frau stets auf der Hut sein, besonders, wenn sie jung und leidlich hübsch war. Deshalb ja auch das Messer im Rocksaum!

Aber diese Gefahr vergaß Gina beim Anblick des Trubels. Am auffälligsten waren stets die Bettler, manche erbärmlich anzusehen, wie sie ihre drastischen Entstellungen oder Gebrechen vorzeigten, obwohl das eigentlich verboten war. Dann gab es Schausteller aller Schattierungen, selbst in der Fastenzeit, einer sogar mit einem mageren Bären, den er an einem Nasenring umherführte. Oder die Wahrsagerinnen …

Nun, deren Anblick gab Gina einen Stich, denn er erinnerte sie von neuem an die Nonna. Wie unerfreulich war das Zusammenleben mit ihr zu Ende gegangen! Gar nicht weit von hier … Ob es der Alten nicht ebenfalls leidtat? Wenn Gina doch nur wüsste, was mit der Nonna geschehen war! Hatte sie ihr angestammtes Tätigkeitsfeld verlassen, nachdem sie sich von ihrer Enkelin getrennt hatte? Das sähe ihr gar nicht ähnlich. Oder war da etwas viel Schlimmeres? Daran mochte Gina nicht einmal denken.

Wenn nur nicht das Gerede über die Mordtaten überall im Schwange wäre! Gerade in dieser Gegend, in der sie sich befand. Aber selbst diese Bedrückung war rasch überwunden, als Gina einen Puppenspieler bemerkte, der seine bunten Flickenmännlein an dünnen Stöcken groteske Kapriolen vollführen ließ.

»Auf und ab!«, rief er. »Wie im wirklichen Leben, ihr Leute.«

Gina musste lachen. Aber sie durfte sich nicht aufhalten. Wie schnell die Zeit verging! Olimpia war eine ungeduldige Person und reagierte stets misstrauisch, wenn die Botin zu lange ausblieb. Gina war fast wieder beim Palazzo angelangt. Nur noch zwei Gassen und davor eben noch dieser Engpass, das Löwenmaul. Schon war sie hindurchgeschlüpft, da schoss aus der dunklen Nische hinter dem Mauerpfeiler eine kräftige Hand hervor und griff nach ihrem Arm. Gina wurde gepackt und zur Seite gerissen. Mit einem erstickten Aufschrei taumelte sie in den Schatten und hätte vor Schreck fast die Münze verschluckt, die der Goldschmied ihr gegeben hatte – als Belohnung für ihren Botendienst oder weiß Gott, warum. Sie hatte sich das Geldstück unter die Zunge gelegt, wie es viele Leute taten, um ihre Münzen nicht zu verlieren. Schließlich hatte sie mit einem solchen Überfall nicht gerechnet!

Zornig schlug sie um sich.

»Stell dich nicht an!«, knurrte eine Männerstimme. »Dumme Gans! Ich will nur mit dir reden.«

Sie kannte den Kerl. Er hatte sie so unverschämt angestarrt neulich, auf dem Markt. Tenente bei der Stadtwache. Der Name fiel ihr wieder ein: Cecco. Sie verabscheute ihn.

Darauf nahm der Kerl freilich keine Rücksicht. Er schubste sie auf eine steinerne Treppe und beugte sich über sie, so dass sie nicht entweichen konnte. Sonst nahm er sich vorerst nichts heraus.

Gina wurde ruhiger, aber ihre Augen funkelten vor Wut. Warum hatte sie nicht geschrien? Dann hätte er bestimmt von ihr abgelassen, denn die Straße war voller Menschen. Aber so war das mit ihr: Wenn es darauf ankam, versagte ihre Stimme. Außerdem hatte sie das verdammte Geldstück im Mund. So war sie dem Widerling ausgeliefert. Und niemand schien die gewaltsame Szene zu bemerken.

»Ist es nun gut?«, fragte der Mann. »Du brauchst nicht zu schreien. Ich bin Kommandeur bei den Wachen, und das wissen die Leute hier. Die werden sich hüten, mir querzukommen!«

Ist das etwa eine Empfehlung?, dachte Gina. Aber sie hielt still.

»Ich will dir was anbieten«, sagte er.

»Das könnt Ihr Euch …«, quetschte sie an der Münze vorbei.

»Ssst! Hör doch erst mal zu! Es soll dein Schaden nicht sein. Und nimm das Scheißding aus dem Mund!« Der Kerl vermochte ein Grinsen kaum zu unterdrücken. »Auch darauf bin ich nicht scharf«, fügte er hinzu.

Gina gehorchte widerwillig und spuckte das Geldstück in ihre freie Hand. Die andere umklammerte er immer noch wie ein Schraubstock.

»Verdammt, ich höre ja!«

»Nun gut. Ich brauche deine Hilfe.«

»Ach.«

Und nun erklärte Cecco dem Mädchen, wie verzwickt alles sei, womit er sich herumschlage. Er sprach jedoch nicht über Einzelheiten der Morde. Vielleicht wollte er sein Opfer nicht weiter einschüchtern. »Wir haben die Künstler auf dem Korn«, sagte er. »Es gibt gewisse Gründe, den Täter da zu suchen. Ein loses Völkchen, an das schwer ranzukommen ist. Die Nase hoch! Glauben, ihnen ist nichts verboten. Deshalb rede ich mit dir. Da kannst du für uns nützlich sein.«

»Ich?«

»Es ist nur deine Pflicht, und du tust es nicht umsonst …«

Abwartend lehnte er sich zurück, um ihre Reaktion abzuschätzen.

Gina konnte sich nicht recht vorstellen, was er meinte.

»Spionieren?«, fragte sie.

»Beobachten.« Er ließ ihren Arm los.

»Was für ein Unsinn ist das? Lasst mich in Ruhe! Warum gerade ich? Das kann ich nie und nimmer. Und überhaupt … ich und die Sbirr …« Sie schlug sich erschrocken auf den Mund, aber Cecco grinste nur verächtlich.

»Glaubst du, wir wissen nicht, wie man uns nennt?«

»Jedenfalls: Das kommt nicht in Frage. Lasst mich gehen!«

Er seufzte theatralisch und rückte keinen Zoll beiseite.

»Das tut mir leid«, sagte er. »Ich hätt es lieber nicht getan …«

»Was getan?«

»Dich unter Druck setzen. Aber du zwingst mich dazu.«

»Schluss! Ich will nicht weiter mit Euch reden!«

»Du wirst deine Meinung ändern –«

»Niemals!«

»– wenn du hörst, *wen* wir in Gewahrsam haben.«

»Was?«

»Du musst zugeben, dass sie es herausgefordert hat.«

»Was denn … Wen meint Ihr?«

Eine böse Vermutung stieg in ihr auf, und er schien an ihrem Gesichtsausdruck erkannt zu haben, dass sie bereits verstanden hatte. Aber sie wehrte sich noch immer.

»Drei meiner Leute waren nötig, um sie in den Kerker zu schaffen. Und dann noch ein Vierter. Und was sie uns alles an den Kopf geworfen hat! Das alleine genügt, um die alte Schrulle bis ans Ende ihrer Tage unglücklich zu machen!«

»Ihr habt –«

»Ja. Wir haben deine Nonna. Sie sitzt im Gefängnis. Hat getobt wie eine Furie. Inzwischen sagt sie fast gar nichts mehr.«

Gina schwieg.

»Du bist die Einzige, die etwas für sie tun kann …«

»Ich …«

»Was ich dir gesagt habe. Wirst du noch mal drüber nachdenken?«

»Aber …«

»Sie wird nicht lange durchhalten, wenn wir erst gezwungen sind, Ernst zu machen. Hat lange keine Hexenprozesse gegeben bei uns. Sollen wir wieder damit anfangen?«

Gina ließ die Arme sinken. Er hatte gewonnen. »Schweine«, flüsterte sie.

Cecco grinste hämisch. »Du bist ihre Enkeltochter. Das lässt sich nicht verbergen! Doch jetzt hör zu, was ich dir erkläre.

Zähneknirschend fügte sie sich. Nur einmal begehrte sie noch auf und fauchte: »Was? Als Modell für diese Kerle? Etwa nackt? Nie im Leben!«

»Unsinn! Du stehst unter meinem Schutz. Und denk daran, was sonst geschieht …«

»Fremde Kerle!«

»Der, um den es uns geht, den kennst du.«

»Wie?«

»Du hast versucht, ihn zu beklauen. Tu nicht so unschuldig! Du verstehst mich schon. Wir wissen sehr viel mehr, als eine wie du sich träumen lässt.«

Es war ein verändertes Mädchen, das schließlich aus dem Winkel am Löwenrachen hervorkam.

Cecco lehnte sich zurück, hämischen Triumph im Gesicht, und Gina tappte langsam die Gasse hinab, die zum Palazzo führte.

Ein Mann goss schmutziges Wasser auf die Straße und traf ihre Füße.

»Pass doch auf!«, schrie er.

Sie gab keine Antwort. Sie hatte es gar nicht bemerkt. Auch den dicken Mann, der im Rinnstein hockte, die Füße in schmutzige Lumpen gehüllt, hätte sie nicht wahrgenommen, hätte er sie nicht am Rock festgehalten.

»Was denn?«, murmelte sie widerwillig. »Was wollt Ihr von mir?«

»So ein hübsches Köpfchen«, kam es in kindischem Singsang. »Warum lässt du es so hängen? Sag's mir!«

»Ach, Ihr seid es, Bugiardone. Ihr könnt mir auch nicht helfen.«

»Wer kann's wissen? Sieh mal hier: Zeig auf eine Karte! Den Karten kannst du trauen. Mir nicht, das mag schon sein, aber den Karten bestimmt!«

»Ich will nicht.« Müde schob sie seine Hand mit den schmutzigen Blättern beiseite.

Aber er ließ sich nicht entmutigen. »Du meinst die hier? Ach ja. Keine schlechte Wahl.«

Er rieb das Blatt gegen seine runde Nase und wartete, bis das Mädchen stehen blieb.

»Ein hübsches Bild«, kicherte er. »Nicht so hübsch wie du, mein Täubchen, aber fraglos ziemlich nett. Das Frauenzimmer heißt *Fortitudo* und verkörpert die Stärke. Es bricht zwei Säulen in Stücke, und das mit der bloßen Hand! Ist vom Schlage einer Judith oder Dalila. Prachtweiber! Lassen sich niemals kleinkriegen. Was für ein Mut! Und schau dir an, wie sie gepanzert ist! Da kommt ihr keiner ans Allerheiligste. Kannst mir glauben! Gut gewählt. Drum lern was draus!« Mit erstaunlicher Behändigkeit sprang er auf die Beine und schob seinen Mund ganz dicht an ihr Ohr.

»Hör zu! Ich kenne diesen Cecco und kann mir denken, weshalb er sich an dich ranmacht.«

»Ich auch!«

»Verdammt, das meine ich nicht.« Er blickte anzüglich auf ihren Busen, von dem nach der Rangelei am Löwenrachen wieder einmal mehr zu sehen war, als sie zulassen wollte. »Na, ja. Das würde ihn wohl auch interessieren, und dein Hintern sicherlich genauso. Aber dafür – glaub mir – würde dieser Kerl nicht solche Winkelzüge machen. Das holt er sich, wo er es leichter kriegt. Aber was anderes bereitet ihm höllische Gliederschmerzen. Ich hör so dies und das. Weißt du, dass er das Haus schon seit Tagen beobachten lässt?«

»Welches Haus?«

»Das, wo deine Schwester den Altar verwaltet, verdammt noch mal. Lass dir das durch den Kopf gehen!«

»Ihr meint …«

»Rechne dir selber aus, was ich meine. Schließlich kennst du mich und weißt: Ich will dir wohl.«

»Ich dank Euch, aber ich bin in Eile.«

»Schon gut, nur halte die Augen auf! Verstehst du? Könntest doch glatt meine Tochter sein!«

Enkelin passt besser, dachte sie und steckte das Geldstück wieder in den Mund.

»Gib Acht!«, rief er ihr nach. »Ich hab eine gekannt, die hat so ein Ding aus Versehen verschluckt. Ach, Gott, die Warterei, bis sie es wiederhatte!«

Gina hörte ihm gar nicht mehr zu.

Der Kardinal schüttelte unwillig mit dem Kopf. »Diese Mordtaten«, murmelte er. »Eine abscheuliche Geschichte. Gefällt keinem von uns. Natürlich ist das Ganze nicht mehr als eine lästige Marginalie. Dennoch ist es auch ein Stück vom großen Spiel, und wie es bei allem zu sein pflegt: Es kommt darauf an, die Gegebenheiten vorteilhaft zu nutzen. Die Würfel rollen. Das Rad dreht sich. Ununterbrochen.«

Figuren auf dem Spielbrett, dachte Vanga. So sieht er die Menschen. Und genau das bin ich für ihn. Sie hatten sich ein paar Schritte vom Tigerkäfig entfernt, und der Kirchenfürst strich sich nachdenklich das Bärtchen.

»Also dieser Cecco«, sagte er. »Ich höre, du kennst ihn recht gut. Dein Vetter, nicht wahr?«

»Er ist kein schlechter Mann«, gab Vanga vorsichtig zurück. »Aber gierig und rücksichtslos.«

»Eine Schande, dass dieser Kerl so hochgekommen ist. Doch es gibt eben Gründe …«

»Ich meine, es wär für Euch ein Leichtes, ihn zu kaufen.«

Unwilliges Kopfschütteln. »Ich *habe* ihn gekauft. Aber ich weiß, dass er ein doppeltes Spiel treibt. Verkauft sich hier, verkauft sich da. Ein anderer zahlt ihm mehr. So ist das mit bestechlichen Leuten.«

»Und damit solltet *Ihr* nicht fertig werden?«

»Es ist verzwickter, als du denkst. Du verstehst noch immer nichts von Politik.«

Das mag schon sein, dachte Vanga. Aber eines weiß ich

genau: Ich soll wieder einmal das Werkzeug sein. So war es schon einmal, so ist es immer gewesen, und so wird es bleiben zwischen uns. Ihr macht Euch nicht gerne die Finger schmutzig, Eminenz.

Der Kardinal legte den Kopf schief. »Ach, was ich sagen wollte: deine Nase. Sie hat gelitten, seit ich dich das letzte Mal gesehen habe.«

»Eine leidige Sache, Eminenz, ich spreche nicht gerne darüber.«

»So, so. Du hast sie vermutlich zu weit vorgestreckt. Wobei auch immer.«

»So ungefähr ist es gewesen, Eminenz. Ein Risiko meines Berufs.«

»Ach, ja?«

»Eminenz, ein großer Herr wünschte einmal, ich solle ihm den Steigbügel halten.«

»Nun und?«

»Leider trat sein Fuß daneben.«

Der Kardinal lächelte ironisch.

»Zum Glück hat es dem Aufstieg des Herren nicht geschadet«, setzte Vanga scheinheilig hinzu.

Hatte er zu frech geantwortet?

Der hohe Herr ließ keine Verstimmtheit bemerken.

»Übrigens: Du hast einmal vorgehabt, Maler zu werden, ist es nicht so?«

Vanga war überrascht von dieser unvermittelten Wendung, aber es gelang ihm, mit Gleichmut zu antworten: »Das ist lange her, Eminenz …«

»Warum bist du nicht dabei geblieben?«

»Mein Talent hat nicht ausgereicht, Eminenz. Man muss der Wahrheit ins Gesicht sehen.«

»Die Wahrheit …«, murmelte der Kardinal, der mit seinen Gedanken offenbar bereits wieder ganz woanders war.

»Die Wahrheit, Vanga – wollen wir der tatsächlich ins Auge sehen?«

Vanga schwieg. Er wusste nicht, worauf der hohe Herr hinauswollte, und er misstraute seiner milden Art.

Wie der Tiger, dachte er. Manchmal schnurrt er freilich wie ein Kätzchen. Dann gib Acht!

»Nun gut, hör zu!« Der Kardinal trat nahe an Vanga heran und sprach unerwartet leise, als befürchte er, auf seinem eigenen Territorium belauscht zu werden.

Auch er ist gealtert, dachte Vanga. Ehrgeiz, Luxus und Ausschweifungen. Auch die hinterlassen Spuren, nicht nur Armut und Bedrängnis. Die Haut des Kirchenfürsten wirkte wie Pergament. Sie hatte eine Farbe, die zum Olivgrün hinüberspielte. Oder entstand dieser Eindruck nur durch die von den Palmkronen gedämpfte Beleuchtung? Auf den Wangen lag der bläulich-schwarze Schimmer von starkem Bartwuchs. Der verschwand wohl niemals ganz, obwohl der Barbier zweifellos beste Arbeit leistete. Das war schon früher so gewesen, erinnerte sich Vanga. Aber die Stimme – die war brüchiger geworden. Und die Zähne. Sie wirkten gelblich und abgenutzt. Wie alt ist dieser Mann?, fragte Vanga sich und überschlug es. Um die fünfzig, vermutete er. Und erst seit wenigen Jahren in seiner jetzigen Position. Während diese Gedanken durch seinen Kopf gingen, redete der Kardinal auf ihn ein.

»Die städtischen Behörden kommen nicht vorwärts«, rügte er. »Sie treten auf der Stelle. Schau dir diesen Cecco und seine Leute nur an! Was sie fertigbringen: kleine Diebe und Betrüger dingfest machen, damit sie ihre Beute für sich selbst einsacken können, Ladenbesitzer mit Schutzgeldforderungen auspressen, Bestechungen kassieren und bestenfalls solche Banditen kurzhalten, die ihnen Konkurrenz machen. Zu mehr reicht es nicht. Der eigentliche Kommandeur der Wachen kann vor Gicht nicht mehr aufstehen, und dieser Cecco führt das Regiment. Er hätte nie so hoch gelangen dürfen. Wir haben viel zu lange tatenlos zugesehen. So kann es nicht weitergehen. Meinst du nicht auch? Der Heilige Vater ist auf diese Missstände aufmerksam geworden. Erst kürzlich hat man ihn in die schmutzigen Einzelheiten der Geschichte eingeweiht. Cecco hat dir doch die volle Wahrheit gesagt?«

»Gleich ein Bündel Fälle. Vielleicht mehr, als man denkt. Verstümmelt. Keine Köpfe. Und …«

»Also gut. Du weißt Bescheid. Auch über diese Zeichnungen?«

»Ja. Ich hab sie gesehen.«

»In Ordnung. Darauf kommen wir später.«

»Warum wird alles geheim gehalten?«

»Begreifst du das wirklich nicht? Wir haben das Heilige Jahr! Anno Santo! Die Stadt ist voller Pilger, jeden Tag werden es mehr. Was glaubst du, werden die tun, wenn sie erfahren, was vorgeht. Stell dir vor, wer alles aus Rom verschwände! Geschäftsleute, Diplomaten, Hofschranzen! Glaubst du, nur einer bliebe? Und dann die Propaganda für die Ketzer! All das Gesindel! Die warten nur auf eine solche Gelegenheit, jede unserer Bemühungen für den wahren Glauben und die Heilige Kirche zunichtezumachen! Der Schaden wäre niemals zu beheben. Und vor allem: die fremden Gesandtschaften. Fürstendiener sind empfindlich! Wir müssen an Frankreich denken, wo gerade erst der rechte Glaube wieder etabliert ist. Die Partei der Hugenotten fühlt sich immer noch stark, sosehr sie auch bekämpft wurde. Ein Toleranzedikt! Dieser Heinrich ist ein Narr. Was hat Toleranz in der Politik zu suchen? Zumal, wenn es um den rechten Glauben geht …«

Der rechte Glaube! Das Wort klang wie ein Schlüsselmotiv der Melodie.

»Und dann: England! Ganz zu schweigen von der Misere im Kaiserreich. Früher oder später wird es Krieg geben. Darauf müssen wir gefasst sein. Kurz und gut, eins darfst du nicht vergessen, was du in Diensten der Kirche gelernt hast: Wenn wir Fehler machen, sind sie eine Chance für den Teufel!«

Und vor allem das viele Geld!, dachte Vanga. Nichts wird schneller leer als eine volle Kasse. Das ist eben so. Es läuft einem weg. Was Eminenz am Leibe trägt, ist allein schon ein Vermögen wert. Und bauen wie vom Satan gehetzt! Das alles will bezahlt sein, nicht wahr? Keine Frage: Da kommt eine solche Geschichte ungelegen.

Der Kardinal schwieg erbittert und schaute misstrauisch. Es war fast, als hätte er die Gedanken des anderen erraten. Aber dann verwarf er diese Sorge wohl. Er setzte einfach voraus, dass Vanga auf seiner Seite sei.

»Deshalb brauchen wir einen wie dich«, sagte er grimmig. Seine Heiligkeit ist einverstanden.«

Das ist es also, dachte Vanga. Wenn das rostige Arsenal versagt, holt man einen Außenseiter. Vielleicht nutzt der die Gelegenheit! Und sonst … »Der Heilige Vater kennt mich gar nicht«, wandte er ein.

»Er weiß von dir! Ich habe ihm deinen Namen genannt.«

Vanga erschrak. Während der Kardinal weitersprach, versuchte er sich klarzumachen, welche Verwicklungen auf ihn zukommen würden. Nur wie von ferne hörte er die Stimme dieses Mannes: »Ich kenne dich gut genug, von früher. Ich habe dich *tätig* gesehen. Und ich habe mir berichten lassen, was du in den letzten Jahren getrieben hast, seit du wieder in Rom bist. Etwas von dem alten Geist muss doch geblieben sein.«

Ach, Eminenz! Ob Euch auch von den Fehlschlägen berichtet worden ist? Und von den Weibergeschichten? Und vom Suff?

»Du hast immer ein gutes Gespür gehabt, und du lässt nicht locker, wenn es um etwas Wichtiges geht. Und vor allem: Du weißt, dass es Augenblicke gibt, in denen man wissen muss, was man will, und keinerlei Rücksichten nehmen darf.«

Meint er wirklich mich?, dachte Vanga. Bin ich so? Was erhofft er sich?

»Du hast also die Zeichnungen gesehen. Gut. Dann wirst du wissen, dass sie von einem Mann stammen, der dieses Handwerk beherrscht. Ein Künstler … oder einer, der einmal einer hat werden wollen.« Vanga ließ sich nicht anmerken, dass er das beinahe unmerkliche Stocken des Kardinals registriert hatte. Eine Antwort brauchte er nicht zu geben, denn sein Gegenüber fügte hinzu: »Genau wie du. Deshalb bist du der Richtige, um an dieser Stelle anzusetzen. Du hast da noch ein paar alte Verbindungen, wenn ich mich nicht täusche …«

»Ihr überschätzt mich, Eminenz.«

»Ach, ja? Du hast auch behauptet, nicht japanisch zu sprechen. Gerade vorhin. Auf Japanisch!«

»Ich wollte nicht …«

»Du willst nicht? Du wirst wollen! Es lohnt sich für dich, versprochen. Und abgesehen davon: Ein Nein lasse ich nicht gelten. Ich setze auf dich.« Eine bedeutungsvolle Pause. Dann leise: »Solltest du dich trotzdem weigern, nun, du wirst dich erinnern: Ich habe auch andere Mittel. Das weißt du sehr genau, nicht wahr?« Und wieder laut und versöhnlich: »Aber das ist ja nur Theorie. Du würdest mir diesen Kummer niemals antun, nicht wahr? Du bist schließlich nicht dumm.«

Komplimente und eine kaum verhohlene Drohung. Köder und Peitsche. Auch das hatte Vanga erwartet. Er schwieg, und der andere nahm es als Zustimmung.

»Also wirst du diesen Spuren nachgehen. Ich erwarte, dass der Sumpf trockengelegt wird.«

Und wenn ich gehorsam bin und Erfolg habe, bekomme ich einen Knochen mit etwas Fleisch. Oder sagen wir so: Dann darf ich weiterleben, wenn auch im Käfig.

»Im Übrigen: Dieses Künstlervölkchen ist mir ohnehin seit einigen Jahren ein Dorn im Auge. Und nicht mir allein. Manch einer mag Talent haben. Gut. Aber sie schlagen über die Stränge. Und sie sind gierig, vergessen, wo ihr Platz ist. Ich habe allen Grund, das zu sagen. Seit Wochen kritzelt einer von ihnen boshafte Zeichnungen, die überall herumgereicht werden und auf infame Weise gegen mich und gegen die heilige Ordnung gerichtet sind. Du kennst diesen Dreck, nicht wahr?«

Der Kardinal zog ein halb zerfetztes Blatt Papier aus dem Ärmel.

Wie ein Taschenspieler mit einer Trumpfkarte, dachte Vanga und musste innerlich lachen. Dann vergaß er diese Regung, denn das Bild, eine knapp hingeworfene Skizze, verschlug ihm den Atem. Da kroch aus einem Mauerspalt ein ekelhaftes Ungeziefer hervor. Ein Gnom mit stechenden Augen und spitzer Nase. Bei aller Übertreibung konnte niemand, der den Kardinal kannte, die frappierende Ähnlichkeit mit seinen Gesichtszügen verkennen.

Meisterhaft, aber böse.

Das teuflische Grinsen dieses Monstrums wurde bekräftigt durch zwei krumme Hörner, die auf dem Schädel sprossen. Und die Finger umklammerten wie Spinnenbeine ein langes Messer, das eine rote Tropfenspur zurückließ.

»Ihr habt Euch jemanden zum Feind gemacht«, sagte Vanga vorsichtig.

Der Kardinal machte eine unwillige Bewegung. »Was soll das? Ich habe viele Feinde. Als ob du das nicht wüsstest!«

Er knurrte zornig, und die Augen funkelten sein Gegenüber mit solcher Wildheit an, dass er tatsächlich fast dem Zerrbild glich. »Künstler! Sie bringen unsere Heilige Kirche in Verruf und machen den Pöbel rebellisch. Was soll man von einem Mann der Kirche halten, der sich mit einem Hofstaat parfümierter Jüngelchen umgibt und aller Welt die Verdorbenheit seines Charakters unter die Nase reibt?«

Jetzt hatte sich der Kardinal in Wut geredet. Ob er sich wirklich so empören konnte über Dinge, die in Rom längst alle wussten, weil sie an der Tagesordnung waren? Verbarg sich hier nicht in Wahrheit ein anderer Groll? Da kam es schon:

»Und wie kann ich einen solchen Schädling bekämpfen, wenn er am Ende die Medici hinter sich hat? Unser Heiliger Vater ist viel zu nachsichtig mit den Ratten, die den Weinberg des Herrn untergraben!«

Wenn sich Vanga nicht gründlich täuschte, war in dem Bibelzitat, auf das seine Eminenz anspielte, eigentlich von anderen Tieren die Rede, aber die hier formulierte Variante entsprach vermutlich der Gemütslage des Sprechenden. Der Feind, den er meinte, war zweifellos Kardinal del Monte, mit dem er aus mehreren Gründen auf schlechtem Fuße stand. Die Bestätigung erhielt Vanga mit dem nächsten Satz: »Wie stehst du denn zu diesem … Merisi? So heißt er doch wohl …«

Die plötzlichen Wendungen dieses Gesprächs konnten selbst einen gewieften Mann wie Vanga aus dem Gleichgewicht bringen, aber zum Glück war er vor der Tücke seines Gegenübers auf der Hut – gleichermaßen gewarnt durch Erinnerung und Gespür. So durfte er hoffen, dass ihm keine Überraschung anzumerken sei. Dennoch war er wie vom Donner gerührt. Was in aller Welt sollte es bedeuten, dass der Kirchenfürst plötzlich auf den Maler Merisi zu sprechen kam?

Langsam antwortete er: »Wir haben uns früher einmal gekannt, vor langer Zeit. Das ist vorbei.«

Wieso kam der Kardinal plötzlich auf den Maler Merisi zu sprechen? Er wusste nicht, wie er reagieren sollte. »Wir stammen aus demselben Dorf«, sagte er vorsichtig. »Aus Caravaggio, im Norden. Wir waren zusammen Lehrlinge vor langer Zeit.«

»Ich weiß. In Mailand.«

Vanga bemühte sich, über die Kenntnis des anderen kein Erstaunen zu zeigen. Gleichzeitig überlegte er fieberhaft, was im Kopf des Kirchenfürsten vorgehen mochte. Worauf wollte sein Gegenüber hinaus? Hatte es mit den politischen Rücksichten zu tun, von denen vorher die Rede gewesen war? Michelangelo Merisi, der Maler, nach seinem Herkunftsort in Künstlerkreisen auch *da Caravaggio* genannt, war ein erklärter Schützling von Kardinal del Monte, der ihm nicht nur Aufträge erteilte, sondern auch ein Domizil und Arbeitsräume bot. Dieser Protektor stammte aus Florenz und vertrat die Interessen der Medici, die ihrerseits mit der Krone Frankreichs kokettierten. Del Monte schien über sehr viel Geld zu verfügen, und er provozierte den Neid anderer Kunstfreunde, weil er seine Hand auf die Werke dieses Malers legte, der gegenwärtig hoch im Kurs stand, trotz – oder vielleicht gerade wegen – der Skandale, die er mit seinen Bildern auslöste, und ungeachtet seiner mehr als ruppigen Umgangsformen. Der Künstler hatte eine Anzahl Bewunderer, aber sehr viel größer war die Gruppe seiner erbitterten Feinde. Und die schien auch deutlich rascher zu wachsen. Vor allem gehörten wohl die meisten Kollegen zu dieser Fraktion. Und gegen sie alle deckte Kardinal del Monte dem genialen Außenseiter den Rücken. Mehr noch: Der mächtige Kirchenmann förderte mit seinem Geld und seinem Einfluss den ausschweifenden, ja zügellosen Lebenswandel Merisis. Zweifellos konnte man den Kirchenmann empfindlich treffen, wenn man seinen Schützling aufs Korn nahm.

»Mit Merisi habe ich eigentlich nur zu tun gehabt, als ich noch Maler war.« Diese Aussage war ein Versuch, den tatsächlichen Wissensstand des Kardinals auszuloten. In Wirklichkeit hatte es durchaus auch später noch Kontakte gegeben. Fast konnte man sagen, sie seien lange Freunde geblieben – soweit

Caravaggio zu Freundschaft fähig war. Und diese Beziehung hatte erst vor einiger Zeit geendet.

Die Reaktion des Kardinals ließ nicht erkennen, wie er darüber dachte. Seine Antwort kam wie ein Echo: »Als du noch glaubtest, es stecke ein Künstler in dir …«

»Ich hatte nicht genug Talent«, gestand Vanga zu. Und er hatte Fehler begangen, die sein Verderben hätten bedeuten können. Leichtsinn, dachte er. Aber davon würde er nicht sprechen. »Er hat viel Talent«, warf er hin.

»Vielleicht *zu* viel …«, konterte der andere.

Wie war es überhaupt zum Zerwürfnis gekommen? Vanga wusste es nicht genau. Merisi war jedenfalls in eine Sphäre eingetreten, die dem Freund unzugänglich war, und der Erfolg hatte das Seine getan, ihn überheblich und aggressiv zu machen. Er war nicht mehr irgendjemandes Freund. So sah es für Vanga aus. Sie waren sich eigentlich schon lange fremd geworden, und Feindseligkeit hatte Platz gegriffen.

Und was nun? Sollte ausgerechnet er auf diesen Mann angesetzt werden? Wenigstens das hoffte Vanga zu vermeiden, wenn er schon Santerras Angebot nicht rundheraus abschlagen konnte. Aber nicht mein Wille geschehe, sondern deiner …

»Stimmt es nicht, dass ihr Freunde seid?«

»Das ist …«

»Ja. Ich weiß. Lange her. Dann wirst du die Freundschaft eben erneuern!«

»Wir haben uns zerstritten!«

»Das wirst du beilegen.«

»Ein schwieriger Mann.«

»Das weiß ich auch. Schwierig. Gewalttätig. Kaum eine Woche, in der es nicht Ärger gibt. Seit einiger Zeit lasse ich ihn überwachen. Aber ich muss Rücksichten nehmen. Ich wünschte, der Kerl würde für mich arbeiten. Auf keinen Fall will ich, dass er gegen mich arbeitet!«

Seine Eminenz schien über etwas nachzudenken, das ihn übellaunig machte.

»Gewalttätig und zügellos«, murmelte er. »Du kennst ihn doch: Hältst du ihn für fähig zu … solchen Taten?«

Vanga begriff plötzlich, worauf es hinauslief. »Ihr glaubt doch nicht …!« Caravaggio mit den Dirnen-Morden in Verbindung zu bringen! Ging Santerras Skrupellosigkeit wirklich so weit?

Ein diabolisches Lächeln huschte über die Züge des Kardinals. »Könnte es nicht sein? Das wär doch ein Ausgangspunkt. Sei nicht vorschnell mit deinem Urteil!«

»*Solche* Taten? Nein!«

Der Kardinal winkte ungeduldig ab, enttäuscht über Vangas Haltung und vor allen Dingen wohl ärgerlich, diese Frage zu früh ins Spiel gebracht zu haben.

»Du wirst es herausfinden. Hast du gehört? Das ist die erste Aufgabe, die ich dir übertrage.«

»Ich brauche Vollmachten. Befehlsgewalt.«

»Das ist vorerst nicht möglich. Du bist doch findig genug.«

»Cecco wird versuchen mich abzudrängen.«

»Vergiss Cecco! Um den kümmere ich mich. Du gehst ihm aus dem Weg, verstanden? Und er wird dich in Ruhe lassen.«

Der Kardinal hatte sich bei diesen Worten abgewandt und trat an den Tigerkäfig. Die Bestie blickte ihm aufmerksam entgegen. Furchtlos streckte er die Hand durch das Gitter, strich über das Nackenfell der großen Katze und zauste ihr den Backenbart. Dabei sagte er, ohne sich umzudrehen: »Denkst du noch manchmal an *Zipangu*?«

Japan? Wie fern war das jetzt! »Das habe ich begraben, Eminenz.«

»Vielleicht das Klügste, was du tun kannst. Sei weiter klug!«

Vanga schwieg. War die Audienz damit beendet?

Da sprach der Kardinal weiter, beiläufig fast und immer

noch abgewandt: »In Rom weiß kaum einer, was sich hinter meinen Gartenmauern verbirgt.«

Ob das so ist?, fragte sich Vanga. In dieser Stadt halten sich Geheimnisse nicht lange. Aber wahrscheinlich bezog sich die Äußerung des Kirchenfürsten auf etwas anderes, das noch viel weniger zugänglich war: auf das Dickicht seiner Gedanken und Pläne.

»Darum kursieren die wildesten Gerüchte«, setzte der Kardinal hinzu. Ein lautloses Lachen schüttelte ihn. »Es ist ein Privileg, hier einzutreten, ist dir das klar?«

»Heißt das, dass ich schweigen soll? Ich werde keinem erzählen, was ich gesehen habe.«

»Wer würde *dir* glauben?«, kam es scharf zurück. »Schweigen sollst du über das, was ich dir aufgetragen habe. Das kannst du dir wohl selbst ausrechnen. Schließlich bist du nicht dumm und weißt, was gut für dich ist.«

Das dürft Ihr getrost annehmen, dachte Vanga. Und ich kenne Euch lange genug und habe erlebt, wozu Ihr im Stande seid.

Die Gestalt im roten Mantel kehrte ihm noch immer den Rücken zu, offenbar ganz in das Spiel mit der Bestie versunken. Seltsam, in Gegenüberstellung mit dem Raubtier wirkte der Kardinal plötzlich klein und schmächtig, fast unscheinbar.

Und dann kam es in schneidendem Ton, ohne dass Vanga eines weiteren Blicks gewürdigt wurde: »Steh nicht länger hier herum! Du hast deinen Auftrag. Wenn ich weitere habe, wirst du es erfahren.«

»Verzeiht, Ihr verlangt viel von mir, Eminenz. Und es war noch nicht von Bezahlung die Rede.«

Der Kardinal drehte sich nicht um. Er warf nur unwillig hinter sich: »Darum kümmert sich mein Sekretär.« Es klang beinahe wie: Du solltest mir nicht lästig fallen, sondern froh sein, wenn ich dir wohlgesinnt bleibe. Kein Ringkuss. Keine verbindliche Geste.

Vanga deutete eine Verbeugung an, was der Mann am Käfig gar nicht bemerkte. Er kraulte nun die weiße Kehle des Tigers, und der ließ sich die Liebkosung gefallen, wie ein zutrauliches Kätzchen.

Bevor Vanga den Palazzo verließ, überreichte ein Lakai ihm den Mantel.

»Den habt Ihr liegen lassen, Herr …«

Immerhin: Herr!

Dampf und Essensdüfte füllten die Küche. Gina bewegte eifrig den großen hölzernen Löffel im Suppentopf. Sie hatte für diesen Tag alle Botengänge hinter sich gebracht und war von der Köchin ausgiebig gescholten worden, weil sie dafür so lange gebraucht hatte. Natürlich sagte sie weder etwas von ihrem Abstecher nach Trastevere noch von der Begegnung mit dem Hauptmann der Wache.

Sei's drum! Was wollte man schließlich tun, wenn sie behauptete, sich verlaufen zu haben? Am Ende verzog sich das Donnerwetter, das Mädchen wurde in Ruhe gelassen, und andere bekamen ihren Segen.

Aber: Warum eigentlich diese Nervosität im Palazzo? Einen so geschäftigen Tag hatte Gina hier noch nicht erlebt. Seit dem frühen Morgen wurde gedünstet, gebraten und gesotten. Hauptsächlich Fisch und Gemüse, denn es war schließlich immer noch Fastenzeit, aber an Soßen und Gewürzen wurde nicht gespart. Aus Hast schnitt sich die Küchenmagd beim Zerkleinern von Zwiebeln so böse in den Finger, dass Gina vorübergehend ihre Aufgaben übernehmen musste, und es dauerte lange, bis sie es der übelgelaunten Köchin recht machen konnte.

Olimpia ließ sich nicht mehr blicken, nachdem sie wortlos von ihrer Schwester das Geld und den Brief entgegengenommen hatte. Aber sie rief den Barbier und die Putzmacherin zu sich, und im gesamten Haus verbreiteten sich die Aromen von Duftwasser und Räucheressenzen und lagen im Widerstreit mit den Küchendünsten.

Gina verhielt sich still, wenn andere die Köpfe zusammensteckten und mit anzüglichem Getuschel Bemerkungen austauschten. Emsig rührte sie im Suppentopf, wie man sie angewiesen hatte. Dabei spitzte sie die Ohren, brennend interessiert an allem, was rings um sie vor sich ging. Das meiste war allerdings nur leeres Gewäsch: dass die neue Herrin morgens lange zu schlafen beliebe, dass sie ihre herrschaftliche Stellung nicht gebührend zu wahren verstehe und dass man gut daran tue, vor ihren Launen auf der Hut zu sein.

Nun hob die Köchin die Stimme. »Hör auf!«, schalt sie. Das galt dem Küchenmädchen, einem blassen Geschöpf mit Augen, das an eine verschreckte Maus erinnerte. »Du weißt, was ich von solchem Geschwätz halte!«

Die Waschmagd beugte sich zu Gina. »Was ist denn?«, fragte sie flüsternd. Die Frau war ein wenig taub. »Hat die dumme Gans wieder von dem *dunklen Mann* geredet?«

»Ich weiß nicht. Was für ein dunkler Mann?«

»Sie will ihn gesehen haben. Den Schwarzen Engel. Nachts, auf der Gasse …«

»Mit blutigen Händen!«, ergänzte der Hausknecht, der mit dem Scheuern einer kupfernen Pfanne beschäftigt war und dabei seinerseits lange Ohren machte.

»Seid alle still!« Die Köchin rollte strafend mit den großen Augen und schmetterte zornig einen Blechdeckel auf den Kessel. »Ihr wisst, dass ich in meiner Küche kein dummes Gerede dulde!«

Eine Zeitlang herrschte Schweigen. Jeder wusste, wie lästerlich der Küchendrache über die Herrin des Hauses zu reden beliebte, aber das war nur ihr Privileg. Erst als die Köchin zu Olimpia gerufen wurde, hob das Getuschel von neuem an.

Der Kellermeister schleppte Körbe voller Flaschen durch die Küche und legte in Ginas Nähe eine Verschnaufpause ein.

»Für *sie* brauchst du hier kein Glas aufzustellen und keinen Teller«, raunte er ihr zu. »Sie isst heute gewiss nicht mit uns. Dafür wird *oben* alles ausstaffiert!«

Gina wusste, dass von ihrer Schwester die Rede war. Es hatte aufgehört, dass Olimpia von einigen Schandmäulern des Gesindes offen als »das Weib« oder »die Nutte« bezeichnet wurde. Vermutlich hatte es in Abwesenheit des Mädchens ein Machtwort der Köchin gegeben. Man sagte jetzt einfach *sie*, aber der Tonfall machte nur allzu klar, wie es gemeint war. Gina nahm an, dass es für diesen Klimawechsel einen ganz einfachen Grund gab: Es war inzwischen durchgesickert, wie es um ihre Verbindung zur »Herrin« stand, und man hielt es für besser, sich in Acht zu nehmen. Sonderbar war allerdings, wie viel sich einige Bedienstete dennoch erlaubten. War es Leichtsinn? Oder spürte man ihre Rivalität gegenüber der älteren Schwester? Glaubte am Ende jemand, sie gegen Olimpia aufhetzen zu können?

Jedenfalls war es wohl das Beste, wenn sie sich ahnungslos gab. Mich dumm zu stellen, dachte sie sarkastisch, das ist mir niemals schwergefallen.

»Dann kommt wohl heute der Herr?«, fragte sie naiv.

Ein Grinsen überzog das Gesicht des Kellermeisters. »So sicher wie das Amen in der Kirche! Heute isses mal wieder so weit.

Die Gedanken des Mädchens flatterten wie Vögel, wenn die Katze nach ihnen springt. War das eine Chance? Ob es die Gelegenheit geben würde, den Geheimnisvollen zu sehen, womöglich gar in seine Nähe zu kommen und hinter seine Maske zu blicken?

Es war, als hätte der Mann ihre Pläne erraten, denn er nahm ihr mit seiner nächsten Äußerung sogleich den Wind aus den

Segeln. »Wenn's dunkel wird, is' es verboten, dass wer vom Dienstvolk sich ins Treppenhaus oder gar ins hohe Stockwerk vorwagt. Der Herr bringt sein eigenes Leibgesinde mit.«

»Und dafür bereiten wir all das vor? Gibt es denn noch andere Gäste, oder hat der Herr alleine so viel Hunger?«

Der Kellermeister lachte zweideutig. »Er isst durchaus nicht viel, wenn du das meinst. Aber man weiß nie, wonach ihm ist. Deshalb muss 'ne Menge bereitstehen. Das meiste finden dann wir die nächsten Tage in unsern Schüsseln wieder. Die hohen Herren sind nur großzügig, wenn's um sie selber geht.«

»Besonders Süßspeisen und Konfekt scheint er ja sehr zu schätzen«, flüsterte sie zurück – und wusste im selben Augenblick, dass sie schon wieder zu viel gesagt hatte.

»Ja, bei was Süßem kann er nich' widerstehn – genau wie ich …«

Der ungeschlachte Kerl machte sich zunutze, dass im Augenblick niemand sonst in der Nähe war, weil das Küchenmädchen Wasser holen musste und der Hausdiener, dem er ein Dutzend Flaschen aufgeladen hatte, mühsam schleppend davontappte. Er fasste Gina grob um die Hüften und versuchte sie hinter eine Tür zu drängen. Seine Hand griff schon unter ihren Rock.

»Lasst ab!«, zischte sie und wand sich aus seinen Pranken. »Denkt an Eure Frau!« Da er immer noch nicht aufgab, drohte sie ihm mit dem Holzlöffel. Mit dem konnte sie, wie er schon wusste, schmerzhafte Schläge austeilen. Der Kerl verzog das Gesicht, blies die Backen auf und streckte ihr anzüglich die Zunge heraus.

»Pfui!«, schrie Gina und schlug zu.

Er wich zurück und lachte höhnisch. »So wirst du mir nicht mehr lange davonkommen, Täubchen!«

»Das werden wir ja sehen! Ich schreie!«

Grinsend starrte der Kerl sie an. »Einmal erwisch ich dich, und dann wird das Hühnchen gerupft!«

So ein Schwein!, dachte sie, und das Herz schlug ihr bis zum Hals. Heiße Brühe werd ich ihm über den Balg kippen. Das soll ihm eine Lehre sein! Und schon war ihre Hand am Henkel des Topfes.

Er sah es und duckte sich. »Verdammt, hör auf!«, schrie er. »Du bist wohl von allen Heiligen verlassen …«

Dann war Gina ganz allein und musste plötzlich schluchzen wie ein Kind.

Es ist zu viel!, dachte sie. Die ganze Aufregung. Die schaurigen Geschichten, die überall erzählt werden. Das Geschwätz von dem Dunklen mit den blutigen Händen. Das rätselhafte Verschwinden der Nonna. Die Geheimnisse um Olimpia und ihren rätselhaften Liebhaber. Dann noch der Kerl, der mich auf dem Markt belauert und am Löwenrachen gestellt hat. Dieser Cecco. Was der will, konnte sie nur ahnen. Die Gefangenschaft der Nonna. Und schließlich diese plumpen Annäherungen des ekligen Kellermeisters … Ich habe von alldem einfach genug!, gellte es in ihrem Kopf.

Nun wurde ihr bewusst, dass ihre Hände, zu Fäusten geballt, in blinder Wut auf die Tischplatte hämmerten. Welche Narrheit! Sie hielt inne und sank auf ihrem Hocker zusammen wie ein Häufchen Unglück. Vor Tränen konnte sie nichts mehr sehen. Ihre Fingerknöchel bluteten.

Olimpia!, dachte sie. Warum ist es nicht mehr wie früher? Da haben wir uns gekratzt und geprügelt, aber danach war alles wieder gut.

Wahrscheinlich würde sie sich diesen Abend verkriechen und nicht aus der Kammer schauen. Bestimmt würde sie wieder keinen Schlaf finden und morgen über die eigenen Füße stolpern. Alle, die sie sahen, vorneweg Olimpia, würden ein weiteres Mal Gelegenheit haben, sie zu verspotten.

Ach, sollte die Schwester ruhig Witze machen! Wenn sie nur nicht so weit weg wäre!

Cecco hatte seine Lektion bereits erhalten. Vanga las es sofort im Gesicht seines Vetters: Es war erbittert und verkniffen.

Er dachte: Wird wohl keine angenehme Mitteilung gewesen sein. Was von Kardinal Santerra ausgeht, ist selten angenehm. Am besten, ich lasse mir gar nichts anmerken. Er soll von allein zu mir kommen, der Gockel!

Cecco nahm die Anwesenheit seines Vetters geflissentlich nicht zur Kenntnis, obwohl er ihn heimlich voller Wut aus den Augenwinkeln beobachtete, seit er den Saal der Wachen betreten hatte. Der Hauptmann stellte sein inneres Gleichgewicht wieder her, indem er seine Untergebenen schikanierte. Die übliche Methode. Der eine wurde wegen irgendeiner behaupteten Nachlässigkeit heruntergeputzt, der andere bekam finstere Drohungen zu hören, weil er sich nach Meinung seines Kommandanten mit dem Grüßen nicht ausreichend beeilt hatte, und der dritte musste seine Mahlzeit unterbrechen, um sich einem geradezu lächerlich überflüssigen Auftrag zu widmen, der ihm mit höchster Dringlichkeit erteilt wurde. Erst nachdem sich der Tenente auf diese Weise ausgetobt hatte, gönnte er Vanga einen misslaunigen Blick.

»Das möchte ich mir leisten können«, bellte er. »Herumhocken und das Maul aufhalten, dass die Fliegen reinkriechen!«

Vanga grinste nachsichtig. »Scheint eher, als wär eine dir in die Nase gekrochen. Warum spielst du den wilden Mann?«

»Als ob du das nicht wüsstest!«, fauchte Cecco, und einen Moment lang blitzte es in seinen Augen, als werde er sich zu einer Gewalttat hinreißen lassen. Sein Atem ging stoßweise, und seine Hand, die einen Tonkrug umklammerte, zitterte vor innerer Spannung. Aber gleich darauf hatte er sich wieder im Griff.

»Du spielst ein dreckiges Spiel«, presste er hervor.

»Und was tust du? Du hältst mich von allem weg!«

»Was willst du denn? Das Kommando übernehmen?«

Er hat Angst, dachte Vanga. Eine Scheißangst hat er im Leib!

»Ich will erfahren, was du weißt«, sagte er langsam. »Umgekehrt sag ich dir, wenn ich etwas herausfinde. Und ich will dabei sein, wenn Entscheidungen fallen.«

Cecco schnaubte durch die Nase wie ein gereizter Stier. Aber Vanga kannte ihn gut genug, um zu wissen, dass er diese Runde des Spiels gewonnen hatte. »Was steht für morgen an?«, fragte er sachlich.

Betont leise setzte der andere das Gefäß ab.

»Du bist –«, begann er, unterbrach sich jedoch sofort wieder, weil einer seiner Männer den Kopf durch die Tür steckte; ein Blick des Tenente genügte, dass er sich schleunigst wieder verzog. Als Cecco sich umwandte, hätte man glauben können, er sei nicht im Geringsten erregt oder gar verstimmt. Aber Vanga wusste nur allzu gut, was es diesen Mann kostete, derart ungerührt zu wirken.

»Du bist tatsächlich nicht bei Verstand!«, brummte Cecco.

Vanga zuckte die Schultern. »Ich will mir das Geld, das ich bekomme, redlich verdienen.«

»Er hat dir Geld versprochen?«

»Er nicht. Sein Sekretär.« Cecco blies spöttisch die Backen auf.

»Außerdem –«, setzte Vanga an.

»– ist es dir eine Herzenssache, vermute ich!«

Wieso bloß hielt es keiner mehr für nötig, ihn ausreden zu lassen? »Außerdem ist es Menschenpflicht«, sagte er.

Nun war sein Gegenüber tatsächlich verblüfft. Ein kurzes Schweigen folgte. Dann griff Cecco einen früher geknüpften Faden auf. »Der Krüppel ist noch schlimmer als sein Herr und Meister.«

Vanga erriet, dass er den Sekretär des Kardinals meinte. Also hatte wohl dieser Navarro das Vergnügen gehabt, dem missliebigen Büttel die Rügen und Befehle Seiner Eminenz zu übermitteln.

»Kennst du den näher?«, fragte Vanga.

»Nicht besonders, zum Glück. Ein Speichellecker und Federfuchser.«

»Seine Eminenz scheint große Stücke auf ihn zu halten.«

»Er ist ihm unentbehrlich.« Dieser Satz kam mit einem Zähneknirschen.

»Man sagt, ein Unfall …«

»Ein Sturz vom Pferd. Ich war dabei. Er hatte selber Schuld, der Scheißkerl. Wollte Eindruck schinden und sich Liebkind machen. Damals war er der persönliche Kurier Seiner Eminenz. Sein Herr und Meister hatte ihm befohlen: Reite wie der Teufel! Das tat er denn auch, und er hat sich um ein Haar das Genick gebrochen. Draußen in den Schluchten am Sorracte. Verdammte Gegend. Ketzerhöhlen! Sah lange aus, als würde der Dreckskerl sich niemals erholen. Nun, gelähmt ist er ja wenigstens geblieben.«

»Santerra scheint sich verpflichtet zu fühlen.«

»Ach, damals wurde viel gerätselt, welcher Art das Verhältnis der beiden wohl ist. Du weißt, wie geredet wird. Ich glaube ganz einfach, das war einer der Kettenhunde im Dienste eines großen Mannes, und zwar einer, der dies und das über seinen Herrn in Erfahrung gebracht hatte und es verstand, sein Wissen einzusetzen.«

Das klingt plausibel, dachte Vanga. »Nun, *schlau* ist er zweifellos.« Da Cecco mit düsterer Miene schwieg, fuhr er fort: »Aber du wolltest mir ganz was anderes sagen: was für morgen anliegt.«

»Bestimmt kein Grund zur Freude. Kardinal Cipriani will mich sehen.« Eine Pause. Dann: »Will *uns* sehen.«

Vanga tat, als sei ihm die Korrektur gar nicht aufgefallen.

»Der Fettsack«, setzte Cecco hinzu. »Er hat erfahren, dass Santerra Kontakt mit uns aufgenommen hat. Nun will er auch im Spiel sein.«

»Hat er Spitzel?«

»Wer hat die nicht! Aber mit ihm und Santerra ist es was Besonderes. Die beiden sind wie Hund und Katze. Einer belauert die Schritte des anderen.«

Rivalen, dachte Vanga. Der Mann von gestern und der Mann von morgen. Dem einen sind die Zügel so gut wie entglitten. Und der andere darf noch nicht merken lassen, wie begierig er dahinterher ist, sie zu ergreifen.

»Scilla und Charybdis.« Er grinste. Als ihm klar wurde, dass sein Vetter diese klassische Anspielung nicht verstand, fügte er hinzu: »Eine Zwickmühle. Wir müssen geschickt vorgehen. Cipriani wird wissen wollen, was wir herausgefunden haben oder was wir als Nächstes zu tun gedenken. Oder er will uns seinerseits Befehle erteilen.«

Cecco schwieg. Es kam Vanga plötzlich vor, als seien die Gedanken seines Vetters ganz woanders, und dann war es, als habe er sich einen inneren Ruck gegeben.

»Ist es dein Ernst?«, fragte Cecco. »Willst du wirklich wissen, was los ist?«

»Da kannst du Gift drauf nehmen.«

Ceccos Blick war stechend und hart. »Dann komm mit!«

Viel rascher als erwartet traf die Nachricht ein. Gina wäre lieber im Casino geblieben, um zu sehen, was vorging, aber offenbar wollte man sie aus dem Haus haben. Diesmal war es die Köchin, die sie fortschickte. Zum Schuhflicker. Und das kam den Sbirren gerade recht … Oder hatten sie etwa die Hände viel tiefer im Spiel und konnten selbst den Hausdrachen des Palazzo beeinflussen? Jedenfalls: Auf dem Rückweg geschah es. Als Gina sich mit einem schweren Korb abzuschleppen hatte und ein Stück hinter dem Knecht zurückblieb, der ihr die Last allein überließ. Jemand schob sich im Gedränge ganz nahe an ihr vorbei und hielt ihr einen Zettel hin, der Tenente Ceccos Namenszug trug. Ein unangenehmer grauer Kerl.

»Du kannst doch lesen?«

»Kannst du es nicht?«, gab sie bissig zurück.

Nur ein unmutiges Brummen als Antwort.

Auf diesem Zettel wurden ihr Ort und Stunde angegeben. Es blieb nicht viel Zeit zum Nachdenken. Am selben Nachmittag! Ginas Magen fühlte sich wieder einmal an wie ein Stein. Aber sie wusste, dass sie nichts anderes tun konnte, als zu gehorchen. So kehrte sie nur noch kurz in den Palazzo zurück. Der Köchin ließ sie ausrichten, sie sei krank. Dann versteckte sie sich im Garten, und als das Zeichen kam, ein doppelter Pfiff, mehrmals wiederholt, stieg sie über die Mauer. An einer Stelle, die sie schon früher für solche Zwecke ausgesucht hatte.

Der Graue wartete auf sie und übernahm schweigend die Führung.

Gina fühlte sich von widerstreitenden Empfindungen hin- und hergerissen: Furcht auf der einen Seite, Abenteuerlust auf der andern.

»Gehört Ihr zur Wachtruppe, Signore?«, fragte sie. Sie wählte die respektvolle Anrede, um den Mann nicht unnötig zu reizen. Oh, dieses verdammte Herzklopfen!

»Was geht es dich an? Ich hab meine Anweisungen.«

Danach wurde eine Weile nicht mehr gesprochen. Und es war Gina ganz recht, denn sie schlugen ein so scharfes Tempo an, dass sie immer mehr außer Atem geriet.

Schließlich erreichten sie den Vorplatz des Palazzo Farnese. Die mächtige Fassade ragte über ihnen empor wie die

Steilwand eines Berges. Dieser Anblick schüchterte das Mädchen ein. Es blieb stehen, als sei es im Boden verwurzelt.

Da hinein?

»Also pass auf!«, knurrte der Graue. »Ich bin Werkstattgeselle bei Meister Carracci. Wir arbeiten hier im Palast. Du gehst mit mir hinein und sagst gar nichts. Wenn wir oben sind, tust du, was dir befohlen wird. Du wirst schon wissen, worauf du zu achten hast. Den Rest machst du dann ab mit dem Tenente. Da halt ich mich raus.«

Er zahlt dir wohl nicht so viel, wie du gern hättest, dachte das Mädchen. Oder: Er hat dich genauso in der Hand wie mich. *Porca miseria!* Dann lässt er auch dir keine Chance zu entkommen.

Wenn sie doch nur eine Vorstellung davon hätte, was von ihr erwartet wurde! Cecco hatte von diesem jungen Mann gesprochen, mit dessen Geldbörse ihr Kummer angefangen hatte. Was sollte das bedeuten? Wieso wusste er so gut Bescheid? Was für einen Verdacht hegte man gegen den armen Kerl? Und warum hatte man gerade sie für den Spitzeldienst ausgewählt? Sollte sie in Wahrheit ein Lockvogel sein? Ihre Phantasie schlug Kapriolen. Ob er etwas mit diesen Bluttaten zu tun hatte, von denen alle redeten? Es schien ihr kaum denkbar, dass man ihn für den Täter hielt.

Augen auf!, hatte auf dem Zettel gestanden. Zur Sache weiter nichts. Offenbar glaubte Cecco, sie wisse genug, damit sie für ihn spionieren konnte.

Und was wäre, wenn sie sich weigern und einfach davonlaufen würde? Aber da fiel ihr das verwahrloste Aussehen des Hauses in Trastevere wieder ein. Nein, sie durfte die Nonna nicht diesem Schurken überlassen!

Oder geht es womöglich um etwas ganz anderes? Will Cecco in Wahrheit *mich* in seine Gewalt bringen? Ein kalter

Schauder überlief Gina, das Gefühl, plötzlich am Abgrund zu stehen. Die Angst, am Ende womöglich etwas völlig Falsches zu tun.

Nur: Konnte sie denn zurück?

Madonna, steh mir bei!

Als sie sich dem großen Portal näherten, drang wieder die Stimme des knochigen Gesellen in ihr Ohr. Er redete irgendetwas von Türen und Wachen. Aber ihre Gedanken gingen andere Wege. Er ist wirklich ein Maler, stellte sie fest, denn sie sah getrocknete Farbspuren an seinen Händen. Er ist also kein Lügner!

»Hörst du mir eigentlich zu?«, knurrte der Mann.

»Doch, ja!«

Er starrte sie misstrauisch an. Dann gab er ihr schroff noch ein paar Verhaltensmaßregeln, die sie vor Aufregung gleich wieder vergaß. Nur eins blieb ihr im Gedächtnis: Sie dürfe sich keinesfalls anmerken lassen, dass sie für die Stadtwachen Spitzeldienste leiste. Aber war das nicht selbstverständlich?

Abrupt wandte er sich ab. Es blieb dem Mädchen nichts anderes übrig, als hastig zu folgen. Sie tauchten in den Schatten ein, der vor den Mauern lag und sie mit Kühle umfing. Gina spürte ein Frösteln, das nicht nur von außen kam. Das Tor gähnte wie ein aufgesperrter Rachen. Zahlreiche Menschen drängten sich vor diesem Eingang, mehrere Dutzend, Gestalten in Lumpen und mit hohlen Gesichtern. Manche verkrüppelt oder von Krankheit gezeichnet. Aber da waren auch andere, besser gekleidet und anscheinend weniger hilfsbedürftig. Doch gerade ihnen sah man Gedrücktheit oder Unruhe an. Bettler und Bittsteller verschiedenster Art. Jeder auf seine Weise in Not oder Schwierigkeiten und alle getrieben von Gier und der Hoffnung, vom Vermögen des hohen Herren profitieren zu können, der hier residierte: Kardinal Odoardo Farnese. Auch Gina hatte von seinem Reichtum und seinen Extravaganzen gehört – und vom Hochmut seiner Familie, die sich nicht scheute, sogar die Macht des Papstes herauszufordern.

Die Wachtposten am Zugang hielten die Schar der Hilfesuchenden auf Abstand wie lästiges Geschmeiß. Zweifellos hatten sie selbst harte Strafen zu fürchten, wenn sie gestatteten, dass einer zu nahe an den Palast herankam oder gar unversehens in Innere schlüpfte. Schon kurz darauf befand sich Gina in einem hallenden gewölbten Durchgang, der von wuchtigen Säulen flankiert war. Ein Offizier in glänzender Rüstung, der hier das Kommando führte, nickte dem Grauen herablassend zu, und damit war der Eintritt gestattet. Das Mädchen wurde keines Blickes gewürdigt. Noch ehe es sich richtig umsehen konnte, waren sie erneut ins helle Licht gewechselt. Ein viereckiger Hof, umgeben von Fassaden, die ebenso schwindelerregend in die Höhe schossen wie die Außenfront. Hier aber sah man nun nicht Mauern von drohender Abwehrkraft, sondern Galerien feingliedriger Säulen und Bögen, reich geschmückt mit Bildhauerarbeit. Ein stilles Geviert von blauem Himmel öffnete sich zu Häupten; unten, in den Kolonnaden, herrschte jedoch ein ebenso quirliges Leben wie auf den Gassen und Plätzen der Stadt. Dienstboten und Werkleute eilten vorüber, Händler lieferten Unmengen verschiedenster Waren. Steinmetze und Zimmerleute verbreiteten Lärm und Staub. Da wurden schwere Balken auf dem steinernen Pflaster abgesetzt, und das Poltern erschütterte den Boden.

»Ihr Schwachköpfe! Beschädigt die Platten nicht!«, schrie ein Bediensteter.

Es roch nach Werg und heißem Teer; wahrscheinlich wurde an den Dächern oder an Wasserröhren gearbeitet. Ein reich gekleideter Besucher, der sich ein Schnupftuch vor die Nase hielt, verlangte lautstark, zum Majordomus vorgelassen zu werden. Zwei Mönche wandelten, ins Gespräch vertieft, achtlos durch das Gewirr. Und ein affektiert tänzelnder Diener führte eine Koppel zierlich herausgeputzter Schoßhündchen in die Gärten hinaus.

Das Erstaunlichste in diesem Hof war jedoch eine gewaltige Statue, die unter den Arkaden aufragte und so groß war, dass sie fast an den Bogen stieß. Es war die ungeheure, aus Stein gemeißelte Figur eines Mannes, der sich auf den baumdicken Schaft einer mächtigen Keule lehnte. Ein Riese! Seine Muskeln waren unglaublich, aus jeder ihrer Schichten wuchs eine weitere hervor. Ein Urbild strotzender Kraft. Mit einem Kopf, der viel zu klein erschien. Seltsam: Der Gesichtsausdruck wirkte durchaus nicht drohend, sondern eher nachdenklich. Gelassen blickte er über das Gewimmel zu seinen Füßen hinweg.

»Hier entlang!«, drängte der graue Geselle. »Guck dich nicht am Herkules fest. Und mach den Mund zu!«

Gina hätte ihm gern eine schnippische Antwort gegeben, aber in ihrer Verwirrung fiel ihr nichts ein. So biss sie die Zähne zusammen und beeilte sich, ihm zu folgen. Es ging breite Treppen hinauf, die mit Stroh bestreut waren, wahrscheinlich, um sie vor der Abwetzung durch so viele Füße zu schützen.

Ein Stockwerk hinauf. Ein zweites. Und noch weiter? Ihrem Begleiter schien es nichts auszumachen, aber sie war bald außer Atem. Von der obersten Galerie ging der Blick in die schwindelnde Tiefe. Ein paar junge Männer lehnten sich über das Geländer und scherzten mit irgendwem da unten. Reichlich zotige Ausdrücke.

Und das im Kardinalspalast?, dachte Gina.

Aber sie kam wieder nicht zum Innehalten. Der Geselle sperrte eine Tür auf und bedeutete ihr mit einer Kopfbewegung einzutreten. Dabei brummte er: »Glaub ja nicht, dass es hier so zugeht, wenn seine Eminenz anwesend ist!«

Sonderbar. Ob er ihre Gedanken erraten hatte?

Der Tenente führte Vanga eine Treppe hinunter und dann durch einen unbeleuchteten Gang. Ein Wachtposten sperrte eine eiserne Tür auf, und bald standen sie in einem gewölbten Raum, in dem eine Öllampe blakte.

»Sieh selbst!«, stieß Cecco hervor.

Da war eine Pritsche, auf der ein Körper lag, bedeckt mit einem Tuch. Vanga fühlte ein Würgen in der Kehle, weil er augenblicklich wusste, was ihn da erwartete. Er trat vor und zog das Tuch langsam zurück. Der nackte Leichnam einer Frau. Wieder ohne Kopf. Genauso zugerichtet wie der erste, den er gesehen hatte. Vanga kämpfte gegen den Brechreiz an. Er zwang sich, genau hinzusehen. Aber da war nichts, was ihm mehr verriet.

»Und?«, fragte er tonlos. »Wieder ein … Blatt?«

Cecco wies auf ein Regal an der Wand. Die Zeichnung war noch suggestiver als die anderen. Man hätte glauben können, der letzte Schnitt des Messers sei gerade erst erfolgt.

Bis Vanga die Wache von Tor di Nona verließ, wechselte Cecco kein weiteres Wort mehr mit ihm. Es war, als habe der Tenente sich innerlich vollkommen abgeschottet. In finsteres Brüten versunken, hockte er über einem Haufen knittriger Dokumente und schien den Weggang seines Vetters gar nicht zu bemerken.

Vanga wusste nur zu gut, dass Cecco nicht bereit war umzudenken. Der störrische Holzkopf! Er würde auch weiterhin nur das Unumgängliche tun, seinem Vetter nur unbedeutende Arbeiten abtreten und nur solche Informationen mit ihm teilen, die er ihm beim besten Willen nicht vorenthalten konnte.

Das gibt auch mir gewisse Freiheiten, dachte Vanga. Auch ich werde ihn am langen Arm halten. Mal sehen, wer dabei eher Schaden nimmt. Verweigerte Partnerschaft hat schließlich zwei Seiten. Deshalb sollte der andere durchaus nicht erfahren, welchen Hinweis man seinem ungeliebten Mitspieler hinter vorgehaltener Hand gegeben hatte und wen er diesen Nachmittag aufsuchen würde.

Geh zum Teufel, du Schwachkopf!

Vanga stieg die Treppe zum Ausgang hinab. Da begegneten ihm zwei Wachen, die ein altes Weib zwischen sich führten. Eine zerlumpte Hexe mit einem Schnabel wie ein Sperber. Diese Vogelscheuche war ihm doch schon mal irgendwo begegnet. So eine Nase und was für stechende Augen! Aber wo?

War das nicht die Wahrsagerin, damals vor dem *Gatto Nero*? Mit dem vermaledeiten Schreckgespenst hatte er doch das schwarzhaarige Mädchen zum ersten Mal gesehen! Olimpias Schwester … Nein, die war ihm schon früher über den Weg gelaufen. Am Tag der Hinrichtung, auf dem Campo de' Fiori. Merkwürdig: Wenn einer in letzter Zeit von Hinrichtung sprach, meinte er immer die von Giordano Bruno. Dieses Ereignis beschäftigte die Menschen nach wie vor, obwohl seither bereits weitere Todesurteile vollstreckt worden waren …

Aber Vangas Gedanken kehrten unversehens wieder zu diesem Mädchen zurück.

Ginetta. So hatte Olimpia sie genannt. Später war sie mit dem Bugiardone herumgezogen. Jetzt wohnte sie angeblich bei ihrer Schwester – und machte Botengänge für sie. Doch was verband die beiden mit dieser Hexe? Waren sie womöglich miteinander verwandt?

Der Blick der Alten heftete sich einen Herzschlag lang an Vangas Gesicht. Hatte etwa auch sie ihn erkannt? Was ging vor in dem hässlichen Vogelkopf?

Unauffällig formte Vanga unter dem Mantel die »Gabel«, Zeigefinger und kleiner Finger der rechten Hand ausgestreckt, das Abwehrzeichen gegen *il malocchio*, den Bösen Blick. Zwar schalt er sich selbst einen abergläubischen Narren, aber er fühlte sich besser danach.

Wer weiß denn, ob es tatsächlich Unsinn ist?

Vanga drückte sich an die Mauer, die vom Ruß unzähliger Pechfackeln geschwärzt war, und verharrte einen Moment, um der kuriosen Gruppe nachzuschauen. Was hatten diese Kerle mit der alten Vettel vor? Offenbar wurde sie zu einem Verhör gebracht. Was ihr wohl vorgeworfen wurde? Üble Nachrede? Diebstahl? Oder hatte sie die Nachbarn verhext? Vielleicht würde man ihr die glühenden Eisen ansetzen. Oder die Folterinstrumente zumindest zeigen. Bei manchen Delinquenten wirkte ja allein der Anblick. Vanga wusste so ziemlich alles, was es darüber zu wissen gab, aber er hatte keinen dringenderen Wunsch, als jede damit verbundene Erinnerung aus seinem Gedächtnis zu tilgen. Ach, wenn das so einfach wäre!

Am oberen Ende der Treppe, drehte die Alte noch einmal den Kopf und schaute zurück. Vanga erschrak und wandte sich eilig ab.

In der Sonne des Nachmittags machte er sich auf den Weg in jenes Labyrinth heruntergekommener Gassen hinter dem Marcellus-Theater, das auch noch den alten Namen *Subura* trug.

Der Raum, den Gina betrat, war ziemlich niedrig und lag gleich unterm Dach des Palazzo Farnese. Im Sommer war es hier bestimmt so heiß wie in einem Glutofen, und im Winter mochte eisige Kälte herrschen. Jetzt aber war die Temperatur angenehm. Da die hölzernen Luken aufgeklappt waren, hielt sich auch der Geruch in erträglichen Grenzen. Dennoch nahm Gina ihn als Erstes wahr: ein Gemisch aus abgestandenem Rauch und kalter Asche und den Dünsten von Farben, Ölen und fremden Substanzen. Besonders drängte sich ein stechendes Aroma auf, das ihr von einer Medizin vertraut war, welche die Nonna bisweilen für heilsame Umschläge verwendete. Außerdem roch es nach Bohnen und Zwiebeln, und schließlich war da noch der Schweiß von nahezu einem Dutzend Leuten, die hier ihre Tätigkeiten verrichteten.

Der Geselle ließ das Mädchen einfach stehen. Deshalb versuchte Gina zu erraten, was hier vor sich ging. Da war ein Mann, der eine aufgespannte Leinwand vor sich auf einem Gestell hatte – eine Staffelei, wenn sie nicht irrte. Er hielt mehrere lange Pinsel in der linken und einen in der rechten Hand. Mit dem tupfte er auf die Leinwand Farben, die er von einer Art Brett aufnahm. Auch dafür gab es einen Namen, aber an den konnte Gina sich nicht erinnern. Neugierig trat sie näher und erkannte die Gestalt einer Frau. Vollkommen nackt – wohl kaum ein Heiligenbild! Gina zog beunruhigt das Schultertuch fester um sich. Ob man *das* von ihr erwartete?

Andererseits war nirgends eine Frau zu entdecken. Der Maler hatte eine Anzahl Zeichnungen um sich ausgebreitet. Wahrscheinlich hatte er das Bild damit vorbereitet. Aber weshalb arbeitete er auf Leinen? Hieß es nicht, hier im Palazzo würden Wände bemalt? Übrigens mit höchst unzüchtigen Motiven, dass es eine Sünde und Schande war, wenn man den Gerüchten glauben durfte.

Auf einem Tisch waren zahlreiche Gefäße mit Farbpulver aufgereiht: vor allem mit Rot, Gelb und Blau. Besonders das Blau stach Gina in die Augen: wie der Himmel – nur viel intensiver! Außerdem standen da Fläschchen mit Flüssigkeiten. Zwei junge Männer, eigentlich noch Knaben, waren eifrig damit beschäftigt, aus diesen Substanzen eine breiige Paste anzurühren, die sie anschließend mit Spachteln auf einem flachen Stein hin und her bewegten und dann in Tonschüsselchen füllten. Mehrere junge Burschen hockten mit Zeichenbrettern um ein Gestell mit kleinen Figuren herum, die aus Holz oder Ton gefertigt oder aus schimmerndem Metall gegossen waren. Vermutlich Werkstattschüler, die sich bemühten, diese Figuren abzuzeichnen. Gerade erhob sich ein Disput unter ihnen und drohte in einen Streit auszuarten, als die lockeren Vögel, die Gina zuvor auf der Galerie bemerkt hatte – offenbar Lehrlinge, die schon weiter fortgeschritten waren und sich benahmen, als gehöre ihnen die Welt –, nach und nach eintraten.

Gina erschrak: Da war der junge Mann, dem sie die Geldbörse hatte stehlen sollen! Also arbeitet er wirklich hier, dachte sie.

Heute schien er nüchtern zu sein. Er wollte sich gerade in das Gezänk einmischen, als die Kampfhähne verstummten. Plötzlich stand unter ihnen ein stämmiger, energisch wirkender Mann in mittleren Jahren. Er hatte einen kantigen, irgendwie bäuerlich wirkenden Kopf und trug das dunkle Haar kurz geschnitten. Am auffallendsten waren jedoch seine wachen, durchdringenden Augen. Ungeduld ging von ihm aus. Seine Hände schienen ständig in Bewegung zu sein.

»Gebt Ruhe!«, befahl er, und dann – mit Erschrecken begriff es Gina! – kam er gerade auf sie zu und musterte sie.

»Das ist sie?«, fragte er über die Schulter den Gesellen, der wieder herbeigeeilt war. »Sie ist zu mager!«

Dem Mädchen verschlug es die Sprache.

Der Gehilfe duckte sich wie unter Schlägen und murmelte etwas Unverständliches, das mit *Maestro* endete.

Dieser Mann war demnach der Werkstattmeister?

Er brummte: »Na schön! Schon gut! Kann sein, sie ist für eine Nymphe oder eine Sylphide geeignet. Ja, könnte sein.«

Dabei legte er den Kopf schief und biss in eine Zwiebel, die er aus seinem Ärmel gezogen hatte. Die Joppe war über und über mit Farbe bekleckert. »Einer von den Burschen soll sich mit ihr beschäftigen. Kopf und Büste!«

Gina atmete auf.

»Ich will später sehen, was draus wird, hörst du!«

Der Graue katzbuckelte.

»Aber für Juno – Was denkst du dir nur! –, da brauche ich ganz was anderes.«

Damit war die Sache für den Meister erledigt. Er würdigte Gina keines Blickes mehr, sondern fuhr sich zerstreut durchs Haar, wobei er Farbe hineinschmierte, und blickte um sich. Offenbar war er ein Mann, der seine Konzentration für das aufsparte, was er für wesentlich hielt. Mit Dingen, die er anders einstufte, gab er sich nur widerwillig ab.

Barsch fragte er den Gesellen: »Hast du endlich das Lapislazuli?«

Der erstattete ihm recht umständlich Auskunft.

Abrupt eilte der Maestro davon, wobei ihm alle hastig Platz machten, und verschwand hinter einem Vorhang, der das Ende des Raumes abteilte.

Gina wusste nicht, was sie von Agostino Carracci halten sollte. Bisher war sie sich hier nur fremd vorgekommen, aber nun war ihr unbehaglich zumute. Dieser Kerl hatte sie taxiert wie ein Stück Fleisch auf dem Ladentisch! Am liebsten wäre sie einfach davongelaufen. Aber das wagte sie nicht.

Der Geselle, noch verwirrt vom Unmut seines Herrn und Meisters, blickte suchend um sich. Er wirkte wie ein Mann, der stets von allen Seiten herumgezerrt wird. Vielleicht ein Opfer des eigenen Ehrgeizes oder irgendeiner Schwäche, die andere auszunutzen verstanden. Oder einfach ein Bursche ohne Rückgrat. Außerdem hatte er noch diesen Cecco im Nacken, der ihn vermutlich auf seine Weise in der Hand hatte. Tatsächlich nicht zu beneiden!

Da, jetzt atmete er sichtlich auf und winkte einem jungen Mann zu, der gerade vorüberging.

»Joanni!«, rief er und zeigte auf Gina, ohne ihr irgendeine Erklärung zu geben. Natürlich ausgerechnet der mit der Börse!

Gewiss kein Zufall, dachte Gina. Alles Ceccos Wille. Er trägt sogar wieder den lächerlichen roten Kragen …

Sie glättete eilig ihr Haar und zupfte das Schultertuch zurecht. Da stand der junge Mann auch schon vor ihr und deutete linkisch eine Verbeugung an. Gina zuckte zusammen und errötete bis an die Haarwurzeln.

Madonna, sie hatte so sehr gehofft, ihm niemals wieder zu begegnen! Obwohl, wenn sie ehrlich sein sollte …

»Ave Maria gratia plena«, wisperte sie. Er zeigte keine Spur von Erinnerung. Sollte sie darüber nun froh sein oder sich ärgern?

»Verzeiht!«, murmelte er und drehte sie zum Licht, indem er geradezu scheu ihre Schulter berührte.

Ich beiße nicht, dachte sie. Jedenfalls nicht hier vor allen Leuten, setzte sie in Gedanken hinzu und musste innerlich kichern über diese Dreistigkeit, die eher zu Olimpia gepasst hätte. Gut, dass der Bursche ihre Gedanken nicht lesen konnte!

»Komm an meinen Arbeitsplatz«, sagte er, indem er kommentarlos zu einer vertraulichen Anrede überging. »Wie heißt du?«

»Gina. Und …« Und Ihr?, hatte sie fragen wollen, vielleicht sogar: Und du?, brachte es aber nicht heraus. Er aber hatte gar nicht hingehört.

»Will dich zeichnen. Paar Skizzen. Tut nicht weh.« Diesen dummen Witz schien nicht einmal er selbst lustig zu finden. Und dieser komische Akzent!

»Tuch«, sagte er und deutete mit einer Handbewegung an, dass sie ihre Schultern entblößen solle.

Gina zögerte. Heißes Erröten überlief sie. Was denn … Musste sie sich etwa doch ausziehen? Hier?

»Ist gut. Ist gut. Mehr – Äh, wie sagt man das? – nicht nötig.«

Wenigstens ein Lächeln. Und dabei errötete auch er!

Er ist zu Hause, dachte Vanga, denn aus dem Schornstein stieg grünlicher Rauch auf, der sich gleich darauf in gelben verwandelte, und ein stechender Geruch wälzte sich hinaus in die Gasse.

Ein Kerl, den mancher nicht mit der Kohlenzange anfassen würde. Aber für gewisse Dienste gab es keinen Besseren!

Ins Haus führte ein Portal, das so niedrig war, dass sogar Vanga sich bücken musste. Eher ein Schlupfloch. Dahinter ein schwarz verrußter Gang, der kein Ende nehmen wollte. Vanga hielt sich ein Tuch vor die Nase und drang vor, bis er gegen eine eisenbeschlagene Tür stieß. Erst nach einigem Suchen fand er einen Zugring an einer Kette, die ins Innere führte. Seine Augen gewöhnten sich langsam an die Finsternis. Er betätigte den Mechanismus, nicht ohne zuvor eine große schwarze Spinne zu verscheuchen.

Wer hier eindringt, muss den Kerl wirklich nötig haben, sinnierte er.

Wie von Geisterhand öffnete sich die Tür, ohne dass man auch nur das leiseste Geräusch vernahm. Wahrscheinlich auch ein Drahtzug. Vanga gelangte in eine Höhle, die von einem Flackerschein nur spärlich beleuchtet wurde. Befremdliche Gerätschaften füllten den Raum. Ein großer Destillierkolben sonderte Flüssigkeit ab, und es brodelte und zischte in gläsernen Gefäßen.

»Bleib, wo du bist!«, befahl eine näselnde Stimme.

Vanga stand still. Etwas bewegte sich zwischen vollgestopften Regalen. »Nur einen Augenblick. Ist besser für dich!«

Im Licht einer Ölfunzel erschien der Umriss einer gebeugten menschlichen Gestalt, die emsig mit Schüsseln und Kannen hantierte. Der Geruch, mit dem die trübe Luft gesättigt war, hatte ein süßliches Aroma und löste Brechreiz aus.

»Bin gleich so weit!«

Scharfes Licht flammte auf und warf einen fahlen Schein

über die Szene. Da funkelte ein kostbarer Glaspokal, in dem etwas Undefinierbares zuckte, und in wabernder Feuersglut ruhte ein menschlicher Schädel, die Unterseite nach oben gekehrt, so dass aus der Öffnung für die Wirbelsäule Dampf emporwirbelte wie aus einem Kochkessel. Ein gelbliches Gesicht mit dicken Brillengläsern und gezwirbelten Schnurrbartenden näherte sich dem schaurigen Gefäß, und ein lippenloser Mund murmelte in befremdlichem Singsang rätselhafte Worte.

Dann gab es einen dumpfen Knall, es zischte, und Tropfen spritzten nach allen Seiten.

»Der Satan soll's holen, wieder missglückt!« Der gnomenhafte Hexenmeister wischte sich angewidert die stinkende Flüssigkeit aus dem Gesicht und wandte sich seinem Besucher zu.

Vanga verbarg seine Belustigung über den zornigen Alchimisten. »Habt Ihr eigentlich keine Angst, Magister Guttuso, dass Euch die Inquisition auf den Hals –«

»Schnick, schnack! Wer will mich denn verraten? Meine Kunden vielleicht? Oder *du*? Außerdem ist es, äh, weiße Magie, die ich studiere. *Weiße*, verstehst du? Keine *schwarzen* Geheimnisse. Nichts, was Gott nicht erlaubt hätte und nicht wohlgefällig betrachten würde. Wenn ich da an gewisse andere Leute denke, die ständig ihre Nase in fremde Angelegenheiten stecken und den Deckel von jeder, äh, Kloake hochheben!«

Vanga überhörte geflissentlich die Anspielung auf sein eigenes Metier und fuhr fort: »Wie dem auch sei. Ich habe nicht bezweifelt, dass eure Kunst –«

Wieder einmal ließ man ihn nicht ausreden. »Sieh an! Was heißt hier Kunst? Bist wohl auch noch stolz auf deine Ignoranz. Was ich hier treibe ist, äh, Wissenschaft! Reine Wissenschaft zum Segen der Welt.« Dabei räumten die geschäftigen Hände des Männleins die Scherben eines Tiegels aus chinesischem Porzellan beiseite, an denen eine seltsam phosphoreszierende Substanz klebte.

»Aber ich bitt Euch, Meister Guttuso, gerade darum geht es doch. Ich habe eine Frage an Euch als Gelehrten.«

Ein schiefer Blick aus misstrauischen Augenschlitzen. »Liebestränke? Abführmittel? Pulver für die Manneskraft? Alles nicht mein Geschäft.«

Da hörte man freilich ganz anderes.

»Nichts dergleichen. Ich forsche nach einer Person, die aus dringenden Gründen gesucht wird.«

»Hat wohl nichts zu tun mit diesem, äh, Bauchaufschlitzer, über den sich alle Welt das Maul zerreißt?«

»Nein. Und mein Auftraggeber ist von edlem Stande.«

Ein verschmitztes Grinsen entblößte die spärlichen gelben Zähne seines Gegenübers. »Dann wird er ja nicht knickrig sein, wenn's um klingende Münze geht.«

»Gewiss nicht«, bekräftigte Vanga mit Erleichterung, denn nun wusste er, dass der andere sich nicht mehr lange bitten ließe. So redete er ein wenig von diesen und jenen Wünschen harmloser Art, die an den Zauberdoktor herangetragen werden mochten. Dann steuerte er langsam auf ein bestimmtes Problem zu. »Ihr seht, es sind nur harmlose Auskünfte, die ich von Euch erhoffe. Man sagt übrigens, dass Ihr viel mit Farbstoffen experimentiert habt.«

»Ja, äh … nein, äh – und?«

»Und dass Ihr die besten Mittel herzustellen wisst, wenn einer, nun, zum Beispiel mit der Farbe seines Haars nicht zufrieden ist.«

»Kleine Fische. Man nimmt, äh, einfach –«

»Oh, verzeiht, wenn ich so unhöflich bin, Euch zu unterbrechen.«

Guttuso legte den Kopf schief wie ein Huhn und verzog missbilligend das Gesicht. Offenbar hätte er nur zu gern einen

Vortrag über die Feinheiten dieser Problematik vom Stapel gelassen. Aber Vanga erlaubte es ihm nicht. »Eigentlich geht es mir nicht um die kunstvollen Finessen, sondern –«

»Bist du etwa selbst interessiert?« Es klang wie: Was sollte bei einem wie dir wohl noch zu retten sein?

»Nein, auch das nicht.«

»Ha! Es geht um die *Leute*, die deshalb zu mir kommen. Dacht ich's doch!« Die Miene des Befragten hatte einen Ausdruck schmieriger Verschlagenheit angenommen.

»Genauso ist es«, bestätigte Vanga. »Es geht um eine Person, die –«

»Das ist ein Berufsgeheimnis. Verstehst du? Wie beim, äh, beim Priester in der Beichte.«

»Oh, ich würde niemals etwas Unehrenhaftes von Euch erwarten, Meister Guttuso. Aber vielleicht könnt Ihr mir eine Andeutung –«

»Andeutung?«

»Es soll Euer Schade nicht sein.«

»Ach ja? Nun, da gibt es natürlich den einen oder anderen. Ja! Das ist eine hübsche Geschichte. Ein Bäcker aus der Subura. Kommt regelmäßig wegen dieser Tinktur, die ich gefunden habe. Und weißt du was? Seine, äh, Frau kommt auch. Einer darf vom andern nichts wissen. Ich glaube, die beiden haben sich gegenseitig über ihr Alter belogen!«

»Eine hübsche Geschichte. Wenn ich ein Geschichtenausbrüter wäre, würde ich sie mir bestimmt notieren. Doch so …«

»Nun gut. Du willst vermutlich nichts wissen über, äh, gewöhnliche Leute. Nichts über *misera plebs*. Lieber Personen von Bedeutung. Solche, die vornehmere Gründe haben, dass die Welt nicht wissen soll, was sie tun.«

»Und? Kommen *solche* Leute zu Euch?«

»Mag schon sein, dass sie zu meiner Kundschaft gehören.

Aber, verstehst du, sie kommen natürlich nicht selbst. Sie schicken ihren Diener.«

»Ich denke an jemanden Bestimmtes.«

»Es ist dir wichtig, nicht wahr? Willst dich jemandem andienen.«

»Ihr seid nicht auf den Kopf gefallen, Maestro. Übrigens denke ich an eine Person, die sich die Haare nicht färbt, weil sie weiß werden, sondern weil sie rot sind.«

»Ach, ja? Verborgenes Feuer! Hexenglut. Weil die bösen Frauen durch das Haar die Männer entflammen! So steht es im *Malleus maleficiarum*.«

»Es geht nicht um eine Frau, sondern um einen Mann.«

»Oh! Umso schlimmer! Wahrscheinlich jemand von einigem Rang.«

»Da wird es interessant, nicht wahr?«

»Wie Recht du hast, mein tapferer Spürhund!« Der Alchimist kicherte. »Also hör gut zu: Unter den Laufburschen, äh, die mich in solcher Sache aufsuchen, sind mindestens zwei, die im Dienste erlauchter Herren stehen. Eminenzen, du verstehst?«

Dio mio! In welche Richtung ging die Reise?

»Männer der Heiligen Kirche?«

»Ssst! Einer ist schon reich an Jahren, und er ist zu seinem Kummer niemals dahin gelangt, wohin es ihn drängt.«

»Aber dessen Haar ist weiß, wie ich denken möchte.«

»Mag sein. Mag sein. Der andere, weißt du, der gehört auch zu jenen, die hoch hinaufwollen, hoch, hoch, hoch.«

Vanga hielt die Luft an. Sein Mund war trocken, als er flüsterte: »Kardinal …?«

»Still! So ein Dummkopf! Was denkst du dir? Namen hab ich nicht genannt! Gott ist mein Zeuge!«

Oh, nein. Nur keine voreiligen Schlüsse!

»Bewahre Ruhe, mein Freund!«, mahnte die Stimme des

Hexers. »Häng nicht alles an ein Haar – sozusagen. Und dann noch etwas: Vergiss die andere Hälfte unseres Abkommens nicht!« Eine unmissverständliche Geste mit Daumen und Zeigefinger vollendete die Forderung.

»Schon recht«, brummte Vanga und reichte ein großes Goldstück hinüber.

»Nein«, protestierte der Zwerg. »So nicht. So viel sind meine Dienste nicht wert.«

»Das ist für etwas anderes. »Ich brauche Eure Hilfe vor allem für einen Dienst, den Ihr mir nicht gerne leisten werdet.«

Misstrauisch: »Was sollte das sein?«

Vanga sagte ihm, was er eigentlich wollte.

»Nein!«

»Es ist Eure Menschenpflicht. Und vergesst nicht, was ich alles über Euch weiß. Wenn ich das verwende und noch dies und das hinzufüge, nun, dann wird es Euch schwerfallen, Euch vor Brandgeruch zu schützen.«

»Das würdet Ihr nicht tun.«

»Doch, das werde ich. Und ich werde sagen, du hättest mir Gift verkauft. Das glaubt mir jeder.«

Der Hexenmeister war bleich geworden. »Gemeiner Bastard!«, murmelte er.

Vanga grinste. »Aber Ihr werdet mit mir kommen. Und danach wird keine Rede mehr von alldem sein.«

Der junge Künstler hatte ein Zeichenbrett mit einem Blatt Papier und einen Stift ergriffen und ließ seinen Blick prüfend über Ginas Antlitz wandern.

»Schau nach … ja, oben«, verlangte er. »Mehr rechts. Ja, so.«

Solange ich nicht den blanken Hintern vorzeigen muss, dachte Gina.

Der Stift begann über das Papier zu jagen. Wie schnell das ging! Und mit welch klarer Entschiedenheit. Der Bursche schien alles andere zu vergessen. Sein Gesicht nahm einen ergriffenen, fast kindlichen Ausdruck an. Vor Eifer schob er tatsächlich die Zungenspitze aus dem Mundwinkel hervor – wie ein kleiner Junge!

»Jetzt schau mehr … nach oben! Nein, nein, anders, wie wenn … Angst, ganz viel Angst … Gefahr … schlimm … Verstehst du?«

Sie glaubte zu verstehen und gab sich Mühe. Aber warum denn das? Seltsam. Als was sieht er mich nur?

Weil er ihr die Blickrichtung vorschrieb, konnte sie ihn jetzt nicht mehr beobachten. Sie hörte wie er ein neues Blatt nahm und der Stift erneut in schneller Bewegung kratzte.

Er ist Ausländer, dachte sie. Das war ihr neulich schon so vorgekommen, beim Fischzug auf der Gasse. Er hat Schwierigkeiten mit der Sprache. Deshalb wirkt manches an ihm so befremdlich.

»Pause«, sagte er und legte Stift und Blätter beiseite. Sein Blick ruhte immer noch auf ihr, obwohl er nicht mehr zeichnete. Es tat ihr wohl, und dennoch wurde ihr auch ein wenig unbehaglich zumute. Seine Nachdenklichkeit gefiel ihr nicht. Regte sich bei ihm die Erinnerung?

»Ich hab Durst«, sagte sie.

»Oh, ja. Verzeih!«

Er holte Krug und Becher und schenkte ihr reichlich ein. Sie erwartete Wasser, aber es war Wein.

Warum ist dieser Cecco hinter ihm her?, grübelte sie. Er sieht überhaupt nicht aus wie ein Verbrecher, im Gegenteil, er wirkt freundlich. Sie ertappte sich, wie sie sich vorstellte, dass diese Hände auf ihrem Körper ruhten – kein unangenehmer Gedanke.

Da löste sich ein Bursche aus einer Gruppe, die mit der seltsamen Arbeit beschäftigt war, auf großen Bögen Papier die Umrisslinien gezeichneter Figuren mit kräftigen Nadeln zu durchlöchern. Gina fiel auf, wie modisch dieser junge Mann gekleidet war. Sein glattes Gesicht trug einen spitzbübischen Ausdruck. Er schien mit Joanni befreundet zu sein, denn er kam herübergeschlendert und stöberte mäßig interessiert in den Zeichnungen des Kollegen.

»Nicht schlecht«, murmelte er. »Aber du hast sie hübscher gemacht, als sie ist. Warum schaut sie so ängstlich?«

Joanni zuckte die Schultern. »Andromeda«, erklärte er hastig. »Sammel Studien zu Andromeda. Sie hat Angst, versteh, das Ungeheuer …«

»Aber was ist das? Soll das Blut sein? Eine Wunde? Und da auch.«

»Unsinn! Das sind Probestriche mit dem Rötel!«

»*Sanguina*? Damit zeichnest du doch sonst nicht.«

Gina hätte allzu gern die Skizzen näher angeschaut, aber keinem der beiden fiel ein, sie ihr zu zeigen. Und irgendetwas hielt sie davon ab, darum zu bitten. Fürchtete sie, man würde es ihr verwehren?

Dann trat der andere dicht neben Joanni. Mit einer Bewegung, die ganz selbstverständlich wirkte, glitt seine Hand unter dessen Hemd und streichelte seine Brust. Joanni antwortete nicht mit einer Geste der Abwehr, sondern mit einem vagen Lächeln.

Ginas Magen wurde zu Eis.

Also so ist das, dachte sie. Jetzt weiß ich wenigstens Bescheid.

»Beeilt Euch!«, knurrte Hakennase und spähte durch den Türspalt auf den Gang hinaus. »Hiervon braucht Cagnazzo nichts zu wissen.«

»Es braucht seine Zeit«, näselte der Magister, der sich Guttuso nennen ließ, obwohl das gewiss nicht der wahre Name war. »Wenn ich es überhaupt tue, darf man mich nicht drängen.«

»Fangt schon an!«, sagte Vanga. »Auch mir wird die Zeit knapp.«

Der Alchimist murmelte empört etwas, ging jedoch ans Werk.

Vanga schlug das Tuch zurück. Es fiel ihm schwer, den Leichnam anzusehen. Der zwergenhafte Hexenmeister jedoch schien an so einen Anblick gewöhnt zu sein. Hieß es nicht, er habe sich seit Jahren die Leichen unbekannter Toter verschafft, um seine unheiligen Studien daran zu treiben?

Nüchtern und sachlich betrachtete er den durchtrennten Hals, alle Gliedmaßen und jede Verletzung oder Verfärbung der Haut. Nur als er zum Schoß der Frau gelangte, konnte er ein Ächzen nicht unterdrücken.

Vanga sagte nichts.

Hakennase stand immer noch wachsam an der Tür. Schließlich sagte der Magister: »Was willst du hören, mein Bürschchen?«

»Was immer Euch auffällt. Und was zu dem Täter führt.«

»Nun, ja. Ein Wahnsinniger, denke ich. Aber keineswegs dumm – und mit einiger Übung.«

»Weshalb sagt Ihr das?«

»Weil es gar nicht so einfach ist, einen Kopf abzutrennen. Im Übrigen – äh – sehr glatte Schnitte. Sehr scharfe Messer. Vermutlich mehr als eins. Ein Besteck, wie es Wundärzte haben – vielleicht.«

»Und das da …« Vanga wies vage auf den Unterleib.

»So etwas habe ich noch nie gesehen. Und nie davon gehört. Alles heraus! Deshalb sage ich ja, ein Wahnsinniger, und doch bei klarem Verstand.«

»Der Teufel?«

»Ach was, Unfug! Ein Mensch selbstverständlich.«

»Einer, der sonst ein ganz normales Leben führt?«

»Mag sein. Darüber kann ich nichts sagen. Über Tatsachen

bisweilen ja, aber nichts über solche Gedankenakrobatik. Und damit Schluss.«

»Gar nichts weiter?«

»Hm. Höchstens eines noch: Sie hat sich gewehrt.«

»Wieso?«

»Die Fingernägel. Sie hat Hautfetzen und Blut darunter. Achtet ihr nicht auf so etwas?«

»Wir sind Euch dankbar«, sagte Vanga, als er kurz darauf mit dem Magister über die Brücke ging.

»Schon gut. »Dafür hab ich jetzt eine Frage an dich, mein Bürschchen.«

»An mich?«

»Ja doch.« Der Alchimist kicherte tonlos. »Deine Nase!«

Vanga musste sich einen Ruck geben. »Was ist damit?«

»Deine lädierte Spürnase. Das wollt ich dich schon lange fragen –«

»Wie ich dazu gekommen bin? Ach, wisst Ihr, Ihr kennt ja mein großes Laster, die Neugier …«

»Ach ja?«

»Könnt Ihr Euch das nicht denken? Da kriegt man manchmal Antworten –«

»Und manchmal –«

»Ganz recht, eins auf die Nase. Könnte auch Euch so geh'n.«

Gina ärgerte sich – vor allem über sich selbst. Was hatte sie sich denn eingebildet? Dieser Joanni war eben so, wie er war. Und er schien mit sich ganz zufrieden zu sein. Es wurden noch ein paar weitere Zeichnungen angefertigt, ohne dass sie rechte Anteilnahme gezeigt hätte. Das Mädchen, nun ganz seinem Auftrag ergeben, ließ die Augen wandern, entdeckte aber nichts, was die Polizei interessieren könnte. Die vertrauliche Beziehung zwischen den Malern konnte wohl kaum der Grund sein. Dergleichen war nicht ungewöhnlich unter Künstlern. Nur sie selbst war so dumm gewesen, nicht damit zu rechnen. Die Gespräche, die sie hörte, wirkten nur allzu belanglos. Höchstens ein paar ungewöhnlich lästerliche Flüche fielen auf.

Allein eine Kleinigkeit erschien ihr merkwürdig. Als der Zeichner seine Mappe beiseitelegte, glitten ein paar Blätter heraus und flatterten auf den Boden.

Warum beeilte er sich so sehr, sie wieder verschwinden zu lassen? Flüchtig hatte sie gesehen, was dargestellt war: groteske Figuren, manche halb Tier, halb Mensch, befremdlich und boshaft, bizarr übertrieben. Nichts, was ihr gefiel. Unbehagen überkam sie. Sie vermied es, dem weiter nachzuhängen, und beschloss, Cecco nichts von dieser Beobachtung zu erzählen.

Gegen Abend zahlte der graue Geselle sie aus. Wenige kleine Münzen.

Wenn ich es wegen des Geldes getan hätte, wär ich arm dran! Allerdings: Bin ich das nicht ohnehin?

»Zeig ihr den Weg nach unten!« Das galt Joanni. »Und dass ihr euch nicht ins Schlafzimmer des Kardinals verirrt! Seine Eminenz ist zurückgekehrt!«

Es schien fast, als hätte er gerade mit dieser Bemerkung bei seinem Untergebenen einen Gedanken in Gang gebracht. Als die beiden die Treppen hinunterstiegen, fragte der junge Mann plötzlich: »Willst du sehen, wo … nun … mein Arbeit?«

Gina nickte verwundert.

»Komm mit!«

Er führte sie in einen Saal, der zur Rückseite des Palastes hin lag. Obwohl die Fenster offen standen, roch es auch hier bedrängend nach Farbe und feuchtem Putz. Ein Teil der Decke und Wände war mit Gerüsten verbaut, aber vieles lag dennoch frei, so dass Gina Einzelheiten erkennen konnte. Prunkvoll umrandete Bildfelder zeigten bewegte Szenen, die meisten mit nackten Gestalten. Wahrscheinlich Götter und Göttinnen. Sie taten seltsame Dinge und schienen keinerlei Scham zu empfinden.

»Siehst du – da oben?«, fragte Joanni. »Apollo und Hyacinthus. Wolken, die hab ich gemacht!« Er schien selbst zu spüren, dass sein Stolz etwas übertrieben wirkte, und fügte hinzu: »Bin nicht lange dabei, weißt du. Sehr Ehre!«

Gina wollte gerade fragen, für was für eine Szene ihr Gesicht vorgesehen sei, da griff Joanni nach ihrem Arm und schob sie hinter ein Brettergestell, das zum Gerüst gehörte.

»Schnell!«, raunte er.

Zwei Männer betraten den Raum.

Joanni hielt Gina eisern fest und drückte ihr sogar die Hand auf den Mund. Das tat er so nachdrücklich, dass sie erschrak. Es war plötzlich ein Flackern in seinen Augen, das ihr Angst machte.

Die beiden Männer unterbrachen ihr Gespräch.

»Ist da jemand?«, fragte der eine scharf und gebieterisch.

Die beiden im Versteck hielten die Luft an.

Der Mann, der gesprochen hatte, schüttelte missbilligend den Kopf, ging der Sache aber nicht weiter nach.

»Die Fenster müssen geschlossen werden«, sagte er. »Es wird regnen diese Nacht.«

»Kardinal«, flüsterte Joanni. »Kardinal Farnese!«

Die Männer setzten ihre Unterhaltung fort. Als sie an dem Versteck vorübergingen, hörte Gina: »Was die Kosten angeht, Eminenz, macht Euch keine Sorgen. Das liegt in den rechten Händen.«

»Dessen bin ich gewiss. Ich bin niemand, der sich Sorgen macht!«

Dann schloss sich eine Tür hinter den Männern.

Der Würgegriff lockerte sich noch immer nicht. Gina konnte fast nicht mehr atmen. Energisch wand sie sich frei.

»Verzeiht«, murmelte der junge Mann. Plötzlich so höflich? Er wirkte verwirrt. Als erwache er aus tiefer Trance.

»Schon gut!« Damit riss sie sich los, rannte davon und hastete die Treppen hinab.

Den Weg finde ich auch alleine!

Unbehelligt lief sie an den Wachen vorüber ins Freie.

Lärm und Gestank schlugen Vanga entgegen. Viele Stimmen, die redeten, sangen oder sich zu unflätigem Geschrei verstiegen. Dazu der Geruch von Wein und Fusel, von Pechfackeln und menschlichen Ausdünstungen. Das alles unter den niedrigen Gewölben eines uralten Kellers. Ein Pandämonium. Er zögerte kurz. Aber er hatte nun einmal beschlossen, sich in dieses Chaos zu stürzen, und so machte es kaum einen Unterschied, ob er es mit Begeisterung oder Widerstreben tat.

In der Nähe der Tür hielten sich immer ein paar handfeste Kerle auf, die jeden, der hereinwollte, misstrauisch anstarrten. Das waren die Rauswerfer, Wachtposten, die der Wirt bezahlte, damit sie unerwünschte Gäste fernhielten. Vor allem sogenannte ehrbare Leute, die hier versehentlich hereintappten, oder Gelegenheitsspitzel der Stadtwache, die neugierige Augen machen wollten. Schließlich ging hier einiges vor sich, was nicht gerade das Licht der Öffentlichkeit vertrug. Von Tenente Cecco mitsamt seinen Kettenhunden war kaum Ärger zu fürchten. Er hatte seine Schmiergelder bekommen und würde mit Sicherheit nur nach rechtzeitiger Warnung auftauchen. Aber es gab noch mehr Gefahren, zum Beispiel die lästige Konkurrenz anderer Lasterhöhlen. Vanga war für die Wächter ein Zweifelsfall. Jeder kannte ihn hier. Manche der Galgenvögel waren beinahe seine Freunde. Doch er hatte auch viele Feinde, und es war nicht auszuschließen, dass die Nachricht von seiner Verbindung mit dem Tenente inzwischen die Runde gemacht hatte. Andererseits wusste er, dass unter diesen Burschen immer einer oder zwei waren, die ihm verpflichtet waren – oder absahen, dass sie ihn vielleicht in Zukunft dringend brauchen würden. Die würden ihrem Capo zu verstehen geben: Der darf rein.

Und so kam es tatsächlich. Darum betrat er bald unangefochten den Gastraum.

La Grotta, die Höhle, wurde dieser Ort von den meisten genannt, oder *Il Buco*, das Loch, das Maul. Einige Zecher, die wahrscheinlich schon den ganzen Tag in der Spelunke zugebracht hatten, begrüßten Vanga lallend, wie sie jeden Neuankömmling empfingen. Sie hatten sich bei den mächtigen Fässern zur Linken breitgemacht. Vanga schlug jedoch die andere Richtung ein, vorbei an einer runden Mulde, die in den lehmigen Boden gestampft und durch einen Ring aus hölzernem Flechtwerk in eine kleine Arena verwandelt worden war. Dort brodelten Geschrei und Gedränge. Ein schwarzbärtiger Kerl in bunter Jacke führte das große Wort. Auf seine Anweisungen hin hockten sich zwei grimmige Burschen einander gegenüber an die sandbestreute Kampffläche. Jeder der beiden hielt einen kampflustigen Hahn in den Pranken. Die Tiere zappelten heftig, als sie auf den Boden gesetzt wurden. Hinter jedem der Männer sammelten sich Parteigänger, die nun unflätige Beschimpfungen mit dem Gegner tauschten. Noch wurden Wetten abgeschlossen, die immer kurz vor Beginn eines Kampfes steil in die Höhe gingen.

Die Hähne hatten in höchster Erregung die Kämme aufgestellt und sträubten das Gefieder. Sie schlugen mit den gestutzten Flügeln und versuchten bereits auf den anderen einzuhacken, während sie noch festgehalten wurden. Sobald sie losgelassen wurden, fielen sie erbittert übereinander her. Ein Wirbel von Federn, und schon spritzte Blut, denn an ihre

Füße waren lange Sporen gebunden, die in messerscharfe Klingen ausliefen.

Anstatt dieses Schauspiel zu verfolgen, ging Vanga langsam weiter. Er hatte eine Gruppe von Gästen erspäht, die in einem Nebenraum, etwas entfernt vom allgemeinen Tumult, einen ganzen Tisch für sich in Anspruch nahm. Vanga näherte sich ihnen so beiläufig, dass ein oberflächlicher Beobachter keine Absicht dahinter vermutet hätte.

Der Stammplatz war also immer noch derselbe. Vanga entdeckte rasch den Mann, dessentwegen er hergekommen war. Er saß zwischen geckenhaft gekleideten Burschen. Mit seidenen Blusen in leuchtenden Farben und blitzenden Ohrringen, vor allem aber durch ihr selbstgefälliges Benehmen erregten sie die Aufmerksamkeit ihrer Umgebung. Einer oder zwei der jüngeren waren geschminkt wie Nutten. Die Bande zeigte sich in bester Laune und hielt die Bedienung auf Trab. Von dieser Umgebung stach der Mann, auf den Vangas Aufmerksamkeit gerichtet war, seltsam ab. Obwohl einige aus der Gruppe immer wieder um seine Zuwendung buhlten und ihm feurige Blicke zuwarfen, schien er von einer unsichtbaren Mauer umgeben zu sein. Eines der Jüngelchen hatte ihm zwar den Arm um den Nacken gelegt, und er entzog sich nicht, dennoch zeigte er keinerlei Entgegenkommen. Es ging etwas Abweisendes und Düsteres von ihm aus, als gehöre er zu den Menschen, die in jeder Gesellschaft fremd sind. Wenn er trotzdem einmal lachte, geschah es heftig und stoßweise und wirkte wie eine Herausforderung.

Er sieht älter aus, als ich erwartet habe, dachte Vanga. Dabei kann er nicht mehr als sechs- oder achtundzwanzig sein. Oder schon dreißig? Jedenfalls ist er jünger als ich.

Der Mann hatte eine hohe Stirn und dichte Brauen. Seine Nase, breit wie die eines Faustkämpfers, sprang kräftig vor. Sein Mund mit den zusammengepressten Lippen und das vorgeschobene Kinn hatten einen Zug von Trotz und Stärke. Einen Ausdruck mühsam beherrschter Wildheit, der noch stärker wirkte durch das wirre schwarze Haar, das halblang um seinen Kopf hing, und durch den struppigen Bart auf Oberlippe und Kinn. Aber das Beunruhigendste an diesem Gesicht waren die Augen. Ihr Blick flackerte nicht gefallsüchtig wie bei den Gefährten, sondern war stetig und intensiv. Wer diesen Blick auf sich spürte, fühlte sich durchdrungen. Es war ein besitzergreifender Blick, dem nichts zu entgehen schien. Zugleich wehrte er jede Zudringlichkeit ab und verriet nichts über die Gedanken des Mannes.

Ein Blick wie eine Pistolenmündung.

Vanga ging nahe an diesem Tisch vorbei und entdeckte einen leeren Stuhl in einer Nische gegenüber. Es war ein Platz mit dem Rücken zur Wand, inmitten von ein paar Tagedieben, die schon trunken dreinglotzten und lallend miteinander sprachen. Die würden nicht viel Ärger machen. Von hier aus konnte er den trotzigen Burschen und seine Umgebung gut beobachten, blieb aber selbst im Dunkel.

Du hast dich verändert, Michele, dachte er. In deinen Augen sitzt Verzweiflung. Wie dick die Lider geworden sind! Und diese Tränensäcke – wahre Beulen. Das ist nicht mehr der unbekümmerte tolldreiste Draufgänger von damals. Trotzdem: Da war noch immer etwas schwer Fassbares, das an die Neugier eines Kindes denken ließ.

Vanga orderte beim Schankdiener einen Becher Wein und trank in kleinen Schlucken. Er bemühte sich, in keiner Weise aufzufallen. Doch nichts am Tisch gegenüber entging ihm.

Einer aus der Runde gab einen Witz zum Besten, alle lachten, aber der Bursche hatte es offenbar nur darauf angelegt, dass auch die verschlossene Miene des Mannes in ihrer Mitte sich aufhellte.

Ah, gelungen!

Ein Blitzen huschte über dessen Gesicht wie Licht auf einer Messerklinge, bevor erneut ein Schatten seine Miene verdüsterte und der Mann den Becher vorstreckte, um ihn wieder füllen zu lassen. Dabei schweifte sein Blick in Vangas Richtung, doch es war schwer zu entscheiden, ob er seinen Beobachter bemerkt hatte.

Vanga war von zwiespältigen Empfindungen erfüllt. Das also war aus Michelangelo Merisi geworden, dem vielgelobten und vielgeschmähten Maler, den man immer häufiger auch Caravaggio nannte. Nach seinem lombardischen Heimatort, aus dem auch Vanga stammte. Wo war der jugendliche Feuerkopf und heißblütige Weltumstürzler von früher? Im Laufe von wenigen Jahren hatte das Leben seinen Freund Michele drastisch gezeichnet. Gier? Schmerz? Bitternis? Nur eine Andeutung in Haltung und Bewegung kündete noch immer von der alten Energie und Leidenschaft. Dünne Haut und empfindliche Nerven. Und eine raue Schale.

Abwehr, dachte Vanga. Um weniger verletzbar zu sein.

Er trank nur wenig und wartete. Jetzt würde es nicht mehr lange dauern …

Es war schon finster, als es an Ginas Tür klopfte. Sie war auf demselben Weg auf Olimpias Anwesen zurückgekehrt, wie sie es verlassen hatte: über die Gartenmauer. Sie hoffte, dass keiner sie klettern gesehen hatte und niemand ihre Ausrede überprüfen würde. Von dem Abenteuer im Palazzo Farnese war sie erschöpft und verängstigt. Umso mehr, weil sie einfach nicht verstand, weshalb sie dorthin geschickt worden war.

»Ich bin es«, klang es vom Gang herein. Die Stimme des Küchenmädchens.

»Warte!«, rief Gina.

Sie lag noch immer angekleidet auf ihrem Bett, von all jenen quälenden Gedanken gepeinigt, in die sie sich mehr und mehr verstrickte. Zögernd öffnete sie die Tür. Das Mädchen starrte ihr herausfordernd ins Gesicht.

»Die Herrin will Euch sehen!«

Gina stutzte über die respektvolle Anrede. Euch! So hatte noch niemand im Palazzo sich ausgedrückt. Andererseits hatte sie eine Kammer für sich allein, während die meisten anderen zu mehreren hausten, was wiederum seltsam war, wenn man bedachte, dass viele Räume im Palazzo leer standen und verschlossen waren. Beispielsweise schlief das Dienstmädchen zusammen mit der Waschmagd in einem Verschlag neben der Küche, und die Köchin hatte ihr Bett vor der Speisekammer.

Wie auch immer! Wahrscheinlich gab es beim Personal keinen Zweifel mehr über ihre Beziehung zu Olimpia. Auf jeden Fall brauchte sie sich nicht zu wundern, wenn man ihr im Haus mit Unsicherheit begegnete.

»Ich weiß schon«, sagte sie und fügte überflüssigerweise hinzu: »Ich kenne den Weg.«

Sie ging den Korridor entlang und stieg die große Treppe hinauf, die nur von einigen Kerzen spärlich erleuchtet wurde, was eine fast geisterhafte Wirkung schuf, die einen leicht einschüchtern konnte. Die Tür zu Olimpias Salon war nur angelehnt. Gina drückte sie etwas weiter auf und wand sich geschmeidig hindurch.

»Du windest dich rein wie eine Schlange«, sagte Olimpias Stimme. Sie hatte einen Platz hinter einem Stellschirm gewählt, der es ihr erlaubte, den Raum zu überblicken, ohne selbst sofort gesehen zu werden.

Auch hier war es dunkel. Nur ein Kandelaber warf flackerndes Licht, und in einem Räucherbecken mit durchbrochen gearbeitetem Metalldeckel glomm es von kostbaren, stark duftenden Substanzen, ein schwerer, fremdartiger Geruch. Sonst schien alles, was für den hohen Herrn arrangiert worden war, bereits wieder abgeräumt zu sein. Keine gedeckte Tafel mehr, keine Speisen oder Getränke. Schade eigentlich …

Gina überwand ihr Zögern und platzte sofort mit der Frage heraus, die ihr auf der Zunge lag: »Er ist wieder fort?«

Olimpia lachte gekünstelt. »Glaubst du, sonst würd ich dich rufen lassen? Nein!« Ihr Ton wurde hart: »Und du solltest dir verflixt noch mal auch keine Gedanken über ihn machen. Wann wirst du das begreifen? Er wünscht, unerkannt zu bleiben, wenn er herkommt. Mehr geht dich nichts an.«

»Dann kennt ihn keiner im Haus?«

Wider Erwarten ging Olimpia ohne Wutanfall auf die Frage ein. »Nein. Es kennt ihn keiner. Und so muss es auch bleiben.«

»Außer dir.«

»Außer mir natürlich, kleiner Dummkopf. Er kommt maskiert und bleibt nur in den Räumen, wo er mit mir alleine ist. Er hat seine eigenen Diener, aber meistens übernehme ich das Bedienen für uns.« Sie schilderte das mit einem gewissen Stolz. »Alles wird bestens vorbereitet. Er kündigt sich immer vorher an. Und zu denen, die ihn begleiten und die seine Sänfte tragen, hat hier niemand Kontakt.«

Wenn du dich da nur nicht täuschst!, dachte Gina, aber sie sagte: »Und wenn es etwas zu regeln gibt?«

»Zu regeln? Das regele ich.«

»Und bevor du …«

Olimpia verstand diesen Einwurf zweifellos absichtlich falsch. »Pah!«, zischte sie. »Ich weiß sehr gut, dass ich nicht die Erste bin, der er dieses Haus unterstellt. Aber nach mir wird er keine andere mehr wollen, das kannst du mir glauben.«

»Was ist aus denen geworden – denen von vorher?«

Olimpia machte eine Kunstpause und winkte ihre Schwester neben sich, in die weichen Polster.

»Die waren dumm«, erklärte sie nun vertraulich. »Die haben nicht verstanden, wie man einen Mann fesselt.«

Etwas an diesem Thema gab Gina ein unbehagliches Gefühl. Vielleicht war es die Inkonsequenz ihrer Schwester, die erst jede Auskunft verweigerte und dann erstaunlich bereitwillig zu plaudern begann.

Bist du dir sicher?, dachte sie. Und bist du wirklich so klug, wie du denkst?

Sie wusste, dass sie die Schwester herausforderte, aber sie konnte der Versuchung nicht widerstehen, noch ein bisschen weiter nachzuforschen. Allerdings änderte sie die Richtung ihrer Fragen.

»Er hat wohl Mittelsmänner, die für ihn handeln?«

»Ein Advokat erledigt das ein oder andere. Wer will, kann vieles arrangieren in dieser Stadt …«

Dabei überreichte Olimpia der Jüngeren einen geschliffenen Pokal, in dem es dunkelrot glänzte. Gina schnupperte den schweren Duft der Flüssigkeit und nippte vorsichtig daran. Es war zweifellos ein kostbarer Wein, ganz etwas anderes als das, was man in der Alltagswelt draußen zu trinken bekam. Er schmeckte ihr – und auch wieder nicht. Er war fast ölig, das ließ sie an – Blut denken. Und fast hätte sie sich verschluckt, denn ihre Schwester beugte sich mit einer heftigen Wendung zu ihr herüber und stieß mit ihrem spitzen Fingernagel beinahe in ihr Gesicht.

»Und Schluss jetzt!«, zischte sie. »Versuch nur ja nicht, mich auszuhorchen!«

»Ich wollte doch nur …« Der Wein brannte in der Kehle.

»Schon gut. Ich verstehe. Aber Neugier ist eine Todsünde. Weißt du das nicht?«

Nein, das hatte Gina noch nie gehört, und sie bezweifelte auch, dass es stimmte, aber sie verkniff sich jeden Protest. Zumal sie Olimpia ansah, dass die mit ihrer Predigt noch nicht fertig war. Vorerst jedoch schien die Ältere wieder verträglich gestimmt zu sein. Sie strich über Ginas Locken und sagte gönnerisch: »Du solltest mehr auf dein Haar achten. Alles strähnig und zerzaust. Man wird dir Kämme und Bürsten geben. Ich mag nicht, dass du aussiehst wie eine Zigeunerin von der Straße.«

Gina blieb stumm und trank noch einen Schluck. Der Wein schmeckte ihr allmählich besser. Aber kaum wunderte sie sich über die friedliche Anwandlung ihrer Schwester, da führte Olimpia einen neuen Vorstoß: »Wo warst du eigentlich am Nachmittag? Raus damit!«

Vor Schreck verschluckte Gina sich nun wirklich. Das Husten und Keuchen verschaffte ihr zugleich eine Gelegenheit zum Überlegen.

»Glaub ja nicht, dass ich irgendetwas nicht erfahre«, keifte Olimpia. »Die Wände haben Augen, merk dir das!«

Gina krächzte erbärmlich. Doch die glitzernden Augen ihrer Schwester verrieten nicht einen Funken Mitleid. Gerade als das Mädchen Atem fasste, um irgendeine Antwort zu stammeln, kam eine weitere Attacke. »Läufst irgendeinem Scheißkerl hinterher, nicht wahr? Juckt das Fell? Du wirst schon sehen, was du davon hast. Na gut, warum soll es dir besser gehen als andern.«

Jählings vom Zorn gepackt, brachte Gina heraus: »Gerade du musst –«

Dann brach sie ab. Wohin sollte diese Auseinandersetzung führen? Sie kannte ihre Schwester allzu gut. Es hatte keinen Sinn, sie zum Äußersten zu reizen. Aber seltsam: Plötzlich schwieg Olimpia, als habe sie vergessen, was sie hatte sagen wollen. Oder als verliefen ihre Gedanken plötzlich in gänzlich anderen Bahnen. Sie schien zu grübeln. Dann lehnte sie sich zurück, und dabei zuckte sie zusammen, wie jemand der einen heftigen Schmerz empfindet. Sie biss sich auf die Lippen und setzte sich wieder gerade.

Was ist nur los mit ihr?, dachte Gina, und ihr wurde eisig

kalt dabei. Zugleich wartete sie mit Unruhe auf den Moment, in dem die andere aus der Benommenheit aufwachen und erneut ihre Krallen zeigen würde.

Er kam rascher, als sie gedacht hatte.

»Wie ich höre – hast – du …«, sagte Olimpia und zog die Worte beiläufig in die Länge, während sie mit der Spitze ihres kleinen Fingers in ihrem Glas herumfuhr, um irgendetwas aus dem Wein herauszufischen, ein Bröckchen Kork vielleicht oder eine tote Fliege. Dann brachte sie den Satz mit überraschender Heftigkeit zu Ende: »… dich in Trastevere herumgetrieben und bist der Alten nachgekrochen!«

Gina erschrak.

»Nun, was ist damit?«, fauchte Olimpia.

»S-Sie war nicht da … Ich mach mir Sorgen …«

»Schnickschnack! Was geht es dich an!«

»Sie ist … Die Nonna … Sie ist auch deine Großmutter trotz allem …«

»Ja, ja! Trotz allem!«

»Sie ist verschwunden.«

»Verschwunden? Der Teufel wird sie geholt haben. Er mag sehen, was er davon hat!«

»Versündige dich nicht!«

»Sünde? Sie ist die Sünderin. Wenn ich dir erzählen würde, was sie alles auf dem Gewissen hat! Sie kümmert mich einen Dreck, die alte Hexe! Sie hat es mit mir verdorben auf alle Zeit!«

»Aber sie ist –« Um ein Haar hätte Gina preisgegeben, dass sie wusste, wo die Nonna gefangen gehalten wurde. Damit hätte sie auch verraten, was sie mit dem Tenente zu tun hatte, also dass sie dabei war, etwas auf sich zu laden, das Olimpia vermutlich noch schärfer verurteilen würde als einen Kontakt mit der Nonna. Doch sie durfte wieder einmal nicht ausreden. In diesem Fall ein Glück.

»Na und?«, schnitt Olimpia ihr das Wort ab. »Die schert sich nicht *so viel* …«

Mit einer ausfahrenden Bewegung setzte sie an, ihrer Schwester zwischen zwei Fingern zu zeigen, wie winzig das Interesse der Alten am Wohlergehen ihrer Enkeltöchter sei. Herausfordernd beugte sie sich vor, und dabei verrutschte ihr Schultertuch, das sie, wie Gina dachte, der nächtlichen Kühle wegen trug. Ihr nackter Oberarm leuchtete im Kerzenschein.

»Was ist denn das?«, entfuhr es Gina, und ihre Augen wurden groß.

Über die zarte Haut der Schwester, die so viel heller war als die eigene, liefen dunkle rote Linien, einige davon blutig, als wären sie frisch aufgeplatzt, andere bereits verschorft. Das sah aus wie die Striemen einer brutal geführten Rute. Gina sprang auf und erblickte nun auch einen Teil des Rückens, den ihre Schwester nicht rasch genug wieder bedecken konnte. Dieselben Male auch dort! Sogar noch viel schlimmer …

»Guck weg!«, fauchte Olimpia, aber Gina schaffte es nicht.

»Ist das von *ihm*?«, keuchte sie. »Tut *er* so etwas?«

Mit Hast wurde die Blöße wieder verhüllt.

Mit eisiger Drohung kam die Stimme der Älteren: »Vergiss auf der Stelle, was du … Du wirst es vergessen, hörst du? Sonst vergesse ich, dass du meine Schwester bist!«

Nachdem Vanga Muße gehabt hatte, die Männer am gegenüberliegenden Tisch und besonders den Gast in ihrer Mitte möglichst unauffällig zu beobachten, erschien ein neues Gesicht im Raum. Ein kräftiger Mann mit einem dichten tiefschwarzen Bart, der ihm fast bis an die Augen wucherte. Es war derselbe, der bei den Hahnenkämpfen als Zeremonienmeister das Wort geführt hatte. Nun war das blutige Schauspiel zu Ende, und der Lärm, den es erzeugt hatte, war abgeflaut.

Der Schwarzbärtige ließ den Blick schweifen. Es war ihm keine bestimmte Absicht anzumerken, dennoch lag in seiner Haltung etwas Lauerndes. Da passierte es schon! Er stieß gegen das ungeschickt ausgestreckte Bein eines der jungen Zechkumpane, verzog ärgerlich das Gesicht und versetzte dem Burschen einen heftigen Tritt. Der kreischte auf, verlor das Gleichgewicht und stürzte der Länge nach hin. Ein Krug ging zu Bruch, und zorniges Stimmengewirr brandete auf. Schwarzbart entblößte die Zähne zu einem spöttischen Grinsen. Die Szene machte ihm augenscheinlich Spaß, und er blickte herausfordernd um sich. Aber Vanga beobachtete nicht ihn, sondern den düster blickenden Mann gegenüber: Caravaggio. Der nahm das Geschehen anfangs offenbar gar nicht wahr. Dann aber zogen sich seine Brauen zusammen, und seine Augen verengten sich zu Schlitzen. Ein gereiztes Knurren drang aus seiner Kehle, und er packte mit beiden Händen die Kante der Tischplatte.

Oh, ja! Schnell erregt und jähzornig war er schon früher gewesen.

»Das Grinsen wird dir gleich vergehen!« Das war gebrüllt, und nun war auch zu spüren, dass der Wein dem Mann die Zunge schwer machte. Seine Kraft und Beweglichkeit blieben jedoch ungebrochen. Die Gefährten versuchten ihn zu beruhigen, hielten ihn sogar fest, aber er schüttelte sie ab wie ein Eber die Hunde und sprang auf. Dabei stemmte er den schweren Tisch mit einem Ruck empor und kippte ihn um. Geschirr und Kerzenleuchter fielen scheppernd zu Boden. Plötzlich war es fast völlig dunkel, und Rauch drang Vanga in die Augen. Aber das Dröhnen heftiger Schläge verriet, dass sein Gegenüber ein Ziel für seine Fäuste gefunden hatte. Im Nu war eine allgemeine Schlägerei im Gange. Die eleganten Jünglinge zogen sich rasch zurück, doch Merisi behauptete seinen Platz.

Vanga erhob sich und tappte auf den Streitlustigen zu.

Einen Augenblick lang standen sie sich im Halbdunkel gegenüber. Rechts und links tobte der Kampf. Jemand schwenkte eine Fackel, und das Licht zuckte einmal über das Gesicht des Malers, bevor es wieder Vanga in die Augen stach.

»Was starrst du mich an?«, knurrte Merisi.

Wenn er sein Gegenüber erkannt hatte, dann ließ er nichts davon merken. Wahrscheinlich aber war er sich noch immer nicht im Klaren, wen er da vor sich hatte. Schließlich lag alles Jahre zurück! Und doch: Etwas musste auch an Vanga wiederzuerkennen sein und wenigstens die Spur einer Erinnerung wecken. Gerade genug, um zu reizen und Abwehr zu erzeugen.

»Ich red mit dir!«, schrie Caravaggio.

»Meint Ihr mich?«, gab Vanga zurück. »Was wollt Ihr von mir?«

Seine Gelassenheit brachte den anderen vollends aus der Fassung.

»Halt mich nicht zum Narren!«, brüllte er. »Ich spür es schon die ganze Zeit!«

»Ihr irrt Euch!«

»Ich lüge also?«

»Ihr irrt Euch, lasst mich …«

Merisi stolpert zwar, fängt sich aber sofort und dringt blitzschnell mit beiden Fäusten auf Vanga ein. Der weicht einen Schritt zurück, aber da hat der andere ihn schon an der Kehle gepackt und beginnt, ihn zu würgen. Bestialische Wildheit im Gesicht!

»Michele …«, Vanga versucht sich loszumachen. Der Weinatem des anderen trifft ihn wie eine Dampfwolke. Beide taumeln in wütender Umschlingung gegen die Wand, Vanga voran und mit solcher Heftigkeit, dass er glaubt, alle Rippen seien gebrochen. Er ringt nach Atem, windet sich frei und stößt den Angreifer mit beiden Fäusten vor die Brust – so stark er kann.

Caravaggio taumelt, eine Bank stürzt um, und beide verlieren das Gleichgewicht. Aber sie raffen sich wieder auf. Der Maler senkt den Kopf und stürzt gegen Vanga vor wie ein Stier. Der prallt gegen ein Holzregal in seinem Rücken, das mit Donnergepolter zerbricht. Ein Krug bleibt ihm in der Hand. Mit voller Wucht schmettert er ihn dem Gegner auf den Schädel. Alle Kerzen ringsum sind erloschen, aber der Kampf geht im Dunkeln weiter. Vanga weiß nicht mehr, was er tut. Sein Körper macht sich selbständig und befolgt ganz von selbst, was er vor langer Zeit gelernt und nie vergessen hat. Die Hände und Füße zucken vor und zurück. Er teilt Stöße und Hiebe aus, schneller, als man denken kann. Ein entfesselter Tanz! Da trifft ein Schlag mit der Schmalseite der Hand Caravaggio an der Schläfe. Mit einem Stöhnen geht der Maler zu Boden. Inzwischen hat auch der Wirt, ein untersetzter, glatzköpfiger Kerl, mit einem Knüppel bewaffnet, in die Schlacht eingegriffen, und all die Raufbolde, die er unter seinem Kommando hat, stürzen sich grölend ins Getümmel, begeistert über diese Gelegenheit. Von den Gefährten seines Gegners sieht Vanga nichts mehr. Auch nicht von dem Schwarzbärtigen, der das Ganze ausgelöst hat. Sein Kopf dröhnt von einem überraschenden Schlag, so dass er kaum noch wahrnimmt, was mit ihm geschieht.

Irgendwie gelangte er ins Freie. Er spürte die kalte Luft, das Pflaster stürzte ihm entgegen, und er landete auf allen vieren in einer übel riechenden Pfütze. Vorsichtig tastete er umher, emsig bemüht, sich klar zu werden, wo oben und wo unten war … Aber tief in seinem Hirn hämmerte der Gedanke: Jetzt pack ihn dir, sonst war alles vergeblich!

Da prallte ein zweiter Körper neben ihm in den Dreck, wälzte sich stöhnend auf den Rücken und rührte sich nicht mehr.

»Michele?«, fragte Vanga.

Nur ein Grunzen.

»Michele, bist du es?«

»Ähhh – du kennst meinen Namen?«

»*Porcellone*, du lebst also noch.«

»*Dreckschwein?* So reden nur meine Freunde mit mir! Verdammt, ich blute! Du hast einen ganz gemeinen Schlag.«

»Wir *sind* Freunde – oder jedenfalls waren's wir mal.«

»Wir? Ich kenn dich nicht.« Der Maler bäumte sich auf, und einen Augenblick lang flackerte erneut der wilde Ausdruck über sein Gesicht. Doch dann ließ er sich zurückfallen und knurrte gepeinigt: »Wo hast du Hund gelernt, mit Händen *und* Füßen zu kämpfen?«

»Du bist Michelangelo Merisi«, sagte Vanga. »Wer dir wohlwill, nennt dich einen Maler. Das bin ich auch mal gewesen – oder wenigstens hab ich's versucht …«

Merisi kroch ein Stück näher und starrte Vanga ins Gesicht. Er schnaufte empört und wischte sich über die Stirn. »Verdammt gemeiner Schlag. Hm. Berto, nicht wahr? Hab ich mir doch gleich gedacht. Bertoldo der Einfaltspinsel … damals, bei Meister Peterzano.«

»Wir haben uns auch hier in Rom getroffen.« Warum nur konnte Vanga nicht glauben, dass der andere wirklich so betrunken war, wie er tat?

»Mit was geb ich mich ab?«, knurrte Caravaggio. »Hundesohn! Dich speit die Hölle aus!«

Vanga musste über die Ernsthaftigkeit im Ton lachen. »Selber Hundesohn! Hast es nicht besser verdient.«

»Ja, ja. Schon gut. Hilf mir hoch! Wo sind meine Freunde?«

»Die haben es eilig gehabt. Schöne Freunde!«

Merisi stieß einen gotteslästerlichen Fluch aus und stützte sich auf Vanga.

»Weißt du was?«, brummte er dann. »So hat mich nichts mehr erwischt seit – seit mich damals das Pferd getreten hat.«

Jetzt lachten sie beide.

Der Maler knuffte Vanga in die Rippen, da wo es besonders wehtat. »Wir wollen noch einen trinken«, schlug er vor. »Aber wo gehen wir hin?«

»Dieser Wirt kommt nicht infrage«, entschied Vanga. »Der hat bei mir verschissen. Sein Wein ist gepantscht, und er hat ein Stuhlbein unter der Theke, das er seinen Gästen über den Kopf schlägt.«

»Das wird er bereuen«, versprach Merisi. »Aber: Ich weiß schon, wo wir hingehen. Komm mit, wir wollen reden – wie alte Freunde …«

Bei diesem Wort hielt der Maler plötzlich inne. Für kurze Zeit war seine Miene fast heiter gewesen, obwohl ihm Blut von der Stirn sickerte. Doch schon legte sich erneut ein Schatten über Caravaggios Gesicht. Das Visier wurde wieder zugeklappt.

Michele, mitten im Leben bist du in einen dunklen Wald geraten …

Der Maler wehrte die Hand ab, die ihm helfen wollte.

»Was willst du von mir?«, fragte er, die Augen halb zugekniffen. »Du bist doch hier nicht durch Zufall aufgetaucht. Spuck es aus: Was willst du?«

Er stützte sich auf Vangas Schulter, holte aus und stieß ihn heftig vor die Brust. Der Getroffene wäre fast von neuem lang hingeschlagen. Aber er rettete sein Gleichgewicht, schüttelte den Kopf – und schwieg. Was hätte er sagen sollen?

Das Misstrauen des anderen war wieder wach. Jedes Wort konnte es nur schlimmer machen. Auch fühlte Vanga sich nicht im Stande, noch so einen Stoß auszuhalten. Die Begegnung war bei weitem heftiger abgelaufen, als er geplant hatte. Dennoch kannte er den anderen gut genug, um zu wissen: Wenn es überhaupt eine Möglichkeit gab, wieder Kontakt zu seinem Jugendfreund zu finden, dann nur auf diesem Weg.

Tatsächlich holte der Maler tief Luft und schien sein Misstrauen vergessen zu haben. »Bist ein Teufel«, brummte er. »Mut wie früher. Vielleicht sollten wir reden, irgendwann …«

Der Mann im schwarzen Umhang trat aus dem Schatten in die Mitte der Gasse. Das spärliche Licht würde sein Gesicht unter der Kapuze dennoch nicht erreichen. Daher war es eigentlich überflüssig, dass er eine Maske trug. Oder auch nicht. Es gab immer neugierige Leute mit scharfen Augen, ganz besonders hier …

Und da war etwas, das ihn beunruhigte. Etwas war anders als sonst. Er hatte es sofort gespürt, als er das Viertel betrat. Die Huren verhielten sich ungewöhnlich. Sie standen nicht verstreut, jede an ihrem Platz, sondern immer zu mehreren beieinander, und diese Grüppchen hielten sich näher am Licht. Auch waren sie weniger zahlreich als üblich; dafür gab es viel mehr Fackeln und Laternen.

Während früher die Zuhälter kaum in Erscheinung getreten oder wenigstens im Hintergrund geblieben waren, sah man sie jetzt überall. Und sie trugen Waffen. Dolche und sogar Degen, obwohl das eigentlich dem Adel und den Stadtwachen vorbehalten war.

Die Gasse erweckte den Eindruck von kampfbereiter Wachsamkeit. So war das also. Sie hatten nun doch begriffen, was vor sich ging! Lange genug hatte dieses tumbe Volk dafür gebraucht.

Der Mann stand still, als warte er auf ein Zeichen. Er spürte den breiten Gürtel, den er um seinen Leib geschnallt hatte, den Gürtel, an dem sein sorgfältig geschliffener Dolch befestigt war, und die Tasche, die Papier und Kreidestifte enthielt. Und dann war da noch die Kapsel mit dem Gift an ihrem ganz speziellen Platz.

Er fühlte die Verkrampfung seiner Hände, die unter dem

weiten Mantel darauf warteten, tätig zu werden. Jeder Finger, jeder außer *einem*, steckte in einer Hülse aus Leder und Metall. Daran saßen lange stählerne Klauen, gebogen und spitz wie die Krallen einer Raubkatze und scharf wie Rasiermesser. Durch diese Bewehrung verwandelten seine Hände sich in die Pranken einer unbesiegbaren Bestie.

Und diese Bestie wartet darauf, dass ihre Stunde kommt. Dass sie *wiederum* kommt …

Lärm schlägt aus einer Spelunke, die Tür fliegt auf, und es fällt ein unerwarteter Lichtschein auf den Mann. Ehe er einen Schritt zur Seite tut und geschmeidig in den Schatten zurückweicht, ist sein maskiertes Gesicht für einen Augenblick zu sehen.

Dies ist *nicht* seine Stunde, das spürt er sehr deutlich. Auch wenn dies die Nacht ist, für die er sich entschieden hat.

Vollmond.

Aber das wird ihn nicht ins Wanken bringen. Seiner Klugheit gehorchend, wird er sich entziehen und einen anderen Plan fassen. Es gibt so viele Gelegenheiten. Wenngleich es seine Wut anstachelt, warten zu müssen …

Er hält den Atem an und spürt Gefahr. Gefahren weiß er zu meiden. Langsam zieht er sich zurück. Nur jetzt keinen Fehler! Unbemerkt wird er den Schauplatz verlassen.

Oder ist es dafür schon zu spät?

Die Huren, die da mit entblößtem Busen ins Freie getaumelt sind, scheinen zwar vom Alkohol berauscht zu sein, aber ihre Angst und ihr Argwohn sitzen tief.

»He, schaut mal!«, kreischt es. »Was ist denn *das* für einer?«

Eine der Schlampen löst sich von den anderen und stürzt auf die dunkle Gestalt zu. Weit aufgerissen die geschminkten Augen. Der Mann versucht, sich abzuwenden. Aber sie hat ihn schon am Zipfel seines Umhangs gepackt! Da schießt die Krallenhand vor. Die Hure stößt ein schrilles Geheul aus.

Der Mann, den sie Satans Schwarzen Engel nennen, stürzt in die Nacht davon. Hinter ihm Fußgetrappel und Stimmengewirr.

»Da rennt er, der Teufel!« – »Schlagt ihn tot!« – »Lasst ihn nicht entkommen!«

Doch der Eifer der Verfolger übertrifft ihren Verstand. Nach kurzer Zeit haben sie ihren Feind aus den Augen verloren.

Der Mann steht in der Finsternis, gut verborgen hinter einem Mauerpfeiler, ein sardonisches Grinsen im Gesicht.

Die Suche geht in eine andere Richtung. Die Stimmen entfernen sich. Wie haushoch ist er ihnen überlegen!

Geschickt streift er die Klauen von den Fingern – ausgenommen nur der mit dem Ring! – und lässt sie in die mit Eisen verstärkten Lederhüllen gleiten, wie er es sonst erst zu tun pflegt, wenn sein Werk vollbracht ist und er den Zeichenstift führen will.

Diese Narren! Sollen sie sich ruhig in Sicherheit wiegen!

Er ist bereit ...

Gina blies die Kerze aus. Für jede Nacht wurde ihr nicht mehr als eine zugestanden, und das war sogar nur ein Stummel, vielleicht eine Daumenbreite lang. Was davon noch übrig war, wollte sie aufsparen. Wenn sie den letzten Rest verbrauchte und danach nicht schlafen konnte, war sie gezwungen, im Dunkeln zu liegen.

Im Dunkeln lag sie freilich auch jetzt, aber das war etwas anderes. Da sie noch über Feuerstein, Eisen und Kerze verfügte, war sie besser dran. Auf diese Weise blieb ihr die Möglichkeit erhalten, wieder Licht zu machen, für den Fall, dass es ganz unerträglich wurde. Das wäre dann zwar auch nur für kurze Zeit. Aber schon diese Gewissheit ließ die Nacht weniger bedrohlich erscheinen.

Oh ja: Es würde wieder eine dieser Nächte werden, in denen sie keine Ruhe fand – wie so oft in letzter Zeit. Vorhin hatte noch der Vollmond ins Fenster geschienen. Jetzt strömte Regen herab, von stürmischen Böen dahingetrieben. Gina lauschte auf das Rauschen und Prasseln. Morgen würde die Köchin sie wieder herumschubsen und alle möglichen Vermutungen über die schwarzen Ränder um ihre Augen anstellen. Zum Glück ist meine Haut dunkel genug, dachte Gina, dass sie nicht so sehr auffallen.

Das erinnerte sie an Olimpia. Es war, als höre sie die Stimme der Schwester, scheinheilig bis zum Äußersten: Ach, meine Liebe! Jeder sieht dir an, dass unsere Mutter, Gott erhalte sie selig, zum Schluss ihren Stolz ganz vergessen hat. Da war sie wohl gar nicht mehr wählerisch. Sie muss etwas mit einem Neger gehabt haben! Wer weiß, was sie *dazu* bewogen hat!

Mochte sie doch ruhig ihre Witze machen. Dafür bin ich nicht Sklavin eines Herrn, der mir die Haut vom Leibe schindet!

Dieser Gedanke war erst recht qualvoll. Er legte Eis um ihr Herz.

Ich will zur Madonna beten!, dachte Gina.

Ave Maria gratia plena …

Hilf mir heilige Muttergottes!

Hilf mir, damit ich weiß, was ich tun muss, wenn dieser Cecco wieder seine dreckige Hand nach mir ausstreckt.

Hilf mir, einen Weg zu finden, wie ich die Nonna aus dem Kerker befreie, ohne dass ich dafür meine Seele aufs Spiel setzen muss!

Hilf mir, zu ertragen, was mit meiner Schwester geschieht …

DRITTER TEIL: CASTEL SANT' ANGELO

Welche Masse an Menschen! Und was für ein Geruch von ihnen ausging! Vanga verhielt seinen Schritt, als er die lange Straße vom Lateran zu Santa Maria Maggiore erreichte. Es war nun wirklich Frühling, und die Zahl der Pilger, die in die Stadt strömten, war erdrückend. Sie wuchs mit jedem Tag. Wer in Sankt Peter gebetet hatte, machte sich auf den Rundweg zu den sechs anderen Hauptkirchen von Rom. In diesem Stadium ihres Besuches mieden die frommen Scharen gewöhnlich die Enge der Altstadt und zogen stattdessen am Tiber entlang und durch Trastevere, bevor sie den Fluss überquerten und sich auf das alte päpstliche Zentrum von San Giovanni in Laterano zubewegten. Später, wenn sie die Gebete an der Scala Santa hinter sich hatten, waren viele von ihnen der Erschöpfung nahe. Bei dem Gedanken an die vielen weiteren Orte des Heils, die noch auf sie warteten, wurden ihre Beine schwer, aber derselbe Gedanke richtete sie auch wieder auf. Mancher hatte wunde Füße, die nicht selten nur mit blutigen Lappen umwickelt waren. Wenn es wie diesen Morgen geregnet hatte, waren die Kutten und Pelerinen bis über die Hüften mit Schlamm und Kot besudelt. Nun aber brach die Sonne durch, und ein Aufatmen ging durch die Menge. Ein stämmiger Greis riss sich den Schlapphut vom Kopf und brach in verzückte Rufe aus. Sein Blick war ekstatisch zum Himmel gerichtet. Beinahe hätte er Vanga über den Haufen gerannt. Eine Frau schleppte ein Kind auf dem Rücken und zerrte zwei weitere hinter sich her. Alle hatten Ausschlag im Gesicht, der dick verschorft oder blutig gekratzt war. Zwei Krüppel bewegten sich halb kriechend vorwärts und murmelten aus zahnlosen Mündern inständig Gebete. Das nahm Vanga zumindest an. Sie sprachen eine fremde Sprache wie viele, die sich kreuz und quer durch die Stadt von Heiligtum zu Heiligtum drängten. Kommt alle, die ihr mühselig und beladen seid!

Dieser unendliche Strom von Leid- und Hoffnungsträgern wälzte sich hier draußen durch das kaum bewohnte Trümmergelände der antiken Stadt. Bröckelnde Ruinen, teils von gigantischem Ausmaß, überwuchert von Gestrüpp. Daneben Flächen morastiger Öde. Dann wieder Weingärten in üppigem Grün. An manchen Stellen fanden sich neue Behausungen: Häuser und Hütten, Ställe und Werkstattschuppen und hier und da herrschaftliche Villen, die in dieser Umgebung besonders hervorstachen.

Der Wind trieb zerschlissene Wolken vorüber. Mehr und mehr kam blauer Himmel zum Vorschein. Sein Glanz spiegelte sich in den schmutzigen Pfützen. Die Wärme nahm zu und brütete Dunst, Gestank und Mückenschwärme aus.

Vanga schritt verbissen dahin. Die Beulen und Schrunden, die er sich am vergangenen Abend im Kampf mit Caravaggio zugezogen hatte, brannten und juckten. Ein Auge war übel geschwollen. Hol's der Teufel!, dachte er. Am Mittag musste er sich beim Kardinal Crispiani zeigen, wenn er nicht wieder einmal Cecco das Feld überlassen wollte.

Aber bis dahin war es noch lang.

Zu beiden Seiten des Weges reihten sich Zelte und Buden aneinander, in denen Händler alles anboten, was Pilger benötigten – und was sich nicht alle von ihnen leisten konnten: überteuertes Backwerk und Getränke zur Stärkung des

Körpers, für die der Seele manch anderes wie Kruzifixe aus Blei oder Zinn, Rosenkränze, Amulette und Heiligenbildchen. Viele Gläubige erwarben Abzeichen, die man am Hut oder am Kragen befestigen konnte. Mancher trug bereits Dutzende dieser Trophäen mit sich herum.

An einem Stand gab es nichts anderes als Nachbildungen des Ablass verheißenden Bildes aus Santa Maria in Gerusalemme: der Schmerzensmann, gemalt, gedruckt und aus Blech gestanzt. Bedarf dafür herrschte nach wie vor, obwohl das Tridentinum einiges am Ablasswesen geändert hatte. Ein Triumph für die Ketzer, dachte Vanga nicht ohne Häme.

»Gut gegen jedes Übel! Krankheit, üble Nachrede und den bösen Blick.«

Ein besonders eifriger Händler, der offenbar auch Vanga für einen Pilger hielt, wollte ihm ein Amulett aufdrängen, das aus mehreren verschlungenen Symbolen bestand, die in die Form einer geöffneten Hand gestaltet waren.

»Das Ding erfüllt euch alle Wünsche!«

»Was ist mit dem Tripper?«

»Gewiss doch!«, plärrte der Mann und löste bereitwillig ein Exemplar aus seinem Bündel.

»Dünnschiss?«

»Alles, was Euch einfällt!«

»Kommt nicht infrage. Das will ich beides nicht haben.«

Vanga grinste, während er weiterging.

Der gefoppte Händler schwieg zuerst, weil er über den Gang des Gesprächs nachdenken musste, und brach dann in wüste Beschimpfungen aus.

Doch eigentlich war Vanga gar nicht heiter zumute. Er hatte ein Problem zu lösen.

Nur eines? *Porca miseria!* Dann wäre er fein heraus! Das bedrängendste war zweifellos das Rätsel um den sogenannten

Schwarzen Engel. Der Hurenmörder. Wer in aller Welt war dieses Ungeheuer? Ein fehlgeleiteter Moralist? Ein Wahnsinniger? Der Satan in Person, wie manche zu wissen glaubten? Nach wie vor tappten alle, die sich mit dem Fall herumschlugen, hoffnungslos im Dunkeln.

Wäre da nur nicht auch noch der Druck von Kardinal Santerra …

Dabei blieb Vanga völlig unklar, was für Motive den Kirchenfürsten antrieben. Und warum hetzte er seinen widerwilligen Gefolgsmann ausgerechnet auf den Maler Merisi? Ich werde herumgezerrt wie ein Hampelmann, dachte Vanga. Am übelsten von seiner Eminenz. Über die wahren Gründe kann ich nur Vermutungen anstellen. Aber wie wehrt man sich gegen einen Herrn wie Santerra?

Und dann der Auftrag der Contessa in Schwarz. Die Sache mit dem geheimnisvollen Bruder und den viel zu spärlichen, dafür aber äußerst seltsamen Hinweisen, die nicht zueinander passen wollen. Auch da kaum Fortschritte! Wenn man von den beunruhigenden Hinweisen absah, die man ihm hier und da zugesteckt hatte, allesamt eher haarsträubend als glaubwürdig. Jeder Idiot schien mehr zu wissen, als er zugab. Vanga hielt inne. War es denn möglich, was einige munkelten: der Bruder der Gräfin – ein geistlicher Herr?

Nein. Genug davon! Viel zu vage, dieser Hinweis. Wahrscheinlich sogar eine bewusste Irreführung. Zuzutrauen wäre es einigen der Schwätzer. Den Priestern sagte man mit Vergnügen Schändliches nach – wie den Sbirren. Mancher halbverrückte Tunichtgut stiftete nur zu gern Unheil. Vanga ärgerte sich, dass er auf solche Quellen angewiesen war.

Schließlich riss er sich von diesen Grübeleien los. Sie zermürbten ihn. Schon die ganze stürmische Nacht über hatte er sich in quälenden Träumen umhergewälzt.

Was im Übrigen seine vornehme Klientin betraf, sie schien

merkwürdigerweise gar nicht erbost zu sein, dass die Suche sich hinzog. Sein Verhältnis zu ihr hatte überhaupt etwas Unwirkliches. Nur war da das Gewicht des Geldbeutels an seinem Hals. Und jede Woche ließ sie Vanga Geld überbringen, ohne Fragen zu stellen. Das war ungewöhnlich und weckte sein Misstrauen. Aber es war ja nicht das allein. Der Narbengesichtige fiel ihm ein. Wer hatte diesen Kerl ausgesandt, damit der ihm nachstellte? Und was sonst noch musste er gewärtigen? Wenn er recht darüber nachdachte, kam er sich vor wie ein Spielball fremder Interessen.

Andererseits, es gab auch Leute, auf die man sich verlassen konnte. Da war zum Beispiel *Barbanera*, der Schwarzbart, der am Vorabend die Schlacht gegen Caravaggio in Gang gebracht hatte. Ich sollte ihm den Lohn für seinen Auftritt verdoppeln, dachte Vanga. Er hat seine Sache gut gemacht. Was für ein Segen, wenn man Freunde hat!

Allerdings: Freund war vielleicht nicht das richtige Wort. Eher eine lockere Partnerschaft bei gegenseitiger Vorsicht. Wenn wir uns die Hände reichen, tut jeder gut daran, hinterher seine Finger nachzuzählen! Bei diesem Gedanken musste er grinsen, und das tat weh, weil seine Lippe aufgeplatzt war wie eine zu scharf gebratene Wurst.

Ich sollte mir einfach das Lachen verkneifen in der nächsten Zeit!

Außerdem brummte ihm der Kopf. Der Wein von gestern! Ist es schon so weit, dass ich davon nichts mehr vertrage? Nachdem ich mir das Trinken gerade erst mühsam abgewöhnt habe?

Jedenfalls ein Bruch des Versprechens, das er sich selbst gegeben hatte. Aber unumgänglich – aus taktischen Gründen sozusagen.

Ein Händler am Weg bot kleine runde Scheiben aus Pappe an, die an einem Faden hingen. Auf einer Seite prangte das

Bild einer verführerischen Frau, auf der anderen das des Teufels. Wenn dieses Gebilde auf die richtige Art in Drehung versetzt wurde, entstand der Eindruck, dass beide Bilder miteinander verschmolzen.

»Lernt was draus!«, empfahl der Verkäufer augenzwinkernd. »Wenn Ihr schon nichts kaufen wollt.«

»Klug dahergeredet«, murmelte Vanga.

Und unvermittelt, wie eben so ein närrischer Einfall kommt, schoss ihm der Gedanke durch den Kopf: Was, wenn die beiden Fälle, mit denen er sich beschäftigte, gar nicht zwei wären, sondern ein und derselbe? War es möglich, dass der Mörder aus dem Hurenviertel dieselbe Person war, welche die Gräfin als ihren Bruder suchte?

Unfug! Deine Phantasie geht mit dir durch, Junge! Pass bloß auf, dass du nicht den Verstand verlierst!

Übrigens war die Aufzählung seiner Lasten noch keineswegs vollständig. Da gab es noch dieses Mädchen. Es ging ihm nicht aus dem Kopf. Genauso wenig wie die Schwester, Olimpia, *la bella*, die ihn von sich gestoßen und trotzdem wieder Kontakt zu ihm gesucht hatte. Wenn er doch beide vergessen könnte! Aber wollte er das wirklich?

Und dann diese alte Vogelscheuche im Kerker. Er war sich inzwischen sicher, dass sie zu dem Mädchen gehörte. Die Erinnerung an die Szene des missglückten Diebstahls vor dem *Gatto Nero* stand ihm immer noch klar vor Augen. Die Alte und das Mädchen …

Ach, verdammt, was geht es mich an! All denen bin ich so gleichgültig wie nur irgendwas!

Ob es schon wieder Regen gibt? Gina fühlte noch die Wärme des Sonnenscheins auf der Haut, als über dem Gianicolo dunkle Wolken heraufzogen, beinahe untrüglich das Vorzeichen eines neuen Wolkenbruchs. Vielleicht einer wie vergangene Nacht, als das Rauschen des Regens sie nach langem Wachliegen in einen unruhigen Schlaf gelullt hatte. Fast gegen ihren Willen, denn manchmal schien es ihr, sie wolle gar nicht schlafen, weil sie sich vor den schrecklichen Traumbildern fürchtete, die sie regelmäßig heimsuchten, sobald sie die Augen geschlossen hatte.

Träume sind Narretei!, sagte sie sich. Das war ein Spruch von der Nonna. Aber was half das, wenn sie in die Finsternis dieser unbeschreiblichen Abgründe hinabgerissen wurde?

Umso mehr genoss Gina das gleißende Sonnenlicht auf den rissigen Mauern, in dem alle Buckel und jede Fuge hervortraten wie Runzeln eines verwitterten Gesichtes.

Diesmal hatte sie bei einem schmierigen Advokaten Geld abgeholt, das für Olimpia hinterlegt worden war. Ziemlich viel Geld sogar. Sie trug es an der Brust. Selbstverständlich durfte sie mit niemandem darüber sprechen.

Wofür zahlte einer solche Summen an ihre Schwester? Und warum bedurfte es der Heimlichkeit?

Es ist schmutziges Geld, dachte Gina. Vielleicht erpresst sie diesen reichen Widerling, weil sie etwas Schreckliches über ihn weiß … Und der erkauft sich ihr Schweigen – und hasst sie dafür. Es ist nicht recht, so etwas zu tun. Gefährlich ist es obendrein. Auch für mich! Gleich darauf schalt sie sich selbst wegen dieser Hirngespinste.

Da hörte sie eine Stimme, die ihr vertraut war. Aber war es ein Wunder? Wenn man durch dieses Viertel kreuzte, tauchte fast zwangsläufig irgendwo der Bugiardone auf; dick, laut und anzüglich wie immer.

Nur dass er unter die Brezelverkäufer gegangen ist, das ist was Neues.

»Püppchen«, krächzte er, »wie schön, dich zu sehen!«

»Ich freu mich auch.« Aber es klang bedrückt, und natürlich merkte er das sofort.

»Nimm eine«, sagte er. »So was ist heutzutage eine Kostbarkeit.«

Er trug einen Korb vor dem Bauch, aus dem ringsherum lange Stäbe herausragten, an denen das Backwerk aufgesteckt war.

»Hab das Ding beim Würfeln gewonnen«, plauderte er, während sie zugriff. »Bedauerlicherweise bedeutet das Arbeit, wie ich sie gar nicht mag. Bin schon ganz heiser. Noch schlimmer ist, dass ich selbst mein bester Kunde bin. Die Dinger sind rar geworden und teuer. Keiner will zugreifen. Aber ich kann einfach nicht widersteh'n.«

»Habt Ihr das je gekonnt?«

Er lachte herzhaft. »Hast Recht, mein Täubchen. Und nun heraus damit! Was kneift dich?«

Und ehe sie es sich versah, hatte Gina alles erzählt: vom Haus der Nonna, von der Bedrängung durch Hauptmann Cecco und von den finsteren Träumen, die sie quälten. Nur von Olimpia und deren Wunden sagte sie nichts.

Der Alte wiegte nachdenklich den Kopf.

»Wissen tu ich auch nichts. Drüben« – er meinte Trastevere – »bin ich lange nicht mehr gewesen. Schon seit Tagen hält man sie fest, sagst du?«

Sie spürte, wie sich ihre Kehle zuschnürte.

Er schüttelte den Kopf. »Ich werd mich ein wenig umtun. Man hört ja so dies und das. Es wird haltlos viel geredet in letzter Zeit.«

Als wäre nicht gerade er selbst ein Mensch, der sich das Reden nicht verkneifen konnte! Auch jetzt gab er sich dieser Leidenschaft hin. Er bemerkte gar nicht, wie das Mädchen schniefte.

»Hast du gehört, was alle Welt behauptet: Der Teufel sucht die Stadt mal wieder heim! Schlimmer denn je! Bei Nacht steigt das Scheusal aus den Schächten der alten Kanäle und verbreitet einen pestilenzialischen Geruch. Wenn das nicht wäre, könnte man ihn für einen vornehmen Herrn halten, heißt es. Schwarzer Umhang, Hut und Stiefel, du verstehst? Trotzdem, denk ich, ist der Böse an seinen Augen zu erkennen. Glühend wie Kohlen! Stell dir vor, er kriecht womöglich unter die Soutane eines frommen Priesters und treibt sein schamloses Wesen am Altar …« Der Alte zwinkerte vergnügt. »Und die Bockshörner verbirgt er unterm Birett – Gott verzeih mir! – wie ein Kardinal? Oh, ja, der Teufel ist eben der Teufel. Wer weiß, was er sich noch einfallen lässt?« Ein ziemlich respektloses Kichern schüttelte den fetten Wanst, so dass die verbliebenen Brezeln an ihren Stäben tanzten.

Viel zu spät bemerkte er, dass er dem Mädchen immer mehr Furcht einjagte. »He! Was heulst du denn? Weißt du nicht, dass so was Runzeln gibt? Was ich aber auch rede! Mach dir keine Sorgen um die Nonna! Die kriegt keiner jemals klein.« Er zog Gina an sich und putzte ihr mit dem Hemdzipfel die Nase wie einem Kind. »Und überhaupt: Hab keine Angst! Dem Satan musst du nur das Kreuz vor die Schnauze halten, das du am Busen trägst, lass sehen, ob es noch an seinem Platz ist …«

Sie schlug ihm heftig auf die grapschenden Finger, die schon halb in ihrem Blusenausschnitt verschwunden waren, und er freute sich, dass sie das Weinen vergaß.

»Erzähl mir was anderes!«, fuhr er fort. »Du lebst jetzt also bei deiner Schwester, nicht wahr? Das ist gut und – auch wieder nicht. Dieses Haus gehört ja wohl nicht ihr? Hä?«

Gina überhörte nicht den lauernden Unterton seiner Frage. »Ich weiß nicht, wem es gehört.«

Er wiegte den Kopf. »Das ist das Seltsame«, brummelte er. »Niemand, den ich kenne, weiß was darüber, und ich kenne weiß Gott viele Leute, die ich regelmäßig auszuquetschen versuche. Weil ich nämlich neugierig bin.«

»Ach, wirklich?«

»Aber da versteht jemand, sein Geheimnis gut zu schützen. Und das in dieser Stadt, wo die Wände Ohren haben! Und Augen! Und Zungen!«

»Olimpia wird ihre Gründe haben. Sie will es auch mir nicht verraten.«

»Das denk ich mir.« Er wirkte plötzlich ernst. »Mag sein, sie hat Angst.«

»Ja, vielleicht ist es das.« Manchmal war ihr der Alte unheimlich.

»Der Herr des Hauses, tja, der zwingt sie bestimmt zu schweigen. Hm. Olimpia und sich fürchten – ist das die Möglichkeit?«

Ein kalter Schauder lief Gina über die Haut. Warum redete er so? Sie konnte es nicht greifen, aber für einen Augenblick, als von Schweigen und Zwingen die Rede war, streifte sie ein Schrecken – die Vorstellung von etwas so Ungeheuerlichem wie die nächtlichen Träume. Schnell wehrte sie jeden Gedanken daran ab.

Der Bugiardone gab sich einen Ruck, zeigte ein heiteres Grinsen und klopfte ihr auf die Schulter. »Ach, was! Bin doch froh, dass du eine Bleibe hast, wo es dir nicht schlechter geht als bei mir. Wenn auch natürlich längst nicht so vornehm. Lass dich nicht Bange machen! Nur gib Acht! Verstanden? Man weiß nie, was kommt. Bisher ist der Satan hinter den Huren her gewesen. Aber die sind jetzt gewarnt. Wird kaum noch eine so dumm sein, dass sie nicht jedem Freier ausführlich ins Gesicht schaut, na – und an seiner Jacke schnuppert. Verstehst du mich? Stinkt nach Schwefel. Ah, der dunkle Gevatter! Wo wird er sich das nächste Opfer suchen? Das ist die Frage!«

Was soll das alles?, dachte Gina. Warum redet er so? Wie kann er sich so in den Bösen versetzen? Sie spürte Panik aufsteigen. Für einen Augenblick war es, als dränge all ihr Blut zum Herzen. Aber – Madonna! – weshalb sollte ausgerechnet sie bedroht sein? Bestimmt wusste der Alte auch nicht mehr als andere …

Der Bugiardone runzelte die Stirn. »Hm. Schon gut. Wollte dich nicht erschrecken, Kleines.«

Ginas atmete wieder freier. Natürlich! Sie lächelte tapfer, doch etwas von der Verwirrung, die er ausgelöst hatte, blieb zurück.

»Iss noch eine Brezel!«, drängte er. »Viele sind es ohnehin nicht mehr.«

Sie wehrte dankend ab. Das war ungewöhnlich, wenn man bedachte, welchen Appetit sie sonst entwickelte.

Der Alte ging darüber hinweg und schlug einen launigen Plauderton an. »Pures Gold, diese Dinger! Weißt du, was sie über die Getreidenot erzählen? Dass der Heilige Vater davon nicht die geringste Ahnung hat! Sein allbekannter Neffe, den er in Amt und Würden gehievt hat und dessen Pflicht es wäre, für Abhilfe zu sorgen, nutzt angeblich all seinen Einfluss und lässt den erlauchten Oheim in Unkenntnis. Und der hat so wenig Beziehung zum Volk, dass er den Betrug angeblich nicht merkt. Auch weiß er den eigenen Bauch zu pflegen. Der allerhöchste Magen soll schier unersättlich sein. Neulich, so hört man, musste der Heilige Vater aus irgendeinem Grund vom Lateran zu Santa Maria Maggiore oder sonst wohin, und da ist er in seiner reichsten Karosse durch die Stadt gefahren. Das gab natürlich Sorge, der Ehrwürdige könnte über die Wahrheit stolpern. Aber man ist ja gerissen! Drum wurde bei allen Bäckern am Weg frisches Brot aus kirchlichen Beständen ausgelegt. Den Armen ist das Wasser im Munde zusammengelaufen. Ha! Angeschmiert! Gleich drauf wurde jeder Laib wieder eingesammelt. He, hörst du mir eigentlich zu? Ich erzähl ja nur, was man so redet.«

Es wurde ihm wohl klar, dass er auch mit diesen Geschichten das Mädchen nicht aufheitern konnte. »Da fällt mir etwas ein!«, rief er. »Du hast noch nicht die *Girelle* gespielt! Das Ding gehört zu meinem Geschäft. Schau her!« Er kramte eine bunt bemalte Scheibe aus Holz hervor, die er auf einen Zapfen an seinem Korb steckte. Viele Straßenverkäufer boten ihren Kunden diese Art von Glücksspiel oder Orakel.

»Mach schon, dreh das Ding!«

Gina gehorchte nur zögernd.

»Wünsch dir was, aber schnell, solange es läuft!«

Der Wunsch kam sofort und ohne Nachdenken: erfahren, was mit der Nonna geschieht!

»Da sieh nur! Genau zwischen Rot und Schwarz! Das bedeutet Glück!«

Ob das nicht einfach gelogen war? Gina, die das Spiel von Kind auf kannte, erinnerte sich an weniger angenehme Deutungen für diesen Fall.

»Sag nichts!«, posaunte er. »Hast 'ne Brezel gewonnen. Willst nicht? Na gut, fress ich sie eben selber.«

Hol's der Teufel!, dachte Vanga. Ich komme nicht voran. In keinem der beiden Fälle, mit denen ich mich abmühe. Und dass mir das Mädchen mit den schwarzen Augen nicht aus dem Kopf geht, hilft schon gar nicht weiter.

Bild dir nichts ein, du Narr! Sie hätte dich am liebsten rechts und links geohrfeigt. Eine wie die hat mit einem wie dir weniger als nichts im Sinn. Denk lieber an was anderes! Zum Beispiel an diesen verflixten Brief mit den rätselhaften Zeichen, den Grund für den weiten Weg zu der unscheinbaren Pforte unter hohen Zypressen, jenseits der Via Nomentana. Sie befand sich in der Mauer, die das Anwesen von Kardinal Santerra umschloss, das er diesmal nicht durch das Hauptportal der Villa, sondern über den bescheidenen

Nebeneingang betreten wollte. Rechts die Baumkronen des großen Gartens, wo der Tiger hauste, links ein schmuckloses Gebäude, das allerdings beachtliche Ausmaße hatte und von einer Kuppel überragt wurde. Es stand seitlich vom großen Palazzo und sah auf den ersten Blick aus wie eine Kirche, war aber keine.

Vanga betätigte den Klopfer an der Pforte. Das Pochen wurde von wütendem Hundegebell beantwortet. Einige Zeit später öffnete sich eine winzige Klappe in der eisenbeschlagenen Pforte. Ein Auge erschien hinter der Öffnung und starrte misstrauisch auf ihn herab. Es folgten ein paar undeutlich gemurmelte Worte – vermutlich: »Ach, *Ihr* seid das!« –, die wie eine Verwünschung klangen. Die Tür öffnete sich knarrend gerade weit genug, dass er sich hindurchquetschen konnte.

Eine dumpf riechende Halle mit unverputztem Ziegelwerk, in der alles noch in Arbeit zu sein schien. Ein stämmiger Wächter, zahlreiche Schlüssel am Gürtel. Zwei infernalisch knurrende Wachhunde. Diese Bestien, die ihm offensichtlich an die Kehle wollten, waren Vanga nur zu gut bekannt. Der Wächter musterte Vanga von oben bis unten, um ihm deutlich zu machen, wie unwillkommen er sei, und hielt fordernd die Hand auf. Was würde wohl geschehen, wenn der Besucher nicht erwartungsgemäß reagierte?

Vanga gab eine Münze. Der menschliche Zerberus ließ sie ohne Dank in seiner Tasche verschwinden und schnauzte: »Aber nur kurz! Der Herr sieht's nicht gerne.«

Das brauchte er Vanga nicht zu sagen. Dieses Gebäude war das Allerheiligste seiner Eminenz. Er nannte es gerne sein *Tusculum*. Ein Ort, von dem gemunkelt wurde, er sei von ziemlich heidnischem Charakter. Den Kern bildete jener Kuppelraum, in den Vanga nun eingelassen wurde. Der Blick fiel auf eine Unzahl von Büchern in verschiedensten Formen und Farben. Alle Wände waren damit besetzt. Die obersten Bretter konnte man nur über Leitern erreichen. Außerdem standen im Raum mehrere Tische, die mit Manuskripten und Folianten beladen waren. Der Bauschmuck war noch nicht vollendet. So gab es an den oberen Wandfeldern nur Vorzeichnungen für Malerei, die erst noch ausgeführt werden sollte. Aber Vanga war nicht wegen der Schönheit der Architektur oder ihrer Ausstattung hier. Er wollte einen alten Mann aufsuchen, der an einem der Tische kauerte, tief über ein Buch gebeugt und emsig mit Notizen beschäftigt. Trotz der konzentrierten Tätigkeit hatte der Greis den Eintretenden sofort bemerkt und begrüßte ihn mit seiner knarrenden Stimme: »Hallo, Söhnchen. Ich weiß schon: Du willst dich entschuldigen, dass du mich neulich so unhöflich hast stehen lassen, nicht wahr?«

»Magister Pandolfo«, sagte Vanga verbindlich, »es mag unhöflich gewirkt haben, aber – nun, es stand nicht in meiner Macht …«

»Hi, hi! Wenn das alles ist, was du als Entschuldigung zustande bringst, werde ich sie wohl annehmen müssen. Fürwahr, jener Tag, an dem sie Pippo verbrannt haben, war einer der schlimmsten seit langem. Aber lassen wir das! Ich weiß schon: Wenn du zu mir kommst, steckst du in der Klemme. Raus damit!«

Vanga war in der Tat nicht zum ersten Mal an diesem Ort der Bücherschätze und des verborgenen Wissens. Die private Büchersammlung des Kardinals galt als eine der reichhaltigsten in Rom. Sie war zwar nicht öffentlich zugänglich, aber dann und wann wurden Ausnahmen gemacht. Die Bibliothekare fanden auf diese Art Abwechslung von ihrer täglichen Arbeit und verdienten etwas Geld nebenbei. Der Kardinal wusste vermutlich Bescheid, duldete es jedoch. Entsprechend geringer konnte er seine Beauftragten entlohnen. Zudem wuchs der Ruf seiner Bibliothek, weil sie als Geheimtipp unter Eingeweihten galt. Auch der Türwächter schätzte die Gelegenheit, ein Trinkgeld zu kassieren. So waren alle zufrieden.

Die Bibliothekare waren zu dritt. Zwei davon sah Vanga gerade vor sich: Da war der alte Pandolfo, mittelgroß, mager, spottlustig und agil. Der andere, der nur mit einem kaum wahrnehmbaren Kopfnicken vom Eintreten des Gastes Kenntnis nahm, saß im Hintergrund, konnte jedoch trotzdem nicht übersehen werden, denn er war so groß von Gestalt, dass er selbst im Sitzen den imposanten Wall von Büchern überragte, den er um sich aufgestapelt hatte, und seine Haut war dunkel wie Ebenholz. Man nannte ihn Leone. Vielleicht in Erinnerung an jenen anderen Gelehrten aus Afrika, *Leone africanus*, dessen Ruhm in der päpstlichen Metropole noch keineswegs vergessen war.

Vangas Blick schweifte weiter suchend durch den Raum.

»Falls du Nathan vermisst«, raspelte Pandolfo, »der ruht. Verstehst du? Darauf muss man Rücksicht nehmen. Dafür arbeitet er oftmals die Nächte durch. In seinem Alter braucht man nicht mehr so regelmäßig Schlaf, hi, hi.«

Es war Gewohnheit unter den dreien, sich gegenseitig mit ihrem Alter aufzuziehen. Dabei gehörten sie alle gemeinsam der Generation von Methusalem an. Im Übrigen waren sie danach ausgewählt, die drei Religionen zu vertreten, deren Schriften in diesem Hause gleichermaßen versammelt waren: das Judentum, das Christentum und der Islam – aufgezählt nach dem Alter ihrer historischen Gründung. Der Kardinal – wiewohl er keinen Zweifel daran gestattete, dass allein die Heilige Kirche von Rom die gesamte Wahrheit der Welt verkörpere – hatte sich entschieden, auch die beiden anderen Wege erforschen und vergleichen zu lassen, um letzten Endes entscheiden zu können, was an jedem einzelnen gut oder weniger gut sei. Schließlich, so erklärte er angeblich in vertrautem Kreis, sei für alle drei der Gott, zu dem sie beteten ein und derselbe, nämlich der Gott Abrahams. Daher müsse man auch von den Irrtümern der Andersgläubigen Kenntnis besitzen.

Pandolfo pflegte zu sagen: Er will sich alle Türchen offen halten, der schlaue Fuchs. Doch es liege auch die Vermutung nahe, dass der Kardinal mit dieser Forschung eher das Ziel verfolge, alle Andersgläubigen, Abweichler oder Ketzer umso wirkungsvoller bekämpfen zu können. Schließlich sei er bekanntlich ein führender Kopf im Heiligen Offizium. Das sollte niemand je vergessen! Wer Seine Eminenz kenne, meinte Pandolfo – natürlich ganz im Vertrauen –, der neige allerdings dazu, nur *ein* Motiv für wahrscheinlich zu halten: dessen Gier nach Macht.

»Also sag schon, mein Söhnchen. Was für ein Stachel treibt dich her?«

»Es geht um niemand anders als den Satan … So heißt es jedenfalls.«

»Fang an!«, stieß der Mann im schwarzen Mantel hervor. Der Metzgergeselle zögerte. Etwas im Betragen dieses Kunden gefiel ihm nicht. Der gierige Ausdruck in seinem Gesicht stieß ihn geradezu ab. Und dieses Funkeln in den Augen. Dabei war der Metzger weiß Gott ein Mann, den nicht so leicht etwas berührte.

»Ihr wollt …«

»Ja doch. Hab ich mich denn nicht deutlich ausgedrückt?«

»Nun, es ist Fastenzeit …«

»Na und? Hab ich gesagt, dass ich es essen will? Und selbst dann ginge es dich nichts an.«

»Es ist so … Ich möchte keinen Ärger. Versteht Ihr?«

»Verdammt! Du kriegst Ärger, wenn du nicht tust, wofür ich dich bezahlt habe. Gut bezahlt!«

»Schon gut, schon gut!«

Der Metzger zerrte die gefesselte Ziege näher ans Licht, so dass der Kunde sie gut sehen konnte. Das Tier lag auf einer steinernen Platte, die so ins Pflaster eingelassen war, dass eine eingemeißelte Vertiefung in eine Rinne mündete, die zur Gosse führte. Da zurzeit nicht geschlachtet wurde, war der Abfluss trocken, und man hatte ihn gespült und ausgekratzt, um den Gestank und eine Fliegenplage zu vermeiden.

»Wir werden all das wieder säubern müssen. Bis Ostern vergeht noch mehr als eine Woche …«

»Der jähe, ungeduldige Zorn im Blick des Fremden ließ den Mann verstummen, und mit grimmigem Gesicht machte er sich ans Werk. Die Ziege, die verständnislos meckerte, wurde noch etwas näher an die Rinne herangeschoben. Dann zog der Metzger das Messer hervor, das hinten in seinem Gürtel gesteckt hatte. Der Fremde nickte und verfolgte jede einzelne Bewegung mit glühender Anteilnahme.

»Das ist nicht normal«, dachte der Geselle. »Er muss ein Besessener sein …«

Da wurde er unterbrochen: »Warte. Zeig mir das Messer!«

Zögernd wies er sein Werkzeug vor. Ein kräftiges Stück mit einem hölzernen Griff, der von langem Gebrauch abgegriffen und dunkel geworden war. Die Klinge wirkte etwas schartig, nicht ganz frei von Rost, und sie war vom ständigen Schleifen bogenförmig abgewetzt. Der Fremde streckte einen Zeigefinger aus und fuhr damit die Schneide entlang. Sie war makellos scharf.

»Gut«, sagte er. »Jetzt los!«

Der Metzger packte die Ziege am Gehörn und drückte den Kopf zur Seite, so dass sich der Hals nach hinten bog und die Kehle sich spannte. Deutlich traten die Adern hervor, wo er auf Wunsch des Fremden das Fell abgeschoren hatte. Das Tier riss die Augen auf, diese unergründlich dämonischen Augen mit ihren seltsamen länglichen Pupillen, und die Laute, die es ausstieß, verrieten, dass es die Bedrohung spürte.

»Mach schon!«

Ein rascher Schnitt. Das Blut schoss in Strahlen hervor und ergoss sich in die steinerne Rinne, besprühte aber im ersten Schwall auch den Mantel des Fremden. Der schien nichts davon zu merken.

Das Tier zuckte. Das Blut sprudelte schwächer. Da verstärkte der Metzger noch einmal den Druck seiner Hand, weil er annahm, dass der Mann vor ihm noch nicht genug gesehen hatte. Aber dessen Interesse war offenbar erloschen. Ein Keuchen entrang sich seiner Brust und verriet, dass er während des Vorgangs gebannt den Atem angehalten hatte. Leicht schwankend erhob er sich, wobei er sich am Stützpfeiler der Schlachthalle abstützte.

»Es ist gut.«

Das also war es, was er gewollt hatte.

Der Kunde warf das wirre schwarze Haar zurück und strich sich den struppigen Kinnbart. Sein plötzlich geistesabwesender Blick schien weder das tote Tier noch den Metzger wahrzunehmen.

Dieser setzte zu fragen an: »Wollt Ihr, dass ich es Euch …«

»Den Kadaver? Nein. Ich verabscheue Ziegenfleisch.«

Brüsk wandte der Fremde sich ab und ging davon, eine Blutspur im Gesicht und dunkelrote Flecken auf dem Mantel. Er stieß den Laufburschen, der zur selben Zeit von der Gasse her eintrat, achtlos beiseite.

»Hast du den gesehen?«, fragte der Metzger betroffen. »Du wirst es nicht glauben, was ich für den …«

»Ach der! Das ist ein Künstler. Die versteht kein Mensch.«

»Künstler?«

»Ein Maler. Sie nennen ihn, glaub ich, Caravaggio.«

»*Satanas*, Söhnchen? Solche Worte schleppst du uns ins Haus?« Zweifellos betrachtete Pandolfo seinen Freund Vanga in erster Linie als persönlichen Gast. Aber gleichzeitig schloss er seine beiden Kollegen stets mit ein, und sie verhielten sich ihm gegenüber ebenso. Tatsächlich gab es weniger Streit, als man hätte annehmen mögen. Die Bibliothekare grenzten sich ab, tauschten Spitzfindigkeiten aus und warfen sich bisweilen allerlei Schmähung an den Kopf, aber trotzdem hatte sich ein freundschaftlicher Geist der Gleichrangigkeit herausgebildet.

»Ja, der Satan«, murmelte Vanga. »Ich kann es nicht ändern.«

Pandolfo hatte einen Schemel für ihn freigeräumt, er setzte sich und berichtete in kurzen Worten, worin sein Problem bestand. Schließlich erwähnte er den Brief.

»Aha!« Der Alte grinste. »Eine vornehme Dame, deren Name nichts zur Sache tut! Sie ist wohl hübsch, diese Dame. Gib's schon zu!«

»Nein, Ihr irrt Euch. Sie ist eine Schönheit.«

»Na also! Bringt sie dir den Saft zum Kochen?« Eine kleine Pause und dann: »Söhnchen?«

»Denkt an die Würde Eures Alters, Magister!«

»Was hat das mit der Würde des Alters zu tun, wenn man ab und zu ... Na, lassen wir das! Gib schon her den Wisch, den du da unterm Hemd trägst. Du willst ihn mir doch zeigen, oder?«

»Ja, Ihr habt es erraten.«

»Hi, hi, schon gut. Lass endlich sehen! Das soll vom Schwarzen Fürsten sein?«

»Ich weiß nur: Sein Name steht drauf.«

Vanga reichte das Pergament mit der rätselhaften Schrift über den Tisch.

Pandolfo wühlte mit den Fingern in seinem weißen Haarschopf, während er den Kopf schief legte und den Text anstarrte. So kam er zu seiner stets zerzausten Mähne.

»Hast schon Recht«, krächzte er. »Aber das andere: Latein ist das nicht. Griechisch auch nicht. Würde mich wundern, wenn es Hebräisch wäre. Wir müssten es Nathan zeigen.«

Es entstand ein Schweigen im Raum. Man hörte nur das angestrengte Schnaufen des greisen Bibliothekars, der sich erhoben hatte, um auf und ab zu gehen.

Dann ertönte eine ruhige Stimme im entfernten Teil des Saales: »Zeigt es mir, wenn Ihr wollt! Vielleicht brauchen wir den Alten nicht zu bemühen.«

»Magister Leone, obwohl Eure Augen vom Licht der Wüste geschädigt sind, wollt Ihr diese Mühe auf Euch nehmen?«

»Mit meinen Gläsern sehe ich besser als Ihr«, gab der Afrikaner, der fast ohne Akzent italienisch sprach, würdevoll zurück. »Und es ist lange her, dass ich die Wüste gesehen habe. Leider.«

»Wenn Ihr es wünscht, *Collega*, soll es mir recht sein«, kakelte Pandolfo und eilte so behände zu dem Tisch des anderen, dass der Verdacht nahelag, er habe nur auf dessen Aufforderung gewartet. Vanga konnte ihm kaum folgen.

Der Afrikaner hatte, wie er immer wieder betonte, in den berühmten Schulen von Kairo den heiligen Koran studiert, bevor ihn ein wechselhaftes Geschick nach Rom verschlug, wo er lange als Mundschenk eines reich gewordenen Getreidehändlers praktisch ein Sklavendasein führte. Das lag lange zurück, ehe der Kardinal ihn entdeckte, sein Talent und seine Bildung erkannte und ihn in seine Dienste nahm. Leone zeichnete auch Landkarten und fertigte Kalligraphien an. Deshalb war er zweifellos der Richtige für diese Auskunft. Pandolfo hatte ihn vermutlich nur aus der Reserve locken wollen – was ihm gelungen war.

Lange betrachteten die dunklen Augen durch die dicken Linsen seiner Brille das Pergament.

»Nun?«, fragte Pandolfo, der immer rasch zappelig wurde.

»So etwas habe ich lange nicht mehr gesehen«, antwortete die ruhige Stimme. »Es ist eine Schrift, wie sie vor Zeiten im Maghreb üblich war. Vielleicht Marrakesch, die Perle des Südens. Vielleicht aber auch noch viel weiter weg …«

»Na und – was heißt es? Das wisst Ihr doch auch, nicht wahr?«

»Den schwarzen Weg geht man bis ans Ende. Das letzte Wort aber ist ein Name, der … nun, eine Verkörperung des Bösen bezeichnet.«

»Ach«, sagte Pandolfo in die Stille hinein. *»Iblis, nicht wahr?«*

»Ihr wisst es also. Ich nehme das Wort nicht gerne in den Mund …«

»Hab's nur erraten. Darüber muss man nachdenken. Sprich schon, Söhnchen, sagt dir das etwas?«

Vanga schüttelte den Kopf.

Der Afrikaner reichte ihm das Pergament zurück. »Es klingt wie aus einem Gedicht«, sagte er. »Aber mir ist es fremd.«

»Lasst mich nachdenken!«, murmelte Pandolfo. »Da gibt es etwas. In einem Text, ich glaube aus dem Deutschen, dieser barbarischen Sprache. So oder so ähnlich. Ich müsste es heraussuchen, doch wenn mich nicht alles täuscht, ist es da der Name einer Frau!«

Leone schüttelte den Kopf. »Das ist mir zu weit hergeholt. Wahrscheinlich ist einfach jenes dämonische Wesen gemeint, das auch als *Diabolus* bezeichnet wird. Oder *Satanas*. Mag sein, dass stets derselbe böse Geist gemeint ist. Wer das Wort hier gebraucht, hat seine Bedeutung vielleicht nur unvollkommen gekannt. Oder … Nun … Oder aber er hat nur allzu genau Bescheid gewusst.«

»Danke«, sagte Vanga. »Bemüht Euch nicht weiter!« Denn er fürchtete, dass Pandolfo zu einer Expedition in die Tiefen seines Wissensspeichers aufbrechen würde, die sich äußerst langwierig gestalten könnte. »Mir kommt es so vor, als hätten wir die Antwort schon gefunden.« Er dachte daran, noch ein wenig mit dem Alten zu schwatzen, um sich dann zu empfehlen. Er würde allein überlegen müssen, was er damit anzufangen hatte … »Deshalb will ich Euch nicht weiter stören«, sagte er und wollte sich erheben.

Doch Pandolfo kniff listig die Augen zusammen und meckerte: »Wart einmal, Söhnchen! Lauf einem alten Mann nicht einfach so davon! Sst! Ich will dir etwas über den dunklen Herrscher sagen, was du unbedingt wissen solltest.«

»Ist das alles?« Die Stimme des Tenente klang schärfer, als Gina erwartet hatte. Gewiss. Ihre Auskünfte waren dürftig, und nichts von dem, was sie beobachtet hatte, schien ihm weiterzuhelfen. Aber war es denn ihre Idee gewesen, ausgerechnet sie als Spitzel einzusetzen?

Gina fröstelte, obwohl die Sonne hoch über dem Tiber stand. Cecco ging am steinigen Ufer auf und ab, schwang eine biegsame Rute und köpfte üppig wuchernde, hohe Disteln. Der Stock sauste mit einem zischenden Laut durch die Luft und schleuderte Samen, Stacheln und Blattfetzen nach allen Seiten.

Er steckt in einer Sackgasse, dachte Gina. Er weiß nicht weiter. Am liebsten würde er mich schlagen, aber das wagt er nicht. Vorsichtshalber zog sie sich ein paar Schritte zurück.

Es gefiel ihr ohnehin nicht, mit ihm gesehen zu werden. Wenn das Olimpia zu Ohren käme! Ob sie sich davonstehlen sollte, solange er nicht auf sie achtete? Ihr Blick ging zur Brücke. Die Mauerbögen waren schwarz vom Ruß der Lagerfeuer, die Bettler, Wegelagerer und Halsabschneider dort anzündeten. Auch jetzt hockten etliche da herum. Nicht die kleinste Chance, sich zu verdrücken. Cecco hatte sie beim Gang zum Waschplatz abgefangen. Was täte er wohl, wenn sie sich bei seinen Vorgesetzen beschweren würde? Eine lächerliche Idee. Wahrscheinlich behaupten, er hätte doch nur eine Diebin oder eine Dirne verhört. Bestimmt würde er nicht zugeben, dass er das Hausgesinde vornehmer Villen aushorchte.

Da wurde sie durch seine harte Stimme aus ihrer Grübelei gerissen.

»Also noch einmal!«, stieß er hervor, und als sie erschrocken zurückwich, war er mit zwei großen Schritten bei ihr und packte ihren Arm. »Was war das mit diesen Zeichnungen. Das will ich genauer wissen. Du konntest also Blut erkennen?«

»Rot hat es ausgesehen.«

»*Sanguina* oder *Sangue*?«

»Keine Ahnung …« Dass sich die Wörter für die rote Zeichenkreide und Blut so sehr ähnelten! Sie versuchte sich die Situation in der Malerwerkstatt des Palazzo Farnese wieder vorzustellen, aber es wollte ihr nicht recht gelingen. Alles dort hatte sie verwirrt, der barsche Ton von Meister Agostino, die zotigen Witze der Lehrlinge, die Hand des Freundes unter dem Hemd von Joanni …

Was wollte der Quälgeist eigentlich hören?

»Es sah jedenfalls grausig aus«, flüsterte sie.

»Was sagst du?«

»Grausig … Ich hab mich gefürchtet.«

»Ja, ich hab verstanden. Wir werden uns darum kümmern. Noch heute. Dazu wirst du gebraucht, verstehst du?« Er nannte Ort und Stunde.

»Ich weiß nicht …«, setzte sie an.

»Aber ich weiß! Oder ist es dir lieber, ich behalte dich gleich da?«

»Nein. Nein, ich werde kommen.«

Sie würde sich wieder davonschleichen müssen. Es wurde jedes Mal schwieriger.

Für Cecco jedoch war die Sache klar. »Du bist dir im Klaren, um was es geht, um *wen* es geht, nicht wahr?«

Sie nickte. »Aber wann …«

»Deine Nonna? Sehr bald.« Der Griff an ihrem Arm wurde so fest, dass es schmerzte. »Wenn du dich *zugänglich* zeigst!«

Die Doppeldeutigkeit dieses Wortes versetzte ihr einen Stich. Insgeheim wartete sie auf den Augenblick, da der Tenente begehrlich werden und seine Macht gegen sie als Mädchen anwenden würde.

»Au, Ihr tut mir weh!«

Wütend ließ er los, und die Disteln am Ufer erhielten einen heftigen Stiefeltritt.

»Ich werde da sein«, flüsterte sie.

»Der Teufel!«, näselte Pandolfo. »Satanas, Diabolus, Beelzebub … Du hast Glück, mein Sohn, hi, hi, jawohl, so ist es, unverschämtes Glück, denn gerade diesem Thema habe ich seit Jahren gewisse … *Studien* gewidmet.«

»Ob es ihn wirklich gibt, das allein will ich wissen.«

Pandolfo wiegte den Kopf wie ein zerzauster Vogel. »Zweifelst du daran? Du hast angefangen an *allem* zu zweifeln, hab ich Recht?«

»Und wenn?«, stieß Vanga hervor. »Wenn es so wäre, dass *alles nicht wahr* ist … Alles, was man uns beigebracht hat?«

»Ts! Ts!« Pandolfo wiegte in gespieltem Entsetzen den Kopf. »Gib Acht: Denk an meinen alten Freund Pippo!«

»Den Ketzer …«

»Pah! Sie sagen, er sei ein Ketzer gewesen. Unsinn! Er war ein Mann, der seinen eigenen Kopf zu gebrauchen verstand!«

»Was würde Euer Kardinal davon halten?«

»Der hat seine Meinung, und ich habe meine.«

Vanga war sicher, dass Leone diese Unterhaltung hören konnte. Aber das schien Pandolfo gar nichts auszumachen.

Hier herrschen eigene Regeln, dachte er.

Der alte Bibliothekar kniff ein Auge zu und sagte: »Dieser Prozess hat manch einem Bauchschmerzen verursacht. Hi, hi! Bis hinauf in die höchsten Kreise! Das sag ich dir, Söhnchen. Der Heilige Vater hätte gerne einen Rückzieher gemacht, wenn er gewusst hätte, wie er es anfangen sollte. Da gab es aber Herren, die sich festgelegt hatten, und denen ist auch der Papst verpflichtet.«

»Nun, hat dieser Mann nicht Gott geleugnet?«

Pandolfo schüttelte geistesabwesend den Kopf und murmelte: »Er hat nicht Gott geleugnet.« Pandolfos Stimme sank zu einem Murmeln herab. »Nein, Pippo, das hast du nicht. Obwohl es dazu vielleicht auch noch gekommen wäre, hätte man dich am Leben gelassen …«

»Und manche glauben, es sei der Antichrist, der aus ihm gesprochen hat.«

»Er hat geschrieben, Gott sei die Unendlichkeit – so wie das Universum unendlich sei und bis in die Unendlichkeit voll immer neuer Welten –, unzählige Welten, alle so wie unsere. Das hat ihm nicht der Teufel gesagt, sondern seine Augen.«

»Und was haltet Ihr davon? Gedanken, von denen einem schwindlig wird …«

»Das mag sein. Die Wahrheit ist zu groß für uns – einstweilen noch. Aber sie wird triumphieren. Irgendwann. Vielleicht.«

Vanga hatte eigene Ideen zum Problem der Wahrheit, aber die wollte er gewiss nicht zur Debatte stellen.

»Hör zu!«, fuhr Pandolfo fort und tippte mit dem Finger. »Er hat auch gesagt, dass die Erde sich um die Sonne dreht, nicht umgekehrt. Damit steht er nicht allein. Und er ist auch nicht derjenige, der als Erster darauf gekommen ist …«

»Aber wie soll man sich das vorstellen?«

»Ich habe einen Freund, der mit diesem Galilei in Venedig bekannt ist. Der vermutet dasselbe. Und der ist ein kluger Kopf. Galilei, mein ich. Aber schau dich um: Da beten sie den Aristoteles nach, ohne ein Ende zu finden, statt dass sie selber hinsehen, was die Wahrheit ist. Die Wahrheit liegt auf der Hand. Man muss nur die Natur beobachten, sie einfach genau betrachten …«

»Und wo ist da ein Platz für Gott?«

»Mir scheint, Söhnchen, du sprichst von deinen eigenen Zweifeln. Ich hab dir doch gesagt: Er war kein Gottesleugner. Er hat geschrieben: Der Geist über allem ist Gott. Der Geist, welcher allem innewohnt, ist die Natur. Die Natur ist Gott in den Dingen.«

»Und die Heilige Schrift Betrug und Täuschung?«

»Die Schrift muss man verstehen, wie sie gemeint ist …«

»Und es heißt, er hat den Papst eine Bestie genannt.«

»Bestia triumphans!« Der Greis kicherte. »Ja, das kann man so verstehen. Denk dir einfach, dass er nur gewisse Missstände in der Heiligen Kirche erblickt hat, die er bekämpfen wollte!«

»Missstände?«

»Missstände.«

»Wie dieser Luther? Ihr seid ein Protestant, Magister. Lasst das nur Euren Herrn nicht hören!«

»Hi, hi! Unsinn! Aber du hast Recht. Ich rede zu viel. Und du kannst mir nicht weismachen, dass du alles glaubst, was dir erzählt wird.«

»Ich glaube, was mich überzeugt.«

»Siehst du!«

Vanga wurde sich bewusst, dass er soeben etwas ausgesprochen hatte, das er sich selbst nicht eingestehen wollte. »Verzeiht«, murmelte er. »Zu manchen Zeiten – versteht Ihr? –, da weiß ich nicht, was ich denken soll.«

»Denken?« Die Miene des Alten verwandelte sich in blanken Sarkasmus. »Du willst denken? Was fällt denn dir ein! Da müsstest du erst wissen, wie das vor sich geht. Hi, hi, hi. Sei kein Narr! Er hob mahnend beide Zeigefinger und wedelte mit seinen zerschlissenen Ärmeln herum, dass der Staub von den Büchern emporwirbelte. Dazu skandierte er: »Was diese jungen Esel reden! Man könnte wirklich meinen, du hättest dich mit Pippos Krankheit angesteckt. Dem sie neulich bewiesen haben, was die Wahrheit ist: dass ein richtiges Höllenfeuer auch im Diesseits jedermanns Fleisch verschlingen kann! Jawohl. *Das* ist die Wahrheit. Die einzige Wahrheit!«

»Was Ihr da redet, meint Ihr doch nicht im Ernst?«

»Söhnchen, du solltest mich besser kennen.«

Vanga wurde unbehaglich vom Gang dieses Gesprächs. »Und was ist mit Satan?«, fragte er. »Über ihn wolltet Ihr etwas sagen, denk ich.«

»Satan!« Pandolfo kicherte vor sich hin, wobei sein Gesicht einen verschwörerischen Ausdruck annahm, als stehe er im Begriff, etwas höchst Gefährliches von sich zu geben. Aber er brachte nur heraus: »Was genau ist deine Frage, Söhnchen? Ist es wie mit Gott? Ziehst du in Zweifel, dass es ihn gibt?«

»Ich würde nie …«

»Wirklich nicht? Lassen wir das!«

Vanga fühlte jetzt Zorn auf den Alten, der ihm plötzlich senil und gefährlich erschien. Und Zorn auf sich selbst, dass es ihm so schwerfiel, präzise auszudrücken, um was es ihm ging. Schließlich brachte er heraus: »Gibt es Eurer Meinung nach Fälle, in denen er auf Erden … Nun, dass er wirklich tätig geworden ist? Ich meine *bewiesene* Fälle.«

Dass gerade ich das frage!, ging ihm durch den Kopf. Nach all den Verurteilungen, die ich zu vollstrecken geholfen hab!

Der Alte schwieg mit abwesendem Blick so lange, dass

Vanga allmählich bezweifelte, dass der seine Frage verstanden hatte. Im Hintergrund hörte man das Kratzen der Feder, mit der Leone eine Eintragung in seiner Kartei vornahm. Das war der einzige Laut. Und das Summen der Fliegen …

Endlich schien sich Pandolfo auf sein Gegenüber und dessen Anliegen zu besinnen. »Du stellst schwierige Fragen«, näselte er.

»Nun, ja …«

»Seltsame Fragen.«

»Es ist mir Ernst.«

»Das glaube ich gern.« Da blitzte etwas Listiges in den Augen des Bibliothekars, das sein fahriges Gerede Lügen strafte. Er deutete auf eine Lade an seinem Tisch. »Mancherlei Studien«, näselte er. »Für mich. Für *mich*, verstehst du? Ich nehme mir heraus, auch eigene Gedanken zu denken. Und … Es ist nicht ungefährlich, dieses Thema.«

»Ihr wisst, dass ich zu schweigen verstehe.«

Vanga sprach diesen Satz betont leise und blickte unwillkürlich in Richtung des anderen Bibliothekars.

Pandolfo lächelte. »Meine Kollegen sind meine Brüder«, sagte er. »Von *denen* gibt es nichts zu fürchten.«

»Dann sagt Ihr mir, was Ihr wisst?«

»Oh, das ist leider nicht viel, wie du bald erkennen wirst. Es sind ein paar Texte und Akten, die ich gesammelt oder kopiert habe. Und einige Bilder. Aber vielleicht ist ja gerade das dabei, das einen Wirrkopf wie dich überzeugt! Da zum Beispiel.«

Er zerrte einen Folianten hervor und wälzte die muffigen Seiten hin und her. Schließlich fand er, was er suchte, und sein dürrer Finger zeigte auf eine grob gemalte Illustration. »Diabolus reitet auf dem Behemoth. Seine Fratze ist grün wie Gift, sein Körper hingegen rot wie Feuer; auf seinem Kopf wächst eine Krone – das sind seine gräulichen Hörner! Seine Pranken haben scharfe Krallen, schrecklicher als die eines Löwen! Man glaubt fast, sie zu spüren, nicht wahr?«

»Krallen«, murmelte Vanga.

»Ja, Krallen! Und dann die Bestie, auf der er reitet! Siehst du ihre Zunge? Was die berührt, muss verdorren! Oder da: ein anderes Bild. Der Antichrist, heißt es, will uns weismachen, er sei der Herr aller Dinge. Dabei zieht er ein Gesicht wie einer, der seit drei Wochen nicht scheißen kann! Und Feuer flammt ihm aus Händen und Füßen, siehst du? Und das Tier! Da steht es geschrieben: Leviathan, der Schrecken der Welt. Flammen speit sein Maul und ist besetzt mit Zähnen, die sind eine Elle lang, zwei nach oben und zwei nach unten. Wie er damit wohl fressen soll? Nun also: Hilft dir so etwas weiter? Stellst du ihn dir so vor, den Satan?«

»Nein.«

»Ach, ich vergaß! Du fragst dich ja, ob es ihn überhaupt gibt, nicht wahr?«

»Ich denke …«

»Denken? Hab ich dir dazu nicht schon was gesagt?« Der Alte wedelte mit seinen zerschlissenen Ärmeln herum und krähte: »Das Denken, ja das kommt wahrlich vom Teufel. *Apage Satanas!* Weise ihn von dir! Glauben musst du. Das ist alles. Sei ein braves Kind!«

»Magister, Ihr kommt vom Thema ab.«

»Hi, hi, hast Recht.«

Der Alte beugte sich tief hinab und grapschte ein sorgfältig verschnürtes Bündel Schriftstücke. Es waren unterschiedlich dicke und teils mit Nadel und Faden zusammengeheftete Konvolute, aber auch gefaltete Briefe oder einzelne Seiten, sämtlich so abgegriffen und vergilbt, als wären sie durch viele Hände gegangen.

»Im Laufe der Zeit«, murmelte Pandolfo, »ist einiges zusammengekommen. Mancherlei Fälle …«

»Bewiesene Fälle?«

Der Alte zog eine seiner buschigen Augenbrauen in die Höhe. »Du bist ein hartnäckiger Zweifler«, schnarrte er. »Die Zweifler, lass dir das von mir gesagt sein, sind des Satans liebste Beute!«

»Mag sein. Aber ich muss die *Wahrheit* wissen.«

Ein Kopfschütteln. »Die Wahrheit, die ist von Gott, wie du wissen dürftest. Und nur für ihn!« Pandolfo seufzte, nicht ohne den Ausdruck eines gewissen mitfühlenden Verständnisses, und blätterte umständlich eines der Faszikel auf. Seine Stimme klang jetzt wieder ruhig: »Nimm zum Beispiel das hier: ein Müller aus einem kleinen Ort namens Panaro, seinen Namen sag ich nicht. Wozu auch? Er wurde von Fra Gerolamo da Montalcino verhört, dem er als lutherischer Ketzer und als Hurenhälter angezeigt worden war. Hat böse Irrtümer vertreten, dieser Bursche. Den Müller mein ich. Sagte selbst, der Teufel hätte sie ihm in den Geist gepflanzt. Hör zu: ... *denn mehrmals hat er mich verfolgt ... Ich kämpfte gegen ihn, als wäre er ein Mensch ...*«

»Vielleicht nur Einbildung?«

Der Alte räusperte sich nachdrücklich. »Immerhin hat man den Mann gefoltert. Oder das hier, auch ein Müller, wohl kein Zufall. Diese Leute scheinen anfällig für böse Neigungen zu sein. Stammte aus Montereale, einem kleinen Bergdorf im Friaul. Wurde vors Tribunal zitiert und von Giambattista Maro verhört, dem Generalvikar des Inquisitors von Aquileia. Ein Bursche, der alles besser wissen wollte, dieser Müller, so scheint's.«

Ein tadelnder, vielleicht auch warnend gemeinter Blick streifte Vanga.

»Hat sich in sinnlose Widersprüche verwickelt. Behauptet, dass es weder Hölle noch Fegefeuer gebe und dass beide Erfindungen von den Priestern und Mönchen seien – ausgebrütet, um Geld zu verdienen.« Pandolfo schmatzte wie einer, der eine pikante Soße abschmeckt.

»Und über den Teufel?«

»Da ist es: *Es war der böse Geist, der mich alle diese Dinge glauben ließ. Der Teufel oder irgendwas hat mich versucht …*«

»Der Teufel *oder irgendwas.*«

Pandolfo knurrte, und es klang nahezu beifällig. »Oder diese Nonne aus Portugal.« Er zog ein Blatt Pergament hervor. »Auch ihren Namen brauch ich nicht zu nennen. Bezichtigt sich, *engen Kontakt* mit dem Bösen gehabt zu haben.«

»Engen Kontakt?«

»Geschlechtsverkehr natürlich! Hi, hi! Sie hat's mit ihm getrieben. Vielleicht war's doch eher ihr Beichtvater. Sie gibt genaue Beschreibungen. Er hätt ein Glied, so groß und beweglich wie eine Schlange, aber über und über mit spitzen Stacheln besetzt wie ein Igel!«

»Madonna!«

Pandolfo hüstelte. »Scheint ihr trotzdem gefallen zu haben. Oder da: Das bischöfliche Gericht von Rettenberg, das ist in Tirol, hat sich mit zahlreichen Fällen von Hexerei befasst. Im Protokoll steht etwas von zwei Frauen, die der Teufel persönlich zu Hexen gemacht hat.«

»Bekennen diese Frauen das selbst? Wohl unter der Folter?«

»Wirst schon Recht haben. Wie das geht weißt du schließlich, oder? Auch da hat's mit dem Feuerbrand geendet!« Und wieder zitierte er: *»Verbotene Künste! Hütet Euch davor wie vor tödlichem Gift, denn wir wollen Gottes und nicht des Teufels Diener sein!«* Pandolfo war nicht mehr zu bremsen. »Oder dieser berühmte Fall: Die Heimsuchung eines ganzen Konvents von Nonnen in Frankreich, der von der Obrigkeit genau untersucht worden ist. Die Dämonen offenbarten sich durch die Stimmen der Sünderinnen.«

»Und die Beweise?«

»*Beweise?* Was treibt dich, immer wieder nach Beweisen zu fragen? Da, hör zu: Bei der Beweisaufnahme wurde ein Pakt vorgelegt, der behaftet war mit dem Fleisch vom Herzen eines ermordeten Kindes, mit Asche von einer verbrannten Hostie und mit Blut und Sperma vom Beichtvater des Konvents.«

»Aber der Teufel?«

»Hör, was ich zitiere: *Asmodi Behemoth und viele andere Teufel sind in die Leiber der Nonnen gefahren.* Übrigens musst du wissen: Wiederum kam es zu einem strengen Urteil. Der Priester endete auf dem Scheiterhaufen.«

»Und? Was sagt *Ihr* dazu?«

Pandolfo schnaubte aufgebracht. »Ich? Was willst du hören? Wer bin denn ich? Frage lieber, was die Autoritäten dazu sagen! Da: Der große Bodin, allerdings ein Franzose, immerhin Jurist, schreibt, dass die Hexen vom Teufel leibhaftig durch die Lüfte getragen werden. Und das hier findet sich bei Jean Wier, auch ein Franzose. Hör zu: *Es gibt keineswegs nur einen Satan, sondern zweiundsiebzig Höllenfürsten mit sieben Millionen vierhunderttausendneunhundertsechsundzwanzig Helfershelfern. Diese Unterteufel sind in eintausendeinhundertundelf Legionen zu sechstausendsechshundertsechsundsechzig Kohorten eingeteilt. Es gibt Dämonen, die männlich sind, und Sukkuben, die weiblich sind. Sie dringen in bestimmte Menschen ein und besitzen sie, machen sie besessen,* hörst du? *Deshalb bedarf es dann des Exorzisten, um das Böse auszutreiben.*« Ein füchsisches Grinsen des Alten.

Vanga wurde es zu viel. »*Besessen.* Besessen! Wozu erzählt Ihr mir das alles? Wer hat ihn denn wirklich gesehen, den Satan?«

»Sachte, sachte! Willst du in Zweifel ziehen, was die

Autoritäten schreiben?« Pandolfos Stimme war plötzlich beinahe sanft.

»Was soll ich glauben? Geht der Teufel umher und mordet Menschen?«

»Vorwärts, verdammt!« Tenente Cecco trieb seine Schergen rücksichtslos an. »Du hierher, du da drüben hin! Alle andern mit mir!« Gina hielt er am Arm gepackt und zerrte sie mit sich.

Ich hätte nicht kommen sollen, dachte sie verzweifelt. Aber wie könnte sie sich seinem Willen entziehen?

Da haben wir es schon: Die Wachen des Palazzo Farnese traten an, die Eindringlinge mit der Waffe abzuwehren. Ihr Anführer hatte den Degen halb gezogen.

Aber Cecco herrschte ihn an: »Befehl Seiner Heiligkeit! Willst du dich etwa dem Papst widersetzen? Weißt du nicht, wie das endet? Du willst wohl am Strick baumeln wie dein Vorgänger!«

Entsetzt begriff das Mädchen, dass es auf Leben und Tod ging. Tatsächlich war ja vor gar nicht langer Zeit ein hoher Bediensteter des Kardinals Farnese hingerichtet worden, weil er eine Truppe des Vatikans zurückgewiesen hatte. Welch ein Zündstoff! Jeder in der Stadt wusste, dass es dabei in Wahrheit um die Rivalität zweier Familien ging: Farnese und Aldobrandini. Aber was half das?

»So ist es besser«, schrie Cecco. Mit kalkweißem Gesicht wich sein Gegner zurück.

»Ihr … Ihr habt Vollmacht vom Kardinal?«, stammelte er.

Cecco, berufsmäßiges Großmaul, das er war, grinste nur verächtlich. Wie konnte er es wagen, sich am Sitz eines Kirchenfürsten derart aufzuführen!

Rasch waren alle Türen besetzt, und das ganze Gebäude stand unter Kontrolle.

»Los jetzt!«, knurrte der Tenente und zerrte Gina mit sich,

die Treppe hinauf. Im Sturmschritt drangen seine Wachsoldaten bis ins Dachgeschoss vor, wo sich die Künstlerwerkstatt befand.

Gina konnte gar nicht erfassen, wie schnell alles ging. Die Gesellen und Lehrlinge wurden mit blanker Waffe in Schach gehalten. Das graue Gesicht des Werkstattaufsehers verschwand hinter einem Vorhang. Gut abgepasst! Meister Agostino schien nicht anwesend zu sein. Mit ihm hätte der Tenente wohl nicht so leichtes Spiel gehabt. Schränke wurden aufgebrochen, Schubladen durchwühlt, Staffeleien und andere Gerätschaften polterten zu Boden.

Schon haben sie Joanni zu fassen gekriegt und schleppen ihn heran. Mit angstvoll verdrehten Augen versucht er zu protestieren.

Cecco beachtet es nicht. »Ist er das?«, fragt er barsch.

Gina bringt keinen Ton hervor, sie nickt nur, das Gesicht heiß vor Scham. Dabei kommt es ihr vor, als habe der Tenente ihre Bestätigung gar nicht abgewartet. Weshalb muss sie dabei sein, wenn er genau weiß, was er will? Cecco stöbert schon in den Regalen.

»Wo sind seine Sachen? Zeigt her!« Er fetzt Schatullen und Papiere auseinander.

»Da!«, ruft er. »Und da! Und da!«

Gina erkennt Zeichnungen, die sie schon einmal gesehen hat.

Cecco greift mit triumphierendem Grinsen ein paar Blätter heraus. Die übrigen segeln unbeachtet zu Boden und geraten unter die Stiefel der Soldaten.

»Das da –«, stammelt der junge Künstler, »das ist gar nicht von mir. Woher habt Ihr das?«

»Das kannst du alles später erzählen«, schnauzt Cecco. Und höhnisch fügt er hinzu: »Du wirst dich wundern, was wir uns für dich ausgedacht haben!«

Dabei gibt er seinen Kettenhunden einen Wink, den Verhafteten abzuführen. An Gina scheint er gar nicht mehr zu denken.

Sie beugt sich über eine zertretene Zeichnung, die ihr völlig fremd vorkommt. Ein Zerrbild mit einem bösartig gestikulierenden Ungeheuer, das sich mit blutigen Klauen über eine Frau hermacht. Und da, ein schreckliches Gesicht voll blutiger Striemen oder etwas Ähnlichem …

»Gib das her!«, bellt einer der Gefolgsleute von Cecco. Ein Kerl mit einer Nase wie ein Rammsporn. »Steck's weg!«, weist er einen seiner Schergen an. »Das brauchen wir jetzt nicht mehr.«

Sie haben das mitgebracht, durchzuckt es das Mädchen. Unter die Blätter, die aus dem Regal gerissen wurden, haben sie andere gemischt, die gar nicht von hier stammen … Es kann nicht anders sein!

»Was gaffst du denn, du Schlampe«, faucht der Kerl mit der großen Nase.

Gina will etwas erwidern, da schallt von der Treppe ein wilder Tumult herein. Männer fluchen, Frauen kreischen. Keiner achtet auf Gina. Sie drängt sich hinaus und blickt über die Brüstung. Unten im Hof liegt Joanni – zerschmettert.

»Geht der Teufel umher und mordet Menschen?« Dieser Satz hing noch im Raum. Pandolfo schwieg, und Vanga bemerkte erst jetzt, dass der Afrikaner und still auch der dritte der Greise, ein weißbärtiger Patriarch, sich zu ihnen gesellt hatten.

»Darauf wisst Ihr alle keine Antwort?«, murmelte er.

»Bücher geben nicht alles«, sagte Leone. »Und von uns kannst du nur erfahren, was in den Büchern ist.«

Nathan, der diesen merkwürdigen Gast eingehend gemustert hatte, wiegte das biblische Haupt und fügte hinzu: »In alten Schriften steht: Satan, der Engel Mastema, wirkt für die Hölle; er herrscht in der Finsternis, und sein Zweck ist, dass er das Böse und die Sünde in die Welt schafft.«

»Ist das aus dem Talmud?«, fragte Vanga.

»So steht es in einer Schrift, welche da heißt: *Der Kampf der Söhne des Lichtes gegen die Söhne der Finsternis.*«

Leone und Pandolfo nickten stumm.

»Und was sagt die Bibel?«

Pandolfo ergriff wieder das Wort: »Was die Bibel sagt? *Satan ist der Widersacher.* Er hat sich empört gegen Gott. Ein Rebell. So die Kirchenväter. Aber nicht nur das. Du weißt doch: Es war der Satan, der Gott drängte, er möge den Hiob auf die Probe stellen, und sogar Christus, unsern Herrn, wollte er in Versuchung führen. Kurz: Der Böse lebt, und man kann seine Gegenwart heraufbeschwören. Das findest du bei vielen Gewährsleuten. Bei Abraham von Worms genauso wie bei diesem John Dee ...«

Vanga schwieg und schüttelte den Kopf.

»Alles das hilft mir nicht weiter«, sagte er schließlich. Tief in ihm bohrte ein schmerzlicher Gedanke, der ihm wohl niemals mehr Ruhe lassen würde: Diese Gerichtsbarkeit, von der in den verstaubten Akten die Rede war, sie existierte wirklich und wahrhaftig, und er, Berto Vanga, hatte ihr gedient, so gläubig, wie es überhaupt nur denkbar war. Und nun, nun zweifelte er an allem, was damit zusammenhing. Diese Erinnerungen! Würde der Schmerz ihn jemals loslassen? Obwohl es nun schon so viele Jahre her war, dass er sich davon getrennt hatte ... War es denn niemals, niemals möglich auszulöschen, was gewesen war? Nicht einmal im eigenen Bewusstsein?

Nein. Gerade da am allerwenigsten!

Da hörte er die leise Stimme des Afrikaners: »Das Wort auf jenem Brief. Der Name, den ich nicht aussprechen mag. Er wurde aus dem Himmel geworfen und hat geschworen, er wolle die Menschen so beeinflussen, dass sie sich vom Weg des Heils abkehren und mit ihm in die Hölle gehen. Schon Adam und Eva hat er verführt. Nicht nur Eva, wie es in eurer Bibel steht.«

Und der Jude ergänzte: »Auch ich kenne diesen Widersacher. Er ist ein Dämon und hat sich geweigert, Adam, den der Höchste nach seinem Ebenbild geschaffen hat, die schuldige Ehrerbietung zu erweisen. Er hasst und verachtet die Menschen und hat kein anderes Ziel, als ihnen zu schaden.«

»Wo steht das?«, fragte Leone.

»Soll ich es heraussuchen?«

»Später vielleicht ...«

»Aber vergesst nicht«, mahnte Pandolfo grübelnd, »da gibt es diesen Text über einen mächtigen Zauberer, der in Sizilien lebt, und Iblis, das ist der Name seines Weibes ...«

Leone knurrte widerwillig, als der Name fiel.

»Das hat doch hiermit gar nichts zu tun!«, widersprach Nathan.

Plötzlich konnte Vanga dieses Gespräch nicht länger ertragen. »Hört auf!«, stieß er hervor. »Ihr redet und redet aus euren Büchern! Etwas anderes könnt ihr nicht. Wenn man euch gehört hat, ist man weniger klug als zuvor!«

»Mag sein, dass Ihr Recht habt«, räumte Nathan ein. »Doch etwas anderes können wir nicht für Euch tun.«

Vanga wollte sich schon zum Gehen wenden, als der Afrikaner ihn festhielt.

»Wartet«, sagte er. »Gebt mir noch einmal den Brief, den Ihr dort habt!«

Vanga reichte ihm das faltige Blatt, und der dunkelhäutige Greis betrachtete es eingehend. »Vielleicht hilft dies«, sagte er. »Diese Wörter, nun ja, es sind zwar arabische, sie sind mit arabischen Zeichen geschrieben, wenn auch in wenig geläufiger Tradition, aber der das getan hat, war kein Araber.«

»Woher wisst Ihr das?«

»Glaubt es mir ruhig! Es gibt gewisse Eigenarten dieser Schrift, die nur in Erscheinung treten, wenn ein Abendländer sie geschrieben hat. Einer, der viel gelernt hat und ein gutes Auge besitzt, aber dennoch nicht das beherrscht, worauf es wirklich ankommt.«

Die drei Bibliothekare blickten Vanga an und schwiegen.

»Verzeiht mir, dass ich Euch Mühe bereitet habe«, sagte er. »Ich bin Euch zu großem Dank verpflichtet ...«

Pandolfo gab sich einen Ruck und klopfte dem Jüngeren auf die Schulter.

»Ich weiß, was dein Problem ist«, brummte er. »Aber das kann nur einer lösen. Das bist du selber.«

»So mag es wohl sein ...«

»Es ist doch so«, sagte Pandolfo. »Du suchst diesen Mann, der die Frauen tötet, nicht wahr?«

»Das ist meine Aufgabe.«

»Nun gut. Da tust du recht. Wer immer dir's auch aufgetragen hat. Nur, bitt ich, halt die Augen offen! Manchmal täuscht sich der Mensch. Mag sein, man sucht weit in der Ferne, dabei ist die Lösung ganz nah.«

Vanga horchte auf: »Was wollt Ihr damit sagen?«

»Ach, nichts. Nur so.« Vanga hatte den Eindruck, dass Pandolfo den warnenden Blicken seiner Kollegen auswich.

»Es ist spät«, murmelte der Greis hastig, ohne Vanga anzusehen. »Ich kann dir nicht weiterhelfen, verstehst du?«

Was für ein böser, eisiger Schatten, hatte sich plötzlich auf Vangas Seele gelegt? Es kam ihm vor, als halte er die Lösung des Rätsels längst in den Händen, ohne sie begreifen zu können.

Die blanke Klinge zertrennt die Stränge des Halses, geht durch die Schlagader, Blutstrahl spritzt über weißes Leinen, Sturzbach in Rot. Die Kehle klafft. Das Haupt des Opfers – losgelöst, die Lider ohne Begreifen aufgerissen. Und frei von Beirrung führt eine Frauenhand den grausigen Schnitt zu Ende. Der Maler prüft sein Bild aus schmalen Augen.

Das da ist er selbst.

Er hat dem Holofernes das eigene Aussehen verliehen. Hervorquellende Augen. Schmerzverzerrte Züge. Ein Mensch, aus dem Schlaf gerissen und im selben Moment in den Tod gestürzt. Besinnungslos …

Diese gesamte Grimasse hat er schon einmal fertig ausgeführt, aber dann verworfen. Der Zusammenhang war nicht richtig angelegt. Oder vielmehr: das Fehlen des Zusammenhangs. Die schwindelerregende Bewegung eines Kopfes, der sich vom Körper trennt. Erst jetzt, nachdem er das neu gemalt hat, überzeugt es ihn; es erzeugt genau die Wirkung, die es haben soll. Nur hier noch ein Tupfen – und da ein Strich? Nur kein Jota zu viel!

Denn zwei Augenblicke sind von höchster Bedeutung beim Entstehen eines Werks. Der erste Schritt und der letzte: den Mut aufbringen, aus dem Nichts heraus einen Anfang zu setzen, und zu wissen, wann man aufhören muss. Wie schnell ist dabei zu viel getan!

Und diese barbusige Judith: die verkörperte Entschlossenheit! Nichts kann sie hindern. Nicht die Grausamkeit ihrer Tat, nicht die Lust, die sie eben noch mit ihm geteilt hat, nicht der Ekel, der aus ihrer eigenen Seele aufsteigt.

Unbeirrbar hält die linke Hand den Haarschopf des Mannes gepackt, gnadenlos führt die Rechte das Schwert. Doch die Spannung von Miene und Haltung verrät den inneren Kampf. Gebannt steht die Dienerin und kann die Augen nicht von dem Geschehen lösen. Grauenvoll verkrampfen sich die Hände des Sterbenden.

So und nicht anders …

Caravaggio atmet tief und wischt sich über den Nacken. Er merkt nicht, dass seine Finger voll roter Farbe sind, die einen breiten, schmierigen Streifen hinterlässt.

Vanga sah das Mädchen kommen. Es rannte im prallen Sonnenlicht über den Platz vor dem Palazzo Farnese. Vollkommen aufgelöst.

Direkt auf mich zu, dachte er. Und sein Herz klopfte schneller.

Er brauchte nur ein paar Schritte, um der Kleinen den Weg zu verlegen. Sie prallte gegen ihn, und er fing sie in seinen Armen auf.

»Warum so eilig?«

Sie sah ihn mit großen Augen an, eine Haarsträhne klebte schweißnass in der Stirn.

»Lasst mich los!«, keuchte sie.

Er zögerte. Es gefiel ihm, ihren Körper zu spüren.

»Verdammt, was wollt Ihr von mir?«

»Schon gut. Reg dich nicht auf!«

»Ich habe nichts mit Euch zu schaffen.«

»Vielleicht doch.«

Ob sie sich gar nicht an ihn erinnerte?

Wie sollte er ihr erklären, warum er so froh war, ihr zu begegnen? Gerade in diesem Augenblick … In seinem Schädel ging alles durcheinander. Seit er die Bibliothek des Kardinals verlassen hatte, wirbelten einige der Sätze, die er dort gehört hatte, durch seinen Kopf. Weniger das gelehrte Geschwätz über den Teufel als das, was zum Schluss gesagt worden war. Vor allem über eine Bemerkung von Pandolfo machte er sich Gedanken: Vielleicht sei die Lösung näher, als er glaube. Er versuchte, diesen Hinweis mit dem in Verbindung zu bringen, was ihm schon bekannt war. Es war wenig genug.

Wusste der Alte etwas? Oder hatte er einfach nur so dahergeredet? *Ganz nah, hatte er gesagt* – was sollte das heißen? Da, wo diese Worte gesprochen wurden, in der Bibliothek? Oder dort, wo Vanga wohnte? Also im *Gatto Nero*? Oder da, wo er tätig war? Etwa in der Kommandantur der Stadtwachen?

Aber alles das hatte nichts mit dem Mädchen zu tun. Da war etwas anderes im Spiel. Schon seit Tagen ließ er einige seiner Gewährsleute im Viertel um Olimpias Haus die Augen aufhalten, und das vor allem, damit er über das Kommen und Gehen ihrer Schwester im Bilde war. Er wusste längst, was ihn dazu antrieb: Er machte sich Sorgen um die Kleine. Cecco war mit ihr gesehen worden, und das verhieß nichts Gutes. Schwer vorstellbar, dass sie sich freiwillig mit ihm abgab. Anscheinend hatte er sie in seine Dienste gezwungen, und wer weiß, was er sonst noch mit ihr im Sinn hatte. Auch er ließ Olimpias Haus überwachen. Seine Leute stellten sich aber nicht geschickt genug an, um es zu verbergen.

Was hatte das alles zu bedeuten?

Natürlich war das nicht die ganze Wahrheit. Es hatte keinen Sinn, dass Vanga sich etwas vormachte: Er suchte einen Grund, das Mädchen anzusprechen. Und diesen Grund hatte er jetzt.

Gina stieß den Mann von sich und strich Rock und Bluse zurecht. Dabei starrte sie ihn abweisend an und runzelte die Stirn.

»Ich weiß, um wen du dir Sorgen machst.«

»Ach ja?« War da nicht eine plötzliche Unsicherheit in der abwehrenden Haltung, die sie zur Schau trug?

»Dir ist doch klar, wo deine Großmutter steckt?«

»Die Nonna?« Das Mädchen schwankte offensichtlich zwischen Schreck, Vorsicht und Erleichterung. Es gab sich einen Ruck. »Euer Tenente hält sie fest.«

»Er ist nicht *mein* Tenente.«

»Nein?« Sie atmete immer noch heftig. Nur vom Laufen? Kein Zweifel: Sie hatte geweint!

»Aber es ist richtig: Sie sitzt im Kerker.«

»Und?«

»Nun, es geht ihr dort nicht gut.«

»Hat er Euch befohlen, mir das zu sagen?«

»Er befiehlt mir gar nichts. Ich sage es dir, weil ich helfen will.«

Anscheinend schwankte sie, ob sie ihm glauben sollte.

»Weißt du auch, dass er euer Haus beobachten lässt?«

»Welches Haus?«

»Das Haus, in dem deine Schwester wohnt.«

»Ich … Ich hab mir so was gedacht.«

»Was hat er vor?«

»Wenn *Ihr* das nicht wisst …«

»Ich weiß verteufelt wenig über seine Pläne.«

»Lasst den besser aus dem Spiel …«

»Wen?«

»Den Teufel.«

»Ach …« Plötzlich wusste er nicht weiter. Er spuckte aus und hockte sich auf ein Steingesims an der Hauswand.

Sie zögerte einen Augenblick. Dann setzte sie sich neben ihn. Einen Augenblick lang sind die Schrecknisse, die sie durchlebt hat, vergessen. »Was kann man für die Nonna tun?«

»Nicht so einfach, Hör zu: Ich werd mir etwas überlegen. Aber vorher muss ich wissen, was er dir aufgetragen hat.«

Ein misstrauischer Blick und Schweigen. Man hörte aus der Richtung des Palazzo Farnese den Lärm eines Volksauflaufs.

»Warst du da drin? Wie bist du hineingekommen?«

Vanga wusste gleich jedem hier, dass dieser Palazzo wie eine Festung bewacht wurde. Er verschwieg, dass er auch darüber Auskunft hatte, in wessen Begleitung das Mädchen letztens dorthin unterwegs gewesen war. Seine Zuträger redeten wieder, nachdem sie lange geschwiegen hatten. Ob Cecco den Druck gelockert hatte? War Vanga für ihn unwichtig geworden? Oder galt gerade das Gegenteil? Vielleicht nutzte die Protektion des Kardinals Santerra plötzlich nichts mehr. Auf jeden Fall musste Vanga an seine Augen und Ohren jetzt wesentlich mehr bezahlen als früher.

»Der Tenente wollte etwas wissen … über einen jungen Maler …« Sie stockte, dann warf sie sich an seine Schulter, verbarg ihr Gesicht, und ein haltloses Schluchzen schüttelte ihren Körper.

»Nun erzähl schon!«

Erst stockend, dann aber rückhaltlos gab sie preis, was ihr widerfahren war. Als sie zu den Zeichnungen kam, unterbrach sie sich und presste die Hand vor den Mund. Ihr wurde plötzlich bewusst, wie närrisch es war, sich gerade diesem Mann auszuliefern. War das denn möglich? Wie konnte sie dumm genug sein, ausgerechnet ihm zu vertrauen.

Vanga sagte: »Hast du die Blätter genau gesehen?«

»Lasst mich!«, keuchte sie, sprang auf die Füße und wischte sich das Gesicht ab.

»Na, na.« Vanga erhob sich ebenfalls. »Von mir hast du nichts zu befürchten. Ich bin auf deiner Seite.«

Sie musterte ihn zweifelnd. Ihre Augen waren rot und geschwollen, aber das tat dem Zauber ihres Gesichtes keinen Abbruch.

»Geh zu deiner Schwester«, sagte er. »Und bleib dort. Hörst du? Sei nicht dumm! Nirgends sonst bist du sicher.« Vielleicht auch da nicht, setzte er in Gedanken hinzu. »Aber du solltest Olimpia nichts von mir ausplaudern.«

Sie nickte verwirrt. Wollte nun auch *der* ihr etwas befehlen? Erst im Nachhinein wurde ihr bewusst, wie vertraulich er sie die ganze Zeit angeredet hatte.

Vanga folgte der Rundung des antiken Marcellus-Theaters, dessen mächtige Quaderbögen vom neu hinzugefügten Gemäuer immer noch deutlich abstachen. Dicht daneben begann das Ghetto. Er nahm mit Absicht einen etwas längeren Weg, weil er den Aufruhr seiner Gedanken loswerden wollte. Im hellen Tageslicht wirkte diese Gegend nicht besonders prächtig. An einigen Stellen waren sogar noch Brandspuren, die vom Sacco di Roma stammten – vor zwei Menschenaltern!

Vanga schlug den Kragen hoch, um möglichst unerkannt zu bleiben, als er den ausgegrenzten Bezirk durchquerte. Die Bewohner des Ghettos hatten es nicht gerne, von Außenstehenden beobachtet zu werden, und ihre Mienen wirkten geradezu abweisend.

Kein Wunder, dachte Vanga. Sie waren hier auf päpstlichen Befehl auf engem Raum zusammengepfercht und wurden zahllosen Zwängen und Schikanen ausgesetzt. Kirchliche Behörden übten ebenso Druck auf sie aus wie die weltliche Verwaltung. Die christliche Bevölkerung zeigte sich feindselig und neigte zu Übergriffen. Regelmäßig mussten alle Einwohner des Ghettos die aggressiven Predigten christlicher Missionare über sich ergehen lassen, und man behandelte sie mit Spott und Verachtung. Ehrbare Berufe waren ihnen verwehrt, und wer bei ihnen Schulden hatte, beschimpfte sie als Geizhälse oder Blutsauger.

Vanga beschleunigte den Schritt. Er strebte jenseits des Ghettos zum Clivus Capitolinus, wie die alten Römer den Abhang des zentralen Hügels in ihrer Stadt genannt hatten. Ihn hatte der Hinweis erreicht, es sei da jemand, der etwas zu erzählen habe. Man suchte zwar Kontakt mit ihm, dennoch war er keineswegs beliebt.

Neugierige Blicke aus Fensterhöhlen oder Türspalten folgten Vanga, aber er wurde nirgends angesprochen oder gar aufgehalten. Einmal schien es ihm so, als höre er einen verstohlenen Schritt in seinem Rücken, doch als er stehen blieb, war alles still. Wahrscheinlich hatte er das Echo seiner eigenen Füße vernommen.

An der Kreuzung zweier Durchgänge klaffte die Tür zu einer Garküche, aus der es nach ranzigem Fett roch. Ans Ziel gelangt! Er holte tief Luft, bevor er eintrat.

Am Kochkessel stand eine Frau. Sie nahm keine Notiz von dem Besucher. Nur ein paar Kinder, die ihr zur Hand gingen, äugten misstrauisch zu ihm herüber. Im Winkel hockte ein zerlumpter Mann, der mit Korbflechten beschäftigt war.

»Da bin ich«, sagte Vanga.

Die Frau streifte ihr strähniges Haar zurück. »Na, und?«, sagte sie.

Vanga trat einen Schritt näher und streckte ihr ein Silberstück hin, das er für diesen Zweck bereitgehalten hatte.

Die Köchin war eine von denen, die ihm gelegentlich etwas mitzuteilen hatten. Dann ließ sie ihm durch einen der Eckensteher und Tagediebe, die um ihren Herd herumhingen, Nachricht zukommen, und diesen Morgen hatte sie es getan.

Vanga durfte nicht wählerisch sein. Es war überhaupt ein Segen, dass die Barriere des Schweigens langsam bröckelte. Was mir gegen Cecco hilft, dachte er, ist die Tatsache, dass er so maßlos unbeliebt ist. Wer ihm ein Schnippchen schlagen kann, der tut es gerne. Außerdem ist dieses Viertel wie ein Topf, in dem es brodelt. Man kann nicht lange den Deckel draufhalten.

»Man muss leben«, schnarrte die Frau und ließ die Münze unter ihrer Schürze verschwinden.

»Und?«, fragte Vanga. »Was kriege ich dafür?«

Sie verzog unwillig das Gesicht und deutete mit einer Kopfbewegung auf den Mann, der am Boden hockte.

»Nicht von mir«, raunte sie. »Von *ihm*.«

Ein misstrauischer Blick des Korbflechters glitt zum Gesicht des Fremden empor und wich gleich wieder aus. Dabei hörte der Bursche nicht auf, mit bedächtigen Handgriffen die Ruten ineinanderzustecken.

War das überhaupt ein Mann? Als Vanga genauer hinschaute, glaubte er eher, ein plumpes Kind vor sich zu haben. Ein Kind von der Körpergröße eines Erwachsenen. Das Gesicht war seltsam flach; es wirkte teigig und ausdruckslos. Andererseits war es um die Augen faltig wie bei einem Greis. Ein Stumpfsinniger, dachte Vanga. Was wird er mir schon sagen können?

Die Frau schien den Gedanken erraten zu haben. »Täuscht Euch nicht«, mahnte sie. »Er ist klüger, als Ihr glaubt. He, Adone …«

Vanga musste schlucken. War es Ahnungslosigkeit oder Spott, diesen wenig einnehmenden Burschen mit einem Namen zu belegen, der für Jugend und Schönheit stand? Aber vermutlich hatte man bei der Kindstaufe noch nichts Auffälliges bemerkt.

Sofern es denn wirklich der Taufname war.

Und man ihn überhaupt getauft hatte.

Die Frau gab dem Angeredeten einen Stups.

Er hob zögernd den Kopf und nickte hastig. »Ja, ja.«, brummte er. »Hab gesehen!« Dabei blinzelte er zu Vanga empor, und seine Unterlippe hing schlaff herab. Die Hände verrichteten weiter ihre Arbeit, als sei dafür keine Aufmerksamkeit erforderlich.

»Du hast ihn wirklich gesehen?«, fragte Vanga, der natürlich wusste, was gemeint war. Der Anblick dieses Häufleins Mensch machte ihn mehr als skeptisch.

»Ja, Herr. Hab gesehen. Den Schwarzen Engel.«

»Weißt du das genau?«

»Kam da raus.« Ein Blick zu dem Haus gegenüber. Vanga wusste, dass hier der Stammplatz der Frau gewesen war, die sie *Fischerin* genannt hatten.

»Schon etwas her«, sagte er. »Erinnerst du dich genau?«

Ein heftiges Nicken, während die Augen an Vanga vorüberschielten.

»War jemand bei dir?«

Kopfschütteln. »Allein.«

Vanga ging in die Hocke, um so vielleicht das Gefühl der Befangenheit zu zerstreuen, das den Befragten umschloss, und den Kontakt zu erleichtern. Diese Geste zeigte Erfolg. Der Bursche begann flüssiger zu reden.

»Hab gesehen, wie … rauskam. Hat umhergeguckt. War ganz nass, ja! Nass …«

Offenbar wollte er das Wort Blut vermeiden.

Mag stimmen, dachte Vanga. Was dieses Ungeheuer tut, geht nicht ab, ohne dass es sich besudelt. Vielleicht will es das sogar gerade auf diese Art haben …

»Und? Hat er dich auch gesehen?«

Nicken. »Hat angeguckt. Hat gedacht: Ob Adone auch töten. Hat aber nicht getan. Keine Gefahr von Adone. Niemand. Adone niemand …« Eine hilflose Geste vollendete den Gedanken.

Immerhin. Diese Darlegung kam so klar und wirkte so überzeugend, dass Vanga sich fragte, ob der Bursche nicht weit intelligenter sei, als er aussah.

»Glaubst du, es ist der Teufel?«

Der Korbflechter brummte unwillig. »Gesicht Leder«, stieß er hervor. »Ist aber nicht Gesicht.«

»Eine Maske?«

»Maske.«

»Hast du ihn früher schon mal gesehen?«

Kopfschütteln. Dann ein Nicken. »Tag davor.«

»Zwei Tage nacheinander?«

Nicken.

»Ist dir noch was anderes aufgefallen?«

Langes Nachdenken.

»Groß«, kam es dann. »Größer als Adone. Musste Adone hochseh'n. Und ... hab da was gehört, als Teufel ging. Eisen. Kling, kling ...« Er imitierte das Geräusch.

Vanga runzelte die Stirn. »Wie Glöckchen?«

»Neee, wie ... Messer. Oh, ja.«

»Du hast nicht gesessen, sondern aufrecht gestanden?«

Ein leeres Grinsen.

»Steh einmal auf!«

Das Grinsen verstärkte sich.

»Er war auf der Straße«, sagte die Frau. »Er streicht immer nachts herum. Kriecht in alle Ecken. Er war auf den Beinen.«

»Eben darum. Er soll mal aufstehen. Ich will sehen, wie groß er ist.«

Vanga erhob sich aus der Hocke, und seine Gelenke schmerzten dabei.

»Steh auch mal auf!«, befahl die Frau.

Der Bursche gehorchte. Er war unerwartet klein, aber kräftig. Einen Kopf kürzer als Vanga, zumal er geduckt dastand.

»Ist gut«, sagte Vanga. »Kannst dich wieder setzen.«

Hastig gehorchte der Beschränkte, und sofort nahmen die Hände ihre Arbeit wieder auf. In wachsender Scheu mieden seine Augen den Blick des Fremden. Mancher hätte wohl vermutet, dieses Mienenspiel deute auf Lüge und Betrug. Aber Vanga dachte anders. Er hatte schon öfter mit Menschen wie Adone zu tun gehabt, und er war überzeugt, sie richtig einschätzen zu können. Doch was brachte ihm dies? Nach der Beschreibung konnte der Mörder, wenn er es denn gewesen war, kaum mehr als mittelgroß sein. Das war noch nicht viel.

»Sonst nichts?«

»Vornehm!«

»Bist du sicher?«

Adone würgte ein Wort hervor, das Vanga nicht verstand.

»Was hat er gesagt?«

Die Frau war zusammengezuckt und fauchte: »*Cretino!* Halt's Maul jetzt!«

Noch ein Versuch, das Wort herauszubringen.

»Wirst du wohl ...!«

Eingeschüchtert kroch der Bursche noch weiter in sich zusammen.

»Was war das?«, hakte Vanga nach. »Was will er sagen?«

»Nichts!«, zischte die Frau und rasselte mit dem Kochlöffel.

»Ihr solltet gehen!«

»Erst will ich es wissen ...«

»Ach ja?«

»Schon gut. Hier hast du ...« Eine weitere Münze wechselte in die schmierige Hand der Frau hinüber. Sie nahm das Geld, maulte aber halblaut vor sich hin: »Schwachkopf! Redest dich um Kopf und Kragen. Hätt ich nur nicht ...«

»Noch einmal«, sagte Vanga. »Sei ganz ruhig! Es wird dir nichts geschehen.«

Das Hantieren hörte auf, als müsse der Angesprochene alle Kraft darauf verwenden, dieses Wort noch einmal zustande zu bringen. *»P... Pretaccio ...«*

Ein Pfaffe!

»Woher weißt du das?«, entfuhr es Vanga.

Die Frau tat jetzt, als gehe sie das Ganze nichts mehr an. Wahrscheinlich hatte auch sie diesen Teil der Aussage früher nicht zu hören bekommen.

Adone wollte nichts mehr sagen.

»Du bist doch ein kluger Bursche«, schmeichelte Vanga. »Du hast doch einen Grund, so was zu sagen.«

»D... Da.« Er zeigte auf seinen Finger.

»Ring«, versuchte Vanga. »Du hast einen Ring gesehen?«

Eifriges Nicken.

»Und woher willst du ...«

Jäh sprudelten die Worte geradezu heraus: »Tag davor. Schon gesehen. Ring. Groß. Ring ...«

Vanga hielt den Atem an. Sein Herz klopfte bis zum Hals. Wohin führte das?

»Ist gut«, sagte er. »Mehr Fragen hab ich nicht.«

Adone grinste erleichtert. Die Frau jedoch runzelte unwillig die Stirn. Zweifellos war sie überzeugt, für eine Auskunft, die offenbar einen Wert besaß – wenn sie auch keineswegs verstand, wieso –, eine viel zu geringe Summe herausgeschlagen zu haben.

Vanga sagte: »Es kann sein, dass ich noch einmal kommen muss ...«

»Wie Ihr wollt. Aber dann kostet es doppelt.«

Vanga trat auf die Gasse. Es roch nach Regen und wurde kühl. Einen Augenblick verharrte er unschlüssig. Dann ging er zum Haus gegenüber und trat durch das offene Portal. Es musste früher einmal ein stattliches Haus gewesen sein, denn es hatte eine Halle, die von Säulen getragen wurde, und eine Balustrade an der Treppe nach oben.

Er wusste genau, dass hier die Fischerin ihren Stammplatz gehabt hatte, das Opfer, das Cecco ihm gezeigt hatte, als ihre unerfreuliche Partnerschaft begann. War hier der Schauplatz des Mordes? So fern vom Fundort der Leiche? Langsam stieg er die Treppe hinauf. Er kannte viele der Frauen, die hier tätig waren. Jetzt, am hellen Tag, schliefen die meisten oder beschäftigten sich mit ganz alltäglichen Frauenarbeiten:

Waschen, Kochen, Flicken … Es roch mehr nach Kohl als nach Duftwasser.

Er erreichte das obere Geschoss. Nichts Ungewöhnliches. Dann trat er durch eine Pforte auf die Dachterrasse. Da sah er es auf den ersten Blick. Niemand hatte sich die geringste Mühe gemacht, die Spuren zu tilgen. Ein großer dunkler Fleck zog sich vom Boden die Wand hinauf bis zu einem Gesims in Hüfthöhe. Gleich bei den Kaminen.

Hier also. Vanga schlug sich vor die Stirn. Warum hatte er nicht längst hier nachgeschaut? Der Fundort der Leiche hatte ihn in die Irre geführt, obwohl es doch ganz außer Frage stand, dass die Tat nicht dort geschehen war. Und Cecco? Wusste er Bescheid? Gleichviel! Jetzt hatte er, Vanga, Informationen, über die der Tenente wohl kaum verfügte. Besonders die Erwähnung dieses Rings gab ihm zu denken … Wenn er nur wüsste, was er davon halten und wie er damit umgehen sollte!

Als er die Treppe hinunterstieg, standen mehrere Frauen in der Eingangshalle und gafften misstrauisch. Die meisten kannte er zumindest flüchtig. Ohne Frage erkannten sie, dass dieser Mann nicht aus Gründen der Lust in ihre Gasse gekommen war.

»Was willst du, du Schnüffler?«, wurde er angefahren. »Die Sbirren sind auch schon mehrmals da gewesen. Könnt ihr uns nicht endlich in Ruhe lassen?«

Seltsam, dachte Vanga. Statt Schutz zu suchen, wollen sie lieber ungestört bleiben. Wichtiger als die Aufklärung der Mordtaten ist ihnen, dass ihr Geschäft nicht beeinträchtigt wird. Als ob nicht längst alles drunter und drüber ginge!

Bestimmt haben sie Angst, aber sie wollen es nicht zeigen.

»Ich hab meine Gründe«, murmelte er nur.

Der Mann, den sie den Schwarzen Engel nannten, neigte das Haupt gegen die Fensterscheibe. Das kühle Glas tat seiner heißen Stirn wohl. Rechts und links prallten die Fliegen beim Versuch, ins Freie zu gelangen, immer wieder gegen die unsichtbare Wand. Ihr verzweifelter Tanz wurde von einem hektischen Summen und von zornigem Gebrumm begleitet. Je mehr sich ihre Kräfte erschöpften, desto heftiger strengten die kleinen Wesen sich an. Einige waren in blaue, andere in grün schimmernde Panzer gekleidet. Manche erreichten die Größe einer Biene oder Wespe. Welche waren grau-schwarz gestreift und borstig am Rücken. Der Mann betrachtete, wie sich ihre kugelförmigen Augen immer aufs Neue zum Licht wandten. Je länger das sinnlose Wüten dauerte, desto häufiger fielen die Tiere erschöpft nach unten, krabbelten auf dem Gesims umher, hockten reglos da oder lagen bereits tot auf dem Rücken oder auf der Seite.

»Ihr seid gefangen«, murmelte der Mann. »Genau wie ich. Aber ich weiß, wie ich die Freiheit gewinnen kann. Ich könnte das Fenster öffnen und euch hinausschwärmen lassen, alle auf einmal. Ja, das könnte ich.«

Damit begann er die kleinen Körper zu zerdrücken. Mit den Daumennagel. Einen nach dem anderen. Zuerst die unten liegenden, danach jene, die dazwischen herumkrochen. Schließlich die, die den Kampf gegen das Unbegreifliche noch nicht aufgegeben hatten. Zuletzt war es gänzlich still am Fenster.

Vanga brach nach kurzer Zeit der Schweiß aus, denn es war stickig und überheizt in dem prunkvollen Gemach. Ein rascher Seitenblick verriet ihm, dass es Cecco nicht besser ging. Draußen wehte an diesem Nachmittag bereits ein Frühlingswind, aber hier drinnen hockte noch der Muff des Winters. Außerdem roch es so stark nach Weihrauch und scharfen

Salben, dass einem übel werden konnte. Und die Zeit dehnte sich endlos.

Ob er eingeschlafen ist? Vanga blickte forschend auf die massige Gestalt des Kardinals Cipriani, der bewegungslos in einem dick gepolsterten Sessel ruhte und kaum zu atmen schien. Der unförmige Körper war mit Decken umhüllt. Der rechte Fuß lag, in feuchte Tücher gewickelt, auf einem Schemel – wohl um die Pein der Gicht zu lindern. Die schlaffen Augenlider waren bis auf schmale Schlitze geschlossen. Vanga vermutete jedoch, dass seine Eminenz die Besucher trotzdem genau im Blick behielt. Zweifellos entging ihm auch nicht, dass Cecco sich erlaubte, ungeduldig auf seinem Sitz hin und her zu rutschen, und dazu ein gepresstes Seufzen ausstieß. Sonst rührte sich nichts im gesamten Raum. Die Engel auf den Deckenmalereien waren in der Bewegung festgebannt, selbst die Rauchfäden über dem kostbaren kleinen Privataltar schienen in der Luft stillzustehen. Die Fliegen am Fenster waren schon lange tot, ausgesaugt und eingetrocknet, eingesponnen in den Fäden eines Spinnennetzes, das niemand entfernt hatte. Selbst die Spinne war offenbar verendet, nachdem es keine Nahrung mehr für sie gab. Wahrscheinlich hatte der hohe Herr aus Gründen, die nur ihm selbst bekannt waren, seit langer Zeit keine Reinigung seines Kabinetts mehr geduldet. Und das im Verwaltungstrakt des Vatikans, wo dem mächtigen Mann ein Heer von Untergebenen und Bediensteten zu Gebote stand!

Vanga versuchte sich vorzustellen, wie der Kardinal mit Olimpia zusammen war. Immerhin war die Verbindung zwischen den beiden vor einigen Monaten das Stadtgespräch gewesen; sie galt als der entscheidende Grund, weshalb die Schöne ihm, Vanga, den Laufpass gegeben hatte. Aber eigentlich hatte er das von Anfang an für Unsinn gehalten. Da wurde etwas anderes vor den Augen der Öffentlichkeit verborgen.

Hieß es nicht, Cipriani sei in Wahrheit eher den Knaben zugeneigt? Falls solche Fragen für ihn überhaupt noch eine Rolle spielten …

Mag sein, dass er solche Gerüchte ganz gern selbst in Umlauf bringt. Dadurch steht er als Lebemann da, der immer noch die derzeit berühmteste Kurtisane von Rom an sich zu fesseln vermag. Vielleicht nutzt ihm das ja in gewisser Weise.

Die Übertretung des Keuschheitsgebots sowohl auf die eine als auch auf die andere Weise war etwas so Alltägliches, gerade in den oberen Regionen des römischen Klerus, dass allgemein wenig Anstoß daran genommen wurde. Nicht einmal für persönliche Ambitionen im Rahmen der Hierarchie waren dadurch Nachteile zu befürchten.

Vanga dachte: Es fällt nicht leicht, dem zu widersprechen, was die Ketzer zu diesem Thema sagen.

Ein Ruck ging durch die Gestalt des Kardinals. Hatte er etwas gesagt, oder war es ein Schnarchen gewesen?

Da hob sich die dicke, mit kostbaren Ringen besetzte Hand und deutete zum Fenster.

»Wie dem auch sei …«, murmelte die schläfrige Stimme des Kirchenfürsten und knüpfte damit an die vor seinem Nickerchen ausgebreiteten, ziemlich allgemeinen Feststellungen an, die sich auf die Unruhe der Bevölkerung und ihre vermutlichen Ursachen bezogen hatten. »Wie dem auch sei, ihr jungen Leute müsst bedenken, dass die Völker der Christenheit nicht schlecht führen, wenn sie etwas mehr Angst vor dem Teufel spüren würden. Zumindest käme das den Intentionen der Heiligen Mutter Kirche … nun … durchaus zustatten. Meint ihr nicht auch?«

Cecco beugte sich vor. »Eminenz, ist das so zu verstehen, dass –«

Ein unduldsames Räuspern unterbrach diese Frage. »Es ist

so zu verstehen, dass es viel zu vielen Menschen an Ehrfurcht und Gehorsam mangelt.« Der ungnädige Blick, von dem diese Worte begleitet wurden, ließ keinen Zweifel, dass Seine Eminenz niemanden von diesem Verdikt ausnahm, auch nicht den stellvertretenden Kommandanten der Stadtwache. »Das Gift des Zweifels und der Respektlosigkeit hat sich ausgebreitet und zeigt sogar am grünen Holz seine Wirkung. Es gibt neue Ideen … Ideen, Ideen … Nun: Eines ist gewiss: Diesem Treiben muss Einhalt geboten werden. Der Pöbel wird täglich dreister. Wenn ihm nicht die eiserne Hand gezeigt wird, kann es schon in den nächsten Tagen Unbotmäßigkeit und Aufruhr geben. Ihr versteht? Der Teufel ist überall!«

Das Wort von der eisernen Hand schien Vanga etwas unpassend angesichts der gichtigen Gliedmaßen des alten Fettsacks. Aber vermutlich durfte man ihn als Gegner nicht unterschätzen. Jäh blitzten die kleinen verschlagenen Augen auf, und die Lethargie fiel schlagartig von ihm ab. Hatte der Kardinal eben noch wie eine träge Kröte gewirkt, so zeigte er plötzlich etwas vom Wesen einer Schlange, die sich lauernd bereithielt und jeden Augenblick in tödlichem Angriff zustoßen konnte. Es war wie das Hervorzucken einer blanken Waffe, die in einer samtenen Hülle verborgen war, bevor sie hervorschnellte, ihr Ziel traf und sich im nächsten Moment bereits wieder verbarg.

Doch dieses knappe Aufleuchten hatte genügt, um Vanga vor dem scharfen Verstand, dem eisernen Willen und der gefährlichen Zielstrebigkeit zu warnen, welche in diesem welken, hinfälligen Körper steckten.

»Wollt Ihr den Klingelzug für mich betätigen?« Diese scheinbar demütige Bitte stand in krassem Gegensatz zu dem, was kurz zuvor deutlich geworden war. Der alte Mann wirkte nun wieder konturlos und eingefallen.

Cecco erhob sich eilfertig und kam dem Wunsch des Kirchenfürsten nach. Fast unverzüglich erschien ein Diener im Raum. Wahrscheinlich hatte er die ganze Zeit gelauscht. Die Flügeltüren zum Korridor wurden geöffnet. Die Audienz war ohne weitere Formalitäten beendet.

Die beiden Besucher verneigten sich und küssten den Ring, den Kardinal Cipriani ihnen leutselig hinstreckte. Ein kostbares Stück, das strahlend funkelte. Vanga spürte den dumpfen Geruch, den der alte, kranke Körper verströmte.

Ein gnädiges Nicken verabschiedete Cecco und ihn. Rückwärtsgehend verließen sie den Raum. Draußen salutierten die Gardisten, als wären Staatsgäste zu geleiten.

Cecco schwieg verbissen. Sie durchschritten einen endlos langen Korridor und stiegen eine breite Treppe hinunter. Vanga hätte pompöse Gemälde an diesen Wänden und Decken erwartet, aber stattdessen bot sich eine geradezu spartanische Strenge. Er war unzufrieden mit diesem Gespräch, unzufrieden mit der gesamten Situation. Was hatte der Kardinal eigentlich von ihnen gewollt? Aus welchem Grund hatte er sie rufen lassen?

Und weshalb hatte Cecco ihn heute hierher mitgeschleppt? Die letzte Frage war am einfachsten zu beantworten. Offenbar hatte Kardinal Santerra wieder einmal seine Machtmittel eingesetzt, so dass der stellvertretende Befehlshaber der Stadtwache nicht anders gekonnt hatte, als den unliebsamen Partner einzubeziehen.

Immerhin: So bin ich zu der Ehre gekommen, binnen weniger Tage von zweien der mächtigsten Männer Roms empfangen zu werden. Der eine weiß, dass er bald abtreten muss, der andere brennt darauf, seine Position zu übernehmen. Und natürlich sind sie sich spinnefeind.

Natürlich zeigte sich Cecco, wenn er schon musste, derart großzügig nur bei einer Gelegenheit, die ihm nebensächlich erschien. Dafür würde er bei anderen Anlässen, die ihm wichtiger waren, die Zusammenarbeit weiterhin abblocken und Vanga ausschließen, wo immer er konnte.

Oder war alles ganz anders? Hatte der Tenente womöglich Bedenken gehabt, alleine zu gehen?

Mag ja sein, dass er begreift, mit wem er es zu tun hat. Und dass er zum Opfer prädestiniert ist, wenn einem der mächtigen Herren der Sinn danach steht.

Und – wie ging es nun weiter?

Unauffällig erforschte Vanga das Gesicht des Tenente, der festen Schrittes neben ihm schritt, ohne ein Wort und mit verbissener Miene.

Nun gut: Dieser Mann war sein Vetter. Sohn des Bruders seiner Mutter. Zwischen ihnen war Zank und Hader gewesen, solange er denken konnte. Musste er sich also mit ihm verbunden fühlen?

Da begann Cecco plötzlich zu sprechen: »Der alte Kater wollte uns zeigen, dass er noch Krallen hat. Er weiß, dass die Tage gezählt sind, an denen sein Einfluss noch gilt. Ein stärkerer Papst hätte längst persönlich durchgegriffen. Aber so vollzieht sich alles wie beim Kartenspiel. Nur die wenigsten wissen, wo die Trümpfe stecken, und einer, der das Spiel überblickt, kann im richtigen Moment herauskommen.«

Vanga war erstaunt, wie klar der andere die Situation beurteilte und wie deutlich er seine Gedanken aussprach.

»Und am Ende taucht das Ass aus dem Ärmel auf«, setzte er dagegen.

»Ja, gewiss«, knurrte Cecco. »Das Ass aus dem Ärmel …«

Eben noch umfing sie der Schatten des Gebäudes, nun standen sie im Freien. Wieder salutierten Soldaten der Garde. Unwillkürlich atmete Vanga auf.

Das Licht der sich neigenden Sonne überflutete die Weite des Platzes an San Pietro. Über ihnen ragte sperrig ein Gerüst empor, das ihnen schon beim Herkommen einen Umweg aufgezwungen hatte.

Immer noch alles eine Baustelle, dachte Vanga.

Gerade räusperte sich Cecco, als wolle er noch etwas sagen.

Aber dann ... He – Was soll das?!

Vanga fühlt einen Stoß in die Seite. Von Cecco! Ist der Kerl verrückt geworden? Vanga taumelt, prallt gegen die Wand und stürzt auf das Pflaster. Der Aufschrei bleibt ihm in der Kehle stecken. Da: Über ihm verschiebt sich ein Balken, unendlich langsam ... Krachend bricht Holz ... Eine Tauverbindung spannt sich – ein Knall – sie ist in Fetzen! Schon wankt das ganze Baugerüst. Planken kippen steil in den Himmel. Ein Haufen Ziegel rutscht von der Bretterbühne, hängt in der Luft! Donnernd wuchtet die Masse herab wie aus einer geöffneten Riesenfaust, – entfesselt, verstreut, zertrümmert.

Das Pflaster bebt.

Ohren, betäubt vom Getöse! Staub in Augen und Kehle ...

»Gott! Was war das?«

Wie im Nebel ein Schatten. Cecco ... »Verdammt will ich sein«, keucht er.

»Erdbeben?«, bringt Vanga heraus.

»Nein, zum Teufel. Das galt uns! Rote Jacke! Ich hab den Kerl gesehen –«

Ein Hustenanfall schneidet ihm das Wort ab.

»Was glaubst du, warum ich dich rufen ließ?« Olimpia, ganz hoheitsvoll, tippte mit ihrem Fächer auf Ginas Arm. Tag um Tag hatte sie sich der Schwester entzogen. Es hatte keine Aussprache gegeben seit jener Nacht, in der Gina die Wunden gesehen hatte.

»Wie meinst du das?«, fragte das Mädchen und spürte sein Herzklopfen.

»Stell dich nicht dumm! Damit machst du mich erst recht misstrauisch.«

»Wieso misstrauisch?«

»Ach, sieh mal da, das Unschuldslamm! Glaub nicht, dass ich nicht weiß, was du treibst! Ich hab auch noch Bedienstete, die zu mir halten.«

»Tu ich das etwa nicht?«

Gina verbiss sich eine Bemerkung darüber, dass die Ältere sie mit ihrer Äußerung quasi unter ihre Bediensteten eingeordnet hatte. Sie wusste, dass man Olimpias Worte nicht auf die Goldwaage legen durfte. Viel wichtiger war, herauszufinden, worauf der unerwartete Angriff zielte. Herrgott! Warum jetzt auch noch ein Streit mit Olimpia? Reichte es denn nicht, dass in ihrer Seele alles in Aufruhr war – durch die Erlebnisse der vergangenen Stunden?

Da kam schon der nächste Stich: »Hast du dich etwa nicht herumgetrieben, statt zügig deine Aufträge zu erledigen? Ein Kerl – oder was?«

»Aber nein! Mag sein, dass ich ein wenig getrödelt –«

»Außerdem lässt du dir Geld zustecken, da möcht ich wetten. Was glaubst du wohl, Prinzessin: Geld gibt dir keiner umsonst. Früher oder später wirst du dafür was tun müssen … Wenn es nicht längst so weit ist!«

Gina schwieg. Schlug Olimpia nur ins Leere, oder hatte sie ein bestimmtes Ziel?

»Jetzt raus damit! Man hat dich gesehen. Was hast du mit diesem *Cecco* zu schaffen?«

Also das war es. *Merda!* So ein Scheiß!

Wieder ein Streich mit dem Fächer.

Diesmal tat es richtig weh. Gina wich zurück, ließ sich den Schmerz jedoch nicht anmerken.

Olimpias Augen funkelten, und sie lauerte gespannt auf die Reaktion ihres Gegenübers.

»J… Ja … Dieser Kerl, er ist mir lästig geworden …«

»Und? Warum erfahre ich nichts davon? Was hat er gewollt?«

Gina sah ein, dass sie einen Teil der Wahrheit offenbaren musste, um einen anderen Teil weiter verbergen zu können. »Er setzt mich unter Druck. Er hat die Nonna in seinem Kerker. Er droht damit …«

Olimpia sog die Luft mit einem zischenden Laut durch die Zähne ein. »*Sporca canaglia!* So ein Schweinehund! Das hat er sich fein ausgedacht«

»Ich weiß nicht, was ich tun soll.«

»Weiß nicht! Weiß nicht! Hättest mir gleich davon erzählen müssen!«

»Ich hab Angst!«

»Unsinn! Er wird nicht wagen, dir was zu tun.«

»Aber die Nonna …«

»Nun ja, die Nonna … Die soll der Teufel holen!«

Gina wusste ja längst, dass die Brücke zwischen Olimpia und ihrer Großmutter abgebrochen war. Dennoch erschrak sie, wie gnadenlos ihre Schwester urteilte.

»Sag so was nicht!«

»Schon recht. Es gibt Leute, die will auch der Teufel nicht haben. Man wird sehen. Doch jetzt erzähl mir: Was hat er mit dir vor, der Schweineschwanz?«

Und Gina erzählte: dass Cecco nichts von ihr persönlich zu wollen schien, sondern dass sie ihm Spitzeldienste leisten müsse.

Olimpia hörte zu, schien jedoch nur mäßig interessiert zu sein.

»Künstlervolk? Beim Carracci, dem Bauerntrampel?« Ihr Ton war höchst wegwerfend. Ob sie den Maler näher kennengelernt hatte? »Was für ein Unsinn!«

Fast kam es Gina so vor, als sei der größte Teil des Berichts der Schwester gar nicht neu. Oder sie dachte an etwas ganz anderes, zumindest an einen anderen Aspekt dieser Misere. »Ich hab Angst«, sagte sie schließlich noch einmal. »Verstehst du mich nicht? Worauf läuft das alles hinaus?«

Die Ältere nickte grüblerisch. »Da muss man jetzt schlau sein«, murmelte sie. »Pass auf! Du wirst ihm weiter zu Willen sein. Was das Beobachten angeht, meine ich. Wenn er dir an den Hintern will, also wenn er damit anfängt, musst du selber wissen, was du tust. Aber ich rate dir: Vorsicht! Vor allem halt die Augen auf, und gib ihm immer nur den kleinen Finger. Verstehst du? Niemals die ganze Hand!«

Gina nickte. Dann kam Olimpia mit dem heraus, was ihr eigentlich am Herzen lag: »Ich bin sicher, er will was andres. Es geht um *dieses* Haus. Ich spür das. Ich weiß es. Denn er lässt uns schon seit Wochen beobachten. Vielleicht denkt er, ich merk es nicht. Er will wissen, was hier vorgeht. Und vor allem: Er wird dich fragen, was du über den Herren weißt. Ist hinter allem her, was ihn betrifft. Sei froh, dass du ahnungslos bist!« Dann schien ihr bewusst zu werden, dass sie im Begriff stand, mehr herauszulassen, als sie wollte. »*Dannazione*, was geht das alles ein Küken wie dich an! Dieser Kerl soll sich nur in Acht nehmen. Kann sich höllisch die Finger verbrennen. Jedenfalls – du gibst ihm nichts in die Hand, hast du mich gehört?«

»Ja, ja.«

»Kein Wort über das, was du siehst und hörst. Keines!« Olimpias Augen funkelten wie die einer Raubkatze.

»Nein.«

»Ha! Zu gern hätte der Dreckskerl die Finger im Spiel!«

Vanga lehnte mit der Schulter gegen die grobe Ziegelmauer, blind und taub vom Bersten der Steinlawine. Erst nach und nach konnte er wieder klar denken, bekam die Augen auf und hörte dumpfe Laute – wie durch eine dicke Schicht von Watte. Wie Nebel lagerte es über der Stätte, Mörtelpulver und Ziegelstaub. Atemholen war eine Qual. Er versuchte sein Gleichgewicht wiederzufinden.

Da regte sich etwas zu seinen Füßen. Die Gestalt eines Mannes.

Cecco. Hatte es ihn erwischt?

Der Kerl hustete rasselnd und spuckte Dreck. Dann tappte er mit zerschundener Hand um sich. »Bist du das?«, keuchte er.

Von seiner Stirn rieselte Blut.

»Komm hoch!«, drängte Vanga.

»Verflucht, was war das?«

»Der ganze Scheiß – von oben …«

Langsam hellte sich die Staubwolke auf, wie aus weiter Ferne kamen Rufe. Bewegte Schatten. Jemand griff Vanga stützend unter den Arm.

»Ganz ruhig!«, brummte eine Stimme. »Ihr Kerle habt Glück gehabt …«

Auch Cecco erhielt Hilfe.

»Wie konnte das passieren?«, fragte der Mann mit der Brummstimme, anscheinend Bauleiter oder Kolonnenführer.

Vanga fand nicht die richtigen Worte, bemühte Gesten.

»Schon gut, halt still!« Der Mann klopfte ihm Arme und Beine ab. Schien mit dem Resultat zufrieden zu sein. »Wirklich, verdammtes Glück!«, bekräftigte er.

Auch Cecco war wieder auf den Beinen.

»In Ordnung?«, fragte Vanga.

»Geht schon …«

»Glaub – hast mir – Leben gerettet.«

»Scheiß drauf! Aber: Das war kein Unfall!«

»Kein Unfall?«, echote der Truppführer und kniff misstrauisch die Augen zusammen. »Was soll das heißen?«

Cecco starrte den Mann wütend an, ehe er auf seine Frage einging: »Hab 'nen Kerl gesehen, der sich da oben« – Husten – »zu schaffen gemacht hat, verdammt noch mal!«

»Am Gerüst?«

»Von der Leiter da. Splint rausgezogen, oder 'nen Keil oder irgend so 'n beschiss'nes Ding. Mistkerl! Hab ihn genau gesehen!«

»Na, na. Mal langsam! Du blutest wie 'ne Sau.«

»Wahrscheinlich einer, der sich hier auskennt«, überlegte Vanga. »Vielleicht ist er noch in der Nähe. Kannst du ihn beschreiben?«

Cecco stöhnte, weil sie ihm die Wunde abtupften, ließ sich jedoch nicht ablenken. »'ne rote Jacke«, zischte er, »'ne rote Jacke!«

Vanga fühlte sich schon wieder recht sicher auf den Beinen. »Ich seh mich mal um«, sagte er.

»Vorsicht!«, schnauzte der Truppführer. »Was hast du vor?«

Aber Vanga ließ sich nicht zurückhalten.

Vor ihm erstreckte sich die Baustelle von San Pietro. Hier hatte man schon vor vielen Jahren die alte Basilika des Vatikans abgerissen, und seitdem waren gewaltige Arbeiten im Gang, die offenbar kein Ende fanden. Immerhin war vor kurzem die riesige Kuppel geschlossen worden; sie thronte nun als hochgewölbte Masse wie ein Berggipfel über der Stadt, beinahe von überallher sichtbar. Gegenüber ragte der Obelisk empor, vor einigen Jahren errichtet, damals ein ungeheurer Aufwand. Auch der Bau des Langhauses war bereits fortgeschritten, aber man musste noch die Fassade davorsetzen.

Was war das Ganze schließlich wert – ohne Schaufront?

So ragten weiter Gerüste auf, rückte Tag für Tag eine Armee von Maurern, Zimmerleuten und Steinmetzen an, stapelte sich ringsum das Material. Zeitweilig wurde sogar nachts bei Fackelschein gearbeitet. Geld schien keine Rolle zu spielen. Der

Papst wollte, so war zu hören, gewisse Teile des Werks noch im Heiligen Jahr fertig sehen.

Der Schauplatz, der zur Kirche hin anstieg, glich immer noch einem wüsten Acker. Er wimmelte von Menschen, denn gerade eben ging die Nachmittagsarbeit zu Ende. Wie – um Himmels willen! – sollte in diesem Ameisenhaufen ein einzelner Verdächtiger gefunden werden?

Steckte er bei denen, die den Mörtel mischten? Schaufelte er in den Gruben für die Fundamente? Oder war längst auf einem der Gerüste?

Wenn es überhaupt stimmte, dass der Kerl von der Baustelle gekommen war und sich immer noch hier aufhielt.

Scheiße!, dachte Vanga. Das ist hoffnungslos. Aber er würde es trotzdem versuchen.

Die Arbeiter, auf die er als Erste zuging, Zimmerleute, die auf einer sandigen Fläche eine Balkenkonstruktion zusammenfügten, blickten ihn mit weit aufgerissenen Augen an, und einige ließen sogar ihr Werkzeug fallen. Vanga war verblüfft über dieses Verhalten, aber dann ging ihm auf, dass er über und über mit weißlichem Pulver bedeckt war, das zweifellos auch auf seinem Gesicht lag wie eine Maske.

Das ist es!, dachte er und grinste. Ich sehe aus wie ein Gespenst.

Von diesen Männern trug keiner eine rote Jacke. Die meisten arbeiteten mit nacktem Oberkörper, und ihre Haut war mit Schweiß und Dreck überzogen.

Eine rote Jacke! Wer zog etwas so Auffälliges an, wenn er einen Anschlag auf den Hauptmann der Stadtwache vorhatte?

Vielleicht war ja gerade das die Finte? Wenn er nämlich das Ding gleich anschließend ausgezogen hatte!

Jedenfalls gab es keinen anderen Hinweis.

»Haltet euch nicht auf mit Gaffen!«, schrie einer der Aufseher und warf Vanga einen wütenden Blick zu.

Der hatte seine Fassung zurückgewonnen und setzte eiserne Gleichgültigkeit dagegen.

Hier kommt wohl keiner infrage, dachte er. Vorausgesetzt, Cecco hat richtig beobachtet ... Ganz anders war es im nächsten Bereich, zu dem er gelangte, als er auf die Schuppen der Schmiede und Pechsieder zuging. Hier versperrten ihm die großen Seilwinden den Weg, die unmittelbar vor den Mauerpfeilern standen. Wuchtige Drehkreuze, tief im Boden verankert. Sie dienten dazu, schwere Lasten, vor allem Baumaterial, in die Höhe zu hieven. Diese Winden waren so platziert, dass sie einen großen Teil des Tages im Schatten standen. Dadurch wurde es den Arbeitern nicht so rasch zu heiß, und die meisten trugen Jacken. Nur: Rot schien bei diesen Kerlen Mode zu sein. Mehr als ein Dutzend von ihnen trugen eine Jacke, wie Vanga sie suchte. Und es waren mehr als hundert, die sich gerade in die Hände spuckten und auf das Kommando ihres Vormanns warteten, um sich in die Speichen zu stemmen. Fast alle starrten den seltsamen Vogel an, der da mit forschendem Blick zwischen ihnen umherging.

Der Vormann wirkte besonders bärbeißig. »Wer du auch bist«, bellte er, »steh bloß nicht im Weg!«

Vanga überhörte den angriffslustigen Ton. Er ging zu einem der Wassertröge, an denen die Pferde getränkt wurden, und wusch sich den Staub vom Gesicht.

»Na, siehst du jetzt besser?«, knurrte der Vormann, der sich neben ihm aufgebaut hatte wie der Rausschmeißer in einem Bordell vor einem betrunkenen Kunden.

»Ich suche einen Mörder«, sagte Vanga.

»Da brauchst du nicht lange zu stöbern. Das trau ich jedem von diesen Burschen zu!«

Ein scharfer Pfiff kam vom Stapelplatz. Offenbar das Signal, die Winden in Gang zu setzen.

»Also los!«, brüllte der Vormann. Er gebärdete sich wie der Peitschenschwinger auf einer Galeere. Dutzende von Arbeitern stemmten sich gegen die großen Speichen der Drehkreuze. Einer stimmte einen Singsang an, wie Vanga ihn von Seefahrern kannte. Alle fielen in den Kehrreim ein. Die Seile spannten sich. Das Holz ächzte. Der Vormann winkte weitere Männer von anderen Winden heran.

»Ihr da drüben, fasst mit zu! Sonst schaffen's die Schwächlinge nicht.«

Da fällt Vanga ein Gesicht ins Auge. Es gehört einem der Männer, die als Verstärkung heranschlurfen. Er hat eben noch die Jacke von den Schultern gestreift. Rot!

Vanga packt den Vormann am Arm.

»Der Mann da drüben, wie heißt der?«

»Was geht dich das an?«

»Ich gehöre zur Stadtwache. Du wirst es bereuen, wenn du mir nicht hilfst!«

»Verdammt noch mal, welcher denn?«

»Der mit der Narbe im Gesicht!«

»Wo?«

»Der da!«

»Den habe ich hier noch nie gesehen.«

Während dieses Wortwechsels hat der Mann, um den es geht, kein Zeichen von Erkennen, von Erschrecken oder Unruhe gegeben. Dennoch bemerkt Vanga dessen Wachsamkeit, als der Kerl einen schnellen Blick herüberwirft und rasch wieder wegschaut.

Er hat mich bemerkt!, durchzuckt es Vanga. Das ist er! Und er weiß, dass ich ihn erkannt habe.

Plötzlich wird ihm bewusst: Das ist das Narbengesicht, von dem er seinerzeit in der Altstadt beobachtet und verfolgt worden ist.

Also der hat den »Unfall« arrangiert?

Dann hat es mir gegolten, nicht Cecco!

Ohne noch mal herzuschauen, hat der Mann seine Richtung geändert und sich bereits ein gutes Stück entfernt. Offenbar will er möglichst unauffällig in der Menge verschwinden. Aber Vanga behält ihn im Auge.

Ungezählte Männer sind zwischen ihnen. Wenn man ihn nur vorbeilässt!

»Aus dem Weg!«, ruft er. »Seht ihr den Mann da? Festhalten, lasst ihn nicht entkommen!«

Ein Fehler, wie er rasch begreift. Die anderen Kerle denken nicht daran, einen der ihren den Wachen auszuliefern. Haben wohl selbst Grund genug, das Auge des Gesetzes zu fürchten. Sie setzen alles daran, Vanga zu behindern, lümmeln im Weg oder stellen ihm ein Bein. So was erlebt er nicht zum ersten Mal. Klar, dass er allein steht und keiner helfen wird.

Trotzdem zwängt er sich durch die Menge, nimmt manchen Puff hin und teilt auch selbst aus.

Laut ruft er: »Ich werde schießen!«, obwohl er gar keine Waffe bei sich trägt. Da ist plötzlich die Bahn frei, und er sieht den Verfolgten – läuft wie ein Hase! – zwischen zwei Schuppen verschwinden.

Schnell hinterher!

Leere Kisten und Latten fliegen in den Weg. Narbengesicht wirft sie hinter sich als Hindernis für den Verfolger!

Vanga stolpert, rafft sich auf, stolpert wieder.

Wenn nur das Bein nicht so schmerzen würde!

Ein verdammtes Brett!

Vanga hat den Zwischenraum zweier Plankenwände erreicht. Staub und dumpfe Hitze! Wo weiter?

Da drüben rennt der Kerl!

Aus gleißendem Sonnenlicht in schwarze Schatten! Sekundenlang ist er fast blind. Hier riecht es nach Teer und Mörtel.

Rechts blaken Feuer. Vor ihm ein Gerüst zwischen mächtigen Pfeilern.

Da klettert der Mann, behänd wie ein Affe, ist schon drei Balkenlängen über ihm!

Vanga erwischt eine Leiter und setzt nach.

Aber – verdammt! – er kann das Tempo nicht halten. Das Bein schmerzt! Sein Atem keucht. Der Schweiß rinnt ihm in die Augen und vernebelt die Sicht.

Da hört er ein Schnaufen neben sich und blickt zur Seite.

Das ist Cecco!

»Lass mich vorbei!«, schnauzt er.

Hat seine Kräfte rasch wiedergewonnen, der Kerl. Er klettert scheinbar ohne Anstrengung. Um den Kopf ein Verband.

»Ich kenne ihn«, keucht Vanga. »Er hat eine Narbe im …« Da seine Stimme versagt, vollendet eine Geste den Satz.

»Verstanden!«

Schon sieht er von Cecco nur noch die Stiefelsohlen.

Aber auch Vanga gibt nicht auf.

Plötzlich ist das Gerüst zu Ende. Über einen klaffenden Abgrund – auf schmaler Planke weiter … Nur nicht nach unten blicken!

Arbeiter mit Kübeln voll heißem Teer stolpern und schimpfen erbittert hinter ihm her. Schwarze Glut ergießt sich auf die Steine …

Vanga eilt weiter. Eine schräge Terrasse entlang, zwischen mächtigen Stützbalken hindurch, zum Sockel der mächtigen Kuppel.

Da vorn verschwindet Cecco. Ein Durchlass wie eine Felsenschlucht. Ihm nach! Es geht durch eine niedrige Tür, dann einen Schacht entlang. Riecht nach feuchtem Mörtel.

Jäh ein Gesims ins Leere! Vanga taumelt. Blickt in den weiten Kuppelraum hinaus. Muss sich an die Mauer krallen.

Nach Atem ringend, hält er inne. Ein Kiesel rollt zu seinen Füßen ins Nichts. Drei Herzschläge, bis er unten auftrifft.

Hier lang können sie nicht gelaufen sein, aber dort rechts geht es weiter, ein Gang, aufwärts, aufwärts, aufwärts, nicht steil, aber stetig. Da hallen Schritte. Das sind sie: Cecco und das Narbengesicht!

Vanga hastet weiter. Der Puls hämmert. Gekeuche schlägt vom Mauerwerk zurück.

Noch höher! Die Decke neigt sich über ihm. Schräg windet sich der Gang, immer steiler, immer mehr zur Mitte geneigt – zwischen den Kuppelschalen!

Jetzt ein Absatz. Hohe Stufen. Kostet Kraft …

Torkelnd, an die Wand gestützt, klimmt Vanga zum Scheitel des Wegs. Welcher Dämon treibt den Kerl da rauf? Was für ein Narr!

Nirgends ein Ausweg …

Vanga spürt einen kühlen Wind, dann gleißendes Licht, der Ausgang ins Freie, und tappt vorwärts, geblendet.

Eine Treppe – geradewegs in den Himmel! Eine Rampe ohne Geländer. Der Blick stürzt endlos hinab. Abendsonne flimmert auf fernen Dächern. Türmchen. Wasser. Wald …

Ein gurgelnder Laut – dicht neben ihm. Vanga fährt herum.

Da sind sie! Cecco hat den Burschen gepackt, kniet halb auf seiner Brust und würgt ihm die Kehle. Immer näher schiebt er sein Opfer zum Abgrund. Kopf und Schultern schon im Leeren. Rasselndes Keuchen. Gesicht zur Grimasse verzerrt. Kämpft verzweifelt. Keine Chance. Nicht gegen Cecco in seiner Wut.

»Halt!«, schreit Vanga. »Lass ihn los!«

Zorniges Geheul.

Narbengesicht blutet. Ist schon ohne Besinnung. Die Arme schlaff. Gleich geht er über die Kante!

»Willst du ihn denn umbringen?«

»Was sonst?«

»Und dann?«

»Verrecken soll er!«

Trotz Erschöpfung wirft sich Vanga auf den Rasenden. Er muss ihn aufhalten! »Verdammt! Und der Grund?«

Cecco stutzt und hält inne.

Endlich!

»Grund?«

»Das Warum … Wer dahintersteckt!«

Das leuchtet selbst dem Hitzkopf ein.

Cecco schüttelt sich. Nun zerrt er den reglosen Körper vom Gesims zurück.

Vanga kommt jetzt erst dazu, sich vor dem Abgrund zu fürchten. Er hat wahrhaftig seine Höhenangst vergessen! Langsam kriecht er rückwärts. Seine Hände zittern. Kalter Schweiß bedeckt die Haut.

Cecco rückt den Verband zurecht, der verrutscht ist, so dass Blut hervorquillt.

»Carogna«, flucht er. »So ein Aas! Wirst bald bedauern, dass du nicht runtergeflogen bist!«

Selbstverständlich hätte Olimpia es nicht erlaubt, und auch die Köchin durfte nichts davon wissen, aber Ginas Neugier war stärker als ihre Angst. Deshalb ging Gina das Risiko ein und spielte ein Spiel, das ihr schon mehrmals gut gelungen war: Sie entzog sich der Kontrolle, die man im Haus auf sie ausübte. Die Köchin ließ sie glauben, Olimpia habe sie wieder mal mit einem Auftrag in die Stadt geschickt, und von der Schwester war nichts zu befürchten. Olimpia hatte wissen lassen, dass sie an Kopfschmerz leide, und deshalb wagte niemand im Haus, sie zu stören. Man hatte sattsam erfahren müssen, wie heftig und unberechenbar die Herrin sein konnte, wenn man ihr in diesem Zustand in die Quere kam.

So war es dem Mädchen gelungen, sich unbemerkt ins oberste Geschoss des Palazzo zu stehlen. Es gab eine einzige Tür, die in die unbenutzten Räume unterm Dach führte, und Gina hatte längst herausgefunden, dass sie mit einem Schloss versperrt war, dessen Zunge so viel Spiel hatte, dass jemand mit geschickten Fingern und einem schmalen Messer sich ohne weiteres Zugang verschaffen konnte. Beides war natürlich kein Problem. Wenige Augenblicke, nachdem sie barfuß die Treppe emporgeschlichen war, befand sie sich schon hinter dieser Tür, und niemand würde je etwas davon erfahren. Ihr Herz klopfte anfangs heftig, aber schon nach kurzer Zeit wurde es ruhiger. Sosehr sie sich im nächtlichen Dunkel fürchtete, so tollkühn konnte sie auftreten, wenn es Tag war. Und den Rest tat eben ihr Drang, das Geheimnis zu lüften, das über diesem Haus, über Olimpia und ihr selbst schwebte. Dennoch musste sie gegen ein Gefühl der Beklemmung ankämpfen, das sich im muffigen Halbschatten dieser Kammern auf sie legte.

Was suchte sie eigentlich?

Ja, das war ihr selbst nicht klar. Aber es trieb sie die Hoffnung, hier oben einen Aufschluss über den Herrn des Palazzo zu finden, diese gesichtslose Gestalt, die ihre Phantasie anregte und auf unheimliche Weise ihre Träume beherrschte. Und diese Hoffnung schien berechtigt zu sein: Das Dachgeschoss war nicht etwa leer, sondern vollgestopft mit Dingen der verschiedensten Art.

Ein erster Schritt: raues Holz unter den Zehen. Dicker Staub auf allem. Wahrscheinlich Spinnen und Mäuse. Aber Gina war ein Kind aus Trastevere, wo es viel altes Gemäuer gab, und vor diesen Lebewesen hatte sie keine übermäßige Furcht. Wenn es nur keine Ratten gab!

Gleich zu Anfang stieß sie auf alte Möbel und Dekorationen – wahrscheinlich schon von einer der Vorgängerinnen Olimpias weggeräumt und durch neue Ausstattungsstücke ersetzt. Wertloses Gerümpel zweifellos. Vorsichtig tastete sich das Mädchen weiter, stets achtsam, keinen Lärm zu verursachen. Hier spähte es zwischen die Gegenstände, dort kroch es in eine Lücke oder schob etwas beiseite, das im Wege stand.

Ginas Augen wurden immer größer, je mehr erstaunliche Dinge zwischen dem aufgehäuften Kram zum Vorschein kamen.

Da waren Bilder und Figuren, die nackte Körper darstellten. Ein ganzes Heer schamloser Werke. War dergleichen nicht verboten und rücksichtslos aus den Kirchen entfernt worden? Gerade der regierende Papst tat sich besonders hervor bei dieser Reinigung der Welt von sündigen Gedanken. Er kannte keine Nachsicht und hatte schwere Strafen gegen Zuwiderhandlung erlassen. Hatten sie sich also hierher geflüchtet, die leicht geschürzten Engel und die unzüchtigen Symbolgestalten! Wer hatte sie beiseitegeschafft und an diesem finsteren Ort zusammengetragen? Erschrocken und zugleich seltsam fasziniert, glitt Ginas Blick über schwellende Busen, weich gerundete Schenkel und lüstern sich öffnende Lippen.

»Madonna!« Sie prallte zurück. Eine dunkle Teufelsfratze starrte ihr entgegen, so überzeugend lebensecht, dass man jede Runzel und jedes Barthaar erkannte. Sogar das satanische Glitzern der gelben Augen war vollendet vorgetäuscht. Dann ein Wappenschild mit prägnanten Zeichen: ein Drache auf den Hinterbeinen und Flammen ringsum. Hatte sie diese Motive nicht schon mal irgendwo gesehen? Eingewebt in den Stoff der Vorhänge in Olimpias Salon? War es das?

Ein Bündel zusammengehefteter Blätter Papier. Dicht an dicht vollgeschrieben, farbig markiert, mit Unterstreichungen und Randnotizen. Zunächst wusste Gina nichts damit anzufangen, aber es gab einige Wörter im Text, die ihr ins Auge fielen, weil sie die Aufmerksamkeit auf beängstigende Weise fesselten: Gottesleugner, Antichrist, Verdammnis. Schweiß brach ihr aus. Was sollte sie tun? Eine schreckliche Faszination hinderte sie daran, das Konvolut aus den Händen zu geben. Kurz entschlossen nahm sie es unter ihre Schürze und eilte damit hinaus.

»Schon wieder du!« Cecco starrte seinen Vetter an, als sei er ein Ungeziefer, wie es einem gelegentlich entgegenkrabbelte, wenn man einen Stein vom Boden aufhob. »Ich dachte, du hättest erst mal die Nase voll.«

Genau das hatte Vanga vermutet. Ihm war klar, dass seine Anwesenheit im Castel Sant' Angelo dem anderen durchaus nicht recht war. Er hatte sich vom Bugiardone, der nicht allzu weit entfernt wohnte und sich auf dergleichen verstand, in dessen Klause notdürftig die Beulen und Schrammen versorgen lassen und war danach unverzüglich zu den Kerkerstuben geeilt.

»Ach ja?«, konterte er. »Das könnte dir so passen. Den Kopf darf ich mit hinhalten, und anschließend kann man mich wieder ausbooten …«

»Spiel dich nicht auf!«

»Gib mir keinen Grund!«

Vanga hatte sich von keinem Mitglied der Truppe abhalten lassen, zum Kommandeur vorzudringen.

Cecco wirkte zornig und erschöpft. Sein Haar war zerrauft, und er war nass von Schweiß. Sein Blick sprang hastig umher, und seine Fingerknöchel bluteten.

»Du kommst immer gerade, wenn ich dich nicht brauchen kann!«

Vanga schaute an ihm vorbei in die Mitte des Raumes und

musterte den Gefesselten, der dort in einem hölzernen Sessel hing. Narbengesicht. Vanga wusste sofort, dass er es war, obwohl sein einprägsamstes Kennzeichen kaum noch zu erkennen war. Dieses Gesicht war nun gänzlich von dunklen Flecken verunstaltet. An vielen Stellen war die Haut aufgeplatzt, und es floss reichlich Blut. Cecco hatte sich offensichtlich nicht lange mit Reden aufgehalten. Das war charakteristisch für ihn. Wenn er in Wut geriet, ließ er seiner Brutalität freien Lauf. Dann war es ihm nur recht, wenn ein Gefangener sich verstockt zeigte. Nach allem, was Vanga wusste, fing er mit Prügeln an und ging erst zu anderen Formen der Peinigung über, wenn er der Erschöpfung nahe war. Auch das hatte in diesem Fall schon stattgefunden. Der Delinquent war mit den Händen fest an die Armlehnen geschnürt, und an den geschwollenen Fingern fehlten die Nägel, abgesehen davon, dass seine Haut durch Brandspuren entstellt war. Auch der Geruch war entsprechend.

Versengte Haut, Pisse und Scheiße, dachte Vanga bitter. Sie haben ihm nichts erspart ...

Die brutalen Kunstgriffe führte der Hauptmann natürlich nicht selber aus. Dafür hatte er einen Spezialisten, einen vierschrötigen Kerl, der mit ausdrucksloser Miene abseitsstand, als habe er mit dem Geschehen nicht das Geringste zu tun. Vanga wusste nur zu gut über solche Praktiken Bescheid.

»Glotz nicht so!«, knurrte Cecco. »Denk dran, dass dieses Schwein uns umbringen wollte. Willst du etwa nicht wissen, warum?«

»Wirst du es auf diese Art herausbekommen?«

»Ach. Spiel du nur den Menschenfreund! Wir tun hier nur das, was nötig ist. Außerdem: Die Heilige Inquisition kann es viel besser, wie du verdammt gut weißt. Oder hast du alles vergessen, was du früher gelernt hast?«

Vanga schwieg. Das würde ihn wohl bis in alle Ewigkeit

verfolgen. Er vermochte nichts anderes zu tun, als Cecco herausfordernd anzustarren.

Das wiederum brachte den anderen aus der Fassung. Er versetzte dem Gepeinigten einen Tritt gegen das Knie und brüllte: »Hast du gehört, du Stück Dreck? Das ist erst der Anfang. Wart, bis wir zum Knochenbrechen kommen oder zum Schwanzversengen! Dann wirst du zwitschern wie ein Vogel!« Nur konnte es dann geschehen, dass ein Angeklagter endgültig verstummte.

»Es geht auch anders«, erklärte Vanga.

Cecco sah ihn groß an und schien plötzlich von Ekel übermannt. Zugleich kam ein schwer zu deutendes Glitzern in seine Augen.

»Ach ja? Dann versuch doch du, wie weit du kommst.« Und leise fügte er hinzu: »Vielleicht ganz gut so, er ist reif für die sanfte Methode. Du weißt schon … Oder?« Damit drehte er sich um und brüllte: »Vergiss nicht, du Schwein, dass ich nur frische Luft schnappe! Danach komm ich wieder, und dann vergeht dir Hören und Sehen!«

Cecco gab seinem Helfer einen Wink, und beide verschwanden durch eine Tür im Hintergrund. Er drehte sich aber noch einmal um und knurrte: »Was immer du mit ihm machst, rühr die Fesseln nicht an!«

Für eine Weile war es völlig still unter dem Gewölbe. Dann kam ein mit Schluchzen vermengtes Murmeln von dem Delinquenten.

»Ich versteh nicht«, sagte Vanga und brachte sein Ohr näher an den zerdroschenen Mund. Er wusste, dass der Gefolterte jetzt Neigung zeigen würde, mit ihm zu reden. Das war ein alter Kunstgriff beim Verhören, ergab sich hier allerdings ohne vorherige Planung: Ein Befragender kehrte den wilden Berserker heraus. Er ließ dem Verdächtigen gar keine Gelegenheit, sich in einzelnen Punkten zu unterwerfen. Er ging aufs Ganze und drohte noch Schlimmeres an. Danach überließ er das geschundene Wrack einem verständigen Kollegen, der sich schon durch diesen demonstrativen Gegensatz das Vertrauen des Verhörten erschlich. Ihm wurde dann alles auf einmal gestanden, nur um zu vermeiden, dass der Folterer wieder in Aktion trat. Vanga hatte sich nicht vorstellen können, dass er diese Rolle noch einmal würde spielen müssen. Es gab allerdings noch einen weiteren Aspekt. Doch den kannte Cecco nicht. Nur Vanga wusste, dass der Mann mit der Narbe schon vor dem Anschlag am Vatikan hinter *ihm* her gewesen war. Ihm war also klar, dass es auch bei dem Attentat nicht um den Tenente gegangen war. Das wiederum legte nahe, dass die Gründe gar nicht im Fall des Schwarzen Engels zu suchen waren, denn mit dem war Vanga zu jener Zeit noch gar nicht befasst. Es war allzu verlockend, sich vorzustellen, dieser Mann sei der Mörder, er habe versucht, seine gefährlichsten Verfolger auszuschalten und sei ihnen stattdessen ins Netz gegangen. Aber so war es nicht, obwohl Cecco zweifellos versuchen würde, es so darzustellen, um einen Erfolg vorzuweisen – so kurzlebig der auch sein mochte.

Als das Narbengesicht Vanga in der Altstadt nachgeschlichen war, hatte dieser sich nur mit *einer* Sache beschäftigt: mit dem Auftrag der Contessa, also der Suche nach ihrem geheimnisvollen Bruder. Wenig genug hatte er damals in dieser Hinsicht herausgefunden, und bis jetzt war es nicht viel mehr geworden. Dennoch musste er gleich zu Anfang auf etwas gestoßen sein, das für eine der beteiligten Personen ausreichte, um diesen Kerl auf ihn anzusetzen. Der schielende Rodrigo fiel ihm ein, den er befragt hatte und der wenig später im Tiber geendet hatte. Aber – er versuchte krampfhaft, sich zu erinnern – hatte der denn irgendetwas von Bedeutung mitgeteilt? Außerdem hatte er die Verfolgung schon vor der Begegnung mit Rodrigo bemerkt!

War bereits die Tatsache, dass er den Auftrag angenommen hatte, Grund für eine solche Bespitzelung gewesen? Wer wusste überhaupt etwas davon?

An dieser Stelle wurde er aus seinen Gedanken gerissen, weil der Gefolterte einen krächzenden Laut von sich gab.

»Ich werde reden«, glaubte Vanga zu verstehen.

»Du willst reden?«

»Jaaa doch …«

»Na schön. Tu dir den Gefallen und sag mir alles …«

»Das … will ich … aber erst …« Der Mann deutete mit dem Kopf auf den Wasserkrug, der vor ihm auf dem Boden stand. Wahrscheinlich sollte das Ding durch seinen Anblick und die gleichzeitige Unerreichbarkeit die Qualen des Gefesselten erhöhen.

»Ist gut.« Vanga bückte sich und fasste den Krug mit beiden Händen. Narbengesicht folgte seiner Bewegung gierig mit den Augen. Der raue Ton fühlte sich kühl an. Einen Augenblick lang war Vanga versucht, selbst zu trinken. Aber er entschied sich dagegen. Vermutlich hatte Cecco ein Guckloch zu diesem Raum, und wahrscheinlich konnte er sogar hören, was gesprochen wurde. Dem wollte er nicht den Triumph gönnen, ihn beim Trinken vom Gefängniswasser zu beobachten. Er brachte den Rand des Gefäßes an den Mund des Gemarterten, der ihm lechzend entgegenstrebte.

»Langsam!«, mahnte Vanga.

Der Mann trank gierig. Das war nicht einfach mit den zerschlagenen Lippen, und ziemlich viel Wasser floss in den Bart und über die Brust.

»Mehr!«

»Erst reden!«

Der Mann stöhnte und sackte zurück. »Was denn?«, brachte er heraus.

»Wer steckt dahinter?«

»Am Anfang …«

»Ja. Besonders am Anfang.«

»Satan! Wenn ich das sage, bin ich tot …«

»Also: Wer? Ein Mann jedenfalls?«

Frösteln lief durch den zusammengesunkenen Körper.

Oder war es ein Kichern? Narbengesicht kniff die Augen zusammen, und auf das verwüstete Gesicht stahl sich etwas wie ein verschlagenes Grinsen.

»Ein Mann?«, drängte Vanga.

»Ja und nein«, stöhnte der Gefesselte. »Wie man's nimmt …«

»Was soll das heißen?«

Da bäumte sich der gefesselte Körper krampfhaft empor. Seine Augen verdrehten sich, und sein Atem keuchte.

Zugleich hörte Vanga ein Geräusch in seinem Rücken. Cecco! Er hatte es wohl nicht länger ausgehalten. Doch er kam zu spät. Der Brust des Gefolterten entrang sich ein qualvolles Röcheln, und aus seinen Mundwinkeln trat grüner Schaum.

Cecco stürzte vor und packte ihn an den Schultern.

»Rede!«, schrie er. »Du Dreckskerl, wirst du wohl …«

Vanga hielt ihn zurück. »Lass ihn. Er stirbt.«

Da erschlaffte der Körper, und das Röcheln verstummte.

Cecco verharrte einen Augenblick bewegungslos, bevor er einen lästerlichen Fluch ausstieß und den Leichnam frei gab. Er sah aus wie ein Wahnsinniger. Am liebsten hätte er sicher auf jemanden eingeschlagen. Auf den Toten, Vanga … gleichgültig. Dann fiel sein Blick auf den Gehilfen, der nach ihm eingetreten war.

»Verdammt! Was ist das für ein Krug?«, schrie er.

»Ich … Ich weiß nicht …«

»Wer hat ihn da hingestellt?«

»Einer von den Wächtern. Vorhin. Aber ich glaube –«

»Was?«

»Den hab ich noch nie hier gesehn.«

»Du Schwachkopf!«

Der Tenente gab dem Krug einen Tritt, so dass er barst. Der Inhalt ergoss sich auf den Boden und versickerte sofort.

»Schade«, sagte Vanga. »Wir hätten das Gift untersuchen –«

»Auch egal!« Ceccos Blick war immer noch wild. »Verschwindet! Macht, dass ihr rauskommt! Alle!«

Vanga ging. Er fühlte nur noch Erschöpfung. Da war er der Lösung so nahe gewesen! Denn in seinem Kopf hatte sich für wenige Augenblicke eine Idee abgezeichnet, die vielleicht die Antwort auf seine Fragen enthielt. Fast hatte er geglaubt, sie greifen zu können. Aber nun war die Tür wieder zugefallen, die Hoffnung zerstoben, er war weiter denn je von der Lösung entfernt.

Jemand hielt die Fäden in der Hand, an denen er zappelte wie eine Marionette. Er selbst und viele andere, vor allem Cecco. Oder täuschte er sich? Wusste der in Wirklichkeit viel mehr, als er eingestand? War am Ende niemand anders als der Tenente der Puppenspieler?

Vanga verwarf diesen Gedanken sofort wieder. Ceccos Wut hatte echt gewirkt.

Demnach gab es einen Unbekannten, der raffiniert und mächtig genug war, selbst hier im Gefängnis die Geschehnisse zu überblicken und fast nach Belieben zu beeinflussen. Dieser Unbekannte hatte gewusst, dass Narbengesicht am Ende reden würde, und damit gerechnet, dass der Gefangene früher oder später aus dem Krug trinken würde. Er hatte Beauftragte, die sich sogar zu diesem Ort Zutritt verschaffen konnten, um das Gift bereitzustellen. Und es kam ihm auf ein Menschenleben nicht an. Selbst wenn es den Falschen getroffen hätte, wäre ihm das gleichgültig gewesen. Dann hätte er gewiss eine andere Methode gefunden, den lästigen Zeugen auszumerzen, so wie man beim Brettspiel eine unerwünschte Figur entfernt.

Eine unbekannte Gestalt im Hintergrund. Von neuem kam ihm der Gedanke: Und wenn eine Verbindung bestünde zwischen dem verschollenen Bruder und dem Hurenmörder? Diesmal erschien ihm diese Möglichkeit gar nicht mehr so unglaubwürdig. Ein gefährlicher Mann. Oder – Vanga dachte an die seltsame Ausdrucksweise des Narbengesichtigen – möglicherweise nicht ein Mann, sondern eine Frau?

Als Gina in ihre Kammer gelangt war und die Tür hinter sich versperrt hatte, zündete sie ihre Kerze an und zog das knisternde Bündel unter der Schürze hervor. Sie fürchtete sich vor den bedrohlichen Worten, die ihr von jedem Blatt entgegensprangen, aber zugleich war sie so fasziniert von diesem Dokument, dass sie nicht anders konnte, als Zeile für Zeile in sich aufzunehmen. Zuerst fiel es ihr schwer, den Buchstaben zu folgen, aber bald hatte sie sich so gut eingelesen, dass sie die äußerst sorgfältige, etwas steife Schrift recht schnell zu entziffern vermochte. Schweiß trat auf ihre Stirn, als sie begriff, was dort stand: nichts anderes als Gedanken dieses Giordano Bruno, wenn auch festgehalten durch einen Schreiber, der dem Ketzer feindlich gesinnt war. Wer hatte das niedergelegt? Durch wessen Hand empfing sie nun diesen Blick in das höllische Feuer?

Die schändlichen Gotteslästerungen, die hier aufnotiert sind, fand ich in den Schriften des Nolanus: Hochmut und Eitelkeit! Ein Gottesleugner, auch wenn er es abstreitet. »… Nichts als Chimären und Phantasien …« Damit meint er nicht nur den Götterhimmel der alten Völker. Er verachtet die Menschen und streift an ihrem Glauben seine Schuhe ab: »… Wer keinen Verstand besitzt, keine Denkkraft, hört nichts, was er nicht glaubt, er weigert sich zu denken, und fühllos schläft er mit offenen Augen …«

Einige, schreibt der Nolanus, seien von wacherem Geist,

aber diese gebrauchten ihre Denkkraft nur für eigennützige Zwecke: »... Aber sie wurden gestoßen von einem heißen Wunsch, von der Angst oder von der Ambition aus brennendem Ehrgeiz.« So freventlich schmäht er die Heilige Kirche und all jene, die ihrer Wahrheit dienen!

Ginas Hände zitterten, als sie diese entsetzlichen Worte las. Das Bündel entglitt ihr, und sie wich auf ihrer Bettstatt zurück, bis ihre Schultern gegen den rauen Verputz der Wand stießen. Eine Botschaft der Verdammnis! Hastig bekreuzigte sie sich. Doch sie konnte die Finger nicht davon lassen. Vorsichtig tastete sie sich wieder näher, und ihr Blick suchte den Fortgang des Textes.

Voll Hybris ist er ..., stand da. Eines von zahlreichen Wörtern, die das Mädchen nicht verstand und die ihm wie teuflisches Gewürm entgegenkrochen. Die ganze Bedeutung dieser Schrift entzog sich Ginas Verstand, aber eines war ihr klar: Hier wurden Dinge berührt, die zum Wortschatz des unaussprechlich Bösen gehörten. War es denn möglich, dass ein Mensch solche Gedanken hegte?

Sich selbst hingegen und einige andere, die er als sehend bezeichnet, die in Wahrheit freilich nichts anderes sind als verirrte Seelen, hebt der Frevler wie Helden empor. Sie gingen ihren Weg »... so, dass sie den Tod nicht fürchten. Nie, vor keinem Sterblichen, haben wir die Kräfte unserer Seele gebeugt!«

Der Scheiterhaufen!, dachte Gina. Von nichts anderem ist hier die Rede. Er, den sie verbrannt haben, hat solche Gedanken gedacht! Gräulich ist er dafür bestraft worden! So sah es auch der Schreiber dieser Zeilen, die fortlaufend schiefer, krakliger und schwerer lesbar wurden.

Die Welt erblickt dieser Nichtswürdige mit dem Blick eines Trunkenen, der nicht mehr wahrnimmt, wo Gott der Herr in seiner Weisheit die Grenze menschlichen Wahns gezogen hat. »Vom Unmessbaren« spricht er: »Dass das unendliche Weltall in Wahrheit nur Eins und ein unermessliches Kontinuum des reinen Äthers ist, gefüllt mit zahllosen Welten, die in verschiedenen Teilen desselben, wie hier die unsrige, weben und leben.« Wo, frage ich, bliebe Gott in einem solchen Taumel von grenzenloser Ausschweifung des Geistes!

Mocenigo, der Mann, der diesen Ketzer dem Zugriff der Heiligen Inquisition überantwortet hat, bestätigt solchen Wahn, und er hat niedergelegt, er habe den Nolanus des Öfteren reden hören, die Welt sei ewig und es gebe unzählige Welten.

Man müsste Mitleid mit so viel Wahnsinn empfinden, wäre ein solcher Ketzer nicht eine Gefahr für die Welt. Ich selbst fand in einer Schrift, die sich nennt Die Vertreibung der triumphierenden Bestie *und die nichts anderes ist als ein schändliches Machwerk, die bittersten Schmähungen gegen all jene, auf die sein Hass gerichtet ist: »… und was diese Schwindler betrifft, so weißt du doch, dass ihr falsches Ansehen sich nur auf die Unwissenheit und Bestialität derer gründet, die sie verehren, und ihnen selber weit mehr zu Schmach und Schande als zur Ehre gereicht.«*

Gina fragte sich, ob sie die Wirrnis dieses Textes auch nur annähernd richtig verstand. Nichts in ihrem Leben hatte jemals auf so lästerliche und verderbte Weise ihr Denken bedrängt. Dagegen waren die schlimmsten Flüche und die boshaftesten Bemerkungen der Nonna ein Kinderlied.

Das Ungeheuerliche, er wagt es nicht zu benennen, weil er die gerechte Strafe fürchtet, aber es ist kein Zweifel möglich: Er meint Gottes Sohn und die Heilige Kirche. Und Mocenigos Worte bestätigen derlei Lästerung: Ihm gefalle keine Religion, hat er ihn sagen hören, und … es sei ein großer Blödsinn seitens der Kirche zu behaupten, das Brot verwandle sich in Fleisch. Den Nazarener habe er als Betrüger hingestellt, der nur scheinbar Wunder verrichtet habe. Dieser Schwarmgeist

ist der Antichrist! Möge er auf ewig der Verdammnis anheim werden!

Der Schwefelgeruch, der Gina aus diesen Worten entgegenwehte, erinnerte sie an das grässliche Ende des Ketzers. Trotz allem war auch er ein armselig leidender Mensch. Wie mochte er sich selbst gesehen haben? Die nächsten Zeilen wirkten wie der Schimmer einer Antwort:

In seinem Wahn glaubt er, sich selbst an die Stelle des Erlösers erheben zu dürfen! Dies fand ich in seinem Pamphlet Vom Unmessbaren: *»Dem Geist, der mein Herz mit Kühnheit der Vorstellung inspiriert, hat es gefallen, meine Schultern mit Flügeln auszustatten und mein Herz zu einem von höchster Ordnung festgelegten Ziel zu führen. In seinem Namen ist es möglich, das Glück und den Tod zu verachten. Es öffnen sich geheime Tore, es brechen die Ketten … Während ich mich zu anderen, schillernden Welten erhebe, lasse ich das Staunen der Bestürzten weit hinter mir!«* Dann kam eine Zeile in einer anderen sehr viel lässigeren Handschrift, die dem Mädchen einen eisigen Schauer über den Rücken jagte: *Nicht auszudenken, wenn er Recht hätte, und wäre es auch nur mit einem einzigen Wort!*

Gina konnte nicht weiterlesen. Sie stieß das Bündel Papier von sich. Dann besann sie sich eines Besseren und hielt es an die Kerzenflamme. Hell loderte das Feuer empor, die einzelnen Blätter schrumpften zu einem schwarzen Knäuel. Sie ließ die verkohlten Reste zu Boden fallen und trat darauf herum, bis nur noch Fetzen und Asche übrig waren.

Als Vanga in seine Kammer zurückkehrte, war es finster. Er stieß die Fensterläden weit auf, um kühle Luft hereinzulassen. Der Himmel war im Westen noch ein wenig gerötet. Ein leichter Wind strich über die Dächer. Vangas Gedanken wollten nicht zur Ruhe kommen. Er hockte sich auf das Bett.

Schließlich, als er lange genug in der Dunkelheit gesessen hatte, griff er unters Stroh und holte ein längliches Lederfutteral hervor. Die Form legte nahe, dass eine Waffe darin steckte, aber was er hervorzog, war etwas ganz anderes: eine blanke Flöte. Er setzte das Mundstück an die Lippen, ein Augenblick stiller Konzentration, gleich darauf glitten fein modulierte Töne ins Dunkel hinaus. Steigende und fallende Kadenzen fügten sich zu einer Melodie von Palestrina.

Der Metzger vom Nachbarhaus lag bereits mit seiner Frau im Bett. Sie hörten die Musik, die anschwoll, verebbte und wieder anschwoll.

»Hörst du?«, flüsterte sie. »Er spielt wieder. Es ist hübsch.«

Nach einer Weile folgten andere Töne, die schrill und unverbunden aufgleißten, jäh abbrachen und neu ansetzten. Auf eine schwer beschreibbare Art wirkten sie heftig und traurig zugleich.

»Aber jetzt«, seufzte der Metzger, »jetzt hat er es wieder mit der Teufelsmusik.«

VIERTER TEIL: PONTE ROTTO

Am Ende der Messe betrat Vanga die Kirche Santa Maria Nuova. Die goldenen Geräte waren schon abgeräumt, aber die Luft war noch voll Weihrauch, und mancher Gläubige kniete in einer der Kapellen zum Gebet.

An einigen Teilen der Kirche waren Bauarbeiten im Gange. Vom großen Oratorium des Komponisten Cavalieri, das hier Anfang Februar, kurz vor Anbruch der Fastenzeit, aufgeführt worden war, standen noch Podeste und Dekorationen. Dieses Musikereignis, wiewohl von den Kennern ein Meisterwerk genannt, war nicht jedem eine Freude gewesen, denn es hatte als Ersatz für die Karnevalsveranstaltungen dienen müssen, die der Papst im Heiligen Jahr untersagt hatte. Weder die Aufzüge in den Straßen noch die burlesken Schauspiele fürs Volk waren erlaubt. Auch nicht der Wettlauf der Juden, zu dem Männer aus dem Ghetto gezwungen wurden und den die Anwohner am Corso und zahlreiche Fremde mit höhnischem Behagen stets als einen Höhepunkt der Volksbelustigungen genossen hatten. Der Heilige Vater hatte entschieden, dergleichen sei der Würde dieses Jahres nicht angemessen. Viele Römer hatten daraufhin recht vernehmlich gemurrt, weil sie nur ungern auf die gewohnten Spektakel verzichteten. Vanga selbst hatte die Anordnungen mit Gleichmut zur Kenntnis genommen, obwohl die Rigorosität der Verbote ihn verwundert hatte. Es hieß, das Oratorium solle später im Jahr noch einmal aufgeführt werden, möglicherweise zu Ehren des Königs von Frankreich.

Vanga dachte nicht weiter darüber nach. Er ging an den Dekorationen vorbei, ließ die Sakristei hinter sich und trat durch die Klosterpforte. Über eine Treppe gelangte er schließlich in einen kleinen Garten, wie ihn ein Ortsunkundiger mitten in der Altstadt von Rom kaum erwartet hätte.

Hier befand sich die Klause von Pater Garofalo. Vanga nahm an, den Greis nach der Messe hier anzutreffen. Er täuschte sich nicht.

Der Geistliche empfing den Besucher mit einer Umarmung. Er war zwei Köpfe größer als Vanga und die Stimme, mit der er seinen Schützling begrüßte, hatte jugendliche Kraft. Er musste längst mehr als achtzig Jahre zählen, aber er hielt sich ungebrochen aufrecht und hatte immer noch weniger von einem Mönch an sich als von einem Kriegsmann. Man brauchte nur seinen gewaltigen weißen Bart und seine großen Füße in den kräftigen Sandalen anzuschauen! Allein seine Augen kündeten von einer tiefe Müdigkeit, die ihm immer häufiger zu schaffen machte. Aber nicht an diesem Tag.

»Was tust du, mein Sohn?«, fragte er und musterte Vanga wohlwollend, aber auch skeptisch. Zweifellos war ihm klar, dass es für den unerwarteten Besuch gewichtige Gründe geben musste.

Vanga lächelte. Sie wussten beide genau, was sie voneinander zu halten hatten und dass sie sich aufeinander verlassen konnten. Er erkundigte sich nach dem Befinden des Alten und tauschte einige höfliche Floskeln mit ihm.

Dann sagte er: »Es geht mir gut, Vater. Aber ich brauche Euren Rat. Da ist etwas, was mir Kopfzerbrechen macht. Deshalb könnte ich Eure Hilfe gebrauchen.«

Es bereitete ihm Schwierigkeiten, auf den Punkt zu kommen, aber sein Anliegen quälte ihn schließlich bereits seit vielen Tagen, und deshalb musste es heraus.

»Lass hören, mein Junge!«

»Ich erinnere mich, dass vor einiger Zeit die Gräfin Colombani eine Stiftung an diese Kirche gegeben hat.«

»Ja. Das ist richtig. Es war eine Verfügung ihres verstorbenen Mannes. Er hatte darüber schon mit dem seligen Filippo Neri eine Abmachung getroffen. Ein stattliches Geschenk.«

»Hat es in diesem Zusammenhang nicht Briefe gegeben, ich meine Briefe, die von der Gräfin selber stammen – von eigener Hand?«

»Unser gottgefälliger Mann hat mir zu Lebzeiten sehr viel anvertraut. Ich hatte deshalb die Ehre an seiner statt die Verhandlungen zu führen, und so durfte ich auch das Dankschreiben aufsetzen. Auf dieses hat sie geantwortet. Ja. Mit eigener Hand. Weshalb fragst du mich danach? Es wird doch nicht mit einem deiner zweifelhaften Aufträge zu tun haben?«

Vanga hatte den kritischen Ton durchaus vernommen; er wusste nur zu gut, dass der Pater seinen Broterwerb nicht gerade hoch einschätzte.

»Es geht um die Contessa persönlich«, sagte er deshalb. »Ich habe die Ehre, für sie tätig zu sein.«

Das Gesicht des Alten hellte sich keineswegs auf. Vanga tat, als bemerke er es nicht, und zog den Brief aus der Tasche, den seine Klientin ihm überlassen hatte.

»Ist das ihre Schrift?«

Ihm war dieser Schritt lange durch den Kopf gegangen, während er im Auftrag der Dame tätig war, hier und da herumstocherte und nach einem Hinweis oder Anhaltspunkt suchte. Alles ohne rechten Erfolg. Gelegentlich hatte er sich das Schriftstück noch einmal angesehen, das sie ihm erst nicht hatte zeigen und dann nicht hatte übergeben wollen. Und er war sehr nachdenklich geworden. Es war weniger eine Sache des Verstandes.

Sein Gefühl hatte ihm gesagt: Das ist die Schrift einer Frau. Aber wie sollte er zu einem Vergleich kommen? Dann waren ihm die Kompetenzen seines alten Beichtvaters eingefallen, und da erhoffte er sich nun tatsächlich einen Weg. Im Grunde wusste er die Antwort schon, aber er wartete dennoch mit Spannung, was Pater Garofalo sagen würde.

Der Greis reichte ihm das Blatt nach kurzem Blick zurück und nestelte an seinem Schlüsselbund.

»Ich hoffe, du mutest mir nichts Unehrenhaftes zu«, brummte er.

»Ich versuche die Wahrheit herauszufinden.«

»Nun gut. Du wirst mit mir kommen müssen.« Der rüstige Greis erhob sich und ging mit ruhigem Schritt voraus. Einige Treppen hinauf durch eine Kammer voller Prozessionsgeräte, Fahnen und Figuren, bis vor einen schweren Schrank, den Garofalo umständlich aufsperrte. Schließlich kramte er aus einer Schatulle zwei Schriftstücke hervor, die er sorgfältig ausbreitete.

»Leg deinen Brief daneben!«

Eine Linse aus Bergkristall half ihm beim sorgfältigen Vergleichen.

»Ich habe auf die alten Tage zu meinem Bedauern mehr mit der Schreibfeder zu tun als mit dem Gartengerät«, brummte er. »Das mag jetzt von Vorteil sein.«

Das Warten wurde Vanga lang.

»Nun, ja. Siehst du die Buchstaben am Anfang und die Schnörkel am Schluss? Ganz unterschiedlich. Das sind die Dinge, auf die ein Schreibender achtet, wenn er seine Schrift verstellt. Aber da, die Buchstaben mitten im Wort, dieses eckige a oder dort, der Bogen am g. Für mich besteht keinerlei Zweifel. Es ist dieselbe Person, die das geschrieben hat!«

Vanga schwieg. Er hatte es gewusst!

»Du hast vermutlich nicht die Absicht, mir zu sagen, weshalb du für diese Dame tätig bist und was es mit diesem Wisch auf sich hat, den sie geschrieben hat, obwohl er nicht mit ihrem Namen unterzeichnet ist?«

Vanga registrierte sehr wohl, dass der Pater keine Bedenken geäußert hatte, zu einer Sache Stellung zu nehmen, die offenbar geeignet war, eine Aristokratin, die der Kirche bedeutende Stiftungen gemacht hatte, in ein seltsames, wenn nicht sogar höchst bedenkliches Licht zu rücken. Wahrscheinlich hatte er sich zu dieser Person seine eigene Meinung gebildet.

Vangas Gedanken schweiften ab. Er hatte schließlich hinreichend Anlass zum Grübeln. Die Contessa hatte ihn getäuscht. Weshalb nur? Was wollte sie erreichen? Sie verfolgte einen Plan, der ihm nun erst recht rätselhaft war.

»Nun?«

Vanga schreckte aus seinen wirren und hilflosen Überlegungen auf. Der Pater hatte etwas gesagt und wartete auf eine Antwort. »Verzeiht!«

»Ich habe gesagt: ›Du bist lange nicht mehr zur Beichte erschienen.‹«

Vanga zögerte. »Es … Es gibt Dinge, mit denen komme ich nur … schwer ins Reine.«

»Und? Magst du darüber sprechen?«

»Ich habe zwei Aufträge, die mich drücken. Ich gelange mit beiden nicht vorwärts. Andererseits habe ich ein persönliches Problem. Ich muss einem Freund von früher gegenübertreten, aber ich weiß nicht, was ich von ihm halten soll. Und ich mache mir Sorgen um ihn …«

»Und was noch?«

»Kardinal Santerra und Hauptmann Cecco zerren mich hin und her – wie zwei Hunde an einem Knochen.«

»Und?«

»Mit Olimpia ist Schluss. Das wird Euch freuen, denke ich.«

»Das weiß ich nicht. Es kommt ganz darauf an ... Ist das alles?«

Vanga grinste sarkastisch. »Ich versuche krampfhaft, noch mehr zu finden, was ich mir aufs Haupt laden könnte, aber im Augenblick finde ich nichts.«

»Gut. Wenn du nur deinen Frohsinn nicht verlierst. Aber was hat es mit der Contessa auf sich?«

Also endlich!

»Sie ist eine Dame, die –«

»Gib dir keine Mühe! *Ich* werde dir sagen, was zu sagen ist ...«

Gina hastete die Via Giulia entlang. Sie war spät dran. Cecco hatte sie zu sich befohlen. Aber im Palazzo war man misstrauisch geworden. Ihr heimliches Verschwinden war aufgefallen, und die Köchin ließ keine Ausrede mehr gelten. Andererseits hatte der Tenente zugesagt, heute die Nonna frei zu lassen. Wie hätte sie da zögern können?

Kurz vor der Kirche der Florentiner hielt das Mädchen taumelnd inne. Ein dumpfer, langsamer Trommelschlag ertönte, und die Menschenmenge um sie herum wich vor einem beunruhigenden Anblick zurück. Zwei Dutzend Männer oder mehr zogen von der Brücke an der Engelsburg heran. Sie gingen mit schleppendem Schritt und verharrten nach jedem Laut der Trommel für die Länge eines Atemzugs. Die Köpfe waren von Kapuzen mit Augenschlitzen verhüllt, so dass man ihre Gesichter nicht erkennen konnte. Dagegen hatten sie Schultern und Oberkörper entblößt bis zum Gürtel. Und jedes Mal, wenn sie stillstanden, schlugen sie sich mit ganzer Kraft auf Brust und Rücken. Dazu benutzten sie Geißeln aus geknoteten Schnüren, und einige von ihnen hatten sogar

Steine oder metallene Widerhaken an diese Marterwerkzeuge geknüpft. Der Anblick war für Gina nicht neu, aber jedes Mal, wenn sie auf dieses Schauspiel stieß, erfüllte es sie mit Widerwillen – ja, mehr noch: mit Abscheu und Schrecken! Dennoch vermochte sie nicht auszuweichen oder den Blick abzuwenden.

Die Geißler kasteiten sich freiwillig und legten dabei einen langen Weg durch die Stadt zurück. Schon nach kurzer Zeit zeigten sich dunkle Striemen auf ihren Körpern, und bald platzte bei einigen von ihnen die Haut auf. Blut floss in Strömen. Bei den ersten Schlägen hatte der eine oder andere qualvoll gezuckt, aber schon wenig später schien keiner von ihnen den Schmerz noch zu spüren. Hatten sie überhaupt noch Empfindungen? Die gleichmäßige Verrichtung dieses Exerzitiums schien sie einzulullen, wie in Trance tappten sie in einem roten Nebel der Benommenheit dahin.

Einige mochten schwere Schuld zu büßen haben, andere waren vermutlich bestrebt, sich ein Anrecht auf das Himmelreich zu erwerben. Und dieser oder jener mochte im dumpfen Schmerz dieser Kasteiung sogar eine widersinnige, für Gina nicht mitvollziehbare Befriedigung erfahren, einen perversen Genuss der Qual, eine Wollust aus selbstgeschaffener Pein und Erniedrigung. Plötzlich stand dem Mädchen Olimpias Bild vor Augen …

Was empfinden sie? Diese Frage hatte Gina einmal an ihren Beichtvater gerichtet, den sie als einen verständigen Mann kannte, und er hatte die Schultern gezuckt und gemurmelt: »Es geht um die Macht des Fleisches. Auch Ignatius soll es getan haben.« Da er seiner Schutzbefohlenen ansah, dass sie mit dieser Äußerung nichts anfangen konnte, fügte er hinzu: »Gott kann man nicht zwingen.« Dabei war sein Gesichtsausdruck so, dass Gina nicht fertigbrachte zu sagen, was ihr auf der Zunge lag: dass der Pater vorgezogen habe, der eigentlichen Frage auszuweichen. Hilflos hatte er ausgesehen, und das Mädchen hatte sich geschämt.

Dennoch, dachte Gina, wenn er noch am Leben wäre, hätte ich jemanden, an den ich mich wenden könnte, jetzt, wo ich nicht weiterweiß ...

Die Menschen, die dem Geißlerzug begegneten, stürzten gewöhnlich in einen Zwiespalt der Gefühle. Widerwillen und Schaulust. So starrten sie fasziniert auf die blutigen Wunden, und einige vergaßen sogar, das Kreuz zu schlagen.

»Da geht unser Herr Jesus zum Berge Golgatha!«, rief eine unscheinbare Frau mittleren Alters. Ihre Augen hatten den fiebrigen Glanz andächtiger Begeisterung. Die Gassenjungen quittierten die Äußerung mit Gejohle. Sie liefen dem Zug durch die ganze Stadt hinterher, immer auf der Hut vor den Sbirren. Einige wagten ein paar unflätige Kommentare und beeilten sich anschließend, im Getriebe der Gassen unterzutauchen, weil man nie wissen konnte, ob Beauftragte der Obrigkeit nicht heimlich beobachteten, was geschah.

Die Geißler ließen sich durch nichts aus dem Schritt bringen. Sie folgten ihrem Weg, führten mit stoischem Gleichmaß ihre Schläge und murmelten dazu ein heiseres Gebet oder pressten die Zähne zusammen, ohne einen Laut von sich zu geben. Ihre Bewegungen wirkten schleppend, aber unaufhaltsam. Der Gang wurde zu einem Dahinwanken; manchmal taumelte einer, als müsse er im nächsten Moment niederstürzen, aber dazu kam es nicht. Wenn der Zug doch einmal stillgestanden hatte, blieben rote Flecken auf dem Pflaster zurück, um welche die Passanten noch einige Zeit später vorsichtig herumgingen; dann allerdings verlor sich auch diese Scheu, und rasch waren die Blutspuren zertreten. Das flüchtige Schaudern entschwand bereits mit dem Verklingen der Trommel.

Gina verharrte wie gebannt am Wegrand, als die Prozession schon längst entschwunden war. Wirre Gedanken wirbelten durch ihren Kopf. Dann fiel ihr die Nonna wieder ein. Der Tenente wartete. Sie eilte weiter. Dabei bemerkte sie, dass etwas Blut auf ihre Bluse gespritzt war. Mit aufwallendem Ekel wischte sie es ab.

»Sie ist schön«, sagte Pater Garofalo. »Und gefährlich. Schön wie der Mond, vornehm wie die Sonne und schrecklich wie eine Heerschar in Waffen.«

Vanga war ausreichend in der Bibel bewandert, um die Anspielung auf das Hohelied Salomons zu verstehen. Dennoch wunderte er sich über diese Einschätzung der Contessa.

»Auch ich war mal jung«, knurrte der Pater. »Und ein Mann bin ich immer noch. Ich brauche dir nichts weiter zu sagen, oder?«

»Ich gehe nicht so leicht auf den Leim«, behauptete Vanga.

»Mag sein. Aber sie ist nicht ehrlich mit dir. Und dann ... Da ist noch etwas. Zeig mir doch noch mal diesen Brief! Ja, so dachte ich es mir. Es ist gewiss auch dir schon aufgefallen, dass in dieses Papier etwas eingewickelt war, kürzlich erst und ziemlich fest. Ich würde sagen, ein Messer.«

»Wieso ein Messer?« Vanga war ehrlich überrascht.

»Siehst du nicht die Abdrücke im Papier? Und hier, etwas eingeschnitten ... Da war wohl die Schneide. Scharf geschliffen, würde ich sagen. Und da – ein wenig Rost, beim Übergang von der Klinge zum Heft, wo eiserne Klingen so leicht rosten ...«

Es gab Vanga einen Stich, dass er diese Einzelheiten zwar bemerkt hatte, aber nicht im Stande gewesen war, diese einfachen Schlüsse daraus zu ziehen – obwohl er sich weiß Gott den Kopf zerbrochen hatte.

Der Pater, der seine Nachdenklichkeit bemerkte, lächelte. »Ich habe mich viel mit den Pflanzen und Bienen in meinem Garten beschäftigt«, sagte er. »Besonders, seit ich diese neuen

Vergrößerungsgläser zur Verfügung habe, die aus Venedig gekommen sind. Das schärft den Blick meiner alten Augen ein wenig. Verstehst du?«

Vanga versuchte, diese Mitteilung mit dem in Verbindung zu bringen, was er von Pandolfo und den Seinigen erfahren hatte. Langsam setzte sich ein Bild zusammen, das vage Umrisse erkennen ließ. Eine ungefähre Vorstellung zeichnete sich ab, aber er ahnte sie mehr, als dass er sie klar erfassen konnte. Dennoch: Schon vor dieser Ahnung schauderte er zurück, und für den Augenblick war es ihm lieber, das Thema zu wechseln.

»Es ist manchmal schwer, den richtigen Weg zu finden«, sagte er.

Der Pater runzelte die Stirn. »Du grübelst zu viel«, sagte er. »Und manchmal siehst du die einfachsten Dinge nicht. In deinem Innersten, denke ich, bist du ein Träumer.«

»Ein Träumer?«

»Ja. Du erinnerst mich an Miguel, den kleinen Spanier, von dem ich dir gewiss schon mal erzählt habe. Der in der Schlacht von Lepanto die Hand verloren hat. Der schreibt jetzt ein Buch, das soll auch von einem handeln, der die Wirklichkeit nicht sehen will, wie sie ist. Der rennt gegen Windmühlen an und hält sie für Riesen.«

»Ich träume nicht von der Contessa«, sagte Vanga. »Mag sogar sein, dass mein anderes Problem weitaus größer ist.« Und er hob den Blick, bis er dem Pater geradewegs in die Augen schaute. »Was haltet Ihr von Kardinal Santerra?«

Der Alte schwieg lange, ehe er sagte: »Ein zielbewusster Mann. Der wird es weit bringen.«

»Das glaube ich auch. Aber – verzeiht, wenn ich so offen spreche. Ich fürchte ihn …«

Pater Garofalo runzelte die buschigen Brauen. »Ich verstehe, was du meinst. Ich fürchte nicht ihn, aber seinen Ehrgeiz.«

»Er zwingt mich in seinen Dienst.«

»Das ist keine einfache Situation. Dieser Mann kennt keine Rücksicht. Er ist überzeugt, immer das Richtige zu tun, und solche Menschen sind gefährlich.«

»Er spricht im Namen der Heiligen Kirche.«

»Das, mein Sohn, ist nicht immer im Namen Gottes gesprochen …«

»Und so etwas sagt *Ihr*!«

Es kam noch schlimmer, als Gina es sich vorgestellt hatte. Die ganze drohende Baumasse der Engelsburg und erst recht die schweren, rohen Ziegelgewölbe des Raumes, in den sie verwiesen wurde, erschienen ihr wie das Abbild eines Satansschlosses. Düster, ausweglos und voll beunruhigender Geräusche.

Erst ließ man das Mädchen lange warten. Die Sbirren leisteten sich anzügliche Bemerkungen, die sie so laut machten, dass Gina sie nicht überhören konnte. Einmal wurde ein Gefangener vorübergeschleppt, der offensichtlich nicht bei Bewusstsein war. Hinterher entdeckte sie Blutstropfen auf den Steinfliesen.

Schließlich, als sie schon glaubte, man habe sie endgültig vergessen, steckte ein mürrischer Kerl den Kopf herein und befahl ihr mit barscher Stimme, ihm zu folgen. Sie wurde in einen Raum geführt, der zwar ein Fenster hatte, das jedoch so hoch angebracht war, dass sie keinen Blick hinauswerfen konnte. Da stand der Tenente und starrte auf ein Blatt Papier. Das Mädchen schien er gar nicht zu bemerken. Gina wagte nicht, sich auf einen der Schemel zu setzen. Sie war barfüßig und fühlte immer quälender die Kälte des Bodens. Nach einiger Zeit riskierte sie ein Seufzen. Der Mann blickte auf, grunzte unwillig und tat einen Schritt auf sie zu.

»Willst du so enden?«, fragte er und streckte ihr das Papier entgegen.

Das Bild eines entstellten Gesichts sprang sie an. Eine Frau, Stirn und Augen wie mit einem scharfen Messer aufgeschlitzt; das Blut so wirklichkeitsnah dargestellt, dass sie glaubte, es müsse ihr aufs Kleid quellen. Erschrocken wich sie zurück und wäre fast über einen der Hocker gestürzt. »Der Teufelsstern«, wisperte sie. »Der Schwarze Engel!«

»Ja, so nennt man den Mörder.«

»Was …«

»Was du damit zu tun hast? Du kannst mir helfen, ihn zu fangen!«

»Als Köder?«

»Hm. Warum eigentlich nicht? Auch das wär eine Möglichkeit. Zunächst will ich aber was anderes von dir.«

»Hab ich nicht schon genug für Euch getan?«

Cecco schien diese Frage überhört zu haben. Er brummte: »Wir haben geräumige Kerker. Sie sind feucht und dunkel. Es gibt dort Ratten. Und wer einmal drinsteckt, kann lange drinbleiben.«

»Die Nonna!«

»Es ist noch viel Platz da unten.« Er legte das Papier aus der Hand, aber so, dass Gina die grässliche Zeichnung immer noch sehen konnte, und griff nach einem eisernen Instrument, das einer Zange oder einem zusammenklappbaren Waffeleisen ähnelte. Ohne weiteres Wort bewegte er den Mechanismus: Zwei blanke, gezähnte Klauen schnappten klirrend zusammen – wie das Gebiss eines bösartigen Hundes. Zweifellos eines der vielen Folterwerkzeuge, über die man schaurige Dinge erzählte.

Gina stand nun mit dem Rücken an der Mauer und konnte sich nicht weiter zurückziehen. Die schartigen Zähne des scheußlichen Dings näherten sich ihren Fingerspitzen. Entsetzt zog sie die Hand weg. Dann stieß das Metall an ihre Schulter, schwenkte empor zu ihrem Hals, eisig auf der nackten Haut, und glitt wieder abwärts, streifte den Ansatz ihres Busens und schob ein wenig den Saum des Ausschnitts beiseite. Drang noch tiefer vor.

Wie weit wird er gehen?, durchzuckte es sie.

Der Druck des Eisens verstärkte sich. Stieß an das kleine Kreuz, das sie auf der Brust trug.

»Ich will nicht«, entfuhr es ihr.

Cecco atmete schwer. »Nein? Dann wirst du dich entsinnen müssen, dass du mir etwas schuldig bist.«

»Schuldig?«

»Du wirst tun müssen, was ich will!«

Was würde er fordern? Dass sie sich entblößte? Wollte er sie berühren? Oder wollte er – alles? Eine Welle von Abscheu stieg in dem Mädchen empor, und es schaute hastig um sich nach irgendeinem Gegenstand, der als Waffe dienen konnte.

Aber die Rettung kam von einer ganz anderen Seite.

Plötzlich stand ein anderer Mann im Raum.

Cecco zog das Folterwerkzeug zurück und bellte: »Was willst du denn hier?«

»Wir arbeiten zusammen. Schon vergessen?«

Es war der Mann mit der gebrochenen Nase.

»Das gibt dir nicht das Recht, hier hereinzuplatzen! Warte gefälligst draußen!«

Die barsche Stimme des Tenente schien den Mann nicht sehr zu beeindrucken.

»Wenn du darauf bestehst«, sagte er. »Aber ich seh dich hier Dinge tun, zu denen du kein Recht hast.«

Einen Augenblick war Cecco sprachlos. Gina erwartete, dass er sich mit der eisernen Zange auf seinen Widersacher stürzen werde. Doch er biss sich nur auf die Lippen und fauchte: »Steck deine Nase nicht in Dinge, die dich nichts angehen!«

»So etwas ist meine Nase gewöhnt. Leider.«

Dann, ehe der Tenente sich gänzlich fassen konnte, zog sich Vanga zurück, und im Gehen warf er hinter sich: »Ich warte.«

Gina fühlte ihr Herz bis zur Kehle schlagen. Aber die Gefahr war vorüber.

»Bild dir nicht ein, dass du gewonnen hast!«, stieß Cecco hervor. Vergiss nicht, wer hier das Sagen hat!«

Gina war froh, dass er die Wut über die Unterbrechung nicht weiter an ihr ausließ. Er begann auf und ab zu wandern, und seine Stimme verriet keine Erregung mehr.

»Wir wollen nicht vergessen, was wichtig ist«, sagte er. »Ich werde dir sagen, was du zu tun hast. Es geht um den Besucher bei Olimpia. Ist er wieder da gewesen?«

Also darum geht es ihm, dachte das Mädchen.

»Es heißt so.«

»Es heißt so, es heißt so! Weißt du es, oder weißt du es nicht?«

»Er war da.«

»Und – hast du ihn gesehen?«

Sie hatte von Anfang an gespürt, dass es diesem Mann nicht wirklich um das ging, was er vorgab. Der unglückliche junge Maler im Palazzo Farnese hatte ihn nur nebenbei interessiert; dessen Schicksal war ihm gleichgültig und sein Tod nur ein lästiger Zwischenfall. Oder vielleicht ein willkommener Zufall? Hatte er dieses Ende sogar herbeiführen lassen, um … ja, zu welchem Zweck? Jedenfalls gab es etwas, das für ihn bei weitem größere Bedeutung hatte als so ein kleiner Fisch, und gerade das war auch der Grund, weshalb er Gina nachstellte. Deswegen setzte er sie unter Druck: Diesen Kerl interessierte ganz allein, was bei Olimpia im Palazzo vorging! Olimpias Schicksal oder gar ihr eigenes spielten da nur eine Nebenrolle. Er wollte nur wissen, wer der Herr des Hauses war. Und wie er *den* in die Hand bekommen konnte.

Canaglia!, dachte Gina. Du bist ein noch viel größeres

Dreckschwein, als ich dachte. Gehst über Leichen. Andererseits: Du bist auch ein Stümper.

Es sprach wahrhaftig nicht gerade für die Findigkeit dieses Schurken, und es war eine Schmach für seine ganze Bande von Taugenichtsen, dass er auf diese Frage nicht längst eine Antwort gefunden hatte. Was hinderte ihn, sich dieses Wissen auf seine übliche brutale Art zu verschaffen? Der *Herr* musste eine sehr hochstehende Person sein, wenn dieser Kerl solche Vorsicht walten ließ. Oder war es ganz anders? Wusste Cecco längst, was er wissen wollte, und suchte er nur noch eine Bestätigung? Vielleicht auch weitere Hinweise. Und wenn er Gewissheit hatte – was dann? Würde er mächtig genug sein, auch diesen Mann unter Druck zu setzen? Gina verstand bereits recht gut, wie die Taktik dieses Menschen aussah: aufstöbern, belauern, erpressen. Hatte Olimpia es nicht sofort geahnt? Er wollte *dort* den Fuß in die Tür bekommen.

»Ich – ich will mich bemühen«, brachte Gina heraus.

»Das genügt nicht.«

»Ich kann es schaffen.«

»Gut für dich.«

Ein kurzes Schweigen. Dann fasste sich das Mädchen ein Herz: »Aber erst Euer Versprechen!«

Es sah aus, als wolle er sie doch noch schlagen. Doch zu Ginas großer Überraschung rief er einen seiner Schergen herein und befahl ihm: »Führ die Gans nach draußen! Nein, durch die andere Tür. Und die Alte, die kann sie gleich mitnehmen.«

Erst lange danach wurde Gina klar, dass sie ihr Messer, mit dem sie sich gegen den Kerl hätte wehren können, völlig vergessen hatte.

Vielleicht besser so, dachte sie.

»Sprichst du im Ernst?«, fragte Vanga. »Du meinst wirklich … den Teufel?«

Der Gesichtsausdruck des Tenente war Antwort genug. Es war ihm nicht nach Scherzen zumute. Er sagte: »Ich kann ihn dir zeigen – in gewisser Weise«, und strich über seinen Stoppelbart. »Jetzt gleich, wenn du willst.«

Sie befanden sich im Viertel von Santa Maria sopra Minerva, und der Tenente wies seinem Vetter den Weg durch mehrere unbewohnte Gassen, bis sie am Eingang einer kleineren Kirche standen. »Hier«, sagte er nur, aber Vanga kannte dieses hämische Grinsen und war auf der Hut.

Ceccos Freundlichkeit gefiel ihm ebenso wenig wie die Tatsache, dass er mit keinem Wort die peinliche Szene mit dem Mädchen erwähnte. Bei der Vernehmung war nichts Aufschlussreiches herausgekommen. Wahrscheinlich log die Frau.

Im Kirchenraum brannten nur wenige Kerzen. An einem Altar wurde die Messe gelesen, und an anderer Stelle war die Beichte im Gang. Es herrschte ein ständiges Kommen und Gehen. Cecco schritt an alldem vorbei und führte seinen Vetter in eine abgeschiedene Kapelle hinter dem Querschiff, wo er außerhalb eines hohen Eisengitters stehen blieb.

Schau hin!, bedeutete er mit einem Kopfnicken.

Da standen mehrere Personen vor dem Altar. Ein Priester, einige Männer verschiedenen Alters in bürgerlichem Gewand und etwas entfernt zehn oder zwölf Herren, die offenbar von Adel waren, denn ihre Reisekleidung und die Stiefel waren aus teurem Material und von modischer Machart.

Im Mittelpunkt der Aufmerksamkeit befand sich jedoch ein Mann, der einen Überrock trug, wie ihn die Advokaten trugen, ein Kleidungsstück, das gewöhnlich einen gewissen Respekt einflößte. Hier war die Wirkung allerdings ganz anders, denn diese Gestalt hatte nichts Würdiges oder Gepflegtes an sich. Vielmehr hing ihr die Kleidung wie falsch herum angezogen um den Körper. Der Kragen war abgerissen, und die Hemdzipfel flatterten lose herab. Der Mann hing schlaff wie eine Strohpuppe zwischen zwei Begleitern, der Kopf fiel immer wieder auf die Schulter.

Vanga trat näher ans Gitter. Der Mann schien mittleren Alters zu sein. Struppiger grauer Bart. Die Augen verdreht. Er lallte unverständliche Worte, und Geifer rann aus seinem Mund. Bisweilen krümmte er sich und stieß um sich, als wolle er entfliehen, dann sank er wieder wie ohnmächtig zusammen.

»Was ist –«, flüsterte Vanga.

Der Tenente legte den Finger auf den Mund.

Gerade begann der Priester einen Sermon auf Latein.

Der Mann reagierte zuerst gar nicht. Dann verzerrte ein närrisches Grinsen seine Züge. Seine Hände flatterten, und er schien vor Kälte zu zittern.

Die Stimme des Priesters wurde fordernd und heftig.

»Ein *Spiritato*«, raunte Cecco. »Der Teufel soll aus ihm heraus.«

»Apage Satanas!«, hörte Vanga, und sofort folgten heftige Beschimpfungen.

Statt zu antworten, grinste der Besessene kindisch. Plötzlich schrie er: »Er lässt mich nicht!« Und gleich darauf, mit völlig anders klingender Stimme, stieß er eine Folge gotteslästerlicher Flüche aus und brüllte wie ein Ochse in höchstem Schmerz.

Der Priester schlug mit den Fäusten auf ihn ein und spuckte ihm ins Gesicht, dass die Männer, die ihn festhalten mussten, erschrocken zurückwichen. »Ihr müsst ihn festbinden!«, rief er.

Aber da ließen die Zuckungen des Besessenen nach. Er sank auf die Knie und gab unverständliche Sätze von sich. Es war, als spräche er mit fremder Zunge – jammervoll einander überstürzende Wortkaskaden. Vanga hatte noch nie einen Menschen mit solcher Hast sprechen gehört. Und er hatte – weiß Gott! – mancher Zwangsvernehmung beigewohnt und vielen Gefolterten gegenübergestanden. Offenbar redeten abwechselnd der Besessene und der Teufel aus diesem Mund.

Der Priester sprach bald zu dem einen, bald zu dem andern. Er nahm das Corpus Domini mit der Hostiendecke vom Altar und ergriff eine brennende Kerze. Dann sprach er beschwörende und drohende Formeln, die sich in endloser Folge wiederholten. Dabei steigerte sich der befehlende Zorn.

»Das geht meist viele Tage so«, murmelte Cecco. Sein Gesicht verriet keinerlei Regung.

Die vornehmen Zuschauer steckten die Köpfe zusammen. Sie schienen dieses Schauspiel wie eine Sehenswürdigkeit zu betrachten.

Der Besessene regte sich kaum noch.

»Bringt ihn jetzt nach Hause!«

Die Begleiter des entlassenen Sünders, wahrscheinlich Freunde und Verwandte, schleppten ihn hinaus. Dabei kamen sie nahe an Vanga vorüber. Der gepeinigte Mann warf sich hin und her und fletschte die Zähne, als halte man ihm noch immer das Allerheiligste vors Gesicht.

Der Priester wandte sich nun an die Zaungäste. »Es handelt sich in diesem Fall um einen schlimmen, sehr halsstarrigen Teufel«, erklärte er. »Man braucht immer neue Listen und Kunstgriffe, um den Mächten des Bösen Paroli zu bieten. Aber durch Gottes Hilfe steht mir eine lange Erfahrung zu Gebote, und die Schliche des Widersachers sind mir wohlvertraut. Erinnert Ihr Euch an die Frau von gestern, ihr Herren?«

Demnach stellten diese Gäste sich regelmäßig zu dem Schauspiel ein!

»Wie ihr der Satan durch Nägel und Haarbüschel ausgefahren ist …«

»Aber auch danach hat sie noch an Zuckungen gelitten«, gab einer mit französischem Akzent zu bedenken.

Der Priester wischte den Einwand beiseite. »Ein anderer Dämon ist in sie gefahren, nachdem ich den ersten besiegt hatte. Dergleichen Geister sind sonder Zahl, aber verlasst Euch darauf: Ich kenne sie alle und weiß, was ihre Namen, Eigenschaften und Unterscheidungsmerkmale sind. Er leierte eine schier endlose Folge abenteuerlicher Worte herunter.

»Lass uns gehen!«, sagte Vanga. Diese Litanei kam ihm vor wie die Bettelei eines Straßengauklers am Ende seiner Vorstellung, und die vornehmen Gäste verhielten sich entsprechend. Jeder warf eine Münze in den bereitgehaltenen Beutel, ehe sie in angeregtem Gespräch hinausgingen.

Vanga und Cecco schwiegen.

Erst am Ausgang sagte der Tenente: »Du wolltest den Teufel sehen. Nun, hat er dir gefallen?«

»Ich hab nicht den Teufel gesehen«, gab Vanga zurück. »Nur einen armen Irren – und einen selbstgefälligen Mann der Kirche, der behauptet, er wisse Bescheid.«

Beim Anblick der Nonna wäre Gina fast in Tränen ausgebrochen, so mager und erbärmlich war die Alte! Sie sah aus wie ein zwergenhaftes Gerippe, das man in ein Lumpenbündel gesteckt hatte. Die Nase stach spitz hervor, und die Haare standen wie Stroh vom Kopf ab. Aber die Augen! Die waren so wach und energisch wie eh und je.

»Du!«, zischte die Alte. »Gerade mit dir hätte ich keinesfalls gerechnet.«

Warum will sie mir als Erstes wieder wehtun?, dachte Gina. Aber sie sagte: »Wir wollen rasch weg von hier, nicht wahr?«

»Dann nimm meinen Arm! Die Treppe ist steil.«

Das Mädchen gehorchte.

Der Körper der Greisin schien kein Gewicht zu haben. Ihre

ersten Schritte waren unsicher, aber dann gewann sie schnell wieder Kraft.

»Verrecken sollst du!«, fauchte sie den Türwärter an, der sich an die Wand drückte, als müsse er eine gefährliche Bestie vorbeilassen. Dabei wurde er blass wie ein Leichentuch.

Die Gefangenen hinter den Gittern begleiteten diesen Auszug mit halblauten Beifallskundgebungen.

Der Wärter brachte sie mit einem wilden Blick zum Schweigen. Aber gegen die Nonna neigte er den Kopf und murmelte etwas, das wie »Gesegnetes Wohlergehen« klang.

»Dem hab ich das Fürchten beigebracht«, raunte die Alte. »Dem und den anderen. Sind heilfroh, dass sie mich los sind.« Ohne sich umzuwenden, kreischte sie plötzlich mit schriller Stimme: »Lasst mich nur zu gerne ziehen, wie?«

Gina erschauerte. Sie wusste, wie ihre Großmutter es fertigbrachte, Angst und Schrecken um sich zu verbreiten. Sie erweckte den Eindruck, über den Bösen Blick zu verfügen, jenes schreckliche Übel, an das so viele Menschen glaubten, sogar handfeste Männer, die sonst damit angaben, sich vor niemandem und vor nichts zu fürchten.

»Haben Blut und Wasser geschwitzt, solange ich da war. Hab sie wissen lassen, dass ich ihr Wohl und Wehe und das ihrer ganzen Sippschaft in der Hand habe. Wie, Dreckskerl? Soll ich dir die Hand verdorren lassen? Oder den Schwanz? Oder die Augen nach innen kehren? Weißt du was, mein Küken? Keiner hat gewagt, mich anzurühren!« Das Gekicher, das diesen Worten folgte, hatte etwas wahrhaft Teuflisches.

Der Wärter zuckte zusammen und machte hastig das Abwehrzeichen mit Zeigefinger und kleinem Finger.

Dann waren die Nonna und ihre Enkelin im Freien. Nachmittagssonne über belebten Straßen.

Die Alte legte ihre Hexenmiene ab und atmete auf.

»So ist dir nichts Schlimmes geschehen?«, fragte Gina.

»Sie hätten es niemals gewagt!«

Schwach auf den Beinen war die Nonna dennoch. Auch wenn sie sich Mühe gab, straff und unerschütterlich zu wirken.

»Geht das Scheusal noch um?«, fragte sie plötzlich.

»Der Schwarze Engel? Ja, Gott sei's geklagt.«

»Schwarzer Engel? Pfft! Ein Dreckskerl, dem der Satan ins Gehirn geschissen hat.«

Es gelang der Alten immer wieder, das Mädchen zu erschrecken. Trotzdem: Gina war froh, dass sie die Nonna frei bekommen hatte, auch wenn die niemals bereit gewesen wäre, das Verdienst ihrer Enkelin anzuerkennen.

»Was tun wir jetzt?«, fragte sie.

»Wir? Was ich tun werde, tu ich allein. Ich werde nicht ins Haus zurückkehren. Jederzeit kann es sein, dass dieser Ziegenficker von Cecco es sich wieder anders überlegt und mich aufs Neue festsetzen will. Und wär es nur, um dich zu sekkieren.«

»Aber …«

»Aber nichts. Ich hab Freunde, von denen du gar nichts weißt. Viele Häuser in dieser Drecksgegend stehen mir offen. Ich geh jetzt allein. Und dann sehn wir weiter.«

»Und du willst nicht mit mir …«

»Gott bewahre! Du brauchst nicht mal zu wissen, wo ich stecke. Dann kann es auch keiner aus dir herausquetschen.«

»Und wenn –«

»Wenn ich dich brauche, weiß ich dich aufzustöbern.«

»Und was tue ich?«

»Schnickschnack! Was hast du denn vorher getan?« Mit einem Mal verwandelte sich die Stimme der Alten und klang beinahe weich: »Du bleibst bei deiner Schwester. Sie braucht dich jetzt.« Und so leise, dass es kaum zu vernehmen war, fügte sie hinzu: »Ihr wisst beide nicht, wie sehr.«

Tief in Gedanken und noch immer von dem Ekel erfüllt, den der Exorzismus in ihm erzeugt hatte, ging Vanga zum *Gatto Nero* zurück.

Denk an was anderes!, wies er sich selbst zurecht. Früher am Tag, kurz bevor er sich vom Kanonikus Garofalo verabschiedete, hatte er im Kreuzgang gestanden.

Durch die Fenster hörte man Gesang.

»Sie üben das Oratorium«, sagte Garofalo. »Hörst du es? Der Heilige Vater wünscht am nächsten Sonntag noch eine Aufführung.«

Es war eine zauberhafte Musik.

Der Kanonikus sagte: »Die irdischen Mächte treten auf: die Zeit, der Verstand, die Wollust und ihre Gefährten.

Der Körper fragt: »Was denkst du, meine Seele?«

Und *Anima*, die Seele, schwankt: »Ich, die ich unsterblich bin, was soll ich tun mit meinem Leben?«

Der Weg führt zum Heil – oder in die Verdammnis …

Und ich?, dachte Vanga.

Auch er stand am Scheideweg. Er schwankte und wusste nicht, wohin er sich wenden sollte.

Der Rest des Tages, nachdem Gina sich von der Nonna getrennt hatte, verlief ganz anders, als sie erwartet hatte. Im Palazzo herrschte Aufruhr, weil der Herr des Hauses sich angesagt hatte. Das war etwas, das sie bereits kannte. Aber diesmal war es doch nicht ganz wie gewohnt: Es gab sich niemand Mühe, den bevorstehenden Besuch vor ihr geheim zu halten. Im Gegenteil, es wurde offen darüber gesprochen, aber das geschah so, dass sie nicht mehr daraus entnehmen konnte, als ihr ohnehin bekannt war.

Sie wissen alle nicht mehr als ich!, dachte sie erstaunt. Vielleicht mit Ausnahme der Köchin und des Haushofmeisters. Ob ich dem etwas entlocken könnte, wenn ich ihn an mich heranlasse … Madonna! Was für ein Gedanke! Sie hätte sich ohrfeigen mögen.

Im ganzen Haus war die Unruhe mit Händen zu greifen. Aber noch immer machte niemand Miene, das Mädchen für die Dauer des Ereignisses in seine Stube zu verbannen.

Ob es wohl daher kommt, dass sie längst alle wissen, in welchem Verhältnis ich zur *Herrin* stehe?

Falls es so war, dann musste aber auch der Letzte begriffen haben, dass Gina dadurch keineswegs eine Sonderstellung genoss. Im Gegenteil. Wenn jemand den Unmut der großen Dame zu spüren bekam, dann war das vor allen anderen sie, die kleine Schwester.

Verwünscht sei dieser ganze Wirrwarr!

Und dann kam die Anweisung, sich zu Olimpia zu begeben. Das verblüffte Gina mehr als alles andere. Aber es wurde noch seltsamer: Die Schwester ließ sich gar nicht sehen. Der Ankleideraum, dessen Tür sie nur einen Spalt weit öffnete, war in Dämmerlicht getaucht, und Gina erblickte nur eine manikürte Hand, die mit einer glänzenden Salbe bedeckt war und einen sorgfältig zusammengefalteten Brief auf den Flur herausreichte.

Dazu erklang Olimpias Stimme: »Es steht darauf, wohin du das zu bringen hast.«

Gina musste tief Luft holen. Na klar: Es endet doch wieder damit, dass sie aus dem Weg geschafft wurde!

»Muss das sein?«, brachte sie heraus. »Es ist schon fast dunkel.«

»Na und?«, kam es spöttisch zurück. »Den größten Teil meines Lebens bin ich zur Arbeit gegangen, wenn es dunkel wurde.«

In die Gassen hinausgeschickt, ehe der große Augenblick kam! Eine Finte? Wollte Olimpia sicherstellen, dass ihre kleine Schwester weit weg war, wenn der *Herr* eintraf? Und warum vertrug sie nicht, dass Gina die Vorbereitungen sah, die im oberen Geschoss getroffen wurden?

»Warte!«, hörte sie jetzt. »Nimm das hier noch! Das gehört dazu. Und gib gut drauf Acht! Verstanden?«

Die Tür öffnete sich etwas weiter, und ein kleines Bündel wurde herausgereicht. Dabei gelang es Gina doch noch, eine Ahnung von dem zu erhaschen, was vor ihr verborgen werden sollte. Nicht nur, dass sie eine befremdende Mischung von Duftstoffen wahrnahm, von der ein dichter Schwall durch den Türspalt drang. Sie konnte auch einen Blick in den Wandspiegel werfen, der mehr von dem zeigte, was sich hinter der Tür verbarg, als Olimpia bewusst war. War das eine Perücke mit Lockenkranz? Jedenfalls erinnerte der Umriss fatal an ein Medusenhaupt. Und ein merkwürdiges Geflecht wie von Riemen, an denen Schnallen aus Metall glänzten. Und eine Art Tuchgewand oder Mantel, beinahe so, wie manche jener alten Statuen gekleidet waren, die man hier und da noch als Überreste früherer Zeiten in der Stadt sehen konnte. Oder wie – ein Leichentuch!

Gott verzeih mir die Sünde, wie komme ich nur auf so etwas?

»Ich …«, begann Gina. Alle weiteren Worte blieben ihr im Hals stecken, und sie wusste selbst nicht mehr, was sie hatte sagen wollen.

»Geh!«, befahl Olimpia.

»Kann ich Guccio mitnehmen?«

»Hast du etwa Angst, mein *Kleines*? Na gut. Aber du lässt ihn draußen warten, verstanden? Du nimmst ihn nicht mit rein!«

Gina hatte Tränen in den Augen.

Santa Magareta! Nun heul ich schon wieder!

Sie drehte den Brief hin und her. Und auch das Päckchen. Dem konnte sie anfühlen, dass etwas Schweres, Klimperndes darin eingeschlossen war.

Wahrscheinlich ein Schmuckstück, überlegte sie. Womöglich wertvoll.

Ob sie deshalb zulässt, dass der Blöde mitgeht? Doch bestimmt nicht aus Sorge um mich!

Sie las die Anschrift.

Ausgerechnet zum *Gatto Nero*! Dieses übel beleumdete Viertel, mit dem so peinvolle Erinnerungen verbunden waren ... Das war eine Adresse, die ihr überhaupt nicht gefiel. Wenn man sich dort nun an den Auftritt von damals erinnerte?

»Du kannst dir ruhig Zeit lassen.« Die Köchin war hinter ihr die Treppe heraufgekommen, ohne dass Gina es bemerkt hatte.

»Zeit lassen?«

»Ja. Heut' Abend wirst du hier nicht mehr gebraucht. Verstehst du? Und wenn du zurück bist, komm an die kleine Seitenpforte. Ich werde wach sein und mach dir auf.«

Wie auch anders! Damit die kleine Schwester nur ja nichts von den Vorgängen im oberen Stockwerk mitbekam. Und vor allem: keinen Blick auf den geheimnisvollen Mann!

Gina nickte geistesabwesend und betrachtete das Päckchen. Auf dem dicken Papier stand ein seltsamer Name: *Alberto Vanga*.

In diesem Augenblick hasste sie ihre Schwester. Die Botengänge für sie wurden ihr zunehmend zur Last. Sie fürchtete sich vor dem, was ihr als Nächstes in den Gassen begegnen mochte. Und zum *Gatto Nero* ging sie erst recht nicht gern. Aber es war sinnlos, sich zu widersetzen, wenn *Bel' Olimpia* sich etwas in den Kopf gesetzt hatte. Da hieß es: Gehorche oder verschwinde! Das hatte sie von der Nonna.

Die Nonna!

Wo die wohl untergekommen war? Bei ihrer Schwester hatte sie nicht mehr den Mut, diese Frage anzuschneiden. Sie hatte zwar eingestanden, dass sie in Trastevere gewesen war, und auch über Ceccos Zugriff wusste die Schwester Bescheid, aber auf keinen Fall durfte sie erfahren, wie weit die Forderungen des Tenente gingen. Und wenn Olimpia erfuhr, dass Gina Kontakt mit der Großmutter hatte, war nichts Geringeres als ein schrecklicher Wutanfall zu befürchten. Fuchsteufelswild würde sie werden!

Also musste das Mädchen diese Probleme weiter mit sich allein abmachen.

Nun gut. Erst mal der Botengang mit Guccio. Der Bursche war nicht gerade unterhaltsam. Er war das Faktotum des Hauses und geistig nicht besonders auf der Höhe. Er war auch bucklig. Aber er war stark. Und er war freundlich zu ihr. Das war mehr, als man von den meisten anderen Bewohnern des Palazzo behaupten konnte. Ausgenommen den Kellermeister. Doch der war wiederum *zu* freundlich und wartete nur auf eine Gelegenheit, ihr unter den Rock zu greifen. Dergleichen hatte Guccio nie versucht.

»Also komm!«, drängte sie, während der Tropf sich Mühe gab, die Laterne anzuzünden. »Ich mach das schon!«

Der Himmel war noch hell, und zerrissene Wolken eilten über die Dächer dahin. In den Gassen hingegen nistete sich schon die nächtliche Dunkelheit ein.

Sie nahmen den Weg am Konvent der Barnabiten vorbei. Das hielt Gina für eine Abkürzung.

Was mochte das wieder für ein Kerl sein, dem Olimpia ein solches Angebinde schickte? Gina hatte nichts dagegen, neue Leute kennenzulernen, aber die meisten, mit denen ihre Schwester zu tun hatte, waren ihr zuwider: meistens fette Geldsäcke oder salbungsvolle Lustgreise; gelegentlich ein geistlicher Herr, der es mit dem Zölibat nicht so genau nahm. Solches Gesindel hielt Gina schon für selbstverständlich, seit sie Aufträge von Olimpia entgegennahm. Seltsam war nur, dass ihre Schwester es überhaupt für ratsam hielt, so viele Männerkontakte zu pflegen, wo sie doch inzwischen die noble und exklusive Kurtisane eines großen Herrn war.

Aber was zerbrech ich mir den Kopf? Was Olimpia tut, hat außer ihr selbst noch nie jemand verstanden!

Und wenn sie nun wieder dem Mann mit der schiefen Nase über den Weg lief? Dem, der sie vor Tenente Cecco gerettet hatte und der ihr an dem schrecklichen Tag in den Weg getreten war, als sie aus dem Palazzo Farnese kam … Olimpias abgehalfterter Liebhaber. Er hatte damals mit ihr geredet, ohne seinen Namen zu nennen. Wahrscheinlich hat er geglaubt, ich wüsste ihn noch. Vom Tag der Hinrichtung auf dem Campo de' Fiori, als ich ihn zum ersten Mal gesehen hab. Wie hatte Olimpia ihn da angeredet?

Berto.

Alberto.

Etwa Alberto Vanga?

Heilige Maria Mutter Gottes, mach, dass es nicht er ist!

Vanga saß über dem zweiten Becher Wein. In der Schenke war ziemlicher Andrang, obwohl der Abend gerade erst begann. Aber Vanga saß allein. Die Knochen taten ihm weh, und er war unzufrieden mit diesem Tag. Was ihn am meisten ärgerte, war die Art, wie Cecco ihn erneut vom Gang der Ermittlungen abgeschnitten hatte. Der Tenente hatte sich neue Methoden ausgedacht, um sich den lästigen Partner vom Halse zu schaffen. Geschicktere Methoden. Er erteilte ihm Aufträge, die zu nichts führten. Schickte ihn beispielsweise fort, einen Mann in einem sehr entlegenen Teil der Stadt aufzusuchen und zu befragen. Das sei von entscheidender Wichtigkeit, hieß es. Der Mann war schwer zu finden, und man konnte kein sinnvolles Gespräch mit ihm führen. Ein notorischer Säufer im letzten Stadium seines Niedergangs, den man praktisch nie nüchtern antraf. Vanga beobachtete, wie er sich besinnungslos in seinem Elend wälzte, wie er kotzte und nur noch unzusammenhängendes Zeug redete. Die Fragen verstand er nicht. Überdies waren sie derart belanglos, dass der Zweck des Ganzen nur allzu deutlich hervortrat. Cecco hatte seinen Vetter nur gezwungenermaßen als Weggefährten geduldet. Inzwischen glaubte er seine Pflicht erfüllt zu haben und wäre ihn am liebsten wieder los. Er hatte denen, die über ihm standen, zweifellos erst den Malerlehrling, dann den narbengesichtigen Attentäter als Sündenbock präsentiert, ein Manöver, das so unklug war, dass es ihn selbst über kurze Zeit ans Messer liefern würde. Aber er fühlte sich als Held der Stunde und hatte beschlossen, dass er auf Vanga keine Rücksicht mehr nehmen müsse. Konkurrenz, Mitwisser – oder Aufpasser. Er hielt ihn sich vom Halse, so gut er nur konnte.

Würde er je verstehen, was sein Vetter dachte und tat?

Jedenfalls: Vanga hatte die unsinnigen Aufträge für den Tenente abgebrochen und fragte sich nun, wie es weitergehen sollte. Zunächst einmal würde er trinken, bis er genug hatte. Aber ehe er dazu kam, fiel sein Blick auf zwei weiße Saffianstiefel unmittelbar vor seinem Tisch. Sie gehörten zu einer weißen Livree mit Silberstickerei, in der ein schwarzgesichtiger Hüne steckte, der dem missvergnügten Zecher gut bekannt war. Für einen Augenblick erwog Vanga, sich der unausgesprochenen Aufforderung des Lakaien zu widersetzen, doch der andere war glatt einen Kopf größer und verfügte über einen Körperbau, der an den Herkules Farnese erinnerte. Also nur kein Kräftemessen!

»Wo ist sie?«, fragte Vanga.

Ein Wink als Antwort: Draußen.

»Also gut.« Vanga erhob sich und blickte an dem Riesen empor. Er hatte sich geirrt. Mindestens zwei Köpfe größer.

Die Contessa wartete in ihrer Sänfte unter den Arkaden. Die Art, wie sie Vanga begrüßte, ließ nichts von ihren Empfindungen erkennen. Sie musterte ihn durch ihren Schleier.

Vanga konnte die Konturen ihres Gesichtes nur schattenhaft ausmachen. Nach einer kurzen Verneigung wartete er schweigend.

Sie verstand genau, was er damit andeuten wollte, und schlug den Schleier zurück – eine Bewegung von unnachahmlicher Eleganz. Ihr Gesicht stellte alles in den Schatten, was er vom ersten Treffen in Erinnerung behalten hatte.

»Ihr habt mir lange keine Neuigkeiten mehr zukommen lassen«, sagte sie leise.

»Nun, es ist ein Fall, der viele Probleme aufwirft, Contessa.«

»Ist es wirklich so schwer, einen Mann ausfindig zu machen, der so unvorsichtig ist, hilflosen Frauen unverschämte Briefe zu schreiben, in denen er unverhohlene Drohungen ausspricht?«

Sollte er ihr offenbaren, was er inzwischen wusste? Der Ort und die Anwesenheit einer Leibwache von insgesamt fünf finster dreinblickenden Dienern schienen Vanga wenig vielversprechend für eine Konfrontation mit harten Bandagen. Aber natürlich wusste er seit seinem Gespräch mit Pater Garofalo, dass er ihr früher oder später einige hässliche Fakten auf den Kopf zusagen musste.

Sie blickte gleichsam durch ihn hindurch und fuhr fort: »Man hat mir gesagt, Ihr seid der Beste in Eurem Metier. Nicht nur der Teuerste. Das lässt es gerechtfertigt erscheinen, dass man Ergebnisse erwartet, nicht wahr?«

Die kaum verhohlene Schärfe dieser Worte reizte Vanga. Sie kamen ihm vor wie das Funkeln einer blanken Klinge unter einer Hülle von zartem Samt.

Keine Lust, mich abkanzeln zu lassen wie ein Lakai.

Gnädigste, Ihr fordert es heraus. »Es ist nicht so, Contessa, dass ich keine Ergebnisse vorzuweisen hätte.«

»Ach ja? Zum Beispiel?«

»Ich weiß inzwischen, *wer* den Brief geschrieben hat, den ich von Euch habe. Und ich weiß auch, was ursprünglich im Umschlag gesteckt hat.«

Sie zuckte weder zusammen, noch verriet sie auf andere Weise, ob es ihm gelungen war, sie zu überraschen. Höchstens schimmerte die Zartheit ihrer Haut um eine Nuance weißer als sonst, doch das konnte auch ein Irrtum sein. Schließlich lag der Abendschatten über ihrem Gesicht.

Ihre Stimme war jedenfalls vollendet beherrscht, als sie zurückgab: »Das hört sich an, als sollten wir es *näher* besprechen.«

Gehorsam trat er einen Schritt vor, aber ihre Antwort war ein Lächeln, in dem eine Andeutung von Spott lag. »So meine ich es nicht, Signor Vanga. Ich erwarte Euren … Besuch.«

»Nur, wenn Ihr offen mit mir seid!«

»Ich werde sehr offen mit Euch sein. Ihr habt es verdient. Wie Ihr ausseht – schrecklich mitgenommen. Ihr habt einiges erlitten, will mir scheinen. *Für mich?*«

»Nicht jedem gefällt, dass ich für Euch tätig bin.«

Sie beugte sich vor und streckte die Hand aus. »Man wird es wiedergutmachen müssen.« Ihre Fingerspitze fuhr ganz leicht über den Wundschorf an seinem Lippenrand. Es war wie die Berührung von Feuer und Eis. »Das wird bald verheilt sein«, flüsterte sie, »schlimmer ist allerdings …« Ihr Blick war etwas weiter nach oben geglitten.

Vanga hatte sich schon genügend über ihre herablassende Art geärgert. Und jetzt das! Er knurrte: »Meine Nase, nicht wahr? Soll ich Euch sagen, wie das passiert ist?«

Sie sah ihn mit großen Augen an.

»Es war eine vornehme Dame, hinreißend schön, aber

ziemlich verdorben. Sie hatte Spaß daran, sich wie eine Straßendirne aufzuführen. Und wenn ihr einer auf den Leim ging, nun ja, dann schlug sie zu.«

Sie hob eine ihrer hinreißenden Augenbrauen und schüttelte amüsiert den Kopf. »Was Ihr für seltsame Leute kennt!«, sagte sie. »Diese Frau hatte weder Geschmack noch Lebensart. Ihr solltet sie einfach vergessen.«

Vanga suchte nach einer bissigen Erwiderung, aber die Contessa gab ihrem Leibwächter einen Wink, und der trat so nahe heran, dass Vanga einen Schritt zurückweichen musste.

»Bis Mittwoch«, sagte sie leichthin. »Zur Mittagsstunde. Ihr seid ja zweifellos bestens informiert und wisst, wo Ihr mich findet.«

»Zeigt Ihr mir dann das Messer?«

»Ihr werdet staunen Signor Vanga, was ich Euch zu zeigen habe.«

Ginas Laune wurde schlechter, je näher sie zum *Gatto Nero* kam. Da waren schon die dicken Pfeiler der Vorhalle.

»Du bleibst hier!«, befahl sie Guccio. Der hockte sich am Brunnen nieder und begann in der Nase zu bohren. Dort würde er bis zu ihrer Rückkehr ausharren, da konnte sie sicher sein. In Gedanken schon bei der Begegnung, die ihr bevorstand, bemerkte Gina die Gruppe von Menschen unter den Arkaden erst, als sie auf ihrem Weg schon den halben Platz überquert hatte. Erschrocken hielt sie inne. Waren das Leute, die sie von früher kannten?

Nein, stellte sie erleichtert fest. Eine vornehme Dame in einer Sänfte mit weiß gekleideten Dienern. Aber halt, da war ja auch der Mann mit der schiefen Nase. Sie redeten miteinander. Die Dame beugte sich vor und berührte das Gesicht des Mannes. Eine Geste, die eine seltsame Vertrautheit verriet.

Gina spürte einen Stich, ärgerte sich jedoch sofort über diese Empfindung.

Unfug! Was ging es sie an?

Die Dame verschwand hinter ihrem Vorhang, und der Mann verneigte sich.

Das Mädchen trat in den Schatten und wartete, bis der malerische Aufzug der Sänftenträger und Begleiter abgezogen war. Der Mann sah ihnen nur kurz nach und verschwand dann ins Innere der Osteria.

Gut so! Er hatte Gina nicht bemerkt. Ob er tatsächlich derjenige war, den sie aufsuchen sollte? Sie wartete noch eine Weile, bevor sie hineinging und nach dem Wirt fragte. Dabei blickte sie sich rasch in der Gaststube um.

Sie konnte aufatmen. Offenbar war niemand da, der ihren verunglückten Auftritt als Diebin beobachtet hatte.

»Vanga, Berto Vanga?«, mümmelte der Wirt und glupschte auf ihre nackten Füße und dann auf ihren Busen, obwohl sich das ihrer Meinung nach nicht lohnte.

»Das ist der da drüben.«

Er saß am Ende des Raumes und hob den Kopf, als der Wirt den Namen nannte. Der Mann mit der gebrochenen Nase! Sie hatte also richtig vermutet … Widerstrebend trat sie an seinen Tisch.

»Ihr seid es also«, stieß sie hervor. »Ihr heißt – Vanga?«

»Nur wenn's Euch recht ist.«

Der unverschämte Kerl war offensichtlich ebenso mies gelaunt wie sie.

»Äh … bitte, n-nehmt doch Platz!« Mit einer linkischen Bewegung forderte er sie auf, sich neben ihn zu setzen. Seltsamerweise störte sie das nicht, obwohl er sie keineswegs freundlich anblickte. Es gefiel ihr, dass er sie höflich anredete, als hätte er es mit einer Dame zu tun, auch wenn er dabei stotterte. Beim ersten Mal, damals am Richtplatz, hatte er zwar weitaus vertraulicher mit ihr gesprochen – aber wie mit einem Kind. Und neulich, vor dem Palazzo Farnese, hatte er einerseits geschäftsmäßig und andererseits geradezu fürsorglich gewirkt. Doch auch da hatte er sie nicht wie eine Fremde behandelt.

»Was kann ich … Äh – worum geht es denn?«, murmelte er.

Eigentlich gefiel ihr auch seine Verlegenheit und – überraschend genug – sogar sein forscher Blick auf ihre Hüften, als sie neben ihn auf die Bank glitt. Es schien so etwas wie Anerkennung darin zu liegen, aber nicht jene Anzüglichkeit, die sie von vielen anderen Männern kannte, beinahe seit sie ein Kind gewesen war, und die sie heftig verabscheute.

Beim Blick in den Spiegel wurde sie immer verlegen. Sie fand sich überhaupt nicht hübsch, doch die Art, wie Vanga sie ansah, gab ihr dieses Gefühl.

Sei nicht närrisch!, dachte sie. Er ist genau wie alle andern Kerle.

»Ich komme im Auftrag … meiner Schwester«, erklärte sie und ärgerte sich zugleich über diese Ausdrucksweise, die sie wie eine Dienstbotin erscheinen ließ. Aber wie sonst hätte sie es sagen sollen?

Ihr entging nicht das Aufleuchten in seinen Augen, als die Rede auf Olimpia kam. Die war ihm also noch immer nicht gleichgültig. Was erwartete er eigentlich? Hatte sie ihm nicht den Laufpass gegeben? Wo blieb der Stolz, den er bei der Begegnung auf dem Campo de' Fiori gezeigt hatte?

»Das hier sendet sie Euch!«

Er zögerte, bevor er das Bündel entgegennahm, es in der Hand wog und sie fragend anschaute.

Sie nickte ermunternd.

Er riss das Papier auf und faltete es auseinander. Während er las, konnte sie ihn in Ruhe beobachten. Gewiss. Man konnte ihn nicht gutaussehend nennen, aber an dem leicht verlegenen

Lächeln war etwas, das ihr gefiel. Gegen ihren Willen. Er hatte einmal wieder nötig, sich den Bart zu scheren. Oder scheren zu lassen, falls er sich das leisten konnte. Immerhin: Sein Haar war gepflegt. Zweifellos hatte er es gebürstet, aber struppig wirkte es trotzdem. Widerspenstig. Sie ertappte sich bei dem Gedanken, wie sich dieses Haar anfühlen mochte, wenn man darüberstrich …

Unfug! So ein alter Kerl! Mindestens dreißig oder mehr!

Obwohl – er runzelte beim Lesen die Stirn wie ein Schuljunge. Dieser Anflug von Kindlichkeit stand ihm gut. Überhaupt: So alt kam er ihr diesmal gar nicht vor. Vielleicht machte es das Kerzenlicht …

Langsam faltete Vanga das Papier zusammen. Seine Hände, dachte sie, die sind schöner als sein Gesicht.

Er schaute auf.

Er war verletzt! Eine Beule auf der Stirn und Schrammen an Schläfe und Wange. Das hatte sie bei seinem kurzen Auftritt in Tenente Ceccos Wachstube gar nicht bemerkt. Hatte er gekämpft? War er in Gefahr gewesen?

»Ihr wisst, was da steht?«, fragte er.

Sie sandte ihm einen intensiven Blick, nur so, als Versuch.

Er verstummte einen Atemzug lang, einen *langen* Atemzug. Die Zungenspitze fuhr nervös über seine Lippen. Er räusperte sich und überbrückte seine Verwirrung, indem er rasch weitersprach: »Sie schickt mir das hier …« Er zog ein Armband mit silbernen Glöckchen aus der Umhüllung und hielt es Gina hin. »Ich soll es für sie – äh – zu Geld machen.«

»Etwas zu trinken?« Das war der Wirt. Er lehnte den Spitzbauch gegen die Tischplatte und ließ das Schmuckstück nicht aus den Augen.

»Zwei Becher Wein«, orderte Vanga und blickte Gina fragend an.

Sie nickte, um Beiläufigkeit bemüht. Bezweifelte er etwa,

dass sie ans Weintrinken gewöhnt war? Hielt er sie etwa für ein Kind?

»Nun also, dann!«, brummte er.

Der Wirt trollte sich, allerdings zögerlich, als habe er eine Bemerkung auf der Zunge gehabt, die er sich jedoch verkniff.

»Ich will das gerne tun«, sagte Vanga und drehte das Geschmeide hin und her. »Aber ich wundere mich …«

»Weshalb?« Dass sie dich für würdig erachtet, etwas für sie zu tun? Sie wird wohl Geld brauchen. Ihr Gönner geizt damit anscheinend mehr als mit anderen Dingen.

Vanga murmelte: »Will sie keine Bestätigung oder …«

Oder?

»Sie hat nichts davon gesagt. Offenbar hat sie Vertrauen zu Euch.«

So merkwürdig man das auch finden mag! Gina wunderte sich über den unbegründeten Ärger, den sie empfand. Hatte sie womöglich etwas dagegen, dass Olimpia erneut den Kontakt mit diesem Mann aufnahm? Wollte die Schwester weitere Schritte unternehmen? Wo blieb Olimpias sonst so empfindlicher Stolz?

Und wo bleibt deiner?, dachte sie, nun tatsächlich wütend.

Der Wirt brachte den Wein, und sie tranken. Es war das übliche Gesöff, das man in diesen Kaschemmen an unbedeutende Gäste ausschenkte. Bei den befreundeten Wirten in Trastevere hatte Gina Besseres zu kosten bekommen. Allerdings hatte sie das eigentlich nur in Begleitung der Nonna erlebt.

»Ja«, sagte Vanga, dem vermutlich immer noch das Wort Vertrauen im Kopf herumspukte. »So wird es wohl sein.« Erneut trat eine Pause ein, bis er fortfuhr: »Ich werde mit ein paar Händlern reden. Aber dann … Wie soll ich mit … mit ihr in Kontakt treten?«

»Sie wird sich bei Euch melden, nehm ich an …«

Verflixt, ich weiß doch auch nicht, was sie sich denkt! Zieht sie etwa *mich* ins Vertrauen? Auf keinen Fall! Ich bin gerade gut genug als Laufmädchen. So benutzt sie jeden. Und nichts ist ihr recht. Schon dass ich hier sitze, würde ihr nicht passen. Weißt du was? Schlag sie dir aus dem Kopf, mein Lieber, sie spielt nur mit dir!

Aber sie sagte: »Vielleicht komm *ich* ja wieder her.«

»Gewiss. Ich erwarte nicht, dass sie sich persönlich bemüht.« Offenbar verärgert über sich selbst, fügte er eilig hinzu: »Ich meine: Das wäre schön. Ihr seid mir nicht weniger lieb.«

Mit dieser nicht gerade genialen Nachbesserung hätte Gina im Grunde zufrieden sein können. Aber er schickte sofort eine weitere Ungeschicklichkeit hinterher: »Ihr – äh – Ich glaube, Ihr werdet bald – genauso hübsch sein wie …«

Wie meine Schwester? Demnach gefällt sie Euch besser! Sie zeigt mehr her, nicht wahr? Findet ja auch reichlich Zuspruch. So viele Männer können nicht irren!

Zweifellos blitzten ihre Augen zornig, während ihr diese Gedanken durch den Kopf schossen. Er wirkte jedenfalls betroffen. Oder zuckte er nur wegen seiner eigenen Blödheit zusammen? Grund genug!

Gina sprang auf die Beine. *»Benissimo!«*, stieß sie hervor. »Bestens! Damit ist wohl alles geklärt. Und Ihr seid zweifellos genau der Richtige für diesen Auftrag.« Den Hieb konnte sie sich nicht verkneifen.

Vanga stand ebenfalls auf und wusste nicht, wohin mit seinen Händen. Verdammt, er hatte so ziemlich alles falsch gemacht, was er falsch machen konnte! Dabei spürte er mit jäher Heftigkeit, dass er gern einen guten Eindruck gemacht hätte, dass es ihn gefreut hätte, wenn sie länger geblieben wäre, ach, zum Teufel: dass er sie leiden mochte! »Ihr … Ihr wollt allein zurückgehen?«, brachte er heraus.

»Keine Sorge!«, gab sie spitz zurück. »Ich habe einen starken Begleiter, der mich beschützt.«

Vanga fühlte tatsächlich einen Stich.

»Vielleicht sollte man lieber *vor* Euch auf der Hut sein!«, knurrte er.

Frecher Pinsel! Gina sandte ihm einen zornigen Blick und schritt hinaus wie eine Königin. Und weil sie nicht daran zweifelte, dass er hinter ihr herstarrte, bewegte sie die Hüften mit einer Hingabe, die ihr selbst unheimlich war.

Selbstverständlich schaute Vanga hin.

Was bin ich doch für ein Trottel!, dachte er. Sie hat nicht mal ausgetrunken.

Es war das übliche Spiel. Olimpia hatte sich den ganzen Tag nicht blicken lassen, aber der Barbier und die Putzmacherin waren bei ihr, und im ganzen Haus verbreiteten sich die Gerüche von Duftwasser und Räucheressenz.

Nach Einbruch der Dunkelheit war es dem Hausgesinde verboten, sich in das Treppenhaus oder gar in das obere Stockwerk vorzuwagen. Der Herr brachte eigene Leibdiener mit.

Gina, die verstimmt und nach Meinung der Köchin viel zu früh von ihrem Botengang zurückgekehrt war, zog sich so früh wie möglich in ihre Kammer zurück. Sie wollte nicht dabei sein, wenn die anderen in der Küche wieder die Köpfe zusammensteckten und tuschelnd anzügliche Bemerkungen austauschten. Aber auch ihr ließ die Neugier keine Ruhe. Und sie dachte an die Forderung des Tenente. Was konnte sie tun, um hinter das Geheimnis des Herrn zu kommen?

Wenn sie die Fensterluke öffnete und sich etwas über den Vorsprung des Gesimses beugte, konnte sie die Straße vor dem Portal überblicken. Also blieb sie wach und lauschte nach draußen. Die Luft war lau, und die dumpfen Geräusche der Stadt wirkten weit entfernt.

Sie schreckte auf. War sie etwa eingeschlummert? Sie, die in letzter Zeit nur schwer Schlaf fand?

Schritte vor dem Haus, Hufschlag, Stiefelknirschen auf dem Pflaster.

Gina hastete zum Fenster und lehnte sich so weit hinaus, wie sie es wagen mochte. Eine stattliche Sänfte, tief verhangen, zwischen vier schwarzen Pferden aufgehängt. Mehrere Lakaien mit Fackeln. Mehr vermochte sie nicht zu erkennen.

Der Herr! Ob er schon in der Halle ist?

Vorsichtig öffnete sie ihre Tür. Das ging ganz leise, denn sie hatte am Tage schon Öl auf Riegel und Scharniere gegeben. Barfuß schlich sie vorwärts. Da war Licht auf der Treppe. Ein vorsichtiger Blick über die Balustrade …

Ein Mann in schwarzem Umhang schreitet die Stufen hinauf, schlank und elegant. Der Fackelschein wirft seinen Schatten übergroß auf die Wand. Er trägt eine schwarze Maske. Kardinal Cipriani, dieser Fettsack, ist das keinesfalls! Unter dem schwingenden Saum kommen luxuriöse Stiefel aus Saffianleder zum Vorschein. Mit federndem Schritt strebt der Maskierte die Stufen empor. Die Finger, die am Treppengeländer emporgleiten, stecken in einem Handschuh aus schimmerndem Samt. An einem Finger glänzt ein Siegelring, und der scheint äußerst kostbar zu sein. Seltsam: Er trägt ihn über dem Handschuh! Sie versucht das Motiv zu erkennen. Flammen. Ein Tier. Ein Drache? Gina würde sich gerne weiter vorbeugen, doch sie wagt es nicht.

Da dröhnen schwere Tritte auf den Stufen – ganz in ihrer Nähe. Eisiger Schrecken: die Wachen!

Barsche Befehle hallen über die Galerie. Stiefel poltern, Waffen scheppern. Zwei oder drei Männer kommen genau auf sie zu.

Madonna!

Das Mädchen kauert sich tief auf den Boden und drückt

sich ganz eng an den Sockel eines Marmorpfeilers. Wie rasend klopft das Herz. Gina hält den Atem an, die Augen fest geschlossen – als könne sie sich auf diese Weise unsichtbar machen … Aber da: neue Kommandos. Die Wachen auf ihrer Seite der Galerie bleiben stehen, drehen sich um, nur zwei Schritte von ihr entfernt – Gott sei Dank noch jenseits des Pfeilers. Rufe hin und her. Die Männer kehren zurück zur Treppe.

Erleichtert atmet Gina auf.

Sie hat den Herrn gesehen!

Niemand hat sie bemerkt.

Und was am wichtigsten ist: *Sie weiß, wer er nicht ist!*

Was weiß ich bis heute?, dachte Vanga. Er hielt nichts von geschriebenen Listen. Er ordnete seine Gedanken lieber im Kopf. Und er zählte die Fakten an den Fingern auf.

Es ist ein Mann.

Er tötet Frauen. Immer wieder. Ausnahmslos Huren.

Er tötet mit einem Messer oder einem anderen scharf geschliffenen Werkzeug.

Er schneidet ihnen die Köpfe ab.

Was er damit tut, weiß ich nicht. Wir haben nicht einen gefunden. Vermutlich nimmt er sie mit.

Er trägt eine Maske. Wahrscheinlich befürchtet er, erkannt zu werden, sollte ihm jemand am Tatort begegnen – oder der Anschlag misslingen und das Opfer am Leben bleiben. Das könnte bedeuten, dass sein Gesicht bekannt ist. Oder ist er so abstoßend hässlich?

Halt, es könnte noch einen anderen Grund geben: Die Maske verleiht ihm das Gefühl von Macht, die Illusion, ein anderer zu sein.

Allgemeine Auffassung: Er ist – der Teufel.

Nein, das ist Wahnsinn. Aber, was soll's: Haben wir es nicht auf jeden Fall mit Wahnsinn zu tun?

Er ist ein Mensch, ganz zweifellos. Von großer Schlauheit, aber nichtsdestoweniger ein Wahnsinniger, ein Mann, der sich für den Teufel hält – jedenfalls zeitweilig dessen Rolle annimmt. Des Satans Bote. Der Schwarze Engel.

Was bringt ihn dazu?

Sind es Dämonen, die ihn treiben? Oder kommt solcher Wahn anders zustande?

Ob der Täter selbst nur ein hilfloses Werkzeug ist?

Oder könnte es sein, dass er mit klarer Überlegung handelt?

Was man hört, ist etwas anderes: Der Teufel steckt in seinem Geist.

Womöglich ist ihm außerhalb seines Wahns gar nicht bewusst, was er tut.

Was für ein Erwachen, wenn ein solcher Mensch begreift!

Bis zu diesem Punkt war Vangas Grübeln gelangt, als Caravaggio vor ihm auftauchte.

»Du bist die Erste«, flüsterte der Mann, den sie »Satans Schwarzen Engel« nannten. »Und du bist die Zweite. Und alle zusammen seid ihr die Schlüssel, die mir den Weg öffnen. Dorthin, wohin ich gelangen muss. Lust. Macht. Ewiges Leben? Gebt mir erst die Rache, und ich bin zufrieden …«

Kaum vermochte er die Gier zu zügeln, sein Werk vollendet zu sehen. Er beugte sich vor und berührte jeden der Schädel, die nach einem komplizierten Schema angeordnet waren.

Wispernde Laute, flackerndes Licht, bizarre Schatten, drohend gespreizte Fetische einer uralten, unausdenkbar dunklen Macht …

Er entblößte seinen Arm, dort, wo das rote Blut spürbar in den Adern pochte, und die scharfe Klinge des geweihten Messers ritzte die Haut. Warm, weich und pulsierend strömte es hervor und sammelte sich in einem Becher aus Kristall.

Dann tauchte er den Finger ein, verharrte kurze Zeit

gänzlich reglos und führte dann die feuchte Kuppe mit leichter Bewegung über die unglaublich weiße beinerne Oberfläche … Eine rote Spur blieb zurück. Formte unbeschreibbare Zeichen. Spitze Winkel, Bögen und Kehren. Unsagbar weiß war der Knochen. Blank genagt von seinen Lieblingen, Wesen niederster Ordnung, die dennoch seinen Zielen dienstbar sein durften, dienstbar jenem Großen, dessen Name unaussprechlich war. Wartet nur! In Bottichen lebten sie, unter dem Boden, in tiefen, kühlen Kavernen, schleimige Monstren, allezeit hungrig, eine Heerschar von gierigem Gewürm …

Caravaggio stieß ein spöttisches Gelächter aus, als er Vangas Überraschung bemerkte. »Mit mir hast du nicht gerechnet, stimmt's?«

Der Angesprochene spannte unwillkürlich die Muskeln an. Seit ihrer letzten Begegnung bereitete ihm die Frage, wie sie zueinander standen, nur noch mehr Zweifel.

Der Maler klopfte ihm mit herablassender Miene auf die Schulter. »Wir haben lange nicht mehr miteinander getrunken«, sagte er.

»Wie in alten Zeiten?«, fragte Vanga vorsichtig.

»Pah. Die alten Zeiten! An die denk ich gar nicht gerne.«

»Dann auf die neuen Zeiten!«

Also ein freundschaftliches Besäufnis mit einem Mann, der vielleicht sein Freund war und womöglich kaum andere Freunde hatte. Reden über dies und das, als gäbe es keine Spannungen zwischen ihnen.

Jedenfalls war das Temperament des Malers schwer zu zügeln. Er kam auf die päpstliche Regierung zu sprechen, und sein Unwille trat zutage: »Bist du blind, dass du nicht erkennst, was vor deinen Augen geschieht?«

»Mag sein«, sagte Vanga, als sie einander gegenübersaßen. »Willst du es mir erklären?«

Der Maler schwieg, als sei er in bittere Gedanken verstrickt. Dann stieß er verächtlich die Luft aus und griff nach einem der leeren Becher, die sich auf dem Tisch angesammelt hatten. »Das ist Cipriani«, sagte er. »Sieh ihn dir gut an! Nichts drin außer Selbstsucht und Anmaßung. Also gärt es! Am liebsten säh er sich auf dem Stuhl Petri. Vermutlich würde er sich dort nicht viel schlechter ausnehmen als mancher andere. Aber er wird nicht hingelangen.«

»Woher weißt du das?«

»Eingebung. Glaub mir, oder lass es bleiben! Was zählt, ist dies: Der Mann hat Feinde.«

Ein zweiter leerer Becher wurde neben den ersten gerückt, so dass sie heftig gegeneinanderklirrten.

»Das ist Santerra. Auch im roten Kostüm. Und dem anderen zum Verwechseln ähnlich. Nur jünger. Und er hat Freunde – mehr als einen!«

»Freunde?«

»Oder Komplizen, wie du willst. Leute mit Einfluss. Mehrere Becher gesellten sich, heftig gestoßen, dem zweiten zu; einige kippten dabei um, einer zerbrach sogar.

»Darauf kommt es nicht an«, knurrte Merisi. »Aber Rivalen hat er erst recht. Einige Namen könntest du erraten …«

»Bellarmin.«

»Ja, bravo! Der wird es noch weit bringen mit seinem scheinheiligen Getue. Erspar dir die anderen! Das ist wie in den Wind pinkeln. Du wirst nicht dagegen ankommen. Wichtig ist –«

»Del Monte«, unterbrach Vanga ihn, hauptsächlich um die Reaktion zu erproben.

Caravaggio starrte ihn ausdruckslos an, kniff die Augen zusammen und leerte den eigenen Becher. »Den unterschätze nicht!«, raunte er. »Mag dir vorkommen wie das fünfte Rad am Wagen; und er wär auch nichts als Fliegendreck, hätt er nicht die Partei der Medici hinter sich. Aber weißt denn du, wo der Aldobrandini sich anlehnt? Entscheidend ist: Del Monte, nun, der ist kein hohles Ei!«

Damit füllte der Maler seinen Becher erneut, setzte ihn an die Lippen und nahm einen tiefen Zug.

Und er ist lange genug dein Protektor gewesen, dachte Vanga. Wenn ich auch nicht recht durchschaue, ob das jetzt noch so ist … Was er sagte, war vorsichtiger formuliert: »Del Monte hat viel übrig für die Künstler, nicht wahr?«

»Für die Künstler? Ach, ja.« Eine ausholende Geste, an der zu erkennen war, dass der Wein seine Wirkung tat. »Die sind das Salz der Erde. Dienen der Schönheit, öffnen euch Menschen die Augen und zeigen – die Welt der ewigen Wahrheiten.«

»Ist das dein Ernst?«

»Unfug!«, knurrte der Maler in plötzlich auflodderndem Zorn. »S-Sind die Hofnarren, die sich große Herren leisten. Ha! Dürfen d-den Teppich legen und … die Dekoration … die D-Dekoration …«

»Du auch?«

»G-grad gut genug – Posaune blasen, Scheißdreck verbrämen – das tun wir. Unsereins kommt erst lange nach dem Schoß-Schoßhündchen, wenn's possierlich ist und für nette Kapriolen taugt! Grad' genug, dass man sich drum zankt, wem wir gehören. Und dass einer uns dem andern abjagt! Trophäen. Hauen und Stechen. Wenn dem Pinselschwinger die Puste ausgeht – pah!«

Vanga wusste genau, was der andere meinte: einen Ringkampf im Finsteren. Jeder Griff erlaubt. Jede Tücke willkommen. Jede Gemeinheit gerade recht. Fallgruben. Schlingen. Fußangeln. Gift.

»Du auch?«, fragte er noch einmal.

Caravaggio schnalzte spöttisch mit der Zunge. Der Anschein

seiner Trunkenheit war verflogen. »Selbstverständlich«, fuhr er fort, leise und fast verschwörerisch. »Aber ich, ich schlag ihnen ein Schnippchen. Verstehst du? Sie merken es gar nicht. Ja? Ich male, was ich will: Was *wirklich* ist ... Das ist gefährlich, glaub mir. Beinah eine Rebellion! Hast du nicht gehört, was der Arsch Baglione, dieser Stümper, über mich verbreitet? Ich sei der Satan und der Antichrist. Ich verderbe angeblich die Malerei. Warum? Weil ich die Menschen zeige, wie sie sind. Jawohl. Mit schmutzigen Füßen ...«

Plötzlich war Schweigen.

Caravaggio lachte lautlos in sich hinein. Seine Trunkenheit machte sich nur stoßweise bemerkbar; zwischendurch wirkte er völlig klar. Eines der Kennzeichen eines Gewohnheitstrinkers, wie Vanga nur allzu gut wusste. Er hatte selbst inzwischen Mühe, sich einen klaren Kopf zu bewahren. Obwohl er sich zurückhielt und manchen Becher, den Merisi ihm einschenkte, heimlich auf den Boden goss, um dem anderen gegenüber im Vorteil zu bleiben. Auch seine Zunge wurde schwer. Aber er dachte an die finsteren Andeutungen von Kardinal Santerra über den Maler.

»Michele ...«, begann er von neuem.

»Ja doch.«

»Diese Mordtaten ...«

Ein hinterhältiges Grinsen. »... Hör endlich auf! Hast du denn noch immer nicht begriffen? Die Lösung liegt doch auf der Hand!«

»Wie?«

»Es ist der Heilige Vater persönlich, der sich hin und wieder ... Luft verschafft!«

Das Lachen blieb Vanga im Halse stecken. Das war ein schlechter Scherz. Aber, bei Gott, eine wahnwitzige Vorstellung! Dieser klobige alte Mann, der in Wahrheit gar nicht so alt war. Zu Zeiten, wenn die Gicht ihn plagte, wie ein

Leichnam anzusehen, einst bekannt als knochenharter Jurist, meistens fromm und knausrig, fortwährend verstrickt in das Ränkespiel seiner Nepoten und – nach allem, was man hörte – abhängig von schwierigen Ratgebern wie Kardinal Bellarmin. Bedrückt und gepeinigt von Misstrauen, Menschenangst und Zauderei, dann wieder jählings auftrumpfend oder der Fresssucht verfallen … Selbstbewusst bis zur Überheblichkeit, andererseits gefangen im Gefühl der Unterlegenheit gegenüber den wirklich großen alten Familien von Rom wie den Farnese, denen er so viel verdankte und die dafür seinen allerhöchsten Neid zu spüren bekamen. Vanga glaubte genug über diesen Papst zu wissen. Im Grunde ein Mann von halben Entschlüssen, flauen Kautelen und des Sowohl-als-auch. Brennend vor heiligem Zorn gegen das Dirnenwesen der Stadt, gegen Fleischeslust und lockere Sitten – wie eben einer, der die Versuchung von sich selbst nur zu gut kennt. Sich den als ein Ungeheuer vorzustellen, das bei Nacht in die Gassen hinausschlich, um die Huren mit grausigem Gericht zu strafen … Vanga spürte den Reiz, laut zu lachen, aber der Gedanke an die grausame Wirklichkeit schnürte ihm die Kehle zu.

Wieder ertönte die Stimme des Malers: »Gab es nicht einen Papst, den sie den *Wilden Mönch* nannten? *Il frate*, der Bruder Schweinehirt aus Grottamara, Sixtus Nummer fünf, wenn ich's richtig im Kopf hab. Als der an die Regierung kam, war'n die Galgen kaum noch zu zählen. Dabei hing er selbst in dieser vertrackten Cenci-Geschichte drin. Aber daran wirst du ja wohl nicht gern erinnert, wie?« Er fixierte Vanga wie ein lauernder Kater.

Nein. Daran erinnerte Vanga sich in der Tat nicht gerne.

»Schon gut«, knurrte der Maler. »Trink aus! Glaubst du im Ernst, ich merk es nicht, dass du die Hälfte wegschüttest?«

Vanga schwieg. Er kannte die Zeichen: Plötzlich loderte

Zorn in den Augen seines Gegenübers. Er duckte sich. Aber die Empörung des Malers galt nicht ihm.

»Pass auf!« Merisi packte den tönernen Krug, setzte ihn an und ließ den restlichen Wein durch die Kehle rinnen. Dann schob er das bauchige Gefäß mit brutalem Stoß zwischen die Becher auf dem Tisch und verkündete: »Da hast du ihn. Er hockt wie die Glucke im Nest, und alle drängen sich um ihn: Ränkeschmiede und Verschwörer, Karrieremacher und Intriganten, Speichellecker und Schleimscheißer. Die hätten ihm zu gerne längst ein Ende gemacht, wenn sie ... ja, wenn sie sich einigen könnten, wer von ihnen die Klitsche erbt!«

»Michele!«

»Hast Recht!« Merisi erhob sich schwankend. »Ich gehe. Bevor wir uns womöglich streiten ...« Ein paar Tropfen Wein rannen ihm aus dem Mundwinkel, er wischte sie aus dem Bart und stützte sich an der Wand ab. Auf dem weißen Kalk blieben Fingerspuren – rot wie Blut.

Seit Stunden wuchs die Spannung der Menge. Kurz vor dem Rennen erreichte sie den Höhepunkt. Es war das Fest der *Barbieri*. Dieses Rennen der wilden Hengste bot für das Volk von Rom stets ein großes Vergnügen.

Da brodelte es in den Gassen. Als Vanga zur Piazza del Popolo gehen wollte, war das Gedränge so undurchdringlich, dass er Umwege machen musste. Da blieb nicht viel Zeit, wenn er nicht verpassen wollte, was er für das Spannendste hielt: die letzten Augenblicke vor dem Beginn.

Schon von weitem sieht er über die Köpfe der Zuschauer hinweg, wie die Pferde sich aufbäumen und die Köpfe emporwerfen. Mehrere kräftige Männer können sie kaum halten.

»Macht Platz Leute, und nehmt Euch in Acht!«, schreit der Cavaliere, der die Ehre hat, als Aufseher zu fungieren. Keine leichte Aufgabe!

Die Menge schiebt und drängt. Staub wirbelt im Sonnenlicht, und der Flitterkram, mit dem das Zaumzeug geschmückt ist, funkelt wie Geschmeide. Die Berberhengste, nicht sehr groß, aber feurig und voller Ungestüm, sind allen Zuschauern bestens bekannt. Der Besitzer des Renners, der den Sieg davonträgt, wird in aller Munde sein. Hohe Wetten werden abgeschlossen. Deshalb das Dickicht von Ränkespielen und Betrügerei.

Die Pferdeführer halten sich eng bei ihrem Gaul, und zwar möglichst so, dass sie nicht von auskeilenden Hinterhufen getroffen werden. Solch ein Schlag könnte das Leben kosten!

Aber wenn es sich machen lässt, dass der Hengst eines der anderen Pferde, am liebsten den ärgsten Konkurrenten, gewaltig in die Rippen tritt, dann ist das ein guter Schritt zum Sieg und verspricht dicke Prämien. Ein wahrer Krieg, heimlich und unbarmherzig geführt …

Und da, mitten im Chaos, steht dieser hagere Kerl mit dem schwarzen Bart und der großen Nase. Er kommandiert einen Trupp von Kämpfern und schwingt das große Wort. Sein Hengst, ein Apfelschimmel von höllischem Temperament, bläht die Nüstern und rollt die Augen, dass man nur noch das Weiße sieht. Er will ausbrechen. Schaum fliegt vom Maul. Aber Schwarzbart ist Herr der Lage, und sein halbes Dutzend harter Burschen hat das Tier gut im Griff. Er sieht jede Gefahr voraus und erteilt die richtigen Befehle. Vanga muss zugeben: Besser könnte selbst er es nicht machen. Der Kerl findet sogar Zeit, ins Publikum zu grölen und Grimassen zu schneiden.

Na, vielleicht fühlt er sich doch allzu sicher! Plötzlich krümmen sich zwei oder drei seiner Leute unter den Hufen, und der Halteriemen peitscht durch die Luft. Da kann Vanga nicht anders: Er hat schon zugepackt, ehe andere begreifen, was passiert ist. Und er hält das Halfter fest!

»Danke, Freund!«, schreit Schwarzbart.

Vanga nickt und lässt nicht los.

Und was tut dieser Teufelsbursche? Schwarzbart versetzt dem Hengst einen Stockhieb und schickt seinen Trupp mit einem grellen Pfiff an die Startlinie. Der letzte Augenblick vor dem Losstürmen. Gerade noch wird das Pferd am Brustriemen gehalten. Da dreht sich Schwarzbart zur Seite, als wolle er nur den Hufen ausweichen, und gerät – wie zufällig – an den Hengst der Nachbargruppe. Ein großer Rappe, gelbe Bänder in der Mähne. Der Führer des anderen Trupps erkennt die Gefahr und zieht Schwarzbart den Peitschenstiel über die Stirn – aber was hilft's? Der Startschuss hallt zwischen den Mauern. Die Hengste rasen davon, dass die Erde bebt. Schwarzbart hält sich den Kopf, Blut zwischen den Fingern, die Zähne jedoch zu einer höhnischen Grimasse gebleckt. Da vorn wirft sich der Rappe zur Seite, prallt gegen einen Fuchs. Schrilles Wiehern. Beide stürzen zu Boden, zwei andere über sie hinweg! Geschrei brandet auf. Zuschauer, die mitgerissen werden. Chaos.

Schwarzbart, obwohl verwundet, ist bester Laune.

»Hast ihm 'ne *vespa* gesetzt«, murmelt Vanga.

»Gut gemacht, wie?«

»Selten so geschickte Arbeit gesehen.«

In der Erinnerung sah Vanga alles so deutlich, als wäre es eben geschehen.

So geriet er damals in den Wirbel eines Straßenkampfes. Und da bekam er es zum ersten Mal mit dem Schurken *Barbanera* zu tun, als dieser die sogenannte »Wespe« platzierte, ein kleines Stück Eisen mit Stacheln, eigens für diesen Zweck angefertigt. Könner schoben es dem gegnerischen Pferd blitzschnell hinter den Brustriemen oder noch besser unter den Schweif. Es verursachte einen scharfen Schmerz und ließ oft eine böse Wunde zurück. Aber der Zweck war erfüllt, wenn es dem Opfer den Sieg verdarb – und mit etwas Glück weitere Konkurrenten aus dem Rennen warf.

Zum Sieg hat es für Schwarzbarts Renner dennoch nicht gereicht.

Schnee von gestern. Dieses Jahr, im Anno Santo, hatte der Papst das Rennen verboten. Ein Erlass, mit dem Seine Heiligkeit in der Altstadt viel böses Blut erzeugt hatte.

Seitdem hatten Vanga und der Ganove dann und wann Geschäfte miteinander gemacht. Schwarzbart und seine Bande von Halsabschneidern! In einer solchen Kumpanei musste einer den anderen im Auge behalten, weil niemand seinem Gegenüber weiter trauen durfte, als dessen Vorteil reichte.

Die letzten Monate hatten die beiden Männer einander allerdings kaum gesehen. Es kursierten Gerüchte. Jemand wollte Schwarzbart bei den Banditen in den Albaner Bergen oder bei den geheimen Agenten der Inquisition gesehen haben oder unter den Rebellen im Königreich Neapel – oder einfach im Gefängnis. Wahrscheinlich stimmte nichts davon. Aber alles dies und vieles mehr traute man ihm zu.

Während Vanga sich diese Gedanken machte, saß er in einer der finstersten Spelunken dicht bei der gigantischen Ruine des Kolosseums und dachte: Manchmal ganz vorteilhaft, einen zu kennen, der keinerlei Skrupel hat. Er hatte *Barbanera* eingeladen, und der war gleich mit seiner Bande im Trupp erschienen.

Nach dem ersten Becher Wein sagte er ohne weitere Umschweife: »Ich brauche eure Hilfe. Es geht um eine gute Tat.«

Dreckiges Gelächter.

»Das wird dich einiges kosten«, knurrte der Anführer.

Vanga wiegte den Kopf. »Viel Geld ist nicht drin«, sagte er. »Tut mir leid.«

»Das sagst du einfach so – und denkst, du kannst hier heil wieder rauskommen?«

»Sachte, *Capo*. Du kennst mich. Ich hab mich noch nie lumpen lassen. Aber diesmal ist es was anderes. Das liegt auch in eurem Interesse …«

»Spuck's aus!«

»Es geht um den Schwarzen Engel.«

»Scheiße, wie meinst du das?«

»Ihr wisst alle, was er den Mädchen antut. Nichts hat geholfen, ihn zu Fall zu bringen. Der Arsch von Cecco kriegt's nicht hin.«

»Das ist nichts Neues.«

»Deshalb ist's unsre Sache. Ich will, dass wir ihm eine Falle stellen.«

»Dabei soll'n *wir* mitmachen?«

»Wer sonst?«

»Das Aas geht auch uns gegen den Strich, aber wir – die Arbeit der Sbirren tun?«

»Die Sbirren sind einfach zu blöd dafür …«

Wieder diese boshafte Heiterkeit.

Ein gutes Zeichen. Vanga verschwieg nicht nur, dass ein Konsortium von Zuhältern als Geldgeber hinter diesem Plan steckte, sondern auch, dass er die Idee zuerst von Cecco gehört hatte. Aber selbstverständlich war der Tenente nicht mit im Boot. Wer von diesen Burschen hätte sonst wohl mitgemacht?

»Trotzdem«, knurrte der Capo. »Du bist verrückt.«

»Denkt mal drüber nach! Solange dieser Teufel auf freiem Fuß ist, sind die Wachen in Alarmbereitschaft. Sie kämmen jeden Tag die Stadt durch. Der Papst will sogar Truppen aus Perugia zur Verstärkung kommen lassen. Wird alles nichts nützen, aber euch macht es einen Strich durch jede Rechnung. Schon jetzt kann sich keiner mehr unbewacht bewegen. Stimmt es nicht?«

Mürrisches Schweigen, dann zustimmendes Gemurmel.

»Ruhe!«, befahl Schwarzbart. »Das mag schon sein. Aber deshalb auf diesen Schweinskopf hören …«

»Du würdest auf *mich* hören. Und dir selber ’nen Gefallen tun. Außerdem: Habt ihr mal eine dieser Frauen gesehen, nachdem er mit ihr fertig war? Ich schon. ’ne ausgenommene Gans is’n schöner Anblick dagegen.«

»Halt’s Maul! Die Mira war meine Nichte!«

»Dann weiß ich nicht, was dich zurückhält.«

Der Bandenführer runzelte die Stirn. Offenkundig war er ins Grübeln gekommen. Seine Spießgesellen glotzten unentschlossen und murmelten sich drastische Kommentare zu.

»Das ist ein fremder Gedanke für uns. Aber du hast nicht ganz Unrecht. Seit Wochen stinkt die Scheiße, die Huren, die für uns arbeiten, bringen nichts mehr ein. Und fünf von uns sind hopp gegangen, weil die Sbirren überall herumschnüffeln.«

»Dann sollten wir Schluss damit machen, mein ich.«

»Und was ist mit unseren Ausfällen?«

»Wie meinst du das.«

»Unsere Arbeit würde brachliegen.«

»Nur für zwei, drei Nächte, um Vollmond.«

»Trotzdem.«

»Nun, das ist richtig. Dafür hab ich was für euch.« Vanga brachte einen Beutel mit Münzen zum Vorschein. »Das ist für Eure Unkosten. Haben die Mädchen an der Rotonda gesammelt. Sie trauen mir und verlassen sich auf euch.«

»Wie viel?«

Die Summe war nicht unbeträchtlich. Schwarzbart blickte in die Runde seiner Galgenvögel, und das Ergebnis war so, wie Vanga erwartet hatte.

»Gib’s her!«, knurrte sein Gegenüber. »Drei Nächte. Nicht mehr.«

»Wollt Ihr’s nicht nachzählen?«

»Wozu? Ich trau dir. Und außerdem wärst du der Erste, der wagt, mich zu bescheißen.«

»Das beruht auf Gegenseitigkeit. Seht Ihr meine Nase?«

»Hab schon Schlimmeres geseh'n, wenn auch selten.«

»War ein harter Bursche, der mit mir Geschäfte machen wollte.«

»Geschäfte?«

Vanga rieb sich über die vernarbte Stelle. »Das da war als Anzahlung gedacht.«

»Und du konntest ihm nicht rausgeben?«

»Doch, doch. Ihn hat's die Eier gekostet.«

»Sag bloß, du gefällst ihm nicht!«

Gina spürte, wie sie wegen dieser direkten Worte von Olimpia errötete.

Die Schwester genoss das offenkundig und schickte gleich hinterher: »Da müsste ich Vanga schlecht kennen!«

Es war Morgen. Sie saßen auf der Terrasse. Es war alles wie immer, außer dass Olimpia ungewöhnlich bleich aussah und tiefe Schatten um ihre Augen nisteten.

»Was willst du!«, protestierte Gina. »Er ist ein alter Knacker, hat schon graue Haare hier und da … und ein grober Kerl obendrein!«

»Täusch dich nicht! Er kann sehr einfühlsam sein.«

»Gestohlen soll er mir bleiben, der und alle andern!«

»Ts, ts! Ein seltsames Mädchen bist du!« Olimpia zog die Nase kraus. »Guckst nicht nach Männern, jedenfalls nicht so, dass man's merkt. Bist gar nicht eitel und hast keine Lust, dich aufzuputzen. Stößt jeden vor den Kopf, der dir den Hof machen möchte. *So* jung bist auch du nicht mehr.«

»Lass mich zufrieden!«, gab Gina patzig zurück.

Sie wusste nicht, was sie sonst hätte sagen sollen. Die Schwester hatte ja Recht: Sie war anders als die meisten

Mädchen in ihrem Alter, und mit denen hatte sie wenig Kontakt. Abgesehen von Sina hatte sie keine »beste Freundin«, aber die war an Auszehrung gestorben, als sie beide noch Kinder waren. *Ragazza restia*, »Fräulein Rührmichnichtan«, nannten einige im Viertel sie, Gina, und ein paar lose Mäuler hatten schon Spottverse hinter ihr hergerufen. Sie konnte dazu nur die Schultern zucken.

Dabei galt sie durchaus nicht als unansehnlich oder gar hässlich. Im Gegenteil. Es war lange her, dass ihr Körper nur aus Haut und Knochen bestanden hatte und ihr Gesicht mager und hohlwangig gewesen war. Sie war aufgeblüht, das begriff sie selbst.

Bin ich schön?

Die dunklen Augen, die ihr aus Glasscherben oder Wasserpfützen entgegenblickten, hatten eine Kraft, die selbst erwachsene Männer verlegen machte.

Aber sie mochte niemandem zeigen, dass sie sich dieser Ausstrahlung bewusst war.

Nur wenn sie allein war, probierte sie ihre Wirkung aus, beobachtete ihr Spiegelbild oder ihren Schatten, steckte sich eine Blüte ins Haar, streifte den Rock bis zu den Schenkeln empor oder zog den Blusenausschnitt so weit herab, dass ihr Busen hervortrat. Gesten und Posen, die sie ihrer Schwester oder deren Konkurrentinnen abgeschaut hatte.

Hol's der Kuckuck! Da war er wieder, dieser abschätzige Blick der älteren Schwester. Der und das mürrische Schweigen, in das die Nonna verfiel, wenn die Rede auf Ginas Schüchternheit kam. Gab es da etwas in der Vergangenheit, das man ihr verschwieg?

»Lass mich zufrieden«, verlangte sie noch einmal. »Oder – sag mir alles …«

»Alles? Da gibt es nichts zu sagen.« Olimpia wirkte plötzlich, als sei ihr das Thema unbehaglich.

»Du weißt etwas, nicht wahr?« Gina spürte das Zurückweichen und wollte nicht aufgeben.

»Ich weiß nur, was sie so geredet haben, die Alte und ihre Gevatterinnen, damals, als sie noch miteinander sprachen, manchmal … Du weißt schon: Wenn sie glaubten, ich wär noch zu klein, um etwas zu verstehen …«

»Und?«

»Ach, zum Henker! Du warst erst recht noch klein, als die Freier noch ins Haus gekommen sind. Garstige Kerle allermeist. Nun gut. Da ist wohl etwas geschehen, etwas mit dir, etwas, das die Nonna nicht hätte hinnehmen dürfen …«

Gina verstand. Ob es *das* war? Sie dachte daran, mit welch schreckerfüllter Wut sie sich einmal als Halbwüchsige gegen einen Maultiertreiber auf dem Campo Vaccino zur Wehr gesetzt hatte, der sie umarmen wollte.

»Ich hab geglaubt, sie bringt mich um«, hatte der Kerl gestammelt.

»Wir wollen nicht mehr drüber reden!« Aus irgendeinem schwer verständlichen Grund klang Olimpia, als hege sie plötzlich Groll gegenüber ihrer kleinen Schwester.

Genauso hatte Vanga sich das vorgestellt. Die Contessa ließ ihn warten. Das war er gewöhnt. Wer ihm einen Auftrag erteilte, sah ihn stets als eine Figur, die ihren Platz im Spiel einzuhalten hatte. Und das war nie ein guter Platz. Bisweilen war man durchaus erfreut, sich eines solchen Werkzeugs bedienen zu können, aber das war dann nur an den Zweck gebunden. Als Person nahm man ihn nicht wahr, und wenn ihm Empfindung entgegengebracht wurde, dann war es stets Unwillen: Seine Auftraggeber fühlten sich peinlich berührt, dass sie es nötig hatten, jemanden wie ihn zu kennen.

So sieht's aus! Ich bin dazu da, den Dreck für sie aufzukehren, damit sie sich nicht selbst die Finger schmutzig machen müssen.

Wenn es im Verhalten dieser Dame Andeutungen gegeben hatte, es sei womöglich mehr und am Ende gar etwas ganz anderes im Spiel, dann war das sicher nichts weiter als eine kapriziöse Laune. Für mich als Mann hat sie höchstens Neugier – trotz des Widerwillens. Sehen, was für eine Wirkung sie auslösen kann! Vielleicht tauscht sie ja auch gelegentlich die Kleider mit ihrer Zofe, um sich unters Volk zu mischen und sich ein Abenteuer zu gönnen, einen flüchtigen Kitzel, so etwas wie den erregenden Schauder von Gefahr. Und es mochte ihr gefallen, mit Männern zu spielen, nur so aus Spaß …

Während dieser bitteren Gedanken ging sein Blick über die prunkvolle Ausstattung des Vorzimmers, in das ein hochmütiger Diener ihn gewiesen hatte.

Oh ja, er war ein Kenner exquisiter Warteräume, und dieser war tatsächlich etwas Besonderes. Kostbare Seidenstoffe verhüllten die Wände. Die Säulen des Portals waren offenbar nicht aus Stuck, sondern aus edlem Marmor, und ein ganzer Schwarm von Vögeln turnte um ihn her, alle aus vergoldetem Schnitzwerk, lebensecht, dass es zum Staunen war, und teils mit echten Federn ausgestattet, die in allen Farben des Regenbogens schillerten. Sie bogen die Hälse, spitzten die Schnäbel und äugten aus funkelnden Glasaugen auf ihn herab.

Fehlt nur noch, dass die Biester mir auf die Jacke scheißen!, dachte Vanga grimmig. Heute muss ich der Dame klarmachen, dass ich mich von ihr nicht verschaukeln lasse. Wenn ich etwas nicht leiden kann, dann dass man mich an der Nase herumführt!

Er hatte sich gerade angemessen in Zorn gesteigert, als die Tür sich öffnete und eine Dienerin ihn zum Eintreten aufforderte. Nicht ohne ihn hochmütig zu mustern.

So ein Perlhuhn!

Da war er im Boudoir. Und das war eine Überraschung. Dunkelheit umfing ihn. Die Fenster waren mit schweren Schabracken verhängt, wenn auch durch ihre Spalten etwas Sonnenlicht und warmer Wind aus dem Garten hereinströmten. Von fern hörte man Arbeitsgeräusche und menschliche Stimmen. Aber das wurde ihm nur nebenbei bewusst. Vor ihm stand in schwebendem Schatten die Contessa! Ein locker zurückgeworfener Umhang schmeichelte ihrer Gestalt.

»Da seid Ihr also. Ihr habt endlich etwas Wichtiges für mich?«

Er wurde sich aufs Neue bewusst, welcher Zauber in dem weichen Vibrieren ihrer Stimme lag.

Ehe er im Stande war, zu antworten, fuhr sie bereits fort: »Nehmt Ihr etwas Erfrischendes? Eine *limonata*? Ich werde Euch bedienen …«

Er hätte einen Schluck brauchen können, aber er lehnte ab, denn er wollte sich ganz auf das konzentrieren, was er ihr zu sagen hatte. »Ich – weiß jetzt einiges, das ich vorher nicht wusste …«

»Ja?«

Er räusperte sich und gab sich einen Stoß. »Ich weiß, dass … der Gesuchte in Rom ist und dass er meine Rolle kennt.«

»Wieso?«

»Ich wurde verfolgt und beobachtet.«

»Das können *meine* Leute gewesen sein. Ich wünsche über Eure Schritte informiert zu sein, und von Euch selbst bekomme ich wenig Auskunft.«

Diese Wendung traf ihn überraschend. Eine neue Lüge? Er wollte darüber jetzt nicht nachdenken und zwang sich, so unbeirrt wie möglich fortzufahren.

»Ihr werdet kaum einen Anschlag auf mich und auf den

Tenente der Wachen befohlen haben. Und es war wohl auch keiner Eurer Bediensteten, der sein Leben dabei gelassen hat.«

Er hatte erwartet, das werde sie ins Wanken bringen, aber sie blieb völlig kühl.

»Das genau meine ich«, sagte sie. »Derart wichtige Dinge enthaltet Ihr mir einfach vor.«

»Wenn es Dinge sind, die nicht von Euch ausgehen, betreffen sie Euren Auftrag wahrscheinlich gar nicht.«

»Vielleicht doch. Mein Bruder könnte erfahren haben, dass Ihr für mich tätig seid.«

»Dann habt Ihr wirklich Grund, ihn zu fürchten.«

»Habt Ihr daran gezweifelt?«

»Contessa, ich zweifle an *Euch*. Ihr könnt mir nicht länger etwas vormachen. Und dieser Brief« – er zog das verknitterte Blatt hervor, das er in seiner Tasche bereitgehalten hatte – »eine Täuschung. Nur eine Finte. Den habt *Ihr selbst* geschrieben.«

Ihre Augen blitzten im Halbdunkel. Für einen Moment schien es, als wolle sie ihn ohrfeigen, doch dann besann sie sich eines Besseren und entspannte sich.

»Es ist Eure Schrift«, sagte Vanga. »Ihr habt ihn geschrieben.«

Ein leises Lachen erklang aus ihrer Kehle. »Ja«, murmelte sie. »Ihr habt es also herausgefunden. Verzeiht, aber ich wollte wissen … nun, wie gut ihr seid – in Eurem Metier.«

Ihre Offenheit hatte etwas Entwaffnendes, aber Vanga hatte nicht die Absicht, sich fangen zu lassen.

»Nichts daran ist Wahrheit!«, konstatierte er.

»Ich *habe* ihn geschrieben«, gab sie fest zurück. »Und alles daran ist die Wahrheit.«

Er starrte sie mit großen Augen an. Wollte sie ihn schon wieder übertölpeln?

»Mein Bruder … Er weiß, dass ich seine Botschaft verstehe.«

»Ein Messer«, setzte er nach. »Es war ein Messer im Umschlag, nicht wahr?«

Sie blickte ihn aufmerksam an, ohne mit der Wimper zu zucken, und machte einen kleinen Schritt auf ihn zu. Dadurch trat sie in die schmale Lichtbahn eines Sonnenstrahls, der von einem großen Spiegel reflektiert wurde. Welche Wirkung! Ob sie das berechnet hatte? Ihr Gesicht blieb weiterhin im Schatten, so dass er nur den Glanz ihrer Augen sah, aber die nackte Schulter leuchtete ihm entgegen, und mehr noch ihr wenig verdeckter Busen, der aussah, als sei er mit Goldglanz überhaucht.

»Ich werde den Auftrag niederlegen«, sagte er. »Ihr habt kein Vertrauen …«

»Damit würdet Ihr mich sehr enttäuschen. Ihr habt bisher meinen Wünschen durchaus entsprochen, nur … Nun, ich erwarte *mehr* von Euch. Wenn Ihr mich jetzt zurückweist, gebt Ihr mich einer verzweifelten Lage preis.«

Sie trat noch näher an ihn heran. Ihr Haar flammte auf, und das Geschmeide an ihrem Ohr funkelte.

Vanga spürte, dass er die Kontrolle über die Situation verlor. Dennoch – oder gerade deshalb – beschloss er auch jenen anderen Gedanken auszusprechen, der ihm im Kopf steckte. Er musste Klarheit haben!

»Euer Bruder …«, begann er heiser, »und dieser Mann, der herumgeht und Frauen tötet … der Schwarze Engel, es ist ein und derselbe Mann, nicht wahr?«

Sie schwieg.

Er fühlte sich unbehaglich in seiner Haut. »Ihr seid auf diesen Gedanken doch wohl schon selbst –«

»Ihr habt Recht.« Sie blickte ihm gerade in die Augen. »Es ist so, und ich weiß, dass es so ist. Und ich habe nichts anderes erwartet, als dass Ihr es herausfindet – früher oder später.«

»Und Ihr habt mir nichts davon …«

»Es ist nicht leicht für mich, es auszusprechen. Versteht Ihr das denn nicht?«

Entwaffnet breitete er die Hände aus. »Dann ist mein Auftrag also erfüllt. Nichts weiter habt Ihr gewollt? Wofür bezahlt Ihr weiter Euer gutes Geld?«

Sie begann, langsam vor ihm auf und ab zu gehen, als habe sie die letzten Sätze gar nicht gehört. Wenn sie den Sonnenstrahl durchquerte, schimmerte ihr Haar wie Gold und ihre Haut wie Seide. Ihre Finger nestelten an den Bändern ihres Gewands – als sei sie von schweren Gedanken bedrängt und sich dieser Bewegungen gar nicht bewusst.

»Weil ich nicht weiß, wo er ist«, sagte sie leise. »Und welchen Namen er führt.«

»Aber er ist es?«

»Ich weiß es, seit er in Rom ist. Und – seit man sich diese grässlichen Geschichten erzählt.«

»Wie könnt Ihr da sicher sein?«

»Das ist einfach so. Weil er früher …« Abrupt blieb sie stehen und blickte ihn voll an. »Ich bin eben sicher. Genug damit.«

»Er hat also nicht zum ersten Mal …«

»Genug!«

Vanga biss sich auf die Lippen. Er hasste es, wenn sie diesen herrischen Ton anschlug. Zugleich spürte er stärker als je zuvor den Reiz, der von ihrem Körper ausging. Es war eine fast schmerzliche Begierde die sie bei ihm auslöste. Der Schwung ihres Nackens, das Schimmern ihrer Haut, die Bewegung ihrer Hüften. Sie machte einen Schritt auf ihn zu und blieb stehen. Die Spitze ihrer Zunge fuhr über die Lippen, wie es absichtslos geschieht, wenn der Mund vor Erregung trocken wird. Aber nichts bei dieser Frau schien jemals absichtslos zu sein.

»Ich will ehrlich mit dir sein …«, sagte sie.

Die plötzliche Vertraulichkeit ihres Tons versetzte sein Blut in Wallung und beschleunigte den Atem. Dennoch bewahrte er einen Rest von Zögern.

Ehrlich? Was bedeutet dieses Wort aus dem Munde der Schlange?

»Es ist so …« Sie unterbrach sich, und ihre Worte drangen gar nicht in sein Bewusstsein. Denn sie trat nahe an ihn heran, so nahe, dass er den erregenden Duft spürte, der von ihrer Haut ausging. Sie war fast so groß wie er, und eine ihrer blonden Locken streifte seine Wange, als sie sich ihm zuwandte. Sie trug einen Ohrring mit einer durchbrochen ausgehöhlten Perle, aus der von Zeit zu Zeit ein winziges Quantum Duftwasser quoll und auf die nackte Schulter tropfte.

»Ich mag nicht weiter darüber sprechen«, flüsterte sie.

Das Schultertuch war noch weiter zurückgeglitten, so dass die zarte Linie ihres Halses und die weichen Rundungen ihres Busens hervortraten. Von ihrem Nacken schlängelte sich eine dünne Silberkette, die sich verführerisch im Tal verlor, ohne dass er deren Anhänger sehen konnte. Dies alles nahm Vanga ebenso genau wahr wie den Blick der smaragdfarbenen Augen, der mit bannender Intensität auf ihm ruhte, sowie jede der atemberaubend langsamen Bewegungen des Körpers unter der seidenen Hülle. Diese Frau spielte mit seinen Gefühlen, als wäre sie Zauberin Circe persönlich. Er hat jetzt nur einen Wunsch: Sie möge mit diesem Spiel nicht aufhören!

»Ist es dir nicht zu warm?«, fragt sie harmlos.

Statt einer Antwort bringt er nur ein Krächzen heraus, was ihr ein beiläufiges Lächeln entlockt. Jedenfalls nimmt sie seine Reaktion als Zustimmung.

Mein Gott, was tut sie?

Ihre schlanken Finger haben die oberen Schnüre an seinem Wams bereits geöffnet, gleich darauf sind sie an der mittleren

Kordel tätig und gleiten anschließend noch tiefer. Dabei stellt die Contessa sich auf die Zehenspitzen und lehnt sich an seine Brust. Sie streift mit den Lippen seine Ohrmuschel und flüstert: »Du könntest dich ruhig ein bisschen bewegen …«

Endlich bringt Vanga mehr als ein dümmliches Grinsen zustande. Er fasst um ihre Schultern, als habe er es mit sprödem Glas zu tun.

»Verdammt, fass zu!«, stößt sie hervor und öffnet die letzte Verschnürung, die sich nicht lösen will, mit einem Ruck.

Da fällt die Erstarrung von ihm ab. Er streift das Tuch von ihren Schultern und reißt sie an sich.

In der Umarmung spürt sie, wie sehr ihn die Erregung beherrscht. »Na endlich!«, keucht sie. Es folgen nur noch leise gurrende Laute.

Zusammen gleiten sie auf den Boden, schon ist sie fast nackt, ihre Schenkel umklammern ihn, und er spürt ihre Zähne an seinem Hals. Die straffen Brüste drängen seinem Mund entgegen. Sein Kopf ist verloren, und sein Körper siedet. Ihr Seufzen raubt ihm den letzten Rest von Verstand.

Aber dann, gerade als er in sie eindringen will, bäumt sie sich auf und stößt ihn zurück.

Was ist das? Will sie ihn zum Narren halten?

»Warte!«, keucht sie. »Nicht so! Ich will es anders!« Sich seinem Griff wie eine Schlange entwindend, wirft sich herum und dreht ihm die Kehrseite zu.

Vanga hält die Luft an. Einen Herzschlag lang zögert er. Dann stürzt er sich auf sie und tut, was sie verlangt. Ihre Antwort ist ein Stöhnen, das sich steigert und allmählich in hemmungsloses Keuchen übergeht.

Dann ist es vorbei. Außer Atem gleitet Vanga zur Seite. Er spürt kühle Luft auf seiner Haut. Die offenen Fenster. Ob man sie draußen gehört hat?

Sie streckt eine Hand nach hinten und zieht seinen Kopf an

sich. Sie lockt ihn, will mehr von ihm, das spürt er. Zugleich macht sich der Schmerz in seinen Knien bemerkbar, die sich am rauen Gewebe des Teppichs wundgescheuert haben.

»Du wirst es tun, nicht wahr?«, flüstert sie.

»Was tun?«

Sie packt an sein Gemächte wie eine Straßendirne. »Du wirst ihn finden, *und du wirst ihn töten*!«

Vanga versteift sich. Kalter Schweiß tritt auf seine Haut. Seine trockene Kehle schmerzt, als wäre sie mit heißem Eisen ausgeglüht. Sein Blut rauscht.

»Nichts dergleichen werd ich tun!«

Sie rührt sich nicht. Als er sich über sie beugt, spürt er, dass sie den Atem anhält. Ihre Hand gleitet zur Seite, huscht über den Boden, tastet hektisch umher und verschwindet unter dem Teppich.

Wie eine große Spinne!, durchzuckt es ihn.

Da hat sie gefunden, was sie sucht. Und im nächsten Augenblick spürt er die Kälte einer Messerklinge – nicht an der Kehle, sondern an seinem Glied.

»Sag noch einmal nein!«, zischt sie.

Da handelt er, ohne nachzudenken. Seine Hand trifft ihr Gesicht, und die Wucht des Aufpralls schleudert ihren Körper ein Stück zur Seite. Zugleich rafft er sich auf, kommt taumelnd auf die Füße.

Heißer Schreck über das, was ihn bedroht hat. Und das, was er getan hat. Er hat sie geschlagen!

Wird sie zu schreien anfangen? Ihre Diener rufen?

Er steht wie gebannt.

Sie kauert am Boden und rührt sich nicht. Dann hebt sie langsam den Blick – ungläubig – zu ihm herauf. Ihre Hand greift an den Mund. Dort hat sich ein Tropfen Blut gesammelt, zittert auf der Lippe, rinnt über das Kinn und den Hals hinab, hinterlässt eine rubinfarbene Spur.

»Du bist ein …« Sie findet kein Wort für ihre Erbitterung.

Vanga schüttelt die Starre ab. Er setzt einen Fuß auf das Messer, das immer noch in ihrer Reichweite liegt, und hebt es auf.

Die Frau beachtet diese Geste gar nicht, als habe sie die Waffe längst vergessen. Die dünne Blutspur funkelt auf der nackten Brust. Sie gibt ihm Zeit, diesen Anblick in sich aufzunehmen. Ihre Augen, halb unter den Wimpern verborgen, lassen ihn nicht los.

Vanga räuspert sich. »Ich verzichte auf Euer Geld …« Es klang verquer, das spürt er selbst. Und die Stimme zitterte leicht.

»Was heißt das?«

»Dass Ihr mich zu gut bezahlt habt.«

Sie überhört den sarkastischen Unterton, für den er sich bereits im selben Moment schämt.

»Hilf mir auf!« Er gehorcht.

»Das Messer da«, sagt sie, »das hat in dem Brief gesteckt. Sonst gar nichts.«

Ein schmales, elegantes Ding mit einer beängstigend scharfen Klinge. Darauf sind Buchstaben eingraviert: IBLIS.

Sie tritt noch näher an ihn heran.

»Du brächtest das wirklich fertig – mich im Stich zu lassen?« Es kommt mit fester Stimme, als sei nichts geschehen, was sie trennt. Sie denkt nicht daran, ihren Körper zu bedecken, und beobachtet kühl, dass er den Blick nicht von ihren Brustspitzen lösen kann.

»Wollt Ihr … Ist das denn nicht Euer Wille?«

Ein Lichtstrahl verirrt sich durch die Öffnung der schweren Vorhänge und spielt auf ihrer Haut wie eine Liebkosung.

»Du bist ein Narr!«, flüstert sie, jetzt ganz nah, und haucht einen Kuss auf seine Lippen.

Vanga schmeckt Blut.

»Vergesst die Polizei!«, krächzte die Nonna. »Das sind schwanzlose Drecksäcke! Von den Kapaunen habt ihr nichts zu erwarten. *Diese* Sache müssen wir selbst in die Hand nehmen.«

Beifälliges Gemurmel in der Runde. Man hatte noch nie so viel Einmütigkeit unter den Frauen gesehen. Mehr als fünfzig Dirnen aus verschiedenen Häusern mit mehreren ihrer *padrone* und ein paar von den zugehörigen Knechten und Beschützern drängten sich im großen Saal des *Cantagallo*, wie das bekannteste Freudenhaus der Stadt im Volk genannt wurde. Oder einfach *la casa*, das Haus.

Es war die Nonna, welche die Idee zu dieser Versammlung gehabt hatte, besaß sie doch den Mut, das heiße Eisen anzufassen. So hatte sie die Einladung in Umlauf gebracht, und Vanga hatte versprochen, dabei zu sein. Viel mehr an Initiative würde die Alte kaum aus der Hand geben. Es sollte ihr großer Auftritt werden, und sie sorgte dafür, dass man ihr zuhörte.

»So sieht's aus«, bekräftigte sie und richtete sich auf.

Sie wirkt glatt doppelt so groß wie sonst, dachte Gina. Aber sie steht ja auch auf dem Tisch. Sie hat hier das Sagen. Ich möchte den sehen, der ihr das Wort abschneiden will. Gina selbst hielt sich scheu im Hintergrund. Zu vieles beunruhigte sie. Üppige Vorhänge und Duftkissen. Eleganz, die bei Tageslicht schäbig wirkte. Die schwesterliche Vertraulichkeit und die misstrauische Spannung unter den Frauen. Madonna! Genau das war die Welt, wohin die Nonna und Olimpia sie zu drängen versuchten, jede auf ihre Art. Von Zeit zu Zeit suchte der Blick des Mädchens Vangas Gesicht. Welche Rolle spielte er in dieser Umgebung? Gina hatte ihn die letzten Tage selten zu sehen bekommen, nachdem sie vorher so deutlich zu spüren geglaubt hatte, dass er ihre Nähe genoss. Was war los mit ihm? Es lag eine seltsame Unruhe in seiner Art. Außerdem hatte sie den Eindruck, dass er vermied, mit ihr allein zu sein. Ja, er sah sie nicht einmal an, ein Verhalten, das ihr wehtat, und das wiederum weckte ihren Zorn. Deshalb schob sie die Unterlippe vor und sandte einen finsteren Blick zu ihm hinüber, der ihm zeigen mochte, was sie von ihm hielt. Aber der verflixte Kerl bemerkte es nicht einmal! Als er sich in ihre Richtung drehte, wandte sie sich hastig ab.

Hol's der Teufel! Was bildete der Kerl sich bloß ein?

Natürlich war auch der Bugiardone da. Man hatte ihm sogar einen Ehrenplatz eingeräumt. Seine füllige Gestalt besetzte eine Polsterbank ganz für sich, die eigentlich für zwei Personen gedacht war. Sichtlich genoss er die Aufmerksamkeit, die ihm gewidmet wurde.

Aber die Nonna war und blieb die Hauptperson. Selbst Vanga, der sie schon ewig kannte, staunte, wie viel Energie sie ausstrahlte und mit welcher Selbstverständlichkeit sie das Regiment führte. Wo waren ihr Einzelgängertum und ihre Menschenverachtung? Auch die greisenhafte Gebrechlichkeit war von ihr abgefallen. Ihre Augen blitzten, und die Stimme war schneidend wie ein Peitschenhieb. Hatte man sie bisher nur als raffinierte Diebin und schrullige Hexe betrachtet, sah man sie plötzlich mit anderen Augen und die älteren Frauen besannen sich auf deren Glanzzeit. Eine ehrfürchtige Erinnerung, denn Helenas Ruhm – unter diesem Namen war sie bekannt – hatte schon gestrahlt, als sie selber gerade ihren Aufstieg begannen. Sie ist gewachsen, dachte Vanga. Eine Matrone! Niemand würde glauben, dass unter ihren weiten Ärmeln noch immer die Wundmale schwärten, wo die Gefängnisketten ihre Haut durchgescheuert hatten. Vielleicht, so überlegte er, ist es gerade dieser Schmerz, der ihr die erstaunlichen Kräfte verleiht. Dabei war sie nach ihrer Entlassung aus dem Kerker nur noch ein Häufchen Elend gewesen, als sie sich in der Hütte des Bugiardone versteckt hielt. Ihr eigenes Haus in Trastevere war versiegelt, und Nachbarn, die durchs Fenster hineingespäht hatten, sagten, die Polizei habe das Unterste nach oben gekehrt und kaum etwas vom Hausrat unversehrt gelassen. Eine besondere Bosheit von Cecco und seinen Leuten.

»Das will ich gar nicht erst sehen«, hatte sie trotzig hervorgestoßen und die Gastfreundschaft des Fettwanstes bereitwillig angenommen.

Ein Häufchen Elend, jawohl. Man hatte den Eindruck, es werde in wenigen Tagen mit ihr zu Ende sein. Aber etwas in ihr war unzerstörbar und flexibel wie Stahl. Schon am zweiten Morgen war wieder dieses Funkeln in ihren Augen gewesen, das jeder zu deuten wusste, der sie kannte. Es besagte nichts Gutes für Cecco und seine Schergen. Aber zunächst war ihr etwas anderes wichtiger. Sie ließ sich erzählen, was es Neues im Viertel gab, besonders alles, was mit dem unheimlichen Maskenträger zusammenhing, den sie bevorzugt als *maccellaio*, als »Schlachter«, bezeichnete. Den Namen »Schwarzer Engel« lehnte sie ab.

»Engel? Man wird ihm die Flügel stutzen!«

Bereits nach wenigen Stunden und einigen Portionen Fleischbrühe hatte sie einen Entschluss gefasst.

Sie fing an, Leute zu sich zu rufen, mit denen sie reden wollte. Einer davon war Vanga.

»Was glaubst du, wer er ist?«, fragte sie und musterte ihn ohne besondere Sympathie.

»Das weiß keiner«, erklärte er ausweichend. »Manche behaupten: der Satan.«

»Phh! Söhnchen! Glaubst du das?«

»Nein.«

»Und was glaubst du? Red schon!«

»Er ist ein Mensch. Ein Mensch voller Hass. Vielleicht will er sich für etwas rächen …«

Die Alte knurrte ungeduldig. »Und warum diese Frauen?«

»Es mag eine Frau sein, die ihm etwas angetan hat.«

»Zumindest glaubt er das, wie? Ihr Männer setzt euch manchmal eigenartige Dinge in den Kopf. Na: Und was glaubt dieser Cecco?«

»Heute behauptet er dies und morgen etwas anderes. Er weiß keinen Rat. Aber er wütet wie ein Berserker …«

»Der hat seine verqueren Pläne, und alles andere ist ihm gleich.« Sie wiegte den Kopf, der – abgemagert wie sie war – mehr denn je wie der eines Vogels aussah. »Dieser Kerl denkt nur an sich selbst.«

»Und warum schneidet er die Köpfe ab?«, fragte er.

»Was weiß denn ich?« Die Alte spuckte auf den Boden. »Ich hab mal einen gekannt, der kam aus Amazonien zurück und hatte einen ganzen Sack voller Köpfe, alle *so* klein und verschrumpelt.«

»Und was soll das?«

»Vielleicht ist es ja doch der Satan! Wer will schon wissen, was *der* sich denkt?« Vanga hatte den Eindruck, dass sie mit dieser Bemerkung nur das Thema beenden wollte.

Dann hatte sie Aufträge für ihn gehabt. Dieses und jenes Ansinnen, meist an Leute, mit denen sie schon seit Jahren nichts mehr zu tun gehabt hatte. Die meisten waren nicht gerade erbaut davon, dass die Alte sich an sie erinnerte. Aber fast alle, und das war das Seltsame, entsprachen ihren Wünschen. Weiß der Henker, dachte Vanga, womit sie die alle in der Hand hat!

Diese Versammlung einzuberufen war der letzte Auftrag gewesen, und er fragte sich immer noch, warum er auch den noch ausgeführt hatte. Er war es leid geworden, für die alte Hexe den Laufburschen zu spielen, ohne dass sie ihn wirklich in ihre Pläne einweihte. Aber er selbst wusste so wenig weiter wie Cecco. Er hatte sich festgefahren. In Bezug auf den Maskierten ebenso wie in der Sache der Dame in Schwarz, denn die Vermutung, dass beide Fälle auf dieselbe Person hinausliefen, hatte ihm das Verhalten der Contessa bestätigt. Was den Frauenmörder betraf, hatte er kein greifbares Ergebnis, außer einer vagen Vorstellung von seiner Erscheinung und seinem Vorgehen, die sich aus den wenigen verwertbaren Zeugenaussagen ergab. Allerdings kam es ihm bisweilen vor, als liege die Wahrheit eigentlich offen vor seinen Augen, und er brauche nur zuzugreifen. *Wollte* er sie am Ende nicht sehen? Unfug! Was sollte ihn hindern, der Wahrheit ins Gesicht zu schauen?

Und eins war auch ihm nur allzu bewusst: dass Hauptmann Cecco sein eigenes schmutziges Spiel trieb und an Aufklärung nur so weit interessiert war, wie es ihm einen Nutzen versprach.

Man steckte also in einer Sackgasse. War es da nicht ein Glück, dass jemand wie dieser verhungerte Drachen sich aufraffte und einen Plan entwickelte?

Da stand die Alte. »Der Teufel ist aus der Hölle gestiegen!«, schmetterte sie. »Und wir alle sind in Gefahr. Es gibt welche, die wollen uns die Schuld aufhalsen. Lasst euch nichts erzählen von Sühne und Strafe! Wenn es Sünde ist, was ihr Mädchen tut, wozu hat Gott euch dann die Schönheit gegeben? Und warum gehören seine frommen Knechte vom Vatikan zu den besten Kunden? Die Freude kommt von Gott, aber die Grausamkeit, die ist des Satans. Und dem seid ihr ausgeliefert, wenn ihr euch auf die Obrigkeit verlasst. Hat die Polizei euch bisher etwa beschützen können? Ja, das spreche ich aus, obwohl ich genau weiß, dass du da drüben – ja, *du*! – ein verdammter Spitzel bist.« Sie zeigte auf einen rattenköpfigen Zuhälter. »Erzähl diesem aufgeblasenen Gockel von Cecco ruhig, dass ich das gesagt habe! Ich sag's ihm gern auch ins Gesicht.«

Glucksen und beifälliges Raunen in der Zuhörerschaft.

»Deshalb gibt's für uns, die man im Stich lässt, überhaupt nur eins: Wir nehmen die Sache selbst in die Hand!

Hört mir zu: Kommende Nacht ist Vollmond. Da ist er bestimmt wieder unterwegs. Eine von euch wird er sich aussuchen: dich oder dich oder dich!« Ihr spitzer Finger spießte die erschrockenen Zuhörerinnen geradezu auf. »Wir wissen inzwischen genug über diese Bestie. Der Kerl wird diesem Mädchen schöntun. Sie wird glauben, sie hätt das große Los gezogen, die Gans, wenn sie dumm genug ist, auf seine Finten hereinzufallen. Sagt nicht: ›Das kann mir nicht passieren!‹ Sein letztes Opfer hat auch Bescheid gewusst und sich für sooo klug gehalten. Und wie ist das ausgegangen? Eines dürft ihr nicht vergessen: Gerade jetzt steht der Hund irgendwo am Schleifstein und wetzt sein Messer! Und natürlich ist es nicht der Satan, sondern ein Mann. Ein ganz gemeiner, ganz gewöhnlicher Schweinehund, allerdings auch ein tückischer Dreckskerl, ein tierischer Blutsäufer und jämmerlicher Irrer. Na und? Soll ihm denn sein grässliches Gemetzel erneut gelingen?«

Protest und wütende Schmähungen von allen Seiten.

Da senkte die Alte ihre Stimme, so dass alle wieder ganz still wurden, weil sie hören wollten, was sie weiter zu sagen hatte. »Jetzt gebt Acht! Ich sag euch, wie wir das Vieh fertigmachen …«

Und sie entwickelte einen Plan, der allen einleuchtete.

»Natürlich brauchen wir Hilfe«, sagte sie zum Schluss. »Und es muss schnell gehen. Aber das meiste können wir selber schaffen. Und für den Rest … Na gut, ich hab schon mit den richtigen Leuten gesprochen. Und die kennen andere Kerle. Die alle wissen, was zu tun ist.« Sie zeigte der Reihe nach auf Vanga, den Bugiardone und einige andere. Dann breitete sie die Hände aus, um das losbrechende Stimmengewirr niederzuhalten.

»Macht euch auf den Weg, meine Freunde, holt Hilfe, wo man sie uns gerne bietet, und beeilt euch! Ihr wisst alle, was davon abhängt!«

Vanga war angelangt. An der Uferböschung des Tibers erhob sich ein formloses düsteres Ungetüm, das Hitze, Rauch und Gestank verbreitete. Es war aus Steinquadern, Ziegeln und Lehm errichtet und mit einer dicken Schicht Ruß bedeckt. In einer Nische klaffte eine Feueröffnung, in die Mengen von Holzkohle hineinflogen, damit in der Brennkammer Marmor in Kalk verwandelt wurde, wie man ihn für alle Bauarbeiten in Rom benötigte. Solche Kalköfen glühten an vielen Stellen in der Stadt, nicht selten mitten im Wohngebiet. Man erkannte sie am beißenden Qualm, der aus dem Kamin emporstieg und in der gesamten Umgebung schmierigen Dreck ablagerte. Vanga betrat den Dunstkreis des Ofens, obwohl die Feuerluke gerade aufgerissen wurde und eine gleißende Lohe hervorschlug. Er klopfte auf die Schulter des stiernackigen Mannes, der hier das Kommando führte und seine Leute mit heiserem Gebrüll oder Fußtritten zur Arbeit antrieb. Anders ging es wohl nicht in diesem Getümmel.

»He, Borso!«

»Verdammt, was ist?« Wie alle andern war der Kerl nur mit dürftigen Fetzen bekleidet und sah aus wie ein Dämon der Hölle. Sobald er seinen Besucher erkannte, verzog sich das rußige Gesicht zu einem breiten Grinsen und ließ gewaltige Zahnlücken erkennen. »Was willst denn du?«

Vanga erriet diese Worte mehr, als dass er sie verstand, da ringsum die Steineklopfer ihr Material vorbereiteten. Trümmerstücke alter Säulen, Bauschmuck und Fragmente aller Art wurden klein geschlagen, damit sie in die Brennkammer passten.

Vanga kannte die Klagen des Bibliothekars Pandolfo und anderer Altertumsfreunde, dass so manches wertvolle Stück in diesen gierigen Schlünden verschwinde. Vermutlich war ein guter Teil der antiken Stadt so vernichtet worden, und täglich folgte mehr. Einmal hatte Vanga selbst beobachtet, dass eine ganze Statue angeschleppt wurde, das lebensgroße Abbild einer zierlichen Nymphe.

»Wollt ihr die etwa in den Ofen schieben?«, hatte er gefragt.

Borso hatte sich am Hintern gekratzt und gebrummt: »Da sträubt sich der verkrachte Künstler, was?«

Der Kerl wusste mehr über Vangas Vergangenheit, als dieser angenehm fand, aber das war nun einmal so.

»Sie ist kaum beschädigt«, hatte er gesagt.

»Und? Willst du sie zu dir ins Bett nehmen?«

»Schade drum ...«

»Pah! Lasst sie ganz, Leute!«

Aber da war der Hammer schon gefallen und die Statue in zwei Teile zerbrochen.

»Na und – willst du sie immer noch?«

Vanga blickte auf das zarte Profil und die entblößten Brüste.

»Schlagt nicht weiter drauf!«

»Eine Hälfte kannst du haben. Oben oder unten?«

»Die Büste.«

»Du bist *wirklich* ein Spinner! Gebt ihm den Arsch noch dazu.«

So ein Bursche war dieser Borso. Aber auf ihn war Verlass, wenn es drauf ankam.

»Macht weiter!«, schrie der Höllenfürst jetzt. »Hab mit 'nem Freund zu reden!«

Sie gingen beiseite, und Vanga sagte: »Es ist so. Ich brauch Hilfe. Handfeste Leute.«

Der andere ließ einen Furz und grinste. »Gut, dass du an uns denkst! Was springt dabei raus?«

»Geld gibt es keins. Aber es könnte sein, nun ja, dass wir ein paar Nutten das Leben retten.«

Borso kniff die Augen zusammen. »Geht um den Schwarzen Engel, was?«

»Ja.«

»Wann geht's los?«

»Heut Nacht.«

»He, Leute«, brüllte der Rußteufel. »Wir wollen ein gutes Werk tun! Es wird gut bezahlt. Aber nicht mit Geld.« Dazu machte er so eine unmissverständliche Bewegung mit dem Unterleib, dass er fast die Hose verloren hätte.

»Wir brauchen noch Leute am Flussufer«, sagte Gina. Sie schob ihre Listen beiseite, so dass der Plan sichtbar wurde, der mit groben Tintenstrichen auf die Tischplatte gezeichnet war. Die Straßen und Plätze der Dirnenviertel von Rom und ihre Umgebung waren da wiedergegeben. Das passte nicht gerade perfekt in den Größenverhältnissen und ließ manche Übergänge im Unklaren, aber es gab einen plastischen Eindruck. Kein anderer als der Bugiardone hatte an diesem Werk den entscheidenden Anteil. Geradezu liebevoll hatte er seine Lieblingswirtshäuser und die namhaften Bordelle eingetragen. Genau in der Mitte befand sich seine eigene Behausung. Das Ganze verriet durchaus Talent, hatte aber auch die Ungelenkigkeit und die Ausdruckskraft einer Kinderzeichnung, und er war nicht wenig stolz darauf.

»Der Heilige Vater könnte so 'nen Plan gut gebrauchen«, pflegte er zu sagen. »Das würde ihm bei seinem Feldzug gegen die Mädchen sicher helfen.«

Die Nonna spuckte aus, wenn sie das hörte, und hielt dagegen: »Der Krieg, den wir führen, ist Christus besser gefällig!«

Eben kam Berto Vanga herein und brachte neue Zusagen mit.

»Borso können wir brauchen«, brummte die Alte. »Wo der hinlangt, wächst kein Gras mehr. He, Kindskopf, träum nicht!«

Gina zuckte zusammen und beeilte sich, die neuen Markierungen zu setzen. Wachtposten, Kontrollwege, Standquartiere … Vanga klopfte ihr anerkennend auf die Schulter. Eine ganz unvernünftige Freude stieg in ihr auf.

»Was soll das?«, dachte sie. »Weißt du nicht mehr, was du von ihm hältst?« Tatsächlich musste sie zugeben, dass ihre Gefühle sich gewandelt hatten. Vanga hatte sich in den letzten Tagen sehr eingesetzt. Er zeigte eine Zielstrebigkeit und Energie, die sie ihm vorher nicht zugetraut hätte. Er trank nicht. Und er zeigte viel öfter dieses jungenhafte Lächeln.

»Also gut«, knurrte die Nonna und blickte zwischen den beiden hin und her. »Drück dich nicht hier herum, sondern kümmere dich darum, dass die Kerzen und die Fackeln an ihre Plätze kommen! Es gibt noch genug zu tun. Morgen Nacht ist Vollmond.«

»Ich hab's nicht vergessen«, gab Vanga ohne Ärger zurück. Er schnürte mit geschickten Bewegungen ein Bündel und machte sich auf den Weg.

Er ist Linkshänder, dachte Gina. Eigentlich hat er schöne Hände. Obwohl die rechte eine schlimme Narbe trägt.

»Gaff dem nicht nach!«, raunzte die Nonna.

»Er setzt sich sehr ein, oder nicht?«

Die Alte schüttelte den Kopf. »He!«, zischte sie und knuffte das Mädchen in die Seite. »Du wirst dich doch nicht etwa verguckt haben – in diesen Nichtsnutz?«

Der Mann im Schatten verharrte vollkommen still. Sogar den Atem hielt er an. Er lauschte und versuchte zu erspüren, was vorging in der Welt der Menschen, mit der er so wenig gemein hatte. Das verwirrende Erlebnis, das ihm von seinem letzten Streifzug – bei Vollmond – in Erinnerung war, hatte ihn gelehrt, vorsichtiger denn je zu sein.

In dieser Nacht herrschte dagegen Ruhe. Nur hin und wieder schallte irgendwo eine Stimme, eine andere gab Antwort … und es klang gepresst und erzwungen. Kaum ein

Mensch war im Freien, obwohl es eine laue Nacht war, wenn auch bewölkt und mit Neigung zu einer Schwüle, die ein Gewitter erwarten ließ.

Es brannten Fackeln, aber ihr Schein erhellte nur das blank getretene Pflaster.

Steckten sie alle in den Schenken und Hurenhäusern?

Jählings schnürte brennender Hass dem Mann die Kehle zu.

Hatte es nun doch zuletzt ein Ende mit dem ekligen Spiel der Unermüdlichen? Geilheit und Wollust! Die übermäßig aufgereizten Körper – dahingesunken und erschlafft. Vom Gipfel hektischer Ekstase abgestürzt. Von den Ausschweifungen einer fortwährenden Unzucht erschöpft, in Schweiß gebadet und geschunden vom nicht enden wollenden Stoßen und Keuchen.

Strafe über sie! Zur Hölle sollen sie fahren!

Oder – war etwas anderes geschehen? Brütete womöglich ein anderes Übel? Herrschte gar die Pest in der Stadt? Fast jedes Jahr kroch diese Seuche aus dem Sündenpfuhl, und es war nur eine Frage der Zeit, wann sie erneut ihre tödliche Geißel über das Menschengezücht schwänge.

»Tod und Verderbnis.« Diese Worte hatte der Mann ungewollt vor sich hin gemurmelt. Hämisch zischelnd drangen sie durch den Lippenschlitz seiner Maske. Dann jedoch verstummte er.

Da drüben erschienen drei Frauen. Sie hatten die Schultertücher ungewohnt fest um sich gezogen, trotteten eine Strecke weit die Gasse entlang und kehrten wieder um – als hätte man es ihnen genauso aufgetragen. Danach standen sie kurze Zeit beieinander, ohne ein Wort zu reden. Und dann beeilten sie sich, wieder in das trübe, glimmende Licht einer Spelunke zu gelangen.

Geht hin, woher ihr gekommen seid!

Ein Mann schritt vorbei. An der Straßenecke blieb er stehen

und schlug sein Wasser ab. Dabei pfiff er leise vor sich hin. Er schien sorglos und gelassen – aber das mit so viel Nachdruck, dass es gekünstelt wirkte und Misstrauen erregte.

Kein Zweifel: alles äußerst verdächtig.

Es roch nach Falle!

Der Mann im Schatten wich noch etwas weiter zurück und blickte um sich. Er fragte sich gerade, auf welchem Weg er unbemerkt entweichen könne, da sprang dicht hinter ihm eine Tür auf, und grelles Licht flutete heraus.

Üppige Frauen, wieder drei, weiß geschminkt und herausfordernd. Verdammt! Es ist wieder dieselbe Szene.

Aber diese Bewegungen … Nein. Das sind keine Frauen!

Da stößt die erste der Gestalten einen rauen Schrei aus, sie hat den Mann im Schatten entdeckt und stürzt vorwärts, die anderen hinterdrein. Weitere folgen. Plötzlich Aufruhr von allen Seiten.

»Passt auf!«, brüllt jemand.

»Festhalten!«

Schon sind sie heran. Grobe Fäuste packen den Maskierten. Ein massiger, stinkender Kerl umfängt ihn mit Armen wie Baumstämme.

»Festhalten, Borso!«

Eine Fackel stößt blendend vor.

»Die Maske! Seht doch nur, er ist es!«

»Der Schwarze Engel! Aufspießen!«

Er reißt sich los, stolpert und taumelt. Die Fackel hat seinen Mantel in Brand gesetzt. Vor den Flammen weichen die Angreifer zurück. Er versucht das Feuer auszuschlagen, aber es lodert nur noch mehr. Brennend stürzt er davon. Welches Geheul hinter ihm! Der Chor der Meute brandet auf. Das Flammenzeichen weist den Weg. Der Mann rast durch die Nacht. Hinter ihm hallendes Fußgetrappel und Stimmengewirr.

»Da rennt der Satan!«

»Schlagt ihn tot!«

»Lasst ihn nicht entkommen!«

Doch der Eifer der Verfolger ist größer als ihr Verstand. Da liegt der qualmende Mantel. Und wo ist sein Träger? Schon haben sie den Feind aus den Augen verloren.

Finsternis. Nirgends mehr ein Anhalt.

»Wie soll er uns entkommen? Das ist doch eine Sackgasse!«

»Los, schaut in die Hauseingänge!«

»Drüben, die Ruine, da kann er stecken.«

Neue Fackeln werden entzündet. Die Flammen tanzen hier und da, leuchten in diesen Winkel und jenen Durchgang.

»Riecht ihr den Schwefelgestank?« Ein sardonisches Grinsen verzieht das Gesicht des Maskierten. Er steht in der Finsternis, gut verborgen hinter einem Mauerpfeiler, und die Suche – ha! –, sie geht in die andere Richtung. Wenn nur nicht der Pissgestank in diesem Winkel wäre! Die Stimmen entfernen sich. Sind fast schon an den Bögen des Marcellus-Theaters.

Gut so.

Er weiß ganz genau, wo er sich befindet und dass er sich nur über die Mauer in seinem Rücken zu schwingen braucht, damit ihm alle Wege offen sind. Sogar das Flussufer kann er erreichen. Oder besser noch …

»Sucht dort!« Die Stimmen entfernen sich weiter und weiter.

Nur einer dieser verdammten Kerle schnüffelt immer noch hier herum. Wie ein Spürhund. Und – verdammt soll er sein! – er kommt näher.

»Ich such ihn hier!«, ruft er den anderen zu, die sinnlos in der Ferne herumstöbern.

»Dann pass gut auf! Ruf uns, wenn du was siehst!«

Der Kerl kommt näher. Er geht vorbei, wendet sich zurück, streicht am Mauerwerk entlang, stößt mit einem Degen in jede Nische.

Da! Jetzt hat er etwas getroffen!«

»He!«, ruft er. »Ich hab ...«

»Was ist da, Schwarzbart?«

Drüben tritt ein Mann in den Lichtkreis einer Laterne, bei dessen Anblick der Maskierte zusammenzuckt. Der Mann nimmt den Hut ab und wischt sich mit dem Ärmel über die Stirn. Da sieht man im rötlichen Schein seine gebrochene Nase.

Was tut *der* hier?

Hat er etwas über diesen Pöbel zu sagen?

Vor dem sollte ich mich in Acht nehmen!

»Weiß noch nicht.« Der Kerl mit dem Degen ist ekelhaft ausdauernd. Jetzt gellt ein scharfes Fauchen. Eine Katze entweicht mit gesträubtem Fell.

»Nur 'ne Katze!« Der Stöberer flucht lästerlich, und in der Ferne flattert spöttisches Gelächter.

Das Rudel wendet sich ab. Nur der mit der gebrochenen Nase, der die Trupps zu dirigieren scheint, starrt immer noch herüber.

Der Maskierte wagt eine verstohlene Bewegung.

Da wendet sich der Kerl mit dem Degen zur Seite und steht genau vor seinem Feind. So nahe erkennt er die Gestalt sogar im Dunkeln. »Eh!«, stößt er hervor.

Wie ein Echo pflanzt der Ruf sich fort.

Schon eilt der mit der gebrochenen Nase heran, tauchen Laternen hinter ihm auf, die zuckendes Licht verbreiten. Aber im Augenblick ist nur der mit dem Degen nahe genug, um zuzupacken.

Der Jäger und der Gejagte – Auge in Auge.

Knurrend stößt der Schwarzbärtige vor. Verfehlt. Er sieht unter der Maske die Zähne des Gegners blitzen. Seine Kehle spannt sich zum Schrei. Aber es wird nur ein Gurgeln daraus. Wie ein Blitz ist die stählerne Klaue hervorgeschnellt, die Krallen zucken durch die Luft, und schon reißen sie klaffende Wunden an Gesicht und Hals ihres Opfers. Blut sprüht hervor. Stirn und Auge, Wange und Kehle – zerschlitzt! Der Getroffene taumelt rückwärts, wendet sich ins Licht, und während die Heranhastenden den Verletzten mit Grauen anstarren, duckt sich der Mann mit der Maske in die Finsternis.

Vanga stürzt vorwärts. Überlässt es den anderen, sich um den Verletzten zu kümmern, dessen Stöhnen allen in den Ohren klingt. Die Bestie darf nicht entkommen!

»Wo ist er?«, keucht er. »Hat denn keiner gesehen, wo er hin ist?«

Fußgetrappel und Stimmengewirr.

»Helft ihr dem Schwarzbart! Wo steckt Borso?«

»Der ist zum Ghetto!«, ruft einer.

»Hat denn keiner den Satan gesehen?«

»Der Dreckskerl ist über die Mauer!«

Das klang überzeugend. Hinter der Mauer lag das Velabrum, der alte Viehmarkt, ein unregelmäßig verzweigter Platz, der jede Möglichkeit zur Flucht bot.

»Fackeln her!«

Vanga kletterte über das bröckelnde Gesims und landete auf einem Pflaster aus mächtigen Steinplatten. Andere folgten. Im Nu wimmelte der Platz von Menschen.

»Ich hab ihn gesehen!«, kreischte eine Frau mit flatternden Haaren. »Der Satan! Ich hab den Satan gesehen!«

»Wo ist er hin?«, brüllte Vanga barsch.

»Da drüben. In die Hölle!«

Die Frau zeigte auf eine Mulde im Pflaster. Da klaffte die schwarze Öffnung eines ummauerten Schachtes. Ein schweres Eisengitter war zur Seite gerückt.

»Da runter?«, fragte Vanga. Der Hals wurde ihm trocken.

»In die Hölle!«, gellte wieder die Stimme der Frau. »Ich hab's gesehen.«

Die Ränder des Schachtes lagen frei. Konnte ein Mann allein dieses Gitter wirklich bewegt haben? Welche Kräfte – übermenschliche? – musste er besitzen, um dazu fähig zu sein!

Vanga beugte sich über die gähnende Öffnung, und jemand leuchtete mit einer Laterne hinab. Ein düsterer Schlund, von brodelndem Gestank erfüllt. Das Mauerwerk der Wandung glitzerte feucht, und tief unten ahnte man strudelndes Wasser.

»Es hilft nichts«, sagte Vanga und merkte selbst, dass seine Stimme gepresst klang. Er räusperte sich und fuhr fort: »Wir müssen hinterher.«

Die Menge, die sich um ihn drängte, blieb stumm. Dann fragte einer: »Da rein?«

Und eine andere Stimme fügte hinzu: »Das ist nur für den Satan …«

»Unsinn!«, knurrte Vanga. »Er ist ein Mensch. Und wo er hingeht, können wir ihm folgen …«

Schaudern und Geraune.

Vanga holte tief Luft. »Also?«, fragte er. »Wer kommt mit?«

Die Männer, die er ansah, schlugen die Augen nieder.

»Angst?«, fragte er. Es klang nicht so fest, wie er gern wollte.

»Nein, keine Angst, aber …«

Vangas Kehle war wie zugeschnürt, doch so groß das Zurückschrecken vor diesem Todesrachen auch sein mochte, seine Wut überwog. Jetzt noch. Er spürte, dass er nicht zu lange warten und nicht zu viel nachdenken durfte. »Wer hat Licht?«

»Dies Ding ist leer«, beteuerte ein Laternenträger. »Seht her! Kein Öl mehr.« Vermutlich hatte er keine Lust, das Gerät herzugeben und seinem Dienstherren später erklären zu müssen, wie er es eingebüßt hatte.

»Hier sind Fackeln«, sagte ein anderer. Es war Borsos Stimme. Wo kam der jetzt her? Er fügte brummend hinzu: »Du willst da doch nicht runter? Alleine?«

»Gehst du mit?«

»Das hat doch keinen Sinn.«

Vanga fiel keine gute Antwort ein. Er verstand die Bedenken, doch aufgeben konnte er nicht. Also würde er wohl allein gehen müssen. Er dachte: Hätte ich wenigstens meine Pistole mitgenommen. Aber er hatte nicht gewollt, dass man die Waffe sah. Vielleicht eine Dummheit.

Da spürte er eine Bewegung hinter sich. Jemand drängte nach vorn. Die Umstehenden machten nur allzu bereitwillig Platz.

»Ich gehe mit.« Eine Mädchenstimme! Es war Gina! Müsste die nicht bei der Nonna im *Cantagallo* Wache halten?

»D-Du«, stammelte Vanga. »Kommt nicht infrage.«

»Meine Entscheidung!«

Sie warf das Haar zurück, und ihre Augen funkelten herausfordernd.

Entsetztes Gemurmel in der Runde.

Während er krampfhaft nach einem Argument suchte, mit dem er die wilde Entschlossenheit des Mädchens brechen konnte, kam eine andere Stimme, von einem, der sich unbemerkt genähert hatte: »Unsinn!«, tönte es. »Das ist meine Sache.«

Vanga hob die Fackel, die man ihm gerade in die Hand gedrückt hatte, und das Licht fiel auf Ceccos arrogantes Gesicht.

Auch mit dem hatte Vanga auf keinen Fall gerechnet. Nun wusste er erst recht nicht, was er sagen sollte. Zwei Gefühle lagen im Widerstreit: auf der einen Seite die Erleichterung, doch nicht allein gehen zu müssen, und auf der anderen sein Widerwille und sein Misstrauen gegenüber diesem Mann.

Cecco grinste. Er verstand nur allzu genau, was in seinem Gegenüber vorging.

»Es ist meine Sache«, wiederholte er. »Worauf warten wir noch?«

Die Menge wich unter Flüstern zurück. Den meisten stand die Erleichterung ins Gesicht geschrieben, selbst nicht weiter gefordert zu sein. Da hatten sich schließlich zwei Freiwillige gefunden, Kerle, die behaupteten, diese Verfolgung aufnehmen zu wollen. Wahrscheinlich unverbesserliche Narren oder angeberische Hitzköpfe. Mag sein, einfach Wichtigtuer!

Wer wusste, ob man von denen jemals wieder etwas hören würde.

Aber einigen schlug doch das Gewissen. Wenn sie sich schon nicht der Gefahr auszusetzen brauchten, wollten sie wenigstens Hilfe leisten, indem sie den Todeskandidaten etwas Nützliches auf den Weg gaben, Waffen, Kerzen oder gute Ratschläge.

Cecco nahm einige Kerzen und Feuerzeug entgegen. An seinem Gürtel hingen Degen und Messer. Außerdem steckte ein Bündel unter seinem Wams.

»Sonst nichts«, verkündete er mit fester Stimme. »Wir haben, was wir brauchen.«

Vanga nahm mit Ärger zur Kenntnis, dass der andere damit ganz selbstverständlich die Führung des Unternehmens an sich gerissen hatte. Er wollte gerade etwas dagegensetzen, als sein Blick erneut auf Gina fiel.

Sie stand noch immer neben ihm und knotete das Schultertuch fest um sich, Entschlossenheit im Gesicht.

»Es bleibt dabei«, knurrte er. »Du bleibst hier.«

Ihre Augen funkelten.

»Du gehst nicht mit!«

»Oh, doch! Ich gehe. *Dabei* bleibt es.«

»In keinem Fall!« Es war Cecco, der das herausstieß.

Sie blickte von einem zum anderen, als wollte sie sagen: Ihr seid Euch ja mächtig einig, ihr beiden Gockel! Und im Licht der zuckenden Flammen schob sich das zarte Kinn trotzig nach vorn.

»Wenn ihr mich nicht mitnehmt, komm ich euch nach und riskier es allein. Das schwöre ich!«

Dieser Vorstoß verschlug selbst Cecco die Sprache.

Vanga, der Gina inzwischen gut genug kannte, um ihr aufs Wort zu glauben, beeilte sich zu versichern: »Solche Verrücktheiten trau ich dir zu. Verdammt, dann gehst du eben mit mir!«

Gina blickte verstohlen um sich, überrascht, dass sie so leicht gesiegt hatte. Und es durchzuckte sie: Worauf lasse ich mich da bloß ein?

Aber es kam tatsächlich kein Widerspruch mehr. Nicht einmal von Cecco. Der nahm Vangas Entscheidung kopfschüttelnd zur Kenntnis, aber er schwieg. »Dann los!«, bellte er, wandte sich um und stieg, ehe sein Rivale ihn womöglich auf den zweiten Platz verweisen konnte, als Erster in den Schacht.

»Recht so!«, murmelte Gina und brachte damit auch die Stimme ihres eigenen Zweifels zum Schweigen. Nur nicht weiter nachdenken! Keine Zeit mehr verlieren.

Und Vanga? Worauf wartete der noch?

Er stand da, wechselte die Fackel von einer Hand in die andere und schob umständlich seinen Gürtel mit dem Dolch zurecht. Dann gab er sich einen Ruck und folgte Cecco in die Tiefe.

Nun also ... Die Reihe war an Gina.

Als sie an das finstere Loch trat, hob Vanga, halb schon verschwunden, den Blick noch einmal zu ihr herauf.

Sie presste wütend die Lippen zusammen.

Da zog er es vor zu schweigen.

Ein gräulicher Höllenrachen. Gut, dass sie vorher nicht genau hingeschaut hatte. Sie tauchte hinein. Finsternis und Gestank. Unwillkürlich schloss sie die Augen und hielt den Atem an. Nur nicht zögern! Unsicher tastete sie sich vorwärts. Ganz oben zwei, drei Stufen aus Stein. Dann Bügel aus rostigem Eisen, schartig und feucht. In einigen Ellen Tiefe weitete sich das Mauerwerk des Schachtes zu einer gähnenden Kaverne. Vorsichtig öffnete sie die Augen. Schwärze.

»Tritt mir nicht auf die Finger!« Vangas Stimme verriet Anspannung.

»Ja, ja, schon gut.« Auch ihre eigenen Worte klangen fremd und verzerrt.

Weiter hinab.

Dio mio! Es war zum Ersticken! Fäulnis, Kot und Moder!

Gina kämpfte gegen den Brechreiz, und ihre Augen wurden nass. Dennoch gab sie sich Mühe, die Lider offen zu halten.

»Nimm die Fackel!« Vanga drückte ihr einen rissigen Kienspan in die Hand, um den ein pechgetränkter Lappen gewickelt war. »Zünd das Ding an meinem an!«

Ein blakendes Lodern. Mehr Qualm als Flamme!

Von tief unten kam Ceccos Stimme. Er war wohl schon auf dem Grund der Höhle.

»Hier steht man im Wasser«, fluchte er. »Haltet euch rechts. Da ist ein Gesims.«

Plötzlich huschte etwas an Ginas Wade vorüber. Eine Ratte?

Madonna, hier musste es nur so wimmeln von dem Gezücht!

Ginas Füße tauchten in breiigen Sumpf. Das Ende des Schachts. Hilflos glitt sie aus. Vanga griff zu und stützte sie.

Nur nicht in diese Brühe fallen!

Zuerst wollte sie seine Hand zurückweisen, aber dann fasste sie zu. So ging es einige Schritte weit, bis sie Sicherheit gewann. Dann machte sie sich los und blickte um sich.

Der Fackelschein erhellte notdürftig eine runde Kammer aus Quaderwerk, mindestens so groß wie die Halle in Olimpias Palazzo. Die Decke war nicht auszumachen. Das Licht reichte nicht so weit hinauf. Aber die Gliederung der Wände trat deutlich hervor. An allen Seiten mündeten Röhren und Kanäle. Sie führten zähflüssige Rinnsale. Und da klaffte ein größerer Gang, auch aus dicken Quadern. In diesem Tunnel konnte man aufrecht stehen. Dort hinein musste der Satan sich geflüchtet haben. Cecco war bereits ein Stück weit vorgedrungen.

»Wir müssen ihm nach.« Vanga fasste Ginas Arm und zog sie hinter sich her. Sie wollte seinen Griff abstreifen, aber dann ließ sie es geschehen.

Mussten sie wirklich *da* hinein?

Ein scheußlicher Strom kam ihnen entgegen, knöcheltief. Hier wirbelte die Flut in strudelnden Bächen heran, die seitlich grün-braunen Schaum absetzten. Etwas weiter verdickte sich die Flüssigkeit und wurde zu klebrigem Schlamm. An manchen Stellen hatte sich der Abfall zu wirren Haufen und Barrieren emporgetürmt. So bildeten sich Dämme und gurgelnde Kaskaden. Alles überzogen von Schleim und Fäulnis.

Ob man leichter atmen konnte, wenn man einen Tuchzipfel vor Mund und Nase presste? Gina machte den Versuch, aber es half nicht viel.

Madonna!

Jäh rutschte der tastende Fuß ins Bodenlose. Nur mit Mühe konnte sie einen Aufschrei unterdrücken. Jetzt war sie froh, dass Vanga ihren Arm hielt.

»Aufpassen!«, tönte es von Cecco. »Rechts ist das Gesims. Da könnt ihr treten. Daneben geht's verdammt tief runter.«

Schaffst du das?, fragte Vangas Blick.

Gina nickte wütend.

Sie wusste, was er dachte: Hab ich es dir nicht gesagt? Doch sie würde ihm keine Gelegenheit geben, es auszusprechen. Und wenn er es trotzdem tat, würde sie ihn so vors Schienbein treten, dass er es spürte. Aber er hielt den Mund.

Besser so!

Der Gang führte tiefer hinab. Gina tauchte bis zu den Knien ein.

Da bewegte sich etwas – eine Ratte!

Und dort eine zweite. Wie groß sie waren! Und so dreist, dass sie den Menschen kaum auswichen.

Gina war froh, dass sie nicht barfüßig ging wie so oft.

Wie leicht könnte sie von diesen Ungeheuern in die Zehen gebissen werden! Aber sie könnten auch die Waden erwischen oder die Hände – oder das Gesicht!

Gina sah immer mehr von den Bestien. Sie schossen aus Winkeln und Scharten des Mauerwerks hervor, rannten über den glitschigen Unrat und tauchten in die schlammige Flut. Dabei wichen sie immer nur so weit zurück, dass sie der unmittelbaren Reichweite der Menschen entgingen. Dann wandten sie sich um und starrten die Eindringlinge an, Argwohn und Wut funkelten in ihren Augen.

Tausende von Augen!

Vanga war wie benebelt von Finsternis und Gestank. Alle paar Schritte klaffte eine neue Öffnung im Mauerwerk des Ganges und spie Abwässer und Unrat aus. Dabei kam das alles nur aus den Schächten im Straßenpflaster, den Kanälen, die von einigen Palästen und wenigen bevorzugten Häusern herabführten, sowie von den Märkten und vom Überlauf der öffentlichen Brunnen. Wie viel mehr an Kot und Jauche, an Küchenabfall, Straßendreck und Gerberbrühe verschwand in den Gossen und Senkgruben der riesigen Stadt oder floss direkt in den Tiber? Dennoch: Er wusste, dass dieses System der Gänge und Höhlen unter dem Pflaster von unvorstellbaren Ausmaßen war, eine Welt für sich, eine Stadt unter der Stadt. Eine Brutstätte von Pestilenz und bisweilen eine Zuflucht für Missetäter, die das Tageslicht scheuten. Wer sich in diesem Wirrwarr von verborgenen Räumen und geheimen Verbindungen auskannte, konnte ungesehen von einem Wohnviertel in ein anderes gelangen, unerkannt Zugang in unterirdische Kavernen und Kellergewölbe finden und Raubzüge unternehmen oder Fluchtwege planen. Weil das so war, hatte Vanga einige Male mit diesem Schattenreich zu tun gehabt. Er wusste, warum er es verabscheute und es mied, wann immer er konnte. Aber manchmal gab es keinen anderen Weg.

Immerhin: Es war inzwischen spätes Frühjahr. Da schien es hier unten noch am ehesten erträglich zu sein, weil durch die Schneeschmelze am Ende des Winters und die Regenfälle so viel Wasser in die Kanäle und Sammelbecken gelangt war, dass viel vom Unrat des letzten Jahres hinweggespült wurde.

Am schlimmsten wurde die Widrigkeit dieser Höhlenwelt am Ende des Sommers, wenn Hitze und Trockenheit dafür gesorgt hatten, dass keine Bewegung mehr in den Abwässern war und die Verwesung gräuliche Miasmen ausbrütete. Dann wurde die Stadt immer wieder von verheerenden Seuchen heimgesucht, die hier unten ihren Ausgang nahmen und um sich griffen, ohne dass es Abhilfe gab.

»Wartet!«, rief Cecco.

Vanga blieb stehen.

Gina, die er immer noch am Arm hielt, taumelte, und ihr Körper stieß gegen seinen.

»Sssst«, machte er.

Sie verharrte still; anscheinend hielt sie sogar den Atem an. Für einen Augenblick hörte Vanga nur das Glucksen des Gerinnsels zu seinen Füßen und das Knistern der Fackel.

Cecco hatte irgendetwas gefunden.

»Komm einmal her«, sagte er. Er wandte sich betont nur an Vanga. Der trat näher, und das Mädchen folgte ihm auf dem Fuße.

Der Tenente beleuchtete ein Stück Mauerwerk in Kopfhöhe, das auf den ersten Blick nichts Auffälliges erkennen ließ. Vanga kniff die Augen zusammen.

Dennoch erkannte Gina rascher als er, was gemeint war. »Das Zeichen«, flüsterte sie.

Der Fackelschein loderte höher. Jetzt sah auch Vanga es: Ein spitzwinklig gespreizter Umriss war in den Schmutz gegraben. Fünf Kratzer, die sich zu einem Stern verbanden – das Pentagramm

»Wir sind auf dem richtigen Weg«, murmelte Cecco.

»Du meinst …«

»Es ist schon das dritte, und vielleicht hab ich noch welche übersehen.«

»Dann weiter!«

Vanga ärgerte sich, weil er diese Spur nicht selbst entdeckt hatte. Aber er tröstete sich damit, dass der andere schließlich vorausging und nicht auf das Mädchen zu achten hatte.

Als Cecco die Umgebung des bösartigen Zeichens genau abgeleuchtet und nichts weiter gefunden hatte, was er für interessant hielt, grunzte er vielsagend und schnalzte mit dem Finger. Das sollte wohl das Zeichen sein, dass es weitergehen konnte. Auch diese Art, sich aufzuspielen, musste Vanga ihm eigentlich verübeln, aber er hatte anderes zu tun. Als Nächstes ging es darum, einen Wall aus Trümmern und Müll zu bezwingen, den die Sturmfluten und Trockenzeiten vieler Jahre aufgeschichtet hatten. Eine schlammige Wirrnis aus Holz, Lumpen, Ziegelschutt und Tonscherben, eine drohende Mauer, durch deren Scharten und Spalten sich das Wasser hindurchwühlte. Ein Rudel Ratten hatte sich hier festgesetzt, das sein Bollwerk hartnäckig verteidigte. Erst als Cecco mit dem Feuer auf die struppigen Bestien losging, räumten sie die Stellung.

Rasch kletterten die drei über das verfilzte Hindernis. Cecco zuerst. Würde nicht das ganze Gebirge ins Rutschen kommen?

Nein. Er war schon auf der anderen Seite. Also hinterher.

Der Rock des Mädchens verfing sich an den Enden eines gesplitterten Astes. Es ging weder vor noch zurück. Der Stoff riss ein. Schon war ein langer Schlitz entstanden. Da griff Vanga mit einem Arm um Ginas Hüften und hob sie herab. Sie war leichter, als er gedacht hatte. Und sie – wehrte sich nicht. Selbst dann nicht, als er sie einen Augenblick länger festhielt, als die Situation es erforderte.

»Wir müssen weiter«, sagte sie nur.

Er beachtete es kaum. Denn im selben Augenblick hörte er ein alarmierendes Geräusch.

Nimm deine Finger weg! Oder: Bleib ganz dicht bei mir! Zwischen diesen Extremen schwankte Ginas Empfinden. Und das Verwirrendste: Vangas Berührungen waren ihr keineswegs zuwider. Als er sie von dem Hindernis herunterhob, fing er sie mit beiden Armen auf. Die Gesichter waren sich plötzlich ganz nahe.

»Still!«, raunte er und hob den Finger.

Ein Laut hatte ihn beunruhigt. Was war das? Es hatte geklungen wie ein Schlag von Eisen auf Eisen. In den triefenden Gewölben und Gängen hallte es lange nach und fand sogar ein Echo.

Klang es nach Gefahr? Gina fürchtete eher die Ratten. Oder heftig rauschendes Wasser. Was wäre, wenn sie hier unten von einer Flutwelle gepackt würden, wie sie nach einem Wolkenbruch zu erwarten war? Ob es da oben gerade regnete? Daran durfte sie nicht denken!

Vanga war ihr nun schon ein paar Schritte voraus. Während Gina ihm nacheilte, versuchte sie, die Zipfel ihres zerrissenen Rocks miteinander zu verknoten. Was sollte er schließlich denken, wenn er bei jedem Schritt ihre Beine zu sehen bekam – bis zu den Schenkeln hinauf? Aber es wollte ihr im Laufen nicht gelingen, und anzuhalten wagte sie nicht.

Vanga und der Hauptmann steckten die Köpfe zusammen.

»Meinst du?« – »Kann sein«, hörte sie.

Verbargen die beiden etwas vor ihr? Wussten sie Dinge, die ihr niemand gesagt hatte? Heimlich bedrängte dieses Misstrauen sie seit dem Abstieg. Panik drückte ihr die Luft ab. Auf was hatte sie sich nur eingelassen?

»Ich sehe es!«, rief Cecco. »Da vorn, das Gitter!«

Die beiden hasteten weiter, und Gina folgte ihnen, so schnell sie konnte.

Da versperrte eine Reihe eiserner Stangen den Gang. Sie waren rostig und mit Schleim überzogen. Die Männer rüttelten daran. Sie gaben nicht nach.

»Das wurde von oben runtergelassen«, knurrte Vanga. »Gerade eben. Ein verdammtes Fallgatter.«

Cecco trieb den Gedanken weiter: »*Er* hat es ausgelöst. Er war dicht vor uns!«

»Das muss nicht so sein …«

»Oh, doch. Wenn das Ding immer da wär, würde dieser Dreck in Mengen dranhängen.« Cecco deutete auf den Abfall und das Treibgut.

Ist das Rauschen nicht stärker geworden?, fragte sich Gina. Tatsächlich. Und die Brühe im Gang leckt schon das Knie! »Das Wasser steigt«, stieß sie hervor.

Die Männer stutzten.

»Sie hat recht!«, rief Cecco aus. »Verdammt, das Schwein hat eine Schleuse geöffnet. Er will uns ersäufen!«

»Wir müssen das hochkriegen«, drängte Vanga.

Die beiden zerrten am Gitter. Aber es rührte sich nicht.

»Kannst du mir sagen, wie?«

»Es muss ’nen Hebel geben. Da müssen wir ran!«

»Und wo?«

»Irgendwo da unten.«

Die Wellen brodelten schon halbwegs zum Schenkel hinauf. Die Männer sahen einander an.

»Hilft alles nichts. Wir müssen rein in die Scheiße.« Es war Vanga, der das sagte. Und er fügte hinzu: »Gina hält die Fackeln!«

Es war das erste Mal, dass er ihren Namen aussprach. Aber war das etwa der Augenblick, auf so etwas zu achten? Sie nahm die lodernden Scheite entgegen.

Ihr werdet doch nicht ..., wollte sie sagen.

Da hatten die beiden schon ihre Lungen mit der stinkenden Luft dieses Kellerlochs vollgepumpt und tauchten, ohne zu zögern, in die schaumige Flut hinab.

Zwei seltsame Vögel, schoss es Gina durch den Kopf. Wenn sie sich vertragen würden, könnten sie die besten Kumpane sein. Anscheinend waren sie das früher sogar. Musste lange her sein. Wenigstens kämpften sie noch zusammen. Wenn nicht ein Wunder geschah, würden sie hier unten ersaufen!

Unendlich lange schien es zu dauern, bis die Köpfe wieder zum Vorschein kamen. Oh, wie sahen sie aus!

Aber das Gitter hatte sich nicht bewegt.

»Noch mal!«, keuchte Vanga.

Schon waren sie wieder untergetaucht. Da rührte sich etwas! Ächzend und knirschend hob sich das Gitter, schob sich in einer steinernen Rinne empor, die Gina zuvor gar nicht bemerkt hatte. Auch die beiden Kampfhähne tauchten auf, prustend und würgend. Der eine, es musste Vanga sein, machte eine ungeduldige Geste zur anderen Seite hinüber. Sprechen konnte er nicht. Aber Gina verstand. Sie duckte sich tief genug, und alle drei wanden sich unter dem Fallgitter hindurch. Ein Stück weiter den Tunnel entlang, der von Brausen und Tosen erfüllt war. Jetzt noch über die Staumauer, aus deren klaffendem Rachen die Abwässer hervorstürzten. Im Vorüberhasten erkannte Gina, dass der hölzerne Schieber zerschlagen war. Das hieß nichts anderes als: Rückweg versperrt. Aber selbst das war nun gleichgültig. Ein paar Stufen hinauf, und plötzlich war Raum! Sie stolperte und fiel, lag auf trockenem Stein, hielt still und japste. Stechen in der Kehle, Trommelwirbel in den Ohren und würgender Ekel im Magen – aber sie war in Sicherheit, zumindest für den Augenblick.

Vanga, auf Händen und Knien, hustete und spie wie von Sinnen. Ob er diesen Abscheu jemals wieder abschütteln konnte? Da hörte er Cecco, der einen ellenlangen Fluch hervorstieß und dann hinterherschickte: »Komm her! Hier gibt es sauberes Wasser.«

Das war Glück! Ein Rinnsal bildete sich auf einer Wand; es musste von einer Quelle oder Zisterne herrühren. Jedenfalls war das Wasser beinahe klar, so dass man sich den übelsten Schleim und Schmier abwaschen konnte. Aus Augen, Nase, Ohren und aus dem Haar.

Allmählich ließ das krampfhafte Keuchen nach. Vanga konnte wieder zusammenhängend denken.

»Du bist nicht zum ersten Mal hier unten«, konstatierte er. Seine Stimme klang rau und fremd.

Der andere grunzte zustimmend, während er sich das Nass aus dem Gesicht rieb. »Muss schon mal sein«, krächzte er.

Vanga kroch ein Stück weiter. Er hob seine fast erloschene Fackel auf und pustete auf die Glut, bis die Flamme wieder loderte.

Da lag Gina auf den Steinplatten und rührte sich nicht. Er beugte sich über sie. Sie atmete! Erleichtert wrang er den feuchten Hemdzipfel aus, den er eben zum Waschen benutzt hatte, und träufelte Wasser auf ihre Stirn. Sie stöhnte und regte die Hände, aber die Augen waren noch geschlossen.

»Der will uns umbringen.« Ceccos Bemerkung klang eigentümlich nüchtern.

»Was hast du denn gedacht? Wir sind ihm auf den Fersen.«

»Er wird es nicht dabei belassen …«

»Und?«

»Ha, er weiß noch nicht, mit wem er's zu tun hat.«

Vanga schüttelte unwillig den Kopf. »Mir wär wohler, *wir* wüssten, mit wem wir 's zu tun haben.«

Ihn traf ein schneller, scharfer Blick von Cecco. Als wolle der Vetter sagen: Weißt du das wirklich nicht? Aber wahrscheinlich war der andere durchaus nicht besser im Bild als er selbst. Er gab zu gern den Überlegenen. Dabei hatte er bisher nur danebengegriffen, und zwar so drastisch, dass es ihm eigentlich den Hals hätte brechen müssen. Oder war gerade das ein abgekartetes Spiel? Tappte der falsche Hund am Ende willentlich in die falsche Richtung? Aber warum?

Schon seit Tagen lauerte dieser Verdacht in Vangas Hinterkopf. Cecco trieb ein tückisches Spiel. Das war schon immer seine Art gewesen. Womöglich steckte er mit dem Täter unter einer Decke – und verfolgte nur ein einziges Ziel: den Verdacht von dem wahren Schuldigen abzulenken.

Vanga sah das höhnische Gesicht des Kardinals Santerra vor sich. Steckte auch der mit im Spiel? Auch das war ein Gedanke, der immer wieder auftauchte und ihn doch niemals ganz überzeugte. Diese beiden Schlitzohren würden gut zueinander passen. Aber dann war es nur der Kardinal, der das Spiel durchschaute. Cecco konnte für ihn nichts anderes sein als ein Bauer beim Schach. Eine Figur, die man benutzte, solange sie sich als nützlich erwies – und die man, ohne zu zögern, opferte, sobald das einen Vorteil versprach. Dieser Bursche könnte einem beinahe leidtun, da ihm offenbar bestimmt war, das Opfer zu sein. Wenn er nur nicht so ein ausgemachter Dreckskerl wäre!

Vangas Grübelei wurde unterbrochen. Cecco hatte ihm eine Frage gestellt, und er hatte nicht zugehört.

»Wie meinst du das?« Diese Gegenfrage hatte Vanga stets bereit, wenn es darum ging, eine solche Geistesabwesenheit zu verbergen.

Cecco musterte ihn unwillig. »Ob du glaubst, dass er diese Zeichen für uns gemacht hat?« Er wies auf ein Gesims über ihren Köpfen, an dem erneut ein Pentagramm erkennbar war.

Vanga brauchte nicht lange zu überlegen. »Nein. So neu sehen die nicht aus.«

»Dann vielleicht Merkzeichen für ihn selbst …«

»Ja. Damit er mühelos den Weg findet, den er sich zurechtgelegt hat. Selbst wenn's schnell gehen muss.«

»So wird es sein.«

Die beiden Männer horchten auf: ein Stöhnen aus der Kehle des Mädchens.

»Und sie?«, fragte Vanga. Es war mehr, als ob er laut dächte. »Verstehst du das? Warum wollte sie unbedingt dabei sein?«

»Was glaubst denn du?«

»Keine Ahnung. Vielleicht … Sie hat eine Schwester, die …«

»Ich *kenne* Olimpia, verdammt noch mal!«

»Sie könnte in Gefahr sein …«

»Du bist ein Schwachkopf, Alberto. Die Kleine ist hinter dir her. Das ist das ganze Geheimnis!«

»Unsinn! Sie fährt die Krallen aus, kaum dass sie mich sieht.«

Cecco gab ein verächtliches Schnauben von sich, als wolle er sagen: Bei dir ist wirklich jedes Wort verloren!

Dieser Laut rüttelte Gina auf.

»Jedenfalls muss jetzt Schluss sein!«, setzte Cecco an. »Wir sollten sie schleunigst nach oben schaffen …«

»Still!«, murmelte Vanga. »Sie kommt zu sich.«

Der andere verdrehte die Augen und schwieg.

»Ist er weg, der Satan?«, flüsterte Gina.

»Er ist abgehauen«, grollte Vanga. Er reichte ihr eine neue Fackel.

Sie hob sie empor und schauderte. »Und das hier … Was ist das?«

Ein weiter Raum. Ein hoch gewölbter Kanal mit Gehwegen an beiden Seiten, viel größer als der Gang, in dem sie zuvor unterwegs gewesen waren. Jeder Laut fand ein Echo, und das machte die Anlage noch beeindruckender. Außerdem stank es weniger, und ein starker und stetiger Strom zog an ihnen vorüber.

»Die Cloaca Maxima«, sagte Vanga. »Der größte Abwasserkanal der Stadt. Wurde schon unter den heidnischen Kaisern gebaut, glaube ich.«

Seltsam, dass er so etwas weiß, dachte Gina. Für einen Kenner alter Zeiten hatte sie ihn nicht gehalten.

»Und wohin führt der?«

Cecco, der das Gespräch unwillig verfolgt hatte, warf ihr seine Antwort hin: »Mitten in die Hölle, verdammt!«

»Wie jeder andere Weg auch«, setzte Vanga dagegen.

Cecco erhob sich fluchend und schob sein längliches Bündel, das ihm unter dem Hemd hervorgeglitten war, wieder zurück.

»Dann wird es ja Zeit, dass wir weiterkommen.«

Gina war noch schwach auf den Beinen, aber sie wollte es sich nicht anmerken lassen. In ihrem Kopf wirbelten die Gedanken: Wie lange sind wir schon hier unten? Was lauert hinter der nächsten Ecke? Ob wir jemals wieder hier rauskommen?

Cecco war vorweg. Sie hielt sich dicht neben Vanga. Ihr Atem ging jetzt leichter, aber die innere Bedrängnis wuchs.

»Er ist …«, begann sie. »… Er ist *nicht* der Teufel, oder?«

Vanga schien sie nicht gehört zu haben. Vielleicht gut so.

Da murmelte er: »Er ist ein Mensch. Ein Mensch in einem fürchterlichen Wahn.«

»Und warum … Mädchen? Weil er sie verabscheut?«

»Huren«, knurrte er. »Vielleicht tut er es gerade, weil er sie *nicht* verabscheut. Ich weiß es nicht.«

Sie überlegte, wie er das meinen könnte. »Ist es am Ende …« Das kam nur als Flüstern.

»Ein Priester, meinst du?« Es war Cecco, der das bellte.

Gina zuckte zusammen. Wie hatte er das erraten?

»Ein Priester!«, ahmte Vanga ihn nach. »Ein Priester, der den Dolch benutzt wie ein Landsknecht!«

Ein raues Lachen. »Na und? Das soll es geben!«

Gina schwieg. Das Gegeneinander der beiden Männer machte ihr Angst. Da schwang in jedem Wort etwas mit, das sie nicht verstand. Stets war einer vor dem andern auf der Hut. Vanga vermied es, Cecco den Rücken zuzukehren – oder bildete sie sich das nur ein? Cecco gab sich sorgloser, aber vielleicht war das nur gespielt. Jedenfalls horchte er misstrauisch auf das, was hinter ihm gesprochen wurde. Sie seufzte und beschloss, diese Gedanken beiseitezuschieben. Die führten zu nichts. Sie musste Augen und Ohren offen halten. Mehr konnte sie nicht tun.

Warum hab ich mich bloß hier heruntergewagt?, dachte sie. Sie wusste keine Antwort. Trotzdem – sie bereute es nicht.

Der Fackelschein erleuchtete eine Reihe unglaublich mächtiger Steinquader, die den Kanal einengten. Ob das die Fundamente eines großen Gebäudes waren?

»Sind wir an der Arena?«, fragte sie.

»Du meinst das Kolosseum?«, gab Vanga zurück. »Nein. Eher am …«

»Da oben«, unterbrach Cecco. »Wieder das Zeichen!«

Es sah aus wie eine fette Spinne, fand das Mädchen und setzte hinzu: »Hier hat sich bestimmt schon mancher verirrt.«

»Wir auch, wenn ich es richtig sehe«, knurrte Vanga.

»Unsinn!«, konterte Cecco. »Die Freude werden wir den Ratten nicht machen!«

»Jedenfalls sind wir dem Kerl auf den Fersen.«

»Das kannst du wohl sagen. Da sind seine Spuren.«

Tatsächlich! Im angeschwemmten Sand fanden sich die Abdrücke beschlagener Stiefel. Sie sahen ganz frisch aus. Die Spitzen tief eingedrückt. Ein paar Krümel Dreck über den Rand geworfen. Der da gegangen ist, hat es eilig gehabt. Gina spürte einen kalten Schauer am Rücken, als sie begriff, wie nahe sie dem Verfolgten waren. Unwillkürlich tastete sie nach dem Messer im Saum ihres Rocks. Dass sie es nur nicht wieder vergaß, wenn es darauf ankam. Und um sich abzulenken, schaute sie hinter sich. Da lag etwas mitten in der Wasserrinne. Klobig und gewölbt. Zwei stumpfe Augen glotzten dem Lichtschein entgegen. Ein riesiges steinernes Gesicht. Es musste zu einer gigantischen Statue gehört haben und irgendwie in diesen Abgrund geraten sein. Wahrscheinlich war das Monstrum vom Sockel gestürzt und durch die Gewölbe gebrochen. Bestimmt ein heidnisches Götzenbild. Zu gigantisch, um jemals wieder bewegt zu werden. Zahlreiche Ratten flüchteten in die Vertiefungen des steinernen Gewands. Ihre Augen glitzerten im Schatten.

»Keine Spuren mehr zu sehen«, brummte Cecco. »Kein Wunder. Alles von dieser Drecksbrühe überschwemmt.«

»Aber da«, bemerkte Vanga. »Seht ihr nicht? Eine Fackel.«

An der Mauer lag ein Holzprügel mit verkohlten Tuchresten, in denen noch Funken schwelten.

Er hat eine neue Fackel angezündet, dachte Gina. An der alten. Und diese hat er weggeworfen.

Da war das Zeichen wieder. Groß und bedrohlich, unmittelbar an einer seltsamen Form aus Stein: zwei scharf ausgemeißelte Pranken mit spitzen Klauen wie von einem Löwen. Das musste abermals der Rest von einer gewaltigen Skulptur aus alten Zeiten sein.

»Jedenfalls sind wir auf dem richtigen Weg«, entschied Cecco. »Also weiter!«

Fortan ging es aufwärts. Der Boden wurde trocken; er

bestand nun aus großen Steinplatten und bald darauf aus fest getretenem Lehm. Darauf waren keine Spuren zu erkennen. Aber es gab nirgends ein Versteck, das dem Mörder die Möglichkeit gegeben hätte, seine Verfolger an sich vorbeizulassen.

»Das ist merkwürdig«, murrte Cecco.

»Was?«, fragte Vanga.

»Diesen Gang kenne ich nicht. Aber ich glaube, er führt aus der Stadt hinaus. Wo will er hin?«

»Vielleicht will er einfach entkommen?«

»Ja, hm, oder …«

»Oder?«

»Oder es ist eine Falle.«

»Dann sollten wir vorsichtig sein.«

Gina spürte die Unruhe Vangas. Er zog sie dicht an sich heran.

»Bleib dicht bei mir!«, sagte er.

Das Material der Wände hatte sich verändert. Nicht mehr feuchtes Mauerwerk, sondern behauener Fels oder harte bröcklige Erde. Auch die Zusammensetzung der Luft war nicht mehr dieselbe. An die Stelle des Gestanks von Moder und Fäkalien war die trockene Dumpfheit einer Gruft getreten. Schließlich ging es sogar einen Abschnitt des Weges steil aufwärts und danach eine Anzahl von ausgetretenen Stufen hinab.

»Dacht ich's mir doch!«, knurrte Cecco. »Wir haben die alten Mauern hinter uns.«

Er deutete auf eine Reihe waagerechter Vertiefungen in den Wänden, von denen manche mit einer steinernen Platte verschlossen waren. Darauf war hier und da ein eingemeißeltes Kreuz zu erkennen.

»Gräber«, sagte er. »Das sind alles Grabnischen. Groß genug für einen Leichnam. Wir sind in den Katakomben. Versteht ihr?«

Die alten Totenstädte! Draußen an der Via Appia oder einer anderen Ausfallstraße. Gina kannte diese Orte, wo sich die Gläubigen in früher Zeit versammelt hatten, nur vom Hörensagen. Nie hatte sie erwartet, die legendären Zufluchtsstätten aus der Epoche der Christenverfolgung einmal mit eigenen Augen zu sehen. Sie schauderte bei dem Gedanken an alle Schrecken und Grausamkeiten, die sich mit diesen Schauplätzen verbanden. Und dann die ungezählten Toten, von deren Überresten sie hier umgeben waren! Dieses Grauen war heftiger als jene Ängste, die sie in den Kanälen unter der Stadt der Lebenden durchgemacht hatte.

Auch Vanga verlangsamte den Schritt. Aber sein Grund war offenbar ein anderer. »Der Boden klingt hohl«, raunte er.

»Kein Wunder«, erklärte Cecco. »Das ist alles in den Stein gehauen. Und nicht nur auf dieser Höhe. Drei Geschosse und mehr übereinander, hab ich gehört. Ein Labyrinth. Hol's der Teufel! Das sind Gänge, in denen man sich zu Tode läuft …«

Labyrinth … Was für ein Wort!, dachte das Mädchen.

Sie drangen nur langsam weiter vor. Der Gang wurde enger, so dass Gina an manchen Stellen mit beiden Schultern zugleich anstieß. Auch senkte sich die Decke herab. Überall Staub. Das Atmen wurde schwer. Manche der Nischen waren mit Staubkrümeln und merkwürdigen Formen gefüllt, die an verkohltes Holz oder Aschenreste erinnerten. Und da: Der Flammenschein fiel in eine Höhlung und riss etwas aus dem Dunkel, das dem Mädchen einen gellenden Schrei abpresste. Ein Totenkopf grinste dort hervor, gewölbtes Schädeldach, leere Augenhöhlen, lückenhafte Zähne. Unwillkürlich hatte Gina sich an Vangas Arm geklammert.

»Schon gut«, knurrte er. »Der kann dir nichts tun.«

Wütend auf ihn und auf sich selbst, ließ sie Vanga los. Sein Gesicht verzerrte sich. Im flackernden Licht sah es aus wie ein grinsender Schädel. Sie stieß ihn von sich.

Lach dich selber aus!, dachte sie. Aber ihr Unmut verflog rasch. Dafür quälten sie andere Gedanken wie bohrende Stacheln: Was ist, wenn das Licht ausgeht? Ein Luftzug könnte genügen. Was wird, wenn die Fackeln abgebrannt sind? Hier eingeschlossen in schwarzer Nacht – welch entsetzliche Vorstellung! Wird da nicht jeden Augenblick etwas aus finsterem Schlund hervordringen, eine Knochenhand mit gierigen Fingern, die nach mir krallen? Um mich hinwegzuzerren in bodenlose Abgründe …

Hastig folgte sie Vanga, drängte sich aufs Neue an ihn, die Arme fest über der Brust verschränkt …

Vanga staunte, wie rasch Cecco sich vorwärtsbewegte. Der Kerl schien sich hier unten weitaus besser auszukennen, als er zugab. Hatte er nicht gerade noch behauptet, er sei zum ersten Mal in diesem Gang?

Das konnte nur gelogen sein. Oder war es Leichtsinn? Der Vetter nahm sich keine Zeit, den Boden zu prüfen, und wirkte unbesorgt. Was, wenn sie in eine Falle gerieten?

Hatte der Tenente, um ans Ziel zu gelangen, alle Vernunft von sich geworfen? Dabei war der Mörder, der seinen Verfolgern auflauern konnte, nicht die einzige Gefahr! Der Fels, der sie umgab, war mürbe wie morsches Holz. Wenn man nur mit der Schulter dagegenstieß, bröckelte er und Staub rieselte aus Rissen und Schrunden. An vielen Stellen häufte sich der Schutt.

Was, wenn eine schwache Stelle nachgibt? Im Nu könnte die Masse von oben den Halt verlieren und alles unter sich begraben. Und was, wenn der Boden einbricht? Dann stürzen wir in eine tiefere Ebene oder womöglich noch viel, viel weiter hinab. Welche Narrheit, in ein solches Gewirr wie ein wütender Stier hineinzurasen!

Gerade wollte Vanga seinen Vetter an der Schulter packen, um ihn zurückzuhalten, da prallte er gegen dessen Rücken. Cecco hatte abrupt angehalten. Und gegen Vanga presste sich der Körper des Mädchens. Einen Augenblick herrschte Stille, bis auf das Keuchen der drei Menschen. Dann schnarrte der Hauptmann einen ellenlangen lästerlichen Fluch herunter.

Sie standen in einem runden Kessel.

»Wohin jetzt?«, fragte Vanga.

Cecco zuckte die Schultern und ließ den Fackelschein die Wände entlangwandern. Ringsum Grabnischen.

»Wir müssen uns aufteilen.«

»Und wenn er auf uns wartet?«

»Dann sind wir immer noch einer gegen einen.«

Gina öffnete den Mund, als wolle sie dagegensetzen: Ich bin auch noch da! Aber dann überlegte sie es sich anders und schwieg.

»Er hat alle Vorteile«, sagte Vanga.

»Nun gut. Wenn du zu feige bist ...«

»Was fällt dir ein!« Vangas Hand lag schon an Ceccos Kehle, da gelang es ihm, sich zu beherrschen. Warum wollte der andere ihn herausfordern?

Der grinste spöttisch und stieß den Griff von sich.

»Also ich geh rechts«, sagte er. »Und wenn du Hilfe brauchst, rufst du.«

Vanga gab keine Antwort. Stattdessen wandte er sich an Gina. »Und du?«

Das Mädchen schluckte. Dann schob es trotzig die Unterlippe vor. »Ich geh mit dir.«

Der Mann, den sie den Schwarzen Engel nannten, hielt inne. Dies war der Ort. Hier würde er warten. Er lauschte hinter sich. Kein Geräusch. Nichts. Nur gelegentlich das ferne Tropfen von Wasser – wie ein Symbol der verrinnenden Zeit. Und bisweilen das leise Scharren der Ratten, die an der Grenze zwischen dem Licht seiner Fackel und der schwarzen Finsternis dahinhuschten.

Er würde Muße haben für das, was er plante. Listig hatte er sich genügend Zeit verschafft, um seine Vorbereitungen zu treffen.

Die Überraschung für seine Verfolger würde vollkommen sein. Der Mann lachte still in sich hinein und kostete den Triumph schon im Vorhinein aus.

Vanga wusste nicht weiter. Gina und er waren nur ein kurzes Stück in den niedrigen Gang vorgedrungen, und schon standen sie vor einer Mauer aus Felstrümmern, Erde, Holzsplittern und Totengebein. Hier waren Decke und Wände eingestürzt. Ein Erdbeben mochte das verursacht haben.

»Da ist kein Durchkommen«, murmelte er. Hatte Cecco ihn getäuscht? Wozu?

Erschrocken starrte Gina auf die Masse von Schutt, die den Weg versperrte. Aus und vorbei. Vangas Enttäuschung übertrug sich auf sie. Aber sie spürte zugleich auch Erleichterung. Hier jedenfalls würden sie nicht auf den Schwarzen Engel stoßen. In ihrer Phantasie hatte das Ungeheuer längst die Statur eines unüberwindlichen Riesen angenommen – mit übermenschlichen Kräften … Wenn sie doch schon wieder draußen wäre, im Sonnenlicht!

»Hier also nicht«, brummte Vanga und versetzte dem Schotter einen Tritt. Dann war es also der andere Weg, Cecco!

Lass ihn sein, wo er will, wollte Gina schreien. Ich kann nicht mehr! Aber sie schluckte die Worte herunter.

Ihr Begleiter stieß sie unsanft an. »Komm schon! Zurück!«

Widerstrebend stolperte sie hinterher. Die Schatten waberten und zuckten über den Grüften wie ein Heer von Gespenstern.

Ärgerlich blickte Vanga sich nach dem Mädchen um. »Wo bleibst du? Gib Acht auf deine Fackel!«

Sie erreichten bald wieder die Gabelung und folgten nun

dem Weg, den Cecco genommen hatte. Anfangs ging es auch hier nach oben, dann immer tiefer hinab. Die Luft wurde stickiger als je zuvor.

Ob womöglich auch hier …?

Da standen sie schon vor dem Ende des Tunnels! Ebenso blockiert wie drüben.

Vangas Gesicht verzerrte sich: nicht vor Enttäuschung, sondern in ungläubigem Staunen. Er schwankte, wie vor den Kopf geschlagen.

Gina spürte, dass er wirklich ratlos war, und dieses Gefühl schnürte ihr die Kehle zu. Was fiel ihm ein, plötzlich nicht weiterzuwissen!

Seine bestimmende Art war unerträglich, und sie hatte sich dagegen aufgebäumt, aber nun – wenn er einfach aufgab, was dann? Nie würde sie ins Freie finden.

Das geht nicht mit rechten Dingen zu, dachte Vanga. Wenn auch dieser Weg blockiert ist, wohin kann der Verfolgte dann entschwunden sein? Hier ist nirgends ein Durchschlupf. Er kann sich doch nicht in Luft aufgelöst haben! Und wo – verdammt noch mal –, wo steckt Cecco? An diesem Hindernis muss auch er umgekehrt sein. Aber warum ist er uns nicht begegnet? Ist er so rasch zurückgelaufen, dass er aus diesem Stück der Katakombe schon wieder heraus war, als wir es betreten haben?

Weshalb hat er dann nicht dasselbe getan wie wir beide und ist dem anderen Weg gefolgt, um uns wiederzutreffen? Oder gibt es hier irgendwo ein geheimes Versteck, das Cecco kennt, uns jedoch verschwiegen hat? Und wenn ja, weshalb?

»Verdammt, er muss den Rückweg eingeschlagen haben.«

»Und – wo ist er jetzt?« Misstrauen schwang in Ginas Stimme.

»Ich weiß es nicht!«

Auch Vanga war jetzt voller Argwohn. Wollte der Tenente

allein zum Erfolg kommen? Oder ging es um ganz was anderes? Vanga sträubte sich gegen diese Gedanken, aber sie ließen sich nicht verscheuchen. Welche Rolle hatte sein Vetter *tatsächlich* in diesem Spiel?

Da waren die großen Augen des Mädchens. »Was …?«

»Halt den Mund!« Vanga spürte selbst, dass er zu barsch gesprochen hatte. Warum wehrte er die Frage ab, ehe sie gestellt wurde? Hol's der Teufel!

Sie schwieg eine Weile, ehe sie wieder begann: »Vorhin, an diesem Gitter …«

Was nun wieder?

»Ob er da etwas getan hat?«

»Ich hab nur das Klirren gehört.« Das Gitter war vor ihm gewesen. Die Schleuse dahinter. Auf was wollte sie hinaus?

Sie flüsterte: »Und wenn *er* den Schieber gezogen hat? Ich meine: Dann kämpfen wir gegen *ihn*!«

»Ach was! Davon hab ich nichts gesehen.« Herrgott! Es war möglich. »Und wozu?«, fragte er nun. »Meinst du, er will den Mörder schützen?«

Sie schwieg.

Vielleicht, dachte er, vielleicht kennt er einen Ausgang, von dem wir nichts wissen. Cecco wusste verteufelt gut Bescheid hier unten. Aber was soll's! Wenn er uns tot sehen will, kann er das leichter haben.

Sie gingen langsamer, doppelt wachsam.

Nach einer Weile fühlte Vanga, wie Ginas Finger sich zwischen seine schoben. Zuerst war er verwirrt. Dann drückte er tröstend ihre Hand.

Gina atmete auf. Da war wieder der große Tunnel. Sie ließ sich über das Gesims in den Kanal hinunterhelfen. Ihre Hände umklammerten einander für einen Augenblick. Von Cecco nirgends eine Spur.

Vanga leuchtete an den Wänden empor. Anscheinend suchte

er etwas. Er hielt inne, als das Zeichen bei der Löwenpranke aufschimmerte.

»Da«, sagte er gepresst. »Hier muss es sein.«

Was meinte er? Gina konnte an dem Zeichen nichts Auffälliges erkennen, außer: Es war besonders groß und wirkte besonders bedrohlich. Oder nein! Da war noch etwas. Es stand auf dem Kopf! Eine seiner Spitzen zeigte geradewegs nach unten.

Vanga leuchtete in jeden Winkel des Mauerwerks und stieß gegen ein Gewirr aus faserigem Unrat und angeschwemmtem Holz. Es gab nach! Eine Scharte zwischen den Steinquadern wurde sichtbar, eine schmale Passage, geschickt verborgen.

»Hier geht es durch!«

Bedrängnis legte sich schwer auf die Seele des Mädchens. Da hindurch?

Aber Vanga zögerte nicht, offenbar erneut vom Fieber der Verfolgungsjagd erfasst. Oder war es Besessenheit? Ein Wahn, der ins Verderben führte?

Der Boden des neuen Ganges war sandig und trocken.

Und da waren Spuren, zum ersten Mal wieder!

»Hier ist er gegangen«, knurrte Vanga. »Nicht lange her!«

Wer? Cecco? Die Frage lag Gina auf der Zunge, aber sie brachte es nicht fertig, sie zu stellen.

Der Maskierte steht still und hält den Atem an. Es ist fast völlig dunkel um ihn her. Nur das schwache Flackern eines Kienspans, den er in einer Nische festgeklemmt hat, wirft einen Schimmer rötliches Licht in die Schwärze. Eine gewölbte Kammer.

Alles bereit. Die Falle gestellt!

Seit er an einer versteckten Öffnung zu seiner Linken den hölzernen Schieber beiseitegezogen hat, strömt ein dicker Strahl schlammigen Wassers aus einem benachbarten Schacht herüber. Eine widerlich stinkende Brühe sammelt sich auf dem steinernen Boden und steigt rasch. Schon schwappt sie an seine Waden und kurz darauf um die Knie. Vor ihm türmt sich ein hüfthoher Wall aus Dreck und Trümmern. An dieser Böschung steigt die Flut empor und leckt bereits gegen die hölzerne Brustwehr, die darüber aufragt. Da ist ein fest gezimmertes Tor aus Eichenplanken, früher einmal die Sperre an einem Mühlenwehr.

Dies alles hat der Mann genau so zusammengefügt, wie es seinen Zwecken dient, und diejenigen, die ihm dabei geholfen haben, sind nicht mehr imstande, etwas darüber zu verraten.

Ein selbstgefälliges Grinsen verzerrt das Gesicht unter der Maske.

Dies ist seine Stunde!

Seit Langem hat er damit gerechnet, dass es einmal so weit kommt: Er wird verfolgt – bis herab in dieses Labyrinth, von Widersachern, die sich von Finsternis und Gefahr nicht abschrecken lassen.

Mögen sie nur kommen!

Scharren und Fauchen dringen an sein Ohr. Die ungezählten Ratten, die diese Unterwelt bevölkern, beäugen misstrauisch jede seiner Bewegungen. Sie verstehen nicht, was er im Sinn hat, aber sie verhalten sich so, wie sein erfinderischer Kopf es voraussetzt: Je mehr Wasser eindringt, desto zahlreicher verlassen die Nager ihre Schlupfwinkel. Eilig weichen sie zurück, rennend, schwimmend, einander vorwärtsdrängend. Kein Wunder. Welche Kreatur will elend ersaufen? Die meisten kriechen die Böschung am hölzernen Tor hinauf, andere paddeln mit gereckten Schnauzen auf der Flut, drängen sich um die Stiefel des Mannes und klettern in ihrer Not gar an ihm empor. Ihre Zähne könnten ihm leicht gefährlich werden, doch ihn schützt das dicke Leder, in das er gekleidet ist. Als die zudringlichen Tiere in dicken pelzigen Trauben an ihm hängen, fegt er sie mit seiner klauenbewehrten Hand beiseite.

Blut spritzt aus aufgerissenen Leibern, und die Panik des Rudels macht sich in kreischenden Tönen Luft. Schon wimmelt die Brustwehr von Viechern, die hektisch übereinandersteigen und sich zu Klumpen zusammenballen. Das Gurgeln des Wassers und das Fiepen der Ratten ist jetzt so angewachsen, dass der Mann die Schritte und die Stimmen seiner Verfolger nicht mehr hört, aber ein rascher Blick durch das Guckloch in der Eichenplanke zeigt ihm, worauf er wartet: An der nächsten Biegung des Stollens flackert der Schein einer Fackel und nähert sich rasch.

Ein tiefer Atemzug. Es ist so weit!

Sein kräftiger Körper reckt sich, der Arm schnellt empor. Die Klaue mit den stählernen Klingen an den Fingern, jede scharf wie ein Stilett, zerfetzt einen prall gefüllten Ziegenbalg, der über seinem Kopf hängt, schwarz in der Finsternis, hoch unter dem Gewölbe, nicht anders als ein Weinschlauch im Wirtshauskeller. Aber es ist nicht köstlicher Traubensaft, was hervorstürzt, sondern eine gänzlich andere, scharf riechende Flüssigkeit. Ätzendes Kampferöl prasselt herab, ein Tropfenschauer, der die Sinne raubt. Aber der Mann wird von diesem Regen nicht getroffen. Er hat tief Luft geholt, ist zurückgewichen und hält nun gespannt den Atem an. Dann greift er zur Seite, reißt den schwelenden Kienspan aus der Scharte, lässt ihn aufflammen und schleudert ihn mitten in das Getümmel des Rattenvolks.

Wuff!, macht es, und die leicht entzündliche Flüssigkeit steht in hellen Flammen. Aus den Augenschlitzen verfolgt der Maskierte, was geschieht. Da gleitet die Klinge an seinem ausgestreckten Zeigefinger zu einem kräftigen Tau, das unter der Decke gespannt und in Kopfhöhe an einem Eisenring festgezurrt ist. Eine fast zärtliche Berührung, der Stahl streift die Fasern, und schon ist der Knoten durchtrennt …

Gina eilt mit keuchendem Atem hinter Vanga her. Hand in Hand. Ihr Herz klopft zum Zerspringen. Die Beine sind blutig geschunden. Schwindel lässt sie taumeln.

Ein Albtraum!, hämmert es in ihrem Kopf. Dieser Mann ist besessen. Ein grässlicher Wahn. Wenn ich doch erwachen könnte! Aber all das passiert wirklich – oder?

Dann sind die wirren Gedanken plötzlich abgeschnitten. Vanga stolpert, stürzt, greift ins Leere, und die Fackel purzelt zu Boden.

»Nimm sie«, zischt er, »schnell! Nicht ausgehen lassen!«

Sie springt über seine Beine hinweg, wirft sich voraus und rafft die Fackel hoch. Sie brennt noch!

»Gut!« Vangas Stimme klingt erleichtert, und auch Gina atmet auf. Obwohl ihre Finger immer noch zittern: der Gedanke, plötzlich ohne Licht dazustehen – welcher Schrecken! Blind ins Verderben tappen …

Sie hebt die Fackel. Madonna! Die Gefahr ist gebannt. Für wie lange? Da: ein jäher Schlag, die Erschütterung einer dumpfen Explosion. Staub wirbelt aus dem Mauerwerk zu beiden Seiten. Gleißender Feuerschein, ein Stück weit voraus, hinter einer hölzernen Wand. Eine Planke bricht weg. Ein glühender Luftzug. Die Sperre dort, sie kippt, birst auseinander – und heranstürzt eine grausige Woge: gurgelndes Wasser, scharfkantige Trümmer und noch etwas … O *Dio*! Was ist denn das? Eine wimmelnde, zuckende Masse, ein Sturzbach aus struppigen, zappelnden Leibern.

»Ratten!«, kreischt Gina.

Plötzlich ein Flammenregen, der mit der Welle dieser Ungeheuer niedergeht. Flüssiges Feuer tanzt um die Nager, ergießt sich auf Fell, Ohren und Schwänze. Ein lodernder Strom. Das Fiepen der gepeinigten Kreaturen gellt dem Mädchen in den Ohren. Ein Gestank nach brennendem Pelz und versengter Haut!

Das ist die Hölle!

Da fühlt Gina, wie jemand sie packt und sich über sie wirft. Gerade als die Lawine heran ist und über sie beide hinweggeht. Und um sie ist nichts als Schwärze …

Vanga spürt keinen Schmerz, kommt gar nicht dazu. Alles überstürzt sich: Der Stollen wird von einer Explosion erschüttert. Ein Inferno bricht aus. Luftdruck und Flammen, Atemnot, Funkenregen, widerwärtiger Gestank. Bestien mit funkelnden Augen, gebleckten Zähnen! Fiepen, Rennen und Hasten, eine Sturmflut – über ihn hinweg. Scharfe Krallen – Kleidung zerrissen, Haare versengt, durchnässt bis auf die Haut. Vanga keucht und ringt nach Luft.

Dann ist es still.

In Vangas Kopf dreht sich alles, es wirbelt vor den Augen noch immer wie Funken. Hier und da noch Tropfen vom brennenden Öl. Finsternis. Verdammt! Die Fackel ist aus.

Schlimm genug! Aber was ist mit Gina? Atmet sie noch? Ja, ihre Brust hebt sich!

»Ist es – vorbei?«, flüstert sie.

Er nickt, sein Mund streift ihre Ohrmuschel, gleitet über ihre Wange. Er hält sie fest und fühlt plötzlich den Drang, sie zu küssen.

»Nein.« Aber ihr Körper sagt das Gegenteil.

Vanga spürt die Heftigkeit des Gefühls.

Doch sie stößt ihn zurück. Und allem zum Trotz müssen beide lachen. Ein keuchendes Lachen, in dem sich Spannung und Schrecken lösen.

Eine schroffe Stimme schlug an sein Ohr, und der geschmeidige Körper des Mädchens erstarrte.

»Wie hübsch!«, sagte die Stimme. »Die ganze Stadt jagt den Mörder, und ihr wälzt euch hier unten herum und rammelt wie die Kaninchen!«

Cecco.

Vanga hob den Kopf.

Da stand der Kerl, eine Fackel in der Hand, und grinste anzüglich auf das Paar herunter.

»Halt's Maul!«, ächzte Vanga.

Gina wandte sich ab und zog den Rock über die Beine.

»Habt Ihr wirklich nichts Besseres zu tun?«

»Und du?«, knurrte Vanga. »Wo hast du gesteckt?«

»Das klingt nicht grad begeistert. Dabei bring ich euch Licht. Und ich weiß, wie man hier rauskommt. Wisst ihr das auch?«

»Dann müssen wir wohl von Glück sagen …«

»Ein Danke genügt.«

»Danke«, murmelte Gina.

»Hol dich der Teufel!«, konterte Vanga, raffte sich auf und betastete seinen Hals. Er spürte Blut und einen scharfen Schmerz.

»Verdammt, die Viecher haben mich gebissen!«

»Bist du sicher, dass es die Ratten waren?«, stichelte Cecco.

Gina prüfte Vangas Wunde und bedeckte sie mit einem dünnen Streifen Tuch, den sie von ihrer Bluse abgerissen hatte.

»Halt stil!l«, flüsterte sie. Der Schmerz wurde zu einem dumpfen Brennen. Er spürte, dass ihre Hände immer noch zitterten. Seine eigenen auch …

Cecco blickte auf die zerborstenen Reste der ausgeklügelten Vorrichtung. Keiner von ihnen dachte jetzt noch daran, die Jagd wieder aufzunehmen. »Raffinierte Erfindung«, presste er hervor. »Muss man dem Kerl lassen.«

Vanga brummte missgelaunt. Er konnte die Bewunderung nicht teilen. Außerdem war da dieses Misstrauen … »Um ein Haar hätte uns das umgebracht«, gab er zurück.

»Keine Sorge! Das nächste Mal wird es ihm bestimmt gelingen.«

Cecco grinste den Vetter an, und der grinste gequält zurück.

»Seltsam ist das mit dir«, sagte Vanga. »Jeder weiß, dass du ein Schwein bist. Und wenn einer mal dran zweifelt, hast du nichts Besseres zu tun –«

»– als es ihm auszutreiben. Ganz recht.«

»Versteh schon: Auch ein schlechter Ruf ist eine Verpflichtung.«

Gina konnte über dieses Gerede nur den Kopf schütteln. Wie konnte Vanga auf das Geplänkel des anderen eingehen? Begriff er denn nicht, dass es gerade der Tenente war, der ihnen aufgelauert hatte? Er hatte versucht sie umzubringen, er würde es wieder tun, und die beiden rissen auch noch Witze darüber wie Zechkumpane!

»Still!« Damit unterbrach Cecco ihre Gedanken.

Sie lauschten.

Wassertropfen. Das Huschen einer Ratte, die dem Feuersturm entgangen war. Ein fernes Echo eines undefinierbaren Lauts. Vielleicht ein Geräusch von außerhalb dieser Gruft.

»Schon gut«, sagte Cecco. »War wohl nichts.«

Aber Ginas feine Ohren hatten es besser gehört. Schritte. Stiefel auf einer Eisenleiter. Das Klappen einer Tür oder Luke. Weit weg, den Gang hinab. Hatte sie sich etwa getäuscht, was den Tenente betraf?

»Und was jetzt?«, fragte Vanga gepresst.

»Was wohl?«, knurrte Cecco. »Du kannst kaum kriechen.«

»So schlimm ist es nicht. Ich bin zäh.«

»Und der da« – eine vage Kopfbewegung in die Dunkelheit der Schächte –, »der ist über alle Berge.«

»Draußen wird es schon Tag sein«, sagte Gina. Plötzlich spürte sie, wie verzweifelt sie sich wünschte, endlich dieser Schreckenswelt zu entrinnen.

»Ist wahr«, pflichtete Cecco bei. »Ergibt keinen Sinn, dass wir uns hier weiter rumdrücken. Es sei denn, es gefällt euch hier.«

Ganz selbstverständlich übernahm Gina es, den verwundeten Vanga zu stützen.

»Es geht schon«, wehrte er ab, ungewollt schroff, ließ es aber dennoch zu.

Im flackernden Licht blickte sie verstohlen auf seinen Verband. Die Blutung schien gestillt zu sein. Und mit jedem Schritt sammelte er neue Kräfte.

Gut so. Sein Arm lag fest um ihre Hüfte. Es tat ihr gut, und sie spürte, dass er es ebenfalls genoss. Dabei vermied sie, ihm ins Gesicht zu sehen. Diese Augenblicke in der Finsternis! Erfüllt von dem drängenden Gefühl, das dieser Mann in ihr ausgelöst hatte. Seine Berührungen und wie ihr Körper antwortete. Äußerlich hatte sie wieder Haltung gefunden, aber im Innern war immer noch dieses Zittern … Widerstreitende Empfindungen, aufwühlend, verwirrend – und erschreckend. Nichts hatte mehr zwischen ihnen gestanden. Und was sie am meisten erstaunte: Sie hatte es gewollt – und sie wollte es immer noch.

Und wenn nun dieser Cecco sie nicht unterbrochen hätte … Madonna!

Vanga gewann langsam sein Gleichgewicht zurück. Aber er schwankte noch, und in seinem Kopf brauste es.

Cecco ging voraus. Offenbar kannte er tatsächlich den kürzesten Weg ans Tageslicht. Sie tappten zuerst ein Stück durch den engen Seitengang zurück, dann erreichten sie die Cloaca Maxima und zogen wieder an der zerbrochenen Statue vorbei. Nun aber blieben sie im großen Tunnel, ließen mehrere Seitenkanäle unbeachtet und kamen in eine geräumige Höhle, die vom Gewölbescheitel her durch einen Streifen Tageslicht erhellt wurde. Dieser dünne Strahl wirkte wie ein zittriger Finger. »Die Sonne«, rief Gina. »Die Sonne scheint herein!«

Vanga schaute nach unten. Der Boden war knöcheltief überflutet, die Oberfläche des Wassers mit verkohlten Kadavern zahlloser Ratten bedeckt. Der brenzlige Gestank stach so abscheulich in die Nase, dass man sie zuhalten musste.

»Madonna! Was ist das?«, flüsterte das Mädchen.

»Sieh nicht hin!«, knurrte Vanga.

In einem Gebilde, das wie ein Bündel zerfetzter Kleider aussah, leuchtete eine Knochenhand ins Helle. Krallenfinger. Ein Schädel! Ein ganzes Skelett! Und da – ein ausgemergeltes Gesicht! Die Haut war bläulich verfärbt, mit Schorf überwuchert und blutig aufgesprungen. Es sah aus, als hinge sie in Fetzen herab. Und nicht eine solche Gestalt, sondern ein Dutzend oder mehr.

»Lebbrosi«, erklärte Cecco. »Aussätzige, die sich hier verkrochen haben.«

»Leben sie?«, stieß Gina hervor.

»Letzten Winter sind fast alle gestorben.«

Diese Geräusche – nur das Echo ihrer eigenen Bewegungen?

»Komm!« Jetzt war es Vanga, der das Mädchen vorwärtsschleppte.

Gina konnte die Augen nicht von den Gestalten lösen.

Dann lag die Höhle des Grauens hinter ihnen. Endlich …

Gina spürte Kühle auf ihrer schweißfeuchten Haut. Ein Luftzug, der über sie hinwegstrich. »Es muss ein Ausgang in der Nähe sein!«, flüsterte sie.

Cecco ließ ein verächtliches Brummen hören. »Weißt du wirklich nicht, wo wir sind?«

Sie blickte ihn trotzig an und schüttelte den Kopf. Dabei fiel ihr auf, dass die Fackel nicht mehr brannte und dennoch Helligkeit da war.

»Und du weißt es auch nicht?«, fragte Cecco Vanga. »Das soll ich glauben?«

»Dafür kennst du dich offenbar umso besser aus«, gab der gallig zurück.

»Eh, was soll das heißen?«

»Nichts. Nur, dass du …«

Er vollendete den Satz nicht, denn Gina, des Geplänkels ohnehin überdrüssig, stieß hervor: »Lasst uns endlich hier raus!«

Sie verdoppelten den Schritt. Vanga glaubte sich schon wieder gut bei Kräften. Er presste den Arm um Gina, um ihr über einen Haufen Schutt hinwegzuhelfen. Gleich darauf wollte er sie wieder loslassen, aber sie schmiegte sich an ihn. Im Dämmerlicht schaute er ihr in die Augen, und sie erwiderte den Blick. Dann jedoch drängte sie erneut weiter.

Die Kloake war hier ein erstaunlich großer Tunnel, der in gerader Linie unter der Stadt verlief. So breit wie eine Straße und so hoch, dass man mit einem Fuhrwerk darin entlangfahren könnte, wäre der Boden trocken und fest, oder mit einem hoch beladenen Kahn, wenn es genug Wasser gäbe. Doch so war es wieder nur ein sumpfiges, stinkendes Rinnsal.

»Da vorn ist das Ende«, rief Cecco.

»Dann Acht geben«, sagte Vanga, aber der andere lachte nur.

»Unsinn! Ich weiß Bescheid.«

»Das glaub ich.«

»Was heißt das?«

Vanga zögerte. Das Licht wurde heller und blendete die Augen. Ein mächtiger Mauerbogen klaffte wie ein riesiges Maul. Und draußen der Tiber im Sonnenschein. »Ich frag mich: Was tust du, wenn keiner zusieht?«, sagte er schließlich.

»Was meinst du?«

»Warum hast du mich vorhin in die Irre geschickt?«

»Du bist verrückt!«

»Du hast genau gewusst, dass es da nicht weiterging. Und du bist einfach verschwunden.«

Sie standen am letzten Hindernis vor dem Ausgang. Hier

war ein mächtiger Schieber verankert, der den Abfluss regelte. Rissiges Holz, längst aus den Fugen, aber immer noch fest genug, um seinen Platz zu behaupten.

Cecco war schon jenseits dieser Barriere.

Gina folgte ihm mit einer geschmeidigen Bewegung.

Vanga zog die Luft ein, als sich ihr Schenkel entblößte. Er strauchelte. Seine Hand fand Halt auf dem Balken. Plötzlich zuckt ein blankes Messer vor seinem Gesicht.

Mit der Wendigkeit einer Schlange ist Cecco herumgefahren. »Du willst zu schlau sein«, faucht er. Zögert.

»Das wagst du nicht!«

»Wetten?«

Vanga weiß: schlechte Chancen. Der andere hat die Waffe schon gezückt, und er selbst findet keinen festen Stand. Kann nicht mal ausweichen …

Die Klinge blitzt.

»Hast du den Verstand verloren?«, stößt Vanga hervor.

»War nie besser dabei. Weiß genau, wen wir verfolgen, und du – du wirst es wissen, wenn du lang genug nachdenkst.« Sein Blick hat etwas Verschlagenes. »Du weißt es jetzt schon, wie?«

»Und wenn?«

Ceccos Gesicht verzerrt sich. »*Basta!* Den nächsten Zug mach ich allein!«

»Du musst mich umbringen, anders hältst du mich nicht auf.«

Keiner bewegt sich. Es ist still. Nur der Fluss rauscht und gurgelt.

»Dann musst du auch mich umbringen.«

Cecco erstarrt. Das Mädchen! Seine Waffe zittert. Nur eine Handspanne bis zur Kehle.

»Entscheide dich!«, zischt Vanga.

Da funkelt es in den Augen des andern. Das Messer zuckt.

Vanga, atemlos, hört das Knirschen der Klinge auf dem Holz. Ungläubig starrt er Cecco ins Gesicht. Eine höhnische Maske.

Das Messer. Es hat Vangas Hand durchbohrt! Festgenagelt.

Kein Schmerz. Aber das Blut quillt.

»Du Schwein!«, keucht Vanga. Die eigene Stimme klingt fremd. Und dieses Grinsen des Gegners …

»Das wird dich festhalten. Zeit für mich. Ich werd sie nutzen. Verlass dich drauf!«

Da war der Schmerz – wie von glühendem Eisen. Vanga bäumte sich auf, konnte das Stöhnen nicht zurückhalten. Noch immer weigerte er sich zu begreifen.

»Ich werde –«, setzte er an.

»Mich umbringen?«, kam es zurück. »Versuch's doch! Bist nicht der Erste, der das will.« Das war schon über die Schulter gesprochen.

Gegen das Licht sah Vanga, wie der andere das Mädchen am Arm packte und mit sich fortriss. »Du bleibst nicht hier. Soll er sehen, wie er loskommt.«

Gina wusste kaum, wie ihr geschah. Sie tastete gerade nach ihrem verborgenen Messer, da packte der Schuft sie und zerrte sie rücksichtslos davon. Welche Dreckigkeit hatte er vor? Was sollte aus Vanga werden?

Da umflutete sie schon das Tageslicht. Am Ausgang des Tunnels häufte sich noch einmal der Unrat. Schlingpflanzen wie Fallstricke.

Cecco griff zu und fetzte einen Teil des Grünzeugs hinweg, so dass sie ins Freie konnten. »Mach schon«, bellte er, »spring!«

Es ging tief hinunter. Möwen flatterten im grellen Licht. Ein zerfallender Bootsrumpf versperrte den Weg. Da riss sie sich los. Ein Tritt ins Gemächte. Cecco brüllte auf und stürzte. Im Nu war sie wieder im Tunnel. Tastete nach dem Verletzten, die Augen voll Tränen.

»Zieh es raus!«, krächzte Vanga.

Gehorsam beugte sie sich über das Messer, packte es.

Er stöhnte.

»Halt still!«, keuchte sie. »Ich bin stärker, als du denkst.«

Da, es war heraus. Ein Schwall Blut.

»Nimm das hier!« Von ihrer Bluse war nicht mehr viel übrig.

Sie umwickelte die Hand, knotete die Stoffzipfel zusammen und zog sie mit den Zähnen fest. Dabei taumelten beide vorwärts.

»Wo ist Cecco?«, fragte Vanga. Der Gegner war noch immer gefährlich.

»Gerade noch war er da am Fluss …«

Sie spähten ins Freie. Ein Kahn zog vorbei. Auf einer Sandbank waren zerlumpte Gestalten mit Angeln beschäftigt. Nirgends eine Spur vom Tenente.

Vanga richtete sich auf. Es schmerzte noch. Aber seine Knie zitterten nicht mehr.

»Besser?«, fragte Gina.

»Geht schon wieder.«

Sie dachte: Wie bleich er ist!

Vorsichtig half sie ihm vom Mauerrand zum Ufer hinunter, und sie gingen langsam über den weichen Sand. Da stieß ihr Fuß gegen etwas Hartes.

»Das ist von ihm«, sagte Gina. Das Bündel, das er unterm Hemd trug.

»Hat er verloren. Muss es verdammt eilig haben«, murmelte Vanga. »Zeig her!«

Sie reichte es ihm.

Vorsichtig knüpfte er die Schnur auf. Er stutzte.

»Was ist es?«, fragte sie.

»Seine Pistole.«

Heiß brannte die Sonne auf Vangas Scheitel. Diese dumpfe

Benommenheit! Er musste sie abschütteln. Gut, dass die Wunde nicht mehr blutete unter dem notdürftigen Verband.

Verband. Wunde. Messer. Und da war noch etwas, an das er zu denken hatte, etwas, das er tun musste …

Reiß dich zusammen!

Plötzlich war sein Kopf wieder klar.

Cecco. Das war es. Er musste zu ihm gehen, den Kerl zur Rede stellen. Dieser Gedanke pochte unablässig in seinem Kopf. Worauf wartete er noch?

Aber da war das Mädchen, das ihm den Weg verstellte.

»Was hast du vor?«, fragte Gina. »Du willst doch nicht etwa …«

»Lass mich gehen!«

»Du bist närrisch! Das kann nicht dein Ernst sein.« Ihre Augen blitzten.

Sie war schön, wenn sie zornig war.

Vanga schob sie sanft beiseite. Aber sie krallte sich an seinen Ärmel, den linken.

»Das darfst du nicht tun.«

»Ich muss es tun. Glaubst du, *das* werd ich hinnehmen?«

»Aber du bist verletzt.«

»Macht nichts! Er ist ein Schwachkopf. Hat nicht dran gedacht, dass ich Linkshänder bin.«

Gina holte tief Luft. War das denn wirklich entscheidend?

»Madonna! Er wird dich umbringen.«

»Nicht, wenn ich das hier hab.« Bekräftigend klopfte er auf die Pistole, die er unter das Hemd geschoben hatte, ganz ähnlich, wie der Tenente sie getragen hatte.

Nur hatte er nicht mit Ginas Temperament gerechnet. Wie eine Wildkatze warf sie sich ihm in den Weg.

»Du gehst nicht!«, fauchte sie. »Ich werd es nicht zulassen, dass du dich umbringst. Wofür denn? Weshalb wohl? Wer hat was davon?«

Schon hatte sich ein Schwarm Menschen um die beiden versammelt. Einige Frauen vom nahen Markt ergriffen Ginas Partei und ergingen sich lauthals in Schmähungen gegen den Unverstand und die Dickköpfigkeit der Männer.

Dann freilich, als sie aufschnappten, dass es gegen den Tenente ging, änderte sich das Bild. Die Sbirren genossen keinerlei Sympathie, und Cecco war erst recht nicht beliebt. Aber nun mischten sich auch Männer in die Debatte, und einige von ihnen fanden es ganz richtig, dass Vanga sich mit diesem Schurken auseinandersetzen wollte. Keiner ging jedoch so weit, ihm dabei Hilfe anzubieten.

Vanga hörte nicht auf das Geschrei. Er beeilte sich nur noch mehr, weil er nun damit rechnen musste, dass sein Gegner dadurch gewarnt wurde.

»Lass mich!«, sagte er ruhig, aber bestimmt und schob Gina zur Seite.

»Nein!« Sie trommelte mit den Fäusten gegen seine Brust, und er verzog das Gesicht, weil seine Wunden schmerzten. Dennoch blieb er nicht stehen. Schließlich begriff sie, dass es ihr nicht gelingen würde, ihn aufzuhalten.

Welches Recht habe ich auf sein Leben?, durchzuckte es sie. Aber schon hatte sie sich die Antwort gegeben: Ich liebe ihn!

Sie ließ die Hände sinken und kauerte sich am Fuß einer Mauer auf den Boden.

»Glaub nicht, dass ich heule!«, zischte sie hinter ihm her. »Du bist mir egal. Ich werd dich schon vergessen haben, bevor er dich umbringt.«

Die Wachen hatten sicher Befehl, Vanga aufzuhalten, falls er es wagen sollte, in ihrem Quartier aufzukreuzen, aber als sie ihm gegenüberstanden, wichen sie zurück.

»Er ist hier, nicht wahr? Ich will zu ihm.« Vanga schwankte, bekam sich jedoch wieder in den Griff.

Was war nur los mit seinem Kopf, dass die Gedanken so schwer zu fassen waren? Sie glitten ihm stets aufs Neue davon wie schlüpfrige Fische in einem Tümpel. Aber eins war ihm klar: Cecco hatte es so eilig gehabt, dass er gewiss zur nächsten erreichbaren Wache gehastet war, um so rasch wie möglich sein Spiel zu eröffnen und seine Fäden zu ziehen. Offenbar hatte er bereits mehrere Leute zu verschiedenen Stellen ausgesandt, damit sie Botschaften hinbrachten und Befehle übermittelten. Deshalb wohl auch war der Turm schräg gegenüber dem Ponte Rotto von seiner Truppe fast entblößt.

»Du hast dich in mir verschätzt!«, rief Vanga höhnisch. Dann musste er innehalten. Der Schmerz durchzuckte ihn von der Hand bis in die Schulter. Aber er hatte sein Ziel erreicht.

Cecco stand in der Tür und gab seinen Leuten einen Wink. »Lasst den Verrückten herein!«

Vanga raffte sich wieder auf. »Und ich hab richtig gerechnet«, murmelte er. »Ich wusste, dass du nichts schleifen lässt. Und ich hab dich gefunden.«

Wie seltsam das trotz allem war, wurde ihm gerade erst klar. Der Tenente hielt sich sonst nie in diesem Wachtturm auf. Im Gegenteil. Er hatte den Ort stets gemieden.

Der Satan mochte wissen, warum.

Jedenfalls war er hier, und sie standen sich gegenüber.

»Du machst dich zum Narren«, sagte Cecco, herausfordernd ruhig.

Die Fenster waren offen. Sonnenlicht glänzte über dem Fluss.

»Hörst du mir überhaupt zu?«, fragte Cecco.

»J-ja. Aber sag es noch einmal …«

Ein seltsamer Blick. »Pass auf: Komm rein, hier braucht nicht jeder zu sehen, in was für ’nem Zustand du bist. Mir scheint, du säufst jetzt noch schlimmer als sonst!« Das war für die anderen gesagt!

»Keinen Schluck hab ich …«

»Ach, wirklich? Jedenfalls komm!«

Etwas Warnendes regte sich in Vangas Bewusstsein. Was hatte der Schurke jetzt wieder im Sinn? »Ich will nicht.«

Aber der Tenente zog ihn schon am Ellbogen davon, ohne die Pistole in Vangas Hand zu beachten.

»Kannst du überhaupt noch gehen?«

»Natürlich … Du Schwein hast meine Hand erwischt, nicht den Fuß.«

Aber es war, als zucke der Boden unter ihm und schlage Wellen. Vangas Blick schweifte ab, ging hinaus. Irgendwo dort musste die Ausmündung der Cloaca Maxima sein. Und da drüben – die alten Mühlen.

Cecco sagte: »Wenn du endlich begriffen hast, weißt du auch, warum ich dich nicht im Weg haben wollte. Nicht wahr?«

»Begriffen – was begriffen?«

Ungewöhnlich laut das Rauschen und Dröhnen der Wasserräder dort drüben.

Und wiederum Ceccos Stimme, bohrend: »Was? Erzähl mir nichts! Das letzte Zeichen. So dumm kannst sogar du nicht sein.«

»Verdammt!«, stieß Vanga heraus und hob die Pistole.

Cecco starrte ihn durchdringend an. »Weißt du wirklich nicht, wo wir waren, als wir es gefunden haben?«

»Das Zeichen? Doch, ich weiß schon … Die Löwenpranken … Aber …«

»Jawohl, verdammt! Und die Löwenpranken –«

Cecco breitete die Arme aus und wandte sich halb zur Seite. Eine langsame ekstatische Geste, die gar nicht zu ihm passte.

Und sein Hemd … Sein Hemd war rot! *Rot.* Das war Blut!

In Vangas Ohren hallte ein schneidendes Geräusch wie das Zischen einer Peitschenschnur, der Körper des anderen sackte in sich zusammen und wälzte sich am Boden, stoßweise quoll das Blut hervor, immer mehr.

Ein qualvolles Ächzen, tief aus der Brust: »Wa-a-as …«

Ein Schuss! Mitten in den Rücken. Cecco stirbt!

Ich muss helfen! Aber wie? Vanga stand wie gelähmt.

Stimmen: »Da! Da!« Eine der Wachen kreischte lauthals wie ein Weib.

Vanga taumelte ans Fenster. Von dort draußen, durchfuhr es ihn. Da war ein Umriss. Ein Mann auf dem Dach gegenüber. Er musste es sein, der geschossen hatte, zielsicher; kein großer Abstand. Aber wohin ging er jetzt? Vanga blinzelte, geblendet von der Lichtflut über dem Tiber. Aufgeregte Rufe schallten an sein Ohr. Lauter als das Geschrei der Möwen: »… hat geschossen.« – »Überall Blut!«

Irgendwie gelangte Vanga auf die Gasse hinaus und zur Ufermauer. Da waren die Gestalten auf der Sandbank. Hüpften umher und schwenkten die Hüte.

»Da drüben«, verstand Vanga. »Da drüben. Das ist er!«

Sie zeigten hektisch auf den Fluss hinaus.

Doch die Menschen rechts und links, die jetzt herandrängten, starrten *ihn* an.

»Vorsicht«, zeterte eine alte Vettel, »er hat 'ne Waffe!«

»Ich bin nicht …«, stammelte Vanga.

Mühsam bekam er sich in die Gewalt. Aber alle Worte waren verloren gegenüber den aufgeregten Leuten ringsum. Die würden ihm nicht zuhören. Immerhin – sie wichen vor ihm zurück. Sahen die Pistole und verstummten. Er stolperte eine Treppe hinab, und sein Blick ging aufs Wasser. Tatsächlich. Da bewegte sich eine Gestalt, noch dort, wo es flach war, ein Stück flussaufwärts, aber schon dicht vor der Strömungsrinne. Da wollte einer ans andere Ufer schwimmen. War das der

Schütze? Was für ein Narr! Warum war er nicht in die Stadt gerannt? Im Gassengewirr am Velabrum, da fing man keinen. Stattdessen wollte er über den Fluss, durch tiefes Wasser. Musste ein guter Schwimmer sein. Jetzt tauchte er ein und arbeitete sich durch wilde Strudel. Hielt einen Gegenstand über den Kopf. Ein echtes Kunststück. Ein langes Gewehr. Schon wahr: Damit traf einer gut, wenn er in Übung war.

Vanga spürte eine lähmende Schwäche.

Cecco! Kein Zweifel: Er war tot.

Am Ufer die Menge. Immer mehr Neugierige, vom Markt am Minervatempel und aus dem Viertel von Santa Maria in Cosmedin. Die Gaffer hatten den Knall gehört, glotzten ihn an und schnatterten wie Affen. Weitere kamen hinzu, der reine Volksauflauf. Wie immer, wenn es was zu sehen gab.

Vanga schüttelte sich. Er wusste, was er tun musste.

»Ich werd ihn kriegen«, sagte er laut vor sich hin.

Dann war er auf dem Weg. Taumelnd zuerst, dann mit festerem Schritt.

Da drüben: Der Kopf des Schwimmers war deutlich zu erkennen.

Aber nirgends ein Boot …

Merda! Er musste selbst schwimmen. Nichts wie los! Sonst würde der Kerl hinter dem Ponte Rotto entwischen!

Da war der mächtige dunkle Klotz. Kantig ragte er in den Fluss und brach mittendrin ab. Die zerstörte Brücke. Eine Ruine, seit vor zwei Jahren die Gewölbe eingestürzt waren. Ein Hindernis, ein Steinbruch für Bauleute – und ein Schlupfwinkel für Gesindel.

»Ob er daran vorbeikommt?«, murmelte Vanga.

Nein. Der Mann im Wasser legte es gar nicht darauf an. Rechnete mit der Strömung und ließ sich geradewegs auf die Steine am Ufer zu treiben. Dort streckte er die Hand aus, zog sich aus dem Fluss und kletterte die Bruchkante hinauf. Ein paar Tagediebe über ihm beobachteten ihn ungläubig von der Brüstung aus, taten aber nicht das Geringste, um den Kerl aufzuhalten.

Soll ich rufen, soll ich sie zum Helfen auffordern? Doch was würde das bringen? Zu weit. Das Rauschen zu stark. Würden ihn nicht verstehen. Und auch nicht tun, was er wollte.

Also ins Wasser!

Es schlägt über ihm zusammen. Unerwartet kalt. Und viel mehr Strömung, als er gedacht hat.

Arme und Beine sind schwer wie Blei. Trotzdem: Vorwärts!

Ich schaff's nicht. Es reißt mich vorbei! Keine Hoffnung, ich werd das Ziel verfehlen.

Warum nicht aufgeben? Still halten. Sich der Müdigkeit hingeben.

Aber was ist das? Der Sog lässt plötzlich nach, und er ist fast schon am Ziel. Eine Welle spült ihn gegen das Mauerwerk. Ein Tau. Atemlos krallt er sich daran fest. Oben, undeutlich, die Zuschauer.

»Helft mir raus!«, keucht er.

Keiner rührt sich.

Da ist eine Scharte, brüchiges Gestein, beinahe eine Treppe. Und er spürt neue Kräfte, mit denen er nicht gerechnet hat.

Verdammt, ich schaff's auch allein!

Mühsam zieht er sich aufs Trockene und bleibt erst mal liegen, ausgepumpt, nass, zerschunden.

Aber da ist etwas, das ihm keine Ruhe lässt. Selbst im Zusammenbruch treibt es ihn weiter.

Wo ist der Mörder?

Vanga rafft sich auf und taumelt vorwärts.

Der Dreckskerl ist verschwunden. Nein! Hockt er nicht da oben, wo die Bruchkante in den Himmel schneidet? Das ist er! Sein Arm schwingt auf und nieder. Ein Ladestock! Er stopft seinen Schießprügel …

Keine Zeit zu verlieren. Vanga rafft sich auf, wirft sich auf den Pfeiler und krallt sich empor, immer höher. Die linke Hand, vom Lappen umwickelt, gibt nicht viel her. Auch die rechte blutet. Steine und Mörtel bröckeln weg. Aber dann kriegt er wieder Luft, und sofort geht es leichter. Da, schwarz vor seinen Augen der Umriss des Feindes. Jetzt ist er oben. Wankt drauf los. Wo ist die Pistole? Längst weg. Er tastet nach dem Dolch, der einzigen Waffe, die er noch hat.

Der Schatten weicht zurück. Sekundenlang klärt sich Vangas Blick. Alles scharf abgehoben: Da ist der Mann, der auf ihn wartet. Das Gesicht liegt im Schatten der Hutkrempe und ist nicht zu erkennen.

Was nun, du Hund? Hast du dein Pulver festgestoßen? Ob's trocken ist? Und nun? Stock rausziehen und Blei hinein. Aber dafür fehlt die Zeit, wie?

Der Kerl hat die Kugel bereit. Er hält sie zwischen den Zähnen, um sie in die Mündung zu spucken.

Ein abgefeimter Hund! Kennt jeden Trick. Und ist doch nicht schnell genug …

Nur noch zwei, drei Schritte.

Jetzt hab ich dich!

Da hebt der Mann das Feuerrohr. So nah!

Vanga bleibt stehen.

»He!«, keucht er und will fortfahren: Da steckt noch der Ladestock drin!

Ein »Bah!« als Antwort.

Verdammt, der jagt mir den Prügel in die Kehle!

Vanga weicht einen Schritt zurück, stolpert und verliert das Gleichgewicht.

Ein Pulverblitz. Wie ein glühendes Messer saust etwas auf die Schläfe zu.

Vorbei!

Vanga fühlt Blut, aber da ist nichts. Nur eine Schramme. Er

begreift: Das Stolpern hat ihn gerettet. Der Stock – ein Pfeil – zu hoch geflogen!

Er taumelt vorwärts, Pulverrauch in den Lungen.

Da: Der Satan wartet nicht. Rennt wieder! Hetzt die Brüstung lang, stößt Leute weg, ist fast schon bei den Häusern.

»Halt!«, keucht Vanga. »Mörder … nicht durchlassen!« Nur ein Krächzen. Keiner versteht was. Das Rauschen ist zu mächtig. Verdammtes Getöse! Etwa im eigenen Kopf? Nein, von da unten, die Wasserräder der Mühlen!

Vanga strauchelt kraftlos. Es geht nicht mehr. Der Schurke wird entkommen …

Plötzlich rollt aus dem Schatten ein Ochsenkarren heran, hoch mit Melonen beladen. Der Treiber sieht den Flüchtenden auf sich zukommen und versucht das Gespann zu halten. Doch die Zugtiere schlagen quer, ein Rad bricht am Prellstein, und die Ladung – sie rutscht. Schreie. Schreck. Verwirrung. Dicke Früchte kullern herunter, prallen aufs Pflaster und platzen. Der Weg ist versperrt.

Doch der Maskierte zögert nicht, wechselt die Richtung, bricht durch die Horde der Gaffer und stürzt sich im nächsten Augenblick über die Brüstung – ins Leere!

Mühsam bahnte sich Vanga einen Weg an die Mauer. Lehnte sich auf das heiße Steingesims. Blickte in die Tiefe.

Unten strudelte und schäumte der Fluss. Die Mühlräder drehten sich träge. Ihre gewaltigen Schaufeln stiegen aus dem Wasser, hoben sich triefend, glänzten im Licht und sanken wieder hinab in die Flut. Die Balkenwelle rotierte, ohrenbetäubend knarrte das Laufwerk. Ein halbes Dutzend dieser Ungetüme hintereinander.

Vanga starrte in die Strudel. Die Welt drehte sich mit. Blendendes Licht und Schatten wie ein schwarzer Abgrund. Seine Beine gaben nach. Dann spürte er gar nichts mehr.

Der Henkersknecht stieß zu, immer aufs Neue. Rot tropfte es von seiner Klinge. Das Opfer wand sich am Boden, hilflos, doch der Griff des Schergen gab nicht nach. Das letzte Stöhnen aus der Kehle des Greises – übertönt vom wilden Gebrüll seines Mörders.

Ein Bild des Schreckens. Das Auge scheute zurück, vor der blutbefleckten Kutte ebenso wie vor diesem Ausbruch von Hass. Dennoch konnte sich der Blick nicht lösen.

Das Böse beherrschte die Szene. Der Vollstrecker schritt über den Todgeweihten hinweg und beugte sich nieder, als wolle er ihm beim Sterben in die Augen schauen. Dieser Henker war fast nackt, umlodert von Fackelschein, außer sich durch den Rausch des Tötens …

Doch welch ein Schwung in seiner Bewegung! Ein ins Höllische verkehrter Engel des Gerichts. Dieser aufgerissene Mund! Gewalt war sein Element. Angst!

Die ihn sahen, wandten sich zur Flucht, aber wer würde entkommen?

»Das da ist *dein* Gesicht nicht wahr?« Vanga sprach mühsam und wies auf eine Figur im Hintergrund des Gemäldes, fast verloren in Finsternis und Getümmel.

Der Maler hielt inne. Offenbar hatte er erst jetzt die beiden Menschen neben sich bemerkt, so leise waren sie herangetreten. Er stieß ein unwilliges Knurren aus und wischte sich mit der Hand über die Stirn. Ein Streifen Farbe blieb zurück.

»Michele! Erkennst du mich nicht?«

Ein schneller Blick über die Schulter: Wer spricht? Ein Widersacher? Einer, der ihn schmähen will? Kein Zweifel, diesem Künstler war *jeder* Betrachter zuwider.

»Was du nicht sagst!«, stieß er hervor. »Natürlich bin das ich! Und der Märtyrer da und der Henker genauso. Die alle! Was denkst denn du?«

Vanga schwieg. Nach der Kraftanstrengung, die das Sprechen für ihn bedeutet hatte, schwanden ihm wieder die Sinne.

Caravaggio hasste es, bei der Arbeit gestört zu werden. Er lehnte Zaungäste ab. Stets war er auf kritische Einwände gefasst. Allerdings: Lob ging diesem Mann ebenfalls gegen den Strich. Jedenfalls gab er sich so. Ein Urteil über ihn und das, was er tut – wer durfte sich das anmaßen? Jedes Wort, was für eins auch immer, konnte einen seiner Wutanfälle provozieren, und die fürchtete jeder, der ihn kannte.

Aber Vanga war jenseits solcher Bedenken. Gina, die ihn zu stützen versuchte, hatte alle Mühe, ihn aufrecht zu halten. Sie hatte seine Hand ergriffen, und ihre Fingernägel gruben sich in seine Haut.

»Er kann nicht mehr«, flüsterte sie und deutet auf den blutigen Verband.

Caravaggio schaute widerwillig auf das seltsame Paar. »Was ist los?«, knurrte er heftig. »Wer bist du, und weshalb schleppst du mir den Kerl hier herein – und in *so einem* Zustand?

Ihre Augen starrten gebannt auf die bemalte Leinwand im Kerzenlicht. Dann riss sie den Blick los und stieß hervor: »Ist er nicht Euer Freund? Er braucht Hilfe!«

»Freund ...«, sagte der Maler.

Freund? Waren sie wirklich Freunde, dieser da und er? Abweisend besann er sich. Seine Gedanken waren noch immer weit weg. Er nahm nur ungern zur Kenntnis, dass man gewagt hatte, ihn zu unterbrechen!

Gina atmete krampfhaft. Ihre Hand zuckte, und sie spürte, wie Vangas Körper ihrem Griff entglitt. Zugleich sprang ihr Blick hinüber zu einer anderen Szene – vom Martyrium des heiligen Matthäus zu seiner Berufung. Auch das ein Riesenbild: Es geschah in einem schäbigen Wirtshaus. Matteo, der Zöllner, dort noch keineswegs ein Heiliger, saß inmitten von

Zechkumpanen und herausgeputzten Strichjungen. Man redete, trank, zählte Geld. Da traf diesen Mann das Licht Gottes – und nichts konnte jemals wieder so sein, wie es vorher war …

Und das Altarbild dort: wohl noch einmal der Evangelist, diesmal beim Schreiben. Es fiel ihm schwer. Er mühte sich ab. Der Engel des Herrn musste ihm die Feder führen. Merkwürdig, dieser Engel. Ein Junge von der Straße. Und der Apostel, so plump und schwer!

»Die schmutzigen Füße!«

Caravaggios Stirn umwölkte sich. Gina hatte genau das geäußert, was er von seinen Kritikern hörte! Er warf sein Malwerkzeug aus der Hand.

»Was wollt ihr?«, schrie er. »Wie seid ihr überhaupt reingekommen?«

Dieser Ausbruch überraschte das Mädchen. Es drängte sich an Vanga.

Obwohl kaum bei Bewusstsein spürte er, wie Gina zitterte. Was sollte er sagen? Ein paar Münzen machen vieles möglich, hätte er antworten können, doch in Wahrheit wollte der Maler gar keine Antwort hören. Und Vanga brachte kein Wort mehr heraus.

Caravaggio stieg die Leiter herunter und stand jetzt vor ihnen.

Ehe Vanga endgültig die Sinne schwanden, legte er noch schützend den Arm um seine Begleiterin, aber das war überflüssig. Merisi schien die jähe Wut schon wieder vergessen zu haben. Er wirkte nun eher geistesabwesend. Aber er hörte sich an, was das Mädchen stockend hervorbrachte. Gina erinnerte sich an diesen ganzen schrecklichen Tag. Gerade wollte sie sich an einem Brunnen den Schmutz der Kloaken abwaschen, die Augen voller Tränen der Wut und der Angst, weil sie Vanga nicht davon abhalten konnte, dem Tenente gegenüberzutreten, da hörte sie einen Schuss und dann Geschrei vom Tiberufer. Wenig später erfuhr sie, dass Vanga zusammengebrochen war, drüben bei den Mühlen, und es gab keinen andern Gedanken mehr, als dass sie ihn in Sicherheit bringen musste. In ihrer Not fiel ihr ein, Borso und seine Leute vom Kalkofen zu rufen, die sie als Vangas Freunde kannte – seit der Besprechung zur Vorbereitung für die Falle im Dirnenviertel. Und als keiner recht wusste, wohin man den Bewusstlosen bringen sollte, damit die Wachen ihn nicht erwischten, hat plötzlich der Bugiardone neben ihnen gestanden, der Alte, dem nie etwas entging, das in der Stadt geschah. Ohne zu zögern, hat er ihnen den Weg hierher gezeigt, zu Caravaggio.

»Etwas Besseres weiß ich nicht«, hat er gesagt. »Bei mir ist schon deine Nonna untergekrochen, verstehst du? Außerdem: Der Maler und Vanga, nun, die beiden sind Freunde – oder so was Ähnliches …«

Caravaggio runzelte die Stirn.

»Die Sbirren sind hinter ihm her, nicht wahr?« Diese Feststellung des Malers machte alle weiteren Erklärungen überflüssig.

Gina nickte stumm.

Er fasste Vanga unter die Achseln. »Du kommst mit.«

»Er hört Euch gar nicht«, flüsterte Gina.

»Geh schon. Hier entlang. Ist höchste Zeit!«

»Aber es ist gefährlich …«

»Ach ja. Glaubst du, das weiß ich nicht? Er hat Feinde. Was soll sein? Ich hab auch immer Feinde gehabt. Mein Leben lang.«

»Aber er hat –«

Caravaggio schnitt ihr höhnisch das Wort ab. »Er hat diesen Cecco umgebracht. Hab schon gehört. Bravo!«

Gina atmete auf. Nun konnte sie wieder Hoffnung schöpfen.

Etwas später betteten sie Vanga auf ein behelfsmäßiges Lager, ohne dass er noch einmal zu sich gekommen war.

»Hier ist er außer Gefahr«, murmelte Caravaggio. »Diese Klause gehört mir allein. Es kennt sie keiner. Hier wird man ihn nicht suchen.«

Das hätte sie sich denken können: Unordnung und Gerümpel. Ein Bett wie eine Schlafstatt im Stall. Geruch nach Farben und Essenzen. Aber es war eine Zuflucht.

An der Wand hing ein furchtbares Bild. Ein abgeschlagener Kopf, Blut trieft aus dem durchtrennten Hals, und um die Stirn windet sich ein Kranz von Schlangen, zuckend, giftgebläht, die Zähne entblößt, mit funkelnden Augen.

Gina dachte: Was ist das für ein Mensch, der solches Grauen malt?

»Es ist nicht für lange«, sagte sie vorsichtig, jeden Augenblick gewärtig, dass aus einer dunklen Nische oder hinter einem Vorhang heraus neue Formen des Schreckens auf sie einstürzen.

»Wir werden ihn in Sicherheit bringen …« Sie verstummte.

Der Maler hörte ihr gar nicht zu. Er stand an einem Fenster, das einer Schießscharte glich, und spähte auf die Straße.

»Sie suchen euch«, raunte er. »Aber sie sind vorbeigegangen.«

Dann plötzlich blickte er sie scharf an.

»Was du da vorhin gesagt hast …«, knurrte er. »Pass auf: Ich male keine Hirngespinste. Ich male, was ist. Schlimm genug, wenn es Leute gibt, die das nicht ertragen. Mit schmutzigen Füßen geht Matthäus ins Himmelreich …«

»Ja, wenn der Erlöser zu ihm spricht«, setzte Gina hinzu.

Merisi blickte sie an oder durch sie hindurch. »Ganz recht. *Wenn* der Erlöser spricht.«

Über Rom dröhnten die Glocken. Ein brausender Gesang von metallenen Stimmen. Schwärme von Tauben flatterten auf und warfen ihre Schatten über die Dächer.

Ein Ostermorgen wie im Traum. Der Papst höchstselbst zelebrierte das Auferstehungsopfer. Die Kardinäle im Purpur repräsentierten das unvergleichlich pompöse Gepräge der Ewigen Stadt. In allen Gotteshäusern stellte man die heiligen Reliquien zur Schau. Gold und Seide, Brokat und Gebein, Weihrauch und Gesang …

Nach der festlichen Messe strömten die vielen tausend Gläubigen der Stadt und zahllose Pilger ins Freie. Auch Gina und die Nonna, beide tief vermummt, weil sie auf keinen Fall erkannt werden wollten. Aus eben diesem Grund hatten sie auch keines der Gotteshäuser aufgesucht, die ihnen vertraut waren, und sie waren schon gar nicht in eine der berühmten römischen Kirchen gegangen, San Giovanni in Laterano zum Beispiel, sondern in eine unscheinbare Kapelle, nicht weit von der Villa Albani. Seitdem der Tod des Tenente Cecco in der Stadt bekannt geworden war, fürchtete das Mädchen die Sbirren, weil die nur allzu gut über die Verbindung zwischen dem Kommandanten und der kleinen Schwester von Bel'Olimpia Bescheid wussten. Es würde nur so Fragen und Verdächtigungen hageln, wenn offenbar würde, dass sie an Ceccos letztem Tag mit ihm und außerdem mit Vanga zusammen gewesen war, der von den Behörden für den Mörder gehalten wurde, und ihr Leben wäre ohne Zweifel keinen Pfifferling mehr wert. Ähnlich verhielt es sich mit der Alten. Schließlich war es kein Geheimnis geblieben, dass sie während ihrer Gefangenschaft dem Tenente mit ihrer Schwarzen Kunst gedroht hatte. Genug Gründe, sich rar zu machen.

Dennoch hatte Gina den Verdacht, dass ihre Großmutter den Ausflug in die Stadt insgeheim nutzte, um einige ihrer

Verbindungen spielen zu lassen. Da war dieser Bettler, dem sie verstohlen Zeichen gegeben, und eine Frau, offenbar eine Dirne, die der Nonna etwas zugesteckt hatte. Wahrscheinlich einen klein zusammengefalteten Brief. Aber das Mädchen ließ die Alte in dem Glauben, das alles sei so geschickt vor sich gegangen, dass niemand etwas bemerken konnte.

Die beiden gingen rasch und sprachen nicht miteinander, während sie auf einem wenig bekannten Pfad über die Stadtgrenze hinausgelangten und schließlich gerade außer Sicht der Porta Capena die baufällig wirkende Hütte erreichten, in der sie sich seit einigen Wochen verborgen hielten.

Gina eilte sofort in die rückwärtige Kammer.

»Und?«, fragte die Alte. »Wie geht's dem *bastardo*?«

Das Mädchen legte die Hand auf Vangas Stirn.

»Er schläft«, sagte es. »Und er hat immer noch Fieber.«

»Kein Wunder, wenn einer sich solche Narrheiten aufhalst und noch dazu ein Küken wie dich mitschleift.«

»Ich war selber schuld«, widersprach Gina. »Und zum tausendsten Mal, Nonna: Es ist gegen seinen Willen geschehen.«

»Pfft! Zu meiner Zeit hat ein Mann stets verstanden, seinen eigenen Willen durchzusetzen.«

Gerade sie muss so etwas sagen! Hat die Nonna nicht zu allen Zeiten jedermann ihren Willen aufgezwungen, sei es nun Weib oder Mann?, dachte Gina und schwieg.

Sie legte dem Fiebernden ein frisches feuchtes Tuch auf die Stirn und fühlte seinen Puls. Schnell, hart und unregelmäßig.

Madonna! Es wird nicht besser! Nicht einmal die Opferkerze in der Kirche hat geholfen.

Die Nonna wirtschaftete in der Küche herum und murmelte dabei abfällige Bemerkungen vor sich hin, die für Gina bestimmt waren. Eine Gewohnheit, die sich seit ihrer Gefangenschaft im Kerker entschieden verstärkt hatte. Ab und zu hob sie die Stimme, so dass sie auch nebenan zu verstehen war.

»Man kann nur hoffen, dass all diese Kerle dichthalten«, keifte sie.

»Es sind Freunde von ihm.«

»Schöne Freunde. Dreckskerle!« Zweifellos meinte sie Borso. Und den Maler Caravaggio. Sicherlich Schwarzbart, der schwer verletzt darniederlag. Vielleicht auch den Bugiardone, den sogar ganz bestimmt, und überhaupt alle, mit denen Vanga zu tun hatte. Das Mädchen seufzte. »Du selbst hast ihn hierherbringen lassen.«

»Hoffentlich nichts, was ich mir für immer vorzuwerfen habe«, zeterte sie. »Der Ostersonntag wär ein netter Tag, um uns alle ans Messer zu liefern!« Und sie rasselte mit den Kesseln am Herd.

»Sei nicht ungerecht, Nonna!«, hielt das Mädchen dagegen. »Du selbst hast es so gewollt.«

»Das *goldene Zeitalter*«, dozierte Pandolfo, und sein altes Gesicht nahm einen schwärmerischen Ausdruck an. »Es war das erste am Anfang der Welt, nachdem Meer und Erde geschieden waren vom Himmel, der alles umfasst, so schreibt Ovid – na, sagen wir ungefähr so. Auf jeden Fall: Damals lebten die Menschen noch glücklich.«

»Kannst du dir das vorstellen?«, fragte Leone. Er lehnte sich gegen die raue Mauer.

»Das Glück?«, fragte Pandolfo.

»Das Glück ist ein Garten«, sagte der Afrikaner. »Ein Garten, in dem tausend Quellen sprudeln.«

Die drei Bibliothekare saßen unter den Arkaden des Gebäudes und blickten über die sonnigen Rasenflächen bis zu den Baumgruppen im Hintergrund. Schwalben flitzten durch die Luft.

»Als ich ein Kind war«, sagte Pandolfo, »da war ich glücklich. Danach eigentlich – niemals mehr …«

»Niemals glücklich?«, fragte Nathan. »Ist das dein Ernst?«

»›Strafe und Furcht gab es nicht‹«, zitierte Pandolfo.

»Und was ist mit dem Gesetz?«, fragte Nathan.

Pandolfo schmunzelte. »Vielleicht ist unser Freund Ovid ein Lügner«, sagte er.

»Vielleicht hat Kaiser Augustus ihn deshalb verbannt«, meinte Nathan.

»Ein Dichter«, betonte Leone. »Er war ein Dichter.«

»Kein Lügner«, murmelte Pandolfo. »Ein Dichter. Aber – hi, hi! – vielleicht ist das gar kein großer Unterschied.«

Von ferne war der Klang der Glocken zu hören.

»Es ist Ostern«, sagte Nathan. »Wieso macht dich das nicht glücklich, Magister Pandolfo?«

Der Angesprochene nickte gemächlich. »Ja«, sagte er. »Freuen wir uns! Auch wenn jeder von uns eine eigene Meinung zu diesem Fest hat. Freuen wir uns, dass die Sonne uns wärmt.«

Vanga atmete schwer. Es dröhnte und pochte in seinem Kopf. Ein schmerzhafter Druck um seinen Schädel – wie von einer Eisenzwinge, die glüht. Der Schmerz pulste durch den Körper. In die Brust, die Arme und Beine. Seine Glieder brannten. Wellen von Licht fluteten über seine Augen.

Ein Bild erschien, flüchtig wie ein Blitz, aber scharf umrissen, das Aufleuchten einer Erinnerung, die er nicht einordnen konnte. Ein Käfer, kaum größer als ein Fingernagel. Sein Panzer funkelt im Sonnenlicht. Die Deckflügel leuchten grün, smaragdfarben, darüber schillert ein goldroter Hauch – wie das Meisterwerk eines begnadeten Künstlers, nur lebendig. Das kleine Wesen streckt die golden glänzenden Fühler aus und kriecht langsam, stetig vorwärts …

Vanga wälzte sich auf die andere Seite. Wuchtige Schmiedehämmer dröhnten in seinem Kopf. Durch seine Adern rann flüssiges Feuer. Jäh tauchte eine neue Erinnerung auf. Da ist es wieder, dieses seltsame Bild: der Käfer. Ein lebendes Juwel. Vanga kauert auf dem Boden, um das Wunderding zu betrachten. Da hebt sich sein Blick, und er sieht zarte Blätter, an denen Tautropfen zittern. Blütenkelche von reinem Weiß, strahlend wie Sterne, Hunderte, Tausende … Vanga steht auf. Wie ein Teppich breitet die Pracht sich vor ihm aus, in Gras gebettet, beschattet von moosigen Bäumen. Langsam schreitet er vorwärts, von allen Seiten umgeben von dieser Blütenflut. Doch sein Herz wird schwer, denn er ahnt, wo er sich befindet.

Die Betttücher erstickten ihn. Vanga schrie, aber kein Ton kam aus der Kehle. Schwindel erfasste ihn. Ein Sturz ins Bodenlose. Von neuem war da jene zauberhafte Vision: das Meer von weißen Blumen, durch das er langsam schreitet, goldenen Blütenstaub auf dem Gewand. Welch ein fremdes Gewand! Er wandert einen schattigen Hang hinab und erreicht ein sanft gerundetes Tal, das erfüllt ist von lichtem Morgendunst. Doch vor ihm liegt ein Schatten. Angst überwältigt ihn. Er will nicht weitergehen, kann jedoch nichts anderes tun. Unwillkürlich blickt er auf. Da ragen schwarze Formen empor, Baumstämme, nein, Pfosten. Eingerammt und festgekeilt, mit Querbalken versehen und – Himmel, was ist das? – behängt sind sie mit einer grauenhaften Last. Vögel flattern auf, lassen ab von toten Körpern. Oh, Gott, welch ein Anblick! Mehr als hundert Kreuze, und an jedem hängt ein gekreuzigter Mensch! Brandgeruch von verkohlten Trümmern lagert über der Szenerie. Trümmer, wo vor drei Tagen noch ein prächtiges Schloss stand, das einst von Leben erfüllt war. Der Geruch von verbranntem Fleisch.

Es ist nicht wahr, dachte Vanga und wusste, dass er sich belog.

Er bäumte sich auf und sank ächzend zurück.

Diese Erinnerung ... Er verstand nur allzu genau, was sie bedeutete. Sie war dem Bewusstsein eingebrannt wie ein Feuerzeichen. Nur mit aller Kraft seines Willens vermochte er, dieses Wissen immer wieder beiseitezudrängen und sich vorzumachen, er habe das alles vergessen. Weit genug entfernt vom Ort des Erlebnisses war er zweifellos: auf der anderen Seite der Weltkugel! Denn eine Kugel war sie, die Erde, und keineswegs eine Scheibe. Sie alle hatten Recht, die das behauptet hatten! Hatte am Ende auch dieser Giordano Bruno Recht? Doch jene Opfer im fernen Zipangu wurden als Märtyrer betrachtet. So fern. Weiter weg ging es gar nicht! Trotzdem war jener Ort für ihn immer gegenwärtig – so nahe, wie sein eigenes Herz.

»Tamaneda.«

Er hörte, wie er den Namen laut vor sich hin sprach. Es war ein stolzes Schloss gewesen, ein prächtiger Bau mit fremdartigen Dächern, die bis in den Himmel stiegen. In höchsten Ehren war er empfangen worden. Man hatte ihm vertraut, und er ...

Nein!

Er vermied es, die letzte Tür zu öffnen, sich auch dieser Erinnerung noch auszuliefern. Sich zu gestatten, das Wort der Wörter zu denken, *Liebe*.

Denn dahinter stand ein anderes, und auch das beschrieb ein entsetzliches Faktum – das schwarze Wort *Verrat*.

Gina und Vanga gingen über den Hügel, einige Schritte voneinander getrennt. Das hohe, trockene Gras raschelte um ihren Beinen. Frühsommerliche Wärme lag über der Campagna. Im Dunst des Nachmittags hoben sich auf den Höhen die Umrisse von Tivoli ab. Drei Tage waren sie schon hier. Die Nonna hatte sich in der unmittelbaren Nähe Roms nicht mehr sicher gefühlt und keine Ruhe gegeben, ehe sie mit Gina – und widerwillig auch mit dem fieberkranken Vanga – hierhergezogen war, in ein winziges Haus, nicht weit von den Ruinen der alten Hadriansvilla. Es war erstaunlich, welche beachtlichen Geldmittel die Alte für ihre Zwecke immer wieder flüssig machen konnte, wenn sie nur mit den richtigen Leuten Kontakt aufnahm.

Der Ortswechsel hatte eine unerwartete Besserung im Befinden des Kranken bewirkt. Vanga war frei von Fieber, die Wunde an seiner Hand eiterte nicht mehr, und er glaubte seine gewohnten Kräfte zurückzuhaben. Sein Kopf war klar, und er grübelte bereits wieder über all das, was ihn vor seinem Zusammenbruch bedrängt hatte.

»Wo bist du?«, fragte das Mädchen. »Deine Gedanken sind weit, weit von hier.«

»Ich erinnere mich.«

»Du bist sehr krank gewesen.«

»Ich habe dir vieles zu danken. Dir und der Nonna.« Er sprach die Frage nicht aus, die sich für ihn anschloss: Warum tut ihr das alles für mich?

»Du hast im Fieber geredet«, sagte Gina.

»Ach, ja?«

»Du hast seltsame Worte gebraucht.«

»Seltsam?«

»Fremd. Ganz und gar fremd.«

Vanga holte tief Luft. »Es ist so«, sagte er. »Ich habe einige Jahre in einem fernen, sehr fernen Land verbracht.«

»Flandern, wo die Ketzer leben?«

»Dort bin ich auch gewesen. Und danach – auf der anderen Seite der Erde.«

Gina war anzusehen, dass sie sich nichts darunter vorstellen konnte. Aber sie wollte anscheinend auch nichts Genaueres wissen. Sie fragte nur: »Und dort spricht man so?«

»Ja.« Mehr mochte er nicht sagen.

»Und da war eine Frau.«

Vanga schwieg überrascht. Diese Beziehung hielt er für tief begraben.

»Ja«, sagte er zögernd. »Es gab eine Frau. Sie ist tot. Schon lange.« Was sonst hätte er ihr sagen sollen?

Er hatte im Osten für die Jesuiten-Missionare gearbeitet. Der christliche Glaube sollte in Japan verbreitet werden. Und zugleich war er in das politische Spiel eines Gesandten verwickelt, der in geheimen Aufträgen der Kurie aktiv war. Dieser Mann hatte seine eigenen Zwecke verfolgt, und Vanga war für ihn ein ahnungsloses Werkzeug gewesen. Ein Verräter, ohne es zu wissen. Am Ende hatte er vor rauchenden Trümmern und misshandelten Körpern gestanden. Der Verantwortliche wies jede Schuld von sich. Es war ein Abgesandter der Kirche: Santerra.

Gina schien mit seiner Auskunft zufriedengestellt zu sein. Aber dann fuhr sie fort: »Nach ihr hast du gerufen?«

»Mag sein.«

»Doch da war noch ein anderer Name ...«

»Ja? Welcher denn?«

»Beatrice.«

»Auch sie ist tot.«

»Es gibt viele Frauen in deiner Vergangenheit. Und viel Tod.«

Der Name Beatrice rührte an eine andere verborgene Wunde, die er für längst vernarbt gehalten hatte. Er war aus der Ferne nach Rom zurückgekehrt und hatte sich von seinem Auftraggeber losgesagt. Für immer, so hatte er geglaubt. Er hatte seine jetzige Tätigkeit aufgenommen und sich doch bald in neue Ränkespiele verstrickt. Ob Gina darüber gar nichts wusste? Die spektakuläre Tragödie der schönen Beatrice Cenci war in aller Munde gewesen. Die Frau, deren Leben er zu retten versucht hatte, indem er entscheidende Beweise für ihre Unschuld beibrachte. Vergeblich. Zu spät. Es hatte sie den Kopf gekostet.

Wie oft kann das Herz zu Asche verbrennen – und dennoch wiedererwachen zu neuem Leben? Und zur Liebe …

Gina kam näher und nahm seine Hand. »Das alles ist lange her«, sagte sie. »Warst du glücklich?«

»Glücklich?« Er spürte, was sie hören wollte, und es war nicht gelogen, wenn auch nicht die volle Wahrheit, als er sagte: »Ich bin hier glücklich. Hier und jetzt.«

Gina lachte. »Was gefällt dir am besten an mir?«

»Das du keine Fragen stellst.«

»Ach, ja?«

»Du hast zum Beispiel nie gefragt, was mit meiner Nase ist.«

»Das muss sehr weh getan haben«, flüsterte sie.

»Siehst du, dass meine ich.«

»Sonst ist es mir egal. So wie sie ist, gehört sie zu dir.«

Der Weg führte an mächtigen Ruinen vorüber. Gewaltige Massen von Mauerwerk, das hier seit undenklichen Zeiten vor sich hin bröckelte. Die Dämmerung rückte heran. Der Duft von wilder Minze erfüllte die warme Luft.

»Lass uns ein wenig bleiben«, bat Gina.

Unschlüssig hielt er inne.

Sein Herz klopfte fühlbar.

Verdammt, dachte er. Ich bin doch kein Jüngling! Und dann wieder: Ob es ihr wirklich ernst ist?

Da schlang sie die Arme um seinen Hals, und er spürte ihre Lippen auf seinem Mund. Ein scheuer Kuss zuerst, beinahe tastend. Aber das dauerte nur einen Augenblick. Dann hatte sie Entschlossenheit gefasst, und – Herrgott! – sie wusste, wie sie es zu tun hatte …

Es verschlug ihm den Atem und er glaubte zu schwanken, als sie von ihm abließ.

»Was ist«, fragte sie, »willst du es nicht?«

Das war mit sanftem Spott gesagt, denn zweifellos fühlte sie genau, was Vanga empfand.

Doch!, wollte er sagen, aber er brachte es nicht heraus. Dennoch war es, als falle eine Fessel von ihm ab, und er schloss sie mit einer Heftigkeit in die Arme, die ihn selbst überraschte. Er reißt ihren Körper an sich und fühlt ihre Zunge zwischen seinen Zähnen.

»Warte«, flüstert sie. »Nicht hier!« Und zieht ihn vom Weg fort, weiter den Pfad entlang, wo der Blick sich weitet und über die ferne Stadt bis zur Peterskuppel reicht. Der Himmel ist noch rot, und aus der Ebene steigt die warme Luft an den Hügeln auf. Der herbe Geruch der wilden Minze ist betäubend.

Sie sind sich jetzt ganz nahe.

Vanga spürt Ginas Atem.

Seine Hand gleitet am Schenkel des Mädchens empor, das Mieder öffnete sich wie von selbst, und er presst die Lippen auf ihren straffen, zarten Busen. Glatte, warme Haut! Alles Grübeln in seinem Kopf hat aufgehört.

Als Gina Vangas Hände spürt, sind ihre Ängste wie weggeblasen. Ein heißes Glücksgefühl erfüllt sie. Seine Finger und seine Zunge sind von solcher Zärtlichkeit, dass sie die raue Schale vergisst, die er sonst um sich legt. Kein Panzer mehr! Die Körper drängen zueinander, ihr Atem geht hastig und stoßweise. Ganz selbstverständlich stürzen sich beide in das Spiel der Begierde. Der Rock des Mädchens zerreißt, und Haut gleitet auf Haut. Vangas Arme schlingen sich fest um ihren Hintern, ihre Schenkel umklammern seine Hüften.

»Ah!«, keucht Gina.

Aber in Wahrheit bemerkt sie kaum den Schmerz, der sie durchzuckt, bevor die Weißglut des Rausches alles andere vergessen macht. Ihr Körper antwortet Vanga mit gleicher Hingabe, und sie wünscht nur, es möge nie zu Ende sein.

Danach lagen sie still beieinander. Ihr Atem verlangsamte sich, das Herzklopfen wurde ruhiger, und der Schweiß auf ihrer Haut trocknete allmählich.

»Lass mich niemals los!«, flüsterte sie.

Ein Kuss verschloss ihre Lippen.

»Disutilaccio!«, fluchte die Alte, »Taugenichts«, und bedachte Vanga mit einem schiefen Blick. Er saß mit Gina an einem wackligen Tisch und löffelte Brei aus einem hölzernen Napf. Die Nonna setzte sich niemals mit den anderen nieder, wenn gegessen wurde, was sie zubereitet hatte. Vielmehr hantierte sie mit den Töpfen und Gerätschaften am Herd, der aus Lehmziegeln aufgeführt war, und begleitete die Mahlzeit mit galligen Kommentaren. Vielleicht hatte sie ihren Hunger schon beim Kochen gestillt. Jedenfalls erlaubte sie diese Tätigkeit niemand anderem, so dass jeder Versuch von Gina, die Küchenarbeit zu übernehmen, auf Granit stieß.

»Der hockt hier auf seinem Hintern, und in der Stadt geht dieses Ungeheuer weiter herum und tötet, wie's ihm grad beliebt.«

Ohne Empfindlichkeit merken zu lassen, gab Vanga zu bedenken: »Ich darf mich in Rom nicht sehen lassen. Und Ihr genauso wenig. Die Sbirren wären uns gleich auf den Fersen.«

»Pfft!«, machte die Alte. »Bald ist wieder Vollmond.«

»Nun, ich bin wieder auf den Beinen«, sagte er. »Das ist Euch zuzuschreiben, und ich werd nicht undankbar sein. Fast alles, was ich besaß, trug ich bei mir. Um den Hals. Darüber verfüg ich nun nicht mehr …«

»Hat wohl einer von diesen Dreckskerlen zugegriffen, eh du zu uns gekommen bist. Jedenfalls war nichts mehr da.«

Wie es damit auch sein mochte – Gina konnte sich nicht an einen Beutel erinnern, hatte aber auch nicht darauf geachtet –, Vangas Barschaft war fort. Und zu seinem Geheimdepot im

Gatto Nero, das möglicherweise noch nicht entdeckt worden war, konnte er fürs Erste nicht gelangen. Doch er hatte sich einen Plan zurechtgelegt.

»Ich kenn einen Mann in Tivoli«, sagte er, »der schuldet mir 'nen Gefallen. Den werd ich aufsuchen. Was ich von ihm bekomme, sollt Ihr haben.«

Die Alte wiegte den Kopf. Dergleichen hab ich oft gehört, mochte das besagen. Gleichwohl, ich will's erst sehen …

»Und dann muss ich eine Reise machen«, fuhr er fort.

Ein bohrender Blick von Gina traf ihn, aber er tat, als habe er es nicht bemerkt. Er war sich inzwischen klar geworden, dass es nur eine Spur gab, die er verfolgen konnte, und dazu musste er sich an einen Ort begeben, der ein beträchtliches Stück entfernt lag, wenngleich noch immer auf päpstlichem Territorium: zum Elternhaus der Contessa. Sie war keine geborene Adlige, sondern stammte aus einer Familie von Großbauern in Umbrien. Den Titel hatte sie erst durch die Heirat erworben. Einer ihrer Bediensteten hatte Vanga die Geschichte ihrer Herkunft schon vor einiger Zeit gegen gute Münze verkauft. Und da es für ihn keinen Zweifel mehr gab, dass ihr Bruder und der Schwarze Engel ein und dieselbe Person waren, lag es auf der Hand, die Lösung des Rätsels an jenem Ort zu suchen.

»Der Herr will sich also aus dem Staub machen«, keifte die Alte. Dabei warf sie dem Mädchen einen vielsagenden Seitenblick zu. Sie wusste also nur allzu genau, wie es um die beiden stand. Wie hätte es auch anders sein können?

Hol sie der Teufel!, dachte Vanga, obwohl er wusste, dass sein Zorn ungerecht war. Ginas Augen standen voller Tränen, und das schmerzte ihn. Dennoch musste er tun, was er sich vorgenommen hatte.

»Ich komme zurück«, sagte er fest. »Aber es geht nicht anders: Ich muss dorthin, wo ich eine Antwort finde.«

ZWISCHENSPIEL: VALNERINA

Es war Nachmittag. An den Bergzinnen stand eine dunkle Wolke und wollte nicht weiterziehen. Die Luft war drückend. Vanga lenkte das Maultier auf bröckligem Pfad den steilen Hang empor – oder vielmehr: Er erlaubte ihm, den Weg selbst zu suchen. Dieses Biest besaß seinen eigenen Kopf. Das hatte Vanga gleich gespürt, als er das erste Mal in den Sattel stieg, nein, eigentlich noch früher, als er zum ersten Mal diesen kantigen Schädel mit den trotzigen Augen vor sich sah, das schäbige, abgewetzte Fell und die borstige Mähne.

»Das ist das Richtige für dich.« Diese Worte des Pferdevermieters hatte er noch im Ohr. »Das sage ich als dein Freund. Und ich kann's dir billig überlassen.«

Ob du wirklich mein Freund bist, hatte Vanga gedacht, das wird sich erweisen. Doch irgendetwas an dem hässlichen Vieh gefiel ihm. Vielleicht passen wir im Grunde zusammen, sinnierte er und handelte den Mietpreis ungerührt noch weiter herunter. Das lag eine Woche zurück.

Bisher hatte Vanga keinen Anlass, seine Entscheidung zu bereuen. Gewiss, das Tier entschied für ihn mit, wann eine Pause nötig war und wann es weiterzugehen hatte. Wenn es am Weg einen Brunnen gab, war es aussichtslos, ohne einen Trunk daran vorbeilenken zu wollen. So kam er zwar nur in kleinen Etappen, aber stetig voran. Er hatte die Mauern von

Terni bereits hinter sich, war das schattige Flusstal namens Valnerina hinaufgeritten, das sich immer mehr verengte, und bog nun in ein Seitental ab. Auf einer Anhöhe sah er die Kirche San Pietro liegen.

Wenn ihm jemand entgegenkam, nahm das Maultier das lange vor Vanga wahr, wie das unruhige Spiel der großen Ohren erkennen ließ, von denen eines zur Hälfte gestutzt war. Vielleicht von einem Säbelhieb, dachte Vanga. Möglicherweise vom eigenen Reiter. In der Hitze eines Gefechtes konnte dergleichen passieren. Jedenfalls würde das gut das Misstrauen erklären, welches das Tier jedem entgegenbrachte, der sich auf seinen Rücken schwingen wollte.

Und bei Nacht gab ein leises Schnauben unauffällig zu verstehen, wenn sich jemand ihrem Lagerplatz näherte. Wer mit diesem Bastard reist, braucht nicht zu fürchten, dass er im Schlaf überrascht wird, dachte Vanga mit einigem Respekt. Da müsste einer schon schlafen wie ein Klotz!

Nun, da es in die Felsen hinaufging, bewährte sich der sichere Tritt der klobigen Hufe. Unbeirrt fand das Tier sicheren Halt zwischen verwitternden Gesteinsbrocken und rutschendem Sand. Kein Zögern, weder Ausrutschen noch Stolpern. Man brauchte nur die Zügel locker zu halten und ihm die Wahl zu überlassen.

Die Wildnis hatte diesen Pfad zurückerobert. Nesseln überwucherten ihn.

Sieht so aus, als sei hier seit Jahren keiner entlanggekommen, dachte Vanga. Ich muss fast am Ziel sein.

Dann, ohne erkennbaren Grund, blieb das Tier stehen. Trotz aller Versuche, es weiterzutreiben, weigert es sich, auch nur einen Schritt zu tun.

Fluchend ließ Vanga sich aus dem Sattel gleiten. Sinnlos, diese Kreatur mit Schlägen zu traktieren. Der Dickschädel würde nicht nachgeben. Er nahm den Zügel in die Hand, stieg zu Fuß weiter und zerrte das Tier hinter sich her. Es folgte widerstrebend.

Was das Vieh nur hat?

Vanga dachte an die biblische Geschichte von Bileam und der Eselin ... Stand etwa auch vor ihm ein Wesen, das von Menschenaugen nicht wahrzunehmen war?

Ein Engel des Herrn?

Oder einer des Satans?

Hoch über den Felsen gellte der katzenhafte Schrei eines Bussards.

Ein leichtes Frösteln streifte den Mann. Ein Schaudern wie von kaltem Schweiß, ein Kribbeln zwischen den Schulterblättern.

Was war das nur? Es kam ihm vor, als werde er beobachtet.

Unsinn! Solche Empfindungen muss man abschütteln!

Vanga verließ den unbequemen Pfad und wählte den Weg über die Wiesen. Dürres Gras. Der Geruch von Thymian. Das Summen zahlloser Insekten. Das Maultier trottete ihm nach, aber es schnaubte unwillig. Gedämpftes Donnergrollen jenseits der Berge. Unerwartet kühle Windstöße verwirbelten die heiße Luft. Es roch schon nach Regen.

Ich bin am Ziel! Vor ihm erhob sich ein Gehöft. Nach der Beschreibung musste es das richtige sein. Rechts eine windschiefe hölzerne Scheune, und dahinter – vorerst nur teilweise sichtbar –, das war wohl das Hauptgebäude. Von hier aus bereits erkannte er, dass die Dächer eingesunken und die Wände geborsten waren. Offensichtlich verlassen, wie erwartet. Unmöglich, dass hier noch jemand lebt ... oder?

Unwillkürlich tastete die Hand nach dem Kolben der Pistole, die im Gürtel steckte, geladen und schussbereit. Das verwitterte Scheunentor knarrte im Wind. Vanga blieb stehen. Er hielt den Atem an. Auf rissigen, grau gebleichten Brettern prangte ein grausiges Etwas: Jemand hatte einen toten Bussard mit vier Nägeln an das Holz geheftet, vielleicht vor Jahren schon. Der Kadaver war ausgetrocknet und geschrumpft. Nicht viel mehr übrig als ein Skelett im struppigen Federbalg. Drohend klaffte der Hakenschnabel, und die gekrümmten Klauen streckten sich dem Ankömmling entgegen. Leere Augenhöhlen starrten ins Nichts.

Was für ein scheußliches Wappentier!

Vanga schluckte sein Unbehagen über diese Schimäre hinunter. Er musste sich beeilen. Der Wind trieb Staubwirbel über den Abhang, und die ersten Tropfen fielen.

Vanga fasste den Zügel kürzer. Das Maultier scheute und verdreht die Augen, als es am Scheunentor vorbeisollte, besann sich jedoch und strebte von selbst dem Haus entgegen.

Es war eine Ruine. Eingebrochene Türen, gähnende Fensterlöcher. Sah aus, als habe eine Feuersbrunst gewütet. Der Schornstein war eingestürzt. Seine Trümmer lagen als Ziegelschutt im Hof.

Vanga band das Maultier ans Balkentor – oder das, was davon übrig war. Dann stemmte er mit der Schulter die Plankenreste beiseite und drang ins Innere vor. Er gelangte in einen großen verwüsteten Raum, einstmals wohl die Küche des Anwesens. Darauf deuteten die Reste eines gemauerten Kamins mit einem schmiedeeisernen Gestell für Bratspieß und Kessel hin. Es roch muffig, die Wände waren blatternarbig, und aus den Winkeln kroch Schimmel hervor.

Dennoch musste es einmal ein stattlicher Hof gewesen sein. Weitläufige Anbauten umgaben das Haupthaus. Der Blick ging nach drei Seiten in Flure und Nebenräume, als sei das Ganze eine Theaterbühne mit vielen Perspektiven. Hier klaffte eine Tür, die vielleicht zu den Stallungen führte, dort öffnete sich ein Fenster aufs Tal. Manche Durchgänge waren von Schutt und Gerümpel blockiert, andere führten in dunkle Bereiche, von denen eine unbestimmte Drohung ausging.

Vanga spürte keinen Drang, in die Tiefen dieses Labyrinths einzudringen. Für den Augenblick genügte es ihm, vor dem Wetter geschützt zu sein. Blitze zuckten über den Höhen und erhellten gespenstisch den Talgrund. Der Regen toste wie ein Wasserfall. Schon rieselten Bäche durch den zerrütteten Bau, der unter den Böen ächzte und bebte.

Vanga suchte sich einen leidlich trockenen Platz nicht weit von der Eingangstür, wo er die anderen Zugänge im Auge hatte. Er setzte sein Bündel ab und breitete seine Decke aus. Es steckten noch Brot und Käse im Essensbeutel. Doch ehe er sich damit stärkte, ging er noch einmal zum Maultier hinaus, das ängstlich in den Aufruhr der Elemente schielte. Er knüpfte den Koppelstrick los, führte das Tier unters Dach und band es dort wieder fest. Es stieß unruhig Luft aus den Nüstern. Vanga holte die zweite Pistole aus der Satteltasche. Als er wieder auf seinem Platz war, überprüfte er beide Waffen darauf, ob das Pulver auf der Pfanne trocken war. Dies war kein Ort, an dem man auf Abwehrbereitschaft verzichten durfte.

Immer aufs Neue erleuchtete der Blitz die Ruine bis in den letzten Winkel, rollte der Donner über die Trümmer hinweg. Vanga wartete geduldig und kaute an einem Stück gedörrtem Fleisch. Schließlich ließ die Wut der Elemente nach, und das Trommeln des Regens ging in ein gedämpftes Rauschen über.

Vanga saß immer noch starr an seinem Platz. Was sollte er als Nächstes tun? Er musste sich eingestehen, dass er es nicht wusste. Er hatte gehofft, hier Menschen anzutreffen. Irgendjemanden, den er ausfragen könnte. Wohin sollte er sich nun wenden? Nun ja, morgen würde er weitersehen.

Die Nacht kam über den Berg, es wurde kühl. Vanga raffte sich auf und zündete ein kleines Feuer an. Holz genug lag herum, und ein Stück Lehmboden war bald frei geräumt. Er hatte vor, ein paar Bohnen, in der Pfanne zu wärmen, aber dann ließ er es. Er hatte keinen Hunger. Eine seltsame Beklemmung hatte ihn erfasst. Der Mond ging auf. Vanga streckte sich auf seinem Mantel aus. Bald lag er im Halbschlaf, eingelullt vom regelmäßigen Tropfen des Wassers …

Da schreckt er plötzlich auf, ist wieder gänzlich wach.

Vom Vordach her ist ein alarmierender Laut zu ihm gedrungen: Das Maultier hat geschnaubt. Wittert es Gefahr? Oder ist es nur aufgeschreckt durch eine vorüberhuschende Eule oder einen umherstreifenden Fuchs?

Vangas Misstrauen ist geweckt. Er blickt um sich, ohne sich zu rühren, und mustert jede Einzelheit seiner Umgebung. Zuerst nimmt er nichts Verdächtiges wahr, aber dann – nur knapp vermeidet er ein Zusammenzucken –, dann weiß er, was es ist.

Ein Mensch ist im Raum. Hockt ihm gegenüber, ebenso reglos wie er selbst, fast wie ein Spiegelbild. Wie ist das möglich? War da vorher keine Bewegung, kein Geräusch? Warum hat das Maultier ihn nicht früher gewarnt? Vielleicht hat es das getan, und er war tief im Schlaf, hat es nicht wahrgenommen. Womöglich sieht er in Wahrheit nur ein Trugbild – ein Gespenst.

Oder ist es ein Traum?

Aber wer träumt, spürt nicht die Nässe, die ihm in den Kragen sickert.

Es ist nur einer. Oder sind noch andere in der Nähe?

Da regt sich die Gestalt, beugt sich vor und prüft die schwache Glut des Feuers. Eine Flamme züngelt empor. Ein bärtiges Gesicht, scharf geschnitten, stechende Augen in tiefen Höhlen. Die struppigen Brauen zusammengewachsen.

»Macht Euch keine Gedanken!«, krächzt eine Stimme. »Ihr seid nicht in Gefahr.«

Vanga hat den ersten Schreck überwunden. Trotz seines wilden Äußeren wirkt der Mann eigentlich nicht bedrohlich.

Er spricht wie einer, der lange nicht geredet hat. Ein kräftig wirkender Mann. Etwas Schroffes, Abweisendes geht von ihm aus, aber Vanga ist sich nicht klar, ob er es für Feindseligkeit halten soll. Dennoch: Er tastet nach seiner Pistole.

Der Mann hat offenbar damit gerechnet, denn er umklammert ohne Eile den Schaft einer Heugabel, die Vanga jetzt erst bemerkt. Das Ding liegt zwischen ihnen, und zwar so, dass die Zinken auf Vanga deuten. Die Spitzen funkeln im Mondlicht.

Vanga sinkt zurück auf sein Lager, und der Mann greift nun nach einem Holzscheit, das er ins glimmende Feuer schiebt. Kurz darauf lodert eine kleine Flamme auf, und Vanga kann die Gestalt besser erkennen. Sie ist auffallend hager und knochig, geradezu ausgemergelt.

»Lasst Euren Schießprügel, wo er ist!«, sagt der Mann. »Ihr werdet ihn nicht brauchen.«

Vanga nickt. »Und Ihr die Forke nicht.«

Der Mann macht eine wegwerfende Handbewegung und lehnt sich zurück bis an einen der mächtigen Pfosten.

Auch Vanga entspannt sich.

»Ihr habt mich gesucht«, sagt der andere.

»Woher wisst Ihr das?«

»Hab so was gehört. In der Gegend wurde gefragt.

Hat sich schnell herumgesprochen, denkt Vanga. Diese Wildnis ist nicht so abgelegen, wie es scheint. Er sagt: »Ich wollte wissen, ob hier oben jemand lebt.«

Der Gesichtsausdruck seines Gegenübers fragt: Also, was ist?

»Ich will nur mit Euch reden.«

»Reden? Worüber?«

»Nun, erst mal: Ich heiße Berto Vanga. Ich komme aus Rom. Euer Name ist Guerra, nicht wahr?«

Keine Antwort.

»Ihr seid Verwalter auf diesem Hof.«

»Vielleicht mal gewesen. Und wenn?«

»Dann seid Ihr der Mann, den ich suche.«

Vanga blickt in harte, abwehrende Augen. Sein Gewährsmann in Tivoli, von dem er die ersten Anhaltspunkte bekam, natürlich erst nach einigen Gläsern Wein, hat vielleicht Recht gehabt. Aus dem wirst du nichts rauskriegen, hat er gewarnt. Vanga beschließt, es auf direkte Art zu versuchen.

»Kennt Ihr das Wort *Iblis*?«

Der andere schaut weg. Schließlich gibt er sich einen Ruck und flüstert: »Also seinetwegen. Ich dacht es mir.«

»Ihr wisst also, worum es geht?«

»Es ist ein Name.«

»Wessen Name?«

»Des Satans, verdammt! Die Moros nennen ihn so. Das wisst Ihr doch längst!«

Vanga geht auf die Heftigkeit dieser Worte und die Feststellung nicht ein. Nach einer Pause fragt er: »Seid Ihr bereit, über den zu sprechen, der sich so nennt?«

Ein schneller Blick trifft ihn.

»Er ist also in Rom?«

»Er ist in Rom, und ich muss wissen, wer er ist.«

Das Feuer knistert lebhaft, und sein Widerschein zuckt über die bizarre Trümmerstätte.

»*Sie* schickt Euch, ist's nicht so?«

Vanga tut, als hätte er das nicht gehört. »Und was er vorhat«, fährt er fort.

»Fragt lieber, *was* er ist«, kommt es feindselig zurück.

Vanga schweigt. Eine innere Stimme sagt ihm, dass der Guerra sprechen wird, dass er nur auf diese Gelegenheit gewartet hat.

»Iblis!« Der Mann presst es durch die Zähne wie einen Fluch. »Nichts als eine Maske. Sein ganzes Leben ist eine

Maske!« Dann wieder Schweigen, so dass es Vanga nun doch scheint, als müsse er mit Fragen nachhelfen. »Er hat hier gelebt?«

»Alle hatten Angst vor ihm.«

»Schon vor dem Kind?«

»Dem Kind? Der war nie Kind. Er war immer ... etwas anderes.«

Wieder Schweigen.

»Ich muss mehr wissen.«

»Weshalb?«

»Er tötet Menschen in Rom.«

»Frauen.«

Diese prompte Bemerkung jagt Vanga einen kalter Schauer über den Rücken, obwohl er, weiß Gott, abgebrüht ist. »Ja. Frauen.«

Zögernd: »Hat er etwa auch ...«

Vanga errät, was kommen soll. »Die Contessa? Nein. Aber darauf wird es hinauslaufen.«

Er hofft, dass dies der Mitteilsamkeit des anderen förderlich ist.

Guerra nickt. »Das hat er schon hier vorgehabt.«

»Ist das wahr?«

Eine abwehrende Geste. »Ich ... Nein. Darüber kann ich nicht sprechen!«

»Und was habt *Ihr* getan? Ihr seid doch ein Mann.«

»Ich war der Verwalter – solange es was zu verwalten gab. Der Herr hatte schon lange vor seinem Tod das Interesse verloren. Und die Frau ... Nun, ja. Schließlich ist alles ... den Bach runtergegangen. Seht Euch doch um!«

»Und trotzdem bleibt Ihr weiter hier?«

Schulterzucken.

»Der alte Herr ist sehr langsam gestorben. Er hat alles schleifen lassen. Die Frau ...«

»Was war mit ihr? Sie ist ebenfalls tot, nicht wahr?«

»Sie hat's nicht leicht gehabt. Und so war denn alles auf den Sohn gerichtet. Es war nicht richtig, wie sie ihn vergöttert hat. Hat ihm nicht gutgetan. Hat ihn schlimmer und schlimmer gemacht, den kleinen Teufel. Aber darf man sich wundern? Und niemand … niemand hat das Recht, ihr die Schuld –«

»Was hat er getan?«

»Was hat er nicht getan?«

»Zum Beispiel?«

»Zum Beispiel: Er hatte 'nen Hund. Den hatte ich ihm geschenkt. Wisst Ihr, ich dachte, dass … dass …«

»Und weiter?«

»Er hat es eingerichtet, dass ich es war, der das Tier fand. Versteht Ihr? Er wollte, dass *ich* ihn fand.«

»Wie alt …?«

»Der junge Herr? Sieben oder acht.«

»Und was war zwischen Euch und der Frau?« Das ist ein Schuss ins Blaue, aber Vanga hat seine Erfahrungen.

»Die Frau? Hat einer darüber geredet?«

»Nein. Aber ich mach mir so meine Gedanken.«

Ein schiefer Blick. »Sie war allein. Eine Frau in den besten Jahren. Versteht Ihr nicht? Und ich war da. Ihr Blut war heiß. Und ich bin nicht aus Holz. Nun ja …«

»Der Junge hat es gewusst?«

Schweigen.

Vanga setzt von neuem an: »Der Junge hat –«

»Er hat's gesehen.«

Vanga wartet.

»Es ist da drüben im Stall passiert. Wir wussten nicht, dass er da war. Wir dachten, er wär runter ins Dorf.«

Wieder eine Pause.

»Sie war eine von denen, die es auf die heftige Art mögen. Ihr werdet wissen, was ich meine. Sie hatte es lang entbehrt.

Also gut. Sie hat alles bekommen, was sie wollte. Na und? Sakrament! Wer will darüber richten? Er hat alles beobachtet. Und gehört. Danach hat er an ihre Tür geschrieben: ›Nutte.‹ Ich hab ihn natürlich verdroschen. Er hat kein Wort gesagt. Aber er hat mich angesehen. Verdammt, wie er mich angesehen hat!«

»Und wann ist das Mädchen …«

»Die kleine Schwester? Was denkt Ihr denn? Neun Monate später ist sie geboren. Ich hab dabei Hilfe geleistet. Da war schon kein Gesinde mehr im Haus. Nur eine alte, halb blinde Magd. Die hat mehr angerichtet, als sie gut machen konnte. Die Frau wär bei der Geburt fast verblutet. Später war sie gelähmt. Der Junge hat niemals wieder ein Wort mit ihr gesprochen. Und das Mädchen hat er behandelt, als wär es nicht da. Er ist kaum noch zu Hause gewesen. War nur noch in den Wäldern. Manchmal fanden wir Tiere – von dem wenigen Vieh, das noch zum Hof gehörte. Er hatte es … Sei's drum. Ihr könnt Euch keine Vorstellung machen …«

»Vielleicht doch.«

»Und dann, als das Mädchen größer wurde … Nein. Darüber kann ich nicht sprechen. Hört Ihr? Genug davon! Was geht's Euch überhaupt an?«

»Dann sagt mir, was aus ihm geworden ist!«

Guerra zögert. Aber dann knurrt er: »Genau weiß ich es auch nicht. Es heißt … Nun, damals sind die Barbaresken bis unten an die Küste gekommen, Piraten aus Algier und Tunis, und sie drangen weit ins Innere vor. Wir hörten, dass er bei ihnen gesehen wurde. Ob als Gefangener oder Renegat – keine Ahnung. Jedenfalls war er jahrelang verschwunden. Manche erzählen, er war Sklave in Tanger, andere behaupten, er war der Lieblingsdiener eines besonders grausamen Kapitäns. Wie dem auch sei. Niemand weiß, was dort mit ihm geschehen ist. Damals kam ein Mann aus Arezzo hier vorbei. Einer, der aus der Sklaverei freigekauft worden war und sich auf dem Heimweg nach Aquila befand. Der sagte, es hat da einen Halsabschneider gegeben, der schrecklicher war als alle anderen, einen abtrünnigen Christen aus dieser Gegend, einen Verrückten, der noch sehr jung war. Mehr wusste er auch nicht. Er war selbst ein bisschen verrückt, glaub ich. Hat manchmal wirr geredet. Aber der hat uns gesagt, unter welchem Namen dieser Dämon bekannt war.«

»Iblis.«

»Ja. Das ist bei denen da drüben ein Wort für den …«

»Satan.«

Der Mann schien keine Lust zu haben, mehr zu erzählen.

Aber Vanga wusste noch nicht genug. Deshalb fragte er weiter. »Wann ist er von hier weggegangen?«

»Mehr als zwanzig Jahre. Ich war damals froh. Könnt Ihr das verstehen?«

»Ja. Ich glaube schon. Und – sagtet Ihr nicht, er wäre noch einmal hierher zurückgekommen?«

»Darüber hab ich nichts gesagt. Aber so war es. Er ist noch mal wieder gekommen.«

»Wie lange ist das her?«

»Sieben Jahre, im Herbst.«

»Das wisst Ihr so genau?«

»Das weiß ich so genau. Damals ist die Frau – gestorben.«

Etwas am Ton des Mannes ließ Vanga aufhorchen. »Gestorben?«

»Der Hof war damals längst ’ne Ruine. Wir lebten von dem Geld, das übrig geblieben war. Ich habe die Frau gepflegt, bis …«

»Sie hat ihn gesehen?«

»Sie haben sich gesehen. Keine Ahnung, was dabei gesprochen wurde. Sie hat mir befohlen … Nun ich musste in die Stadt hinunter. Nach Terni. Sie wollte nicht, dass ich dabei war. Er muss ihr Dinge gesagt haben, die … Ich vermute, sie hat ihn zu töten versucht, und als ihr klar wurde, dass sie das nicht tun konnte, hat sie …«

Vanga glaubt verstanden zu haben. »Und dann: War er bei Eurer Rückkehr noch da?«

»Nein. Der Bussard war ans Scheunentor genagelt, wie Ihr ihn heute noch seht. Und sie lag in ihrem Bett.« Ein Laut wie ein Schluchzen entrang sich der Brust des Mannes. »Nicht zu glauben, wie viel Blut in einem so hinfälligen Körper ist.«

»War sie verletzt?«

»Die Pulsadern. An beiden Armen.« Guerra zeigte die eigenen Handgelenke vor, als müsse er demonstrieren, was er meint.

»Sonst keine Verletzung?«

Ein wilder Blick. »Woher wisst Ihr das? Das hat keiner gesehen, und ich habe es niemals irgendwem erzählt!«

»Ich kann es mir einfach denken. Vergesst nicht, ich weiß, was er seinen Opfern in Rom angetan hat.«

Der Mann biss sich auf die Lippen wie einer, der zu verstehen geben will, dass er nichts weiter sagen wird.

»Und das Mädchen?«

Guerra zögerte lange, ehe er sprach.

Vanga spürte, dass es da noch Dinge zu sagen gäbe, die schwer auszusprechen sind. Er darf nicht erwarten, dass Guerra sie erzählt.

»Sie war zu jener Zeit schon lange in Rom. Erst bei Verwandten. Und dann hat sie den Grafen geheiratet.« Die Stimme des Mannes klang verändert, brüchig und müde. »Nun ist sie Contessa.«

»Und Witwe, wie es ihre Mutter war.«

»Witwe? Unsinn! Der Baron lebt noch. Aber er ist wie ein Säugling. Ein Schlaganfall, heißt es. Und man sagt, er war schon hinfällig, als sie geheiratet haben.«

»Das habe ich anders gehört. So wie Ihr es erzählt, kennt es niemand in Rom.«

»Hier weiß es jeder. Es gibt eine Bediente in seinem Palazzo, die stammt aus dieser Gegend. Von der hab ich es.«

Vanga fragte nicht weiter nach. Wirre Gedanken gingen ihm durch den Kopf. Das Feuer war fast heruntergebrannt. Keiner von ihnen hatte daran gedacht, es in Gang zu halten.

Nach langer Zeit brach sein Gegenüber das Schweigen. »Ihr glaubt nicht an den Teufel?«

Vanga antwortete nur widerwillig. »Ich weiß nicht, ob ich überhaupt an irgendwas glaube.«

»Und nach dem Tod – nichts?«

Vanga schwieg.

Der Mann stand auf und reckte die Glieder. Die Gelenke knackten.

Wie bei dem Maultier, dachte Vanga. Die beiden haben überhaupt manches gemein. Mit einem Blick auf das verwüstete Anwesen fragte er. »Und? Was werdet *Ihr* jetzt tun?«

»Jetzt?« Es war, als wolle der Mann sagen: Jetzt, da ich über diese Dinge gesprochen habe? »Ich weiß nicht. Keine Ahnung.«

Mag sein, dass ich mehr weiß als du, dachte Vanga. Es könnte gut sein, dass du dir ein Seil holst und dich aufhängst. Vielleicht an dem dicken Sparren da oben. Der sieht noch ganz tragfähig aus. »Ihr könntet neu anfangen«, sagte er. »Irgendwo anders.«

»Ja. Das könnt ich.«

»Auf jeden Fall hab ich Euch zu danken.«

»Nein. Das seht Ihr falsch. Wenn Ihr mir danken wollt, vergesst mich, und vergesst, was ich gesagt hab! Ich habe mehr geredet, als gut ist.«

»Ich werde mit keinem darüber sprechen, wenn es das ist, was Ihr fürchtet …«

»Ich fürchte nichts.«

Vanga suchte eine versöhnliche Formel. »Was Ihr mir erzählt habt, wird mir helfen. Vielleicht rettet es sogar Menschenleben.«

Der Mann zuckte die Schultern. Er dachte vielleicht: Was ist schon ein Menschenleben? Doch er antwortete: »Ihr könnt beruhigt schlafen. Ich werde nicht bleiben. Lebe nicht mehr hier, sondern weiter da oben.« Eine vage Geste den Berg hinauf. »Nur eins: Versucht nicht, mir zu folgen!«

»Warum sollte ich das tun? Ich reite zurück. Morgen.«

Der Mann nickte. Gut so. Dann wandte er sich ab und verschwand in der Dunkelheit.

Vanga erwachte vom Kitzeln eines Sonnenstrahls an der Nase. Er hatte vorgehabt, wach zu bleiben, aber der Schlaf hatte ihn übermannt. Er fütterte das Maultier mit ein paar getrockneten Mohrrüben, für die es geradezu Heißhunger an den Tag legte. Er selbst nahm nur ein karges Frühstück zu sich. Er war voller Unruhe, und es drängte ihn aufzubrechen.

Er führte das Maultier in den Sonnenschein hinaus und prüfte den Sattelgurt. Dann legte er den Koppelstrick zusammen und befestigte ihn unter seiner Schlafdecke. Er füllte seine Kürbisflasche mit Wasser und knüpfte die langen Riemen, die er als Zügel benutzte, neu zusammen.

Es war, als sei da ein Widerstand in ihm, ein Impuls, diesen Ort noch nicht zu verlassen. Obwohl er ihn nicht mehr sehen mochte und einen Schauder verspürte, sobald er sich ins Gedächtnis rief, was er in der Nacht erfahren hatte.

Schließlich gab er sich einen Ruck und saß auf. Er nahm einen Weg, der ihn nicht am Scheunentor mit dem toten Bussard vorbeiführte, und gelangte dennoch auf den Pfad, dem er gestern gefolgt war.

Die schweren Wolken hatten sich verzogen. Hoch an den

Felsen lichtete sich der Morgendunst. Die Bergwiesen leuchteten, und das Summen von Bienen und Käfern, die über das Blütenmeer schwärmten, erfreute Vanga. Ich könnte hierbleiben, dachte er. Weit weg von allem. Weshalb kehre ich in diese furchtbare Stadt zurück?

Aber er wusste, dass es mehr als einen Grund gab. Und der beste davon war dieses Mädchen …

Er trieb das Maultier mit den Fersen an und schnalzte mit der Zunge, obwohl er wusste, wie nutzlos das war. Das Tier veränderte seinen Schritt keinen Deut. Als sie fast schon die Straße im Tal erreicht hatten, bot sich noch einmal der Blick auf die Höhen. Unwillkürlich hielt Vanga nach dem Gehöft Ausschau. Es war bereits hinter der Bergschulter verschwunden. Aber er entdeckte etwas anderes: Dunkler Rauch stand dort oben. Die Wolke quoll auf wie ein Gorgonenhaupt, kroch zäh und schwer an den Felsen dahin und stieg wie eine schwarze Fahne in das Blau des Himmels empor.

FÜNFTER TEIL: PALAZZO SANTERRA

»Was tun wir jetzt?«, wollte Gina wissen.

Die Nonna murmelte unwillig: »Frag nicht so viel!«

Unter dem Rand des Kopftuchs hervor spähten ihre Augen wachsam in die Umgebung. Nonnen und Dienstboten, Pilger und Bettler. Es war viel Volk unterwegs in den Gassen von Rom.

Die beiden ließen den Vormittagsschatten des Kolosseums hinter sich und hatten nun den Campo Vaccino mit seinen Trümmern zur linken Hand. Ein Teil der Stadt, den die Alte mied, weil sie schlechte Erinnerungen damit verband. Etwas, das sie oft erwähnte, worüber sie jedoch niemals ausführlicher sprach. Auf der anderen Seite ragte bald die Petrussäule über die Dächer. Früher hatte die Nonna ihren Enkeltöchtern oft erzählt, wie man die Statue des Apostels dort oben aufgestellt hatte. Damals warst du vier Jahre, sagte sie dann stets zu Gina, da kannst du dich natürlich nicht erinnern. Ärgerlicherweise hatte sie Recht. Olimpia dagegen pflegte aufzutrumpfen, dass sie sich sehr gut erinnern könne. Aber Einzelheiten wusste auch sie nicht zu berichten.

»Die Sbirren!«, zischte die Alte so leise, dass nur das Mädchen es hören konnte.

Tatsächlich: Da marschierte ein Trupp Wachen aus einem Torweg hervor, in seiner Mitte einen unglücklichen Missetäter, der sich offenbar widersetzt hatte, denn er hatte Schrammen und Flecken im Gesicht. Der Zug verschwand in Richtung Tor di Nona.

»Die Luft ist wieder rein«, kommentierte die Nonna. Plötzlich blieb sie stehen und schnaubte: »Schau nur!«

Auf einem bunt drapierten Podest stand ein Mann im Flickengewand des Arlecchino und mit weißem Turban. Er schrie etwas in die Menge. Es klang wie: »Seht den großen Fantabus!« Dann erschien ein anderer, der einen leuchtend roten, reich mit Goldkordeln verzierten Rock trug.

»Der Zahnzieher!«, flüsterte Gina mit Schaudern.

Es war ein brutal aussehender Kerl mit einer zotteligen weißen Perücke. Er schwenkte eine große Zange durch die Luft, ein Ding, bei dessen bloßem Anblick einem schon die Zähne wehtaten.

Aber wieder einmal hatte die Nonna mehr erfasst, denn ihre Aufmerksamkeit galt bereits den beiden Menschen, die sich anschickten, das Podest zu erklimmen. Ein Dicker mit Glatze, der sich die Wange hielt.

»Der Bugiardone!«, rief Gina.

Und ein Mädchen mit Kopftuch.

»Tizia«, knurrte die Nonna. »Hängt jetzt also mit ihm herum.«

Gina hatte nie gefragt, wie das Verhältnis der Alten und der Jungen weitergegangen war, aber der Ton ihrer Großmutter ließ nichts Gutes vermuten.

Der Bugiardone bot den Zuschauern ein Bild des Jammers. In Tränen aufgelöst, wand er den mächtigen Leib, während seine Begleiterin ihn nach Kräften beruhigte.

Der Zahnzieher hielt einen Vortrag darüber, wie schlimm es sei, dass die Kranken immer wieder bis zum Äußersten zauderten, ehe sie ihn aufsuchten. Dann machte er sich mit Brachialgewalt ans Werk. Das Jammern seines Opfers war zweifellos bis an den Lateranspalast zu hören.

»Gib auf seinen Gehilfen Acht!«, raunte die Nonna. »Der schleicht herum und hält nach Geldbörsen Ausschau, nach denen er grabschen kann.«

Aber Gina war viel zu gefesselt vom Schauspiel auf dem Podest. Es wirkte wie ein Ringkampf auf Leben und Tod. Als der Zahn endlich heraus war und triumphierend herumgezeigt wurde, überreichte der Bugiardone dem Zahnzieher widerwillig eine Münze und verschwand erstaunlich schnell im Gedränge.

»Er hat bezahlt!«, vermerkte die Nonna erstaunt. »Komm, wir wollen ihm nach …«

Sie wusste offensichtlich genau, wo sie den Alten finden würde: unter den Bögen an San Giuseppe. Er schien schon wieder ganz wohlauf zu sein, obgleich ihm noch Blut und Speichel aus dem Mund tropften.

»Na, du alter Schurke«, eröffnete die Nonna das Gespräch, »das hast du ja fein hingekriegt!«

Gina verstand nicht, was sie meinte.

Der Bugiardone grinste wehleidig. »Hatt dich schon gesehen«, lispelte er. »Schön, dass es dich noch gibt.«

Die Alte brummte übellaunig: »Was bist du doch für ein Drecksack. Immer noch dieselben Spielchen.«

»Oh, nicht solche Worte hier, wo der Apostel im Kerker geschmachtet hat!«

»Schnickschnack! Glaubst du, ich hätt nicht gemerkt, was ihr beiden da getrieben habt?«

Gina wollte schon fragen, was das heißen sollte, aber in diesem Augenblick stieß Letizia zu ihnen. Da hielt sie lieber den Mund.

»Meine Enkeltochter!«, verkündete der Bugiardone.

»Wer weiß!«, sagte die Alte sarkastisch.

Gina dachte: Wenigstens hat sie die Marotte mit den Katzenöhrchen abgelegt.

»Her damit!«, brummte der Dicke.

Das Mädchen händigte ihm brav eine Geldbörse aus.

»Vom Wunderdoktor!«, brüstete er sich. »Schön prall! Das soll uns erst mal einer nachmachen!«

»Wenn du das öfter tust, werden sie dich bald bei den Hammelbeinen haben«, sagte die Nonna zu ihm. Das Mädchen beachtete sie gar nicht.

»Wenn ich das öfter tun würde, müsst ich bald von Suppe leben«, konterte der Bugiardone und präsentierte seine Zahnlücken.

Dann ertönte lautes Geschrei vom Platz herüber, und sie hielten es für besser, sich zu verziehen.

»Ich bin wegen meiner Enkelin hier«, sagte die Nonna, während sie die quirligen Gassen des Ghettos durchquerten. »Ich habe gehört, dass sie Probleme hat.«

»Sieht aber gar nicht danach aus«, brummelte der Dicke.

»Ich meine nicht Gina, sondern Olimpia.«

»Hooo!«, rief Vanga und hielt das Maultier bei den Torwachen an. Er hatte das Gefühl, misstrauisch angestarrt zu werden.

»Wartet hier!«, bellte der diensthabende Korporal.

Ob immer noch ein Haftbefehl gegen ihn bestand? Einen Augenblick schoss Vanga durch den Kopf, es könne ihn kaum einer aufhalten, wenn er jetzt wendete und davonsprengte. Aber da war durch einen Wink bereits der Schlagbaum besetzt, und mehrere Bewaffnete stellten sich in seinem Rücken auf.

Ein Korporal trat aus der Wachstube, der offenbar bereits gewartet hatte. »Ihr seid Berto Vanga, nicht wahr?«, sagte er unfreundlich. »Ihr seid spät dran. Unsere Posten hatten Euch schon am frühen Morgen angekündigt.«

Offenbar wollte man ihn nicht verhaften. Hatte man ihn

denn wegen des Anschlags auf Cecco nicht mehr in Verdacht? Vanga verkniff sich alle anderen Fragen und sagte nur: »Ihr habt auf mich gewartet? Was wollt Ihr von mir?«

»Steigt ab! Jemand wartet auf Euch. Da drinnen.«

Vanga ließ sich sein Widerstreben nicht anmerken und folgte der Aufforderung. Zuerst konnte er im Dunkel der Stube nichts sehen, aber dann erkannte er, wer auf ihn wartete. »Herr Sekretär …«

Navarro hatte zum Fenster hinausgeblickt. Nun drehte er sich in seinem Tragestuhl herum und musterte den Eintretenden von oben bis unten.

»Ihr seid zwei Wochen fort gewesen.«

»Ich hatte Wichtiges zu erledigen.«

»Valnerina?«

»Das geht außer mir niemanden etwas an.«

»Weniger hochnäsig zu sein würde Euch besser nützen.«

Wollte man wirklich nur mit ihm reden? Vanga gab sich Mühe, weiterhin unbesorgt zu wirken.

»Ich bin ein freier Mann.«

»Das könnte sich schnell ändern.«

»Was wollt Ihr von mir?«

»Nun: Seine Eminenz hat Aufträge für Euch.«

»Dann möchte ich mit Seiner Eminenz darüber sprechen.«

Ein kurzes Schweigen. Der Sekretär, blasser als sonst, ließ sich keine Verstimmtheit anmerken.

»Man wird Euch zu ihm führen, aber vorher …«

»Vorher?«

»Vorher habe ich eine Frage an Euch.«

»Habt Ihr das Recht, mich zu verhören?«

»Ihr seid verwickelt in den Tod von Tenente Cecco. Das ist noch nicht geklärt, und Ihr solltet nicht vergessen: Es ist jederzeit möglich, Euch festzunehmen. Es gibt Leute, die nur darauf warten.«

Trotz dieser Drohung verriet der Mann keinerlei Regung, und seine Stimme hatte denselben beiläufigen Tonfall, als spräche er über das Wetter. Aber wichtig für Vanga war: Man hielt nicht ihn für den Mörder.

»Die Frage ist: Was hat er Euch als Letztes gesagt, bevor er getroffen wurde. Was hatte er herausgefunden? Wart Ihr deshalb bei ihm?«

»Wenn ich Euch recht verstanden habe, wartet seine Eminenz auf mich.«

Die ausdruckslosen Augen Navarros ruhten auf Vangas Gesicht, als solle geprüft werden, ob sich hinter seiner Stirn etwas von entscheidender Wichtigkeit verbarg. Es war ein Augenblick gespannter Stille, wie Vanga ihn mit seinem Gegenüber schon einmal erlebt hatte. Dann gab der Sekretär ein flüchtiges Handzeichen, und der Korporal räusperte sich umständlich.

»Wenn Ihr erlaubt. Ich werd Euch hinführen.«

»Ich weiß selbst, wie ich hinkomme.«

»Es ist mein Befehl.«

»Also gut.«

Vanga deutete eine Verbeugung an und ging hinaus.

Er sah nicht mehr, dass Navarro plötzlich in sich zusammensank. Ob sein Gebrechen ihn schmerzte? Seine Miene verriet nichts. Sie war wie aus Stein.

»Kann schon sein, dass du auf ihren Zustand Einfluss hast«, murrte die Köchin und bedachte Gina mit einem schiefen Blick. »Den Weg kennst du ja.« Sie stand an der Treppe, bis das Mädchen vor dem Salon angelangt war. Dann drehte sie sich ruckartig um und verschwand in der Küche.

Gina fühlte sich unendlich alleingelassen. Von sich aus wäre sie nicht wieder in den Palazzo gegangen. Doch die Nonna hatte darauf bestanden. Gina hatte keine Idee, wie sie Olimpia nun gegenübertreten sollte. Würde die Schwester ihr zürnen? Ihr Vorwürfe machen wegen ihres Fortbleibens? Sie gar hinauswerfen?

Die Tür war nur angelehnt. Statt zu klopfen, kratzte Gina am Holz, so wie sie es als Kinder gemacht hatten.

Keine Antwort. Da drückte sie sie etwas weiter auf und schob sich vorsichtig durch den Spalt. Drinnen war es dunkel. Alle Läden geschlossen, alle Vorhänge zugezogen. Nichts rührte sich.

Aber dann ertönte eine Stimme, eine wohlvertraute Stimme, die eigentümlich fremd klang: »Komm herein!«

Vanga erkannte sofort, was sich verändert hatte: Wo bei seinem ersten Besuch noch Bretterwände den Weg versperrt hatten, prangten nun Bögen und Pfeiler in frisch polierter Marmorverkleidung, und der Weg in den neu errichteten Gebäudetrakt war frei. Eine Halle mit achteckigem Grundriss war entstanden, umgeben von weit gespannten Arkaden und geräumigen Nischen. Die ringsum aufgestellten großen Statuen, waren fürs Erste deutlich erkennbar nur in Stuck ausgeführt. Vermutlich war am Ende die Zeit knapp geworden, und der Bauherr hatte darauf gedrängt, dass zum festgesetzten Termin zumindest der Eindruck von Vollendung geboten werden müsse.

Vanga verkniff sich ein Lächeln: auch hier antike Götter und Göttinnen. Nicht ein einziger Heiliger!

Diese Halle war das neue Zentrum des Palastes. Man hatte das alte Hauptgebäude einfach verdoppelt und die beiden Teile durch diese imposante Neuschöpfung verbunden. Eine Konzeption von hohem Anspruch. Empfangsraum und Festsaal in einem. Der Bau beeindruckte jeden Besucher allein durch seine lichtdurchflutete Weite, und die Kuppel, die sich in schwindelerregender Höhe darüberspannte, wirkte beängstigend kühn. Vom Erdgeschoss, das mit schwarzem und weißem Marmor sowie mit edlem Porphyr ausgelegt war, führte eine breite Treppe zur Galerie empor. Dort zogen sich Loggien um den ganzen Bau, und über ihnen setzten die gestuften Zwickelfelder an, die den Übergang zur Kuppel bildeten. Was für ein Werk!

Als Vanga näher an die mächtigen Hauptpfeiler herantrat, bemerkte er allerdings, dass die Marmorflächen in Wahrheit nur durch Malerei vorgetäuscht waren. Aber das fiel erst beim zweiten Blick auf. Und erst, wenn man noch genauer hinschaute, erkannte man das Problem der Konstruktion. Die Verbindung zum alten Gebäude war noch keineswegs vollendet. Zwar hatte man die Fugen zugegipst, aber es hatten sich Risse gebildet, die auf starke Verwerfungen hinwiesen. Das wiederum ließ Zugkräfte vermuten, die über das gewöhnliche Maß hinausgingen. Ob die Fundamente nicht stark genug waren?

Vanga war kein Fachmann für Architektur, aber er hatte ein waches Auge für Unstimmigkeiten. Als er weiterging, entdeckte er sogar, dass man in einem Nebenraum die Pfeiler mit Balkenverstrebungen abgestützt hatte. Das verriet doch wohl, dass die Stützen nachzugeben drohten. Dies alles aber würde dem Auge des Betrachters bald entzogen sein, denn gerade machten sich zahlreiche Werkleute daran, diese Nebenräume mit Blendwänden zu verschließen, und an die Pfeiler heftete ein anderer Trupp üppige Dekorationen aus Seide und Brokat.

»Berto Vanga, mein Freund!« Das war die Stimme Seiner Eminenz. Sie hatte etwas nachdrücklich Scharfes, fast Schneidendes, so dass es dem Angesprochenen vorkam, als enthielten die Worte noch eine andere Botschaft, die gar nicht für ihn bestimmt war. Zugleich erhaschte er einen strafenden Seitenblick, den der hohe Herr seinem Majordomus zuwarf. Dieser

Blick sagte deutlich: Wie kannst du diesen Kerl ohne Aufsicht herumschnüffeln lassen!

Offenbar hatte der Kardinal nicht damit gerechnet, dass Vanga sich so rasch umdrehen und sein Mienenspiel bemerken würde. Jedenfalls setzte der Gastgeber sofort ein Lächeln auf, ein Zeugnis von strahlendem Wohlwollen.

Was soll das bedeuten?, dachte Vanga. Noch nie hat er mich so überschwänglich begrüßt – ganz im Gegenteil. Sonst ließ der Kirchenfürst gerade ihn nur allzu deutlich fühlen, was für eine miese kleine Kreatur er war, einer der nur dank Mitleid und Gnade existierte und sich glücklich schätzen durfte, von einem hohen Herren überhaupt empfangen zu werden. Deshalb blieb Vanga respektvoll, aber reserviert, selbst als Seine Eminenz ihm den Arm um die Schultern legte.

Ohne Zweifel spürte der Kardinal diese Zurückhaltung, aber er ließ sich nichts anmerken. »Unsere Vorbereitungen sind beinahe vollendet«, erklärte er.

Man hatte die große Leuchterkrone auf den Boden herabgelassen, um sie für den festlichen Abend herzurichten.

»Die Kerzen vor allem gerade aufstecken«, hörte er, und dann, mit einem plötzlichen Anflug von Nervosität: »Gebt nur ja Acht, dass die Seile sich nicht verwickeln!«

Vanga versuchte sich die Atmosphäre des bevorstehenden Festes auszumalen. Der Geruch von brennendem Wachs würde sich mit dem von Mörtel und Gips vermischen. Und den Aromen von Wein und Blumen, Duftwässern und den Ausdünstungen von Schweiß …

»Ich habe Seine Heiligkeit eingeladen!«

Der Kardinal beobachtete aus schmalen Augenschlitzen die Reaktion. Er schien mit dem Effekt zufrieden zu sein.

Er ahnte schließlich nicht, dass Vangas Sprachlosigkeit auch aus dem Wissen stammte, wie heftig der Heilige Vater gegen Unzucht und Nacktheit in der Kunst zu Felde zog. Da werdet

Ihr Euren Statuen aber noch reichlich Feigenblätter umhängen müssen, mein Lieber, kam es Vanga in den Sinn. Sollte dieser Widerspruch Seiner Eminenz nicht bewusst sein? Vielleicht rechnet der Kardinal ja gar nicht damit, dass der Papst die Einladung annimmt …

»Selbstverständlich will ich dich bei meinen Gästen sehen.«

Dieser Satz war eine neue Überraschung, und Vanga konnte sich nicht vorstellen, wie er ihn deuten sollte. *Bei* meinen Gästen. Nicht *als meinen Gast*.

Der Kardinal durchschaute zweifellos die Verblüfftheit seines Gegenübers und führte Vanga beiseite. »Ich muss mit dir reden. Aber nicht hier.«

Gerade begann ein Trupp Zimmerleute mit lauten Hammerschlägen ein Gefüge aus dicken Balken zusammenzunageln, das den Bühnenaufbau und die Kulissen stützen sollte.

Der Herr des Palastes zog den Mann, dem er sein Vertrauen beweisen wollte, in eine Galerie, die sich zum Garten öffnete. »Hör zu«, raunte er Vanga ins Ohr, und seine Miene kündigte die Absicht an, ein wichtiges Geheimnis mitzuteilen, »was ich dir jetzt verrate, muss unter allen Umständen ein Geheimnis bleiben! Ich brauche deine Wachsamkeit und deine Tatkraft.«

Der Kardinal musste wohl die skeptische Miene seines Gegenübers bemerkt haben, denn er runzelte unwillig die Stirn. Aber im gleichen Augenblick war dieser Schatten wie weggewischt. Er nickte verschwörerisch. »Ich habe Feinde, die mir nach dem Leben trachten!«

So etwas hörte Vanga aus diesem Mund nicht zum ersten Mal. Und weniger denn je zweifelte er an der Wahrheit der Behauptung.

Er spannt sein Netz wie eine Spinne, durchfuhr es ihn.

Da war schon wieder diese eindringliche Stimme: »Und mach dir eines klar: Von denen, die du heute Abend hier antreffen wirst, kann es jeder sein, jeder Einzelne!«

»Eure Gäste?«, entfuhr es Vanga.

Der Kardinal antwortete nicht, aber sein Blick sagte genug.

Bei früheren Gelegenheiten hatte Vanga etwas Ähnliches wie Schwindel verspürt, wenn dieser Fuchs ihn umgarnen und übertölpeln wollte. Das war vorbei! Nur zu gut wusste er inzwischen, dass der Mann voller Schliche und Finten steckte.

Sein Gefühl sagte ihm: Er lügt. Er will etwas ganz anderes erreichen. Und dabei soll ich sein Werkzeug sein. So wie immer! Gewiss würde sich der Pferdefuß bald zeigen. Während er das dachte, registrierte Vanga etwas, das vielleicht gar keine Bedeutung hatte: Seine Eminenz trug keinen Ring.

»Warum kommst du nicht her?«

Gina, die an der Tür gezögert hatte, gab sich einen Ruck und trat näher.

»Mach Licht!«

Ein Tablett wurde ihr entgegengeschoben. Sie brauchte einige Zeit, bis sie eine Kerze ertastet und angezündet hatte. Ihre Finger zitterten, ohne dass sie genau hätte sagen können, weshalb. Die Flamme zuckte und blakte.

Beklommen blickte das Mädchen sich um. Da rührte sich etwas zwischen den Polstern, ein leises Stöhnen erklang, und eine Hand, die beängstigend knochig wirkte, winkte sie heran.

Dann war es wieder still.

Gina konnte ihre Scheu nicht abschütteln. Und als sie zwischen den Schatten das bleiche Gesicht wahrnahm, erkannte sie ihre Schwester kaum wieder. Was ist mit dir?, wollte sie fragen, aber die Worte blieben in der Kehle stecken.

»Hilf mir mit den Kissen!«, flüsterte Olimpia.

Gina, froh über die Aufforderung, etwas zu tun, eilte hinzu, half der Schwester, sich aufzusetzen, und stopfte ihr mehrere Seidenkissen als Stütze in den Rücken. Dabei kam es ihr vor, als verberge Olimpia etwas in der Hand. Einen kleinen Gegenstand.

Gina hörte ein Murmeln: »Ich bin nicht krank. Es geht schon.«

Kein Fieber, dachte Gina. Kalt. Aber nass von Schweiß.

»Wir sollten einen Arzt ...«

»Nein!«

»Aber du –«

»Nein. Ich will es nicht.«

Das war Olimpia, wie Gina sie kannte.

»Gieß uns Wein in die Gläser!«

Gina gehorchte, und sie tranken. Schwer, dunkelrot, süßlich.

»Weißt du noch«, sagte Olimpia, »als wir Kinder waren, da hatten wir ein Spiel, das uns immer sehr gefallen hat. Wir taten so, als wär ich du. Und du warst ich. Erinnerst du dich daran?«

»Ja. Ich erinnere mich.« Olimpia hatte das Spiel geliebt. Ihr selbst hatte es nie großen Spaß bereitet. Genau genommen hatte es ihr Angst gemacht. Sie hatte stets gefürchtet, dass sie einmal aus dem Tausch der Rollen nicht wieder zurückkehren könnte. Das war natürlich pure Dummheit gewesen.

»Ich habe mich in deine Kleider gezwängt. Und dann haben wir die Nonna an der Nase herumgeführt. Wenn sie dich gerufen hat, bin ich gekommen. Und umgekehrt. Sie konnte uns nicht unterscheiden.«

Gina wusste es besser. Die Nonna war niemals darauf hereingefallen. Doch wenn sie guter Laune war, hatte sie den Mädchen vorgemacht, die Täuschung sei gelungen. Sie hatte Gina aufgetragen, was Olimpia tun sollte und umgekehrt. Aber manchmal hatte sie auch behauptet, eine von ihnen habe eine Tracht Prügel verdient, und dann hatte sie Miene gemacht, diese Züchtigung der Falschen zu verabreichen. Das

Ergebnis war dann stets eine wilde Verfolgung und ein kreischender Protest der Betroffenen gewesen, und die Alte hatte sich am Ende ausschütten wollen vor Lachen.

»Die Nonna«, flüsterte Olimpia. »Wie geht es ihr? Hat sie alles, was sie braucht? Es ist nämlich so … Ich hab jetzt ein ordentliches Stück Geld zur Verfügung. Wenn sie in Not ist, kann ich ihr helfen.«

»Sie kommt zurecht, glaub ich. Ich weiß nicht, wie sie es macht.«

»Verstehst du: Ich trag ihr nichts nach. Ich hätt gern, dass sie das weiß.«

»Sie hat immer gut von dir gesprochen.« Gina musste sich über sich selbst wundern. Warum diese Lüge? Sie wusste es besser und Olimpia auch. Aber aus den Kissen, zwischen denen die Schwester beinahe versank, kam ein zufriedenes Seufzen.

Ein kalter Schauer ging über den Rücken des Mädchens. Aber es sagte mit ruhiger Stimme: »Du solltest noch was trinken.«

»Hab getrunken.«

Olimpia murmelte etwas, das Gina nicht verstand.

»Was sagst du?«

»Ich möchte, dass wir dieses Spiel jetzt noch einmal spielen. Du weißt vielleicht, dass ich beim Kardinal Santerra zum Fest geladen bin. Heute Abend.«

Gina wusste nichts dergleichen. Wann hätte die Schwester ihr je solche Dinge anvertraut? Aber überrascht war sie nicht. Und so fasste sie Mut zu einer Frage, die viel weiter vordrang.

»Er ist der Mann, dem dieses Haus gehört, nicht wahr.« Es war mehr eine Feststellung als eine Frage.

Olimpia ging nicht darauf ein. Eigentlich hätte eine zornige Zurechtweisung kommen müssen. Ein solches Stillschweigen hingegen war nur als Zustimmung zu deuten, und das war sehr merkwürdig, wenn man bedachte, welch ein Geheimnis die Ältere bisher um ihren maskierten Besucher gemacht hatte. Alles schien ihr plötzlich gleichgültig zu sein. Und als sie fortfuhr, war es, als hätte die Jüngere gar nichts gesagt.

»Ich bin dort nicht nur zu Gast, sondern ich habe einen großen Auftritt. Alles ist vorbereitet. Musik. Kostüme. Dekoration. Allerdings: Ich … Ich werde nicht hingehen können. Ich will, dass du an meiner Stelle gehst.«

»Ich? Aber wie könnte ich denn –«

»Es ist alles vorbereitet. Du wirst sehen, es ist ganz einfach. Du trägst eine Maske, und niemand, niemand wird was merken.«

Was für ein närrischer Gedanke! Gina schüttelte energisch den Kopf.

Aber die Schwester ließ sich nicht beirren. »Oh, doch! Du wirst es für mich tun. Es ist mein … Nun, ich habe dich bisher nicht oft um etwas gebeten, nicht wahr?«

Das war eine Behauptung, die keineswegs den Tatsachen entsprach. Höchstens so: Olimpia bat nicht, sondern sie befahl. Aber Gina hatte nicht die Stirn, das in diesem Augenblick auszusprechen. Was sie hinderte, war die Erschütterung über Olimpias Zustand. Offenbar wurde die Schwester von einer Krankheit geschüttelt, und die wirkte durchaus nicht vorgetäuscht. Diese gekrümmte Haltung, dieses krampfhafte Hüsteln und die schweren Atemzüge, die Stimme, brüchig und angestrengt. Gina schwieg, und damit hatte sie kapituliert.

»Also hör gut zu! Alles ist vorbereitet. Was du tun musst, ist Folgendes …«

Vanga schwirrte der Kopf. Besprechung mit dem Majordomus. Gästelisten. Bewachungspläne. Verhaltensmaßregeln an die Bediensteten. Das alles hatte ihn stundenlang in Atem gehalten, denn der Kardinal bestand darauf, dass alles sogleich geregelt wurde. Und von Vanga, den er als seine persönliche Leibwache eingesetzt hatte, wurde erwartet, dass er sich um jede Einzelheit kümmerte.

Was hätte er wohl getan, wenn ich heute nicht zurückgekommen wäre?

Oder wenn ich nein gesagt hätte?

Gleichviel! Vanga hatte die Verpflichtung angenommen, und es wäre ihm wohl auch kein anderer Weg geblieben. Jedenfalls nicht, wenn er die Absicht hatte, auch zukünftig in Rom zu leben und tätig zu sein.

So wurde es Nachmittag, bis er sich für kurze Zeit frei machen konnte. Er hatte darauf bestanden, seine ganz persönlichen Vorkehrungen treffen zu müssen.

Er eilte in die Stadt, aber nicht gleich zum *Gatto Nero*, sondern machte einen Umweg. Er hatte etwas ganz Bestimmtes vor, das ihm seit Tagen im Kopf herumging und geradezu eine Zwangsvorstellung geworden war. Er musste einer ganz bestimmten Person eine ganz bestimmte Frage stellen. Nichts sollte ihn daran hindern.

Vanga holte tief Luft, als er die schmutzige Garküche betrat. Da war die Wirtin, mürrisch wie immer, und da war auch Cretino. Er hockte am Boden, in seine übliche Beschäftigung, das Korbflechten, vertieft.

Wortlos streckte die Frau eine Hand aus, und Vanga legte eine Münze hinein. Dann durfte er mit dem Jungen reden, der ihm misstrauisch entgegenschielte. Er beugte sich hinab und kam gleich zur Sache, denn die Zeit lief ihm davon.

»Du hast mir von dem Ring erzählt. Bei diesem Mann, den du gesehen hast. Du weißt, was ich meine?«

Keine Antwort.

»Red schon!«, keifte die Frau.

»Hat er so ausgesehen?« Vanga zog ein Blatt Papier hervor und zeichnete in groben Strichen ein Wappenmotiv. Drache. Feuer.

»Ist es das?«

Der Bursche presste die Lippen zusammen und hielt den Atem an. Seine Hände zitterten, der ganze Körper zuckte. Schweiß lief ihm herunter. Aus dem Mund rann ein Faden Speichel.

»Er kann nich'«, schnarrte die Frau. »Guck ihn dir doch an!«

Vanga zerriss den Zettel und richtete sich auf. »Ich weiß genug.«

Gina spürte, dass sie besser gegangen wäre, aber sie seufzte und hörte zu. Was konnte sie auch anderes tun? Ihr Herz wurde schwer bei dem, was da von ihr verlangt wurde, und mehr als einmal wollte ihr der Atem stocken. Aber wie könnte sie ihrer leidenden Schwester den Wunsch abschlagen?

»Es ist alles vorbereitet«, hörte sie noch einmal deren Stimme. »Du legst Schminke auf und streckst den Busen ein bisschen vor. Dann passt dir das Kostüm, als wär es für dich gemacht …« Ein Anfall von Schwäche zwang Olimpia, eine Pause zu machen. »Komm näher! Ich kann nicht mehr so laut sprechen.«

»Aber –«

»Kein Aber. Lass dich durch nichts beirren! Und singen – singen brauchst du nicht. Singen werden andere. Du tust nur das, was ich dir gesagt habe. Versprich es mir!«

»Ich verspreche es.«

»Beim Grab unserer toten Mutter!«

»Ich versprech's …«

Dann herrschte Schweigen. Gina hörte nur die schweren Atemzüge der Schwester. Sie fragte sich, was wohl der fremdartige Geruch zu bedeuten hatte, der – wenn auch nur schwach – im Raum schwebte.

Olimpia ließ sich zurücksinken. »Jetzt geh!« Das war ihr letzter Satz.

»Trotz allem … versteh ich nicht!«

Ein befehlender Wink mit der Hand.

»Aber du …« Sie braucht Hilfe, dachte Gina, Pflege, Medizin, einen Arzt!

Ein unwilliges Kopfschütteln.

Da fügte sich das Mädchen und verließ den Salon. Auf der Schwelle verharrte es noch einmal.

Aus der Finsternis waren schwere Atemzüge zu vernehmen. Dann klang es wie ein Schluchzen. Ein eisiger Schauer lief Gina über den Rücken, und sie stürzte davon.

Worauf warte ich noch?

Vanga kauerte auf seiner Bettstatt, ohne Bewegung, während die Abendsonne ins Zimmer kroch. Er hatte seinen Entschluss gefasst. Aber es widerstrebte ihm noch, ihn auszuführen. Wie war es dazu gekommen, dass er etwas zu tun gedachte, das er nicht wollte?

Sein Kopf war leer, und sein Körper fühlte sich an wie gelähmt. Es kam ihm vor, als dauere es Stunden, obwohl es sicher nur Minuten waren. Er wusste, was als Nächstes geschehen musste, aber er konnte sich nicht dazu durchringen. Dann jedoch, langsam, formte sich ein Gedanke, der immer klarer hervortrat: Wenn ich diese Dinge niemals wieder benutzen wollte, warum habe ich dann jedes Teil aufbewahrt?

Wie eine Marionette an ihren Fäden stand er auf und machte einen Schritt in den Winkel seines Zimmers, der unter der Wandschräge lag. Dort ließ er sich auf ein Knie nieder und tastete über den Boden. Eine der Dielen trat ein wenig hervor. Seine Hand glitt an dieser Kante entlang und fand einen hölzernen Pflock, der sich mühelos herausziehen ließ. Ein Stück Planke klappte nach oben. Darunter befand sich ein Hohlraum, in dem ein fest verschnürtes Bündel steckte.

Ich wollte es vergessen, dachte er. Aber – *es* hat mich nicht vergessen …

Das Bündel war schnell herausgezogen, und die komplizierten Knoten lösten sich wie von selbst.

Als er dieses Versteck gefunden, erweitert und hergerichtet hatte, so dass es auch der neugierigste Herbergswirt, ja, sogar dessen bedenkenloses Weib kaum aufstöbern könnte, hatte er sich eingeredet, er werde das geheime Fach niemals wieder öffnen. Das war auch seine feste Überzeugung gewesen. Aber irgendetwas in ihm hatte immer gewusst, dass der Tag kommen würde, an dem er diesen Vorsatz brechen müsste. Ihm fehlte damals die Vorstellung, welche Gründe ihn je zu diesem Schritt veranlassen könnten, doch jetzt war der Augenblick da. Ein tief verwurzelter Widerwille ließ ihn zögern, hielt ihn dennoch nicht ab.

Er würde sich der Herausforderung stellen. Das stand fest. Und was immer am Abend geschehen sollte: Es ging auf Leben und Tod. Wahrscheinlich würde Blut fließen. Wessen Blut?

Dieser Gedanke wühlte ferne Erinnerungen auf, die er für immer hatte bannen wollen, aber er verbot sich jede Ablenkung.

Also ans Werk!

Rasch kleidete er sich aus und streifte das schwarze Hemd und die schwarze Hose über, die er aus dem Packen hervorgezogen hatte. Dann legte er eine schwarze Stirnbinde um. An diesen Dingen haftete ein eigenartiger Geruch, der beunruhigende Erinnerungen weckte. Aber auch die hielten ihn nun nicht mehr auf. Ein Gürtel mit Schlaufen und Taschen kam zum Vorschein. Er passte fest um seine Hüften.

Weiter!

Seine Finger spürten Metall. Mehrere blanke, kalte Gegenstände glitten aus einem ledernen Futteral. Eine dünne Schicht Öl schimmerte auf ihrer Oberfläche. Sie hatte verhindert, dass sich Rost bilden konnte. Vanga schob jeden einzelnen an einen bestimmten Platz an seinem Gürtel. Es waren geübte Gesten, und dennoch schien es nicht er selbst, sondern ein anderer zu sein, der das tat.

Das kurze Schwert hatte sein Gehänge an einem Schulterriemen, der so getragen wurde, dass er die Waffe mit einer schnellen Bewegung ziehen konnte. Vanga richtete sich auf und probte dreimal den vorgeschriebenen Sitz.

Zuletzt steckte er sechszackige Sterne mit scharfen Klingen, die man vorsichtig mit zwei Fingern anfassen musste, in die mit Leder gepolsterten Fächer am Gürtel.

Er war bereit.

Einen Augenblick lang erwog er, sein Gesicht mit Rußpaste zu schwärzen, aber er entschied sich dagegen. Es war unerlässlich, dass er auf dem Fest des Kardinals umhergehen konnte, wie es gerade erforderlich war. Ein Umhang würde seine Ausrüstung verbergen.

Plötzlich musste Vanga in Gina denken. Was würde das Mädchen denken, wenn es die ganze Wahrheit über ihn und sein Leben erfuhr? Ob es noch jemals bereit wäre, ihm zu vertrauen? Und die Sbirren, würden sie ihn unbehelligt lassen?

Darüber durfte er jetzt nicht nachdenken. Sein Entschluss stand fest. Alles andere musste sich aus der Situation ergeben.

Vanga ließ das Geheimfach offen. Was konnte das jetzt noch schaden?

Er trat ans Fenster und betrachtete den kleinen Platz und die Gassen, die von ihm abzweigten. In der Ferne züngelte das Wetterleuchten eines heraufziehenden Gewitters – wie fast jeden Abend der vergangenen Woche. Für wenige Augenblicke leuchteten die Umrisse der Gebäude grell hervor.

Ob das Haus beobachtet wurde?

Unwahrscheinlich, aber er durfte nichts dem Zufall überlassen.

Deshalb wählte Vanga den Weg, den er sich für alle Fälle schon lange zurechtgelegt hatte. Er schwang ein Bein über das Fenstersims. Sein Fuß in dem geflochtenen Schuh mit der dünnen Tuchsohle erspürte das Gesims, das an der Fassade entlanglief. Es war stark genug, um ihn zu tragen, und wenn er sich dicht an die Wand schmiegte, konnte er rechter Hand leicht den Dachvorsprung des Nachbarhauses erreichen.

Also los!

Die Ziegel waren noch warm von den Sonnenstrahlen des Tages. Etwas Mörtel bröckelte unter seinen Fingern, aber das hielt ihn nicht auf. Nun über die Dächer! Er war wie verwandelt. Etwas halb Vergessenes war in ihm erwacht. Etwas, wovon er selbst nichts mehr hatte wissen wollen. Er duckte sich und spähte nach allen Richtungen. Nur kein Geräusch machen! Und keinerlei Aufmerksamkeit erregen! Behände glitt er dahin und stieg erst am Ende der Gasse auf das Pflaster hinunter.

Gina eilte am Ufer des Tibers entlang und dann an Santa Maria in Cosmedin vorüber. Von der Umgebung nahm sie kaum etwas wahr. Sie spürte eine wachsende Unruhe in sich. Eine quälende Ahnung. Eine Erkenntnis, die noch nicht greifbar war. Etwas, das auf sie lauerte, um sie zu überwältigen. Etwas Schreckliches. Ihr war kalt.

Ungeduldig wandte sie sich um. »Kannst du nicht schneller gehen?«, schnauzte sie Guccio an. Der Bucklige brummte etwas Unverständliches, aber er humpelte genauso schwerfällig wie zuvor.

Olimpia hatte ihr den Kerl aufgehalst. »Du kannst nicht alleine gehen!«, hatte sie entschieden – mit der üblichen Erwartung, dass es unwidersprochen bliebe. Aber ihre Stimme hatte nur ein brüchiges Flüstern zustande gebracht.

Das hatte genügt, um Gina zu verwirren. Selbst wenn da nicht jenes andere gewesen wäre, das sie einfach nicht verstehen konnte – oder nicht verstehen wollte.

Es hatte geklungen wie: »Glaubt der wirklich, er kann mich fallen lassen?« Dann mehrmals: »*Briccone!* Schurke!« Und schließlich, gemurmelt: »Wird schon seh'n, was er davon hat!«

Gina hatte durchaus eine Vorstellung, wer mit dieser Litanei gemeint war. Zumal wenig später ohne Zusammenhang ein Ausdruck gezischt wurde, den sie nur verstand, weil sie ihn von der Nonna kannte: »Ein Scheißdreck im roten Strumpf!«

Sie reimte sich zusammen, dass der mächtige Gönner und wahre Herr des Hauses gedroht hatte, ihrer Schwester den Laufpass zu geben. Und sie vermutlich vor die Tür setzen würde. Aber war es Olimpias Art, zusammenzubrechen und mit Verzweiflung zu reagieren? Wenn es eine andere gab, warum ging Olimpia nicht hin und kratzte der die Augen aus? *Das* hätte ihr ähnlich gesehen! Und diese plötzliche Krankheit – oder Schwäche oder was sonst es sein mochte …

Die Gedanken des Mädchens jagten im Kreis.

»Geh zum Teufel!«, fauchte sie den Buckligen an. Aber sie wusste selbst, dass dieser Zorn gar nicht ihm galt.

Der Bursche duckte sich und winselte wie ein geprügelter Hund.

Warum in aller Welt schickt sie mich *dorthin*?, fragte Gina sich. Und – warum bin ich so dumm und tu ihr den Willen! Ich muss närrisch sein. Ich stürze mich in den Rachen des Löwen. Es ist gegen allen Verstand! Zum Palazzo des Kardinals zu laufen, sich in die Gewalt dieses Mannes zu begeben, die Rolle ihrer Schwester zu übernehmen …

Ich werd's nicht tun!

Unschlüssig blieb sie stehen.

Sie wusste einfach nicht weiter. Wen konnte sie um Rat fragen? Jetzt fehlte ihr der Bugiardone. Sonst traf sie ihn fast an jeder Ecke, wohin sie auch ging in dieser gottlosen Stadt. Und nun – Madonna! – wo mochte er stecken, da sie ihn einmal wirklich brauchte? Aber es war leider so: Nirgends wollte der alte Schwerenöter auftauchen.

Doch offenbar hatte schon der Gedanke an ihn eine beruhigende Wirkung. Ginas Pulsschlag verlangsamte sich.

Der Bucklige hielt ebenfalls inne und rang nach Luft.

Wenn sie nun wirklich nicht dorthin ging? Wen würde es kümmern? Was würde es für einen Unterschied machen?

Aber: Sie hatte es Olimpia versprochen.

Unfug! So oft hat sie mir etwas versprochen – und hat es nicht gehalten!

Das war zweifellos richtig, dennoch machte es das Mädchen nicht froh. Das bleiche Gesicht der Schwester! Noch nie hatte Olimpia Gina so eindringlich um einen Gefallen gebeten. Warum war es ihr derart wichtig, dass dieser Auftritt zustande kam, obwohl sie ihn nicht selbst ausführen konnte?

Was hat sie nur davon?

Maske hin, Maske her – und wenn ich trotzdem erkannt werde?

Ob wirklich keine Gefahr dabei ist?

Gina hörte erneut Olimpias atemlose, fordernde Stimme.

Madonna, wie sehr muss ihr daran gelegen sein!

Auf jeden Fall: Ich hab's versprochen! Was kann mir eigentlich geschehen? Ich werd alles so tun, wie sie's mir aufgetragen hat. Der Schneider, die Putzmacherin, sie alle haben Olimpia häufig gesehen, aber nie ohne Schminke. Wir sind ungefähr gleich groß und haben auch beinahe den gleichen Körperbau ... Jedenfalls wird kaum jemand die Täuschung bemerken, und Olimpia ist zufrieden. Wer weiß, was für sie davon abhängt. Hat sie mich jemals in ihre Pläne eingeweiht?

Zugleich beschlich das Mädchen ein anderer Verdacht: Ob wirklich alles so stimmt, wie Olimpia es geschildert hat?

Ach was, darauf muss ich mich nun mal verlassen!

Schließlich gewann Ginas Trotz die Oberhand.

Mit einer Kopfbewegung forderte sie ihren Begleiter auf, ihr weiter zu folgen. Und während sie wieder mit großen Schritten vorwärtsstrebte, dachte sie: Eins ist sicher. Ich bin wieder fort, bevor es zu verfänglichen Fragen kommt.

Wenn da nur nicht dieses vertrackte Gefühl gewesen wäre in ihrem Leib! Ob es einfach das Wetter ist?

Gina fröstelte stärker als zuvor. Sie wandte sich um und zog den Mantel eng um ihre Schultern.

Von der Abendseite kroch eine mächtige Wolkenwand empor. Sie drohte den ganzen Himmel zu verfinstern. Ein letzter Strahl der untergehenden Sonne traf die Kuppel von St. Peter und ließ die Spitze aufleuchten. Kurz darauf war der ganze Bau nur noch eine finster aufgetürmte Masse, hinter der es flackerte – ein unheimliches Zucken, kalt wie eine Degenklinge.

Dann kamen die ersten Windstöße des Gewittersturms.

Gina ließ die letzten Häuser bei San Pietro in Vincoli hinter sich. Trotz ihrer Eile hatte sie einen Umweg gewählt, um nicht an der unheimlichen Ruine des Kolosseums vorüberzumüssen, die sie schon immer mit abergläubischer Furcht erfüllt hatte. Stattdessen rannte sie zwischen Hecken und unter Bäumen dahin, wogende Astkronen, Zweige wie Peitschen, abgerissene Blätter. Hinter brüchigem Mauerwerk tanzten die schwarzen Schattenrisse hoher Zypressen. Es war nicht mehr weit!

Die beiden Kerle erwischten Vanga, als er gerade in die Gasse hinunterglitt. Sie tauchten aus dem Nichts auf und stürzten sich ohne Warnung auf ihn.

Verdammt, überrumpelt!, durchzuckte es ihn.

Bevor er eine Abwehrhaltung einnehmen konnte, traf eine Faust ihn ins Gesicht. Doch er fing sich sofort und ging zum Gegenangriff über. Er streckte den größeren der beiden durch einen sauber gezielten Hieb nieder, wirbelte mit einer blitzartigen Wendung herum und versetzte dem anderen einen Tritt in den Unterleib – aber da blickte er in das Mündungsloch einer Pistole.

Hakennase stand vor ihm. Der neue Tenente! Er gab sorgsam Acht, nicht in die Reichweite seines Opfers zu kommen.

»Greift ihn euch endlich, ihr Schwachköpfe!«, bellte er. Und zu Vanga gewandt, setzte er hinzu: »Die ist geladen.«

»Schon gut!« Vanga wusste, wann er keine Chance hatte.

Die beiden Wachen rappelten sich stöhnend auf und packten den Reglosen. Dabei versäumten sie nicht, ihm ein paar zusätzliche Knüffe zu verpassen.

»Macht euch Spaß, wie?«, knurrte er, während ihm das Blut aus der Nase rann.

Mit ausdruckslosem Gesicht musterte Hakennase sein Gegenüber. »Vielleicht wird die Nase so mal wieder grade«, murmelte er.

Er hatte ziemlich schnell gelernt, Haltung und Ausdrucksweise seines Vorgängers nachzuahmen. Aber Vanga hatte den Eindruck, dass es ihm keine rechte Freude bereitete.

»Das musst gerade du mit deinem Zinken sagen!«, gab er zurück. Dabei dachte er: Der Bursche hat Druck. Kein Wunder! Wenn schon Cecco der Aufgabe nicht gewachsen war …

Gerade wollte er etwas Entsprechendes äußern auf die Gefahr hin, dass er sich noch einen Nasenstüber einhandelte, da tat der andere etwas, das wirklich verblüffend war.

»Jetzt lasst ihn los«, sagte er, »und gebt ihm seine Tasche wieder!«

Ohne ihn zu filzen? Was immer geschehen war, es musste sehr schlimm sein!

Die beiden Kettenhunde gehorchten nur widerwillig, aber Hakennase reichte Vanga sogar ein Stück Tuch, damit er die Blutung stillen konnte.

»Ihr habt auf mich gewartet, wie?«

Der Tenente antwortete nicht.

»Wollt mir nur eins verpassen, wie? Wisst längst, dass ich es nicht war, der Tenente Cecco ...«

»So ist es. Wir haben Eure Pistole gefunden. Aus der ist nicht geschossen worden. Aber nun gebt Acht, ich muss Euch was zeigen!«

Der hässliche Kerl wirkte plötzlich so bedrückt, dass Vanga gar nicht dazu kam, sich über die respektvolle Anrede zu wundern.

Hakennase nestelte ein Blatt Papier unter seinem Wams hervor, und Vanga beschlichen böse Vorahnungen.

Eine neue Zeichnung! Ein Blatt wie die anderen. Aber es war nicht das, was ihm die Kehle zuschnürte.

»Versteht Ihr, was ich meine?« Hakennase sah Vanga nicht an. »Es ist das erste Mal, dass ein solches Machwerk *vor der Tat* zu uns gelangt. Denn ich hab dieses Mädchen grade eben noch auf der Straße gesehen. Hätte sie festgehalten, wenn sie nicht so flink vorüber gewesen wäre. Ihr wisst doch, um wen es sich handelt?«

Vanga schwieg. Was sollte er sagen?

»Ihr wisst, was das bedeutet.«

»Gebt es mir!«, murmelte Vanga mit trockener Kehle. »Vielleicht werd ich es brauchen.«

Es war das Gesicht von Gina! Allerdings waren keine Schnitte eingezeichnet. Noch nicht ...

Kutschen, Sänften, Scharen von Dienern. Auf dem Vorplatz des Palazzo Santerra entfaltete sich im Schein der Fackeln ein pompöses Defilee. Offenbar strömte hier die gesamte vornehme Gesellschaft von Rom zusammen, allesamt in prächtige Roben gekleidet: die hohe Geistlichkeit, die großen Adelsfamilien, Diplomaten und Würdenträger.

»Du bleibst hier!«, wies Gina den Buckligen an. »Ich geh alleine weiter. Aber warte auf mich, auch wenn es lange dauert.«

Das einfache Volk hatte selbstverständlich keinen Zutritt. Doch auch die Menschen ohne aristokratischen Stammbaum, Titel oder Vermögen wollten etwas vom Glanz der hohen Herrschaften mitbekommen. So bot sich bei solchen Anlässen stets das gleiche Bild. Die Ausgeschlossenen drängten sich hinter den Gittern jenseits des Lichterscheins im Dunkel der einbrechenden Nacht: Bürger, Handwerker und kleine Amtspersonen, Bettler und Prostituierte, die ein Geschäft erhofften, außerdem mancher Pilger, der nur für kurze Zeit in der ewigen Stadt weilte, und gewiss nicht wenige Beutelschneider, Straßenräuber und Totschläger, die eine Gelegenheit witterten, sich am Rande des Geschehens auf ganz direkte Art ihren Anteil zu verschaffen.

Um das Gesindel in Zaum zu halten, waren rings um das Eingangsportal Wachtposten aufgestellt, die mit ihren glänzenden Helmen und Brustpanzern einen martialischen Eindruck machten. Diese Burschen fackelten nicht lange, wenn ihnen eine der gaffenden Gestalten verdächtig erschien. Falls jedoch kein geeignetes Opfer für ihre Dienstbereitschaft zu finden war, nahmen sie sich auch ohne besonderen Grund irgendeinen armseligen Schlucker vor und prügelten ihn kräftig durch – als abschreckendes Beispiel für alle, die auf dumme Gedanken kommen mochten. Außerdem genossen diese Männer es, ihr Mütchen zu kühlen.

Die Führung der Palastwache duldete solche Übergriffe

offenbar. Wahrscheinlich waren sie sogar ganz in ihrem Sinn. Die hochherrschaftlichen Gäste registrierten diese Auftritte mit Humor und Befriedigung. Die Vorkehrungen ihres Gastgebers waren zweifellos geeignet, die ungestörte Sicherheit des Festes zu garantieren.

Die bewegte Szene entfaltete sich unter einem finsteren Himmel. In kurzen Abständen flammte der Widerschein des aufziehenden Gewitters darüber hin und entriss der Dunkelheit Einzelheiten: ein scharfes Profil unter einem Schlapphut; ein vor Gelächter aufgerissener Mund mit nur einem Zahn; eine ausgestreckte Hand, die nach einer fremden Geldbörse griff; ein entblößter Busen, weiß geschminkt; der drohend geschwungene Silberknauf eines Gehstocks; ein Heiligenbild an einer tief in die Stirn gezogenen Mütze.

Von Zeit zu Zeit erhob sich ein heftiger Wind, der in fauchenden Stößen muffigen Staub über die buntgescheckte Menge wirbelte. Und immer öfter war Donnergrollen zu hören, das zwar noch weit entfernt zu sein schien, aber jedes Mal näher rückte.

Gina kannte die Situation: Sie hatte hier schon oft genug hinter dem Zaun gestanden. An diesem Abend jedoch würde sie Zutritt zum inneren Bereich erhalten, ja, sie würde sogar eine wichtige Rolle im Festgepränge spielen. Vielleicht war das auch einer der Gründe, weshalb sie Olimpias Wunsch erfüllen wollte. Außerdem … Gab es etwa keinen Anlass für Aufregung und Stolz? Obwohl sie sich eingestehen musste, dass die Ehre eigentlich ihrer Schwester galt und nicht ihr selbst …

Entschlossen drängte Gina sich durch die Menge der Schaulustigen. Eine fette Matrone, wahrscheinlich eine Händlerin vom Markt, keifte hinter dem Mädchen her, weil sie der Meinung war, dass es sie zur Seite geschubst hatte. Ein stinkender Maultiertreiber – gewiss vom Campo Vacchino herübergekommen, wo die Lasttierkolonnen zwischen den

Ruinen ihr Nachtlager aufschlugen – sah Gina und öffnete einladend die Arme, aber sie umging ihn geschickt und lachte ihn aus. Dabei geriet sie allerdings an einen weitaus schmierigeren Kerl, der sie gegen das Gitter drängte und ihr dreiste Offerten ins Ohr raunte. Bei dem half am Ende nur ein Stoß mit dem Knie ins Gemächte. Er fluchte unter Stöhnen.

Gina erreichte den Kordon der Wachsoldaten, die nicht weniger anzüglich grinsten als der Hurenjäger im Volksgedränge. Sie hielt ihren Passierschein bereit und verlangte, eingelassen zu werden. Kurz darauf hatte die Unterschrift des Kardinals ihr den Weg zur Nebentür geöffnet. Sie atmete tief. Wie aufregend war dies alles! Ihre Besorgnisse waren vergessen.

Als Vanga an den Palazzo des Kardinals gelangte, stiegen gerade die ersten Gäste aus den Karossen. Sie wurden von Bediensteten in prunkvollen Livreen in den Empfangsraum geleitet. Dort servierte man Wein, und eine Gruppe von Musikanten spielte zur Begrüßung auf.

Vangas Kopf schwirrte. Was bedeutete diese Zeichnung, die er zusammengefaltet unter dem Wams trug? War Gina in Gefahr? Schon möglich, dass der Mörder es nicht allein auf Dirnen abgesehen hatte. Nur: Warum gerade sie? Dafür fand er keine Erklärung. Aber sein Magen drehte sich um vor Bedrängnis.

Ich würde alle Aufträge des Kardinals in den Wind schlagen, um zu ihr zu eilen, wenn ich nur eine Ahnung hätte, wo ich sie finden könnte …

Von der Seite erhaschte er einen Blick auf den Majordomus, der Verbeugungen machte und schwitzte. Der Mann war nicht zu beneiden. Musste er doch dafür sorgen, dass die Gäste in der richtigen Reihenfolge Zutritt erhielten, ohne dass den hohen Herrschaften eine ungebührliche Wartezeit abverlangt wurde. Vanga wusste nur zu gut, wie peinlich genau die

Etikette überwacht wurde. Gerade für die Angehörigen der führenden Schichten in Klerus und Adel war der Vorrang beim Defilee ein Privileg, das mit höchstem Argwohn beobachtet wurde. Jeder Fehler im Protokoll konnte zu peinlichen Verwicklungen führen!

Vanga war froh, dass er sich um solche Fragen nicht zu kümmern brauchte. Er hatte andere, nicht weniger schwierige Aufgaben. Die Furcht des Kardinals war vermutlich nur allzu berechtigt. Vanga musste sich einem Gegner stellen, den er nicht kannte.

Unverzüglich suchte er den Festsaal auf. Wie hatte das Bild sich verändert! Überall Blumen und Kandelaber, schimmerndes Silber, glitzerndes Kristall. Nur der große Kronleuchter war noch auf dem Boden. Man zündete die Kerzen stets erst im letzten Augenblick an, damit man sie bis zum Ende der Veranstaltung nicht auszuwechseln brauchte. Ein bärbeißig wirkender Aufseher rief in diesem Moment ein Kommando, zwei Gruppen von Dienern zogen die Seile straff, und wie von Geisterhand schwebte die Leuchterkrone zur Decke empor. In luftiger Höhe kam sie nach einem leichten Pendeln zur Ruhe und verbreitete ihren Lichterglanz. Ein fettiger Geruch von Kerzenwachs lag in der Luft, aber sogleich schwärmten Diener aus und versprühten Duftwasser.

Ringsum waren Tische mit üppigen Dekorationen aufgestellt, die nun rasch an ihren endgültigen Platz geschoben wurden. Bevor sie sich niederließen, zogen die meisten Gäste allerdings vor, auf der freien Fläche vor der Treppe auf und ab zu promenieren. Nicht mehr lange, und die ersten Darbietungen würden beginnen.

Oben auf der Treppe ragte die Bühne mit hohen Kulissen empor, aber von den Stufen blieb genug frei, dass man ungehindert hinauf- und hinabsteigen konnte. Im Schatten der seitlichen Gewölbe hatten sich die Musiker versammelt, die gerade ihre Instrumente stimmten. Eine Kakophonie von Tönen wogte über die Festversammlung hinweg. Dazu kamen das Stimmengewirr der Gäste und das Fußgetrappel der Dienerschaft, die hastig die letzten Vorbereitungen zu Ende führte.

Dennoch war das gebieterische Organ des Majordomus deutlich zu hören, der nun hier Befehle erteilte wie ein Offizier zu Beginn einer Schlacht.

Und da stand der Kardinal. Er blickte in die Runde. Seine Augen blitzten. Aber er war noch nicht zufrieden.

»Straffer die Girlanden!«, befahl er. »Und wo sind die Feuerbecken?«

Das galt dem Majordomus.

»Sie kommen schon, Eminenz!«

»Und sprüht mehr Duftwasser. Es riecht nach Schweiß und Arbeit!«

Nun sah er Vanga, der beiseitegetreten war, um den Dienern mit den Feuerbecken nicht im Wege zu stehen.

»Wie gefällt es dir?«, fragte der Kardinal. »Nicht übel, hab ich Recht?«

Vanga vermutete: Es wurde durchaus keine Antwort von ihm erwartet.

Deshalb war er äußerst erstaunt, als der Herr des Hauses nahe an ihn herantrat.

»Erinnert dich das nicht an einen anderen Abend?«

»Ich weiß, welchen Abend Ihr meint, Eminenz.« Japan. Das fürstliche Fest.

Seine Eminenz blickte Vanga forschend ins Gesicht. Ob ihm eingefallen war, dass auf jenen Abend ein Gemetzel gefolgt war? Wahrscheinlich konnte er sich nicht vorstellen, dass sein Gefolgsmann je den Zusammenhang von beidem durchschauen würde.

»Dann wollen wir darüber schweigen«, sagte der Kardinal.

Sogleich wandte er sich an seinen Majordomus, der sich eilfertig näherte. »Die Musik soll beginnen. Die Türen auf! Lasst die Gäste herein!«

Atemlos erreichte Gina den Raum, der als Garderobe für sie hergerichtet war – oder eigentlich für Olimpia. Doch offenbar war hier niemand auf ihr Erscheinen vorbereitet. Schneider und Putzmacher, die sie aus der Hofhaltung ihrer Schwester kannte, verließen soeben das Gemach.

»Ihr?«, lispelte der Maestro von Nadel und Faden. »Aber hat es denn nicht geheißen, Ihr – Ihr – Ihr würdet, würdet nicht …«

Was bedeutete alles das? Olimpia wurde doch erwartet, oder etwa nicht? Gleichviel! Gina beschloss, sich nicht irritieren zu lassen.

»Da bin ich«, sagte sie, und gehorsam machten sich alle an die Arbeit. Kerzen wurden angezündet, Gewänder und Putz ausgebreitet.

Der Maestro drängte sich heran und spähte prüfend in Ginas Gesicht, aber da hatte sie schon mit dem Schminken begonnen, wie Olimpia es ihr aufgetragen hatte. »Her mit den Verschnürungen!«, krähte er. »*Dio mio*, wie mager Ihr geworden seid!«

Vanga blickte von der Galerie in die Runde. Die Musik umbrauste ihn. Das Fest war in vollem Gange. Er schaute in jeden Winkel und gab den Leibwachen, die als Diener verkleidet waren, hier und dort einen Wink.

Achtet auf die Nischen!

Behaltet den Mann mit dem blauen Rock im Auge!

Ein Posten an die Treppe!

Er wischte sich den Schweiß von der Stirn. Wie heiß es hier oben war! Aber keinesfalls durfte er seinen Umhang ablegen. Die Ausrüstung zöge sofort alle Blicke auf ihn.

Gerade wollte er sich einen Augenblick lang in den Schatten zurücklehnen, um etwas Luft zu schnappen, da sah er ein hageres Gesicht mit langer Nase über die Brüstung spähen.

Was tut *er* hier?

Rasch trat er neben die Gestalt und packte sie an der Schulter. Ein lautes Kreischen entrang sich dem Mann, und zitternd fuhr er herum. Die Musik übertönte alles. Vanga musste schreien, um sich verständlich zu machen: »Was tut Ihr hier?«

»Wollte sehen ...« Der andere hatte sich rasch wieder gefasst, als er sein Gegenüber erkannte. »Söhnchen, hast du mich erschreckt! Gehört sich das – mit einem alten Mann?«

Vanga musste grinsen. Pandolfo würde sich niemals ändern.

»Hi, hi«, setzte der andere von neuem an, »was für ein Spaß!«

Die Musik ging in eine ruhige Passage über, so dass Vanga dem Alten bedeuten musste, seine Stimme zu dämpfen, weil sie jetzt alle anderen Geräusche übertönte.

»Ja, ja. Ich weiß schon. Wird eine schöne Wut sein bei den Florentinern!«

»Die Florentiner? Wieso?«

»Die Musik. Hörst du es denn nicht? Die *Euridice* vom Monteverdi. Hi, hi. Man sagt, der Meister wäre persönlich hier. Seh ihn aber nicht. Ist vielleicht auch nur Gerede. Der Fuchs Santerra hat heimlich Musiker und Sänger angeworben, dass sie hier für seine Gäste zum Besten geben, worauf die Auftraggeber zur Medicihochzeit so stolz sind, stolz dass ihnen der Kamm wie Gockeln schwillt. Damit fordert er die gesamte Partei der Florentiner Krämerfürsten heraus und ärgert zugleich auch noch den König von Frankreich, *Enrico*, Heinrich den Konvertiten, der ihm wohl mal quergekommen sein muss, damals, als er noch das Haupt der Hugenotten war – Gott möge die Abtrünnigen strafen! Hi, hi! Ein Teufelsbraten, unser Gottesmann!«

»Ihr müsst hier verschwinden«, fiel Vanga dem Redseligen ins Wort. »Der Kardinal hat strenge Befehle erlassen.«

»Schade, Söhnchen!« Ein listiges Blinzeln. »Und wenn ich ganz zufällig …«

»Seid froh, wenn ich Euch nicht verrate!«

»Oh, sag, das würdest du tun?«

Sie standen an der Treppe, die ins Erdgeschoss führte. Pandolfo würde sich fügen müssen und in den entlegenen Gebäudetrakt verschwinden, der für die Bibliothek errichtet worden war.

Allerdings … Vanga überlegte einen Augenblick. Dies konnte die Gelegenheit sein, eine Frage zu klären, die ihm noch im Kopf herumspukte, drängender und peinigender als je zuvor, seitdem er den Cretino ausgequetscht hatte. Schließlich waren gerade von Pandolfo einstmals jene rätselhaften Bemerkungen gekommen, Vanga solle aufhören, die Antwort woanders als in seiner nächsten Nähe zu suchen. Was in Teufels Namen hatte er damit gemeint?

»Ihr wisst doch Bescheid in diesem Palast, nicht wahr?«, fragte Vanga.

»Ein wenig, hi, hi, kennst mich ja …«

»Eben. Ihr steckt Eure Nase in alles. Wo geht es da unten hin?« Fast eine Gewissheit und nicht nur ein Verdacht war es, wofür er eine letzte Bestätigung suchte.

»Ach ja.« Mit einem Schlag fiel das kindische Gehabe von dem Alten ab. »Machst dir so deine eigenen Gedanken, nicht wahr? Vermutlich meinst du einen gewissen Gang, der nur selten benutzt wird …«

»Scheint wohl, dass Ihr mich versteht. Könnt Ihr mir diesen Gang zeigen?«

»Nun ja.«

»Ich würde dann auch – sagen wir mal – ein Auge zudrücken.«

Pandolfo zögerte nicht. »Also komm, Söhnchen! Nimm die Kerze dort mit!«

Mit ungeahnter Behändigkeit eilte der greise Bibliothekar zum Treppenschacht und hastete die Stufen hinunter. Bald war die Musik nur noch von ferne zu hören.

Zwei Durchgänge passierten sie, dann schlug ihnen plötzlich kühle, feuchte Luft mit Kloakengestank entgegen.

»Die Kanäle«, summte der Alte.

Er griff nach der Kerze und leuchtete in die Finsternis hinab. Vanga trat in den feuchten Schlamm einer langgestreckten Höhle. Eine übelriechende faserige Masse hing vor dem Ausgang, aber sie ließ sich beiseiteschieben. Ein größerer Tunnel. Da sah er, was er vermutet hatte: Vom schleimigen Mauerwerk hoben sich massige Formen ab. Zwei gewaltige, kraftvoll ausgemeißelte Pranken. Löwenklauen! Gleich dabei das Pentagramm, über Kopf … Hier hatte er mit Gina gestanden, bei jenem albtraumhaften Vorstoß in die unterirdischen Labyrinthe von Rom. Hier war die Höhle des Ungeheuers.

Genau das hatte Cecco ihm damals sagen wollen, gerade in dem Augenblick, als die Kugel ihn traf …

»Meraviglioso!« Das Kompliment des Schneidermeisters hatte Gina noch im Ohr, und es entsprach genau ihren eigenen Empfindungen. Dieses Kleid war ein Wunder!

Hingerissen führte der Mann die Spitzen von Daumen und Zeigefinger an die Lippen, als sie an ihm vorüber in den Lichterglanz der Bühne hinausrauschte.

Ein Auftritt für eine Königin, nein, für eine Göttin. Denn war sie nicht Luna, das Sinnbild des himmlischen Nachtgestirns?

Gina steckte in einer prächtigen, weit schwingenden Robe aus Silberbrokat und Seide mit üppig gebauschten Ärmeln, hochgestelltem Spitzenkragen und einem Kranz aus schneeweiß schimmernden Federbüschen, die sich über ihrem Kopf ausbreiteten wie ein Strahlenkranz. Ein Diadem, an dem die Mondsichel prangte, krönte die mit Perlenschnüren geschmückte Frisur. Der obere Teil ihres Gesichts war durch eine Maske aus Reiherfedern verborgen, so dass nur die leuchtend rot geschminkten Lippen zu sehen waren. Ohne diese Verbergung ihrer Person wäre sie niemals imstande gewesen, sich so gekleidet – vielmehr so unbekleidet! – den Blicken der Festversammlung darzubieten, ließ der Ausschnitt doch nicht nur Hals und Schultern unbedeckt, sondern auch so gut wie ihren gesamten Busen!

»Wo ist denn das Oberteil?«, hatte sie gefragt, als der Maestro das Kleid an ihr zurechtzupfte.

Ein nachsichtiges Lachen. »*Carissima!* Dafür hast du deinen Fächer!«

Aber nun, da aller Augen auf sie gerichtet waren, der Strahlenglanz vom Kronleuchter über sie flutete und dennoch niemand ihr Gesicht zu erkennen vermochte, kam eine Kühnheit über sie, die sie sich niemals zugetraut hätte. Sie breitete die Arme aus und hob den Fächer dem Licht entgegen. Ein Rausch erfüllte sie: Stolz auf das kostbare Geschmeide, das man ihr um den Hals gelegt hatte, und Stolz auf das Funkeln ihrer eigenen Schönheit, die sie soeben im Spiegel erblickt hatte.

Die Musik zahlloser Instrumente erfüllte den Raum. Ein Sänger schmetterte eine Arie zum Ruhme der Göttin der Nacht. Danach die helle Stimme einer Sängerin. Oder war es ein Kastrat? Es war die *Aria für Luna*. Welch ein Glück, dass ich nicht selbst singen muss, dachte Gina.

Seltsam nur, dass auf einigen Gesichtern Verblüffung und in einigen Gesten Befremden lag. Vor allem ein Mann im Zentrum des Gepränges wirkte fassungslos und wie erstarrt. Sein Gesicht hatte alle Farbe verloren, und seine Augen stachen wie Dolchklingen. Er trug ein festliches Gewand in Purpur. Zweifellos der Gastgeber, seine Eminenz, Kardinal Santerra.

Hat er nicht Olimpias Auftritt in diesem Moment erwartet? Oder bin ich ihr so unähnlich, dass er den Betrug sofort erkannt hat?

Und wer ist die Dame an der Seite des Kirchenfürsten?, dachte Gina. Sie war zweifellos von strahlender Schönheit, wenn auch ihre Wirkung nicht so sehr auf dem Zauber der Jugend beruhte, sondern eher auf dem Glanz einer reifen Erscheinung. Ihr blondes Haar harmonierte mit dem Gold ihrer Ballrobe, und die Geste, mit der sie in ihrer Bewegung innehielt, zeugte von tänzerischer Grazie. Aber da war ein Anflug von gefährlicher Schärfe in ihrer Miene, es mochte der kalte Ausdruck der Augen sein – oder die Spannung im Schwung der rabenschwarzen Brauen.

Gina spürte eine Welle von Zorn, die ihr entgegenschlug, und heiß durchzuckte sie der Gedanke: Madonna! Auf was habe ich mich bloß eingelassen!

Das Festgeschehen näherte sich dem Höhepunkt. Vanga, noch immer damit beschäftigt, das zu verarbeiten, was er eben entdeckt hatte, stand wieder an den Kolonnaden des großen Saals. Die Musikanten erhoben sich, und der volle Klang des Orchesters brauste bis zur Kuppelwölbung empor.

Mit diesem Crescendo erschien auf der Bühne eine Gestalt, die Vanga den Atem stocken ließ. Eine Frau, vom strahlenden Licht der Kandelaber umhüllt, gekleidet in silbernen Glanz und funkelnde Juwelen. Ihr Gewand breitete sich aus gleich einem Blütenkelch, und ihr Schmuck sprühte wie Feuerwerk. Auf dem hoch erhobenen Haupt thronte ein kostbares Diadem mit einer Mondsichel, Krönung der kunstvoll aufgetürmten Perücke, gerahmt von prachtvollen Federn. Mit einer grazilen Bewegung schwenkte der schlanke Arm der

Evastochter den Fächer, und schimmernd bot sich der Busen den Blicken des Publikums dar. Nur das Gesicht dieser Schönen war nicht zu erkennen, denn es verbarg sich hinter einer gefiederten Maske. Dennoch gab es für Vanga keinen Zweifel: Das ist Olimpia!

Dieser Auftritt überraschte ihn nicht. Längst war ihm klar, dass es Kardinal Santerra sein musste, dem zuliebe die ehrgeizige Kurtisane sich von ihm, dem Habenichts Vanga, abgewandt hatte. Trotzdem – es versetzte Vanga einen Stich, sie hier als Göttin Luna und Königin des Festes zu erleben. Zugleich durchzuckte ihn ein anderer Gedanke: Hat es nicht geheißen, dieser Auftritt sei abgesagt? Die dafür vorgesehene Frau erkrankt ... Ging es dabei um Olimpia? Was ist mit ihr? Dann schaute er genauer hin, und ihm kamen Zweifel. Steht da wirklich die Frau, die dir so vertraut ist, Vanga?, fragte er sich.

Doch was war das? Eine Bewegung im Saal erregte seine Aufmerksamkeit. Der Kardinal. Noch nie hatte Vanga den Kirchenfürsten so fassungslos gesehen.

Und war das nicht die Contessa, Arm in Arm mit Seiner Eminenz?

Tatsächlich! Sie ist es!

Die Comtessa rührte sich nicht und verzog keine Miene. Vanga kannte sie und auch Olimpia gut genug, um zu wissen, dass keine von beiden eine Herrscherin neben sich duldete. Unwillkürlich richtete er den Blick wieder auf den Kardinal. Hatte der diese Situation etwa so geplant – oder geschah da etwas, das er nicht vorausgesehen hatte? Der Gesichtsausdruck Seiner Eminenz gab dem Beobachter die Antwort: Der Kirchenfürst war bleich wie Wachs, und sein Mund stand offen, als sei ihm ein Geist erschienen.

Merkwürdig! Was geschieht hier nur?, sinnierte Vanga. Santerra hat sich doch noch nie durch ein peinliches Zusammentreffen in Verlegenheit bringen lassen. In solchen Situationen und bei weitaus verfänglicheren Konfrontationen hat er bisher immer Souveränität gezeigt. Da muss mehr dahinterstecken! Einen Augenblick lang streifte Vanga die Ahnung von etwas viel Grauenhafterem. Der gehetzte Blick der aufgerissenen Augen, die schlangenhafte Schwellung der blauen Schläfenadern, das Zittern der Unterlippe. Weshalb solch ein höllischer Schrecken? Und was hat die Frau auf der Bühne damit zu tun? Göttin Luna! Diese Zeichnung, die ein neues Opfer brandmarkt! Alle Vermutungen greifen ineinander, und die Gewissheit der Konsequenz stürzt auf Vanga ein: Santerra ist der Mörder im Dunkel. Der Schwarze Engel!

Und die Frau dort oben – ist es Olimpia? – schwebt in tödlicher Gefahr!

Inzwischen hat der Kardinal sich gefasst. Ein herrischer Wink mit der Hand.

Wem gilt dieses Zeichen?

Vanga hat den Adressaten entdeckt: Navarro, der Sekretär im Tragestuhl, von zwei Dienern hereingeschleppt und begleitet von seinem riesenhaften Faktotum. Ein kurzes Nicken. Er hat verstanden. Der Riese Polifemo beugt sich nieder und empfängt eine Weisung. Und während die Musik zu einem schmetternden Crescendo aufbrandet, steigt Kardinal Santerra auf das Podest, das man mitten im Saal für seine Ansprache errichtet hat, hebt das Glas und lenkt damit unfehlbar die Aufmerksamkeit auf sich.

Dies ist der Augenblick, der alles entscheidet!

Gina hatte das Erschrecken des Kardinals gesehen und wusste genau, dass sie in Gefahr schwebte. Sie kannte weder den Grund, noch begriff sie den Zusammenhang, aber ihr Herz krampfte sich zusammen.

Wer war dieser blasse, scharfäugige Mann in dem seltsamen Tragestuhl? Und was befahl er dem hässlichen Riesen an seiner Seite? Das Mädchen konnte die Worte nicht verstehen, obwohl die beiden gar nicht weit entfernt waren. Zu laut die Musik des vollen Orchesters. Doch die Handbewegung des Befehlenden zielte in Ginas Richtung, und sie war unmissverständlich: Pack sie – und weg mit ihr!

Sollte sie zu fliehen versuchen? In diesem Kleid? Mit diesem Aufputz? Oh, Gesù, sie hat sich selbst ans Messer geliefert!

Schon bahnt sich der ungeschlachte Bursche seinen Weg durch die Menge, drängt Gäste rücksichtslos zur Seite. Die Musiker, die nicht ausweichen können, stößt er nieder, ohne Rücksicht auf ihre Proteste und die Misstöne der malträtierten Instrumente.

Während Gina zaudert, fällt ihr Blick auf eine schwarze Gestalt im Saal. Berto Vanga! Er hier? Wie gut, ihn zu sehen! Seit wann ist er zurück in Rom?

Er schaut zu ihr herauf und ist bereits auf dem Weg zu ihr. Erleichterung wallt in ihr auf. Aber wie viel weiter ist er von ihr weg als dieser gewalttätig wirkende Kerl.

Hilf mir!, will sie schreien, aber da legt sich erstickend eine Hand auf Mund und Nase. Gleichzeitig spürt Gina einen Arm, der sich um ihre Hüften schlingt. Der Riese hat sie gepackt! Er hebt sie hoch, und Gina strampelt hilflos mit den Füßen. Sie bekommt keine Luft, ist dem Ersticken nahe. Alles um sie herum dreht sich plötzlich wie ein Strudel. Dumpf dröhnt eine schwere Tür. Die Musik verklingt im Brausen des Blutes in ihren Ohren.

»Aufhalten!«, brüllt Vanga, aber er kann das Getöse nicht übertönen.

Es ist wie in einem jener Träume, in denen man sich verzweifelt bemüht, an ein Ziel zu gelangen, und dabei nicht einen Schritt von der Stelle kommt.

Verdammt, wie soll ich diesen Kerl jemals einholen? Was hat er vor? Ich muss ihn kriegen! Also vorwärts!

Als Vanga endlich die Balustrade hinter der Bühne erreicht, ist die Tür zum Treppenschacht bereits zugefallen. Zum Teufel, sie klemmt! Kostbare Augenblicke verstreichen, bis es ihm gelingt, sie aufzustemmen.

Vanga hält einen Augenblick inne und lauscht.

Nach oben oder nach unten? Ist der Entführer etwa ins Labyrinth der unterirdischen Gänge geflohen?

Nein! Schwere Tritte oben im Treppenhaus. Nichts wie hinauf!

Der Riese hat die Tür mit der Schulter aufgedrückt. So gibt er Nase und Mund des Mädchens nicht frei. Aber nun stürmt er eine Treppe hinauf, und dabei behindern ihn das Kleid und die Schleppe. Deshalb lässt er nun doch Ginas Gesicht los, packt den kostbaren Stoff und reißt ihr das Gewand vom Körper. Keuchend ringt sie um Atem. Endlich wieder Luft!

»Lass mich los!«

Mit beiden Fäusten trommelt sie auf Nacken und Schultern des Entführers. Er kann darüber nur lachen. Zorn überkommt sie wie eine Welle. Sie stößt mit dem Finger nach seinem Auge. Er schüttelt wütend den Kopf wie ein Stier, der von Fliegen belästigt wird. Aber Gina gibt nicht nach. Mit der freien Hand versucht er knurrend, ihre beiden Hände zu packen.

»Hilfe!«, schreit sie, bringt jedoch nur ein verzweifeltes Wimmern hervor. Ihre Kehle schmerzt.

Er presst sein Opfer so fest an sich, dass Gina erneut der Atem vergeht.

Per la miseria! Wo bleibt Vanga?

Vanga hat die beiden vor sich! Am Ende der Treppe!

»Steh still, oder ich schieße!«, brüllt er.

Der Riese verharrt unschlüssig.

Vanga seufzt erleichtert. Seine Rechnung geht auf. Der Gegner ist nicht klug genug, um zu erkennen, dass ein Schuss nicht nur ihn gefährden würde und sein Gegner sich deshalb davor hüten wird. Oder glaubt er, dass Vanga solche Rücksicht missachtet? Jedenfalls weiß er nicht, dass der Verfolger gar keine Schusswaffe bei sich hat.

Aber auch Vanga verliert kostbare Zeit, weil er strauchelt und sich wieder aufrappeln muss. Sein Schienbein blutet.

Aber da – da vor ihm sind sie!

Die zierliche Gestalt, die sich in Polifemos Armen windet, ist jetzt ohne Maske. Das Licht einer Fackel lodert über ihr.

Vanga stutzt: Das ist nicht Olimpia, sondern Gina! Kalter Schweiß auf seinem Körper.

Der Koloss setzt sich von neuem in Bewegung, drohend, aber ohne einen Laut. Doch das Mädchen hält nicht still. Es packt den nächstbesten Gegenstand, eine Fackel aus einer Halterung, und schwingt sie gegen den Schädel des Bedrängers. Der ungeschlachte Kerl brüllt wie ein verwundeter Stier. Da erlischt die Flamme. Vanga hört nur noch ein knarrendes Geräusch. Rostige Scharniere an einer Tür oder Klappe? Wohin?

Er tastet sich vorwärts. Wie kann er sich wieder Licht verschaffen? Zündstein herauskramen? Eine andere Fackel holen? Dauert zu lange! Er kann nur hoffen, dass sein Gegner sich wirklich entfernt hat und nicht irgendwo auf ihn lauert.

Da blitzt ein silbriges Licht ins Dunkel. Eine Öffnung zum Himmel! Draußen zieht das Gewitter auf …

Vanga lässt alle Vorsicht fahren und stolpert die letzten Stufen empor. Eine unverputzte Mauer. Eiserne Sprossen. Hier geht es aufs Dach. Er ist schon halbwegs oben, als er spürt: Seine Hände sind nass. Blut klebt am Gesims. Und Fetzen von Stoff …

Ginas Blut?

Als Vanga den Kopf hinausstreckt, erfasst ihn ein heftiger Wind.

Was um Gottes willen ist mit Gina?

Es ist, als wolle dieser Griff sich niemals lockern. Gina windet sich wie eine Schlange, stößt mit den Knien, hämmert mit den Fäusten. Kälte, Schwindel. Aber jetzt: Widerwillig grunzend stößt der Zyklop sie von sich. Wo ist sie? Madonna, im leeren schwarzen Nichts, schutzlos auf dem Dach des Palazzo! Sie kriecht auf Händen und Knien zurück. Duckt sich, als eine zweite schwarze Gestalt auftaucht. Ist das Vanga? Oder noch ein Feind?

Den Riesen sieht sie nicht mehr, auch der andere Mann ist verschwunden. Sie stößt an ein Gesims – die Luke, durch die der Entführer sie heraufgeschleppt hat. Plötzlich gleißendes Licht. Blitze wie Feuerwogen. Wind peitscht bis auf die Haut! Rasch hinunter und in Sicherheit!

Zitternd tastet sie sich weiter. Schluchzend, keuchend, halb stürzend hinab. Alles finster! Sie weiß nicht, wie weit sie gelangt ist, als sie wieder auf Fackelbeleuchtung stößt. Da – eine halb geöffnete Tür. Die muss zwischen sie und die Gefahr. Ein Versprechen von Schutz. Oder nicht?

Vanga duckt sich, um dem Windstoß zu entgehen. Der Mond tritt aus den Wolken. Licht! Der Blick geht über das Dachgebirge. Helle Gipfel und finstere Schluchten. Rechts weite ziegelgedeckte Flächen, ein drohender Steilhang, vom obersten First herab. Aus den schrägen Flanken dieses Massivs ragen Kaminschäfte, bizarre Türme. Am Himmel Wetterleuchten. Wieder Wolken vor dem Mond. Ein bläuliches Gleißen enthüllt den Horizont als schwarze Zackenlinie. Müssen die Albaner Berge sein. Donner rollt in der Ferne. Dann wieder Finsternis. Doch ein Blick hat genügt: Da oben ist der Riese!

Eine Dachklippe höher. Hat die Leiter, die hinaufführt, in die Tiefe gestoßen. Aber Vanga weiß, wie er ihm folgen kann!

Rasch legt er die eisernen Krallen an, die es möglich machen, die Wand bis oben emporzuklimmen, jede Vertiefung und jeden Vorsprung nutzend, um sich festzukrallen. Eine Erfindung der Kriegermönche im fernen Land Zipangu, die ihn einst unterwiesen haben – im Gebrauch dieser und anderer Ausrüstungsstücke. Warum nur hatte er niemals wieder danach greifen wollen?

Sacra! Ein grelles Leuchten. Gewaltige Wolken wie gestaffelte Kulissen. Dann wieder nichts als Schwärze, brütende Finsternis. Kein Windhauch mehr.

Nur nicht nach unten sehen! Und auch nicht in die Ferne. Die Gefahr ist ganz nah!

Sein Blick tastet die Umrisse der Dächer ab. Nichts regt sich. Aber sein Gegner muss dort oben irgendwo sein – in den tintenfarbenen Schatten. Oder zwischen den Klippen. Oder an einer der Balustraden?

Wieder ein Blitz!

Ist er womöglich hinter mir?

Vanga duckt sich auf den rauen Schindeln, die sich von der Sonne noch warm anfühlen, alle Sinne angestrengt. Der böige Wind riecht nach Regen, kühl streicht er über ihn hin. Aufmerksam späht er um sich, bemüht, die Finsternis zu durchdringen. Aber wieder nichts als Schwärze ringsum. Rote Flecken und Kreise beginnen vor Vangas Augen zu tanzen. Gaukelnde Trugbilder, die plötzlich in Tränen verschwimmen.

Gina stößt die Tür hinter sich zu, ihre Finger finden einen Riegel und schieben ihn vor. Zugleich wirft sie sich mit ihrem ganzen Gewicht gegen das Holz, als rechne sie damit, dass der Feind es durchbrechen will. Das Herz pocht in der Kehle.

»Sei unbesorgt!«, sagt eine Stimme in ihrem Rücken.

Gina fährt herum.

»Die Tür wird halten. Es sei denn, Goliath persönlich ist hinter dir her.« Eine weibliche Stimme. Sie spricht sanft, aber in einem spöttischen Ton.

Gina liegt eine zornige Antwort auf der Zunge, aber sie beißt sich auf die Lippen und schweigt. Sie muss herausfinden, wo sie ist und wem sie gegenübersteht. Kerzenlicht strahlt ihr ins Gesicht und blendet sie.

Eine schlanke Gestalt, die langsam näher kommt.

»Keine Angst!«, sagt die Frau.

Kann man ihr trauen?

Die Kerzen flackern. Im Luftzug klappt eine Tür. Also gibt es einen zweiten Zugang. Wie närrisch zu glauben, ein simpler Riegel könne die Rettung sein!

Wer ist diese Fremde, und was will sie?

»Bleibt mir vom Leibe!« Das kommt nur unter Keuchen heraus. Gina ärgert sich über sich selbst. Schließlich: Wieso schert es sie, was die andere über sie denkt?

Die Finger tasten nach ihrem Messer, aber das ist vergeblich. Es steckt in dem Kleid, das sie abgelegt hat, als sie das Flittergewand anzog, von dem nur noch zerfetzte Reste an ihrem Körper hängen.

»Ein prächtiges Kleid.«

Das kann nur Spott sein! »Für die Bühne«, murmelt Gina, schon wieder besser bei Atem – und ärgerlich, überhaupt geantwortet zu haben.

Erschrocken begreift sie, dass sie fast nackt ist. Aber was geht es *die Fremde* an?

»Ich weiß«, sagt die Frau … »Ich habe dich gesehen.«

»Luna. Die Göttin der Nacht …« Gina kommt sich unendlich töricht vor bei dieser Erklärung, aber die andere scheint das nicht zu bemerken.

»Wer in die Nacht geht, kann ihr zur Beute werden«,

flüstert sie. »Komm herüber, und trink einen Schluck! Hier gibt's nichts, wovor du dich fürchten müsstest.«

Gina gehorcht zögernd. Erst jetzt nimmt sie wahr, dass noch immer Musik aus der großen Halle heraufklingt. Das Fest geht weiter, als sei nichts geschehen.

»Hier, nimm doch!« Die Frau hält dem Mädchen einen Pokal entgegen, in dem ein goldenes Getränk schimmert.

Gina nimmt ihn und nippt, ohne einen Geschmack wahrzunehmen.

Das muss eine vornehme Frau sein. Eine Frau von Adel. Das Kleid, der Schmuck, die Art zu sprechen! Blond, elegant, kunstvoll geschminkt. Nicht mehr ganz jung – im Vergleich zu Gina.

Worauf hat sie gewartet? Oder auf *wen*?

»Setz dich! Wenn das Konzert beendet ist, kommen die Ehrengäste hier herauf. Sie werden dich bewundern wollen.«

Eine Lumpenprinzessin?

»Es gibt nichts zu bewundern. Nicht ich hab gesungen. Es war eine andere, nein, eher ein Mann, ein Mann der …«

»Ich weiß. Einer von diesen armen Menschen. Das wird bisweilen gemacht. Obwohl die Kirche es nicht billigt. Weißt du, sie billigt vieles nicht, und doch …«

»Ich war sehr aufgeregt.«

Die schreckliche Szene, mit der ihr Auftritt zu Ende gegangen war, wollte Gina am liebsten vergessen. Aber weiß diese Frau nicht längst über alles Bescheid?, sinnierte sie. Es kann ihr nicht entgangen sein.

»Du hast großartig ausgesehen. Nur hier …« – die flinke Hand der Dame zupft und zerrt an den Resten des Kostüms –, »… hier ist etwas verrutscht, und da, da ist etwas gerissen. Halb so schlimm, gib Acht!«

Sie hält mich zum Narren, denkt Gina.

Aber sie bemüht sich um höfliche Worte: »Seid bedankt!

Ich …« Irgendetwas drängt sie weiterzusprechen. Vielleicht die Aufregung, die sie gerade erst hinter sich hat, oder die Angst, die noch in ihr steckt. Oder womöglich das vage Vorgefühl von etwas, das geschehen könnte, wenn das Geplänkel abriss? Nur kommt ihr nicht ein vernünftiger Satz mehr in den Sinn. Sie plappert einfach drauflos.

Was bedeutet dieses kehlige Lachen? Und dann die Berührungen an Schulter und Hals, die gar nichts mit dem Ordnen der Fetzen zu tun haben …

»Wie jung du bist!«, flüstert die Dame. »Und deine Lippen, so weich …«

Der Mund der Frau ist plötzlich sehr nahe.

»Lasst mich!« Gina weicht zurück. Stößt gegen einen Leuchter, der zur Seite kippt.

Das Gesicht der Dame liegt nun im Dunkeln, und ein zuckendes Licht erhellt die reich verzierte Decke.

Gina vergisst, was sie sagen will. Sie starrt auf etwas Erschreckendes, ihr Mund steht offen. Da verläuft ein Riss, klaffend wie eine Wunde teilt er die Decke, zerstört die Ornamente. Ein Spalt, der sich im Zickzack fortsetzt.

»Madonna! *Was ist das?*«, entfährt es dem Mädchen, und auch die Frau hält den Atem an und starrt nach oben.

Vanga presst sich gegen das Dach. Blendender Widerschein zerreißt die Dunkelheit, schneeweiß und klar umrissen springen Formen hervor. Der Dachfirst, Giebelspitzen, Schindeln, kristallscharfe Formen. Nur für Bruchteile von Sekunden zwar, aber lang genug, um ein Bild auf Vangas Netzhaut zu brennen. Eisiger Schrecken: ein gigantischer Schatten über ihm, schwarz und weiß, mitten im Sprung, die Arme vorgestreckt, die Finger wie Krallen gespreizt, eine maskenhafte Fratze, funkelnde Augen, gebleckte Zähne und die Haare gesträubt wie eine Löwenmähne … Polifemo! Ehe sein Verstand begreift, hat Vangas

Körper schon reagiert. Er wirft sich zur Seite, prallt gegen Mauerwerk, klammert sich an. Wieder Schwärze. Nichts sehen die geblendeten Augen, aber Hände und Knie spüren den Aufprall seines Gegners, der das Dach erschüttert. Vorbeigesprungen!

Was, wenn dieser Blitz nicht … Vanga schiebt den Gedanken beiseite – keine Zeit!

Wo ist sein Gegner?

Wie ein Tiger gleitet Vanga über die schräge Fläche, wittert, spürt, weicht aus und greift an. Er tut, was er vor langer Zeit gelernt hat und eigentlich vergessen wollte: Er handelt instinktiv. Etwas tief Verborgenes entscheidet. Denken und Handeln werden eins.

Im Leuchten einer fernen Entladung zeichnet sich der Widersacher ab, rappelt sich auf und wendet sich schwerfällig zurück.

Schnell streift Vanga die Steigeisen ab. Schon ziehen seine Finger, durch Riemen geschützt, die scharfkantigen Sterne aus dem Gürtel. Würfe aus dem Handgelenk. Die blanken Geschosse zischen durch die Luft. Ein Stöhnen wie von einem getroffenen Eber. Der geschliffene Stahl hat sein Ziel nicht verfehlt. Etwas kracht und splittert. Wieder Licht. Der Riese hat eine Fahnenstange vom First gebrochen, schwingt ihr dickes Ende wie eine Keule. Wieder weicht Vanga aus. Der gewaltige Hieb schmettert herab, umsonst, trifft eine Giebelkante, wirbelt Ziegeltrümmer und Holzsplitter auf. Aber die Kraft lässt nach. Noch ein Blitz, diesmal sofort danach ein betäubender Donner.

Verdammt! Das Unwetter ist über uns!

Das Dach erbebt. Seine Oberfläche ist schlüpfrig. Aber es regnet noch immer nicht. Das ist Blut! Dicht vor Vanga schwankt sein Gegner dahin. Die Sterne aus Stahl! Einer hat offenbar getroffen … Der Riese hält sich den Kopf. Ob er aufgeben wird? Stöhnend fällt er auf die Knie, rutscht ab, gleitet weiter, findet ein Gesims – wird es halten? Zu schwer! Er rutscht tiefer. Wo ist er hin? Vanga kriecht bis an den Rand des Abgrunds. Da hängt der Gigant im flackernden Licht und krallt die Pranken an die Dachrinne. Die biegt sich und gibt immer mehr nach.

Heftige Windstöße fauchen heran. Vanga und sein Gegner starren einander an. Kein Zorn, kein Hass, nur Fremdheit. Alles wie zu Eis erstarrt. Und da kommt der Regen! Erst einzelne schwere Tropfen, dann ein Geprassel wie Hagelschlag, und schließlich brandet er nieder wie eine brausende Woge. Ist da nicht ein Schrei, der in der Tiefe verhallt? Vanga keucht und reibt sich das Wasser aus den Augen. Die Dachrinne ist weggebrochen. Das ist alles, was er begreift. Verschluckt von der Finsternis …

Gina unterdrückt einen Aufschrei. Der Riss an der Decke pflanzt sich rasend schnell fort. Ein scheußliches Knirschen begleitet das Zerstörungswerk: aufplatzender Putz und berstendes Mauerwerk. Donnergrollen verschlingt die Geräusche, dann plötzlich Stille. Auch die Musik im Festsaal verstummt! Was hat das alles zu bedeuten?

Wie unter einem Bann starrt das Mädchen auf die drohende schwarze Linie. Sie erreicht das Deckengemälde, teilt einen Engel. Das leuchtende Antlitz – gespalten wie von einem Schwerthieb. Große Stücke Putz poltern aus dem Verbund. Ziegelbrocken und Mörtelstaub stürzen herab. Plötzlich hört die Bewegung auf. Stille. Die beiden Frauen: erstarrt. Gina hält den Atem an. Die Lippen zittern. Doch die Pause dauert nur einen Lidschlag. Dann ein neuer Donner, heftiger als je zuvor, und das Gebäude erbebt bis in die Fundamente. Kerzen flackern, erlöschen. Ein Windstoß hat die Fensterflügel aufgedrückt und bläht die Vorhänge. Dumpf rauscht der Regen.

»Die Flut, der Tod, Strafe des Himmels«, flüsterte Gina.

»Strafe?« Ein höhnisches Gelächter. »Die Strafe des Himmels ist das Leben.«

Gina fährt zusammen. Sie hat die Fremde fast vergessen. Wie kann sie so lästerliche Dinge sagen? Ein Holzspan flammt auf. Die Frau zündet die Kerzen wieder an. Der Riss zu Häupten steht still, aber er geht weiter als bei Ginas letztem Blick. Und da – es sickert Wasser herein!

Was, wenn das Mauerwerk ganz nachgibt? Stürzt dann die Decke herab – oder bricht der Palast zusammen?

Alle Kerzen brennen wieder. Über die Flammen hinweg blickt die Dame das Mädchen an. Dann hebt sie mit verschwörerischer Geste die Hand und legt einen schlanken Finger an die Lippen: Still!

Zwischen dem Wogen des Donners sind Schritte zu hören. Draußen, auf der Treppe. Dann bebt die Tür. Die Angeln knarren. Spaltbreit springt sie auf, und kalte Luft flutet durchs Fenster herein.

Der Riegel! Hatte Gina ihn nicht vorgeschoben? Wer hat ihn wieder geöffnet? Oder ist kein Verlass mehr auf ihre Erinnerung?

»Der Herr des Hauses«, raunt die weiche Stimme neben dem Mädchen. »Sieh an! Er lässt seine Gäste allein, um mich zu suchen. Oder – dich?«

Doch es sind mehr Gestalten, die nun in den Raum drängen. Zwei Männer schleppen etwas Schweres herbei: einen Mann im Tragestuhl. In der Mitte des Raums setzen sie ihn ab.

Unwirsch blickt der Sitzende um sich und klatscht in die Hände. »Das Fenster zu und hinaus!« Ein Wink.

Die Diener führen den Befehl hastig aus. Die Tür klappt hinter zwei tief gebeugten Rücken zu.

Seufzend lehnt der Herr sich zurück. Das Licht fällt auf ihn. Sein Gesicht steckt unter einer Maske.

Gina spürt einen eisigen Schauder. Ist das Seine Eminenz?

Der Kardinal? Mit Maske? Weshalb im Tragestuhl? Was ist mit ihm geschehen?

»Wer seid Ihr?«, faucht die blonde Frau wie eine Katze, die sich unerwartet einem gefährlichen Hund gegenübersieht. »Ich habe Seine Eminenz erwartet, nicht – Euch!«

Keine Antwort.

Ginas Blick fliegt hastig zwischen den beiden hin und her.

Wer ist dieser Mann? Nicht der Kirchenfürst? Sie wagt kaum zu atmen, und in ihrer Not bekreuzigt sie sich dreimal hintereinander

Unter der Maske hervor dringt ein Laut an Ginas Ohr. Ein rhythmisches Ausstoßen gequetschter Luft. Das ist – ein Lachen! Aber fast tonlos. Zischelndes Gelächter bei zusammengebissenen Zähnen. Hohn und Spott.

Vanga tastete um sich. Das Dach bebte vom Rollen des Donners. Wieder ein Blitz, Strom aus gleißendem Feuer, zuckte über seinen Nacken hinweg. Finsternis. Ein scharfer Geruch in der Luft.

Ich muss hinunter! Aber wie? Zitternd, geblendet suchte Vanga einen Weg.

Verdammt! Hab die Richtung verloren …

Was ist das dort vorn? Undeutlich. Pfosten und Streben. Ein Gerüst. Die Verschalung für das neue Gewölbe. Darunter also – der Saal …

Ein Balken befindet sich nur wenige Armlängen vom Dachrand entfernt. Wenn er dorthin gelangt, hat er Schutz. Bretterstege, Leitern, die nach unten führen. Aber Vanga zögert. Ist es eine Sinnestäuschung, oder bewegt sich das Gefüge? Er reibt sich die Augen. Kein Zweifel: Ein Balken verschiebt sich und schwankt, ein anderer neigt sich noch weiter. Der Sturm!

Die Tauknoten. Das Gerüst wird einstürzen und in der Dunkelheit verschwinden. Kein Augenblick zu verlieren!

Vanga kriecht seitwärts wie ein Krebs. Richtet sich auf, taumelnd, stemmt sich gegen den Sturm – nimmt Anlauf …

Gina verfolgte das Geschehen im Raum mit aufgerissenen Augen.

Die Dame war bis an die Wand zurückgewichen. Ihre Hand tastete seitwärts, suchte einen Ausgang, wo keiner war.

»Wir erwarten den Hausherrn«, flüsterte sie.

»Wie?!«, gellte die Stimme des Maskierten mit plötzlicher Heftigkeit.

»Seine Eminenz …«

Wo sind Stolz und Haltung dieser Frau? Sie steht da wie ein Kind, das einen Schlag erwartet!

Vanga sauste gegen den Balken. Krallte sich fest. Regen im Gesicht. Blitz. Sah nichts. Tastete weiter. Finger bluteten. Erkannte wieder Umrisse. Alles schwankte unter ihm. Doch es gab keine Atempause! Wie lange würde das Gerüst halten? Er musste rasch wieder in den Palast.

Was kann nicht alles geschehen sein! Wo ist Gina? Was tut der Kardinal? Und Olimpia, die er auf der Bühne zu sehen glaubte, bis er begriff, dass es die Schwester war? Gina!

Da war die Fassade. Grelles Licht, tiefschwarze Schatten. Vorsprünge und tiefe Höhlungen. Dann etwas, das die Hände packen konnten. Ein Seil. Zur Fassade hinüber. Und da: eine Galerie mit großen Fenstern. Eins etwas unter ihm. Kerzenschein. Dorthin musste er gelangen, koste es, was es wolle. Wenn nur das Seil hält! Da klafft der Abgrund, tief unten Dächer und Höfe, für Sekunden blitzen tausend gefährliche Grate und Spitzen. Nur nicht hinabstürzen!

Das Fenster. Licht. Menschen. Was denn: die *Contessa*?

Ganz gleich, ich muss in Sicherheit kommen.

»Seine Eminenz hat Besseres zu tun …« Es klang, als wetze der Maskierte Eisen auf Stein.

War das alles ein böser Scherz? Gina biss sich auf die Nägel. Beliebte dem Herrn ein grausames Spiel? Erwartet wurde der Kardinal. Wer war jetzt dieser andere Mann, der an seiner statt gekommen war? Ein grausamer Witzbold, einer der andere mit Freuden quälte …

Gefällt es Euch, uns Angst zu machen?, wollte sie fragen, doch die Worte blieben ihr im Hals stecken.

War es Spottlust, die seinen Körper schüttelt – oder Kälte? Nur: Es war nicht kalt. Seit die Diener das Fenster geschlossen hatten, war die Luft im Raum eher stickig, ja schweißtreibend. Rührte daher ihre Bedrängnis?

Der Maskierte hob die Hand und richtete den Finger – nicht auf Gina, sondern auf die Dame, die sich duckte wie ein Tier, das man in die Enge getrieben hatte.

»Du!«, keuchte sie.

»Schade! Hätt dich lieber für mich allein gehabt …« Ein boshafter, verächtlicher Singsang.

»Warte –«

»Wirst gleich allein mit mir sein!«

»Warte – da kommt jemand.«

»Sieh an! Warst schon immer so leichtgläubig –«

Jähes Getöse. Nicht vom Donner und nicht vom Mauerriss. Von außen. Das Fenster fliegt auf. Holz splittert, Glas zerschellt. Etwas schmettert herein wie ein Hammerschlag.

Gina schreit auf und fährt herum. Der Vorhang bauscht sich wie ein geblähtes Segel, fetzt herab. Mit Wucht landet eine Gestalt. Aufhängung, Stange, Verzierungen – alles poltert hinterdrein. Da kauert ein Mann, sprungbereit wie ein Panther, eine schwarze Gestalt im Widerschein der Blitze.

Vanga, dem das Wasser am Körper herabläuft, ist wie eine Ramme durchs Fenster gebrochen, die Füße voraus, den Kopf eingezogen. Er prallt auf den Boden, Geprassel von Splittern und Scherben um sich her. Einen Augenblick der Benommenheit nur, bevor das Empfindungsvermögen wiederkehrt. Was für ein Schmerz im Knie!

Trotzdem kommt er auf die Beine. Zähne zusammengebissen! Das, was er wahrnimmt, ist die dumpfe stickige Luft. Ist da sogar Brandgeruch? Wasser trieft von der Decke!

Unwichtig! Wer sind diese Menschen? Drei sind es. Da ist Gina. Sie starrt ihn mit großen Augen an. Hat nur Fetzen am Körper. Fast nackt. Aber unverletzt!

Und die Contessa. Aufrecht und elegant, aber ohne ihre Überlegenheit. Seltsam sprungbereit wie auf glühendem Boden: entweichen um jeden Preis!

Und dann die dritte Person, vor der die anderen zurückgewichen sind. Ein Maskierter im Tragestuhl, im Tragestuhl des Sekretärs Navarro. Obwohl er unbeweglich ist, wirkt er angriffsbereit wie ein Falke und beutegierig wie eine Viper.

»Don Navarro«, bringt Vanga hervor. »Seid Ihr das? Was geschieht hier?« Zugleich lockert sich seine Haltung ein wenig. Die Situation ist angespannt, aber er sieht keine Waffe bei seinem Gegenüber. Und in die Reichweite des anderen – wer immer es ist – wird er sich nicht begeben und auch die beiden Frauen von ihm fernhalten.

Langsam geht er in einem Bogen durch den Raum, das verletzte Bein nachziehend, aber ganz und gar Herr der Lage. Dabei tastet er nach seinem Gürtel. Nur eine Waffe hat er nach dem Kampf auf dem Dach noch zur Verfügung, den Dolch, den er unauffällig in der Scheide lockert, während er sich Gina und der Contessa nähert. Er will zwischen sie und den Sekretär kommen. Doch weicht Gina ärgerlicherweise vor Vanga zurück, als müsse sie ihn fürchten. Das bringt sie näher zur Tür, aber auch in die Nähe Navarros.

»Bleib, wo du bist!«, fährt Vanga das Mädchen an. Gina

zögert. Er sieht es aus den Augenwinkeln. Seine Aufmerksamkeit gilt vor allem dem Mann. Hat er wirklich keine Waffe? Er hat immer gewusst, dass Navarro, wenn auch ein Krüppel, als Gegner nicht zu unterschätzen ist.

»Ihr solltet Euch heraushalten«, zischt der Maskierte. »Das hier geht Euch nichts an.« Lauernd.

Ist das wirklich Navarros Stimme? Es ist so dunkel! Die meisten Kerzen brennen nicht mehr … »Das entscheide ich selbst«, gibt Vanga zurück.

Verdammt! Gina ist noch weiter davongeglitten. Er muss den anderen fast umkreisen, um sie abzudrängen.

Da geschieht etwas Unerwartetes. Der Gelähmte stützt sich auf die Holme seines Tragestuhls und stemmt sich empor. Einen Augenblick schwankt er, dann streckt er das rechte, dann das linke Bein und steht plötzlich aufrecht da.

Ein Sturm wirrer Gedanken tobt in Vangas Kopf. Was tut dieser Mann? Gleich wird er stürzen! Oder kann er etwa – gehen?

»Wer … Wer seid Ihr?«

Ehe Vanga sich gefasst hat, wendet sich der andere zur Seite, tut zwei, drei lange Schritte, kraftvoll und elastisch, und zerrt Gina in seine Arme.

»Zurück!« Mit dem Knurren eines Wolfes, der seine Beute verteidigt, bringt er ihren Körper zwischen sich und Vanga. Eine Messerklinge blitzt an der Kehle des Mädchens.

Gina ist vor Angst wie versteinert.

Der Maskierte hält sie mit stählernem Griff. »Halt still!«, befiehlt er. »Keine Bewegung!«

Er stinkt! Unbegreiflicherweise ist das der einzige Gedanke, den sie fassen kann. Ein Geruch wie von Kampferöl geht von ihm aus. Ein jäher Schmerz. Das Messer hat ihre Haut aufgeritzt« Ein warmes Rinnsal tropft auf ihre Brust.

Madonna, hilf!

Vanga bemerkt das Blut an Ginas Hals und weiß, dass dieser Mann nicht zögern wird, den tödlichen Schnitt zu vollenden.

»Weg da!«

Nach kurzem Zögern gehorcht Vanga und gibt den Weg zur Tür frei. Er kann nichts tun.

Das ist nicht der Sekretär! Wie könnte er? Ist es der Kardinal?

Da, eine Bewegung neben dem Angreifer. Die Contessa! Auf sie hat der Mann gar nicht mehr geachtet. Wie eine Raubkatze schnellt sie vorwärts. Die Hand greift zum Nacken und bringt ein blankes Messer zum Vorschein. Aus dem Spitzenkragen! Eine einzige gleitende Bewegung. Wild und schön. Fliegendes Haar und ausgestreckter Wurfarm. Die Gestalt vor dem offenen Fenster, ein Geflecht von Blitzen – weißglühende Feuerbäche – lodert um ihr Profil. Vangas Netzhaut ist mit Schwärze geschlagen, und es dauert Sekunden, bis er wieder hell und dunkel unterscheidet. Der Maskierte wälzt sich am Boden. Auch Gina ist niedergestürzt. Ihr gilt Vangas erster Gedanke. Er wirft sich über sie und reißt sie zur Seite. Er fühlt nichts als Blut.

»Wo bist du getroffen?«, keucht er.

Gina spürt, wie sich alles um sie dreht. Sie kratzt und beißt, wehrt verzweifelt die Berührung ab, bis sie begreift, dass es Vanga ist, nicht mehr der Maskierte. Da fällt alle Kraft von ihr, und krampfhaftes Schluchzen bricht aus der Kehle. Sie hat das Messer nicht fliegen sehen, aber sie spürt das Blut, mit dem sie über und über besudelt ist.

Wessen Blut?

Hastig tastet sie sich ab, aber die Angst ist umsonst.

»Es ist nichts«, flüstert sie schließlich. »Nicht von mir …«

»Dann komm!«

Vanga stößt die Tür zur Treppe auf und zieht das Mädchen

mit sich. Fast muss er es tragen, denn Ginas Beine sind kraftlos. Er beißt die Zähne zusammen. Das Knie!

Auf den Stufen, die nach unten führen, wälzt sich ein kräftiger Mann in weißer Livree.

»Murad!«, wimmert es hinter ihnen. Die Dame! Gerade eben noch hat sie wie eine Rachegöttin ohne Zögern die tödliche Waffe geführt, und nun, beim Anblick ihres gemarterten Dieners, bricht sie zusammen.

»Nicht stehen bleiben!«, keucht Vanga. Für ihn ist der Livrierte nur ein Hindernis.

Da kommt ein Stoß, der das ganze Gebäude erschüttert. Der mächtige Treppenpfeiler gibt nach. Mörtelstaub füllt die Luft. Raubt den Atem!

Vanga trägt Gina, taumelt. Sie reißt sich los. Woher plötzlich die Energie? Blindlings wirft sie sich vorwärts.

Vanga rollt sich zur Seite. Die Erschütterung schleudert ihn die Stufen hinab. Sein Kopf prallt gegen eine Wand.

Ein Erdbeben!, durchzuckt es ihn. Nein. Was für ein Unsinn! Das Mauerwerk stürzt ein.

Hat er nicht auf dem Dach die Gewalt von Sturm und Regen erlebt?

Mühsam versucht er sich aufzurappeln.

Da gleitet ein heller Schatten vorbei. Die Contessa!

Und wo ist Gina?

Schrecken ergreift ihn. Schon voraus? Benommen rafft er sich auf und schleppt sich weiter.

Gina hält inne. Alles dreht sich. Wo ist Vanga? Muss gestürzt sein. Sie hat es gespürt, nicht gesehen. Irgendwo muss er liegen. Wie kann sie ihn im Stich lassen? Schon hat sie sich umgewandt und tastet in der Finsternis zurück. Eine Gestalt taumelt ihr entgegen. Die Dame! Sie murmelt etwas vor sich hin, das Gina nicht versteht, und ist schon vorüber. Staub und Finsternis. Gina kann nicht mehr weiter.

Vanga erreicht den Saal und hält inne. Als er das Fest verließ, war die Luft voller Musik und Stimmengewirr. Jetzt herrscht Schweigen. Er blinzelt ins Licht und begreift nicht. Die Gäste verharren wie gebannt, eine Versammlung lebloser Puppen. Grimassen statt Gesichtern. Dann hört er das Geräusch, das sie alle zum Schweigen gebracht hat. Zuerst nur ein leises Knirschen, weniger ein Laut als eine Vibration. Aber dann folgt die große Erschütterung.

»Die Pfeiler brechen!« Eine gellende Stimme. Bewegung kommt in die Menge, alles wendet sich zur Flucht, Gedränge setzt ein, Füße scharren, Glas zerbricht, Stühle purzeln um, Tische stürzen zu Boden.

Rette sich, wer kann!, heißt die Losung. Würdenträger und Paradiesvögel, durch Roben und Putz behindert, drängen, stoßen, schubsen einander, jeder will nur ins Freie gelangen. Einer packt den anderen am Ärmel, Kragen, Rockschöße gehen in Fetzen, vornehme Herren stoßen deftige Flüche aus, eine Dame kreischt wegen ihrer zerrissenen Halskette, ein Prälat murmelt Gebete – oder sind es Flüche? An den Ausgängen erreicht das Getümmel den Höhepunkt. Es hagelt Schläge und Tritte. Die kopflose Menge wälzt sich in Agonie.

Vanga, immer noch auf der Schwelle, fühlt sich an der Schulter gepackt.

»Wo ist seine Eminenz?« Der Majordomus.

»Ich weiß es nicht ...«

Wild späht der andere umher. »Ihr steht für seine Sicherheit ein!«

»Aber wo ...«

Schon eilt der Mann hinweg, quer durch den Saal, der wie ein Schlachtfeld aussieht.

Kopfschüttelnd starrt Vanga ihm nach.

Da kommt ein Luftzug – unwillkürlich duckt er sich. Ein gewaltiges Schmettern. Etwas unsagbar Großes stürzt nieder.

Staub wirbelt auf, Glassplitter prasseln nieder. Der riesige Leuchter! Ein ganzes Stück vom Gewölbe muss sich gelöst haben. Dreck und Qualm in der Luft. Vanga hustet, blickt fassungslos auf einen Trümmerhaufen. Die großen Blöcke haben alles zerschmettert.

Wo ist Gina?

Vanga spürt: Noch ist nicht alles vorbei! Er duckt sich. Neue Erschütterungen. Der gesamte Bau gerät ins Wanken. Die Gipsverblendungen brechen herunter. Ächzend weichen die Verbindungen der Mauern und Stützen auseinander. Die Bühne stürzt ein. Seltsame Klänge im Getöse: Die Musiker werfen ihre Instrumente von sich und flüchten von den Emporen. Gäste, die viel zu lange auf ihren Plätzen ausgeharrt haben, kriechen davon. Hier und da rappelt sich einer blutend vom Boden auf. Vanga kauert auf Händen und Knien. Als die Luft sich etwas klärt und nur das Flackern einer brennenden Dekoration die Szene erleuchtet, sieht er: Eine krallenartig verkrümmte Hand mit einer schmutzigen Spitzenmanschette ragt unter dem Trümmerhaufen hervor. Bewegungslos. Der Majordomus.

Kostbare Minuten verrinnen, bis Vanga die Lähmung abzuschütteln vermag. Dann taumelt er mit schmerzendem Schädel voran, bemüht, die züngelnden Flammen auszutreten. Nur jetzt nicht noch Feuer!

Betäubt und zitternd drängen die letzten Gäste zum Ausgang.

Wo ist Gina?

Schon rieselt Staub aus den Fugen im Mauerwerk, dann kommt Wasser, das sich wohl oben zwischen den Gesimsen angesammelt hat. Sturzbäche brechen sich Bahn und überschütten die Reste der Festausstattung. Mörtelbrocken und ganze Gebälkteile folgen.

Wo ist Gina?

Neues Getöse erschüttert Vangas Trommelfell. Einer der Stützbalken, auf denen die Last der Bögen ruht, bricht weg! Nun werden auch die anderen nicht mehr standhalten …

Wie in einem Albtraum sieht Vanga das große Gewölbe in Bewegung. Ein Stück hält sich noch aufrecht, aber der Unterbau sackt bereits weg. Eine Kaskade von Trümmern. Die letzte große Statue kippt – unendlich langsam – vom Sockel, noch ehe sie aufschlägt, lösen sich Kopf und Arme, der Stuck fliegt vom Eisengerüst, und der stolze Leib löst sich auf. Dann neigt sich eine der letzten Säulen, wie die Faust eines Riesen donnert ihr Kapitell herab.

Plötzlich herrscht Stille. Finsternis. Hier und da züngeln schweflige Flammen. Nur der Regen prasselt und löscht sie schließlich.

Das Getöse war vorbei. Betäubt wankte Gina in den Umkleideraum. Unfehlbar wie ein Nachtwandler hatte sie ihn gefunden. Während alles um sie zusammenbrach, hatte sie zitternd unter der Treppe gekauert, und es hatte lange gedauert, bis sie hervorzukriechen wagte. Nun stand sie im Halbdunkel zwischen den Resten vom Kostümfundus. Nirgends ein Mensch zu sehen. Kein Wunder! Wer konnte, war geflohen. Der Einsturz der großen Halle hatte sich bis hierher ausgewirkt. Die Rückwand der Garderobe war geborsten. Ruhig, von allem seltsam unberührt, brannte eine Öllampe aus Ton.

Da hingen die Kleider, in denen sie gekommen war! Sie riss sich die Fetzen vom Leibe und warf ihren Mantel über. Für nichts sonst nahm sie sich Zeit.

Dann zum Ausgang. Auch den fand sie, ohne nachzudenken. Er war unbewacht. Hastig schlüpfte sie hinaus. Dann hielt sie inne.

Wo ist Vanga?

Sollte sie zurückgehen und ihn suchen? In diesem Chaos?

Und – Madonna! – wenn sie ihn nun dort fände? Als Opfer. Sie zitterte.

Beißende Kälte. Schwarze Finsternis.

Jenseits des Vorplatzes geisterten Fackeln umher, und sie hörte Stimmengewirr. Sie kümmerte sich nicht darum, sondern nahm ihren Weg am Gitter entlang.

Da erhob sich eine dunkle Gestalt. Aufschreiend wich das Mädchen zurück.

Aber es war eine bekannte Stimme: »Signorina!«

Der Bucklige. Gina atmete auf.

»*Du* bist es, Guccio«, brachte sie heraus. »Lass uns gehen. Schnell!«

Zusammen liefen sie in der Dunkelheit davon.

Nur einmal blickte das Mädchen kurz zurück. Die klobigen Schatten der Ruine gegen den östlichen Himmel im ersten Schimmer des Morgengrauens.

»Ave, Maria«, betete sie. Es war wie ein Stoßseufzer. »Mach, dass er gerettet ist!«

NACHSPIEL: BOCCA DELLA VERITÀ

Vanga kauerte auf einem Säulenstumpf, das Gesicht in beide Hände gestützt. Die Sonne war aufgegangen. Er spürte bereits ihre Wärme, aber der Wind ging noch kalt. Die Haut, schweißnass, fröstelte unter dem dünnen Wams.

Und kein Gedanke in seinem Kopf. Leer.

Langsam hob er die Stirn und ließ den Blick wandern. Sand und Steine. Gras. Wassertropfen funkelten an den zitternden Halmen. Und dort: mächtige Balken, geborsten, halb im Boden vergraben.

Eine Stätte der Verwüstung. Wieder einmal in seinem Leben …

Aber er wollte nicht, dass die Erinnerungen erwachten und übermächtig wurden. Deshalb zwang er sich, die Fragen aufzurufen, die sich nun stellten:

Wo ist der Kardinal?

Wo ist Olimpia?

Und vor allem: Wo ist Gina?

Einer Eingebung folgend, nestelte er die Zeichnung hervor, die er am Vortag von Hakennase erhalten hatte. Da, die vertrauten Züge … Aber etwas gab ihm zu denken, und aus seiner Unruhe wurde Beklemmung: Das sah aus wie ein Bildnis Olimpias. Aber es machte den Eindruck eines jüngeren Gesichts. Und dann dieses Muttermal am Hals … Kein Zweifel mehr: Es war Gina!

Was ist mit ihr geschehen? Jählings drängte ihm das Blut zum Herzen. Auf der Treppe zum Festsaal hinunter hat er sie zuletzt gesehen. Kurz danach ging alles in Trümmer. Wo mag sie gewesen sein, als das geschah? Ist sie noch am Leben? Hat sie sich retten können? Wo soll er sie suchen?

Vanga kannte sich selbst nicht wieder. Er war nicht Herr seiner Gefühle. Und diese Gefühle waren voller Widerspruch. Er dachte: Es liegt an mir, dass sie in Bedrängnis geraten ist. Mit all dem hätte sie nichts zu tun, wenn ich nicht in ihr Leben getreten wäre …

Ein widriges Geräusch unterbrach diese Grübelei: »Da sitzt er«, krächzte eine peinigend laute Stimme. »Hockt herum und tut sich leid.«

Vanga wandte sich um. Pandolfo! Der Alte schlurfte am Rand des Trümmerhaufens entlang und stocherte mit dem Krückstock im Schutt. Dabei schüttelte er ein übers andere Mal den Kopf und murmelte in abfälligem Ton vor sich hin. Bis sich sein Blick wieder auf Vanga heftete und ihn mit zusammengekniffenen Augen fixierte. Er schnarrte: »Hätte keiner gedacht, dass so schnell alles hin sein kann. *Wie?*«

Vanga schüttelte stumm den Kopf.

»Zunge verschluckt?«, bohrte Pandolfo.

Vanga erhob sich unwillig und klopfte Mörtelstaub von seiner Hose.

»So einfach wird es nicht gehen«, krähte der Alte.

Mehr denn je glich er der Figur eines übellaunigen Greises, wie Vanga sie von der Commedia dell'Arte her kannte. Aber es war nichts Erheiterndes an ihm. Eine hässliche Vogelscheuche.

Nachdrücklich streckte Pandolfo die große Nase vor und schnupperte in den Wind. »Brenzlig«, krähte er. »Hätt nicht viel gefehlt, und es hätt auch noch der rote Hahn getanzt. Wär womöglich sogar die Bibliothek dran gewesen!«

»Die sind Euch wichtig, wie? Die Bücher.«

»Jawohl. Die Bücher! Wo wären wir alle ohne sie?«

»Und die Menschen?«

»Schnickschnack. Die meisten sind entkommen. Und um den Rest ist's nicht schade.«

Vanga hörte kaum noch hin. Vom eingestürzten Teil des Palastes her waren Spitzhacken und Schaufeln zu hören, auch einzelne Rufe und ein Gewirr von Stimmen. Die Aufräumarbeiten hatten begonnen. Wahrscheinlich suchte man nach Verschütteten.

»Nur keine Sorge«, meinte Pandolfo. »Man wird sie bald vom Geruch auffinden.«

»Und wenn der Kardinal unter den Opfern ist, wer wird Euch dann ernähren?« Vanga hatte sich nicht verkneifen können, dem nörgelnden Greis etwas entgegenzuhalten.

Pandolfo antwortete mit einer wegwerfenden Geste. »Wär nicht der erste Schicksalsschlag in meinem Leben. Außerdem wird der Satan ihn schützen.«

»Ist das Euer Ernst, oder redet Ihr nur so dahin?«

Pandolfo wackelte missbilligend mit dem Kopf. »Es gibt Leute«, sagte er, »die sind überzeugt, dass es keinen Gott gibt und dass für den Menschen mit dem Tode alles vorbei ist, aber dennoch glauben manche davon an den Teufel. Seltsam, findest du nicht?«

»Der Satan – und kein Gott?«

»Hi, hi, das Böse existiert nur allzu handgreiflich, nicht wahr?«

»Und Ihr – glaubt Ihr das auch?«

»Ich? Hältst du mich für einen Narren? Würde ich dann mit dir darüber reden?«

»Hm.«

»Aber worauf es ankommt, Söhnchen, das ist der Kult. Der Satan will Opfer, und er diktiert die Regeln. Dafür hilft er den

Seinigen, so glauben wenigstens manche. Deshalb morden sie und stehlen und betrügen, wie du es alle Tage erleben kannst. Und der Satan hat seine Freude daran.«

»Einfach so?«

»Einfach so. So ist er nun mal. Fühlen sich als Sieger – bis er sie fallen lässt.«

»Aber es gibt doch auch das Gute. Menschen die gut sind …«

»Nenn mir einen!«

»Pippo buono.«

»Das dachte ich mir. Zugestanden. Zum Glück hat's den gegeben! Nenn mir noch einen.«

»Äh …«

»Siehst du? Der Satan dagegen hat viele Diener. Und er hat auch Engel. Schwarze Engel. Du weißt, was ich meine? Und manchmal schwingt sich einer davon zum Erzengel auf.«

Vanga hatte genug von diesem Thema. Er brauchte nur daran zu denken, dass Gina vielleicht unter den Trümmern lag, um das Gerede des Alten zu verabscheuen.

Aber da sagte Pandolfo von sich aus: »Genug davon! Trink etwas!« Und er schlurfte heran und bot dem Jüngeren eine kleine silberne Flasche dar.

Vanga schnupperte daran. Grappa. Er nahm einen kräftigen Schluck.

»Gut. Hi, hi. Aber nun ist's genug, sonst bleibt nichts für mich. Hilft dem Tatendrang auf die Beine, nicht wahr? Dann solltest du jetzt hinter die Tür schauen …« Lag da nicht plötzlich etwas Lauerndes in der Miene des Alten?

»Tür? Welche Tür?«

»Nun. Es geht da drüben hinab, wie ich es dir gestern gezeigt habe. Nur musst du dich, wenn du unten im Gang stehst, nach der anderen Seite wenden. Dann kommst du nicht in die Kloaken, sondern zu einer Treppe, und die führt in einen Teil des Palastes, den kaum einer kennt. Älter als alles andere hier. Älter als die Katakomben. Soll einmal ein Gewölbe des Gottes Mithras gewesen sein.«

»Und –«

»Und dort findest du wahrscheinlich – nun ja, so etwas wie die Antwort auf die ein oder andere Frage.«

»Und das ist nicht …«

»In Trümmern? Nein, keineswegs. Ich hab schon nachgeschaut.«

»Ihr kennt Euch da aus?«

»Ich kenne nur die Tür, hi, hi. Weiter würde ich niemals gehen. Mein Reich sind die Bücher, wie du wohl weißt. Aber ich denk mir meinen Teil.«

»Warum habt Ihr mir denn nicht längst –«

»Söhnchen! Du hast mich nie danach gefragt.«

Vanga zögerte noch.

»Die Tür ist alt und stark, aber sie sollte einem Kerl wie dir nicht lange zu schaffen machen.« Der Greis kicherte.

»Wird sich zeigen«, murmelte Vanga, unruhig, aber spontan entschlossen.

Da trug der Wind das Knallen von Schüssen aus dem Park herüber. Eine ganze Salve.

Pandolfo deutete mit seinem Stock auf eine Baumgruppe hinter den Grasflächen. »Da hörst du's«, meckerte er. »Sie haben den Tiger erschossen. Ging wohl nicht anders. Ein Baum ist auf das Gitter gestürzt, und das Biest war drauf und dran auszubrechen.«

Die Tür des Palazzo stand offen. Leise ächzend gab sie dem Morgenwind nach, und der Eingang bot sich Gina dar wie ein finsterer Schlund.

Auch Guccio, der Bucklige, hatte gesehen, was los war. Er sagte nichts, aber er stieß unruhig die Luft durch die Nase.

Wie ein scheuendes Pferd, dachte Gina. Und zugleich wunderte sie sich über diesen Vergleich.

Wie eine eiserne Klammer legte sich Angst um ihr Herz. Hatte jemand die Tür aus Vergesslichkeit offen gelassen? Unwahrscheinlich, wenn man bedachte, wie peinlich genau die Köchin es mit der Sicherheit des Hauses nahm. Waren Diebe eingedrungen? Dann hätte doch jemand etwas bemerkt. Oder?

Womöglich waren sie immer noch da!

Das Mädchen horchte angestrengt ins Innere der Halle. Kein Laut. Keine Bewegung. Nur die Tür knarrte abermals. Am Schloss war keine Spur von Beschädigung. Also hatte es kein gewaltsames Eindringen gegeben. Nicht hier jedenfalls. Aber vielleicht waren die Einbrecher durch ein Fenster gestiegen und hatten das Gebäude durch die Tür verlassen.

Olimpia und ihre Abneigung gegen Hunde. Etwas, das sie seit der Kindheit an sich gehabt hatte. Nun zeigte sich, wie verderblich es sein konnte, auf solche Wächter zu verzichten.

Gina spürte, dass sie sich in Entrüstung steigerte, nur aus einer einzigen Ursache: Angst. Und nicht aus Angst um sich selbst!

Sie zwang sich zu nüchterner Überlegung. Nicht gerade ihre Stärke, wie sie sehr wohl wusste.

Ob es sich denn wirklich um Einbruch oder Raub handelte?

Und dann erst recht: Was war mit den Bewohnern geschehen?

»Wir müssen hinein«, flüsterte Gina. Obwohl Guccio erkennbar Mühe hatte, sie zu verstehen, kam es ihr vor, als halle ihre Stimme durch alle Gänge und Gewölbe.

Der Bucklige nickte stumm.

Gina schlich über die Schwelle und tastete hinter sich, ob der Bursche ihr auch folgte. Alleine hätte sie den Mut nicht aufgebracht.

Langsam stiegen sie die vordere Treppe hinauf, dann in die Halle. Nichts.

»Zuerst in die Küche«, entschied Gina. Sie wurde ruhiger. Es musste eine Erklärung geben, die vielleicht ganz einfach war. Es konnte einfach nicht sein, dass alles Leben im Palazzo erstorben war.

Aber erneut legte es sich wie eine eisige Hand auf ihre Brust, als sie den Küchengang betraten: Wo waren denn alle, wenn nicht …

Um diese Stunde müsste das Feuer schon längst angezündet sein. Und die Köchin, die eine Frühaufsteherin war, pflegte die verschlafenen Dienstboten von einer Arbeit zur nächsten zu jagen. Nichts davon heute.

Auch hier stand die Tür offen. Gina spähte um den wuchtigen Pfosten.

Die Küche war leer. Nichts regte sich. Keine Menschenseele. Der Herd: kalt. Schmutziges Geschirr im Spültrog. Speisen, halb hergerichtet auf dem Tisch. Eine Sanduhr. Der Sand war vollständig durchgelaufen. Zerbrochene Eier auf dem Boden …

Das kann nicht sein, dachte Gina. Nichts von dem, was ich sehe, ist wahr. Alles nur ein Traum! Die Überraschungen und Schrecknisse der Nacht, der Würgegriff des Riesen, der Kampf im Gewitterlicht, ein Gelähmter, der plötzlich gehen konnte, der Einsturz des Palastes – und jetzt dieses leblose Haus.

Während Gina sich in den Arm kniff und nichts damit erreichte, klopfte ihr Herz immer heftiger. Dennoch – statt fiebriger Hitze stieg eisige Kälte in ihr auf.

Wo ist Olimpia?

Licht geistert durch das höhlenartige Gewölbe. Die Tür, so mächtig sie aussah, hat Vanga tatsächlich nicht aufgehalten, und nun bietet sich ihm ein Anblick von verstörender

Fremdheit. Sein Atem stockt. Zuckende Flämmchen sind über den Raum verteilt, aber in der Mitte herrscht Dunkelheit. Nur undeutlich hebt sich da etwas vom Dickicht der Schatten ab. Langsam tastend, achtsam bei jedem Schritt, geht Vanga darauf zu. Das Licht der Laterne, die er von Pandolfo erhalten hat, streicht über den unebenen Boden aus gestampftem Lehm und erfasst einen runden weißen Gegenstand, der eisige Schauder verursacht, noch ehe der Verstand begreift, was die Augen da sehen: einen menschlichen Schädel. Von der Wölbung des Hinterkopfes her erscheint die Form zunächst wie eine vollkommene Kugel. Blank poliert, wie aus Elfenbein. Doch dann tritt Vanga näher, wobei er vorsichtig einen Bogen schlägt, und erblickt die Vorderseite, das Knochengesicht. Krampfhaft muss er schlucken. Trocken ist seine Kehle. Auf Stirn, Augenhöhlen und Wangen des Totenkopfes findet sich dieselbe Markierung wie auf den Zeichnungen: *Pentacolo.* Der Satansstern!

Vanga zwingt seine zitternde Hand zur Ruhe und hebt die Laterne leicht an. Die Helligkeit erfasst einen zweiten Schädel, ebenso makellos wie der erste, auch er mit der Stirn zur Raummitte ausgerichtet. In den leeren Augenhöhlen lauern Schatten, die seltsam lebendig erscheinen, als das Licht näher kommt. Und dann: Der dritte Schädel, schräg gegenüber platziert, starrt dem Eindringling ungeniert entgegen. Höhnisch grinsend die perlenweißen Zähne – eine Herausforderung! Und wieder das höllische Zeichen! Ein vierter Kopf mit lückenhaftem, verfärbtem Gebiss. Das verleiht der Grimasse erst recht einen Ausdruck diabolischer Heiterkeit. Es ist wie ein hypnotischer Bann. Vangas Augen suchen nach dem nächsten dieser schrecklichen Boten. Da erreicht ihn ein Signal, das den Zwang durchbricht: ein schweres Seufzen.

Vanga zuckt zusammen. Aber schon wird ihm klar, dass dieser Laut, der so fremd im Raum hallt, aus der eigenen

Kehle stammt. Schmerzhaft spannen sich die Stränge an seinem Hals.

Nimm dich zusammen!, denkt er. Nichts als Totengebein. Das siehst du nicht zum ersten Mal. Er presst die Lippen zusammen und tut einen weiteren Schritt.

Wieder rückt etwas Neues ins Blickfeld. Die Schädel sind nach einem klaren Schema verteilt. Sie bilden einen Kreis und blicken einander an. Vanga hebt die Laterne am ausgestreckten Arm empor. Ein Muster verbindet die grausigen Stücke: Dunkle Linien laufen von einem Schädel zum anderen. Ein rätselhaftes Funkeln geht von ihnen aus, und sie spannen sich von Totenkopf zu Totenkopf wie die tragenden Fäden im Netz einer Spinne. Diese blanken Schädel voll fremder, böser Zeichen. Zu jedem führt eine schmale Rinne, in die das Blut geflossen ist … Ein Stern mit fünf Zacken: *das Pentagramm*, der Drudenfuß!

Und dann sieht er auch die Mitte des Raumes, und er versteht …

Da liegt ein menschlicher Körper, starr, krumm, in sich zusammengekrochen, beide Arme ausgebreitet, das Gesicht in den Boden gedrückt. Der Kopf liegt mit der Schläfe auf. Ein Mann. Der Zeigefinger seiner starren rechten Hand ist dunkel verfärbt. Vanga erkennt, dass der abgewetzte Nagel eine Rinne in den Boden gekratzt hat, um die Schädel auf der Rechten und auf der Linken zu verbinden. Was ist das Ganze? Eine magische Chiffre? Ein höllisches Ritual? Eine Wunde klafft am Hals des Mannes, Vanga erkennt Blut, das gestockt und wieder geflossen ist, bevor es zu klebrigen Fäden und einer schwärzlichen Kruste gerann. Wie lange mag er schon tot sein?

Vanga weicht zurück. Er spürt Argwohn, die dumpfe Besorgnis, dieser eingesunkene Körper, der wie ein Bündel Lumpen aussieht, könne immer noch einen Rest von teuflischem

Leben bergen – und diese krallenhaften Finger seien womöglich noch immer eine Gefahr. In der Lage vorzuschnellen, um den Knöchel des Unvorsichtigen zu umklammern wie eine stählerne Falle.

Mit angehaltenem Atem streckt Vanga die Laterne vor. Das Gesicht wird von einer Maske verdeckt. Eine Maske, die Vanga schon gesehen hat. Diese Maske hat der Mann am Ponte Rotto getragen. Und der im Palast des Kardinals. Der Mann, von dem Gina bedroht wurde und den das Messer der Contessa getroffen hat. Wie lange kann er danach noch gelebt haben? Im Chaos des einstürzenden Gebäudes hat Vanga die geheimnisvolle Gestalt aus den Augen verloren.

Hier löst sich das Rätsel, denkt er.

Der Kardinal. Niemand anderen kann er vor sich haben. An der Stirn ist die Maske etwas verrutscht, aber es reicht nicht aus, um den Mann zu erkennen. Zögernd tritt Vanga wieder näher und beugt sich hinab, noch immer von Misstrauen beherrscht. Dieser Kerl ist doch wirklich tot? Schon glaubt er seine Ängste bestätigt: da rührt sich etwas. Aus einer Scharte im Boden kriecht ein schwarzes Gewimmel hervor. Ameisen sind es. Sie eilen hin und her, krabbeln in die Falten des Gewandes, laufen am Ohr hinauf, hasten zur Wunde am Hals, suchen sogar nach einem Weg unter die Lederriemen der Maske und kommen emsig wieder zum Vorschein.

Übelkeit wallt in Vanga auf, die er nur mühsam unterdrücken kann. Er tritt zurück, schwer atmend.

Madre de Dio! Das Geräusch, mit dem sich seine Lunge entleert, hallt wie eine Explosion unter dem Gewölbe. Und dann das Echo … wie das Flattern unsichtbarer Flügel!

Und was ist das?

Immer noch ein Widerhall, der von ihm ausgeht – oder womöglich etwas anderes?

Von neuem hält Vanga die Luft an und lauscht. Stärker als zuvor spürt er den kalten Schweiß auf seiner Haut.

Das ist ein Stöhnen, das nicht von ihm stammt.

Der Leichnam! Ein Beben geht über den Nacken.

Es ist doch noch Leben in diesem Körper!

Vanga weicht zurück. An seinem Mundwinkel zuckt krampfhaft ein Muskel.

Jetzt biegen sich die Finger am Boden, und die Hände kriechen vor wie grässliche Spinnen. Langsam, qualvoll stützt sich der Mann empor. Der Kopf hebt sich, und mit einem tiefen Ächzen kommt die Gestalt in eine sitzende Stellung.

Fast wäre Vanga die Lampe entglitten. Er tut zwei oder drei Schritte im Krebsgang und zuckt zusammen, als sein Fuß an einen der Schädel stößt.

Der Maskierte ist wieder halb im Dunkeln verborgen. Aber in seinen Körper kehrt Spannung zurück. Wird er die Kraft haben, sich zu erheben? Kraft für einen Angriff?

Vanga duckt sich. »Eminenz …«

Stille.

Dann ein Laut, der gar nichts Menschliches hat, ein Geräusch, wie es von einem Werkzeug auf sprödem Material erzeugt wird, ein Schaben oder Raspeln, wie eine Feile auf trockenem Leder. Es wird stärker und nimmt einen Rhythmus an, kommt stoßweise und geht einher mit einem krampfhaften Zucken und Zittern des Kauernden.

Vanga begreift: Das ist Gelächter! Ein trockenes, schmerzhaftes Lachen, das erst in Husten, dann in Stöhnen übergeht. Verwirrt hält er die Lampe wieder näher, um gewiss zu werden.

Der Mann vor ihm schiebt einen Finger unter den Riemen, der die Maske hält. Ein schnappender Laut, und das Ding fällt zu Boden.

Das Gesicht ist verzerrt und mit Blut und Erde verschmutzt,

aber es gibt keinen Zweifel: Das ist nicht der Kardinal. Das ist Navarro, der Sekretär.

Vanga steht wie gebannt.

»Du weißt nicht, was ich weiß.« Die Stimme ist flach und tonlos wie ein Hauch. »Ich habe die Wahrheit gefunden. Wahrheit.« Eine kraftlose Geste in Richtung Schädel. »Für mich ist das Ende nahe, das macht nichts aus. Aber für *sie*, für sie bedeutet das ewige Qual …«

»Wen meint Ihr?«, bringt Vanga heraus.

Eine unwillige Bewegung, überraschend heftig. Die andere Hand des Mannes kommt zum Vorschein. An jedem Finger sitzt eine lange blitzende Klinge.

Dio! Ich muss wachsam bleiben, durchfährt es den Beobachter.

»Du hast nicht gesehen, was ich gesehen habe … Alles was man dir beigebracht hat von Kind an, war Lug und Betrug. An dir und allen andern. Nur eines ist die Wahrheit: Das Weib ist des Lebens nicht würdig! Dienerinnen der Verderbnis. Ich bin nicht der Einzige, der es weiß. Es gibt viel mehr als nur mich …«

»Aber …«

Der bebende Finger hob sich warnend. »*Er* hat es gewusst.« Das Wappen des Kardinals schimmerte im Licht der Flamme. »Er, nach dessen Ring ich meinen machen ließ. Denn ich war sein Eigentum, und er hat mich verschmäht … um …« Qualvolles Verstummen. Dann wieder: »Wusste es immer. Aber schwach ist er, schwach.« Eine Pause, rasselnder Atem. Oder ist es wieder dieses halb erstickte Gelächter? »Der Weg. Oh! Schwarz. Er kennt ihn. Aber … So habe ich …« Ein langer, schwerer Atemzug. »Ja, ich hab für ihn gehandelt. So wurde ich der Schwarze Engel.« Der Mann streift die Klingen ab und lässt sie achtlos fallen. Sie tauchen in den dunklen Tümpel vor seinen Knien. Ganz langsam tastet die Hand umher, und die Lippen zucken. »Aber für *sie*: Mein Blut! Der Fluch …«

Eine überraschend schnelle Bewegung.

Vanga will zurückspringen – zu spät. Die Mündung einer Pistole! »Habt Ihr vergessen …« Er will fortfahren: … dass Ihr längst verraten seid! Doch da hat der andere schon den Finger am Abzug gekrümmt. Das Radschloss saust, reißt Funken aus dem Stein, ein Zischen, das Pulver flammt auf der Pfanne.

Aus! Das ist das Ende: ein alles zerschmetternder Schlag … Unwillkürlich presst Vanga die Augen zu. Aber das grelle Licht hat sie schon getroffen. Das Echo der Entladung hallt in seinen Ohren, und der scharfe Geruch des Pulvers sticht in die Nase.

Wenn ich tot bin – wie kann ich Pulver riechen?

Vorsichtig blinzeln! Rauch und Finsternis. Dann verliert sich die Blendung vom Mündungsfeuer. Da liegt etwas Dunkles. Sein Widersacher, gewunden hingestreckt, Mund aufgerissen, Schädel zerschmettert …

Was für ein unbegreiflicher Mensch! Im letzten Augenblick, als der Funken schon zündete, hat er die Waffe gegen sich selbst gekehrt.

Vanga taumelt.

Er muss hinaus! Unmöglich, länger diese Luft zu atmen. Da entgleitet ihm das Licht und verlöscht. *Dio mio!* Alles nur Schwärze. Wo ist der Ausgang? Wo ist der Tote? Wo sind die magischen Linien? Benommen tappt er um sich. Das Blut rauscht in seinen Ohren. Welches Grauen, womöglich auf den Leichnam zu treten – ihn zu berühren! Ist am Ende noch Leben in ihm?

Vanga fasst sich gewaltsam.

Nur nicht schwach werden! Ist da drüben nicht ein Schimmer von Licht? Tageslicht! Langsam, Schritt für Schritt, weicht er zurück; weg, immer weiter weg vom Zentrum dieses

Schreckens, wenn ihn sein Richtungssinn nicht täuscht. Da stößt er gegen Stein. Eine feuchte Kälte. Innehalten. Er tastet seitwärts, und endlich gelangt er zum Ursprung der Helligkeit: die Ritzen einer hölzernen Klappe. Sie verdeckt – wenn auch nicht ganz – eine hoch gelegene Fensterscharte. Bald erkennt er weitere Einzelheiten. Dunkle Stangen lehnen an der Mauer. Vanga fasst zu und spürt kaltes Eisen. Damit könnte er … Vorsichtig stößt er nach der Verschalung. Ein hohles Krachen, sonst nichts. Er versucht es mit aller Kraft. Das Holz splittert, Bruchstücke poltern herab, Licht flutet herein. Luft!

Vanga blickt zurück. Was schwarz und bedrohlich gewirkt hat, erscheint nun banal und schäbig. Da sind rätselhafte Dinge. Einige sehen aus wie Waffen, andere erinnern an fremdartige Götzenbilder. Es gibt hölzerne Balken und klobige Gewichte. Hat Navarro sich damit Muskelübung verschafft, um die Körperkräfte zu bewahren, die sonst geschwunden wären, während er für alle Welt den gelähmten Krüppel spielte?

Es sind diese Einzelheiten, die Vanga plötzlich das Ausmaß dieses Wahnsinns vor Augen führen. Es wird ihm eng in der Höhle des Todes. Und dort: Zeichenstifte und Papier. Obenauf ein Porträt. Nicht fertig ausgeführt, aber unverkennbar. Die Contessa! Ohne nachzudenken, rafft er das Blatt und steckt es ein. Er will es nicht an diesem Ort zurücklassen. Er zittert. Ein Frösteln. Rasch wendet er sich der Öffnung zu, zieht sich am Gesims empor und blickt hinaus.

Der Park im Sonnenlicht. Diese Bäume. Die Statuen. Von hier aus hat man den Eindruck, es habe sich nichts verändert …

Es ist alles wie am Abend zuvor. Nein. Alles ist anders. Schon als sie den Kopf der Treppe erreicht, weiß Gina, was sie vorfinden wird.

Diese unnatürliche Stille im Haus … Nichts Lebendes kann so still sein.

Die Tür zu Olimpias Salon steht offen. Gina will nicht hineingehen. Aber was sonst kann sie tun? Langsam – kaum wagt sie zu atmen – schleicht sie vorwärts. Die dicken Teppiche unter ihren Füßen. Das Aroma der Duftessenzen wirkt abgestanden. Dann die schweren Vorhänge, die das Tageslicht fernhalten.

Lang ausgestreckt ruht Olimpia in den Kissen, keineswegs so, wie sie zu schlafen pflegte: zusammengerollt gleich einem ungeborenen Kind. Die Haut ist marmorbleich. Gina spürt die Kälte des Todes, noch ehe sie ihre Schwester berührt hat. Ein trockenes, krampfhaftes Schluchzen entringt sich ihrer Brust. Keine Träne. Nur abgrundtiefe Leere.

Etwas Sonnenlicht stiehlt sich durch die Vorhänge herein. Jenseits des Flusses, weit weg, erklingen die Geräusche des Lebens. Sie machen die Stille im Raum nur noch drückender.

Ginas Augen wandern umher. Ein Glas, ausgeleert. Eine Kerze, heruntergebrannt und erloschen. Spielkarten, achtlos verstreut.

Da funkelt etwas an Olimpias Hand, ein metallener Gegenstand. Ein Ring. Diese Embleme! So einen hat Gina an der Hand des *Herrn* gesehen. Seit sie die Wappen vom Palazzo Santerra kennt, weiß sie, wessen Zeichen das sind. Aber die Fläche, auf der das Motiv prangt, ist hochgeklappt. Darunter klafft eine Öffnung. Leer. Was hat sich darin befunden? Gift? Sie weiß von solchen Verstecken nur durch Hörensagen. Aber sie spürt, dass der Ring an dieser Stelle eine Botschaft bedeutet. Wenn sie die nur verstehen könnte!

Und da ist auch die Erinnerung, dass Olimpia, als sie die Schwester fortschickte, undeutlich etwas gemurmelt hat. Bittere Worte zweifellos. Sie klangen wie: Er kann es nicht wagen, mich von sich zu stoßen …

Gina hatte nicht den Mut nachzufragen, das wird ihr nun bewusst. Was ist nur geschehen? Gift war im Spiel. Da gibt es keinen Zweifel. Sie braucht nur die Verfärbung an den Lippen der Toten anzusehen. Aber wie ist es zugegangen? Hat *er* es ihr gegeben? Oder hat sie es womöglich aus eigenem Willen genommen?

Auf jeden Fall: Olimpia ist dem Tod entgegengegangen und hat es genau gewusst. Aber Gina erinnert sich auch, wie sehr der Kardinal erschrocken ist, als er glaubte, Olimpia auf der Bühne zu sehen.

Nur: Sie ist tot. Das ist die ganze Wahrheit …

Gina spürt eine Bewegung im Raum und taucht aus dem Grübeln auf. Jemand tritt hinter sie. Küchengeruch. Es ist die Köchin. Also hat wenigstens sie das Haus nicht verlassen.

»Sind alle fort?«, fragt das Mädchen.

Die Frau antwortet nicht darauf. Stattdessen sagt sie ruhig: »Es ist zu Ende. Schon seit Stunden.«

»Hat sie noch etwas …«

»Nichts. Ich weiß nicht mehr als du.«

Gina erhebt sich aus der hockenden Stellung, in die sie gesunken ist, und blickt ins Gesicht der Frau. Sagt sie die Wahrheit?

»Kardinal Santerra«, flüstert das Mädchen. »Er ist der Herr des Hauses, nicht wahr?«

»Ja. Das weiß ich. Ich hab immer Bescheid gewusst. Hatte aber versprochen, es niemand zu sagen.«

»Und nun brecht Ihr das Versprechen?«

»Wieso denn? Ich hab es nicht *ihm* versprochen, sondern *ihr*. Er lebt noch, aber sie ist tot.«

Gina steht nicht der Sinn danach, über solche Argumente nachzudenken.

»Lasst mich jetzt!«, sagt sie.

Sie will mit ihrer Schwester allein sein.

»Eminenz …« Vanga blickte auf das graue Gesicht, das sich kaum von der Farbe des schmutzigen Kissens abhob. Er hatte Mühe, die Züge des Kardinals zu erkennen. So spitz und scharf die Nase, eingefallen die Wangen. Die Augen, dicht unterhalb des Kopfverbands: offen, ohne zu blinzeln, blicklos und glasig. Aber er atmete. So leblos war er, wie man Vanga gesagt hatte, seit man ihn unter den Trümmern des Palastes hervorgezogen hatte.

Ein schwacher Geruch von Erbrochenem hing in der Luft. Eine Fliege landete auf dem Kinn, lief hin und her und überquerte den Lippenspalt. Kein Zeichen von Reaktion. Der Kardinal lag wie erstarrt und schien zu fiebern. Doch dann flüsterte er stockend, aber deutlich vernehmlich: »Du darfst zu keinem darüber sprechen, wie du mich hier gesehen hast.«

»Seid unbesorgt, Eminenz!«

Vanga verscheuchte die Fliege mit einer Handbewegung. Sie kam rasch zurück, und wieder jagte er sie fort.

»Es gibt zu viele, die sich freuen würden, verstehst du? Ich habe Feinde … viele Feinde.«

Das ist ja etwas ganz Neues, dachte Vanga.

Die Wunden, die der Kirchenfürst am Kopf davongetragen hatte, waren von seinem Arzt versorgt wurden, und die Mönche des Klosters, zu dem dieser abgelegene Raum gehörte, besorgten nun die Pflege des Verletzten. Aber Vanga hatte den Eindruck, dass die Seele des Kardinals die größten Blessuren davongetragen hatte.

»Hast du die Schäden am Palast inspiziert?«

»Gewiss, Eminenz. Es sieht nicht gut aus. Aber all das kann wiederhergestellt werden.«

Tatsächlich hatte Vanga feststellen müssen, dass am Tag nach dem Einsturz weitere Teile des Gebäudes zusammengebrochen waren. Sogar einige Partien der alten Anlage, die vor dem Umbau völlig stabil gewirkt hatten. Offenbar hatten die Änderungen am Bau der gesamten Konstruktion die Stabilität genommen. In den ersten Stunden nach der Katastrophe waren viele Ausstattungsstücke von Plünderern aus den Trümmern entwendet worden. Die Wachen hatten das nicht verhindern können. Oder stammten die Räuber gar aus ihren Reihen? Ganz Rom sprach darüber, und kaum jemand verhehlte seine Schadenfreude.

Dies alles wusste Vanga, aber er zögerte, die ganze Wahrheit zu sagen. Warum dem Kranken diese Einzelheiten unterbreiten? Wahrscheinlich konnte er sich ohnehin denken, was geschehen war, und gewiss war er sich im Klaren, wie über seinen Zustand geklatscht wurde.

»Man kann alles wieder aufbauen«, behauptete Vanga ohne rechte Überzeugung.

»Aufbauen«, murmelte der Kardinal. »Aufbauen … Halt mich nicht zum Narren!«

Es waren jetzt zwei Fliegen und kurz darauf vier oder fünf. Vanga gab es auf, ihre Zudringlichkeit abzuwehren.

Der Kardinal merkte offenbar nichts davon. Oder doch? Er wurde plötzlich von Unruhe gepackt, stöhnte qualvoll und machte eine ruckhafte Bewegung, als wolle er sich aufrichten. Er schien nun im Geiste weit entfernt zu sein. »Gebt Acht!«, befahl er. »Haltet sie fest! Und wenn sie gar nicht reden will, nehmt die verdammten Zangen!«

Vanga erschrak, als er begriff, was der Fiebernde zu sehen glaubte. Er rüttelte ihn am Arm, um ihn in die Wirklichkeit zurückzurufen. Vergebens.

»Der Satan! Du hast Verkehr mit dem Satan gehabt. So gib es schon zu! Ich kann es förmlich riechen!« Der Fiebernde bäumte sich auf, und seine Finger zuckten, als wollten sie mit Gewalt etwas festhalten. Dann fiel er zurück und murmelte: »Wir brauchen Ergebnisse, versteht Ihr? Rasche Ergebnisse. Ich hab es zugesagt …«

Vanga stockte der Atem. Er bemühte sich, die Erinnerungen abzuwehren, die ihn selbst überfluteten.

Der Fiebernde sank in die Kissen zurück und blieb ganz still. Als seine Stimme erneut vernehmbar wurde, war es, als spräche ein anderer Mensch. »Willst du die Wahrheit hören?«, fragte er.

Vanga begriff, dass der Mann plötzlich wieder wusste, wen er vor sich hatte. »Ich hätte es längst wissen können. Ich wollte es nur nicht sehen. Der Zorn und die Angst hatten mich verblendet. Die Schuld liegt bei mir. Es muss beendet werden …«

»Es ist zu Ende«, sagte Vanga.

»Ist das wahr?«

»Er ist tot.«

»Ich hätte es wissen müssen. Die Opfer. Es waren Frauen, zu denen ich vorher … Beziehungen hatte. Wollust. Sünde. Besessenheit. Er ging und suchte sie auf … Jede einzelne habe ich gekannt … Herr verzeih mir! Er hatte den Wahn, er sei ich. Trug heimlich den gleichen Ring wie ich. Er tat es meinetwegen …«

»Aber Olimpia?« Diese Frage konnte Vanga nicht unterdrücken.

»Olimpia?« Langes Schweigen. Dann: »Olimpia … Sie war *meine* Geliebte. Mein …« Plötzlich wirkte der Blick des Fiebernden klar. »Sie hat meinen Ring an sich gebracht«, raunte er. »Sie wusste, was darin war. *Sie selbst* hat es getan. Aus Hass. Aus Stolz. Du glaubst mir doch?« Der Körper erschlaffte wieder. Die Lider flatterten.

Vanga verstand nicht, was der Mann weiterhin sagte. Die Stimme sank zu einem Flüstern herab. »Herr, verzeih mir!«, hörte er noch einmal heraus. Dann bäumte sich der Kardinal qualvoll atmend auf und schlug mit den Armen um sich. »Der Satan! Er ist es, der regiert!«

Vanga wusste nicht, wie man helfen konnte. »Bleibt ruhig!«, keuchte er. »Es sind nur Hirngespinste …«

Dabei erhob er sich von seinem Schemel und zog sich in Richtung Tür zurück. Er würde den Mönchen sagen, dass sie einen Beruhigungstrank bringen sollten. Sonst war zweifellos zu befürchten, dass der Zustand sich bis zum Delirium steigerte. Ob die Brüder aus diesem Gestammel ebenso wie er einen Sinn herauszulesen vermochten?

Jetzt kamen unzusammenhängende Laute, die etwas von einer Beschwörung an sich hatten, ein Singsang, der jählings in ungezügelte Flüche überging, dann Worte in einer Sprache, die Vanga nicht kannte, und schließlich der scharfe Befehl: »Auf die Knie! Du sollst lernen, was es einbringt, wenn man sich widersetzt!«

Als Vanga nach der Klinke greifen wollte, öffnete sich die Tür wie von selbst.

Zwei Mönche eilten herein, und hinter ihnen erschien ein Mann, der unter dem Sturzbalken stehen blieb und den Raum mit einem Blick erforschte. Ein scharf geschnittenes, intelligent wirkendes Gesicht. Der Mann trug einen Reisemantel, einfach geschnitten, aber aus kostbarem Tuch. Anfangs beachtete er Vanga gar nicht, dann erteilte er ihm jedoch mit einem Wink den Befehl hinauszugehen.

Vanga gestattete sich ein kurzes Zögern, hielt es aber für klüger zu gehorchen.

Der Mann machte ihm Platz, ohne ihn anzusehen.

Vanga hingegen konnte die Neugier nicht unterdrücken. Der Neuankömmling trug ein kleines goldenes Kreuz auf der Brust und auffallende helle, fast weiße Lederhandschuhe. Und an einem Finger über dem Handschuh funkelte ein kostbarer Ring. Sein Haar war zur Tonsur geschnitten.

Zu Vangas Überraschung betrat der Fremde die Kammer nicht. Stattdessen wandte er sich, als Vanga an ihm vorbeikam, beiläufig, wenn auch nur halb, zu ihm herum und musterte ihn mit einem abweisenden Blick. Wie man das Exemplar einer ungewöhnlichen, wenig anziehenden Tierart betrachten würde, ging es Vanga durch den Kopf. Diese Augen wirkten klug, aber sie waren auch hart, unglaublich hart, und um den Mund lag ein herrischer Zug.

Dann sprach der Fremde; seine Stimme klang ruhig. Sie erinnerte Vanga an Navarro, so wie er ihn als Kardinal-Sekretär kennengelernt hatte, distanziert und voll verhaltener Energie. »Wie lange seid Ihr hier drinnen gewesen?« Die höfliche Anrede war überraschend, wirkte aber ebenso kalt wie der Ausdruck der grauen Augen.

»Weniger als eine Stunde«, sagte Vanga. »Seine Eminenz hat mich rufen lassen.«

Keine Antwort, aber ein misstrauischer Blick.

Was bereitet Euch Kopfzerbrechen?, überlegte Vanga. Vermutlich habt Ihr Sorge, ich könne etwas erfahren haben, das nicht in Eurem Sinn ist, nicht wahr? Wieder jemand, der mich ganz grundlos für gefährlich hält …

»Ihr wisst, dass nichts, was diese Sache betrifft, nach draußen gelangen darf.« Das war nicht als Frage, sondern als Anweisung gesprochen.

Vanga antwortete nach kurzem Zögern mit einem Nicken.

Was hieß *diese Sache*? Das Befinden des Kardinals? Oder etwas, das er seinem Besucher anvertraut hatte? Vielleicht die Entdeckungen, die er im Keller des Palastes gemacht hatte und in die zumindest der höhere Klerus von Rom längst eingeweiht sein dürfte? Oder überhaupt alles, was in der vergangenen Nacht geschehen war, und alles, was dazu geführt hatte?

Vanga beschloss, diese Unklarheit nicht hinzunehmen. »Aber alle Welt hat bei dem Fest zugeschaut …«, begann er.

»Es geht nicht um gestern Abend.« Die Stimme hatte einen

scharfen, ungeduldigen Beiklang. »Es geht um die Mordtaten und die Art, wie sie ein Ende gefunden haben. *Nichts davon* ist für das Geschwätz auf den Gassen oder für die Spekulationen neunmalkluger Köpfe geeignet. Merk es dir gut!«

Aha. Schluss mit den respektvollen Formeln.

»Aber dann werden die Gerüchte erst recht …«

»*Nichts* ist geschehen, das der Erörterung bedarf! Ein paar unerfreuliche Vorkommnisse vielleicht, wie sie nun einmal möglich sind – in den Niederungen einer jeden Stadt, die vom Pöbel bewohnt werden. Das gibt es selbst in *dieser* Stadt. Schlimm genug, dass sich dergleichen in ihren Mauern abspielt! Der Satan hat, wie es ihm bisweilen gelingt, sein übles Spiel getrieben. Aber nur für kurze Zeit – und mehr auch nicht. Und vor allem: Es ist vorbei. Die Bevölkerung hat keinen Grund, sich zu beunruhigen, besonders nicht die gläubigen Pilger, die dem Ruf der heiligen Stätten folgen, und – noch wichtiger! – nicht die Gäste des Heiligen Vaters.«

Das ging wohl auf die Abgesandten des Königs von Frankreich, die kürzlich zu geheimen Verhandlungen eingetroffen waren.

»Haben wir uns recht verstanden?«

»Ihr wünscht, dass ich vergessen soll …«

»So ist es. Das und manches andere, was du möglicherweise zu sehen bekommen hast.« Das war ruhig, aber nicht ohne Schärfe gesprochen.

Vanga verstand durchaus, dass von ihm keine weitere Äußerung erwünscht war. Mundtot gemacht. Dabei hätte ihm wenigstens eine Frage auf der Zunge gelegen: Wie sollte denn der plötzliche Tod des Sekretärs Navarro vor der Welt erklärt werden? Aber sein Gegenüber hatte sich bereits abgewandt, um sich an das Krankenbett zu begeben.

Er dachte: Was würde wohl mit mir geschehen, wenn ich nicht nur gemeldet hätte, dass ich den Leichnam eines verwirrten Selbstmörders gefunden habe? Wenn ich alles gemeldet hätte … Dass er vor seinem Tode noch mit mir gesprochen hat. Und *was* er gesagt hat!

Stumm, mit zusammengebissenen Zähnen deutete Vanga eine Verbeugung an. Nicht einmal seine Zustimmung war abgewartet worden. Sie galt als selbstverständlich.

Übrigens wusste er genau, mit wem er gesprochen hatte, wenn auch das Gegenüber nicht beliebt hatte, seinen Namen zu nennen. Es war Bellarmin, Jesuit, Hoftheologe des Papstes, seit einem Jahr im Kardinalsrang. Der Mann, der vom Heiligen Vater immer häufiger als Ratgeber herangezogen wurde.

Monsignore, dachte Vanga. Hochwürden und werter Herr, ich würde mich nicht wundern, wenn *Ihr* dabei wäret, eben jenen Platz einzunehmen, den Seine Eminenz, Kardinal Santerra, für den seinigen hält.

»Gib mir lieber gleich die ganze Flasche!«

Der Wirt zögerte, seinem Gast dieses Verlangen zu erfüllen.

»Du hast genug«, murmelte er.

»Unsinn!«, knurrte Vanga. »Gib endlich her!«

Der Wirt guckte schief. Dieser Zecher konnte unangenehm werden, wenn er seinen Willen nicht bekam. Doch Krawall hier, im *Gatto Nero*, wollte der Wirt nicht. Anderswo wäre es ihm gleichgültig gewesen. Aber wieder einmal hatte dieser Kerl sich hier bei ihm festgesetzt. Da hieß es abwägen, wo das kleinere Übel lag. Sollte er den Mann gewähren lassen oder nicht?

Vanga griff zu und wand seinem Gegenüber die Flasche aus der Hand. Die Wirtin äugte durch den Türspalt in die Gaststube. Sie krächzte empört. Ihr Mann würde einiges zu hören kriegen, wenn sie mit ihm allein war. Der Wirt zog hilflos die Schultern hoch. Am liebsten hätte er die Wachen gerufen, aber selbst dazu konnte er sich nicht entschließen.

Vanga war es gleichgültig. *Alles* war ihm gleichgültig, erst recht die argwöhnischen Blicke der anderen Gäste.

»Ich bin ein Schuft. Damit müsst ihr euch abfinden.«

Konnte etwa einer von dieser Gesellschaft ihm, Vanga, sagen, was er mit sich anfangen sollte? Nicht mal der Wein machte ihm Spaß.

Dio mio! Keiner kann dich so schön fertigmachen wie du selbst! Am besten betest du dir die ganze Scheiße herunter, damit du's auf die Reihe kriegst!

Vanga, der krumme Hund.

Der Kardinal, ein gebrochener Mann, der sich vielleicht niemals erholen wird. Und wenn: Will der ihn jemals wiedersehen? Wer hat schon gern einen Fleck auf der Jacke?

Cecco, sein Vetter und Lieblingsfeind – tot.

Eine wandelnde Katastrophe, dieser Vanga! Die Behörden der Kirche möchten ihn verleugnen, vielleicht sogar verstoßen, aber sie können sich nicht entscheiden, ob es der Mühe wert ist. Besser vergessen …

Und seinen Freunden weicht er aus; warum, weiß er beim besten Willen nicht.

Überhaupt: Seine Freunde – schöne Freunde! –, jeden einzelnen von ihnen sieht er am liebsten nur von hinten.

Pandolfo zum Beispiel. Ach, der! Verschroben wie eh und je. Verrückt wie ein Märzhase. Nichts Vernünftiges von dem zu erwarten. Schon gar nicht, wenn 's drauf ankommt!

Der Bugiardone? Pfft!

Olimpia tot. Einen Augenblick hält er inne. Olimpia … Sie hat eine Schwester. Warum drückst du dich an der vorbei?

Gina hat das Chaos überlebt. Das hat der Bugiardone ihm versichert. Das beruhigt ihn. Aber was nun? Er hat Angst, ihr zu begegnen. Das ist die Wahrheit. Keine Bindung, keine Abhängigkeit …

Und dann: Die Contessa, ja verdammt noch mal, die

Contessa. Die hatte ihm ausrichten lassen: Sie will noch mal mit ihm sprechen. Warum? Will ihm wohl noch mal den Fuß in den Nacken setzen und ihm ins Gesicht spucken. Dann Messer in den Bauch und rumgedreht, zum Schluss auf den Misthaufen mit dem Schwein! Ich bin wie der Narr auf der Spielkarte. *Mattone!*

So dreht Vanga sich im Kreis, nichts als Zorn und Überdruss in seinem Herzen – bis er plötzlich zwei nackte Füße sieht. Und einen schlanken Leib. Gina steht vor ihm! Der Blick ihrer Pupillen bohrt ihm Löcher in die Seele.

»Waas willst d-du denn? D-Du verachtest mich d-doch auch …«

Gina scheint unendlich weit in die Ferne zu rücken.

Mit wässrigen Augen glotzt er zurück. »Besonders d-du bist mir gleichgültig. Ich will nichts mehr von dir wissen. Gar nichts! Und du musst d-dich vor mir in Acht nehmen. Ich bring nämlich allen – allen, die mir nahekommen, den Tod. Z-Zuletzt noch deiner Schwester, obwohl – die hatte mir ja längst den Laufpass …«

»Lass Olimpia aus dem Spiel!«, flüsterte Gina, und ihre Augen füllten sich mit Tränen. »Was ist mit dir? Hast du alles vergessen? War alles, was du gesagt hast, gelogen?«

»Gelogen! Was hab ich denn gesagt? Bild d-dir nichts ein! Für Gefühle ist kein P-Platz in meinem Leben.«

»Du tust mir leid. Geh doch zum Teufel! Ich will nichts mehr mit dir zu tun haben.«

»Leidtun? Bemüh dich nicht, Kind! Das besorgt der Kerl schon selbst.« Eine wuchtige Gestalt war neben das Mädchen getreten. Der Bugiardone. Er legte den Arm um Ginas schmale Schultern. »In diesem Zustand ist er tatsächlich ein Arschloch. Am besten lässt du ihn jetzt in Ruhe.«

»Am besten vergiss mich! Jawohl. Das ist die einzige Rettung. Er hat Recht. Lass dir's gesagt sein!« Vanga wollte noch weiter vom Leder ziehen, aber da war Gina bereits verschwunden.

Vanga rutschte von der Bank auf den Boden. Die Augen standen offen, aber er schnarchte infernalisch.

Kopfschüttelnd beugte der Dicke sich über ihn. »Ich bring den Scheißkerl ins Bett«, murmelte er. »Hat mal wieder genug.«

»Mehr als genug«, bekräftigte der Wirt.

Der Tag war kühl, und ein feiner Sprühregen trieb mit dem Wind. Vanga blickte an den kolossalen Marmorpferden empor, die den Platz auf dem Hügel beherrschten. Am Monte Cavallo wolle sie ihn treffen, war die Botschaft der Gräfin gewesen. Um die Mittagsstunde.

Vor ihm breitete sich schimmernd unter grauen Wolken das Dächermeer der Stadt aus. Bis hin zur Peterskuppel, die im bläulichen Dunst verschwamm. Die angegebene Stunde war gekommen, und nichts geschah.

Ob sie ihn mit Absicht warten ließ? Er fragte sich, wonach er Ausschau halten solle. Nach einer Sänfte wahrscheinlich. Bei mehreren Gelegenheiten hatte sie solch ein Ding benutzt. Nun, gewiss würde sie nicht zu Fuß kommen.

Was wollte sie überhaupt? Vanga konnte sich nicht vorstellen, was sie jetzt noch von ihm erwartete. Alles war zu Ende, und er konnte nichts mehr für sie tun. Ihr Wille war erfüllt. Der Bruder war tot. Sie hatte es selbst herbeigeführt – nicht er. Nicht Berto Vanga, den sie für diese Aufgabe gewählt hatte. Für sie bestand keinerlei Anlass mehr, den kleinen Schnüffler zu sehen. Wahnwitz, sich einzubilden, sie interessiere sich für seine Person. Diese Frau war kalt wie Eis. Wahrscheinlich würde sie überhaupt nicht erscheinen.

Sein Blick fiel auf einen dunklen Umriss, der sich am Hügelrand abhob. Da stand eine Kutsche, fast verborgen hinter einer Mauer.

Das ist sie, dachte er. Sie ist schon längst hier, sie beobachtet mich, und meine Ratlosigkeit bereitet ihr Vergnügen. Sie spielt die Katze, und ich soll die Maus sein. Einmal mehr. Was geht nur vor in ihrem Kopf?

Und in meinem Kopf?

Mit einem Ruck trat er vor und hielt auf die Kutsche zu. Fast im selben Augenblick setzte sich auch das Gefährt in Bewegung. Hatte er vorher nur ein Stück vom Verdeck ausmachen können, so wurde jetzt das ganze Gespann sichtbar. Vier schwarze Pferde, ein Kutscher in dunklem Mantel, lederne Vorhänge an den Fenstern, die keinen Blick ins Innere gestatteten. Die Kutsche fuhr davon!

Will sie das Spiel noch weiter treiben?

Langsam rollte das Fahrzeug die Straße hinab in den Windschatten einer Reihe mächtiger Bäume. Dort blieb es wieder stehen.

Ich will doch herausbekommen, ob sie es ist, dachte Vanga, obwohl er keinen Zweifel hatte. Und was, zum Teufel, die Stute sich einbildet!

Doch der Reiz, diese Frau wiederzusehen, war einfach zu stark, als dass er hätte widerstehen können. Vor ihrer Lockung beugte sich sein kleiner Rest von Stolz. Ganz zu schweigen von diesem geheimen Widerwillen. Oder war es Furcht?

Der Kutscher saß abgewandt und blickte sich nicht um, als Vanga sich näherte. Aber seine riesenhafte Gestalt ließ keinen Irrtum zu. Es war der schwarze Leibwächter, der die Contessa schon damals begleitet hatte, als er ihr zum ersten Mal begegnet war. Ein regloser, aber gleichwohl drohender Schatten. Also hatte der Bursche den Zusammenbruch des Palazzo Santerra überlebt! Als Vanga die Hand nach dem Türgriff ausstreckte, stand ihm plötzlich ein Bild vor Augen, das ihn im Innersten erzittern ließ: Er würde vor einer Öffnung stehen, die ihm entgegenklaffte wie der Rachen eines Ungeheuers, und er würde in die Mündung einer Pistole blicken. Nicht zum ersten Mal in diesem Heiligen Jahr!

Natürlich war es das: Nichts anderes konnte diese Frau im Sinn haben, als ihn loszuwerden. Er wusste zu viel über sie. Aber selbst diese Eingebung hielt ihn nicht zurück. Wie in Trance tat er den nächsten Schritt.

Die Tür ging auf, ehe er sie berühren konnte, und eine schmale Hand in einem Handschuh aus schwarzer Seide winkte ihn heran.

Vanga erstarrte, und einen endlosen Augenblick lang stand er da wie festgewurzelt. Dann kam ihm sein Zögern plötzlich lächerlich vor, und er stieg ein. »Contessa«, murmelte er.

Sie musterte ihn über den Rand ihres Fächers hinweg, und in ihren Augen lag unverhohlener Spott. Wahrscheinlich fragte sie sich, weshalb sie überhaupt mit diesem Lumpen redete.

»Wen sonst hast du erwartet?«

»Ich … Hm … Ich frage mich, was es zwischen uns –«

»Zwischen uns? Wie meinst du das? Hat es je etwas *zwischen uns* gegeben?«

Er ärgerte sich, dass jedes seiner Worte ihr eine noch größere Überlegenheit zuspielte.

»Nichts von Bedeutung«, sagte er. »Im Übrigen bin ich für meine Dienste schon bezahlt worden.«

»Nichts worüber sich zu reden lohnt.« Sie ließ den Fächer sinken, und ihr Gesicht wirkte plötzlich ernst. Gleichzeitig enthüllte sie damit den Ausschnitt ihres Kleides, der beachtlich viel von ihrem Busen zeigte.

Vanga musste unwillkürlich schlucken, und da war es wieder, ihr überlegenes, spöttisches Lächeln.

»Du würdest alles für mich tun, nicht wahr? *Fast* alles …«

»Einiges würd ich für niemanden tun.« Nicht für Euch und nicht für irgendjemand sonst, setzte er im Stillen hinzu.

Sie schlug die Augen nieder, aber zugleich lehnte sie sich geschmeidig in ihrem Sitz zurück. Rasch und scheinbar unwillkürlich fuhr ihre Zungenspitze über die Lippen.

»So war es von Anfang an«, erklärte er. Nichts von dem, was Ihr sagt oder was Ihr mich glauben lasst, entspricht der Wahrheit. Aber eines möchte ich wissen: Wofür sucht Ihr noch immer ein Werkzeug?«

»Es ist wenig schmeichelhaft, was du über mich denkst.«

»Was Ihr tut, ist auch nicht gerade schmeichelhaft für mich.«

»Könnte nicht alles ganz anders sein?«

»Wie – anders?«

»Dass ich wirklich Interesse an dir gefasst hätte – als Mann …«

Seine Antwort kam zu schnell, und im selben Augenblick bereute er sie: »Interesse? Ihr hattet nie Interesse an einem Mann – außer vielleicht an Eurem Bruder.«

»Das wagst du?« Ihre Augen blitzten auf. Aber sogleich hatte sie sich wieder in der Gewalt. »Du verrennst dich. Die Phantasie geht mit dir durch, die Phantasie eines struppigen Köters. Was glaubst du, wer du bist?«

»Für Euch nur ein Spielzeug.«

Ihr Blick ging durch ihn hindurch, und sie schien seine letzten Worte gar nicht gehört zu haben. »Du weißt gar nichts«, entgegnete sie. »Du hast keine Ahnung, was er mir angetan hat, der Satan!«

»Ich weiß, dass er Euch Schmerz zugefügt hat.«

Der unsichere Blick der Contessa kam ihm vor wie die erste aufrichtige Regung, die sie zeigte. Ihm ging durch den Kopf: Soll ich ihr das Porträt zeigen, das ich in der Höhle des Todes gefunden habe? Er entschied sich dagegen. Er würde es verbrennen.

»Ich bin dort gewesen«, sagte er. »Auf dem Hof, wo Ihr

gelebt habt ... Damals, als Kind.« In Gedanken, fügte er hinzu: Ehe Ihr Contessa wurdet und die neuen Spielregeln gelernt habt. Es ist Euch nicht schwergefallen, will ich meinen.

»Guerra«, flüsterte sie. »Hast du ihn gesehen?«

»Gesehen und gesprochen.«

»Er ... Er weiß viel, wenn auch nicht alles, und er redet zu viel. Aber ich bin sicher, er hat dir nichts verraten von –«

»Er hat genug gesagt. Euer Bruder war lange fort, und dann ist er zurückgekommen ...«

»Ein böser Tag. Eine böse Nacht.«

Vanga schwieg.

»Meine Mutter ... Hat er von ihr gesprochen?«

»Sie ist gestorben.«

»Sie hat sich selbst getötet. Aber die Schuld lag bei ihm. Bei meinem Bruder. Sie konnte nicht ertragen, was er ... Er hatte mich gefesselt ...«

»Ich weiß. Er hat Euch verletzt ...«

»Du Dummkopf! Weißt du, *wo* er mich verletzt hat? Nein, das weißt du nicht. Es ist ein Wunder, dass ich es überlebt habe. Die Bestie! Ich habe niemals mehr ein Empfinden gekannt, kein Empfinden als Frau, niemals mehr, verstehst du?«

Vangas Mund war plötzlich trocken. Er brachte nur heraus: »Und Euer Mann, der Conte?«

»Mein Mann! Dem waren ganz andere Dinge wichtig.«

»Aber ...«

»Verdammt!«, fauchte sie. »Was soll das? Geht es einen wie dich etwas an?«

»Immerhin ...«

»Immerhin? Bild dir nichts ein! Ich bin trotzdem stets auf meine Kosten gekommen, und manches Mal besser als mit dir!«

»Das meine ich nicht.« Wie sollte er ihr sagen, dass es

Augenblicke gegeben hatte, in denen er geradezu trunken gewesen war von ihrer Gegenwart?

»Ach, wirklich. *Das* nicht? Du dreckiger Heuchler! Meint ihr das nicht alle?« Jählings beugte sie sich vor und riss die Verschnürung ihres Kleides auf, so dass ihre Brüste hervorleuchteten. »Na, und?«

»Verzeiht!«, keuchte er, den Kopf wie in siedendes Wasser getaucht. Diese Frau verstand es immer wieder, ihn aus der Fassung zu bringen. Er begehrte sie mit wilder Heftigkeit, und gleichzeitig erschreckte ihn ihre herausfordernde Art.

Sie hielt inne, ihre Augen waren jetzt wieder kalt wie Eis. »Geh!«, stieß sie hervor. »Ich will dich niemals wiedersehen.«

Vanga stieß den Wagenschlag auf, zögerte aber, einen Fuß schon auf der Stufe.

»Contessa ...« Es lag ihm auf der Zunge zu sagen: Gott sei Euch gnädig! Aber diesen Satz brachte er nicht über die Lippen. Stattdessen kam heraus: »Mögt Ihr Euch selber gnädig sein!«

»Du bist ja nicht gescheit!«, schimpfte die Nonna. »Jagst den Kerl erst zum Teufel und heulst dir dann die Augen aus. Das Beste wäre 'ne Tracht Prügel!«

»Ich hab ihn nicht zum Teufel gejagt. Er hat *mich* von sich gewiesen.«

»Pfft! Hättest ihn gar nicht erst an dich ranlassen dürfen!«

»Zuerst hab ich es auch nicht gewollt. Aber dann ist es geschehen. Er ist nicht so, wie alle denken.«

»Womit hat er dich rumgekriegt, der Hundsfott?«

»Zuerst ...«

»Wie?«

»Zuerst, glaub ich, wollte ich Olimpia ausstechen. Es hat mich geärgert, wie er ihr nachgetrauert hat. Und mich hat er gar nicht wahrgenommen. So schien es mir. Aber dann ...«

»Ach ja, schöne Augen, schöne Sprüche, nichts dahinter.«

»Ganz so ist es nicht gewesen. Etwas an ihm hat mir gefallen, gerade weil er anders war als die Burschen im Viertel um mich rum.«

»Was soll's? Alter Bock!«

»Irgendwann hat mich das Alter nicht mehr gestört.«

Wie hätte sie der Nonna jemals erklären können, was sie zu Vanga hingezogen hatte. Wer konnte das überhaupt jemals sagen? War es die Verwegenheit, die er bisweilen ausstrahlte? Oder die Festigkeit, die sie an ihm zu spüren glaubte? Dass er verstand, was sie fühlte? Oder diese schwer beschreibliche Art von Traurigkeit? Sie würde sich hüten, von diesen Dingen zu sprechen und sich damit dem Spott der Alten auszusetzen.

»Und nun?«, kam es scharf wie ein Messer auf sie zu.

»Nun weiß ich nicht weiter. Er trinkt, dass er den Verstand verliert. Er ist nicht mehr er selbst. Das ist nicht der Mann, den ich kenne.«

»Keine Frau kennt je die Männer. Jedenfalls nicht, solange sie sich selbst was vormacht. Dabei ist es ganz einfach: Es gibt nur zwei, drei Sachen, an denen ihnen überhaupt was liegt, und alles andere kann ihnen gestohlen bleiben. Es geht zunächst mal um sie selbst. Vorrangig und fast ausschließlich. Zeig mir einen, bei dem das nicht so ist! Bei diesem windigen Schnüffler auf keinen Fall. Ich kenn dieses Geschmeiß! Saufen und Würfelspiel. Und vögeln natürlich. Aber die Frauen? Die spielen nur so lange eine Rolle, bis die Kerle haben, was sie wollen.« Eine unmissverständliche Geste vollendete diese Stellungnahme.

»Du tust ihm Unrecht«, erwiderte Gina.

»Bah!«

»Er ist nicht so.«

»Bah!«

»Glaub mir, er ist anders.«

»Bah! Und bah! Und bah!«

»Aber ich weiß nicht, was mit ihm geschehen ist. Es kommt mir vor, als wär er gar nicht mehr derselbe. Er schaut mich kaum noch an. Er –«

»Ein alter Bock!«

»– hat den Boden unter den Füßen verloren. Er ist –«

»Ein ausgekochter Drecksack!«

»Er ist nicht so, wie er tut. Er führt sich auf wie ein nichtswürdiger Taugenichts, aber … aber ich begreif nicht, warum.«

»Schlag ihn dir aus dem Kopf! Er ist wie alle anderen.«

»Aber ich liebe ihn.«

Die Nonna hielt sich stumm die Hände an den Kopf, als fände sie keine Worte mehr für so viel Narrheit.

Und Gina schwieg. Nur das Schluchzen konnte sie nicht unterdrücken. Eine jäh aufsteigende Übelkeit überwältigte sie.

Vanga schaute auf die Dächer von Rom. Vom Belvedere des Vatikans herab ging der Blick bis zu den fernen Bergen. Die Sommerluft flimmerte über der Stadt, und dort drüben zog sich das glänzende Band des Tibers entlang. Es dauerte nicht lange, bis Caravaggio wieder zu ihm trat. Vanga hatte den Maler eingeladen, mit ihm zu trinken, weil er ihm zeigen wollte, dass er sich mit Dankbarkeit an seine Hilfe auf der Flucht erinnerte. Zunächst aber hatte der alte Freund ein Gespräch mit seinen neuen kirchlichen Gönnern führen müssen, und Vanga hatte auf ihn gewartet.

»Alles in Ordnung, Michele?«

»Ich werde den Knaben Christus nackt malen.« Caravaggio grinste. »Und die Madonna so, dass man erkennt: Sie hat pralle Brüste unterm Mieder. Mal sehen, was sie dazu sagen.«

»Du tust nicht viel, um neue Freunde zu erwerben.«

»Ich habe schon genug Last mit den alten.«

Pater Garofalo, der mit Caravaggio gegangen war, weil er den Kontakt zu den Auftraggebern hergestellt hatte, lächelte nachsichtig.

Bei den berühmten Statuen des Altertums saß ein junger Mann mit dünnem rotblondem Haar. Er zeichnete mit Sorgfalt und offensichtlichem Talent die heroischen Gestalten mit den gewaltigen marmornen Gliedmaßen. Sein Gesicht war sommersprossig und von der südlichen Sonne gerötet. Wahrscheinlich einer der Flamen, die in letzter Zeit recht zahlreich in Rom auftraten. Er nickte den Fremden verbindlich zu, ließ sich aber nicht von seiner Arbeit ablenken.

»Der Laokoon«, sagte Garofalo. »Einer, der einen Kampf bestehen muss, in dem er nicht Sieger bleiben kann. Nicht einmal sein Leben wird er retten. Doch er gibt nicht auf. Das Einzige, was größer ist als sein Schmerz – das ist sein Wille, sich nicht zu unterwerfen.« Der Greis hatte erst mit den Jahren begonnen, Interesse an Kunst zu entwickeln, und seitdem hatte er eine besondere Vorliebe für diese Statuengruppe.

»Um so was zu finden, brauche ich nicht im alten Troja zu suchen«, sagte Caravaggio.

Vanga sagte gar nichts.

Als sie auf der Straße standen, schien dem Maler plötzlich etwas einzufallen. »Was ist eigentlich mit deiner Nase?«, knurrte er. »Die sah doch früher ganz manierlich aus.«

Vanga seufzte innerlich: Als hättest du das jetzt erst gemerkt! Aber er sagte: »Die verdank ich einem Künstler, der dafür bekannt war, dass er gerne einen zu viel trank.«

»Solche soll's geben.«

»Er wollte mich als Modell für den Adonis.«

»Dich?«

»Das war zu Anfang. Leider haben wir uns gestritten.«

»Auch das soll es geben. Und?«

»Nun, ja. Er meinte dann, für den Adonis könnte er mich

nicht mehr gebrauchen. Aber er sei auch auf der Suche nach einem groben Esau.«

Der Maler lachte rau.

Garofalo zitierte: »Du sollst leben ohne den Tau des Himmels. Von deinem Schwert sollst du dich nähren, und deinem Bruder sollst du dienen.«

»So ist es«, gab Vanga zurück. »Doch da steht auch geschrieben: Es wird geschehen, dass du das Joch von deinem Halse reißt.«

»Ich staune, wie bewandert du in der Bibel bist«, brummte der Pater. »Aber was die Nase angeht, da wäre mancher enttäuscht, wie banal die Geschichte in Wirklichkeit ist.«

»Mutter Maria, genauso ist es«, wisperte Gina. »Er ist mir gleichgültig, vollkommen gleichgültig. Ich hab ihn mir aus dem Kopf geschlagen. Will ihn nicht mehr sehen. So ein räudiger Hund – verzeih mir! Aber das ist die Wahrheit. Aus und vorbei.« Sie war sich der Sache sicher, dennoch fiel es ihr schwer, den Blick zum Bild der Madonna zu heben. »Du kannst es mir glauben«, bekräftigte sie noch einmal.

Was konnte sie tun, um die himmlische Mutter, die allen ins Herz sieht und eigentlich wissen musste, wie es um sie stand, von der Aufrichtigkeit ihrer Worte zu überzeugen? Da fiel ihr eine unwiderlegbare Möglichkeit ein. Schließlich war es die Kirche der *bocca*, in deren dunklem Gehäuse das Mädchen auf den Knien lag, Santa Maria in Cosmedin. Nicht die Marienkirche in Trastevere, nicht das Gotteshaus ihrer Kindheit. Dort brauchte schließlich niemand zu wissen, dass sie beim Beten Wasser in den Augen hatte. Aus Wut selbstverständlich. Warum wohl sonst?

»Schau her!«, stieß das Mädchen hervor, sprang auf die Füße und hastete in die Vorhalle hinaus. *Santa Maria, gratia plena!* Da war es, das Schreckensbild! Eine riesige Platte aus Stein, ein wildes, bärtiges Gesicht. Die runden Augenlöcher glotzten Gina an. Und da war dieses furchtbare Maul, die *bocca della verità*, der Mund der Wahrheit. Glaubte nicht jeder, den man fragte, dass diese Fratze erbarmungslos zuschnappen würde, sollte ein Lügner so kühn sein, die Hand in die Öffnung zu legen? Oder eine Lügnerin …

»Was ich sage, ist die Wahrheit«, flüsterte Gina. »Ich werd es beweisen.« Sie hob die Hand an das grässliche Loch. Die Fingerspitzen berührten schon den Lippenrand. Kalt, schartig und rau. Dann, im letzten Augenblick, hielt sie inne. Ein Zittern lief durch ihren Körper. Die Hand zuckte einfach zurück.

»Sciocchezze!«, zischte sie, wütend über sich selbst. »Was für ein Unfug!« Schließlich brauchte sie der Muttergottes nichts zu beweisen. Außerdem: Wusste denn nicht jeder Dummkopf, dass die Geschichte von diesem Steingesicht nur ein Ammenmärchen war, eine Geschichte für Kinder selbstverständlich und nichts weiter?

Vanga schob den Hobel hin und her. Schweiß tropfte ihm von der Stirn. Dass die Nonna neben ihm stand, merkte er erst, als er zufällig aufblickte. Sie wiegte den Kopf und stichelte: »Erstaunlich, dass du auch mal was Vernünftiges tun kannst!«

Vanga zuckte die Schultern und kehrte ihr den Rücken. »Man hat Freunde«, murmelte er. »Und denen hilft man, wenn man kann …«

Die Nonna knurrte verächtlich und zerrte an seiner Schulter, bis er sie halbwegs ansah. Sie kniff ein Auge zu, während sie ihn mit dem anderen fixierte – wie über Kimme und Korn einer Muskete.

»Hör zu«, keifte sie, »ich kann beim besten Willen nicht sagen, dass du aussiehst wie einer, den ich mir für mein Küken vorgestellt hätte. Aber …«

»Ach, ja?«

»Nicht so ’nen alten Zossen, wenn du’s hören willst.«

»Ich weiß. Kann nichts, besitzt nichts, hat ihr nichts zu bieten.«

»Alles richtig. Und außerdem …«

»Lieber ’nen Prinzen, was?«

»Einen, der weniger säuft, verdammt noch mal, der nach was aussieht und besser riecht.«

»Hättst besser auf sie achten sollen.«

»Ja, ich hätt dem Kind ’nen bessern Geschmack beibringen sollen.«

»Was willst du, alte Vettel?« Vanga fuhr ungerührt mit seiner Arbeit fort. »Sie ist es doch, die mich nicht mehr will! Ich soll zum Teufel gehen, hat sie gesagt. *Das* ist das Problem.«

Die Alte hob den Zeigefinger und fauchte ihn an: »Das Problem ist: Ich werde langsam alt. Das macht die einen starrköpfig, und den anderen weicht es den Schädel auf. Mich macht es milde. Also gut! Sie hat sich ’s nun mal in ihren dummen Kopf gesetzt.«

»Und?«

»Und ich kann einfach nicht zusehen, wie ihr beiden Dummköpfe euch quält …«

»Ich kann gar nichts tun.«

»Ach nein, was für ein Held! Und wer, bitte, soll es dann können?«

»Es ist einfach so: Ich bin es nicht wert.«

»Verflixt noch mal, das weiß ich schon lange, und du scheinst es ja nun auch begriffen zu haben. Hättest es dir besser vorher überlegt. Aber das Problem ist sie. Dieses dumme Kind! Sie kriegt es nicht in ihren Schädel.«

»Sie will nicht, und dann will ich eben auch nicht. Basta!«

»*Stupidaggini!* Dummes Zeug! Man braucht euch zwei nur anzusehen!« Zornig bohrte sie ihm den Zeigefinger unters Kinn.

»Sie heult des Nachts in ihre Kissen. Und schau dir an, wie du aussiehst! Du bist ein Narr und noch dazu ein Drecksack ohne Verantwortung! Willst du etwa behaupten, du wüsstest es nicht?«

»*Was* weiß ich nicht?« Er legte den Hobel beiseite, plötzlich ein wenig beunruhigt.

»Du Saukerl! Das soll ich dir glauben?«

»Verdammt ...«

»Verdammt sollst *du* sein, wenn du nicht Verstand annimmst. Dann sage ich es dir noch einmal, und zwar so, dass sogar du es verstehst: Das Mädchen ist schwanger. Hörst du mich? Du wirst schon wissen, von wem!«

Vanga hörte diese Worte, aber es brauchte eine Weile, ehe ihre Bedeutung zu ihm drang. Er sah das zornige Gesicht der Alten wie durch einen Nebel. »Was soll ...«, murmelte er. »Ist das wahr?«

Statt einer Antwort spuckte sie zornig auf den Boden.

»Und was nun ... Was soll ich tun?«

»Geh zu ihr! Verstanden? Ist das Einzige, was ein halbwegs anständiger Kerl tun kann. Selbst einer wie du! Und falls du es vorziehst, dich wie ein Schwein zu benehmen, weiß ich ganz genau, was ich tue. Dann komm ich in einer dieser Nächte bei dir reingeschlichen ...«

Er machte eine abwiegelnde Handbewegung.

»... mit einem scharfen Messer, und dann ist's aus für dich mit dem Vergnügen. Dann kannst du dich verabschieden von deinem ungewasch'nen Schwanz. Ich werd ihn dir über die Tür nageln! Dir wird es eine Lehre sein, und mir wird es Vergnügen machen. Das ist es, was ich dir zu sagen habe. Im Übrigen: Hier geht es um meinen Urenkel. Verstehst du? Wenn mein Mädchen – das einzige, was mir geblieben ist! – auf Erfolg im Leben keinen Wert legt und an einem von euch Mistkerlen hängen bleibt – Teufel auch! –, dann kannst genauso du es sein wie irgendein anderer. Kurz und gut, es ist mehr als fällig, dass ihr zwei Dickköpfe miteinander redet. Und wenn ihr den Scheißdreck jetzt nicht klärt, wird es später kaum noch Gelegenheit dazu geben!«

Vanga schüttelte wie benommen den Kopf. Für einen Augenblick sah es aus, als wolle er wieder nach dem Hobel greifen. »Lass mich in Ruhe!«, knurrte er.

Trotzdem: Eine Weile später waren sie bereits zusammen unterwegs. Vanga mit widerwilligem Gesichtsausdruck. Die Nonna eskortierte ihn und ließ ihn nicht aus den Augen.

Nach kurzer Zeit entdeckte der Bugiardone, dem im Viertel nie etwas entging, das ungleiche Paar. »*Ciao*, ihr Hübschen!«, trompetete er und schloss sich den beiden an. Mit dem scharfen Blick, der ihm bisweilen eigen war, hatte er sofort erkannt, was los war.

»Klopf ihn mürbe!«, feuerte er die Alte an. »Mach ihn fertig! Ha! Wenn's was zu sehen gibt, muss ich dabei sein.« Dabei grinste er über das breite Gesicht.

»Warum verständigst du nicht gleich die ganze Straße!«, stöhnte Vanga.

»Nicht nötig!«, gab er vergnügt zurück. »Die sind doch alle nicht auf den Kopf gefallen.«

Tatsächlich: Auf dem Weg durchs Viertel erregte der kleine Aufzug allerseits Neugier. Frauen und Männer unterbrachen ihre Gespräche. Handwerker legten ihr Werkzeug beiseite. Händler und Kunden hielten beim Feilschen inne. Einige gingen ein Stück mit, und die meisten blieben gleich dabei. So wurde es bald ein Volksauflauf.

Alle zeigten Anteilnahme, der eine so, der andere so.

Meist fing es mit einer Frage an: »He! Was ist los?«

»Er geht zu seinem Mädchen«, erklärte die Alte ohne eine Spur Diskretion. »Gut Wetter machen.«

»Was hat sie gesagt?«

»Er geht zu Ginetta.«

»Wozu?«

»Will ihr die Füße küssen.«

»Wozu?«

»Was weiß denn ich!«

»Was?«

»Ach, *va' a quel paese*! Rutsch mir den Buckel runter!«

»Hä?«

Ein Barbier gerät in Streit mit seinem Kunden, der ihn nicht ziehen lassen will, weil er ihm erst die Hälfte vom Gesicht rasiert hat.

»Das ist jetzt wichtiger«, erklärt der Bartscherer, und die Gaffer geben ihm Recht. Da spürt er Oberwasser und setzt zu einer Grundsatzrede an: »Gebt Acht! Er wird sie übers Knie legen. Ist auch bitter nötig bei den Weibern.«

Die Antwort bleibt nicht aus: »*Castroneria*. Unsinn, du blöder Sack! Er wird sie um Verzeihung bitten. Das sage ich dir!«

»Verzeihung? Wofür denn?«

»Ihr werdet es sehen: Und sie wird ihn rausschmeißen!«

»Den doch nicht!«

»Ach, was. Der hat schon verloren. Guck ihn dir doch an!«

»Weiß ja gar nicht, was er tut. Die Alte hat ihn verhext.«

»Ai, ai! Das konnt sie früher schon!«

»Was er auch vorhat, ist ein Segen, dass er was macht.«

Zumindest war den Kommentaren zu entnehmen, dass man sich im Viertel längst den Mund zerriss über Gina und Vanga. Grundsätzlich war ein gewisses Wohlwollen für die beiden erkennbar. Aber der Betroffene bekam davon nichts mit, denn seine Gedanken weilten bei der Frage, was er tun solle, wenn er vor dem Mädchen stand. Er hatte nicht die geringste Ahnung! Aber trotzdem war es ein gutes Gefühl, dass er sich zu ihr aufgemacht hatte.

An einer Gassenecke stand Pandolfo, der seine Ausflüge ins Altstadtviertel nicht lassen konnte, und stieß sein meckerndes Lachen aus.

»Wo schleppst du ihn hin?«, fragte er die Alte. »Hat er dir die Unschuld geraubt?«

»Red keinen Scheiß!«

»Ach ja, das war natürlich ein anderer – zur Zeit von Kaiser Nero.«

»Halt's Maul! *Du* warst mir damals schon zu alt!«

»Und was hast du mit *dem da*?«

»Komm mit, *caprone*, dann wirst du's erleben, alter Bock.«

»Oh, ja. Hi, hi. Das ist was für mich!«

»Dann mach die Augen auf, und sabber nicht herum«, fauchte die Alte.

»Pfui auch. Garstig wie immer! Schon dass ich mit dir rede, werd ich beichten müssen!« Dazu machte er das Zeichen gegen den bösen Blick.

Die Antwort erfolgte prompt: »Wirst wohl sonst nicht viel zu beichten haben.

Der Greis zog ein beleidigtes Gesicht.

»Würdest dich wundern!«, knurrte er und schickte das Wort *»Erinys!«* hinterher, das ihm seine Gelehrsamkeit eingab. Er hätte auch »Furie« sagen können, aber das hätte die Alte verstanden und es wäre der halbe Spaß gewesen.

So schielte sie ihn nur giftig an und schwieg.

Es schien kaum einen Tagedieb in der Stadt zu geben, der nicht sofort begriffen hatte, dass es hier etwas zu verpassen gab. Vanga sah Schwarzbart mit seinem Verband herandrängen. »Hübsche Braut!«, nuschelte der Galgenvogel. Sein Gesicht war durch die Schnitte, die es davongetragen hatte, zu einer grotesken Fratze entstellt, aber die Narben waren fast schon verheilt, und so ließ er sich dadurch von nichts abhalten. Er hatte auch vor der Nonna keine Angst. »Bravo

Vanga! Hast wohl lange suchen müssen nach so 'nem antiken Schmuckstück.«

Auch Borso war in der Menge, und er trug wie immer pfundweise Ruß vom Kalkofen herum. »Gib's ihr kräftig!«, empfahl er. »Später hast du doch das Nachsehen!«

Vanga musste grinsen. Er fand: Der Bursche hatte begriffen, worum es ging. Jedenfalls vom Grundsatz her.

Verdammt, da war die Hausecke schon!

Sie sind in der richtigen Gasse und drängen in den engen Hof, wo Ginas Dienstherr, der Goldschmied, seine Werkstatt hat. Da späht der Kerl bereits misstrauisch aus der Ladenluke und räumt hastig seine Auslagen weg. Er fürchtet, nicht ohne Grund, dass der eine oder andere aus diesem Haufen beim Anblick seiner Juwelen auf krumme Gedanken kommen könnte. Zwar ist alles wirklich Kostbare wohl verwahrt in Kästen und Schränken, aber auch dieses Zeug hier ist seinen Preis wert. Nur: Gina ist nirgends zu sehen.

Wenn sie nicht da ist, denkt Vanga, dann ist es auch gut. Ein Wink des Schicksals. »Sie ist nicht da«, murmelt er. »Am besten ...«

Aber so leicht gibt die Alte nicht auf. »Du bleibst schön hier, Bürschchen!« Ihre Hand krallt seinen Ärmel, und ihre Augen spähen umher wie die einer Harpyie.

»Ginetta«, schreit sie, und mehrere Spaßvögel nehmen den Ruf auf. Sie setzen ein paar unanständige Geräusche und allerlei zotige Anspielungen hinzu. Insgesamt vom künstlerischen Standpunkt her eine beachtliche Darbietung.

»Sie wartet im Bett!«

»Zeigt dem Gockel doch mal einer, wo es langgeht!«

»Goldschmied. Leih ihm deinen Hammer!«

Für einen Augenblick schlägt der Tumult hohe Wellen.

Dann wird es plötzlich still.

Am oberen Ende der Treppe ist das Mädchen erschienen,

schlank und geschmeidig, einen vollen Wasserkrug auf die Hüfte gestützt. Der geraffte Rock gibt die Knie frei. Wenn es stimmt, dass sie gesegneten Leibes ist, kann man noch nichts davon erkennen. Bezaubernd sieht sie aus. Die Sonne vergoldet eine widerspenstige Locke, die sich an der Stirn gelöst hat.

Gina weiß gar nicht, was man von ihr will. Und durch Vanga schaut sie glatt hindurch. So jedenfalls kommt es ihm vor. Ihr Blick gleitet über den Menschenauflauf zu ihren Füßen, aber eigentlich scheint sie das Gedränge kaum wahrzunehmen. Schließlich erkennt sie Vanga, doch das verändert nicht die Ratlosigkeit in ihrem Gesicht.

»Was soll das alles?« Eine kleine Falte entsteht auf ihrer Stirn.

Vanga, von einem Knuff der Nonna getroffen, fasst einen Entschluss und beginnt, Stufe für Stufe, zu ihr hinaufzusteigen.

»Was willst du?«, fragt sie.

Er räuspert sich. »Ich bin …«

Die Nonna stößt ihm ihren Krückstock in den Rücken.

»Ich versteh nicht, was du sagst …«, hört er Gina.

Wie, zum Teufel, soll man verständlich reden, wenn die ganze Welt zuhört und eine alte Vettel einen ununterbrochen bedrängt!

»Ich … Ich will dich fragen …«

»Ach, wirklich?«

»Willst du – Verdammt, hör auf, du miese Krähe! – Ich meine: Gina, ich möchte, dass du meine Frau wirst.«

Einen Augenblick lang geschieht gar nichts. Die beiden verkrachten Liebenden stehen da wie in Glas eingeschmolzen, und die Horde unten im Hof wirkt wie versteinert. Von oben herab blickt das Mädchen nachdenklich auf Vanga. Er hat den Kopf in den Nacken gelegt und blinzelt gegen das Licht. Nur diese einzelne Haarlocke an ihrer Stirn bewegt sich und spielt im Wind.

Dann, mit einem Schlag, ist der Bann gebrochen. Eine ausholende Bewegung von Gina, und der Krug stülpt sich über Vangas Schädel, sein tönerner Bauch stößt gegen die Mauer und zerplatzt in tausend Scherben; Wasser spritzt nach allen Seiten.

Vanga gurgelt entsetzt, taumelt halb ersoffen und sucht nach Halt.

Aber im selben Augenblick ist Gina auch schon bei ihm, fällt ihm um den Hals und fängt ihn auf. Er spürt ihre Lippen auf seinem Mund, greift vorwärts und reißt sie an sich. Und während sie sich in den Armen liegen, nass auf nass, und taumelnd ihr Gleichgewicht finden, bricht aus dem atemlosen Schweigen der Zuschauer ein ohrenzerreißendes Getöse hervor, ein Johlen, Krähen und Heulen, das allen Kehlen zugleich entstammt und in dem engen Hof zu einem beängstigenden Tumult anwächst.

Ginas Knie sind weich, aber sie spürt, dass Vanga sie hält und dass sie sich nur an ihn zu drücken braucht. Vanga umschließt sie mit seinen Armen und hat alles andere vergessen.

Mag sein, dass schon morgen alles nicht so einfach sein wird, wie es jetzt erscheint, aber das hier – das ist ein Anfang.

»Ich liebe dich.« Sie sagen es gleichzeitig, aber sie können die Worte nur an den Bewegungen der Lippen erraten, denn der Aufruhr ringsum übertönt alles.

Im Nu sind die Verkäufer von Wein und Gebäck zur Stelle.

Es gibt was zu feiern!

Die Nonna zieht Geld hervor. Nicht umsonst ist schon immer vermutet worden, sie habe in aller Stille beachtliche Reichtümer angesammelt. Und bei einem Anlass wie diesem – das müssen selbst ihre Feinde zugeben – ist es nicht ihre Art, sich kleinlich zu zeigen.

»Schade«, sagt der Bugiardone und grinst sie an. »Ihr kommt mir zuvor, Gevatterin. Sonst ... hätte zu gern ich die Bewirtung übernommen. Aber lasst nur – gut, gut, gut: Am wichtigsten ist, dass unsere Kinder glücklich sind.«

An diesem Abend steht Hakennase, der nun das Kommando der Stadtwachen führt, an einer hohen Zinne. Misstrauisch horcht er auf den Krawall, der aus dem Altstadtviertel herauftönt. Er reckt den Geierschnabel und strengt die Augen an. Aber er kann nichts Eindeutiges erkennen. Unwillig schüttelt er den Kopf und bemüht nun vor allem seine Ohren. Er fragt sich, was dieser Lärm bedeutet. Wird da schon wieder gefeiert? Oder ist es was anderes? Am Ende gar – eine Revolte?

IN CARAVAGGIOS WELT
Nachwort des Autors

So tritt denn, statt der Wahrheit, frommer Trug
Und Aberwitz in ihre Tempel ein,
Des Esels Ohren die Tiara birgt
Und Mitra, während köstliches Geschmeide
Den Eselshuf verdeckt und um den Dickbauch
Der purpur'ne Talar noch Falten wirft.
Giordano Bruno, *De innumerabilibus, immenso et infigurabili* (Vom Unzählbaren, Unermesslichen und Unvorstellbaren)

Wir finden in diesem Bild nichts als Vulgarität, Sakrileg, Gottlosigkeit und Geschmacklosigkeit.

Ein Kardinal-Sekretär an San Pietro über Caravaggios *Madonna dei Palafrenieri*

Es liegt folglich in der Natur der Sinne, sich selber täuschend uns zu täuschen, indem sie das, was zu sein scheint, für das nehmen und hinstellen, was ist, weil sie nicht recht wissen, was das ist, was ist.

Michel de Montaigne, *Essays II, 12*

»Die Massenmedien unserer Tage küren den Serienmörder zum Superstar und gewähren ihm in den Schlagzeilen einen Vorzugsplatz.«[1] Dieser kritisch gemeinte Satz war mir aus dem Herzen gesprochen. Und als mir klar wurde, wie sehr das Thema auch auf dem Romansektor Platz gegriffen hat, stand für mich fest: Genau so etwas schreibst du nicht! Aber es ist etwas Besonderes mit Vorsätzen – man hält sich nicht immer daran. Denn bald regten sich Fragen: Worauf eigentlich beruht diese Faszination? Handelt es sich wirklich um ein Phänomen der modernen Zeit? Oder hat es dergleichen immer gegeben? C.J. Sansom, Autor historischer Thriller, schreibt zu diesem Problem und über das England des Mittelalters: »Ich habe keine beweisbaren Nachrichten über *serial killers* […] finden können. Aber da jede echte Ermittlungsarbeit fehlte, ist selbstverständlich nicht auszuschließen, dass es welche gegeben hat.«[2] Kann man sich also »Jack the Ripper« überall und jederzeit vorstellen? Nun ja, da war ich schon mitten drin. Und dann stand mir eine Szenerie vor Augen: Rom im Jahr 1600. Jener Teil der »Ewigen Stadt«, der mir besonders lieb ist, grob gesagt das volkstümliche Viertel »Regola«, zwischen Engelsburg und Piazza Navona, am Palazzo Farnese und um den Campo de' Fiori. Die Menschen, unter denen Giordano Bruno gelebt hat und sterben musste, weil er die Welt mit neuen Augen sah. Herrschaftsdruck und Gedankenverblendung. Und dann das erste Aufkeimen von Zweifel und Trotz im Bewusstsein eines ganz alltäglichen Menschen. Zweifel! Und wie wären die Zeitgenossen mit dem schrecklichen »Fall« umgegangen? Wahrscheinlich hätten sie gesagt: Teufelswerk! Mit dem Hinweis auf den Satan war man schnell bei der Hand. Manche Menschen wissen nicht mehr, was sie glauben sollen, aber der Satan ist ihnen eine Gewissheit. Könnte das nicht der alte Pandolfo gesagt haben?

Satan! Ist er nicht nur die Projektion des Bösen in uns

selbst? Meinungen zum leibhaftigen Auftreten des Teufels eröffnen uns einige Fälle jener Epoche wie der des »Rosshirten« Stoeckhlin (1578) oder des Müllers Menocchio (1584) sowie des Pfarrers Grandier und der »Teufel von Loudun« (1633/34). Nur Beispiele, von denen übrigens einige durch Pandolfo (S. 303 ff. erwähnt werden (das letzte zugegebenermaßen etwas »zeitverschoben«).[3] Wieweit hätte damals jemand zwischen Wahnsinn und dem Wirken böser Mächte trennen können? Und welche Wirkung hätte in dem Zusammenhang die Frauenfeindlichkeit so vieler Prediger gehabt, die das Weib als *Teufelsschlinge* und *Hure* schlechthin ansahen? Für alles, was »Satanologie« betrifft, ist trotz mancher Irrtümer immer noch die »Geschichte des Teufels« von Roskoff ein Ausgangspunkt und eine Fundgrube.[4]

Doch nun zum Text! Erfunden sind in diesem Roman die eigentliche Handlung und alle Hauptfiguren. Historisch hingegen: die grundlegende Situation in Rom sowie Prozess und Hinrichtung Giordano Brunos. Sein oben angeführtes Zitat stammt in dieser sprachlichen Fassung aus dem sehr persönlichen Buch von E. Drewermann.[5] Historische Figuren sind (wenn auch frei behandelt) Papst Clemens VIII. und einige Kardinäle wie Farnese und del Monte. Nicht jedoch Santerra. Der heilige Filippo Neri wiederum hat gelebt, Gott sei Dank, darf man sagen. Und dann die Künstler wie Michelangelo Merisi, genannt Caravaggio und Annibale Carracci. Dass ich Caravaggio eher als Nebenfigur auftreten lasse, hat auch damit zu tun, dass er im Augenblick unglaublich »in Mode« ist.[6] Man soll nicht jedem Trend bis ans Ende folgen. Die Kunstszene von Rom hätte ich freilich viel ausführlicher vergegenwärtigen mögen, aber die Handlung eines »Thrillers« entwickelt ihre eigene Dynamik, die nicht viele Umwege zulässt. Immerhin sind zahlreiche Aspekte des Zeitkolorits von der Malerei der »Bamboccianti« und deren Zeitgenossen inspiriert.[7]

Zur Erkundung von »Lebensspuren« der Ewigen Stadt ist mir die handliche Buchreihe *Roma tascabile*, herausgegeben von G. A. Cibotto, sehr nützlich gewesen; dort taucht auch die alte Osteria *Gatto Nero* auf, die es heute nicht mehr gibt. Aber bei aller Liebe bin ich doch mit diesem wie mit anderen Schauplätzen frei umgegangen.

Dass ich die Rolle der Kirche skeptisch beurteile, wird kaum zu übersehen sein. Dabei sollte man allerdings berücksichtigen, dass es auch von innen heraus immer wieder Kritik an den Missständen gegeben hat. Falls aber doch jemand Böswilligkeit vermutet, möchte ich betonen, dass viele Quellen existieren, die sich aus der Zeit selbst herleiten: für die Günstlingswirtschaft und die Völlerei des Papstes sowie für seinen »Krieg« gegen die Prostitution und für die Rivalität seiner Sippe gegenüber den Farnese; selbst die Anekdote von den ausgelegten und wieder eingesammelten Broten während der Getreideknappheit habe nicht ich erdacht.[8] Und auch die Szene der Teufelsaustreibung, die man für hämische Erfindung halten könnte, geht auf einen prominenten Gewährsmann zurück, nämlich Montaigne, der sich (ein paar Jahre früher) in Rom aufhielt, um etwas gegen die Verurteilung seiner Schriften durch die kirchliche Zensur zu unternehmen, was ihm auch geglückt ist.[9] Die Inquisition erscheint in unserer Handlung nur am Rande, aber ihre Auswirkungen sind sehr greifbar.[10]

»Frei erfunden«, das sagt man so schön, »und etwaige Ähnlichkeiten sind rein zufällig«. Jedoch: Gina und ihre Familie kann man heute noch antreffen, wenn man aufmerksam durch die römische Altstadt wandert. Und Berto Vanga? Nun, der mag für sich selbst einstehen. Oder sollte ich doch betonen, dass sein Nachname auf Deutsch »Spaten« bedeutet? Genau wie der von Sam Spade, dem illusionslosen Detektiv aus den USA, über den sein geistiger Vater Dashiell Hammet schreibt:

»Er sah aus wie ein eigentlich ganz umgänglicher […] Satan.«[11] Die Commedia dell'Arte-Szene des Bugiardone mit der Fliege sollte bitte als Verbeugung vor dem Genius von Dario Fò verstanden werden.[12] Cervantes, der Verfasser des *Don Quijote*, hat in jungen Jahren in Rom gelebt und war später in algerischer Gefangenschaft. Er könnte leicht um 1600 (als er sein berühmtes Buch begann) mit alten Bekannten in der Ewigen Stadt noch Kontakt gehalten haben.[13] Ein rätselhafter Gast im *Gatto Nero* fällt dadurch auf, dass er offenbar aus Shakespeares *Henry V.* zitiert, und das im Jahr der Erstaufführung! Mag sein, dass er besondere Verbindungen nach England hat. Oder sollte es sich etwa um Christopher Marlowe handeln, von dem manche annehmen, er sei gar nicht ermordet worden, sondern habe (möglicherweise in Italien) weitergelebt und zumindest einige der Stücke geschrieben, die gemeinhin dem Barden aus Stratford zugeordnet werden?[14] Ich muss gestehen, dass mir solche Spielereien am Rande Spaß bereiten – und hoffe, dass es Leser gibt, die genauso empfinden. Aber selbstverständlich ist das nun wirklich eine andere Geschichte …

Mein Dank gilt wiederum allen, die mir bei diesem Buch geholfen und den seltsamen Geisteszustand erduldet haben, der bisweilen mit dieser Arbeit verbunden ist. Allen voran meine Familie und besonders meine Frau Maximiliane, die den Text wie immer als Erste gelesen hat. Aber auch viele andere Gesprächspartner haben mich vorwärtsgebracht, besonders der Autorenkollege Michael Rensen, mit dem es manchen hilfreichen Erfahrungsaustausch gab. Und schließlich ist die Unterstützung durch den Bastei Lübbe Verlag nicht zu vergessen, speziell durch meine Lektorin Regina Maria Hartig.

Hoffnungsvoller Nachsatz: Möge die *bocca della verità* nicht zuschnappen, wenn ich das nächste Mal in die Nähe komme!

1. Kathrin Kopisch, Frank Otto: Teufel in Menschengestalt, Die Deutschen und ihre Serienmörder, Bergisch Gladbach 2006 (Orig.: Monster für die Massen, Leipzig 2004); übrigens gibt es auch die Meinung, hinter den Untaten Jack the Rippers habe ein Konzept Schwarzer Magie gesteckt: Ivor Edwards: Jack the Ripper's Black Magic Rituals, London 2003.
2. C. J. Sansom: Revelation, Oxford 2009, S. 229
3. Vgl.: Wolfgang Behringer: Chonrad Stoeckhlin und die Nachtschar, Eine Geschichte aus der frühen Neuzeit, München/Zürich 1994; Carlo Ginzburg: Der Käse und die Würmer, Die Welt eines Müllers um 1600, Berlin (1990) 2002; Nicolas Aubin: Geschichte der Teufel von Loudun oder der Besessenheit der Ursulinen und von der Verdammung und Bestrafung von Urbain Grandier, Pfarrer derselben Stadt, Berlin 1973
4. Gustav Roskoff: Geschichte des Teufels, Leipzig 1869; ferner z.B.: Elaine Pagels: Satans Ursprung, Frankfurt/M. 1998; Gerald Messadié: Teufel, Satan, Luzifer, Universalgeschichte des Bösen, München 1999; Josef Dvorak: Satanismus, Schwarze Rituale, Teufelswahn und Exorzismus, Geschichte und Gegenwart, München 2000; auch sehr nützlich: Gerhard Zacharias (Hrsg.): Das Böse, Dokumente und Interpretationen, München 1972.
5. Eugen Drewermann: Giordano Bruno oder Der Spiegel des Unendlichen, München 1992, S. 353 (nach Text: Frankfurt 1591). Zu Giordano Bruno gibt es eine ebensolche Fülle von Literatur wie zu Caravaggio; auch hier nur ein paar Beispiele: Jochen Kirchhoff: Giordano Bruno in Selbstzeugnissen und Bilddokumenten, Reinbek bei Hamburg (1980) 2003; Virgilio Salvestrini: Bibliografia di G. B., Florenz 1958; Anacleto Verrecchia: Giordano Bruno, Nachtfalter des Geistes, Wien/Köln/Weimar 1999

6. Zu Caravaggio doch wenigstens ein paar »handliche« neuere Sach-Titel: Boris v. Brauchitsch: Caravaggio, Leben, Werk, Wirkung, Frankfurt/M. 2007; Maurizio Marini: Caravaggio, Werkverzeichnis, Frankfurt/M., Berlin, Wien 1980 Gilles Lambert: Caravaggio, Köln 2003. Das oben angeführte Urteil über die Madonna dei Palafrenieri (1605–06) ist zitiert nach G. Lambert 2003, S. 75.
7. I Bamboccianti, Niederländische Malerrebellen im Rom des Barock, Ausst.-Kat., hg. V. David A. Levine und Ekkehard Mai, Wallraf-Richartz-Museum Köln 1991
8. Eine besonders wichtige Veröffentlichung: Roberto Zapperi: Der Neid und die Macht, Die Farnese und Aldobrandini im barocken Rom, München 1994; sehr nützlich auch, wenn freilich schon älteren Datums: Casimir v. Chledowski: Rom, Die Menschen des Barock, München 1914; sehr nützlich: Barock im Vatikan, Kunst und Kultur im Rom der Päpste, 1572–1676, Ausst.-Kat., Bundeskunsthalle Bonn, 2006
9. Montaigne berichtet viele interessante (und kritische!) Beobachtungen von seiner Reise nach Rom; hier benutzte Textauszüge bei Francis Jeanson: Michel de Montaigne in Selbstzeugnissen und Bilddokumenten, Reinbek bei Hamburg 1958, S. 135 f. Das oben angeführte Zitat folgt der Übersetzung von H. Stilett, Frankfurt/M. 1998; der Text Montaignes wurde ursprünglich 1580 geschrieben und erscheint in der ersten postumen Ausgabe mit den letzten Ergänzungen des Autors 1595.
10. Auch ein uferloses Thema. Immerhin zur Orientierung: Henry Charles Lea: Geschichte der Inquisition im Mittelalter (Bonn 1905); Peter Godman: Die geheime Inquisition, Aus den verbotenen Archiven des Vatikans, Wiesbaden 2005.
11. Dashiell Hammett: Der Malteser Falke, (1930) Zürich 1974,

S. 9; ferner: Richard Layman (Hrsg.): Discovering the Maltese Falcon and Sam Spade, San Francisco 2005

12. Von ihm sah ich diese Pantomime – ein Paradestück unter den *lazzi* (clowneske Stegreifszenen) der Commedia dell'Arte – in meisterhafter Vollendung.
13. Vgl. u.a. William Byron: Cervantes, der Dichter des Don Quijote und seine Zeit, Frankfurt/M. 1984
14. Eine interessante Variante zu diesem Thema ist von Dieter Kühn: Geheimagent Marlowe, Roman eines Mordes, Frankfurt/M. 2007.

Der Petersdom – an diesem Bau wird die Einheit der Kirche zerbrechen. Der Roman einer Epoche

Sebastian Fleming
DIE KUPPEL
DES HIMMELS
Historischer Roman
672 Seiten
ISBN 978-3-404-16490-5

Rom gleicht einem Hexenkessel. Kriegerische und luxusversessene Päpste beherrschen die heilige Stadt. Es ist die Zeit der Renaissance. Geld spielt keine Rolle. Als der alte Petersdom zur Ruine wird, sieht Papst Julius II. seine Chance gekommen. Er beauftragt Donato Bramante, eine neue Basilika zu bauen. Gewaltiger als irgendeine je zuvor: das größte Gebäude des Abendlandes. Ein Symbol für die Allmacht der Kirche. Doch es gibt erbitterte Gegner, die den Bau verhindern wollen. Sie gehen über Leichen. Ohne seine kluge Geliebte, die Kurtisane Imperia, wäre Bramante verloren. Aber sie fordert von ihm ein großes Opfer. Und dann ist da noch der große Rivale: der geniale Michelangelo ...

Bastei Lübbe Taschenbuch

Bestsellerautorin Sarah Lark entführt uns als Ricarda Jordan ins Mittelalter

Ricarda Jordan
DER EID DER KREUZRITTERIN
Historischer Roman
544 Seiten
ISBN 978-3-404-16480-6

Mainz und Köln, 1212. Zwei junge Frauen lehnen sich auf gegen ihre arrangierte Zukunft: Konstanze will nicht ins Kloster und Gisela nicht mit einem Ritter verheiratet werden, dem ein schrecklicher Ruf vorauseilt. Zur gleichen Zeit verlassen zwei junge Männer den Orient, die beide einen geheimen Auftrag haben.
Die Wege der vier kreuzen sich. Ihr Schicksal ist untrennbar miteinander verknüpft. Und sie geraten in das Räderwerk einer unglaublichen Verschwörung, die im Vatikan ihren Ursprung zu haben scheint ...
Gefühlvoll, farbenprächtig: Dieser Roman ist ein Juwel!

Bastei Lübbe Taschenbuch